孺子帝

卷六

皇權的博弈術

冰臨神下——著

目錄

第三百六十二章　後宮大勢

到了函谷關，離京城已沒有多遠，皇帝總算是安全返回，隨行人員全都鬆了口氣，唯有東海王心裡越來越不安，入夜之後躺在床上輾轉反側，怎麼都睡不著。

王妃譚氏終於忍不住，伸手掐住東海王腰側的一塊肉，輕輕用力，冷冷地問：「折騰什麼？」

「哎呀，快鬆手，妳明知道……」東海王又癢又痛，那裡是他的「命門」，別人不敢觸碰，譚氏卻是伸手就來，沒有一點憐惜之意。

又等了一會，譚氏才鬆開手，東海王憨笑憨得臉都紅了，好在這是夜裡，他長長吐出一口氣，「我是諸侯，是妳的夫君……」

譚氏的手又伸過來，東海王急忙改口，「也是妳的小跟班，這回行了吧？」

「我問你，半夜不睡覺，翻來覆去地折騰什麼？」譚氏可不容易糊弄過去。

「我在想你們譚家。」

「嘿，還有譚家嗎？」譚氏轉身，背對東海王，京城譚家如今已經變成東海國譚家，只有她一人能夠回京，而且自從接受洛陽醜王的幫助之後，江湖地位一落千丈。

「人生起伏原本如此，妳這樣一個聰明人，連這點也看不透？」

「我又不想出家，看那麼透幹嘛？」譚氏沒好氣地說。

東海王將妻子用力扳轉身，認真地問：「你們譚家跟晉城鄧家有仇嗎？」

這句話他藏了好幾天，實在找不到線索，只能開口向譚氏詢問。

「鄧家？新任車騎將軍鄧粹？」

「對，不過他現在已經不是車騎將軍了，已被陛下免職，待罪之身，就等著去西域築城，沒個十年八年回不來。」

譚氏對這些事情不感興趣，「譚家從前在京城，鄧家在晉城，一個是民，一個是官，從來沒有往來，哪來的仇怨？」

「這就怪了，既然跟譚家沒有仇怨，鄧粹幹嘛總盯著冠軍侯的事不放？還公開揚言要報仇，找誰報仇？肯定不是陛下……」

譚氏立刻提起警覺，「回來好幾天了，怎麼不早對我說？」

「我想先找到原因嘛。」

「鄧粹不是要被派往西域好幾年才能回來嗎？怕他什麼？」

「這個傢伙……不是一般人物，他在塞外伏擊匈奴人的時候，放過了崔昭，說明他不是針對崔家，那就剩下譚家和我。我向陛下探過口風，鄧粹肯定會被派往西域，但是為了讓他安心，鄧粹的一個妹妹十有八九能進宮，這可是一個不小的麻煩。」

「陛下不是說三年之內不再選秀嗎？」

「鄧家的女兒會直接進宮，用不著選秀。」

譚氏沉默了一會，「你別管了，明天我去打聽。」

東海王嚇了一跳，後悔自己的多嘴多舌，「千萬別，咱們現在生活在夾縫之中，多看誰一眼都可能有人告訴陛下，妳知道我費了多大的努力才取得陛下的信任嗎？」

「鄧粹不是有個妹妹嗎？既然要送進宮，肯定也在隊伍裡，女人之間好打聽消息。」

「可妳是譚家人，萬一鄧家……」

譚氏轉身。

東海王無奈，輕輕嘆了口氣，安靜地躺了一會，說：「為什麼我身邊就沒有人能送進宮呢？」

譚氏轉過身踹了丈夫一腳，差點將他踹到床下去，「怎麼，你還打算讓我做點什麼？」

東海王無意間自言自語出聲，急忙辯解道：「怎麼可能？我又不是崔家那種人，我是說……宮裡有上官太后、王美人、崔皇后，又去了一位鄧家的女兒，可有一齣好戲。」

「你那麼想看，怎麼不去當皇帝？」

東海王立刻伸手捂住譚氏的嘴，小聲道：「妳瘋啦，還敢說這種話？當心隔牆有耳。」

譚氏擺脫丈夫的手，「想做事卻沒膽子，呸。我問你，你幹嘛對宮裡的事情這麼感興趣？」

即使是對妻子，東海王也不說想為母親報仇的事情，笑道：「還不是為了咱們、為了譚家？陛下親政時間不長，年富力強、事必躬親，估計很久都不會懈怠，眼見得又是一位武帝，有這樣的陛下，外臣想要掌權，幾乎不可能。可陛下也是人，而且心地仁慈，常有不忍之心，很難壓制後宮之爭，妳看著吧，少則幾個月，多則三五年，能在後宮勝出者，其家必掌大權。」

「王美人有家人嗎？」

「嘿，富豪之家尚有眾多攀親之人，何況是大楚太后？而且王美人未必就是最終的勝利者。她隱忍的時間太久，稍一得勢就有點沉不住氣，缺少大將之風。」

「你的皇后表妹呢？」

東海王早已考慮多時，張嘴就來，「表妹生性溫婉，很少與人相爭，甚至會主動將手中的東西讓給對方，只求息事寧人。可她生於崔家，從小備受寵愛，骨子異常驕傲，所謂的不爭乃是不屑，一旦觸及底線，她絕對會讓對手大吃一驚。」

譚氏見過皇后，還跟她一塊在宮裡逃亡過，想了一會，覺得丈夫說得沒錯，又問道：「鄧粹的妹妹呢？會參與爭權嗎？」

「我沒見過她，但是她只要與兄長鄧粹有三分相似，那就必然要爭，我只是不明白，鄧家衰落已久，爭權到底是為了什麼？」

「我會打聽出來。」譚氏說，又要轉身。

東海王卻說到了興頭上，「妳怎麼不問太后和金貴妃？」

「太后退隱，匈奴女人留在塞外，有什麼可問的？」

「未必，此消彼長，現在王美人還沒怎麼樣呢，趨炎附勢之徒就已蜂擁而上，等她成為王太后，誰還在乎上官太后？記住，上官太后不是普通人，她發起怒來，可是要殺人的。」

譚氏第一個想到的不是婆婆崔太妃，而是上官太后的親妹妹，以及傳說中死於太后之手的桓帝，「嗯，那的確是一個可怕的人。」

「金貴妃說是不回京城，卻將二哥金純忠留在陛下身邊，背後又有整個匈奴做靠山，進可攻，退可守，要說後宮諸人當中，她的地位最穩，當然要坐山觀虎鬥，說不定哪一天就會長驅直入、進宮掌權呢。」

「陛下很喜歡她，是不是？」

東海王卻不是特別在意這點，「那麼有名的美女，誰……」

譚氏的手又掐在了腰側，東海王立刻求饒：「別……是妳問我的。陛下不是那種貪戀美色的人，我聽陛下的意思，同意金貴妃留在塞外有許多原因，其中一個就是擔心會因此墜入溫柔鄉不可自拔。」

譚氏哼了一聲，又嘆息一聲，「好美的貴妃，好決絕的皇帝。」

「所以妳知道了吧，後宮裡的都不是省油的燈，這場大戰……可惜咱們看不到，更參與不了，等到水落石出，咱們也得不到好處。」

譚氏一直覺得丈夫不夠堅忍、難成大事，今晚聽他一席話之後，發現丈夫其實另有優點，並非一無是處，「踏實睡吧，我不會讓你一個人操心這些事。」

譚氏側身躺臥，手放在丈夫胸上，東海王握著妻子的手，不再輾轉反側，慢慢入睡。又一次夢到母親，次日清晨睜眼之後照樣心怦怦直跳，真害怕哪天不小心會在夢裡說出報仇的實話來。

入關後，京城的大臣分批前來接駕，送到皇帝面前的奏章不再是楊奉等人批覆過的副本，而是原本，需要皇帝親自批閱，這也是還政的一種表現。

皇帝一下子變得忙碌起來，經常要停下來與大臣們商議朝政。離京城越近，隊伍的行進速度反而越慢，一天只有數十里。

東海王仍沒有正式官職，他也不求官，寧願以含糊的身份留在皇帝身邊，當一名參謀與顧問，因此也跟著忙碌起來。

整整五天後，京城近在眼前，東海王才稍微閒下來些，譚氏也打聽到了他想要的消息。

鄧粹的妹妹之前直接到洛陽，然後與哥哥匯合、一同進京。

果然女人之間好說話，譚氏試探了幾回，很快就與鄧妹見到面，聊來聊去，結為姐妹。

「你絕對猜不到鄧家的想法。」譚氏在床上說，只有熄燈之後，她才覺得能夠安全交談。

「所以我才納悶啊，要說貪權，鄧家之前沒有來京城輔佐冠軍侯；要說報仇，崔昭剛去晉城送子的時候，鄧家明明很熱情，後來一聽說冠軍侯的兒子……」

「問題就在這。」

「怎麼了，鄧家不就是懷疑他在宮裡被調包了嗎？」

「大將軍鄧遵在武帝時打過不少勝仗，也殺了不少人，據說因此傷了陰騭，自己英年早逝不說，鄧家在那之後一直只生女兒不生兒子。」

「所以呢？」

「所以鄧家想收養冠軍侯之子，用龍子龍孫驅除晦氣，如果冠軍侯的兒子是假的，自然也就無效了。」

「這……這也太可笑了，虧我將鄧粹看成一個人物，陛下也對他頗有期待，居然……居然……」

「你不信就算了，別笑話別人。」譚氏正色道，她比較相信這種事。

東海王長出一口氣，「那我就放心了，看來鄧家不是威脅。」

「未必，真像你說的一樣，鄧粹的妹妹也不是尋常女子，若能進宮、必有一爭。」

「可惜咱們還是只能旁觀，不，連旁觀的資格都沒有，只能等著聽消息。」

「我想過了，咱們應該支持皇后。」

「小君表妹？」

「嗯，皇后暫時處於守勢，一直退讓，早晚必有反擊之時。回京之後，我會想辦法與皇后聯繫上，你不用參與，萬一惹出麻煩，也與你無關。」

「這……不好吧？」

「我意已決，你不用多說。」譚氏頓了頓，「王美人已經開始動手了，你一定要小心，王美人可不喜歡你，甚至很忌憚你。」

東海王當然明白這個道理，「王美人動什麼手了？妳聽誰說的？」

「你注意到沒有，過了函谷關之後，隊伍走得一天比一天慢？」

「當然，這是因為陛下經常要與大臣商議朝政，而且路上的接待也多，一處接著一處。」

「不管怎樣，王美人可是充分利用了這幾天，陛下在洛陽宣布三年內不得選秀，王美人趁著陛下還沒回京，已經將一批秀女接入宮中，陛下還能再將她們送出去嗎？」

東海王吃了一驚，「為了排擠皇后，王美人真是無所不用其極啊。」

「你會告訴陛下嗎？」

東海王想了一會，「不，離間陛下母子關係這種事我絕不能做，而且……小君表妹若是不被欺負得更狠一些，妳憑什麼取得她的信任與好感呢？」

譚氏冷哼一聲，卻將丈夫摟得更緊了。

第三百六十三章 母親與皇后

皇宮應該是皇帝的家，離「家」多日，歸來的韓孺子卻沒有回家的感覺。進城之前，光是想到皇宮的高牆，他就感到一陣輕微的厭惡，突然醒悟自己遲遲不願返京，一部份原因就是不想回到宮裡。

他很快的調整好心情，無論如何，他現在是皇宮的主人了。

皇帝返京有許多事情要做，第一件卻不是國家大事、更不是與皇后團聚，而是去拜見太后。

無論如何，上官太后仍是皇帝名義上的母親，大楚的規矩要求皇帝表現出足夠的孝心，太后也得流露出足夠的慈愛。

韓孺子和上官太后都做不到，不過好在有禮部和內官，他們的經驗豐富，用完美且繁複的儀式彌補了一切缺憾、掩蓋了一切尷尬。一批太監替皇帝送上他從未過目的各地特產，另有一位女官替太后溫言慰勞遠道歸來的皇帝。

皇帝已經親政，不用再下跪，說一句「皇兒拜見太后，遠遊在外，勞太后懸念」，就算完成了任務。太后只需保持微笑。

直到轉到另一間房，與生母王美人單獨見面，韓孺子才感到自在，他充滿感情地叫了一聲「母親」。

王美人有自己的寢宮，但她平時仍與太后住在一起，執婢妾之禮，這為她贏得不少名聲。

王美人仔細打量自己的兒子，伸手摸了摸他的臉頰，好確定他一根汗毛也沒少，良久才長長呼出一口氣，

「陛下總算回來了。」

「我沒事。」韓孺子原地轉了一圈，「身體還強壯不少。」

王美人笑著搖搖頭，隨後正色道：「要稱『朕』，即使是對我、即使是在私底下，也不能隨便自稱，皇帝就是皇帝，哪怕周圍空無一人，也還是皇帝。」

「是，朕……明白。」韓孺子能理解母親的謹慎，他這個皇帝當得頗為不易，自當牢牢握住。

王美人語氣緩和下來，拉著兒子的手，問了許多路上的瑣事，每天吃幾頓飯？是熱是涼？準時嗎？有沒有湯？太監們聽話嗎？每天換床睡得習慣嗎？諸如此類，都是母親才能提出的問題。

韓孺子一一回答，一點也不覺得無聊。

王美人總算滿意，鬆開手，讓兒子坐下，又變得嚴肅起來，「有一個人，陛下應該帶回來，我卻沒有見到；另外一個人，陛下不應該帶回來，我卻聽說他跟在隊伍裡，得意洋洋。這是怎麼回事？」

韓孺子知道母親說的都是誰，微笑道：「金貴妃是匈奴人，不願回京，自己選擇住在草原。」

「自己選擇？什麼時候大楚皇帝允許嬪妃自己選擇住處了？這麼大的皇宮是為誰建的？再說那畢竟是大楚之妃，又沒個可靠之人看著，就這麼任其流落在外，還是不講禮儀的蠻夷之地，陛下就不怕天下人恥笑嗎？禮部尚書元九鼎親自去的晉城，就一句也沒反對過？」

韓孺子臉色微紅，像是回到了小時候，當他偶爾做錯事的時候，慈愛的母親就會變得嚴厲。

但他畢竟已經長大，回道：「元尚書反對了，曾率領隨行官員一塊進諫。」

「可陛下不聽，仍要一意孤行？」

「情況有點特殊，朕在晉城迎娶金貴妃的時候，身邊只有寶璽之印，沒有冊封之印，所以……冊封文書並不完整，嚴格來說，金貴妃還不是正式的貴妃，也不會被列入宗室譜籍。」

皇帝有十二枚璽印，各有用途，寶璽最重要，卻不是萬能的。

王美人眉頭微皺，「這樣也行？金貴妃和匈奴人看不出破綻嗎？」

「金貴妃瞭解真相，她不在意，匈奴人大概也知道是怎麼回事，但是假裝糊塗。」

大單于急於返回草原，確信皇帝喜歡金垂朵就夠了，對其他事情都不計較。

王美人念念在心的卻是貴妃，「她不在意？她怎麼會不在意……算了，另一個人呢？」

「東海王？他變化很大，朕敢擔保，他絕不會再生異心。」

「東海王不會再生異心，但其他人呢？有時候不是誰想造反，而是被一群野心勃勃的狂徒硬推上去的，比如英王。」

英王仍然下落不明，據說被群盜帶到了海上。

「如果那樣的話，朕更要將東海王留在身邊，時刻關注。」

韓孺子語氣平淡，王美人卻聽出了強硬之意，這是她的兒子，她再瞭解不過。孺子從小就很少大吵大嚷，可是對自己堅持的事情即使表面上認錯，過後還是會堅持。

他現在是皇帝，連表面上的認錯也不需要了。

王美人再度緩和語氣，「好吧，陛下覺得能看住東海王，那就應該沒問題。但你務必小心，東海王跟他母親一樣，很會掩飾。」

「是，朕會小心在意。」

王美人想了想，「陛下為何要終止選秀？」

「齊國再叛、匈奴入侵，大楚頻遭兵災，朕在晉城被圍、僥倖得脫，這種時候選秀不合時宜，徒增百姓負擔，讓天下人以為朕是無道昏君。」

「唉，陛下說得對，都是我的錯。久居皇宮，讓我忘了民間疾苦。」

「母親也是一片好意，何錯之有？」

「可陛下的聖旨來得稍晚一點，我已經將十名不錯的秀女召入宮中，怎麼辦，要送出去嗎？」

終止選秀，負責的是禮部與相應官員，將秀女送出宮，卻無異於彰顯皇帝生母的錯誤，韓孺子只能道：「已經入宮的就留下吧，正好服侍母親與太后。」

「呵，我們兩個老太婆，還要多少人服侍？留在陛下身邊吧。別人倒無所謂，其中兩人出身顯貴，進宮之後不能連個名份都沒有……算了，陛下剛回來，這些事情以後再說。」

「是，母親。」韓孺子也不想現在就計較後宮之事。

王美人仍然沒有放兒子離開的意思，喝了一口半涼的茶後，說道：「河南尹韓稠怎麼得罪陛下了，居然要免他的職？」

「免職？母親誤解了，他是升官，由河南尹升為宗正卿。他是宗室長輩，辦事得力，正適合擔任此職。原宗正卿年事已高，幾年來一直請求致仕，也該換人了。」

「陛下這麼一說，我就明白了。」王美人露出微笑，也不想現在就與皇帝發生爭執，何況久別重逢，兒子又在晉城遇過大難，她現在只在意兒子的平安，對別的事情不太上心。

「陛下真是長大了。」王美人由衷地說，伸出手，想跟從前一樣，捏捏兒子的臉蛋，馬上放下手臂，重覆道：「陛下真是長大了。」

韓孺子握住母親的手，「再大也是您的兒子。」

母子二人閒聊了一會，外面天色漸暗，王美人終於放兒子離開，「去吧，陛下是有妻室的人，不能總留在母親身邊。皇后還在等你，她這些日子裡也不容易，陛下要好好安慰她。」

「是，母親。」韓孺子略感意外，沒想到母親會說皇后的好話，起身準備告辭，又想起一件事，「代國都尉鄧粹，救駕有功，希望將妹妹送入宮中。」

「這種事情陛下自己做主吧，與皇后商量就行。」王美人略顯疲憊，這幾天她比走在路上的皇帝還累，時刻計算行程。如今懸著的一顆心總算放下，覺得整個人就像被掏空了一般。

「母親好好休息。」韓孺子退下，心裡踏實許多，出門與張有才等太監匯合，匆匆向自己的寢宮走去。

皇后盛裝等了大半日，知道皇帝會忙，沒有派人去催。她獨自端坐，回想在倦侯府裡的一點一滴，心裡暖暖的，嘴角露出微笑。

「陛下回宮！」外面有人喊道。

崔小君站起身，發現自己的心跳有些加快。

皇帝與皇后的重逢沒有那麼多禮儀，但也得遵守一定規矩，自有女官引導，兩人照做就是。

儀式很快結束，女官退下，侍女幫助皇后摘下沉重的頭冠之後，也退下，房間裡只剩下兩個人。

韓孺子站在十步之外，目不轉睛地看著皇后。

崔小君抿嘴一笑，「陛下不認得我了？」

「為什麼皇后會有這麼大的變化？」

「變化？」崔小君驚訝地低頭看了自己兩眼，「哪有什麼變化？連衣裳都是舊的。」

「不，有變化。」韓孺子邁步，緩步走近，「比從前更美。」

崔小君臉上一紅，笑道：「陛下從哪學來的花言巧語？」

韓孺子攬住皇后的腰，「花言巧語不是學來的，碰見對的人，便會自然而然地從嘴裡蹦出來。」

皇后準備了酒饌，兩人都沒有胃口，攜手上床，互訴衷腸，都是閒言碎語，沒一句要緊的話。

回到皇宮的第一天，韓孺子感覺很好，母親與皇后的矛盾似乎沒有想像得那麼大，用不著他來煩心。接下來，他可以專心致志地處理國家大事。

皇帝回京頭兩天不用上朝，但韓孺子還是早早起床，前往凌雲閣，召見中掌璽楊奉，要趁這兩天與楊奉交接一下。

楊奉早就等在閣中，還是一副不冷不熱的樣子，好像這只是一個假期的結束，學生或許有一點興奮，教師感到的卻是又要面對頑劣的弟子了。

兩人互相點了下頭，連句寒暄都沒有，楊奉開始詳細介紹朝中情況，有些奏章比較重要，別人不能代為批覆，必須皇帝親自過目，需要盡快處理。

韓孺子很快進入狀態，準備好正式接掌整個朝廷。

一個上午過去，楊奉介紹完畢，說到自己的事情：「陛下既然平安歸來，請允許我卸任中掌璽之職。」

韓孺子一怔，完全沒料到會聽到這句話，「楊公何意？」

「陛下被困晉城期間，我做出的一些決定，讓我不適合再任內官。」

「朕明白楊公的用意，從來沒有怪罪於你。」

「即使如此，還是請陛下放我出宮，讓我繼續追查望氣者淳于梟的下落。」

韓孺子不明白，像楊奉這麼聰明的人，怎麼會困在這樣一個坎，怎麼都邁不過去。

第三百六十四章 不欠人情

皇帝返京的第二天，楊奉當面提出卸任的請求，這不是以退為進的把戲，他的態度很堅決。

午膳時間到了，韓孺子就在凌雲閣用膳，也賜膳給楊奉，但兩人不在同一間屋子。韓孺子早早吃完，讓太監撤去食物，走到窗邊向外面遙望。

貴族侍從又都到了，數量顯得更多，其中許多人都曾跟隨皇帝出行，並參加了晉城之戰。不少權貴子弟死傷，倖存者都得到了封賞，相比普通將士的金錢與土地，他們更在意爵位與官職。要不了幾年，窗外這些人當中就會出現大批的將軍，至於文官，他們還是要與科考出身的文人競爭。

崔騰成為眾人絕對的核心，在皇帝身邊他只是一個跟班，但在外面，他恢復為真正的崔家人，坐在樹下唯一的椅子上，兩名勳貴為他搧風，看上去非常高興，一點也不以為恥。

十幾個人圍繞著他，更多的人則只能羨慕地遠望。

東海王沒有參與這種事，不知站在何處，韓孺子看不到他的身影。

身後傳來一聲咳嗽。

韓孺子轉身，對進來的楊奉說：「楊公擔心遭到報復嗎？」

對楊奉，他不想拐彎抹角。皇帝對另立儲君之事毫不在意，王美人卻做不到，她很在意、甚至懷有恨意，對她來說，那必定是極其煎熬的一段時間。

楊奉尋思了一會，「這只是原因之一。」

「還有其他原因？」

「陛下視楊某為何等人？」

「朕視楊公為師。」韓孺子回到桌後坐下，雖然楊奉是他最信任的人之一，卻不是親近之人，所以仍要自稱為「朕」。

「楊某斗膽，也視陛下為弟子，可我現在已經沒有什麼能教給陛下的了。」

韓孺子微微一笑，「學無止境，朕此番出巡，領悟最多的就是這一點。」

「陛下已經可以自學，無需楊某。我很珍惜與陛下的師徒關係，不願這份關係遭到破壞。」

「沒人能破壞。」韓孺子肯定地說。

楊奉的神情稍顯嚴厲，看來他還是得給皇帝上一課，「我與朝中大臣共立臨淄王一事，陛下能理解吧？」

「當然，那是讓匈奴人死心的必然手段。」

「可其他人能理解嗎？」

「嗯？」

「楊某與陛下有師徒之誼，與天下人可沒有。在別人看來，楊某不過是一得勢權宦，在陛下最危險的時候，急急忙忙地另立儲君以備後路。」

韓孺子很清楚，楊奉真正在意的不是「天下人」、「其他人」，只有一個王美人。

「朕的母親不會……朕不會讓她影響到楊公。」韓孺子還是希望能將楊奉留在身邊。

「我相信陛下的能力，可我不想讓陛下這麼做。」

「為什麼？」韓孺子仍然無法將楊奉完全看透。

「請允許我舉一個粗俗的例子。」

看到皇帝點頭後，楊奉繼續說道：「我在街上行走，只因為不小心攔了某人的路，對方揮拳要打，這時又來一人仗義出手、替我解圍，我是否應該感謝這位後來者？」

楊奉的問題從來不能簡單對待，韓孺子想了一會，還是只能得出一個結論，「應該。」

「我也是這麼想的，不只是應該，而且是必須。可我心裡還是有幾分彆扭，因為我什麼錯事也沒做，莫名其妙地差點挨打，又欠下人情，最後什麼也沒有得到。如果有選擇的話，我寧願不走那條路，既躲開打人者，也避開相助者。」

韓孺子想說楊奉起碼能結識一位仗義之人，也算所得，馬上又將話咽回去，因為他終於明白過來。楊奉從前是文人，後來當太監，因懂帝王之術，在官場中也能游刃有餘，但他骨子裡是一名江湖人。

杜摸天、杜穿雲爺孫在倦侯即將稱帝時飄然而去，醜王在立下大功之後甘願接受流放，楊奉正在做出同樣的決定。他們都將人情看得太重，寧可讓別人虧欠自己，而不是自己虧欠別人。

楊奉拒絕參與後宮之爭，因為無論勝負，他在人情上都是輸家。

韓孺子忍不住想，當初武帝屠殺豪俠，真正原因大概不是這些人有叛逆之心，而是他們不肯為帝王所用。

「楊公是要追查聖軍師嗎？」

「嗯，無論如何，他肯定與淳于梟有著千絲萬縷的關係。我得到消息，叛軍兵敗之後，聖軍師先是逃至海上，如今很可能回到了雲夢澤。」

「既然如此，朕給你兩項任務。」

「請陛下降旨。」

「太祖寶劍尚還流落在外，可能就在聖軍師手中，你要找回來。」

「是。」

「英王乃武帝幼子，為奸人所掠，同樣流落在外，你也要找回來，而且要保證他的平安。」

「遵旨。」楊奉深深地躬身，起身之後又加上一句，「謝謝。」

尋找寶劍與英王雖然都很重要，但還稱不上當務之急，皇帝佈置這兩項任務，其實是給楊奉一種公開的權力。如果只是查找一個傳說人物的下落，實在不值得朝廷大動干戈，甚至沒法宣之於口。

聖旨必須成文才有效力，但楊奉並不急於一時，準備告退。

韓孺子還有一件事需要請教，「關於宮中……楊公可有建議？」

「內事諮詢劉介、景耀，外事多問趙若素。」

「景耀……」

「他還在宮裡為隸，只待陛下救之於水火之中，說到後宮之事，他可能比劉介更在行些。」

韓孺子點點頭，「楊公認得中書舍人趙若素？」

「不認得，但是聽說他曾在晉城為陛下奔走效力，我猜此人大概就是所謂的『吏首』。」

「吏首？」韓孺子第一次聽說這個詞。

「官有官首，通常是宰相；吏有吏首，卻很少顯山露水。中書舍人位卑而職重，趙若素敢於挺身而出，必有所依，可能就是吏首，或是與吏首極熟之人。他肯為陛下奔走，那是真正的效忠，此人的用處不可估量，望陛下珍視之、重用之。」

韓孺子也很欣賞趙若素，卻沒到楊奉以為的地步，驚訝地說：「要提拔他當大官？」

「陛下會讓杜穿雲這種人當將軍嗎？」楊奉不知不覺間又露出好為人師的習慣，不直接回答，而是以看似無關的事情反問，讓提問者自己舉一反三。

韓孺子一笑，立刻明白了楊奉的意思。趙若素一旦為官，就會失去「吏首」的作用，而且他也知道，楊奉不會向他詳細介紹「吏首」的含義與作用，全要靠他一點一點發掘。

「江湖險惡，楊公保重。」兩人並不是就此再也不見面，但韓孺子還是說出分別的話。

楊奉卻沒那麼多情緒，輕輕揮了下手，「楊某已非當初，陛下不如讓『江湖』保重吧。」

楊奉難得說出如此狂傲的話，韓孺子大笑，楊奉躬身退出。

韓孺子命人將東海王叫進來。

東海王來得極快，好像早就等在閣外。

「大將軍崔宏馬上也要回京，此次平亂、阻擊匈奴人，他都有大功，朕要重賞於他，可是大將軍官至極品、爵為列侯，已無可封餘地，只能恩及子孫，你提提建議。」

這種事的確是東海王的長處，想了一會，回道：「崔勝亡故，崔騰即是嫡子，早晚要繼承崔宏的侯位，不需要封侯。」

「崔勝不是有一個兒子嗎？應該由他襲爵吧？」

東海王笑道：「規矩是這個規矩，但總有商量的餘地。崔勝之子年齡太小，撐不起崔家，崔騰又正得陛下歡心，崔家早晚會找個理由，請求立崔二為嫡。陛下若想皆大歡喜，不如向皇后透露口風，請崔家早些遞上奏章，陛下讓崔二襲爵，再另封崔宏之孫為侯，一門兩侯，崔家該滿足了。」

「你不覺得崔家……太大了嗎？」韓孺子喜歡皇后，也信任崔騰，可崔宏太看重權勢，崔騰又沒有真本事，讓他感到為難。他已經拒絕過一次給崔騰封侯，這次也不太情願。

「賞罰需分明，崔家既立此功，就該得此賞。」

韓孺子感到有些意外，東海王居然會替崔家說好話，尤其此刻崔騰並不在場，「朕會考慮，你自己呢？想好封賞了嗎？」

東海王笑道：「陛下允許我攜妻回京，就已經是天大的恩德。我不要封賞，也不要官職，如果陛下需要我偶爾提些小小的建議，就把我留為侍從吧。」

東海王只有在完全佔據優勢的情況下，才會說幾句真話，韓孺子笑著搖搖頭，說：「好吧，你暫時留下，隨傳隨到。」

「謝陛下。」

韓孺子沒叫崔騰進來，獨自看了一下午的奏章，最後發現一個問題：他沒法不露痕跡地召見趙若素。

趙若素是中書舍人，屬於外臣。皇帝出行的時候能夠便宜行事，回京之後，一切都有規矩，趙若素不能隨便進宮，等到皇帝正常執政後，他才能出現在勤政殿。可那裡屬於宰相等人，皇帝很難越過眾大臣直接與一名遞送文書的掾吏私下交談。

這件事只可自己解決，不能求助他人。韓孺子也不著急，黃昏時分，先去拜見太后與母親，然後返回寢宮休息。

聽說皇帝要給崔家再封一侯，皇后沒有為之高興，反而勸皇帝不要這麼做，「崔家權勢已然過重，不可再增。要是我說，應該讓我父親交出兵權，回家頤養天年。」

與大將軍有隙的東海王為崔家邀功請賞，大將軍的女兒反而建議削奪父親之權，韓孺子真有點糊塗了，「大將軍南征北戰，絕不是為了頤養天年，他既然立功，就該得到封賞，這與他的外戚身份無關。」

崔小君卻不這麼想，尋思一會，說：「先讓我寫信與父親商量一下吧，他若不願交權致仕，隨陛下封賞就是。」話一說完，她笑了，「陛下是不是覺得我不領情？」

韓孺子搖搖頭，他覺得皇后似乎在提防什麼，所以要為崔家未雨綢繆。

讓他感到遺憾的是，自己與皇后或許再也不能無話不談了。

第三百六十五章 宮中從無爭鬥

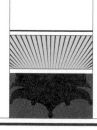

效忠有兩種，一種傾向於效忠個人，一種傾向於效忠身份。

對韓孺子來說，皇后、張有才等人屬於前一種，無論他是皇帝還是倦侯，都能指望得到他們的忠誠；劉介以及在晉城殉難的蕭聲屬於後一種，無論誰當皇帝，對他們的忠誠都沒有太大影響。

韓孺子翻看史書，發現大多數皇帝對這兩種效忠都分得很清楚，對前一種人寵溺與放縱，當成親人看待，每每無法為外人所理解，史書對此頗有微詞；對後一種人，皇帝則時時刻刻擺出威嚴的架勢，平時公事公辦，關鍵時刻卻可能放他們一馬。

韓孺子自己也不能免俗，區別就是對有些人稱「我」，對有些人稱「朕」。

還有一些人，無所謂效忠與不效忠，不要說是皇帝，就算是神仙下凡，他們也會觀察一會，確定神仙對自己真有好處之後，才肯下跪膜拜，否則的話，寧願站在一邊旁觀。

偏偏這些人可能在某方面極具才華，楊奉、孟娥等人如是，他們有自己的想法，皇帝也無法操控。

韓孺子闔上書，既激動又迷茫，皇帝或許是這世上最複雜的身份，極具挑戰。怪不得大多數人做不好皇帝，個別人甚至表現出明顯的厭倦，可是沒人能撒手，全都緊緊握在手裡。

韓孺子願意接受挑戰。

中司監劉介進來，輕聲道：「陛下，景耀到了。」

韓孺子點了下頭，示意中司監稍待，說：「劉公熟悉宮中規矩，覺得朕這樣做合適嗎？」

韓孺子聽從楊奉的建議，決定再度起用景耀，但是不能官復原職，更不能避著劉介。

劉介曾是景耀的下屬，如今卻是頂頭上司，對皇帝的決定沒有半分不滿之意，相反，表現得相當看重景耀，「景公在宮中任職多年，經驗之豐富，無人能出其右。雖遭太后貶黜，但是並無重罪，陛下此刻啟用，沒有問題。」

「好，朕記得劉公說過，景耀擅長收集信息？」

「是這樣，他總能找到合適的人手，也能分辨他們報上來的信息是真是假。」

「如今宮裡負責此事者為誰？」

「並無常職，也不宜公開設置，陛下有令則行，無令則散。」

利用太監收集情報，會受到朝廷外臣的忌憚，韓孺子明白這個道理，「讓他進來。」

景耀顫顫巍巍地進來，在門口跪下，受到允許匍匐前行，口稱陛下，還沒說什麼，先是老淚縱橫。

前中司監淪落到在宮裡劈柴掃地，突然得到皇帝的召見，如同從雲端伸下來的一隻手，直探泥潭底部，景耀當然感激涕零。

韓孺子坦然接受，因為他明白，這是皇帝的權力。

唯有皇帝能夠光明正大地生殺予奪，隨口一句話就能將一個人捧上天或者直摔到地下，皇帝就是用這種手段掌握十步之外、千里以內的權力，不用者終身困於十步之內，濫用者即使在千里之外也能招來威脅。

等景耀哭得差不多了，韓孺子揮了下手，讓劉介送上巾帕。景耀雙手接過，還是用髒兮兮的袖子擦乾臉上的鼻涕眼淚，他知道態度已經表完，從現在起，得用真本事打動皇帝。

韓孺子詢問景耀人在宮中，如何收集天下各處的信息，景耀振作精神，介紹得十分詳細。原來他並沒有祕密的組織，當他想要打探消息的時候，會選擇不同衙門裡的不同小吏，許以一些好處，讓他們避開正式管道，再找更外圍的人四處打聽。幾條線互不相知、也互不干擾，最後消息匯總在一起，彼此印證，保證消息準確。

這種事說起來容易，做起來難，景耀之前花了十幾年才選中一批官吏成為常用的合作者。至於回報，金銀只是小頭，更多的是宮裡的一些信息，尤其是關於官員升貶的內容，小吏能夠用來討好或者報復某些官員。

景耀失勢之後，這些路線就都中斷了。

景耀磕頭不止，發誓說自己從未透露過真正的宮中祕密，都是一些早晚會公開的消息，讓小吏提前一兩天知道而已。

韓孺子沒說什麼，向劉介點了下頭，劉介退下，留下皇帝與景耀密談。

景耀額頭觸地，身為經驗豐富的老宦，他深知密談的含義，那是危險、也是前途，必須小心應對。

韓孺子也在小心應對，將皇帝的權力用在景耀這種人身上要特別謹慎，用好了是平添助力，稍有瑕疵，就會培養出一頭惡狼，甚至會扭頭咬向皇帝本人。

韓孺子沉默良久，直到景耀的後背因為緊張與困惑而再次顫抖，他才開口道：「景公何時進宮的？」

「和帝十九年。」

和帝是武帝的父親，景耀自小入宮，迄今已有五十幾年。

「嗯，時間夠久了。」

景耀不明白皇帝的意思，趴在地上不敢回答。

韓孺子又沉默了一會，問道：「景公見過不少宮中爭鬥之事吧？」

景耀迅速抬頭看了皇帝一眼，知道這不是隨便問問，自己更不能隨便回答，想了一會，將身體稍稍抬起，好讓聲音更清晰一些，「宮中從無爭鬥。」

韓孺子眉毛一揚，「這倒稀奇了，史書對宮中之事記載不多，可也不是空白，歷朝歷代，包括本朝，宮中從未缺少過爭鬥吧？」

景耀將身體再抬升一點，「老奴的意思是，從來沒有純粹的宮中爭鬥。」

韓孺子隱約明白了景耀的意思，「起身說話。」

景耀謝恩，費力地站起來，知道這是一次極其難得的機會，自己若不能立刻打動皇帝，就只能困死在陰冷的小屋子裡，「宮中之人所爭、所仰者皆是陛下，再無其他。可陛下所思所念者乃是天下、乃是朝廷。太監也好，嬪妃也罷，費盡心機也不過討得陛下一時歡心，若想長久立足，非借助外力不可，老奴因此說，宮中並無爭鬥，一切爭鬥都在外面進行。」

「比如上官皇太妃與太后呢？」

宮中爭鬥最慘烈的一幕就發生在這對親姐妹身上。

景耀躬身回道：「陛下細思，皇太妃生恨已久，卻一直沒有表露、更沒有明爭，直到與外臣勾結之後，才敢發難。依老奴所見所聞，宮中之事皆可照此推測，再多的矛盾、再深的仇恨，在沒有外力相助之前，也只能隱忍。不能忍者必遭重罰，反之，欲爭鬥者，必自外面著手。」

楊奉說得沒錯，內事的確應該諮詢景耀，這一番話將韓孺子說得恍然大悟，卻稱不上豁然開朗。因為他知道，自己剛回宮時的樂觀大錯特錯，宮中的爭鬥正在進行，只是沒在他身邊展開而已。

誰也不想讓皇帝看到自己醜陋的一面。

「退下。」

皇帝的聲音比剛剛冷淡了些，景耀心裡卻更加踏實，真話總會傷到一些人，正因為如此，真話才能打動另一些人。

景耀退下不久，劉介進來，他要等皇帝的命令，好給景耀一個安排。

「哪裡的活不重，讓景耀去養老吧。」韓孺子不想立刻重用這個老滑頭。

「司庫監缺一位掌鑰副令，景耀老成，可任此職。」

韓孺子點點頭，表示同意。

劉介也退下，韓孺子獨自思考，母親與皇后確有不合，可是正如景耀所說，她們不會在宮裡、在皇帝面前公開爭鬥，那種鬥法太失顏面，也爭不出真正的勝負。母親的目標必是大將軍崔宏，她以為崔家一倒，皇后也將失勢。

所以皇后才會拒絕皇帝的好意，不願再給崔家封侯，因為她明白，崔家地位越高，目標也就越大，更容易受到打擊。

韓孺子輕嘆一聲，明白宮中爭鬥的模式之後，他不再急於插手解決。母親孤身一人，沒有父兄在外相助，這反而是件好事。大臣再怎麼討好王美人，畢竟隔著一層，得不到完全的信任。

討好王美人最為露骨的河南尹韓稠已受到處罰，韓孺子相信，自己再收拾一兩位類似的大臣之後，討好未來太后的風潮將會平息。

不知為什麼，在這場暗鬥中，韓孺子首先防範的是母親，對皇后則是理解，而不是需要解決的問題。但是絕不能讓母親傷心，韓孺子決定明天恢復執政之後，盡快冊封母親為太后。

張有才從外面進來，說：「陛下，東西做好了，要拿進來嗎？」

「嗯。」

張有才轉身，很快回來，與另一名太監抬進一座半高的石製屏風，擺在牆邊，書桌後面的皇帝一扭頭就能看到。

石屏很普通，上面也沒有風景畫，只是刻著幾行大字，並非名家手筆。

勾奴

雲夢澤

海盜

西域

這些才是韓孺子心目中以為最需要解決的麻煩，匈奴排第一，也最難對付，幾年之內無法動手。雲夢澤和海盜卻要盡快處置，但不能同時進行，以免又陷入混戰，大楚經不起這樣的折騰。

至於西域，韓孺子猶豫一段時間之後才決定刻上去，所謂的西方強敵聽起來很虛幻，而且只來自於匈奴人一方說法。

可他能感受到大單于心中的恐懼，那種恐懼哪怕只有三分真實，也意味著西方真有一股勢力正在興起。

「就放在那裡吧。」韓孺子很滿意，明天才要朝見群臣，他今天就想處理幾件正事，「宣召代國都尉鄧粹和辟遠侯張印。」

西域最遙遠，目前來看問題也最簡單，韓孺子決定從那開始，一想到這是自己第一次將皇帝的權力施展到千里之外，他有一點小小的興奮。

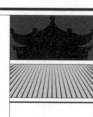

第三百六十六章　執政

同樣被「發配」到西域，鄧粹仍是京城冉冉興起的新星，幾乎人人都認為他的離開只是暫時的，很快就會回到皇帝身邊，前途無量；而辟遠侯張印則陷入新的低谷，孫子的罪過還沒有贖清，又辜負了皇帝的信任，在最關鍵的時刻無所作為。

性格迥異的兩個人，如今要去執行同一項任務。

張印年紀更大、資歷更深、經驗更多，卻沒有半點競爭之心，甘居人下，進屋時自覺地走在後面。

鄧粹也不客氣，拜見皇帝之後，有問必答，侃侃而談，意思只有一個：「為大將者，隨機應變，排兵布陣自有主事之官，不缺大將一人。」

鄧粹的幾次勝利頗有運氣成份，但的確做到了「隨機應變」，顯現出極深的謀略，韓孺子也不小瞧他，微笑道：「然則大將戰前不做任何準備嗎？」

「有，要兵、要馬、要錢、要糧、要信任。」鄧粹扳著手指一一數來，正好五條，「總之多多益善，這五樣越多，大將的選擇也就越多，隨機應變時也更從容，太少的話，多厲害的大將也是去送死。」

張印被晾在一邊，根本插不進話。

「當初的鄧遼鄧大將軍也是這種做法？」韓孺子問，雖然覺得鄧粹堪任大將，心裡還是覺得不太踏實。

「大將軍在的時候，我還是孩子，接觸不多。但是聽族中長老說，大將軍尤其擅長這『五要』，每次戰前必然纏著武帝不放，實在要不來更多，也要更精，五萬將士至少配備十萬匹良馬，轉輸民夫不計其數，別的將軍戰後常常一無所剩，需要盡快回城補給，唯有大將軍常有餘糧。」

那是大楚最為強盛時特有的打法，到了武帝後期就已難以為繼，等韓孺子登基，沒有一次戰爭能夠讓楚軍如此率性而為。

韓孺子笑著搖搖頭，鄧粹的確是大將，卻不是朝廷現在能用得起的大將，「張侯有何話說？」

張印抬頭看向皇帝，想了半天才吐出一句，而且嘴上更不利索，「臣……願為、願為主事……之官。」

韓孺子沒那個耐心，說：「張侯寫份奏章吧。」

「寫、寫了。」張印從懷裡摸出一疊紙，「初稿，陛下、陛下見諒。」

張有才上前接過紙張，轉交給皇帝。

那的確是初稿，紙張皺巴巴的，上面的字跡也頗多修改，韓孺子掃了一眼，沒有細看，「鄧粹，朝廷艱辛，用度不足，兵馬錢糧都不能『多多益善』，朕能給你的，唯有信任。」

換個人這時就會磕頭謝恩了，鄧粹卻露出沉思之色，顯然是在計算衡量，過了一會才說：「也行，可兵馬錢糧都是可見之物，信任這種東西卻是看不見摸不著，陛下怎麼證明呢？」

張有才等幾名太監臉色都變了，辟遠侯張印是老實人，光憑這句疑問，就確信皇帝對鄧粹極為信任，遠遠超乎一般臣子。

韓孺子心中卻是哭笑不得，知道鄧粹在暗示什麼，便微笑道：「那就不要看，也不要摸，仔細領會。」

鄧粹真的想了一會，躬身笑道：「臣領會到不少。」

送走兩人，張有才忍不住道：「這個鄧粹，真是……真是……難說啊。」

韓孺子笑了一聲，「連自己人都猜不透的將軍，可想而知，敵人更猜不透他。」

「陛下真要讓他當大將啊？」張有才吃驚地問。

「別管閒事。」韓孺子拿起張印留下的紙張，嚴格來說這不是奏章，而是一份西域經營謀略疏。嘴上木訥的張印，筆下卻很暢通，寫了二三十頁，洋洋灑灑上萬言。

韓孺子連看了三遍，不禁感嘆世上沒有完人，如張印這樣的人，再添兩三分「隨機應變」的能力，就是百年難遇的將才，偏偏在臨陣時謹慎過頭。

兵、馬、錢、糧、信任這五樣，張印在奏疏中一樣也沒要，他的建議是因地制宜，利用西域三十餘國的力量築城防守，他所需要的一是便宜之權，可以在西域刻印封王，事後再請朝廷追認，二是要一群熟悉西域事務的人相助。

為了不讓朝廷懷疑他要獨佔一方，張印將隻身赴任，家人都留在京城，包括他唯一的孫子。

張養浩已從碎鐵城回京，待在家裡不准邁出大門一步。

張印索要的那群幫手比較特別，居然都是大牢中的囚徒，但他沒有詳細解釋。

這天韓孺子睡得比較早，次日天剛亮，他在同玄殿朝會群臣，這是一項儀式，很快結束，皇帝轉往附近的勤政殿，在這裡與數名重臣共理朝政。

韓孺子當傀儡皇帝時，每天會在這裡坐一會，但是離大臣比較遠，聽到的大都是嗡嗡的議論，只在爭吵的時候才能聽清楚一些話，擬好的聖旨也不會送給他過目，對朝廷處理政務的過程與思路不是特別瞭解。

第一天下來，他發現這一點也不難。

勤政殿由宰相主持，各大部司以及各地官員的奏章大都匯集於此，他與幾名指定的大臣商議批覆內容，交給皇帝過目，獲得許可之後，成文交付相應衙門，只有一些比較重要的奏章，才由皇帝親筆批覆。

正常的奏章批覆「已閱」即可，交給有司收藏，可能永遠也不會再拿出來。另一些奏章則提出各種問題，某地大旱、某地水澇、某司要做某事等等，絕大多數時候，宰相的批覆是將奏章轉到相應的衙門，由該司提出明確的意見，再由宰相批准，來來回回能持續幾天甚至幾個月。

皇帝的職責是監督這一切的正常運轉，並且掌握著最為關鍵的寶璽——沒有寶璽之印，宰相的批覆也只是一句空話。

只在極個別的情況下，比如某個重要的官職出現空缺，或者發生齊國叛亂、匈奴入侵這樣的大事，才會出現激烈的爭論。

整個流程一環套一環，皇帝隨時可以叫停，加入自己的意見，但是沒什麼用，韓孺子很快就發現，自己的想法不會比有司的專業回覆更好，與其耽誤流程，不如旁而觀之。

第一天的工作比較多，有幾件事的確需要皇帝本人的首肯。

希望冊封皇帝生母為第二位太后的奏章已經堆成了山，理由多種多樣，甚至上升到事關大楚江山穩定與否的高度。

這正是韓孺子要解決的第一件事，朱批禮部、宗正府照辦，然後送到慈順宮請太后過目，這是禮節、也是規矩，皇帝不能繞過。

慈順宮的反應也快，下午就送回來，也不知道是誰操筆的，總之太后讚賞了皇帝的一片孝心，要求此事盡快辦理。

接下來是對各地的減賦，大楚連年征戰，尤其是齊、代、燕等地，受損頗多。韓孺子離開晉城之後，曾經巡視一圈，所到之處都有大赦，這回是正式確認，並根據情況延長時限，一到五年不等。

申明志等大臣提出建議，此事可以稍緩一緩，等王太后獲封時頒布聖旨，以顯王太后慈愛萬民。

韓孺子同意。

再往下是戰後的論功行賞，兵部等有司已經擬定計畫，耗費巨大，但是一點也不能省，絕大多數人的封賞都有標準，唯有崔宏、柴悅、鄧粹三人需要皇帝另定。

韓孺子記得皇后的請求，於是將崔宏、鄧粹兩人圈為「待定」，只將柴悅升為驃騎將軍、北軍大司馬。驃騎將軍是虛銜，北軍大司馬才是實職，但北軍傷亡慘重，已回轉京城休養，柴悅在塞外實際上是以臨時身份掌管全軍。

這是大楚的慣例，讓邊疆大將名實分離，以免其擁兵自重。

韓孺子特意找了一下，老將房大業被封為北軍都尉，算是不錯。

這些事情忙完，已經將近傍晚，守宰相申明志希望明日再議，韓孺子卻要求繼續，因為還有一項非常重要的事情急需處理。

皇帝被困晉城期間，一批文臣殉難，也有一批文臣立功，正常封賞之外，空缺的官職也得盡快填補。其實皇帝在外繼續巡狩時，相應職位都已找到代替者，只待他回來確認，唯有一個最為重要的官職，大臣們不提，也沒有奏章，得由皇帝主動些。

守宰相申明志該升為真宰相了，在他這個位置上，無過便是功，皇帝找不到繼續觀察的理由。

楊奉的請求尚未得到正式允許，因此仍留在勤政殿。身為中掌璽，這是他第一次掌管真正的寶璽。

眼看天色將晚，楊奉向皇帝使眼色，韓孺子知道自己不能再等，於是開口，稱讚申明志的才德，決定正式任命他為大楚宰相。

申明志磕頭謝恩，其他大臣祝賀，首日議政方算結束。

韓孺子回到寢宮時已將近二更天，發現皇后不在，有些納悶，找來劉介詢問才知道，原來他少發一道聖旨，皇后已回秋信宮居住了。

宮裡宮外，到處都是規矩與慣例，韓孺子發現自己一整天也沒做成一件想做的事情，絕不想以獨守空房結束這一天。

時間已晚，再頒旨傳召皇后已經來不及，這時規矩發揮了作用，劉介提醒，皇帝可以在任何時候選擇任何一處嬪妃的寢宮就寢。

於是韓孺子住進了秋信宮。

皇后崔小君有點意外，也非常高興。

躺在床上，閒聊了一會，韓孺子問：「妳懷念倦侯府嗎？」

「嗯。」崔小君不敢直接回答，因為她懷念得心都在疼。如果有選擇，她寧願再做倦侯夫人，但這種話絕不是皇后該說出來的。

「我要重新整修倦侯府，送給妳當禮物。」韓孺子頓了頓，「也送給我自己。」

韓孺子必須找個地方，以擺脫皇宮與朝廷的束縛。規矩與慣例大有好處，但更適合平庸的皇帝，而不是想有所成就的皇帝。

第三百六十七章　重返倦侯府

京城就像是一大片幾乎沒有起伏的平原，不管一條江河在上游如何狂野，流到這裡都要不知不覺地慢下來。好處是能夠滋潤更廣闊的土地，壞處是一切事情的進展都變得迂緩，急也沒用。

朝廷的辦事原則基本上是廣開言路、擇優而選，通常耗時長久，一件小事也能持續三五天；若是大事，五六個月都在正常範圍內，大量時間用在互相遞送公文以及監督公文是否合乎規範上。

皇帝認為匈奴、海盜、雲夢澤、西域是四大患，而且都與兵事相關，宰相申明志據此要求兵部發佈公文，命令一定品級以上的將官按期送上應對策疏，皇帝如不滿意，則擴大範圍，要求文官也交策疏，若還不滿意，就要向整個天下徵集了，以期獲得民間高人的指點。

幾個月內，朝廷都有事可忙，就是遲遲不見結果。

韓孺子等不了，他有自己的辦法，趁著大臣們忙於任命新官員、徵集對策，他下了一道旨意，要求少府整修倦侯府，作為皇帝與皇后在京城裡的別宮。

倦侯府如今是潛龍之邸，皇帝的要求一點也不過分，大臣們一致同意。皇家宮苑無數、遍及天下，皇帝常去的沒有幾處，誰也沒料到，倦侯府將會成為皇帝的另一個駐地。

少府負責管理皇室財物，喬萬夫被調到這裡擔任少監，雖非正職，與敖倉令相比，也算是一步登天。他第一件任務就是整修倦侯府，花費極少，只是堵住了幾處多餘的門戶、重新分配房屋，方便宿衛將士居住。

僅僅十天，倦侯府可以迎接舊主了。

這天上午，皇后崔小君先來，看到自己當初養的雞鴨如今已經成群，非常高興，重賞了看守府邸的總管太監何逸。

下午，皇帝也來了，與皇后一塊遊園懷舊，傍晚時分，興致未減，宣布要在府裡過一夜。

太監們準備不足，一時慌亂，於是皇帝再次傳旨：既然倦侯府內一應俱全，用不著非得回宮取用，一切從簡即可。

即使到了這個時候，也沒幾個人猜到皇帝的計畫。

皇后是其中一位，因為皇帝曾經向她透露過幾句。

崔小君覺得很有意思，還有些不安，「這樣真的可以嗎？朝中大臣，還有宮裡……不會同意吧？」

「皇宮與倦侯府，妳喜歡哪一處？」

「當然是這裡。」

「那就行了，如果皇帝連這點事情都決定不了，還稱什麼天下之主？」

崔小君能感覺到皇帝越來越堅定的信心，笑道：「人家不敢指責陛下，卻會說我這個皇后不守規矩。」

曾有皇帝不喜歡皇宮，經常外出，大楚武帝就是如此，但是還從來沒有過皇后長住宮外。

「抱歉，我拿妳當作藉口，明天妳就可以回秋信宮，偶爾來一趟倦侯府即可。」

崔小君搖頭，離開皇宮後，她的心情好多了。再回到倦侯府，她可以暫時放下皇后的身份，當倦侯的小妻子，可以撒嬌、可以拒絕，不用考慮太多皇后的職責，「不，我要留在陛下身邊，而且……有一窩小雞快要孵出來了。」

皇帝與皇后就這樣在倦侯府住下來，對外宣稱仍是暫住，每天早晨回宮裡拜見太后與王美人，皇后回秋信宮，皇帝去勤政殿。看上去一切正常，到了下午，兩人卻都前往倦侯府，皇后在後宅忙碌，皇帝在前院按自己的想法處理政務。

皇帝在哪，奏章就得跟到哪，可是一旦離開皇宮，原有的流程就被打亂，只能從簡行事，中書舍人趙若素又能像巡狩期間一樣，在皇帝身邊待命了。

韓孺子沒急著與這位可能的「吏首」溝通，他有其他急事要優先處理。

大將軍崔宏返京，上疏自陳，以為自己平亂無功、不該受賞，崔家已經蒙受太多皇恩，遠遠超過崔家人所立過的一點小功勞。總之崔宏拒絕子孫封侯，也沒有請立崔騰為嫡，反而願意捐獻此前獲賞的大量財物，幫助皇帝「還債」。

皇帝將天下流民的欠條收歸少府，被層層重負壓得喘不過氣的百姓自然高興，等著秋後算帳的眾多商人，卻是哀聲一片。可那畢竟是一筆很大的投入，真有膽大的商人放出話來，秋後就去向皇帝要錢。

喬萬夫計算了少府的帑藏，發現虧空嚴重，連一成流民帳務都還不起，也不知皇帝的「恐嚇」之計到時能起多大作用，崔家的捐獻雖然不多，總算讓少府不至於無錢可用。

皇后寫給父親的信看來很管用，韓孺子傳旨稱讚了崔宏，但是沒要崔家的捐獻，喬萬夫為此暗中嘆息。

這道聖旨有點特別，是在倦侯府裡擬定，送交勤政殿，讓宰相等人過目，沒有問題又送回倦侯府，加蓋寶璽，再次送到勤政殿，宰相所能做的事情就是將它正式頒布。

直到這時，申明志等人才警惕起來，察覺到皇帝很可能是要另立一個議政場所。

這正是韓孺子的目的，朝廷的規矩與慣例自有好處，能夠保證整個大楚正常運轉，但是效率太低。韓孺子決定與它保持一段距離，將日常事務交給勤政殿，自己專心解決那些最為急迫的問題。

西域的問題最遙遠，相對來說也最簡單，韓孺子在倦侯府再次召見鄧粹與張印，並且允許一批勳貴侍從以及翰林院學士和國子監弟子旁聽，這兩類人是朝廷未來的文武官員，皇帝要從現在開始培養。

張印還是口拙難言，仍由鄧粹主說，他已經看過了張印的策疏，與老將軍私底下交流過幾次，甚至去監獄裡探望了張印推薦的那批囚徒，非常贊同這整個計畫。

那批囚徒有二十多人，都曾在西域任職，因為一次矯詔行事，在桓帝期間被召回京，逮捕下獄。事情並不複雜，西域某國發生叛亂，一批大楚官員來不及請示朝廷，發佈一道假令，從各國徵集士兵，平定了此亂。問題在於這批官員的野心比較大，想要立功封侯，平亂之後沒有遣散軍隊，而是繼續征戰，也順便將幾個平時不太老實的西域小國都城攻破，以顯示天威。

西域震恐，連那些忠於大楚的國家也害怕了，偷偷向朝廷送來奏章，說明真相。二十幾名官員因此入獄，之後不久，桓帝駕崩，他們的事情就被遺忘，沒處申訴、也不能出獄，關押至今，直到被辟遠侯張印想起來。

張印沒說的理由，鄧粹替他表達：「如果陛下是要羈縻西域，這些人無用，他們既不是世家子弟，也不是科考舉子，一群貪功的狂徒而已，專愛無事生非。如果陛下真要在西域築城以禦外敵，沒有比這些傢伙更合適的幫手了。」

在場旁聽的勳貴侍從與讀書人分成兩派，前者覺得應該讓這些囚徒戴罪立功，後者持反對意見，理由很多，一是西方到底有沒有外敵還不確定，不可擅動，二是這些人由桓帝定罪，身為兒子的當今聖上，不該放他們出來。

韓孺子讓他們爭吵，與東海王共同擬定了聖旨，任命鄧粹為護西域都尉、張印為築城將軍，共赴西域、便宜行事。大楚之人隨兩人選用，不問出處，但限定百人，多了不給。

這道聖旨終於引發了勤政殿的反彈，新任宰相申明志發現自己再不出頭的話，將會名存實亡，但他也知道自己尚未得到皇帝完全的信任，地位不穩，說話沒有分量，他壓下聖旨，沒有立刻送回倦侯府，同時向慈順宮送信。

慈順宮反應很快，傳懿旨要皇后回宮，理由是王美人即將被正式冊封為第二位太后，有些事務需要皇后本人處理。

崔小君不能拒絕，匆匆回宮。

韓孺子忙完一天的事情，也回皇宮，在泰安宮和秋信宮都沒有找到皇后。

後天即是冊封之日，於是王美人搬出了上官太后的慈順宮，住進曾歸皇太妃所有的慈寧宮，皇后也被留在這裡。

王美人病了，起碼臉上帶有病容，身為兒媳的皇后，有義務侍奉湯藥，即使皇帝也不能讓她離開。崔小君也不想破例，看到皇帝，只是笑了笑，然後按正常禮儀接駕。

王美人還沒到臥床不起的地步，斜倚在軟榻上，嘆了口氣，說：「陛下來看我了。」

「母親身體有恙，怎麼不早些通知朕？」

「也不是什麼大病，這兩天可能忙碌了些，皇后照顧得很好，無需勞煩陛下，只要陛下能時時過來，讓我看一眼，病就好多了。」

韓孺子上前，握住母親的手，「朕就在宮裡，隨時能來探望母親。」

王美人勉強笑了笑，皇后等人識趣地退出房間。

「陛下真的長大了，能夠親政，一個人就能治理整個天下。」王美人讚嘆道。

韓孺子明白母親的意思，笑道：「一個人可不行，必須有文武群臣的輔佐。」

「既然如此，陛下為何遠離勤政殿重臣，以至尊之體偏居小小的倦侯府？群臣失君，如嬰兒離母嗷嗷不止，陛下聽不到嗎？」

韓孺子依然微笑，「母親有所不知，朕就是想看看群臣的反應，好確定誰更忠誠些，倦侯府只是暫居之處，朕早晚還是會回到勤政殿。」

王美人盯著兒子，已經沒法再像從前那樣一眼將他看透，但這畢竟是她的兒子、她的一切，於是嘆了口氣，說道：「別的事情我不懂，也管不了，只有一件事，陛下得給我一個確切的回答——什麼時候能讓太后與我抱上孫子？」

第三百六十八章　分工

韓孺子放下手中的書，抬頭向不遠處的楊奉問道：「為什麼大臣不敢糾正皇帝一些最明顯的錯誤，卻能理直氣壯地干涉皇帝的宮闈之事？」

韓孺子發現自己並非唯一受到干涉的皇帝，他剛剛看到，前朝的一位皇帝，因為有整整一年沒與皇后同床，受到大臣們的勸諫。另一位皇帝，則是因為對嬪妃寵幸無度而被視為昏君，這些事情都被堂而皇之地記載在史書裡。

楊奉也放下書，想了一會，「皇帝以天下為家，大臣自然以皇帝的家事為天下事。」

韓孺子笑了笑，楊奉是唯一敢在他面前實話實說的人，往往一針見血，「楊公何時出京？」

「三天之後。」

「何時回京？」

「少則一月，多則半年。」

楊奉要跟隨大軍去往雲夢澤。

雲夢澤匪患存在已久，之前的剿匪勞師動眾，效果卻不明顯。大軍一到，群匪作鳥獸散，大軍一退，各寨又迅速恢復。兵部因此換了一種打法，不再派出人數眾多的大軍，而是步步為營，由外向內，逐層修建據點，同時遷徙大量貧民開墾荒地，官府提供種子與耕牛，三年免租。

韓孺子希望能用這種辦法慢慢磨掉群匪，盡量節省開支。

剿匪的將軍由兵部推薦，是名很有威望的老將，楊奉擔任監軍，公開的職責是找回英王與太祖寶劍，實際上是要繼續追查望氣者淳于梟的下落。

經歷這麼多事情之後，韓孺子已經不太重視望氣者，將他們視為手段陰險的江湖人，趁機興風作浪，時勢一變，他們也無能為力，他甚至不再相信「淳于梟」的存在，以為那只是望氣者編造出來的一個人物。可楊奉相信，並視為頭號強敵。

韓孺子幾次想要詢問原因，想想還是算了，楊奉自有其道理，或許他只是需要一個藉口離開皇宮這個是非之地，沒有必要問得太清楚。

太監張有才進來，輕聲道：「陛下，時候到了。」

韓孺子起身，整理衣冠，走出房間，與皇后匯合，一塊去拜見剛剛得到冊封的第二位太后。

王美人終於得到太后的頭銜，實至名歸，無人反對，只是稱呼上有點小麻煩，「王太后」與諸侯之母的稱號重覆，難以區分，「王皇太后」又有點繞嘴，禮部於是提出建議，以宮名為前綴，稱上官皇太后為「慈順太后」，王皇太后為「慈寧太后」，在排位上，慈順在前，慈寧在後。

這也是王美人本人的要求，無論公開還是私下，她都不肯居於上官皇太后之上。

冊封儀式已經完畢，皇帝不用參加，只需前往慶賀即可。

慈寧太后盛裝見駕，替天下百姓感謝皇帝的大赦聖旨，然後她回到裡間，又換上平時的舊衣裳。再出來時，也恢復了母親的身份，念念不忘抱孫子一事，「宮裡太冷清了，每天來拜見我們兩個老太婆的人，只有陛下與皇后，什麼時候能再多幾個人？我知道，生孩子這種事急不得，可是除了皇后，總該有幾位嬪妃吧？人已進宮了，陛下什麼時候冊封？」

十名秀女被慈寧太后提前引入宮中，皇帝沒辦法再送出去了，只能回道：「近日朝中事務繁多，再緩幾持即可。」

天，不用多久。」

慈寧太后早有準備，說道：「宮中之事，無需件件勞動陛下，皇后乃宮中之主，只需陛下點頭，由皇后主持即可。」

韓孺子還想找理由推遲，皇后崔小君卻已搶先回道：「回稟太后，後日即是良辰吉日，可冊立新妃。」

皇帝終歸要立嬪妃，崔小君覺得晚不如早，也可免去一場爭執。

回到寢宮後，崔小君問皇帝：「陛下為何遲遲不肯選立新妃？是在意我的想法嗎？可我從來沒想過要獨佔陛下的恩寵，陛下沒將金貴妃帶回來，我還覺得遺憾呢。」

這是皇后第一次提起金垂朵，韓孺子笑道：「嚴格來說，她不是大楚貴妃……我不肯納妃，是因為……因為我乃敗軍之帝，大仇未報，天下未平，哪有心事想著這些？」

晉城之圍讓皇帝的位置更穩，可是對韓孺子來說，那仍是一個巨大的恥辱，他很少向外人表露，因為說出來也沒有多大用處，唯有一點一點增強大楚的實力，才能報仇雪恥。

崔小君明白皇帝的心情，嘆息道：「所以陛下遠離勤政殿，是希望宰相守住朝廷，陛下衝鋒在前？」

韓孺子驚訝地說：「我真希望讓妳來當宰相！」

韓孺子的確是這麼想的，他明白，那些規矩與慣例對維持大楚的穩定極為重要，不可輕易改動。但是想做成大事，就得偶爾突破一些規矩，所以他希望能與宰相分工明確：宰相守成，皇帝進取。

申明志有這個本事，覬覦相位多年，他對如何運轉整個朝廷早有準備，唯一的問題是他與皇帝互不信任，皇帝疏離勤政殿讓他感到緊張，以為這是要剝奪相權的徵兆，因此反應很大，甚至向宮中求援。

也正是因為這種不信任，韓孺子沒辦法向申明志解釋自己的想法。

這是一個惡性循環，皇帝與宰相都沒辦法跳出來。

崔小君笑道：「陛下真覺得我能當宰相？」

「宰相的活沒那麼複雜，自己少做決定，多讓群臣出主意，基本上就行了，妳肯定能做到。」韓孺子認真地說。

當然，這只是開玩笑，崔小君點點頭，「我當不了宰相，可我是皇后。陛下能將朝廷交給宰相，何不將皇宮交給我？陛下想要披堅執銳，儘管去做，不必為宮中之事操心懸念。」

本來應該是這樣的，可宮中的環境比朝廷更差，申明志好歹是名正言順的宰相，群臣之中沒有競爭者。皇后卻不同，在她上面還有兩位太后，其中一位是皇帝的生母。

因為不夠信任，韓孺子沒法向宰相說明真心；因為太多信任，他也沒辦法向皇后提起自己的母親。

見皇帝沉吟不語，崔小君道：「陛下擔心我管不好皇宮嗎？我可是崔家的女兒，從我記事的時候起，家裡就在教我如何當一名合格的皇后，跟陛下一樣，我也躍躍欲試，打算做一番事業呢。」

韓孺子笑了，「我經常忘了妳是崔家的女兒。」

「總有一些事情是自己無法選擇的。老實說，我並不以崔家為榮，但是崔家教給我的東西，我不會忘。事有輕重緩急，陛下要解決大楚的內憂外患，此事為重為急，宮中之事，再怎麼樣也是為輕為緩。陛下如今只有兩種選擇，一是廢掉我這個皇后，將我送到倦侯府，我寧願不要身份，只求陛下能常來看我；二是將我留在宮中，為陛下分憂。」

崔小君進宮之初，就曾經當面指斥過上官皇太后身邊的寵宦，有理有節，給韓孺子留下極深的印象。他之所以不願讓皇后留在宮中，一是不希望皇后與太后發生激烈鬥爭，二是不願讓相濡以沫的妻子變成又一個貪戀權勢的皇后。

可崔小君說得沒錯，他終歸沒有更多選擇，皇后掌管內宮名正言順，崔小君也比其他人、甚至比慈寧太后更理解皇帝的心事。

韓孺子伸手輕輕撫摸皇后的臉頰，「三年，頂多五年，我就能解決掉那些最嚴重的問題，讓大楚正常運轉，無需我事事親為，到時候……」韓孺子不知該給出怎樣的許諾，想了一會，說：「妳仍是我的小君。」

皇后露出微笑，「即使是十年、二十年，我也願意等。」

韓孺子沒有更多交待，他與皇后彼此信任，知道她絕不會做出讓他無法接受的事情。

次日一早，皇帝先去勤政殿、再去倦侯府，可能一兩天不會回來，崔小君也開始正式履行皇后的職責。

崔家教給她的第一件事：即使做出退讓，身後也得留下至少一層保護，不能直接將後背露給對手。

崔小君不願直接與慈寧太后競爭，但一味退讓也沒用，她必須替陛下的生母樹立一兩個更醒目的敵人。

她先找來佟青娥。

佟青娥原是一名普通宮女，帝位之爭時，曾經偷送寶璽出宮，雖然導致寶璽流落在外，但與她無關。論功行賞，她被封為皇后身邊的女官，按照慣例，她有資格成為嬪妃。

對佟青娥來說，這是意外之喜，她曾經奉命「引誘」過傀儡皇帝，結果卻是慘敗，在她心目中，皇帝與皇后感情深厚，外人無法插足，沒想到自己還有機會獲封。

宮中寂寞，沒有宮女不願意成為嬪妃。

佟青娥激動地跪下謝恩。

佟青娥比較老實，崔小君選中她，一是該有此賞，二是多一個可信之人，而不是用來與太后抗衡。

她心裡早有目標，只是這個人還不在宮裡，需要她做一些安排。

皇后也有自己的官印與僚屬，公文說寫就寫，而且很快就得到了皇帝的批准。

兩天之後，良辰吉日到了，宮中同時冊封了四位妃子以及若干美人、才人，總共十二位，比慈寧太后選中的人多了兩位。

鄧粹滿意地向皇帝辭行，與辟遠侯張印，帶著一群剛剛被放出獄的野心之徒，一同奔赴西域。

他的妹妹鄧芸終於入宮為妃，可以幫他弄清楚冠軍侯的兒子到底有沒有被調包。
幾天前，皇后崔小君從東海王王妃譚氏那裡得到這個消息，立刻明白鄧妃就是自己尋找的得力助手。

第三百六十九章　點醒

皇宮裡熱熱鬧鬧地給皇帝娶進更多女人的時候，韓孺子正在倦侯府裡忙碌，要在大楚數千名將領當中，選出幾位合格的樓船將軍與步兵將軍。

圍剿雲楚澤和東海群盜，都需要大量戰船與步兵。船可以慢慢建造，步兵可以從各地調集，唯有指揮者最難尋找。

武帝時期的成名老將不少人尚還建在，如果朝廷肯派出一支大軍，他們都能指揮得不錯，可朝廷偏偏不想耗費太多，這下子就難辦了，老將們一被問起，全都謹慎地搖頭，不敢給出肯定獲勝的回答。

年輕將領當中倒是有不少人膽子夠大，願意接管任何一支軍隊，卻說不出具體的剿匪計畫，才華又不像是第二個鄧粹，韓孺子不放心將重任交給他們。

海上需要大船，造得比較慢，暫不需要大將，雲夢澤的剿匪行動已開始執行，數千名楚軍士兵正在建築第一批據點，數量不多，全都背靠大城，易守難攻，尋常將領就能指揮。

這給了韓孺子一點時間。

兵部自有一套選將辦法，準備在京城以南的湖上進行一次水軍演練，持續十幾天。屆時根據將領們的表現，分出等級，供皇帝選用。

韓孺子在身邊的勳貴侍從當中也找出一批中意者，打算輪番派出，與成熟的將領配合，學習治軍之術。

一切都在有條不紊地進行中，韓孺子能感覺到整個大楚的配合，這還只是一次小小的嘗試，各方與皇帝的配合不算完美，像是一輛重新上路的老舊車輛，能聽到吱吱嘎嘎的摩擦聲。

皇帝與宰相仍未取得互信，韓孺子每天上午仍在勤政殿執政，可申明志還是越來越緊張，每次都要想方設法地拖延時間，希望將皇帝一直留在身邊。

迄今為止，他都沒有成功，到了中午總得吃飯，一旦脫離大臣的視線，誰也沒法攔住皇帝。

韓孺子在倦侯府與另一群人商議朝政，在這裡，規矩不重要，如何用最低的成本解決問題，才是大家討論的重點。

他也在這裡審閱奏章，為了表示對宰相的尊重，他很少當場批覆，而是要麼送到勤政殿，要麼等第二天與群臣一塊確定批覆內容。

宮中納妃的第五天，韓孺子在倦侯府接到一份特殊的奏章，署名「淑妃」，經張有才提醒，他才知道這就是鄧粹的妹妹鄧芸。

皇后之下有貴妃，再往下是普通妃子，名稱眾多，淑妃是其中之一。她們與朝廷官員一樣，也都有品級、官印與掾屬，可以向皇帝遞送奏章，但是很少有人這麼做。宮裡的事情要在宮裡解決，皇后或者太后是最終裁決者，用不著驚動皇帝。

一名剛剛得到冊封的普通妃子，就敢給皇帝寫奏章，膽子不小，唯有想到這是鄧粹的妹妹，皇帝和身邊的太監們才覺得稍微合理些。

鄧芸的奏章文采飛揚，她說自己進宮如兵家第一次當將軍、如進士第一次領官職，念茲在茲就是為國效忠，可惜空有一腔熱情，連皇帝本人都見不到，難免心生疑惑，以為自己才疏藝淺、不足以領軍治民云云。

她的比喻不只這個，被移植到無人幽谷的奇花異草、被藏於箱篋中的蒙塵珠寶、被無知者用來鋪路的珍貴石材等等都被用來借指自己，意思只有一個，皇帝起碼要來看她一眼，不枉夫妻一場。

妃子的奏章不可能直接送到皇帝面前，韓孺子問了一下，得知這來自慈寧宮中，有母親的支持，心中不由得納悶，是皇后親自召入鄧芸的，新淑妃怎麼剛進宮就倒向了慈寧太后？

韓孺子批覆「閱」，兩天之後的中午，在離開皇宮前往倦侯府之前，他正式召見了所有新晉的十二名嬪妃，皇后以及兩位太后都在場。

四位妃子是主角，韓孺子認得佟青娥，還有兩妃是大臣的女兒，第四位妃子就是鄧粹的妹妹鄧芸了。

在這十二人當中，鄧芸的容貌最為出眾，否則鄧粹也不會推薦給皇帝。她的膽子也最大，別人都是在向皇帝行禮時迅速瞥一眼，其他時候全都垂目瞧著地面，連眼珠都不敢亂動，唯有鄧芸，一開始就瞅了皇帝兩眼，行禮時，更是與皇帝對視了一小會。

這次見面本來只應是一場儀式，很快就該結束，結果卻變成一場內宮議事，包括對皇帝根本不關心的慈順太后，兩位太后先後開口，勸說皇帝留住宮內，不要總在外面過夜。皇后也勸說了幾句，當著外人的面，她必須履行自己的職責。

韓孺子恭敬地回應，表示國家正值多事之秋，自己需要時時接聽天下各處送來的消息，住在深宮裡有諸多不便，待事態稍緩一緩，他會回到宮中。

鄧芸就在這時候開口，將其她嬪妃以及在場的太監、宮女們都嚇了一跳。

「陛下的確該以國事為重，既然陛下一時無法常住宮中，不如讓嬪妃輪流出宮服侍陛下，倦侯府裡的僕婦，也需要一個人管理。」

鄧芸有其兄鄧粹的本事，一擊必中，兩位太后和皇后都表示同意，皇帝也想不出理由拒絕，而且他有一種感覺，短短幾天工夫，鄧芸似乎取得了所有人的歡心，他預料中的爭鬥根本沒有發生。

服侍皇帝也要按品級排序，每人三天，頭兩位妃子都是大臣的女兒，行事謹慎，幾乎不出房門，皇帝夜裡不來，她們也不催促，三天之後乖乖回宮，沒有半句怨言。

韓孺子不跟她們同床，一是因為感到愧對皇后，二是的確沒有這個心思，這些天裡，他滿腦子想的都是選將之事，幾百個名字幾乎能夠倒背如流，一半人的履歷也都爛熟於心，還是找不到合適的人。

有人勇猛如樊撞山，若是兩軍對陣非其莫屬，步步為營一點一點向匪巢推進，卻非他們所長。

有人心存韜略如柴悅，若是麾下將士數量足夠，他們自可排兵布陣，定下萬全之策，可朝廷派去雲夢澤的士兵眼下只有數千人，必要時可以調用周圍郡縣的駐兵，全加在一起也不過上萬人，就算柴悅親自出面，也沒法用這點兵力包圍雲夢澤。

至於多數平庸之輩，只能在大將麾下任職，沒有獨當一面的能力。

韓孺子甚至說不清楚自己究竟需要什麼樣的將軍，無論是朝中官員，還是倦侯府裡的眾多侍從與顧問，因此也都有些糊塗。

這天夜裡，韓孺子留下五位勳貴侍從，又召來三名兵部推薦的將軍，對著雲夢澤的地圖一塊空談，說來說去，總是離不開「窘迫」二字，剿匪想要成功，不是派出更多兵力、就是徵發更多周圍民夫。

韓孺子動搖了，但他不想這麼快就勞師動眾，更傾向於暫停剿匪，待大楚實力恢復一些之後，再制定完善的計畫。

這個想法他只是留在心中，並未宣之於口，打算等京南的水軍演練結束之後，如果還是找不到合適的將軍，再與大臣們商量。

大廳裡燈燭通明，雖然沒有萬全之計，大家討論得卻很激烈，都想在皇帝面前充分展現才華，如果能派出十萬雄兵，韓孺子立刻就能指定其中兩人擔任大將。

東海王和崔騰也在，東海王偶爾還能插幾句話，崔騰只會打哈欠，癱在椅子上半睡不睡。

爭論即使沒有結果，對皇帝也有好處，韓孺子起碼熟悉了大楚的將領。

中途有太監前來稟事，不敢打擾皇帝，向張有才使眼色，張有才出去一會，回來之後沒說什麼，顯然不是大事。可是接下來的時間裡，他不停地進進出出，其中一次出去的時間頗長，韓孺子注意到了，但是當時正在興致勃勃地討論攻打水寨的辦法，因此對太監的行為不是特別在意。

中司監劉介留在宮中，倦侯府裡管事的人就是老太監何逸與小太監張有才，張有才畢竟年輕，沉不住氣，每次回到皇帝身邊，臉色都比上一次更差。

東海王有所察覺，笑著建議大家休息，時間不早了，別人能睡懶覺，皇帝明天一早還得上朝。

這些人都住在倦侯府裡，一塊告辭離去，韓孺子意猶未盡，一個人仍盯著地圖思來想去，好一會才想起身邊的太監，「有才，怎麼回事？」

張有才總算等到皇帝的詢問，立刻開口道：「陛下快去看看吧，淑妃……淑妃將府裡的雞鴨給殺了！」

淑妃已經來了兩天，韓孺子早忘在腦後，聽張有才一說，大吃一驚，那些雞鴨都是皇后崔小君的心愛之物，平時沒人敢碰，竟然被殺死了。

韓孺子大怒，「帶朕去看看。」

張有才前頭帶路，太監與侍衛隨後，一行十幾人向後宅走去。

時間已經是後半夜，府裡的人大都已經入睡，淑妃卻沒有，張有才帶皇帝去的不是臥房，而是後花園。一進園子，眾人就聞到一股香氣，拐了個彎，所有人都被眼前的場景驚得呆住了。

堂堂淑妃，不僅殺死了數隻雞鴨，還將它們烤成了食物，配上美酒大吃了一頓，此時已有七八分酒意，正對著池塘吟詩，語氣豪邁只是聲音含混，誰也聽不清楚唸的是什麼，周圍五名太監與宮女呆呆地守著，一看到皇帝到來，立刻先抹嘴再下跪。

淑妃停止吟詩，轉過身來，搖搖晃晃地看著皇帝，突然傻笑起來，「皇帝養的雞鴨果然不同凡響，肉質比別人家的都要鮮美，陛下，來來，咱們乾一杯，也不枉此良辰美景、美味佳餚。」

韓孺子大步走到淑妃面前，神情嚴厲，正要開口質問，淑妃突然向前一撲，倒在了他的懷中，馬上又站直，長舒一口氣。

「妳為何……」

皇帝的話還沒說完，淑妃鄧芸道：「既然是剿匪，為什麼陛下總想著用兵呢？天下可用之人……」

淑妃突然轉身，衝著池塘哇哇大吐起來。

韓孺子又一次呆住，這回卻與淑妃的表現無關，是被她的話點醒。

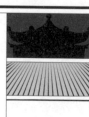

第三百七十章 聰明的眼睛

淑妃鄧芸重新洗漱，換上乾淨的新衣，喝了幾口醒酒茶，在宮女的攙扶下走了幾步，自己又來回踱步，最後原地跳了兩下，對一直站在旁邊的太監張有才笑道：「瞧，我沒事了，其實我沒喝多少酒，就是時間晚了點，雞肉還好，鴨子有點膩。」

「那都是皇后養大的雞鴨，平時我們連碰都不敢碰。」

「我知錯了，你就別再嚇唬我啦，帶我去見陛下吧，我要當面認罪。」

「淑妃就是為了吸引陛下的注意吧？」張有才冷冷地說，早就看穿了淑妃的小把戲。

鄧芸正色道：「一開始的確是這樣，可烤雞太好吃，配上美酒，不知不覺就有點喝多了，在陛下面前嘔吐絕對不是我的計畫。」

張有才相信這句話，可淑妃一會說沒喝多少，一會又說不知不覺喝多，讓他大搖其頭，覺得這位妃子與行事古怪的鄧粹真是一家人。

皇帝之前有令，張有才沒法拒絕，冷著臉說：「跟我去見陛下，小心說話，別再惹事了。」

鄧芸乖乖地跟在太監身後，腳步偶爾還會打晃。

韓孺子正坐在屋裡想事情，鄧芸進屋，幾步走到皇帝面前，跪下道：「臣妾行止不端，請陛下降罪。」

「妳知罪了？」韓孺子嚴肅地說。

「臣妾知罪，我……我把留給陛下的烤雞翅都給吃了，一根也沒剩。」屋子裡頭，一名宮女實在忍不住，笑出了聲，張有才臉色鐵青，韓孺子也是一愣，過了一會才說道：「抬起頭來。」

跪在地上鄧芸抬頭，那的確是一張美麗的面孔，就有一點不妥，目光不怕人，直視皇帝、略帶笑意，好像他們是在鬧著玩。

她的目光裡若是能多一點羞怯，美貌立刻能增加三五分。

金垂朵也不怕人，可她的「凶狠」對美麗一點影響也沒有，韓孺子也不知為什麼。

「如果妳還是這麼裝瘋賣傻，朕這就讓人將妳送回宮裡，稟明太后與皇后，妳永遠也不用出宮了。」

韓孺子知道是什麼減少了淑妃的美貌，她顯得太聰明了。

鄧芸收起那一點點微笑，嚴肅地說：「絕不了，都是……喝酒鬧的，哥哥提醒過我千萬不要喝酒，可我沒忍住。臣妾知罪，那是皇后親手養大的雞鴨，我不該殺死、更不該吃掉，我一回宮，立刻就去向皇后請罪，隨皇后處置。」

這番話總算比較正常，連張有才也微微點頭，對淑妃的要求不能太高。

韓孺子心裡其實很清楚，崔小君喜愛的並不是這些雞鴨，而是想念倦侯府裡的那段美好生活。

他召見淑妃，也不是為了聽她認罪。

「妳怎麼知道朕在商議剿匪之策？」

「陛下天天所做所想都是這件事，我這裡聽一句，那裡聽一句，來倦侯府的第一天就知道了。」鄧芸的神情多變，由嚴肅又轉成了隨和，嘴角微翹，明明沒什麼可笑的事情，她也在醞釀笑容，在「臣妾」與「我」之間變換自如。

「妳說朕不該只想著用兵，難道還有別的剿匪手段？」

房間裡人不少，有四名太監、三名宮女，聽到皇帝的話都很意外，尤其是張有才，怎麼也沒想到皇帝竟然真將淑妃的一句醉話當真。

鄧芸這回沒再裝傻，回道：「大楚想要剿滅雲夢澤群匪不是一天兩天了，曾經多次用兵，兵力比現在多得多，卻一直沒有取得成功，只能說明這是一條不通之路。至於別的剿匪手段……」

她的正常也就維持了一小會，突然做出可憐相，「陛下就讓我這麼一直跪著嗎？地上連塊墊子都沒有，如果這是對臣妾擅殺雞鴨的懲罰，好吧，我接受，跪多久都行，如果陛下只是忘了讓我起身……求求陛下了，還是讓我起來吧。」

韓孺子發現自己很難保持嚴肅，揮了下手，一名宮女立刻上前，扶起淑妃。

鄧芸鬆了口氣，露出燦爛的笑容，即使在這種時候，她也顯得過於聰明，而不是天真可愛。

「說吧。」韓孺子提醒道。

「以匪制匪。」鄧芸的回答簡單直接。

韓孺子早想到了，他所需要的答案不止於此，「如何『以匪制匪』。」

鄧芸收起笑容，身姿挺拔，頗有幾分大將風範，「天下只有一個朝廷，卻有無數的匪徒，要說他們都服從一個大頭目的命令，跟朝廷一樣尊卑有序，想必陛下也不相信。」

「嗯。」

鄧芸受到鼓勵，語氣更快了些，「盜匪的來源各不相同，有人是生活所迫、有人是官逼民反，有人是好逸惡勞、有人就是不服管、是天生的亡命之徒。這些人各自佔山、佔水為王，自然各存心事，以匪制匪就是要對症下藥。」

「怎麼個對症下藥？」韓孺子心中已有想法，但還是要聽聽鄧芸怎麼說。

鄧芸豎起右手拇指，左手捏住輕輕晃了兩下，更像是男子了，「第一，陛下在雲夢澤修建據點，不如多委任幾名清廉有能的官員，令民有餘糧，一部分盜匪自然回鄉種地。」

她又豎起食指，「第二，有寬就得有嚴，要恩威並用，強盜也有家人，找出來，讓他們勸返自家子弟，成者有賞，不成者株連。」

「第三，群匪雖非鐵板一塊，但是也有大頭目，據說自稱什麼『天授神將』，之前官府對他的頭顱懸以重賞，結果賞額越高，此人在群匪當中的地位也越高。不如分而制之，將其他匪首的賞額提高至與此人一樣、或者接近。官府能製造出一名頭目，就能再造出三五個，讓他們互相競爭。」

「第四，有懸賞就有收買，就算收買不到也沒關係，時不時派兵攻打一下山寨，如有斬獲，就對外聲稱是內賊相助，總之要讓群匪彼此猜疑。」

「第五……」鄧芸已經豎起右手全部五根手指，發了一會呆，似乎忘了要說什麼，「第五……第五……光是用計不行，一兩年之後，總得用兵，到時候事半功倍，比單純的步步為營勝算要大得多。」

韓孺子盯著淑妃看了一會。換一個人，哪怕是朝中重臣，也會感到慌張，目光本身沒什麼，可目光來自皇帝，自然而然就有威嚴，鄧芸卻不怕，反而又露出微笑，「我說完啦，陛下還滿意嗎？」

韓孺子的目光轉向張有才，「你們退下吧。」

皇帝的威嚴對他們十分有效，太監與宮女躬身退出房間，到了外面，互相看了幾眼，怎麼也想不到，第一個留下侍寢的人竟然是淑妃。

張有才哼了一聲，將眾人攆走。

韓孺子再次盯著淑妃，說：「這是妳哥哥的主意，妳花了不少時間背下來吧？」

鄧芸也不否認，笑道：「還好，一遍就背下來了，只有第五條，哥哥說由『不用兵』轉到『必須用兵』，需要一個過渡，才能給陛下一個深刻印象，我做得不太好。」

「對東海和匈奴，妳哥哥說過什麼？」韓孺子又好氣又好笑，只有鄧粹敢做這種事，明明猜出了皇帝的心事，前往西域之前卻不肯說，非要留給妹妹用來討好皇帝。

「沒了，哦，他說剿滅雲夢澤群匪，怎麼也要用一兩年時間，到時候……他就回來了，有什麼話自己會對陛下說。」

鄧粹連自己怎麼回到京城都安排好了。

韓孺子冷冷地說：「你們兄妹有意戲耍朕嗎？」

鄧芸急忙搖頭，「我們兄妹兩人的做法的確不合禮儀，換成別的皇帝，我們寧願留在晉城，終身不在皇帝面前多一句話。是陛下將我們引出來的，哥哥說陛下是明君，最關鍵的是，陛下有雄心壯志，想要成就一番大業，不亞於開國太祖。只有陛下這樣的帝王，可以容忍能人異士，而不是依賴大臣墨守成規。」

頓了頓，鄧芸補充道：「所以哥哥與我的所作所為不是『戲耍』，而是費盡心機、死皮賴臉，想要引起陛下的注意，能為陛下所用。」

治匪韜略或許是哥哥鄧粹的主意，如何討好皇帝卻是妹妹鄧芸自己的手段。

韓孺子明知如此，還是感到受用，不得不承認，能容忍鄧家兄妹這樣行為乖張的「人才」，本身就不容易，在大楚歷史上，只有太祖曾經做到過。

「脫掉衣服。」韓孺子命令道。

「嗯？」鄧芸一愣，這回是真的一愣。

「妳想要的不就是侍寢嗎？」韓孺子生出一股鬥志，想要征服這個有點揚揚自得的淑妃。

鄧芸慢慢解衣，一件還沒脫下，她問：「宮裡這麼多女人處心積慮地想要侍寢，陛下是不是很自豪？我不過比別人搶先一步，都覺得有點驕傲呢。」

「誰當皇帝都有這樣的待遇，那不是自己的本事，有什麼可自豪的？唯一有資格自豪的人是太祖，他給子孫後代留下帝位，繼位者坐享其成而已。」

鄧芸上前兩步，「這麼說，連陛下也在討好『皇帝』？」
韓孺子只是希望自己能不愧於皇帝的身份，但他不想對鄧芸說，只是冷冷地盯著那雙聰明的眼睛。
鄧芸難得地臉上一紅，小聲道：「能將蠟燭吹滅嗎？這種事……這種事比我預料得要困難……」

第三百七十一章　寵妃

韓孺子睡得晚起得早，給東海王留了幾道命令，直接去勤政殿與宰相等人處理朝政，申明志試探性地按自己的意思安排了兩名官員，皇帝都表示贊同。

皇帝對宰相的唯一要求就是穩定朝臣與地方官員，暫時不用他們做什麼，別添亂就行。

韓孺子回倦侯府吃午飯，飯畢，張有才上前問道：「下午要送淑妃回宮嗎？」

宮中嬪妃輪流來倦侯府服侍皇帝，每人三天，淑妃鄧芸的期限到了。

韓孺子猶豫了一下，「多留一天吧。」

「是。」張有才答應得很恭敬，臉上還是忍不住露出一絲不滿之色。

韓孺子抬手在太監額頭上敲了一下，笑道：「做好你自己的事。」

張有才唉喲一聲，捂著頭，膽子反而更大，「陛下，這麼多妃子，幹嘛……幹嘛……非寵淑妃？她弄死府中的雞鴨，就不懲罰了？」

「你真想知道朕的想法？」

張有才差點想回「是」，這才突然反應過來，這是一個陷阱，身為近臣，刻意打探皇帝的想法會惹來大麻煩，他從小當太監，多少明白這個道理，急忙搖頭，回道：「我笨得很，陛下說了我也聽不懂，我這就去通知淑妃和宮裡……」

下午，韓孺子召見了幾個人，東海王早已將他們帶來，按順序給皇帝引見。

第一個是卓如鶴，皇帝被困晉城時，他帶兵解圍，淪為匈奴俘虜，期間表現得很有節氣，返京之後獲得重賞，但還一直沒有加封官職。

韓孺子本想讓卓如鶴去治理洛陽，現在卻改了主意。

「雲夢澤？」卓如鶴很是意外，「臣當然願往，可是臣不懂軍法，只怕會耽誤朝廷的剿匪大計。」

「無妨，剿匪自有他人負責，卓駙馬專心治民就是，朕的要求只有兩個：去貪吏，安民眾。」

卓如鶴磕頭謝恩，只要不是領兵打仗，他還是很有信心的。

雲夢澤地方廣大、橫貫數郡，卓如鶴被封為江南御史，以欽差的身份專職監察這幾個郡的吏治，對郡守以下官員可以便宜行事、先罰後奏，對郡守的彈劾也能直接送達皇帝面前。

文治之外還得有武功，韓孺子接下來召見的人是一位名叫邵克儉的將軍，他是兵部挑選出來的人，擅長水戰、步戰。韓孺子親自考察過，覺得確有過人之處，這是第三次召見，面授機宜。

「剿匪不求速成，將軍此去雲夢澤，以打探軍情為主。朕給你一年時間，務必要摸清澤中地勢、匪寨和匪兵數量，算好朝廷需要多少兵力，一年之後，朕會盡量滿足你的要求。」

邵克儉同樣磕頭謝恩，他心中已有初步計畫，之前向皇帝詳細講解過，的確需要時間打探敵情，一年時間足夠了。

韓孺子又叫來三名勳貴子弟，託付給邵克儉，一塊帶去雲夢澤參與剿匪。

這三人都是出巡途中表現突出的人，一位叫謝存，乃贊侯之子，韓孺子曾想讓他擔任刑吏，此人卻寧願為將；另一位是平恩侯夫人的兒子苗援，不管怎樣，他的確表現出強烈的進取之心，皇帝想給他一個機會。

接下來，韓孺子見的人是花繽。

花繽父子俱在獄中，這會沒人來救他們了，到了皇帝面前，花繽也沒了往日的倨傲與失落，伏地不起，謙卑至極。

花續在雲夢澤待過一段時間，是大匪首欒半雄的座上貴賓，對澤中各股勢力比較熟悉，發現皇帝感興趣，立刻滔滔不絕講起來，沒有半點隱瞞。

對花續，韓孺子沒有立刻加以任用，聽完之後讓人將他送回監牢。

崔騰一直留在皇帝身邊，別的事情幫不上忙，對花續他卻有看法，「陛下不是要用花續剿匪吧？這個老小子心術不正，一回雲夢澤，必然叛變。」

「所以得有一個能將他看緊的人才行。」既然要以匪制匪，韓孺子就得不拘一格。

「我可以啊。」崔騰拍胸脯自薦，「就算不睡覺，我也會把他看得緊緊的。」

「不必，你能給朕當一回信使嗎？」

「當然，去見大單于嗎？我肯定不辱使命。」

韓孺子笑著搖頭，讓太監鋪紙研墨，親筆寫了一封信，交給崔騰，「這封信沒有加蓋任何印章，不是朝廷的正式公文，所以要由朕身邊的人交送，才能讓對方相信。」

崔騰一下子高興了，咧嘴道：「原來陛下是讓我當一回臨時印章，我這個印章可好，自己能走，還能回來，呵呵。把信送給誰？」

「楊奉。」

崔騰深以為然地點點頭，好像領悟了什麼，其實他什麼都沒想。

想利用江湖人的力量離間甚至攻破雲夢澤群匪，沒有人比楊奉更合適當統領全局的「大將」，但是對楊奉，韓孺子不能直接下達聖旨，而是要以個人身份徵求意見。

韓孺子摸清了一點江湖人的門道，對楊奉，有時候這比朝廷的規矩更有效果。

該見的人都見過了，剩下的事情就是擬定聖旨，將這個下午所做的決定形成正式公文，東海王趁機上前，說：「還有一個人，陛下要不要見？」

旁觀至今，東海王早已明白皇帝的策略，因此覺得自己可以推薦一個人。

韓孺子想了一會，「你先去跟他聊聊。」

「是，陛下。」

崔騰聽得莫名其妙，「說的這是誰啊？連名字都沒有。」

韓孺子自己的字寫得不好，叫來一名翰林院學士代筆，由他口授，沒工夫搭理崔騰，崔騰只好走到東海王身邊，小聲又問了一遍。

這不是什麼祕密，東海王卻故作神祕地說：「一個望氣者。」

崔騰還是沒想起來。

「他叫林坤山，也被關在監牢裡，與雲夢澤頗有關聯。」

「切，我還以為是什麼人物。」崔騰沒將林坤山當回事。

剿匪之計總算成形，可以一項項付諸實施，雖然要一年之後才能見到成效，韓孺子卻不用日夜思考對策了，能夠閒下來做點別的事情。

黃昏時分，他回了一趟皇宮，給兩位太后請安，生母慈寧太后聽說皇帝將淑妃多留一天，很高興，「這個淑妃看上去有點怪，不過只要陛下喜歡就好。陛下還年輕，萬事不急，注意保重身體，別睡得太晚，房中之事切勿過度，宮中嬪妃不只一位……」

韓孺子理解母親的一片苦心，可是真不想進行這樣的談話，藉口皇宮即將閉門，匆匆告辭，同樣以此為藉口，沒去見皇后。

皇帝當然能夠隨時叫開宮門，可他不想輕易破壞規矩。

倦侯府裡，淑妃鄧芸已經備好一桌酒菜，這回都是廚房做出來的，沒用府裡的雞鴨。

鄧芸頗通廚藝，親自指導甚至下手，做出的菜餚與平時的味道大有不同，韓孺子稱讚了一番，鄧芸越發得意，勸皇帝多吃一些，她自己卻沒敢多吃，尤其沒敢喝酒。

上床一番雲雨，鄧芸依偎在皇帝身邊，她不是那種羞怯的女子，什麼話都敢說：「我已經搶先與陛下同床，要是還能搶先給陛下生個兒子就好了。」

韓孺子敷衍地嗯了一聲。

鄧芸又問道：「皇后為什麼一直沒有生育？找太醫看過嗎？」

「那不關妳的事。」

鄧芸聽出了皇帝語氣中的冷淡，但她沒有生氣，也沒有退卻，反倒靠得更緊一些，「如果我生下長子，能當太子嗎？」

「那要看情況。」

「要看皇后能不能生下嫡子？」

「嗯。」

「假如……只是假如，皇后一直不生呢？」

「那也要看其她妃子有沒有生下兒子。」

「可我生的是第一個啊，難道不是長子為尊嗎？」

「沒有嫡子的話，能者為尊，大楚江山不能隨便交給朕的某個兒子，所以，妳要是真的生下兒子，得好好教育他。」

「我養大的孩子絕不會是平庸之輩。」鄧芸自信滿滿。

「如果妳的兒子當上太子，鄧家豈不是要權勢熏天？」

「是陛下的兒子。」鄧芸糾正道，「都是外戚，崔家能『熏天』，鄧家就不能了？」鄧芸輕輕撫摸皇帝，

「我覺得自己一定能懷上，陛下……要不要再試一次？」

淑妃鄧芸在倦侯府裡多留了不是一天，而是三天。接下來是正常輪換，再輪到她時，仍是三天，沒再延長。但是宮內宮外的人都已知道，淑妃受寵，地位直逼皇后。

韓孺子偶爾會回宮裡過夜，每次都住在皇后的秋信宮，兩人感情未變，但是從不談及別的嬪妃，尤其不談淑妃鄧芸。

鄧芸膽子大，野心也大，在皇帝面前不加掩飾，這的確增加了吸引力，可也減少了韓孺子的愧疚心情：他需要樹立一位寵妃，替皇后阻擋潛在的攻勢，鄧芸的家世與性格最合適不過。

韓孺子希望宮裡能夠平靜無事，可如果真發生衝突的話，他得確保皇后不受影響。

楊奉回信，與皇帝的計畫不謀而合，他已經召集到一批江湖人，要向雲夢澤大盜挑戰，公開的理由是欒半雄勾結異族、出賣楚人。這招很管用，雖然皇帝被圍時江湖人無力救駕，事後討伐江湖敗類卻能激起許多人的義憤，杜氏爺孫一早就去與楊奉匯合了。

楊奉將花繽和林坤山全都要去。

韓孺子開始將精力轉向東海，那裡正在造船，需時更久，至少三年以上，但是得提前選派合格的將軍。

就在這時，東海國加急送來一封公文，打亂了韓孺子的規畫。

公文與海盜無關，卻讓朝廷與後宮無法再保持平靜。

慈寧太后的王姓家人被地方官員找到了。

第三百七十二章　崔家長女

慈寧太后很小的時候就被賣為奴婢，輾轉進入當時的東海王府，根本不記得家人的情況，連自己是不是真姓王都不能肯定。

她以為線索中斷，不可能再找到家人，因此從來沒嘗試過。

有人替皇帝的生母惦記著這件事。

平恩侯夫人得到東海王的點醒，離開晉城後，沒有直接返京，而是繞路去了東海國。借助崔家與夫家的勢力，她得到了很好的接待，雖是婦道人家，照樣能夠呼風喚雨，只不過需要透過當地的官夫人代為傳話。

東海國剛從叛亂中恢復正常，百廢待興，特別急於討好朝廷，平恩侯夫人的到來，被地方官員視為一種暗示，以為這都是皇帝及其生母的意思。

平恩侯夫人自然不會點破，但是提了兩條要求：一是保密，不得向任何人提起；二是一切線索都要先送到她這裡，得到她的確認後，才能逐級上報。

官員們心照不宣，皇帝的生母身世不明，萬一最後找出來的是一戶低賤人家，可就尷尬了，因此樂不得由平恩侯夫人負責。

一開始的進展不是特別順利，如同大海撈針。無從著手、又不能公開貼出告示，只能派出得力的差人，細心打聽。

皇帝由北方南下時，曾在東海國停駐過一天，引發轟動。在那之後，形勢一變，幾乎每天都有人跑到衙門自陳，聲稱是皇帝的舅氏，故事編得頗為完整，卻經不起推敲，一查之下漏洞百出，免不了要挨頓板子。

平恩侯夫人不能總在東海國待著，於是跟隨皇帝的隊伍一同回京，她以為這事急不得，可能要幾年工夫才能得到結果，但她畢竟做了一點事情，對老君多少有個交待。

她雖預感到老君會生氣，卻還是低估了老太太的怒火。

崔家老君剛從一場大病中痊癒，她派出一個孫女去引誘皇帝，滿心以為能讓崔家再多一層保障，怎麼也想不到，孫女居然被皇帝送給了匈奴人！

老君恨皇帝，可是時移勢易，那已經不是她能隨意呵斥的倦侯，而是大楚天子，連她的兒子崔宏都不敢顯露半句微辭，反而上書感謝皇帝賜予女兒「公主」的稱號，引以為榮。

老君的恨意只能全轉到平恩侯夫人身上。

「捆起來！捆起來！」老君怒不可遏，站起身，推開兩邊的丫鬟，想要自己動手。

平恩侯夫人立刻跪在地上，周圍的僕婦不敢違逆老君的命令，將平恩侯夫人的雙手扭到身後，但是沒有真以繩索捆綁，用長巾在手腕上繞了兩圈，意思一下。

平恩侯夫人沒敢掙扎，保持被捆的姿勢，嘴上沒忘了辯解，「老君聽我說，那真不是我的錯，三妹自己拿的主意，事後就再也不肯見我……」

老君衝上去，想要狠狠搧長孫女幾個巴掌，被一群婦人攔住，都勸她小心些，病剛好，不要閃著身子。

老君是被氣病的，「放屁！崔昭至少也是貴妃的命，幹嘛自願嫁入匈奴？肯定是妳這個賤人暗中使壞……」

平恩侯夫人忍受辱罵，等老君罵累了，她苦著臉辯解道：「二弟當時也在，可以為我作證，三妹出嫁真的與我無關。」

提起崔騰，老君更怒，其實她早知道崔昭是自願出嫁匈奴，可她理解不了，更理解不了崔騰為何不肯據理力爭。但她寵溺孫子早成了習慣，自覺地為他開脫，將責任全歸到長孫女頭上。

「崔昭是妳帶去晉城的，妳不負責誰負責？崔騰在皇帝身邊當差，時刻小心謹慎，哪敢多說一句話？崔騰好歹還記得我這個祖母，知道寫信向我說明情況，妳倒好，惹了事連個屁也不放，躲去逍遙自在，說，去找哪個野男人了？」

平恩侯夫人面紅耳赤，過去幾個月，她一直在東海國，因為事情遲遲沒有眉目，也就沒敢給崔家回信。

老君的怒氣跟潮水一樣，一浪高過一浪，退下又漲起，沒個結束的時候，當著諸多外人，平恩侯夫人也不敢說得太明白，只能忍著。

整整兩個時辰後，老君實在太累了，平恩侯夫人才得以解脫，本想找機會私下裡向老君解釋，結果自那天之後，她連崔府的大門都進不去。

老君在府中隻手遮天，根本沒人敢為平恩侯夫人通報。

平恩侯夫人無奈，只好繼續等待，心想等父親回來，總能解釋清楚，老君不會一直活著，崔夫人生性懦弱，崔家還是需要像自己這樣的人主持家政。

崔宏回來了，卻一直沒有跟長女見面。與老君不同，崔宏並不怨恨平恩侯夫人，只是太忙，沒時間管家裡的閒事。

就這樣，平恩侯夫人自以為立了大功，卻一直沒機會向崔家表露，突然間，東海國傳來消息，慈寧太后的家人找到了。平恩侯夫人比所有人都吃驚，因為她事前一無所知，居然沒有人提前通知她一聲。

她也低估了東海國官員的狡猾。

當事情漫無頭緒的時候，東海國很願意配合平恩侯夫人，盡量不擔責任，可是等到線索突然變得清晰時，官員們馬上改了主意，立刻上報朝廷，只是稍微提了一下平恩侯夫人在其中的作用。

線索是意外出現的，平亂之後，東海國抓起來不少人，其中一名囚徒不知從哪聽說當地在找太后的家人，於是向差人透露，自己從前曾經轉賣過一名小女孩，很可能就是小時候的皇帝生母。

與諸多線索一樣，犯人的話沒有得到重視，直到其他線索都被證實為假之後，才有官員想起此人，抱著一試的心態提審，錄下口供，然後派差人一一覈實，驚訝地發現每一步都能找到證人、證物。

當初將女孩賣到王府的人牙子以及更往上一層的轉賣者，竟然都被找了出來，全都活得好好的！他們回歸鄉里，已經多年未操舊業，當初的買賣收據卻還留著，都能對應得上。

官府順藤摸瓜，發現太后小時候被轉賣了不只一次，線索也有中斷之處，但是知道轉賣者的姓名之後，總能繼續追查下去，終於在臨近的一個縣裡找到了太后的家人。

讓東海國官員放心的是，這是一戶普通的人家，有地有房，不算大富，但是絕不貧窮，而且真的姓王，當初將孩子拐走賣掉的人，是太后一個不成器的舅舅。

這個舅舅還活著，聽說被自己偷著賣掉的外甥女有可能就是當今皇帝的生母，嚇得面無人色，當天晚上就上吊自殺了。

除此之外，整個王家都讓東海國官員非常滿意，可這家人並非東海國屬籍，擔心臨縣搶功，東海國相立刻發出加急公文，請求朝廷給予下一步指示。

消息迅速傳開，平恩侯夫人聽說時，已經是第二天了，氣得她茶飯不思。好好一場大功，竟然被搶走了！全怨老君，如果老君稍微冷靜一點，讓長孫女把話說完，憑著崔家的勢力，東海國絕不敢這麼欺負人。

因此，父親崔宏派人來請時，平恩侯夫人一肚子怨氣，就算不能直接說，旁敲側擊也要告祖母一狀。

崔宏在自家書房裡接見女兒，坐在桌後看一本兵書，似乎很入迷，半天沒有抬頭。

僕人退出，平恩侯夫人站在父親面前，突然惴惴不安起來，她很多年沒跟父親單獨交談過了，父親向來嚴厲，與子女極少交流，她幾乎不記得父親笑起來是什麼模樣。

崔宏放下書，抬頭看著長女，冷冷地問：「此前妳去東海國，是為了幫太后尋找家人？」

「是，父親，東海國的官員實在……」

崔宏揮了下手，制止女兒說下去，繼續道：「誰給妳出的主意？」

平恩侯夫人一愣，沒想到父親竟然猜出這不是自己的主意，不太情願地說道：「東海王提起過，不過……」

崔宏站起身，繞過書桌，站到女兒面前，平靜地問道：「在發生了那麼多事情之後，妳以為東海王還會替崔家著想？」

「這個……他當時……崔家畢竟對他有恩……我做錯了嗎？父親。」平恩侯夫人心中越發不安。

崔宏依然平靜，接著問道：「妳憑什麼以為慈寧太后會因此感謝你、感謝崔家？」

「啊？」平恩侯夫人可沒想過這一點，「太后……家人……這也是……人之常情吧？」

崔宏必須平靜，只有這樣，才能讓愚蠢的長女明白自己的意思，「慈寧太后想找家人，自己不會下令嗎？非要透過妳？」

「慈寧太后……可能沒想到……」平恩侯夫人低下頭，不敢再說下去。

崔宏沉默了一會，事情已經發生了，著急與憤怒都沒有用，還好他另有一個當皇后的聰明女兒，知道怎麼才能真正保護崔家。

「既然如此，妳進宮去見慈寧太后邀功吧。」

平恩侯夫人驚訝地抬頭看向父親，弄不清這是嘲諷還是真的命令。

「妳要想方設法討得慈寧太后的歡心，讓她派妳去東海國查看那家人的真實情況。做到了，妳還算是我的女兒；做不到，從此不要再說自己是崔家人。進宮之事我已經替妳安排好了，去吧。」

崔宏轉身回到座位上繼續看書，平恩侯夫人失魂落魄地告退，還是沒弄明白自己到底做錯了什麼。

第三百七十三章 尋親背後

一直以來，韓孺子與母親孤苦無依，突然間冒出來一大家子親戚，他的第一個反應是其中有詐，可是仔細看過東海國送來的公文之後，又覺得不可草率做出定論，稍一尋思，決定進宮去見母親。

外戚通常是麻煩的來源，可如果真找到了，韓孺子絕不能向母親隱瞞，那畢竟是他們母子的至親之人。

就在皇帝到來前不久，慈寧太后已經聽說了這個消息，身為受此影響最大的人，她表現得非常平靜。

「唉，也是地方上多事，過去這麼多年，找來做什麼？再說，誰知道是真是假？萬一中間有一點偏差，宣揚出去，豈不令天下人笑話？」

「東海國若是沒有把握，也不至於報給朝廷，母親不妨留心一下。」韓孺子將東海國的公文交給宮女，宮女轉遞到慈寧太后手中。

慈寧太后迅速看了一遍，「東海國倒是真用心，人證、物證一大堆，許多事情連我自己都不記得，他們竟然都能查出來……」

慈寧太后搖搖頭，還是不太上心。

韓孺子上前一步道：「母親對兒時可還有什麼記憶？或許可以用來當作印證。」

慈寧太后微微皺眉，想了一會，說：「陛下真要尋親嗎？」

「當然，無論如何那都是母親的家人，也是朕的舅氏，如公文所言，當初也不是有意賣女，而是為奸人所害，如今朕的外祖尚在，姨、舅眾多，果然為真的話，那可是天大的好事。」

慈寧太后又想了一會，揮手屏退房間裡的宮女與太監，然後對皇帝道：「平恩侯夫人是崔家的女兒，有她摻在裡面，我總覺得不安。」

對於平恩侯夫人，東海國的公文裡只提了一句，聲稱她路過東海國的時候，曾經提起過要為太后尋找家人的事情，韓孺子也對此感到納悶，勸道：「不管平恩侯夫人有什麼想法，只要這真是舅家就好，朕一定要將他們接到京城，母親再也不會覺得孤單。」

慈寧太后笑了笑，「最難的時候都熬過來了……也是，『窮在鬧市無人問，富在深山有遠親』，不是因為陛下，東海國也不會這麼盡心盡力。小時候的事情我忘得差不多了，只記得……有個小孩，經常叫我『小姐姐』，我也不知道這是被拐之前，還是被拐之後的事情，只是有這麼一個印象。東海國的公文裡沒提過這件事，陛下如果有心，就派一個可信之人前去查驗。」

「明白。」韓孺子心中已有一個人選。

慈寧太后還是不太放心，補充道：「此事不可急躁，我在宮裡的生活很好，只要陛下無恙，我別無所求，不是非要找一群親戚不可。」

「沒有十分把握，朕絕不會隨便認親。」

慈寧太后又笑了，「好吧，就由陛下處置，我就不多說什麼了。不必事事通報，最後給我一個結果就好。」

「是，母親。」

「近日天涼，你在倦侯府有幾層被褥？府裡的人備好木炭了嗎？張有才年紀太小，要不要找個老成些的太監去管事……」

慈寧太后更在意兒子的吃住，韓孺子一一回答，讓母親放心，然後告辭，將尋親當成一件大事對待。

第二天下午，平恩侯夫人進宮面見慈寧太后，心中的惶恐不安怎麼也掩飾不住，全都表現在蒼白的臉上，一進屋就向太后跪下。

慈寧太后還是王美人的時候，對崔家人就沒有好印象，那是一種摻雜了大量妒意的憎恨。同樣是側室，東海王的母親依仗自家的強勢，就能飛揚跋扈，甚至幾次威脅到正妻的地位；而王美人卻只能躲躲藏藏，無時無刻不在擔心自己與兒子的性命。

慈寧太后沒讓平恩侯夫人起身，由身邊的女官負責問話，幾句之後她就明白，這是一個趨炎附勢的女人，純粹是為了討好自己。只是不知道，在這個女人的愚蠢背後，有沒有崔家的陰謀。

平恩侯夫人從父親那裡得到過死命令，幾問幾答之後，仍不肯告辭，厚著臉皮自薦，願意親往東海國查驗王家的真假。

慈寧太后同意了，但是強調一點：「此事朝廷自有決斷，妳想去東海國可以，但是不要說是我派去的，更不能對朝廷的調查有半點干涉，明白嗎？」

平恩侯夫人不停磕頭，保證絕不亂說，出宮之後只覺得全身出了一層冷汗，心裡卻覺得納悶，慈寧太后沒有預料得那麼強硬蠻橫，反應稍嫌冷淡，但是絕沒有怒意，父親到底在擔心什麼？

平恩侯夫人立刻去崔府見父親，將經過詳細說了一遍，最後道：「慈寧太后……好像挺好說話的。」

崔宏冷笑一聲，現在他可以向女兒解釋了，「慈寧太后隱忍多年，豈是那種遇事沉不住氣的人？就算心中懷疑，也不會當著妳的面表露出來。」

「可她同意女兒去東海國……」

「當然同意，太后仍然以為尋親之事有詐，她讓妳去東海國不是為了查驗真假，而是為了出事之後有人背黑鍋。」

平恩侯夫人大吃一驚，直到此刻才醒悟過來，慈寧太后根本就是給她設了個圈套，「如果……如果那戶人家是真呢？」

崔宏冷冷地說：「那妳就是崔家的叛徒，慈寧太后或許會需要妳，等崔家倒了，她再慢慢收拾妳。」

平恩侯夫人離開崔府的時候失魂落魄，心裡明鏡似的，連父親也沒安好心，根本就是主動將她送到太后嘴邊，當作一件小小的獵物。

如果東海國那邊果然有詐，崔家絕不會承認與此有關，平恩侯夫人得獨自承擔；如果慈寧太后的家人沒有問題，崔家從此也會提防著這個大女兒。

平恩侯夫人地位太低，兩股勢力誰也沒將她當回事。

平恩侯夫人後悔莫及，思來想去，只能去向一個人求助，她恨這個人，可是也需要這個人的指點。

東海王接待了表姐，笑呵呵地恭喜她立了一功。

平恩侯夫人沒敢指責東海王，套了一會交情，說出自己的困境，「這可怎麼辦？我這一去，不是得罪太后，就是惹怒自家，好兄弟，無論如何你得為我再出個主意，好人做到底吧。」

東海王笑著搖頭，回道：「唉，我沒想到妳這麼心實，當初給妳出主意，是讓妳跟崔家商量之後再做決定，沒想到……」

平恩侯夫人恨得牙癢癢，臉上還得堆出苦笑，「是我太笨，沒領會你的意思，這回你說得詳細點，別讓我一個人亂做決定了。」

東海王露出為難的樣子，想了一會，「好吧，最初是我給妳出的主意，怎麼也不能半路甩手。」

平恩侯夫人連聲感謝。

「妳現在感到為難，覺得沒法同時討好慈寧太后與崔家，對吧？」

「可不就是，關鍵是哪一方我都得罪不起啊。」

「慈寧太后與崔家因何結仇？」

平恩侯夫人一愣，隨後乾笑一聲，「因為……崔太妃？」

東海王平靜地點頭，「沒錯，其實雙方也沒什麼深仇大恨，真正的原因妳也明白，無非是後宮爭鬥，雖然我的母親也在其中，我還是得這麼說，因為這是實話。」

平恩侯夫人點頭，這的確是實話，她也的確明白，爭風吃醋在哪都一樣，皇帝有後宮之憂，侯門也不省心，為了保住自己在苗家的地位，她不知恨過、鬥過多少女人，可她沒明白東海王現在說這些話有何用意。

東海王等了一會，見平恩侯夫人還是一臉茫然，忍不住笑了，「妳還真是……我都說到這個分上了，妳還不明白嗎？」

「明白什麼？好兄弟，你倒是說清楚啊。」

「如果平恩侯還有兩位寵妾，妳是同時對付這兩人呢，還是拉攏一個對付一個？」

「當然……」平恩侯夫人終於明白了一點，「你是說慈寧太后與崔家其實可以聯手，這樣一來我就誰也不會得罪，反而討好雙方了？」

東海王點頭。

「可是聯手就得有敵人，敵人在哪？」平恩侯夫人想了好一會，「慈順太后？她現在已經不問朝政，上官家也已經倒掉……」

「上官家倒掉了嗎？東海國、齊國之亂是誰挑起來的？推舉英王稱帝的又是誰？如今叛亂已平，首惡卻沒有落網。」

「上官家還有人沒落網？」

東海王聳聳肩，「我不知道，妳兒子不是去雲夢澤剿匪嗎？讓他好好打聽一下。」

平恩侯夫人深以為然地點點頭。

見她還是不太開竅，東海王只好說得更明白一些，「別只盯著上官家，還有海上的那些強盜。」

「海盜跟慈順太后有什麼關係？」

「大有關係，叛軍當中最重要的一股力量來自義士島，島民自稱是陳齊後人，就是他們一直在暗中策畫這起叛亂。」

「嗯。」平恩侯夫人聽說過這些事。

「義士島的一個人，改名叫孟徹，曾經是宮裡的侍衛，是太后從東海國帶進京的。這邊一出事，他就跑了，還參與叛亂，是首腦之一。如今下落不明，不是躲在東海，就是藏身雲夢澤。」

「這件事我有耳聞。」

「瞧，所有事情妳都知道，為什麼不聯繫在一起想想呢？」

平恩侯夫人腦子裡冒出無數個念頭，「你說得太對了，蹊蹺，太蹊蹺了，好兄弟……」

「我也只能說到這了，妳回家慢慢想吧。」東海王送客。

平恩侯夫人離開王府時，將丟掉的魂魄都找了回來，但是暗下決心，這回絕不草率行事。

府裡的東海王給自己倒了杯酒，上官太后最大的破綻就是孟徹，東海王沒有告訴平恩侯夫人，孟徹的妹妹如今是皇帝最為信任的侍衛。

另一頭，韓孺子發現，太后尋親是他與朝廷，尤其是宰相申明志建立互信關係的良好契機。

第三百七十四章 開誠布公

對於慈寧太后尋親，大臣們表現出極其一致的支持，甚至比皇帝本人還要熱心。

「此事不可耽擱，應責成東海國詳加調查，擬定名單，盡快將王家人接入京城，讓太后全家團聚。」宰相申明志嚴肅地建議，顯得有些急迫。

皇帝卻要冷靜下來，「先不要著急，總得先查清真相，不能只相信東海國的一面之辭。」

申明志讓開一步，指著另一名大臣，說道：「禮部尚書元大人老成持重，由他前往東海國調查真相，再合適不過。」

元九鼎也不推辭，前趨躬身道：「臣願往東海國一探，總之不會讓此事有半點遺憾。」

皇帝不能太冷淡，於是點頭同意，又勸勉了幾句。

整個上午的時間都用來討論這件事，大臣們提供史書上記載的若干事例以供參考。太后尋親這種事不常發生，但是大楚前期曾有一位太后一直等到太皇太后去世之後，才提拔自家外戚，在更早的前朝，另有一位太后因為與家人交惡，花了好多年才和好如初。

在這些事例中，皇帝總得重賞舅氏，至少一人封侯，得官者少則三五人，多則十六七人。

韓孺子覺得這個時候考慮封賞計畫太早了些，並且覺得太重了些，「所謂賞罰分明，縱然東海國找到的王家真是朕的舅氏，也不該無功受賞吧？」

「不然，大楚以孝立國、以孝為天下先。慈寧太后自幼失怙，備嘗沒有親人的艱辛，若能找回至親，自當重賞以昭告天下。陛下莫要擔心，此乃歷朝歷代之慣例，朝廷絕無異議，就是天下人，也要稱讚陛下的一片孝心。」申明志堅持自己的意見。

韓孺子無話可說，他的確要派一名得力大臣去東海國調查真相，最初的人選卻不是元九鼎，而是中書舍人趙若素，可宰相等人滿腔熱情，他臨時改變了主意。

這天下午，趙若素跟往常一樣，來倦侯府送一疊奏章，卻沒能像往常一樣離開，被皇帝叫住了。

楊奉推薦已久，韓孺子也欣賞此人。正因如此，他才遲遲沒有重用而是默默觀察，幾個月過去，韓孺子不得不承認，他什麼也沒看出來。

趙若素在晉城的勇敢與鎮定如曇花一現，自從解圍之後，他又恢復成那個沉默寡言、不露痕跡的中書舍人，進來出去悄無聲息，力爭不讓皇帝注意到他的存在。

這回也是一樣，趙若素輕輕將一疊奏章放在桌角，又輕輕地向裡推進半尺，將最上面的幾份稍稍整理一下，躬身準備退下。

韓孺子頭也不抬地說：「無功的外戚，也可得重賞嗎？」

趙若素定在那裡，一腳前一腳後，等了一會，發現皇帝的確是在對自己說話，回道：「那要看情況。」

「說。」韓孺子仍不抬頭，專心看一份奏章。

「嗯……大多數時候，外戚若是無過，便算有功，可以重賞。但有限度，高不過封侯，一門之內通常不超三人。官以閒職為主，厚祿供養而已，田宅奴僕可以多一些，但也不能僭越，外戚之中若是有人立功，則另外計算。」

這個回答中規中矩，韓孺子不太滿意，抬起頭，看著中書舍人。

趙若素覺得自己一時間可能走不了，收回前腳，身體躬得更深一些。

張有才最瞭解皇帝，無聲地招呼另外兩名太監與自己一塊退出房間。

「朕有一事不明，望趙大人解惑。」

「不敢，微臣略通前代典故，或許能為借鑑。」

韓孺子笑了笑，相比之下，他反而更欣賞鄧粹那樣的人。行為雖然不合章法，常常自作聰明，但是好歹不會有太多掩飾，想做就做，給雙方省下許多時間與精力。

「外戚畢竟是外姓，無功可受重賞，宗室子弟乃朕之同姓，無功卻不可受賞，輕疏遠近何以差異至此？」

「這要感謝本朝前幾代皇帝，自太祖定鼎以來，對宗室分封早定下一套規矩，或稱王、或封侯、或增減爵位、或襲封官職，宗正府與各部司照章行事，封賞其實極多極重，只是不由宮中所出，陛下因此感受不深。外戚代代皆有，各不相同，賞由宮中所定，陛下或許覺得重些，其實也皆有一定之規。」

韓孺子點點頭，稍稍滿意，感慨道：「朕讀史書，發現歷代皇帝與外戚更親，與宗室支系反而疏遠，大概就是這個原因吧。」

外戚要從皇帝這裡得封賞，自然要保持關係親密，宗室更感謝開國太祖定下的規矩，對當今聖上，以不得罪為原則，野心大的人才會刻意討好，無心權勢者自可逍遙自在。

趙若素只講自己知道的事實，對結論一個字也不多說。

韓孺子又問道：「宰相等人在勤政殿議政，朕每日下午待在倦侯府，皇帝與宰相不在一處，這種事前朝曾經有過嗎？」

「有，而且很常見，但是陛下的做法有點不同尋常。」

「哦？別的皇帝是怎麼做的？」韓孺子開始感興趣了，趙若素就像是廟裡的簽子，非得提對問題，才能給出合適的回答。

「據微臣所知，多數皇帝常深居宮中，宰相在外主持朝政，事事通稟宮中，彼此相安無事。也有一些皇帝在宮外另辟新宮，但以玩樂為主、議政為輔，陛下之不同尋常，是要將倦侯府當作長久議政之所，身邊又沒有重臣相伴，因此勤政殿會覺得受到了冷落。」

韓孺子笑了兩聲，這正是問題之所在，他身邊若是常有重臣相伴，倦侯府就會變成另一個勤政殿，他想突破規矩就很難了。

「朕的想法其實很簡單，規矩之所以為規矩，慣例之所以為慣例，肯定都有原因，不可輕易變之。可大楚內憂外患不斷，許多事情超出了規矩與慣例的範圍，需以非常手段解決。因此朕希望宰相守成，用規矩與慣例保持朝廷的穩定，朕則見機行事，不必墨守成規。」

「陛下有此想法，大楚幸甚。」

「可宰相等大臣對此似乎不太安心，朕該怎麼辦？與宰相開誠布公？還是多等一段時間？」

趙若素跪下了，「陛下絕不可與大臣開誠布公，對宰相如此，對其他大臣也是如此。」

韓孺子略感驚訝，「原因呢？」

「陛下一直是大楚天子，宰相等人卻未必一直是大楚之臣，陛下總有更換大臣的時候，今日的開誠布公，日後就會顯得尷尬，所謂君君臣臣，開誠布公絕非帝王所為。」

韓孺子其實也沒有這個打算，「然則君臣之間如何溝通呢？」

「需就事論事，沒有一定之規。」

「比如這次的太后尋親，即使最終證明那真是朕的舅氏，朕也不想立刻重賞，該怎麼對宰相說，讓他明白朕的心意，又不會特別反對？」

趙若素想了一會，「微臣有一建議，陛下聽聽可否。」

「嗯。」

「鏞太子遺孤兩舅尚在，不妨從他們身上著手。」

韓孺子眉毛一揚，鏞太子遺孤就是之前代替他當傀儡皇帝的小孩子，有兩位姓吳的舅舅，都被封侯。其中一人還曾參與奪位之爭、一直支持冠軍侯，但是根基太淺，沒起多大作用，事後也沒受到追究。

這是一個極其敏感的話題，趙若素敢在皇帝面前提起，膽子不小。

韓孺子希望看到的卻正是這種有話直說的膽量，若是人人在他面前都噤若寒蟬，那他就真是「孤家寡人」，只能憑一己之力對抗內憂外患了。

「接著說。」韓孺子沒有完全明白趙若素的意思。

「吳氏兩人已無資格稱侯，陛下可以要求有司盡快處理此事，等奏章到來後，寫上批覆，至於寫什麼，陛下可以斟酌。」

韓孺子有所領悟，「朕直接說出口，宰相不肯接受，寫幾句批覆，他卻會當真？」

跪在地上的趙若素磕了一個頭，因為他說的話將越來越出格，「皇帝通常慎言，若是不得不開口，通常也是言不由衷。宰相將陛下當成尋常皇帝，陛下嘴上越說不要重賞，宰相越要堅持己見。還有一個原因，這場爭論早晚會洩露出去，外戚若是掌權，絕不會埋怨陛下，卻可能怨恨大臣不肯『據理力爭』。君臣最好無爭，若爭，也不可公開，勤政殿是議事之所，大臣可以爭，陛下不能爭，超然在上，方能可進可退。」

「但是朕可以在批覆中暗示？」

趙若素點頭，「合適的奏章、加上合適的批覆，宰相肯定會明白，如果他懂規矩的話，也絕不會反對，這是所謂的『不爭之爭』。」

韓孺子大笑，這番話真讓他豁然開朗，也明白了要做何批覆。在取消吳氏雙侯的奏章上，他不用提自家外戚半句，只需適當表達對隨意封侯的不滿，申明志自會理解皇帝的意圖，重新考慮對王氏的封賞。

這是一場微妙的遊戲，皇帝與宰相表面上沒有任何爭執，而且互相讓功：皇帝將提出封賞內容的權力交給宰相，宰相則會在最終的奏章中頌揚聖德。

「你應該經常留在朕的身邊，趙若素，你在晉城立過大功，也該升官了。」

趙若素再次磕頭，「皇帝不可與大臣開誠布公，反之也是一樣。微臣斗膽，剛剛對陛下開誠布公，已無為臣的資格，連中書舍人也不能當了。」

韓孺子吃驚地說：「怎麼，你要辭官嗎？」

趙若素抬頭，「陛下真要留微臣在身邊？」

「嗯。」

「那就調任微臣充當倦侯府府丞吧。」

中書舍人雖然品級不高，仍然超出府丞一大截，而且中書省是至重之司，趙若素這是將自己一貶到底了。

第三百七十五章 失蹤

由中書舍人調任倦侯府府丞，幾乎意味著就此退出朝廷，成為邊緣小吏，趙若素所要求的官職之低，令皇帝非常意外。

趙若素解釋道：「既在朝中，不言其祕。微臣非得解脫官職之後，方可對陛下開誠布公，府丞雖然也是朝廷官吏，但是隸屬於宗正府，半是內臣、半是外臣，不用遵守那麼多的規矩。」

韓孺子真不覺得有必要這麼麻煩，但他尊重趙若素，笑道：「好吧，只是……以後的事情以後再說，朕會盡快將你調來。」

趙若素拱手道：「中書舍人與侯府府丞皆非顯職，無需陛下親自調動，相關公文甚至不會送到陛下面前，陛下稍待，容微臣自行調整。」

「靜候佳音。」韓孺子越發覺得這個趙若素是怪人，但是深藏不露，或許真是自己最為需要的幫手。

趙若素告退後，韓孺子隨即將心事轉到尋親上，叫來東海王，讓他幫著擬一份函，向宗正府詢問吳氏兩侯的狀況。

「吳氏連外戚都算不上，的確沒資格保留爵位，陛下寬宏大量，一直沒有過問，吳家人臉皮也真夠厚的，這麼久了，也不主動請示削爵。」東海王很快寫畢，「其實陛下不用這麼正式，反而落下口實，不如找個人向吳家吹吹口風，保證他們主動讓位。」

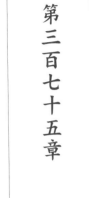

韓孺子搖搖頭，追回吳家的爵位是件小事，他是要藉此向宰相傳達自己的意圖，看樣子連東海王也不是很懂其中門道。

東海王對吳家沒啥感情，見皇帝搖頭，自然不會多管閒事，問函就這麼發了出去。

宗正府回函倒快，次日上午就送到了勤政殿，宰相申明志特意挑出來呈送給皇帝，一句話也沒多說。

韓孺子親筆寫下批覆，大意是說如今侯位泛濫，無功者得厚祿，有功者久居於下，令天下英雄寒心。如吳氏二人，附驥之徒，枉稱列侯，於國家無半點益處，朕心甚憂，著令有司盡快削奪其位，自今以後，封侯時務必謹慎，不可再犯類似錯誤。

吳家本來就沒什麼權勢，如今更是丟得乾乾淨淨，沒人肯為他們說話，申明志接到回函，看過之後傳給其他聽政大臣，歸入待辦事宜當中。

一切平靜，勤政殿內沒有半句爭論。

韓孺子知道，申明志等人已經領會了他的意圖。

君臣本應同心同德，卻只能以委婉隱諱的手段交流，韓孺子既覺得不可思議，又覺得理所應當，君臣同中有異，只是這同異之間的平衡極難把握，連楊奉也說不清，只能推薦他人代勞。

韓孺子對趙若素寄予厚望，至於官職，早晚還能再升上來。

這天下午，來倦侯府送奏章的是另一位中書舍人，同樣的小心謹慎，放下奏章，躬身退出，韓孺子沒表露出任何異常。

可是接下來他連等了幾天，趙若素就跟失蹤了一樣，人影全無，消息也沒有。皇帝有權過問一切官吏的調動，但韓孺子忍住了，不想讓大臣察覺到他的急迫與重視。

禮部尚書元九鼎已經出發前往東海國查驗真相，韓孺子派了兩名太監同行，一個是張有才，皇帝最信任的身邊之人，另一個是獲赦不久的景耀，皇帝要試試他收集情報的能力還剩下多少。

慈寧太后對小時候的事情只有一個印象，那就是有人叫她「小姐姐」，張有才的職責就是去尋找有沒有這樣一個人。

這種事情急不得，至少也要二三十天以後才能得到結果，韓孺子安排妥當之後，又開始專心處理雲夢澤與東海的事務。

寒冬將至，這兩邊都沒有新進展。東海仍在造船，雲夢澤據點才建好一處，楊奉倒是招募到不少江湖人，與澤中群匪發生了幾次衝突，但規模太小，楊奉並未在公文中細說，待崔騰送信回來，或許能說得更詳細些。

雲夢澤文有卓如鶴、武有邵克儉，還有楊奉暗中掌控，韓孺子不是很擔心，東海那邊卻遲遲沒有大將坐鎮，讓他放心不下。

沿海郡國全都按規定舉薦了數量不等的將領，兵部先進行了一輪篩選，合格者三十幾人，正陸續趕往京城，由皇帝親選。

塞外相對平靜，對於鄧粹的偷襲，匈奴雖派人抗議卻沒有報復，而是在冬季到來前遠遁。柴悅遣散了大半楚軍，只留少數駐守馬邑城與碎鐵城，他在晉城建立幕府，房大業則被派到遼東，名義上是監督修補舊城，實際上是勘查地勢，準備在明年初夏向扶餘國發起一次進攻。

大楚必須懲罰扶餘國，鏟除遼東的一個威脅。

扶餘國已經連派數撥使者認罪乞降，朝廷正常接待，只是不准他們見皇帝。

西域那邊的鄧粹與張印消息最少，他們先要穩定西域諸國，統一力量之後，再去崑崙山以外築城。

大楚就像是一張棋盤，韓孺子則是棋手。他手握棋子，東放一枚、西落一子；有的是必爭之地，有的是長久之計。對手不只一位，他卻絲毫不懼，反而為之興奮。

內憂外患當然不是好事，韓孺子卻迷上了排憂解難的過程。他比任何時候都能深切感受到什麼是真正的皇權。朝廷雖然運轉緩慢，但是只要操作得當，皇帝的意志與命令總能在千里之外得到執行。

天下四方，到處都有人為皇帝效力，韓孺子只恨一點，便是消息來得太慢，常常需要十天半月才能送到他的書桌上，再回信時，那邊的事情已經結束，不需要皇帝出主意了。

這也是韓孺子願意與宰相、與朝廷官員和解的重要原因之一，離得越遠，權力越走樣，必須借助大臣們多年傳承下來的規矩與慣例，才能保證皇權不會被遺忘。

整整十天之後，趙若素那邊還是沒有動靜，一件早就被皇帝遺忘的事情卻發生了意外。

意外消息是金純忠帶來的。

金純忠不願當匈奴人，寧願無官無爵，也要跟著皇帝一塊回京，因為沒在大楚這邊立過功勞，所以被安排在倦侯府中，與晁鯨等人一塊待命。

韓孺子不急著任用此人，金純忠也不覺得委屈，老老實實地留在府中等待機會，但他每隔幾天總能見一次皇帝，算是一種特權。

金純忠一般時候沒什麼事，如果皇帝太忙，他甚至不說話，只待一會就走，今天他卻一直留下來。

韓孺子終於注意到金純忠的異常，抬頭問道：「有事嗎？」

「一件小事，陛下。」

「稍等。」韓孺子將手中一份策疏看完，這是南越郡的一名武將所寫的剿海盜策略，條理清晰、頗有獨到之處。

「好了。」韓孺子再次抬頭，用筆在紙上畫了個圈，將武將的名字記在心裡，打算見過本人再做決定。

金純忠上前兩步，「微臣冒死陳言，敢請陛下恕罪。」

韓孺子笑道：「既敢『冒死』，就別怕獲罪，快說吧。」

金純忠臉色微紅，抬頭問道：「陛下是要除掉吳家嗎？」

韓孺子一愣，「吳修兄弟？」

「對。」

「怎麼會？他們空佔侯位，其實無權無勢，在朝中更無根基，朕只是要奪回侯位而已，他們沒資格稱侯，大楚的列侯不能都是平庸之輩。」

說起這些事情，韓孺子有點氣憤，按理說，軍功高者才應該封侯，武帝時期戰事頻仍，有軍功者很多，可是韓孺子在需要大將的時候，在上百位列侯當中查了一遍，竟然找不到幾個可用之人！辟遠侯張印已算是出類拔萃，其他人不是襲封祖上的功德、就是皇親國戚，真正靠軍功得封者寥寥無幾，而且大都老邁，已沒法為國效力。

「吳氏兄弟當然不該再據侯位，可也罪不至死吧？」金純忠道。

「至死？你究竟聽說什麼了？」韓孺子真有點好奇了。

「自從陛下頒旨奪侯之後，吳家上下都以為要遭滅族，惶惶不可終日，不知何處的衙門，還向吳府派去士兵把守大門，不准吳家人隨意出行，說是在等陛下的聖旨。」

韓孺子大吃一驚，隨後又感到疑惑，「吳家人怎麼會求到你這裡？」

金純忠搖頭，「吳府離此不遠，我是路過時偶然得見，又聽街上的人議論紛紛，才知道事情大概。本來這與我無關，可我覺得這樣的做法肯定不是陛下的本意，因此覺得陛下有必要知道。」

「嗯，你做得對，朕應該知道。」韓孺子感到憤怒，他能允許自己的命令在執行過程中發生一定程度的偏差，卻不能允許有人歪曲本意。

「你先退下吧，不要對外人提起此事。」

「是，陛下。」金純忠告退。

韓孺子想了一會，讓太監傳召蔡興海。

蔡興海接管一支宿衛軍，皇帝到哪他就跟著到哪，是最受信任的近臣之一，聞命之後很快趕到。

「中書舍人趙若素這個人你認識吧？」

「認得，經常給陛下送奏章的人，這幾天倒沒見過。」

「去把他找來。」

蔡興海領命要走，韓孺子擔心自己的命令又遭誤解，加了一句，「請他過來。」

「請」與「找」雖然只是一字之差，後果卻截然不同，蔡興海立刻明白，再度領命告退。

奪侯是趙若素的主意，韓孺子要聽聽他的解釋。

入夜之後，蔡興海回來覆命，卻沒有帶來趙若素，而且滿臉疑惑，「趙若素失蹤好幾天了，家裡人急得不行，到現在也沒消息。」

第三百七十六章　各有門道

趙若素失蹤三天了，家屬已經報官，差人來查過幾次，卻一直沒找到線索。

失蹤前兩天，趙若素剛剛辭去中書舍人的職位，賦閒在家，身份由官吏變成平民，因此他的失蹤沒有被列入朝廷大案，相關文書更不會送到皇帝面前。若不是關心吳家之事，必須要讓趙若素解釋，韓孺子到現在也不會知道此事。

環顧四周，韓孺子的可信之人大都被派出京城，剩下的不多，蔡興海身兼護駕重任，只能偶爾離開倦侯府。於是韓孺子叫來金純忠，將暗中打探消息的任務交給他，並且允許他調用來自晁家漁村的宿衛將士。

偏偏是趙若素，偏偏是這個時候。韓孺子對此不能不多心，總覺得有人在阻止趙若素對皇帝「開誠布公」，能做出這種事的人也只能是朝中官吏。

夜色越來越深，韓孺子心裡也越來越焦慮，內憂外患已經夠多了，他可不希望朝廷內部再出現漏洞，起碼不要是現在。

可他終歸得面對現實。

韓孺子派太監叫來侍衛孟娥。

自從皇帝娶了金貴妃之後，私密之事比較多，孟娥不再像從前一樣時時守在皇帝身邊，而是歸入普通侍衛隊，侍衛頭目王赫瞭解這名侍衛的特殊，讓她住在離皇帝不遠的地方，不用參加定期的輪值。

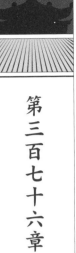

孟娥很快到來，向皇帝行禮，站到一邊的角落，以為皇帝需要自己的保護。

韓孺子卻不是這個意思，「孟娥，妳還在學習帝王之術嗎？」

「嗯。」孟娥沒什麼變化，還跟從前一樣冷漠。

「可我好像很久沒見過妳了。」

「我在看書。」

「哦。」

兩人都不說話，孟娥從來不覺得沉默是種尷尬，等了一會，韓孺子只能先開口，「妳能不能……」

「能什麼？陛下。」

「算了。」韓孺子本想讓孟娥參與調查趙若素的下落，轉念又改了主意，孟娥是武功高手，讓她跟蹤或者監視一個人輕而易舉，但讓她尋找一名無影無蹤的官吏，有點強人所難。

韓孺子突然不明白自己叫孟娥來是為了什麼，「今晚妳留下。」

「陛下不回臥房休息嗎？」

韓孺子搖搖頭，自從淑妃鄧芸來過後，他不再拒絕與嬪妃同房，畢竟是血氣方剛的年紀，不會厭惡此事。但也從來沒有沉迷其中，一旦察覺到朝中事情有異，他更沒有心思去見陌生的嬪妃，而是更願意留在書房。

孟娥將這當成一項命令，出去找來太監，在書房內安置睡具。

韓孺子躺在椅榻上，孟娥吹熄蠟燭，睡在門口的小床上，都知道對方還沒有閉眼，可也都沒有說話。將近兩刻鐘後，還是韓孺子先開口，「我仍在練功。」

「好。」

「堅持下去，我能成為高手嗎？」

孟娥想了一會，「只練內功是不可能成為高手的，還得學習各種拳腳刀槍的功夫，最重要的是，得經常與他人比試、搏鬥，陛下沒這個時間、也沒有必要。內功能讓陛下精神充沛，這就夠了。」

「確實。」日理萬機不能只靠熱情，韓孺子每每在關鍵時刻比其他人更能堅持，靠的不只是意志與信念，還有內功的幫助，「我這麼練下去就行了，不需要新的法門？」

「不用，如果陛下想讓效果更明顯些，可以讓張煮鶴繼續為陛下撫琴，或有一定助益。」

「這個人不太可信。」

「陛下只要他的琴聲就夠了。」

「可是就連琴聲也能騙人，不是嗎？」

「那只是一點江湖奇技，陛下能夠抵抗得住，琴聲總不至於比望氣者的口才更厲害。」

「好吧，妳去安排——不是現在，明晚再說。」

「好。」剛剛坐起來的孟娥又躺下了。

再度沉默，在韓孺子和孟娥之間，這是常有的事情。

韓孺子仍然睡不著，「既然妳也在看書學習帝王之術，我給妳出道題目吧。」

「嗯。」

「比如……義士島上發生了一些事情，不解決，會讓妳失去一位很好的幫手；立刻解決，有可能令義士島分裂，妳怎麼辦？妳覺得皇帝應該怎麼辦？」

韓孺子並不只是向孟娥提問，說完之後，他也陷入沉思，考慮對策。

半晌後，孟娥開口了，「陛下要聽我的答案嗎？」

「嗯？當然，妳說吧。」韓孺子如夢初醒，幾乎忘了房間裡還有一個人。

「一個存在分裂隱患的義士島，不值得我留戀，我寧願解決問題，救出那個幫手。」

韓孺子輕笑一聲，這正是他與孟娥的區別，孟娥能離開義士島，他卻離不開朝廷，「這的確是一個辦法。」

「陛下的辦法呢？」孟娥聽出來皇帝另有想法。

「這世上有大事化小，也有小事化大。」

「此話怎講？」

「太祖定鼎之後，察覺到有些功臣對他不是很滿意，於是利用幾次激起民憤的案件，追查到底，株連了大批官員，包括一些威脅最大的功臣。這是小事化大，帝王最愛用的招數。」

「武帝誅殺天下豪傑，也是小事化大？」

「沒錯。也有大事化小，普通人用得多些，皇帝其實也經常使用，比如只殺首惡、放過其餘。烈帝時，一位寵妃的哥哥捲入了買官賣官的案子，烈帝為了保住他，將最直接的幾名官員下獄，到此為止，不再追查，也沒有株連。」

「聽上去這像是包庇。」

「呵呵，這的確是包庇，但我說的是手段。一件案子，是團夥還是個人、是蓄謀已久還是臨時起意，在調查之前很難說得清，全憑皇帝的感覺。皇帝說『此案絕非尋常』，底下官員掘地三尺也要挖出一批同夥，皇帝說『不可牽連無辜』，官員便明白這是要放人一馬，除了已經抓起來的人，就不要再查下去了。」

「如此說來，問題都在皇帝身上，百姓常常埋怨地方官吏，其實是找錯了人。」

韓孺子笑道：「沒這麼簡單，皇帝一言九鼎，他的話誰都得聽，而且要仔細揣摩。可這種手段用得太多，大臣就能摸清其中門道，然後形成自己的手段，甚至能夠瞞過皇帝自行其是，而天下人還以為這是皇帝的旨意。刀劍無眼，能傷人者，必能自傷，帝王之術也是如此。」

「陛下知道大臣有哪些手段嗎？」

「唉，他們摸清了我的門道，我對他們卻只知其然不知其所以然。」韓孺子本來指望能從趙若素這裡得到幫助，結果卻出現了意外。

「陛下很聰明，早晚能弄清大臣一切的門道。」
「嗯，我要對他們先來一招大事化小，看看效果。」
皇帝不說，孟娥不會細問，只回道：「陛下真的很喜歡……當皇帝。」
「妳呢？不也一直在努力學習帝王之術，希望有朝一日恢復陳齊？」
「我在努力……但我從來沒像陛下這樣打從心裡喜歡這種事。」
「喜歡？」韓孺子捫心自問，說不清是不是真的喜歡，但他絕不會放棄帝位。
書房再度安靜下來，孟娥那邊出現輕微的呼吸聲，她似乎睡著了，韓孺子極小聲地喚道：「孟娥？」門邊沒有應聲。
「妳願不願意……」韓孺子打住，默默地運行了一會功法，沉沉睡去。
次日上午，韓孺子在勤政殿裡正常聽政，中書舍人是個小官，而且趙若素已經辭官，他的失蹤不足以驚動宰相。
韓孺子假設申明志等人都不知情。
中午回到倦侯府，金純忠已經帶來第一批消息。
對於京城的地方官府來說，趙若素的失蹤卻是大事，司法參軍連丹臣親自調查此事，認為這不是綁架。趙若素不是大官，家中更非巨富，於是按仇殺的方向四處詢問，暫時還沒有明確線索。
只有一點，據說趙若素幾天前的傍晚獨自出門，對家人說是去會見友人，就此消失不見。
韓孺子面授機宜，他不能就這麼乾等下去，更不能置之不理。
這天下午，中書省照例送來新的奏章，還是代替趙若素的那名老吏，步步謹慎，比起趙若素有過之而無不及。他將一疊奏章放在書桌上，輕輕整理了一下，務必擺得正、放得穩，即使永遠沒人注意，也要無懈可擊。

皇帝也跟從前一樣，埋頭閱覽，老吏深深地躬身，然後悄無聲息地退向門口。

他是背朝門口後退，這需要一點小小的技巧，但他早已習慣這種走法，即使是在陌生的屋子裡，也不會邁錯一步，或是撞到什麼東西，倦侯府的書房他已經來過幾次，更不會出錯。

可他悄無聲息，還有人比他更悄無聲息，老吏後退時明明瞥了一眼，確定身後沒人，等他快到門口時，卻與一人撞了個結結實實。

老吏猝不及防，身不由己地向前奔出數步，雙手扶住書桌才勉強站住，與抬頭的皇帝四目相對。

老吏大吃一驚，急忙跪下，耳朵裡嗡嗡響成一片，剛要請罪，突然想起相撞時似乎有破碎的響聲，忍不住側身扭頭，向門口看了一眼。

地上全是花瓶碎片，一名太監臉色蒼白地坐在那裡，「天哪，太祖留下來的水晶瓶……陛下饒命，陛下饒命，我不是有意的……」

老吏眼前一黑，坐在地上，張著嘴卻說不出話來。

「你叫什麼名字？」皇帝平靜地問。

「我……我……微臣中書舍人南直勁，陛下……」

「嗯，他不是有意的，你是有意的吧？」皇帝依然平靜。

第三百七十七章　金鍋

在官場上素以嚴謹聞名的中書舍人南直勁，竟然「不小心」碰碎了價值連城的水晶瓶，龍顏一怒，他被扣押在了倦侯府。

南直勁當中書舍人的年頭更長些，可畢竟職位不高，他的遭遇沒有引起特別大的反響，縱有議論，大家對水晶瓶也比對人的興趣更大些。

據說那只水晶瓶是開國太祖南征北戰時，從陳齊奪來的戰利品，生前極為喜愛，經常拿來鑑賞，駕崩前曾想帶入陵墓，卻在最後一刻改變主意，特地留下旨意，要求後世子孫好好保存，不可令其蒙塵失色……

這種故事不可能記載在國史裡，其真假誰也說不清，講述者卻信誓旦旦，聽者心癢難耐、嘆息連連，遺憾自己從此失去了鑑寶的機會，好像他一直沒去欣賞水晶瓶只是因為沒時間。

議論的最後，眾人才會提起那位倒霉的中書舍人，一致認為他罪有應得，而且再也出不來了。

中書省倒是因此驚慌失措，中書監、中書令等大小官員十幾人，次日中午趕到倦侯府請罪，總算得到皇帝的原諒，免去他們的用人失察之罪，中書監最後委婉地提出，能不能將南直勁交給有司法辦。

韓孺子從頭到尾就沒說過幾句話，對中司監的請求也跟沒聽到一樣，揮揮手，讓太監們將中書省官員攆了出去。

中書省還有正常職責要履行，其他官員都走了，中書令留在大門口，想盡辦法終於請出一位比較接近皇帝的人。

晁鯨早已不是當年的漁村少年，對於如何與官員尤其是大官打交道，駕輕就熟，背著手走出來，站在台階上左瞧右望，拖著長腔道：「誰找我？怎麼連個鬼影子都沒有？」

中書令就站在台階下，好歹也是四品官，有資格進入同玄殿參加大型朝會，必要時甚至可以在勤政殿裡發表議論，如今卻像上門求貴人辦事的外省親戚一樣，又是點頭，又是訕笑。

「在這呢，晁將軍，我在這呢。」

相形之下，晁鯨的職位低多了，只是宿衛營裡的一名普通小兵，連品級都沒有，卻被叫作「將軍」。

「哦，原來是你。」晁鯨笑臉相迎，稍一拱手就算客氣了。

中書令想請晁將軍吃飯，被拒絕，想另找僻靜處談話，也被拒絕，最後只好將晁將軍拉到一邊，離大門口遠些。先是誇讚一番，讀了幾十年的書這時派上用場，晁鯨雖然大多都聽不懂，但是咧著嘴笑，極為受用。

中書令最後問起，皇帝為何如此在意水晶瓶，以至於將一名中書舍人扣下，不准有司參與？

「你沒聽說那只水晶瓶的來歷？」晁鯨驚訝地問。

中書令聽說了，但是一個字也不相信，「聽說了，可我想，那畢竟只是一件玩物……」

「玩物？哈，怪不得你們中書省不出大官、不受待見。」晁鯨大搖其頭。

中書令嚇了一跳，急忙道：「難道關於那只水晶瓶，還有別的說法？」

這回是晁鯨拉著中書令往旁邊走出十幾步，離大門口已經夠遠，左右都沒人，也不知他在躲什麼，然後小聲道：「坊間傳言，『坊間』是指哪裡，你明白吧？」

「宮裡？」

「噓，你不要命我還要呢。」

中書令臉色微變，「是是，坊間傳言，晁將軍繼續說。」

「傳言說水晶瓶裡藏著太祖的一封遺詔，當時大楚初建，還不夠穩定，太祖擔心子孫後代無錢可用，於是挖空了一座山，往裡面塞滿了金銀財寶，遺詔就與此有關。陛下現在不是正缺錢嘛，剿匪要錢，秋後一到不少商人來要債、更需要錢，因此陛下對遺詔感興趣，特意從宮中請來水晶瓶，結果，被你的人打碎了。」

中書令一臉苦笑，皇帝富有天下，他所在之處必然是最安全的地方，沒必要另找地方藏匿財寶，挖山這種事至少需要數萬人十年之工，想要掩人耳目根本不可能，至於所謂的遺詔更是胡說八道，沒有相關部司的保管與驗證，就算真是太祖的親筆信也無法成為詔書。

普通百姓或許相信這種事，中書省天天跟奏章、聖旨、詔書這些東西打交道，哪能被騙？可他不能說不信，只好道：「那瓶子打碎了，遺詔找到了嗎？」

「我說遺詔在瓶內嗎？」

中書令點頭。

「不不，你肯定聽錯了，我說遺詔的線索在瓶內，畫在瓶內側。現在打碎了，拼湊不起來，線索一下斷了，數不盡的財寶啊，再也見不著了。」

晁鯨兩手一攤，表示遺憾。

「原來如此。」中書令只能表現得恍然大悟，向遠處的大門口望了一眼，低聲道「遺詔之說虛虛實實，未必就是真的，晁將軍是陛下身邊的親近之人，說話最有分量，能不能為南直勁求個情？」

晁鯨拉著中書令又走出去一段路，「一名小小的中書舍人，值得大人這麼重視嗎？」

「是這樣的，南直勁在中書省任職時間最長，熟悉各種規矩慣例，深受中書監大人的器重，經常要找他徵詢意見，所以……」

晁鯨想了一會，「幫忙不是不可以，可我都不怎麼認識你……」

中書令早有準備，笑道：「從洛陽調來的宗正卿韓大人跟我很熟。」

「韓稠？」

「對對，我從韓大人那裡聽說，晁將軍有失眠之症，需以黃金釜煎藥，不知最近湊夠沒有？」

這回輪到晁鯨一愣，回道：「啊？啊，黃金釜……就是金鍋吧？是啊，的確需要，那東西專治失眠——缺，太缺了。」

中書令心照不宣地一笑，「今天晚上，請晁將軍接下一點禮物。」

「送禮幹嘛？大人願意跟我交朋友，是我的福分，請我喝酒就夠了。咱們用普通的杯碗，不用黃金的，那東西太小，拿著卻太沉，不合手，哈哈。」

中書令回以大笑，拱手告辭，心裡輕鬆不少。

晁鯨向府中走去，張開雙臂，比劃金釜的大小。一開始只是小藥罐，不停擴張，最後變得跟鼎一樣大，作勢掂了兩下，搖搖頭，覺得自己無論如何也抱不動，突然張嘴咬了一口，一路傻笑進府。

守門的幾名宿衛軍士兵互相看了一眼，都沒敢笑。

「我想出一條妙計！」晁鯨闖進書房，興奮地大聲說。

皇帝正與幾名勳貴侍從商談剿匪之事，聽到聲音都向門口看去，晁鯨吐了吐舌頭，急忙躬身退下，但是一直守在門口，急著見皇帝。

終於，勳貴侍從們都離開了，不管認不認得晁鯨，都向他點頭致意。

這回晁鯨請太監代為通報，得到允許才進書房，「陛下，我想出一條妙計，可以替陛下還債！」

韓孺子笑道：「真是難得，說來聽聽。」

「陛下不是欠下一屁股債嘛，我聽說最近有商人專門進京要債來了，是不是？」

「嗯，有一些。」

皇帝替天下流民接下所有欠條，同時也掌握著不少商人賄賂官員的證據，打算必要的時候殺雞駭猴。可欠條當中也有不少是正常借貸，少府必須要還，如今來要帳的大都是這些商人。

少府官員喬萬夫提醒過皇帝，商人唯利是圖，恰恰是那些違法的商人掌握著最多的欠條，他們正在觀望，早晚會一哄而上，而且會蠱惑大批合法者一同要債，令朝廷法不責眾，皇帝必須早做準備。

無論怎樣，皇帝都需要大量金銀以彌補虧空。

晁鯨上前道：「百姓窮，連皇帝也窮，錢都在當官的手裡。就在剛才，那個叫什麼的中書令，許諾說要送我一口熬藥的金鍋，今晚就送。那他手裡必然還有更大的金鍋，至於地位更高的官，就得有金船、金房、金宮殿了吧？陛下可就慘了，只有一個金貴妃，還沒帶回來。」

「胡說八道。」韓孺子斥道，忍不住笑了，「你的妙計就是讓大臣替朕還債？」

「對啊，反正他們有錢，抓一個中書舍人就送金鍋，再抓百十來個，還債的錢不就都有了？」

韓孺子笑著搖頭，問道：「中書令賄賂你，是要你替南直勁求情吧？」

「對啊，我是奉旨受賄，出門的時候陛下正忙，沒來得告訴陛下一聲，事後可交待得清清楚楚。」

「嗯，算你立了一功。」

「那我的妙計呢？」

「你的妙計……」韓孺子剛想嘲笑兩句，突然改了主意，仔細思考了一會，「綁架」大臣勒索贖金這種事當然不能做，讓大臣幫著還債也不可能，那相當於跟朝廷決裂，皇帝今後連規矩和慣例的好處都享受不到了，得不償失。

可晁鯨的主意並非全無可取之處。

「讓朕好好想一想。」還債不是當務之急，韓孺子扣押南直勁的目的是要找回趙若素。

韓孺子並非特意選擇南直勁，事實上，他對這個人跟這個名字都沒有印象，只是此人剛好來送奏章，所以算他倒霉。

中書令的緊張與大方卻讓韓孺子心中一動，開始覺得只怕這個南直勁沒那麼簡單。

「拿到『金鍋』之後，送到這裡來，讓朕也長長見識。」

晁鯨無奈地說：「沒有外人，陛下就別對我玩虛的了，我奉旨收的賄賂，哪樣最後沒落在陛下手裡？」

韓孺子大笑，「這回不同，或許朕可以將這口『金鍋』留給你。」

「真的？」晁鯨高興得一躍而起。

第三百七十八章　大魚和小魚

所謂金鍋當然不是真的鍋，金子倒是真的，一塊塊擺在箱子裡，在燭光照映下，光芒燦爛得耀眼，換成銀子，不知要值多少。旁觀者無不心動，就連皇帝也不由得點頭。

晁鯨卻大失所望，「原來只是用來『造鍋』的金子，不是做好的金鍋啊，真是……唉，那麼大的一個人，那麼大的一個官，竟然也不把話說清楚些，害我白高興一場。」

「既然你不喜歡，那就留下好了。」韓孺子抬腳輕輕踢了一下箱子，箱子紋絲不動，頗為沉重。

晁鯨急忙道：「喜歡，誰說不喜歡？陛下已經許諾過會把這筆金子留給我的。」

「或許，朕說的是或許，你不要總按自己的願望修改記憶。」韓孺子糾正道。

「哦，也就是說我現在只能看看，這些金子歸誰還說不定呢。」晁鯨又失一望。

韓孺子笑道：「金子歸誰取決於你。」

「原來陛下是要給我安排任務！」晁鯨終於明白過來。

韓孺子收起笑容，「任務很簡單，去向中書省索要十倍於此的黃金，任你用什麼手段，後面要來的金子要上交，這一箱歸你，如果要不來，這一箱也要充公。」

「十倍，那豈不是……」晁鯨比劃了兩下，「陛下真要蓋金屋子啊？」

「去吧。」韓孺子不做解釋。

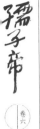

晁鯨應聲是，看著那箱金子，戀戀不捨地離開。

韓孺子等了一會，向一直陪在身邊的金純忠道：「有什麼消息？」

金純忠知道皇帝貪圖的並非黃金，上前一步，回道：「我與宿衛營的兩人一塊打聽過，趙若素當天傍晚在兩條街外與一人打招呼，好像是他先開口，所以他應該認得此人，然後主動與其離開，沒有反抗。」

韓孺子嗯了一聲，心中震怒，卻不表現出來。

趙若素曾在晉城挺身而出，但那時許多官員都這麼做，他並非最為突出的人，等他辭官不做，打算專心為皇帝效力時，卻觸動了許多人的利益，以至於失蹤。

正是這一點讓韓孺子憤怒不已，官員們的懈怠、冷漠、愚蠢，甚至貪腐，他都能忍受，可是阻止某人接近皇帝，不可原諒。

對於選人之難，韓孺子深有體會，因此絕不允許有人堵塞進賢之路。

「還要接著查下去嗎？」金純忠問，他目前只能查到這個地步，再查下去，就必須動用官府的力量了。

韓孺子搖頭，「不用了，趙若素若能活著回來，一切好說，若是死了，嘿，朕倒要聽聽誰能用『規矩』解釋這一切。金純忠，你去見南直勁，嚇唬他一下。」

「是，陛下。」金純忠面露疑惑，沒太明白此舉的用意。

「正常嚇唬，當他是一名倒霉的小官，不要讓別人覺得朕很看重他。」

金純忠點頭，「明白了。」說罷退下，叫人過來抬走箱子。

韓孺子獨自坐在書房裡，真希望楊奉就在身邊，他可以詢問，皇帝是不是應該與大臣玩弄權謀？可他面臨著一個悖論：皇權必須透過層層官吏執行，打擊官吏意味著自廢武功；任憑官吏自行其是，執行能力卻會變得越來越差，甚至歪曲皇帝的本意……

韓孺子又一次想起祖父武帝，那個孤獨的老人，在晚年時大肆殺伐，殺豪俠、殺大臣、殺兒子……似乎陷入了誰都不信任的瘋狂狀態。真正當了皇帝之後，韓孺子越來越能理解武帝的心情，但是絕不想步其後塵，他要更小心、更嚴謹地處理皇帝與其他人的關係。

他又讓人找來孟娥，這是唯一可以訴說的對象。

「你哥哥下落不明，義士島分崩離析，據說一部分加入海盜，一部分投靠雲夢澤，恢復陳齊已無可能，妳還要堅持學習帝王之術？用在哪呢？」韓孺子頗有些殘忍地問道，他要撕碎夢想的假象。

孟娥並未感到驚愕，坦然道：「陛下身為傀儡、毫無希望的時候尚能堅持，我的原因與陛下一樣。」

「嘿，我好歹有一個皇帝的名頭，妳有什麼？齊王陳倫的後人？這沒用，陳家早就被遺忘了，只有義士島上的人還相信，可他們第一次起事就碰得頭破血流，三年之後，他們還會付出更慘重的代價。」

韓孺子定下目標，三年造船完畢，可以發動大軍剿滅海盜。至於義士島，只是諸多海盜中的一股而已。

孟娥看著皇帝，目光平靜，臉上波瀾不驚，她總是這樣，今天卻尤其顯得鎮定，「如果陛下不是桓帝之子，如果我不是陳齊後人，那咱們該會是多麼普通的人啊。」

韓孺子一愣，一時無言以對。

「所以『名頭』不全是壞事，義士島太相信陳家當年的威名，以為一百多年後仍能在齊國一呼百應，結果卻是一場慘敗，這是教訓，但也告訴我一個道理：這世上總有心懷夢想的人將會為我所用，總有追求功名利祿之人為陛下所用。陛下的手段更成熟些，所以我要向陛下學習。」

韓孺子又一次愣住，準備好的一肚子話煙消雲散，輕嘆一聲，「抱歉，我的心情不是很好。」

「陛下不需要為任何事情抱歉，我是陳齊後人，親友皆是叛逆者。陛下能留我在身邊，足見信任與寬宏，只憑這一點，陛下就不需要抱歉。」

韓孺子笑了笑，心情平復，「今晚我住在書房，妳留下。」

「臥室裡有妃子等候陛下。」

「她等的不是我，是能讓她懷上孩子的皇帝。所以，讓她等吧，所有人都在等，連我也在等，她們的等候只是小事。」

孟娥出去叫人搬來睡具。

韓孺子躺下，心情不再動蕩，卻沒有睡意，半是自言自語，半是說給孟娥聽，「一言九鼎、一呼百應……多少皇帝懷著這樣的夢想登基，最後卻落得大敗而終？妳也在看史書，皇帝總是在頭幾年勵精圖治，然後慢慢變得無精打采，有人堅持得久些，有人堅持得短些。」

「武帝堅持得很久。」孟娥說，武帝在位時間最長，他的正式記載尚未完成，但是已有初稿，藉著在皇帝身邊，孟娥能夠先睹為快。

「嗯，可我總覺得武帝也最為失望，他擊退了匈奴、打敗了豪俠、震懾了大臣，可最後，他仍然覺得自己是『孤家寡人』，那麼多的勝利也沒能讓他滿足。」

孟娥等了一會才說：「或許武帝還想要更多的勝利，或許他覺得那些勝利沒有想像中美好，畢竟大楚的國力在那之後開始衰落，武帝大概當時就有所察覺。」

「呵呵，楊奉說之後我不需要再向他討教，可以自學了，我覺得妳也可以出師了。咱們都會成為『孤家寡人』，孟娥，不管妳今後何去何從，據說有些地方女子也可以稱王，只要妳成為帝王——就會面臨到跟我一樣的問題。」

「我在等著看陛下的解決手段。」

「不能急，一急的話，大魚就跑了，到時只剩不懂事的小魚。要耐心等待，等最大的魚上鈎，然後一舉拿下，無論等多久，都比收穫一筐小魚要值得。」

「剩下的小魚呢？」

「養著。」韓孺子冷冷地說，養大之後再釣，這是帝王之術陰險的一面。

「沒有辦法讓官員與皇帝的想法一致嗎？」

「楊奉說過一句很有意思的話，『一個人可以自私，但不能自私到以為別人不自私』，我現在更明白其中的含義了。當我是傀儡、是倦侯的時候，說實話，希望大楚越亂越好，因為只有那樣我才有機會重奪帝位。事實也是如此，沒有崔家、上官家的野心，沒有那些內憂外患，我現在不是老老實實當倦侯，就是躲在邊疆避難。可是等我當上皇帝，就希望所有問題能夠盡快解決，希望越太平越好。地位變了，想法也變了，這是我的自私，也是大臣的自私。」

孟娥想的稍久些，然後道：「大臣要的是功名利祿，有人已經到手，有人正在追逐，有人非常滿意，也有人大失所望，每個人的自私都不同，想法自然也與皇帝不同。那怎麼辦？就讓大臣這麼『自私』下去？」

「讓不同的人做不同的事，功名利祿已經到手並且滿意的人讓他守成，懷有野心、正在追逐的人讓他四處進取，大失所望的人要提防。」

將心裡話說出來，韓孺子感到舒暢不少，明天一早，他又可以滿懷鬥志地起床。他畢竟是皇帝，在與大臣的鬥爭中，提前佔據了天時與地利，只要指揮得當，總能獲得勝利。

琴聲恰好於此時傳來，悠揚婉轉，韓孺子卻沒有動心，只是覺得好聽，很快睡意便來襲，於是閉眼入睡。

琴聲停止時，他並未察覺。

睡在門口的孟娥悄悄起床，悄悄走到榻前，眼前一片漆黑，但她知道皇帝近在咫尺，慢慢伸出手，尋找他的呼吸。

她找到了，停頓片刻，退到自己的床上。

她喜歡黑夜，因其能掩蓋一切，所以賦予自由。

次日傍晚，一塊議事的動貴子弟和讀書人告辭之後，晁鯨立刻跳進來，興奮得臉都紅了，「要到了，要到了，三天之後就給我送來！哈哈！全是黃金啊。」

韓孺子也露出微笑，南直勁的確是個關鍵人物，他的不幸正是皇帝的幸運。

第三百七十九章　江湖盟主

好幾件事情趕在了一起，讓韓孺子有點應接不暇。

禮部尚書元九鼎行動迅速，先到東海國，召集當地官員以及相關人等一一對驗，整個過程如同法司會審，摘除幾條無關緊要的證據後，元九鼎傾向於認可東海國的結論：王家人的確是太后的至親。

東海國官員鬆了口氣，沒等他們慶祝，元九鼎馬不停蹄趕往臨縣的王家。

兩地官員都很謹慎，一直沒讓王家人搬遷，仍然留在原來的村莊裡不准外出，但是好酒好肉地供養著，四面八方趕來的賀喜者、認親者都要先在官府備案，獲得允許後，才能排隊去王家一趟，但是不准過夜。

事後表明這招很有用，否則的話，王家的進京隊伍很可能會擴大好幾倍。

朝廷的二品大員親臨王家，不要說村裡，整個縣都轟動了，連遠在百里之外的郡守都帶著一批官員從治所趕來迎接，比皇帝當初巡視東海國時的排場還大。

皇帝地位太高，又厲行節儉，很多時候甚至不肯進城，跟行軍一樣在城外紮營住宿，令官員們無路可通，禮部尚書卻是地方官能巴結上的對象，就算見不到面，也要送上禮物，以免被視為不敬。

元九鼎可沒心思搭理這些外地官員，在東海國相和當地郡守與縣令的陪同下來到王家，花了三天時間逐一交談，最後親自拜見王家的戶主，親切地問：「老人家，身體可還康健，能去得了京城嗎？」

此言一出，皆大歡喜。

自從元九鼎出京後，幾乎每日都有公文送來，他比皇帝和太后還多疑，提出諸多問題，然後又一一解決或是得到肯定的回答，直到去過王家，他終於發來一份只有結論沒有問題的公文：王家確是太后的親人。

同一天，小太監張有才的私信也送到皇帝面前，這也是他出京之後唯一的信，內容極其簡單：鄰居王成貴的女兒王翠蓮，小名「蓮花」。

這就是小時候稱慈寧太后為「小姐姐」的人。

韓孺子再無疑惑，帶著張有才的信與元九鼎這段時間送來全部的公文，親自送到母親那裡。

慈寧太后沒怎麼看公文，卻拿著張有才的信反覆地看，喃喃了幾次「蓮花」，多年前的記憶終於變得清晰，不禁潸然淚下，「小蓮妹妹，是她，我想起來了。」

皇帝向太后賀喜，屋裡屋外的太監與宮女、各宮的嬪妃包括皇后，都來道賀。

次日整整一天，勤政殿裡都充滿了喜慶氣氛，宰相申明志等人向皇帝拜賀，然後商議如何接待慈寧太后的親人，封侯是沒必要了，皇帝的暗示已經非常明顯，沒有挑戰的必要，但是田宅、奴僕、金銀布帛是一定不能少的。

皇帝要少府出這筆賞賜，大臣們卻力證按之前的規矩，這是朝廷該有的支出，爭論的結果，是少府出三成、戶部承擔七成。

爭論雖然熱烈，君臣之間的關係卻出奇的融洽，午飯後，皇帝並未離開而是回到勤政殿，商議王家人進京之事，順便處理一些必要的政務，眼看著這一天將要完美結束，吏部尚書馮舉透過太監送上一份奏章。

奏章來自中書省，內容很簡單，為中書舍人南直勁請罪，認為他嚴重失職，請求吏部將其除名。

這是一道很嚴重的懲罰，大部分官員寧可下獄接受審訊，也不願意被吏部除名。前者還有周旋餘地，後者卻意味著徹底退出官場。

可是對於被惹怒的皇帝來說，除名的懲罰卻太輕，通常會氣憤地要求刑部、御史台和大理寺嚴懲，如此一來，獲罪的官員又回到官員手中，至於最終能不能解脫，就是另一回事了。

韓孺子若不是早就對南直勁心生懷疑，也會被矇混過去，一怒之下，很可能會要求將撞壞水晶瓶的官吏送進大獄。

可他沒有發怒，反而在心裡笑了，中書省以外的大臣不參與還好，吏部尚書馮舉這招，更加證明南直勁不簡單。

剩下唯一的問題，就是宰相申明志是否也參與了。

韓孺子提筆寫道：人暫留府中，如何懲置由宰相定奪。

馮舉收回奏章，一句話也沒多說，按規矩，將不急於處理的奏章放入筐中，留待明日呈交宰相。

天黑後，韓孺子還是回倦侯府過夜，打算趁著精力充沛，接著商議平定東海群盜的策略。

崔騰打亂了皇帝的計畫。

崔騰被派往雲夢澤送信給楊奉，早該回來了，卻耽擱了好幾天。他比皇帝早一個時辰到達倦侯府，風塵僕僕，連家都沒回，原本聽說皇帝還在勤政殿，今晚未必來這裡過夜，大為失望，但是仍不肯換掉髒兮兮的衣裳，也不肯洗去滿臉的塵土，一定要將這個模樣保留到皇帝回來。

東海王笑話他，崔騰不屑一顧，也不肯說自己帶回來什麼消息。

皇帝一回府，崔騰立刻跑到大門口接駕。

「崔騰？」韓孺子差點沒認出來眼前這個叫化子似的人就是崔家二公子。

「就是我啊，陛下，這一趟路，逢山過山、逢水過水，換馬不換人……」

東海王小聲嘀咕道：「逢山水不過去，還想怎麼樣？」

韓孺子必須誇獎幾句，才能讓崔騰停止講述這一路上的辛苦。

到了書房，韓孺子問道：「楊公那邊有什麼消息？」

崔騰使眼色。

「嗯？」韓孺子沒明白他的意思。

崔騰再使眼色。

東海王道：「陛下，崔二這是太辛苦了，睏得睜不開眼睛，讓他去休息吧。」

崔騰怒道：「我是讓你們出去，我要單獨向陛下稟報秘事。」

東海王大笑，向皇帝道：「今晚我們都留宿前院，隨傳隨到。」

皇帝精力充沛，經常夜裡聚談，侍從們也不敢偷懶，時時準備著。

「好。」韓孺子的確要再跟東海王等人談談，他召來了三位比較不錯的水軍將領，今晚無論如何都要見一面才是。

東海王退下，太監們也都離開，崔騰走到門口向外張望了幾眼，轉身回到皇帝面前，神情嚴肅，只是臉上的塵土太多，讓他看上去像是準備開口借錢的無賴。

「雲夢澤派人來刺殺陛下。」

「這不是他們第一次了。」韓孺子平淡地說。

崔騰驚訝地睜大雙眼，「陛下不害怕……不擔心嗎？」

「當然擔心，所以我早就做好準備了。」

倦侯府地方雖小，衛兵數量也遠遠少於皇宮，但無論是將領、士兵、太監與宮女，都是皇帝信任的人。大都來自早先的部曲以及宮裡的苦命人，彼此都認識，口令只是例行公事，陌生面孔絕無可能矇混過關。

韓孺子接受教訓，必須保證十步之內的安全，才有千里之外的權力。

崔騰困惑地眨眨眼，「可楊奉千叮嚀萬囑咐，讓我一定要提醒陛下，這次千萬要小心，不可大意，還說陛下一聽就會明白。」

韓孺子眉頭微皺，「楊公在那邊都做了什麼？」

與朝廷官員不同，楊奉送來的公文數量少，內容也簡單，如果只憑紙上文字判斷，楊奉在雲夢澤好像什麼也沒做，每天就是拉攏所謂的江湖豪傑。

崔騰撓撓頭，在楊奉身邊多留了好幾天，也沒弄清楚那個太監的意圖，「楊奉在選江湖盟主。」

韓孺子吃了一驚。

朝廷一兩年內不打算對雲夢澤興師動眾，楊奉也不要兵，早在皇帝決定「以匪制匪」之前，他就已經招徠不少江湖好漢曉以大義，最重要的說辭不是效忠皇帝與朝廷，而是欒半雄幫助匈奴人入侵大楚。

只是聚攏人氣不行，還得讓大家有事可做，攻營掠寨是軍隊的事，江湖人不擅長這種事、也不屑做，覺得貶低了身份，好像他們已淪為朝廷鷹犬似的。

江湖人重名，楊奉就用名來刺激大家，先是大肆宣揚欒半雄的投敵行為——他很謹慎地將罪名只歸到一人頭上，而不是雲夢澤的全體盜匪——然後，他提出江湖事多，需要一位盟主。

選盟主一看人品，二看武功，前者要看推薦人，後者直接比試。

就連雲夢澤的人也可以參加盟主推選，但是有一個條件，無論結果如何，必須向盟主交出太祖寶劍。

太祖寶劍流落民間的消息，已經在江湖上傳得沸沸揚揚，而且越傳越誇張，甚至將它提升到神兵利器的地步，據說誰能持有此柄寶劍，必登至尊之位！在江湖為盟主、在朝廷為宰相、在地方為大豪、在名都為巨富，就算落到風塵之地，也能捧出花魁。

深秋的天一日比一日冷，爭奪盟主與太祖寶劍之事卻進行得如火如荼。

韓孺子聽罷，既驚訝又佩服，楊奉行事兼有鄧粹與柴悅兩人的風格，既出人意料、又井井有條。他這是故意抬高太祖寶劍的地位，令其與名聲結合在一起，從而煽動江湖人的熱情。

對韓孺子來說，那卻只是一柄有紀念意義的寶劍，能奪回來自然更好，若奪不回來，對他、對整個朝廷沒有半點影響。

「有多少人要來京行刺？」韓孺子終於開始認真對待崔騰帶回來的消息。

「具體情況不太清楚，但是楊奉得到消息，欒半雄對這次行刺似乎極有把握。」

「嘿。」韓孺子全然不懼，他在朝中釣大魚，沒想到江湖中的大魚先游過來了。

第三百八十章　哭窮

中書令突然改了主意，到了約定日期，他獨自來見晁鯨，沒有帶來黃金，送上的是一堆道歉話。

「本來呢，衙門同僚說是每人湊一點金子，大家也都明白皇帝身邊親近人多，晁將軍總得打點一下，這點金子也未必夠用。可是……唉，中書省是清水衙門，我們是一群窮官，真是砸鍋賣鐵也湊不夠，總不能為了一名中書舍人連家都不要了吧？所以，只好如此了，晁將軍莫怪，這是一點小意思，請晁將軍喝茶。」

中書令遞過來一個小包，晁鯨順手接過來，掂了兩下，感覺也就幾兩重，於是又塞回中書令手中，「無功不受祿，這個道理我是明白的……如果我少要一點呢？皇帝真正的親信沒有幾個，挑挑揀揀，或許不用每個人都打點。」

晁鯨所謂的「少要一點」當然不是指手裡的這點金子。

中書令也沒覺得手上的這點金子太少，往回推讓，「些許茶錢，不成敬意。再多的金子我們實在是湊不齊了，都怪我，話說得太滿，以為別人手裡能有點餘錢，沒想到都跟我一樣窮。」

晁鯨敷衍地往回推，一小包金子兩人誰也不接，誰也不鬆手。

「南直勁怎麼辦？中書省就不管他了？」

「觸犯龍顏乃是不赦之罪，南直勁自找的，怨不得別人，我們能有什麼辦法？無論陛下怎麼處置，我們都無二話。」

晁鯨完全糊塗了，下意識地仍與中書令互相推讓，嘴裡卻不知該說什麼。

「那個……」中書令顯得非常尷尬，「那個……晁將軍，之前那箱金子……」

「怎麼了？」晁鯨立刻警覺，手也不推了，牢牢抓住那一小包金子。

中書令更顯尷尬，「我在想……不不，中書省的同僚們委託我問一聲，那些金子……還在晁將軍手中沒送出去吧？」

晁鯨畢竟年輕，經驗不夠豐富，馬上回道：「當然，我不是說過嘛，那箱金子連打點看門太監都不夠。」

中書令長舒一口氣，收回雙手，將小包金子留在晁將軍手中，「那就好，既然南直勁不需要搭救了，金子……是不是能還給我們？不急啊，也不用晁將軍親自動手，我派人來，什麼時候方便？今晚行嗎？那就明天晚上吧，明天，二更之前，我派人來。那個，我先走了，晁將軍留步，留步。」

中書令笑呵呵地走了，留下晁將軍目瞪口呆地站在那裡。

等客人走出房門，晁鯨才反應過來，惱怒地將小包金子扔在地上，邁步向外跑去，不是要追中書令，而是要去見皇帝，他已墜在雲裡霧裡，弄不清究竟發生了什麼事。

出門沒一會，晁鯨又折返回來，揀起地上的小包金子，塞入懷中，這畢竟是錢，不能亂扔。

晁鯨的住處就是倦侯府的一座小跨院，對外有門，與府裡本也相通，但是為了安全，裡面的門被封死了，晁鯨得在外面繞半圈才能進府。

在路上奔跑的時候，晁鯨看到了中書令的轎子，一氣之下追了上去，腳步不停，也不說話，掏出小包金子從窗簾扔了進去。

轎內哎呦一聲，待到中書令捂額探頭出來觀望時，晁將軍已經跑遠了，轎夫茫然失措，不敢問，抬轎正常前行。

晁鯨一路跑到倦侯府大門前，被守衛攔住了。

「咦，五哥，是我啊，不認得了？」

衛兵不肯讓路，回道：「認得，那也不行，上頭剛剛傳令，從今天開始，所有人都得憑腰牌進府，誰也不能例外。」

「什麼腰牌？」

「你是咱們宿衛營的士兵，去找蔡將軍。」

晁鯨只能跑到隔壁府中找蔡興海拿腰牌，蔡興海一看到他進來，就將一枚玉製的腰牌遞過去，「腰牌一人一枚，丟了不補，今後進不了倦侯府別來找我。」

晁鯨接過腰牌，小心地收起來，「出什麼事了？以前憑臉就能進府，現在要看腰牌了。」

「沒什麼事，謹慎一點沒壞處，陛下的安全比一切都重要。」

晁鯨點點頭，想起自己有事要見皇帝，轉身撒腿就跑，蔡興海在後面直搖頭。

晁鯨毛躁了些，人卻不笨，很快就看出絕非「沒什麼事」，辦腰牌的士兵排成了長隊，他剛才算是特例，已經領到腰牌的士兵出來之後排列成隊，再由軍官帶領出門。

若在平時，晁鯨定要問個明白，今天卻沒有時間，一路又跑回倦侯府，氣喘吁吁地向衛兵晃晃腰牌，獲准進入後，過二門、三門時還要重新出示，那些衛兵先看臉再看腰牌，個個神情嚴肅，都跟不認識他一樣。

庭院裡卻沒有緊張氣氛，還是那幾名熟悉的太監守在廳外，除了提醒晁鯨不要亂跑，沒做別的表示，更沒看他的腰牌。

現在是下午，皇帝肯定正和一群人商議正事，晁鯨識趣地等在外面，他做不到太監那樣一站就是幾個時辰。等了一會，席地坐在台階上，望著院子中間正在凋零的高大槐樹，突然感覺有點冷，突然又有點後悔，不該將那一小包金子扔還給中書令。

廳裡聲音高漲，晁鯨聽得出來，裡面的人議論得很熱烈，皇帝很有可能找到了合適的水軍大將。

「我也應該學點什麼。」晁鯨喃喃道，讀書寫字立刻就被否決，他更喜歡當將軍，而且是指揮整支軍隊的大將，威風凜凜，「還能搶匈奴女人做老婆……」他嘿嘿笑了兩聲，心中已有「搶奪」目標。

今天的議事結束得比較早，天還沒黑，廳裡的人陸續告退，大部分晁鯨都認得，還是東海王、崔騰那些人，只有幾位武將是新面孔，一邊走一邊爭論，但是神采飛揚，個個都很得意，顯然蒙獲聖恩，極為感激。

晁鯨看著他們一個個離去，似有深意地點點頭。

太監宣晁鯨見駕，晁鯨立刻跳起來，小跑著進入正廳，後方太監急忙叫道：「書房，陛下在書房，你在急什麼啊？」

「陛下什麼時候出去的？我怎麼沒看到？」晁鯨一邊問一邊出廳，跑向後書房。

皇帝又在看書，晁鯨佩服得五體投地，除非刀架在脖子上，他一行字也看不進去。

韓孺子看完一卷，放下書籍，說：「你剛才看到那幾位將軍時頻頻點頭，想必是覺得他們不錯吧？」

「嗯，又高又壯，皮膚曬得比我還黑，一看就是真能打仗的將軍，可我覺得陛下未必對他們滿意。」

韓孺子笑道：「你能猜出朕的心事？」

「猜不到，可我知道陛下的喜好。像柴悅、房大業、鄧粹這些能做大將的人，哪個不是自信滿滿？誰也沒跟陛下見一面就興高采烈的，那幾位，架勢是有了，可是顯得太高興了些，不夠沉穩，在陛下心目中只怕難稱大將，頂多……算是樊將軍那樣的人吧，可是又不如樊將軍高大威猛。」

韓孺子真的驚訝了，「你這小子……你這番話拿出去能賣個好價錢。」

「陛下真會開玩笑，誰會買這玩意啊？」晁鯨笑道，一點也沒明白皇帝的意思。

韓孺子也不解釋，說：「不管怎樣，對外面口風一定要嚴，不得隨意洩露朕的任何事情。」

「那是當然，蔡將軍早就提醒過我們，就算都是陛下身邊的人，彼此也不准談論陛下的事，對外人更不行，他說這是最基本的規矩，他若是聽到誰亂嚼舌頭，立刻革除，永不錄用。」

蔡興海是太監，在宮裡待過很長時間，懂得比較多。

韓孺子點點頭，「中書省的金子送到你那裡了？」

晁鯨這才想起自己為何急急忙忙地趕來，一拍腦門，「怪事一樁，中書令不僅沒拿來金子，還要將從前的金子要回去，還向我哭窮。」

聽完晁鯨的講述，韓孺子陷入沉思。中書省一定是察覺到了什麼，才會突然收手，回想起來，這幾天他什麼都沒做，唯一可能洩露想法的舉動，就是昨天傍晚時分批覆的那份奏章。

中書省透過吏部尚書送上奏章，希望將南直勁除名，韓孺子當時做了批覆，要宰相提出處置意見。

「去把今天的奏章都拿來。」韓孺子命令道，下午聊得比較熱鬧，好多奏章他還沒來得閱覽。

晁鯨動作快，沒一會工夫就和兩名太監捧來幾疊奏章，全堆在書桌上。

韓孺子一份份查閱，終於在第二疊奏章的偏下層找到了那份奏章，他的批覆還在，後面又附上一張紙，上面寫著宰相申明志的建議。

申明志嚴厲斥責了南直勁的魯莽，認為他不配再做中書舍人，可撞碎水晶瓶畢竟不是重罪，沒必要除名，念在他是多年老吏，可調去城門夜間值守，以觀後效。

韓孺子放下奏章，無人可以商議，只能自己沉思默想，良久之後，他說：「召中書舍人南直勁。」

自從南直勁被扣押在倦侯府裡，這還是皇帝第一次要見他。

太監去傳旨，晁鯨忍不住問道：「陛下看明白這究竟是怎麼一回事了嗎？」

韓孺子點了點頭，沒有回答，也沒讓晁鯨離開。

看過宰相的建議之後，韓孺子得出結論，申明志對南直勁一無所知，讓中書省官員突然改變主意的只能是南直勁本人，一切的關鍵都在這名老吏身上。

第三百八十一章 瞭解皇帝

南直勁來過好幾次倦侯府，可以說是離皇帝最近的人之一，當他將一疊奏章放在桌上的時候，與皇帝真的只有咫尺之遙，向前彎下腰，伸手就能碰到。

可兩人卻幾乎沒怎麼見過面，每次他來的時候，都低頭看腳，憑著驚鴻一瞥確定位置，然後準確地到達，放下奏章，一步不差地退出房間。

皇帝更不抬頭，好像那些奏章是自己在桌子上冒出來的。

皇帝身邊的人太多，來來往往，韓孺子若是每個人都關注一下，這天就不用做別的事情了，他早已學會視而不見。

水晶瓶打碎的時候，兩人互視過一眼，直到現在，才算是正式見面。

南直勁只是被軟禁，沒受什麼苦，一進屋立刻跪下，膝行向前、口稱「罪臣」，在禮節上一點也不含糊。

小吏跪在地上，皇帝坐在書桌後面，表面上天差地別，實際上卻是勢均力敵，皇帝甚至稍弱些，因為他是進攻者，而他還沒有找到明顯的漏洞。

太監與侍衛全都退下，只有晁鯨留下，站在一邊靜靜地觀看君臣二人，從始至終一句話不說，對他來說，這是一場費解的戲。

對大臣來說，這是罕見的待遇，就算是宰相也不會經常遇到，南直勁不能不意外，抬頭看了一眼，又迅速低下頭。

韓孺子盯著那塊後背看了好一會，那是順從，也是拒絕。他忍不住想，在所有向皇帝低下的頭顱下面，隱藏著多少張不肯屈服的面孔。

「平身。」他說。

「罪臣不敢。」南直勁以額觸地。

「朕還沒有宣布你有罪，你憑什麼自稱『罪臣』？」

「罪臣……微臣撞碎太祖傳下來的水晶瓶，罪該萬死。」

「你是中書省老吏，想必熟悉我大楚的律法，哪一條規定這是『萬死』之罪？」

南直勁啞口無言，而且摸不著頭腦，本來是抱著必死之心來見皇帝的，怎麼變成了自己求死、皇帝開脫？

南直勁慢慢起身，仍然垂手低頭，「微臣……糊塗，請陛下降罪。」

「你特別想要一條罪名嗎？」

南直勁又被噎住，「我……微臣當然……微臣的確撞碎了水晶瓶，陛下又將微臣留在府內，微臣因此以為……有罪。」

「你現在既不是『有罪』，也不是『無罪』，南直勁，你先回答朕的幾個問題。」

「是，陛下，微臣知無不言、言無不盡。」

「好一個『知無不言、言無不盡』。」韓孺子輕笑一聲，對臣子來說，這是一句順口而出的套話，他卻要追究其真實含義。

南直勁的頭垂得更低了些，突然發現自己還不如跪著自在。

韓孺子想了一會，開口道：「海上群盜肆虐，為害已久，朕欲剿除，還沿海百姓一片太平，眼下有三位將軍可選，朕猶豫未決，請你參謀一下。」

南直勁抬頭看向皇帝，更糊塗了，皇帝正在看桌上一字排開的三份文書，看上去可不像是在開玩笑。

「微臣……」

「嗯？朕還沒說這三位將軍是誰，你就有想法了？」

「微臣不懂行伍之事，不敢妄言。」

「那你懂什麼？擅長什麼？」

「微臣……比較擅長找錯字。」

「你就憑這個當上中書舍人？朕要找中書監、中書令問問，他們天天都在忙些什麼？」

謙虛是不行的，南直勁只得道：「中書省乃奏章上傳下達的樞紐，微臣與其他同僚一樣，熟悉各類公文，能夠迅速挑出問題，或退回、或修改，保證送至陛下與宰相面前的公文合乎規範。」

「嗯，這才像個樣子。你就從中書舍人的角度給朕參謀一下。」

「是，陛下。」南直勁發現還是老老實實地順著皇帝的心意說話為妙。

「第一位，狄開，南越郡水軍都尉。為將多年，今年五十有三，頗通水戰，曾與海盜三戰，每戰皆勝，先後斬首總共一百六十七顆、獲船十七艘。你覺得怎麼樣？」

南直勁稍一沉吟，「那上面有說俘虜多少？」

「沒有。」

「地方上不會少錄此項，沒有提及，那就是沒有俘虜。這或者說明海盜頑抗、不願投降，或者說明這位狄將軍嗜殺。」

「嗯，第二位，燕朋師，來自東海國，二十有五，步軍都尉。曾參與幾個月前的平亂之戰，獨率一船入海數百里，擊破敵舟二十幾艘，殺敵三百餘人、俘虜一百七十四人，現任督造將軍，監督東海國造船，前日奉旨進京。」

「燕朋師……與東海國相燕康有關係吧？」

「父子。」

「孤軍深入，其功缺少友軍佐證，親父薦子，難免誇大其辭，微臣以為該做更多調查。」

「好。第三位，賴冰文，三十八歲，原齊國、現臨淄國都尉。叛亂之時，以三百人獨守臨海一座軍鎮、退敵十五次，令海盜不得登陸，只能繞行它處。這上面說他曾是文臣，武帝時投筆從戎，迄今十四年。」

「微臣記得此人，賴都尉想必寫過疏策吧？」

「平海盜策，這三人都寫了，賴冰文被兵部評為一等，朕也以為如此。這些疏策就是你送來的。」

「微臣只看格式是否合乎規範、文字是否有錯漏，對內容不甚上心。」

中書省掌管公文來往，該記的記、該忘的忘，這也是一種本事，至於皇帝信不信，就是另一回事了。

韓孺子笑道：「對這位賴冰文，你怎麼看？」

「武帝後期四海晏平，外無強敵，內無大盜，賴都尉在那時選擇投筆從戎，必有特殊原因，微臣建議陛下先查清楚。」

「你既然記得賴冰文這個人，不記得他當時為何棄文從武、遠離京城嗎？」

「微臣不記得，微臣天性喜靜，平時不愛與人交往，對朝中大事小情極少瞭解，只對名字有點印象。」

皇帝很滿意，抬手道：「瞧，這就是朕所需要的。判斷一名將軍合不合格，未必非得看他的軍功；一名合格的中書省官吏，也能給朕極好的參謀，比如你南直勁，比如之前的趙若素。」

拐了一個大彎，皇帝終於觸及到了正題。

韓孺子當然不是隨便拐彎抹角，這三人他覺得都不錯，但也都不是完全滿意，真的需要一些外人的建議，南直勁剛才那些分析，對他頗有啟發。

南直勁心中卻是一震，差點又要跪下，沉默了一會，說：「趙若素雖然年輕些，但是見解獨到，比微臣更適合參謀政務。」

「可惜，這麼優秀的一位中書舍人，先是辭官不做、隨後消失不見，朕百思不得其解，難道朕做錯了什麼，以至於天下英俊紛紛遠遁？」

南直勁沒堅持住，再次跪下，皇帝命他平身，他只好又站起來，「微臣愚見，以為趙若素失蹤必有其他原因，絕非躲避陛下？」

「這樣就好。你和趙若素同在中書省為臣，應該比較熟悉，你覺得他還會再回來嗎？」

「微臣……不知……」

韓孺子沒有發怒，但是端正顏色，「你剛才說自己不瞭解朝中的大事小情，可你瞭解大楚嗎？」

南直勁面露困惑，沒明白皇帝的意思。

「匈奴攻入關內，百年所罕見。先不管西方是否真有強敵，匈奴就是大楚眼下最大的威脅，雖說達成和議，但是雙方互不信任，要不了多久，匈奴大軍又會捲土重來，你覺得大楚有能力禦敵於國門之外嗎？」

「有陛下在……」

「不不，從你中書舍人的經驗來看待這個威脅，你在武帝時就已在中書省任職，正好做個比較。」

南直勁想了好一會，「微臣記得，武帝二十三年，北疆來的奏章絡繹不絕，佔據了全部奏章的將近一半，內容盡是建城、駐兵、水草、馬匹等事。兩年之後，楚軍大破匈奴，終武帝一朝，再無敗績。如今來自北疆的奏章大為減少，內容則多是修城、棄城、用度不足等事，微臣不敢斷言，但是有備方能無患，大楚現在的準備……似乎不太充足。」

「原因何在？」皇帝追問。

「官庫空虛、內患繁多，無力支援北疆。」

「這正是朕所念念不忘者，朕被困晉城時，親眼見到左察御史蕭大人為國盡忠，不愧為朝廷棟梁之臣，朕以為，大楚之衰弱，朝廷無罪、群臣無罪，皆朕一人之過，朕但望眾卿努力，令朕無後顧之憂，得以專心除內患、滅強敵。」

南直勁第三次跪下，磕頭不止。

韓孺子沒讓他平身，等了一會，說：「要說瞭解，整個中書省、乃至整個朝廷，就數你最瞭解朕吧？」

南直勁癱坐在地上，一臉驚慌，「趙若素……他已經說了？」

韓孺子搖搖頭，「他什麼都沒說，朕是自己看出來的。在你被扣押之前，中書省送來的奏章排列有序，頗合朕的心意，就像是知道朕會對哪些奏章感興趣，特意放在最上面，讓朕最先看到。自從趙若素失蹤、你被留下之後，奏章排序一天比一天混亂，前後對比太明顯了，朕不能不注意到。」

南直勁汗流浹背，他當然瞭解皇帝，但還是低估了皇帝的聰明才智。

韓孺子有一句話沒說，中書舍人能將皇帝感興趣的奏章擺在上面，自然也能將一些特別的奏章藏在中間，趁皇帝稍感疲憊、心事又不在批閱上時看到，囫圇通過，忽略了其中的真實含義。

中書省將宰相的那份回覆藏在中間，弄巧成拙，他們真是需要南直勁、趙若素這樣的吏員。

這就是為什麼中書舍人如此重要的原因，但是培養起來太難了，老吏南直勁之後，就只有趙若素能接班。他的辭官，甚至要直接為皇帝效力，對中書省、對朝中大臣影響深遠。

趙若素不會被殺死，韓孺子相信他正被關在某處，接受苦口婆心的勸說。

「你可以走了，奏章還按從前的規矩擺放，如果你湊巧見到趙若素，告訴他，三天之內來見朕。否則的話，即是欺君，將獲滅門之罪。」

南直勁倉皇告退，他當然明白「滅門之罪」是留給誰的。

皇帝看向一直站在邊上旁觀的晁鯨，「不准洩露朕與南直勁的這些話。」

晁鯨兩手一攤，「想洩露也做不到，根本沒聽懂。」

皇帝對南直勁說的是：他要趙若素，不是為了對付朝中官吏，可趙若素如果不能活著出現，他就要向大臣們開戰。

第三百八十二章

皇帝需要的人

君臣之間的戰鬥並不罕見，手段各不相同，有的直接兵戎相見，皇帝殺大臣、大臣弒君；有的迂迴曲折，皇帝頻繁撤換官員，大臣則拉幫結伙以求自保；也有意興闌珊的時候，皇帝放棄朝政，躲在深宮裡專心享受天子的奢侈生活，天下虧空不關他事，宮中收入少一兩也會使得龍顏大怒。

總之戰鬥一旦開始，從來不會有好結果。皇帝勝了，大臣從此懈怠；大臣勝了，皇帝失去銳志；打個平手，朝廷將會一直動蕩下去。

明知如此，韓孺子也不能步步退讓，大臣不肯全心全意為皇帝效力就算了，可是將主動投向皇帝的人抓起來、藏起來，卻做得太過分了。

韓孺子希望自己的威脅不用變成現實，現在對朝廷進行一次清洗，至少要耽誤三年以上的時間，對他、對大楚來說，都是得不償失。

南直勁走了，中書省官員和其他大臣都默不作聲。次日下午，來送奏章的仍是其他中書舍人，雙臂一直在顫抖，從門口到書桌這麼一小段路，走得無比艱難，奏章終於放到桌上時稍顯凌亂，遠不如平時整齊。

但是這天晚上，中書令沒有「如約」派人來晁鯨家中取走金子，好像已將此事忘得乾乾淨淨。

勤政殿上，也沒有大臣再提起此事，就連之前似乎並不瞭解內幕的宰相申明志，大概也得到了提醒，對自己寫過的建議閉口不談。

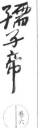

接下來的一天仍維持平靜，只是氣氛有些尷尬，大臣們說話時小心翼翼，彼此議論時也盡量降低聲音。午後不久，韓孺子正要前往倦侯府，宮裡傳出話來，慈寧太后想見皇帝一面。

除了通報東海國那邊的消息，韓孺子的確好幾天沒有進宮請安了，於是立刻去見母親。

慈寧太后說了幾句閒話，盯著兒子，突然嘆了口氣，「我聽說陛下與大臣發生了一些衝突。」

「算不上衝突。」韓孺子笑道，「只是彼此有一些想法沒有表達清楚，讓母親懸心了。」

「嗯，那就好，陛下自己心裡清楚就行。不過……我還是要提醒陛下一句，桓帝以及慈順太后，都曾與大臣有過不和，最終都是草草了結，誰也說不上是勝利者。放眼大楚歷代皇帝，只有開國的太祖和陛下的祖父武帝曾經成功擊敗過大臣。太祖的手段是拉攏一派打擊另一派，武帝則是利用數十年裡所建立的威望，一紙令下，無人敢於反抗。陛下打算用什麼手段？」

慈寧太后還是不放心，在別人眼裡，這或許已經是地位穩固的皇帝，在她看來，卻仍是沒長大的兒子，需要她的扶持與幫助。

韓孺子正色道：「朕沒有武帝的威望，也沒有太祖身邊那麼多的支持者，朕上前一步，為的是與大臣各讓一步。母親，朕明白治國之難，也明白事情的輕重緩急，不會輕易與大臣鬧翻。」

慈寧太后笑了笑，「是我多心了，陛下珍重，陛下聰明睿智不輸武帝，假以時日，必能重振大楚，成就另一個盛世。」

「只要能夠不愧對列祖列宗，朕就很滿意了。」

「嗯，既然回來了，就去看看皇后，你總在外面居住，也不像話。」

「是，母親。」

韓孺子退出，心中暗嘆一聲，母親終歸還是與大臣保持了聯繫，希望她能適可而止，不要走到干預朝政那一步。

他還有點納悶，母親為何讓自己去見皇后。

謎底很快揭開。

崔小君有段時間沒跟皇帝單獨見面了，非常高興，幾句話之後，她轉到了正題，「聽說雲夢澤的強盜又向京城派來了刺客？」

「嗯，是有這種傳聞。」

「那陛下……是不是應該回宮居住？這裡畢竟更安全些。」

慈寧太后為大臣說話，皇后請皇帝回宮，兩個並不和睦的女人，在維護皇帝利益這件事上，保持著一致。

韓孺子笑了笑，「皇宮說是安全，卻幾次被刺客突破，皇后親身經歷，還覺得這裡更安全嗎？」

崔小君不語，越是危險的時候，她越希望皇帝能在身邊。

「皇宮尾大不掉，人越多反而越容易出錯，倦侯府雖小，卻盡在我的掌握之中。放心吧，雲夢澤敢派刺客，我就敢接招，我有準備。」

「婦人之見，陛下莫怪。」

韓孺子心裡對皇后總有那麼一點愧疚，比對母親的還要多些，上前攬住她的腰，輕聲道：「今天我留下，大楚不缺我這一天。」

這天下午，韓孺子不想內憂外患、不想大臣的異心，所有時間全用來與皇后廝守。當晚留宿，次日一早，給兩位太后請安之後，前往勤政殿。

宰相等人的態度顯得自然多了，韓孺子也露出仁君的一面，極少反駁大臣的建議。

午後他去倦侯府，趙若素已經等在了大門口。

趙若素還沒有腰牌，因此不能隨意進府，皇帝在轎中向蔡興海點頭，表示可以。趙若素這才獲得允許，去隔壁的府中領取相應之物，等他進府的時候，皇帝正與眾人商議軍情，他被太監請進大廳，站在一邊旁聽。

狄開、燕朋師、賴冰文三將今天不在場，眾人可以盡情議論他們的短長。

燕朋師得到的支持最多，他年輕、出身世家，早年也曾在皇宮擔任勳貴侍從，結交廣泛而且敢於孤軍深入，極得眾人的青睞，就連參與商議的幾名讀書人，也都看好這年輕的將軍。

崔騰回來得晚，急於趕上進度，全力推崇燕朋師，「燕小師，我認得他，他從前跟我哥哥是好朋友，一塊吃喝……那什麼，可他的確是個人才，我聽說先帝就很賞識他，把他送回東海國是為了歷練。這小子當年就很能說，一群人聚會，就聽他侃侃而談，別人幾乎插不進嘴……」

「就跟你現在一樣？」東海王笑道，燕朋師來自東海國，他卻無話可說，因為他一直沒有就國，對名義上屬於自己的臣子所知甚少。而且他懂得避嫌的必要，盡量不開口，只有嘲笑崔騰時是例外。

崔騰曬黑的臉還沒有恢復，面露鄙夷，「你懂什麼？燕朋師有大將之才，人家說的話能跟我一樣嗎？」頓了一下，他補充道：「跟你也不一樣。」

燕朋師得到的大多是讚揚，只有一位翰林院學士小心地提出，說道：「兵者，險事也，燕朋師視之為手到擒來，只怕……」

好幾個人同時反駁。

「只怕什麼？孤船入海、大破群盜的不是他嗎？」

「據說車騎將軍鄧粹每到排兵布陣的時候都交給別人，自己呼呼大睡，不也大敗匈奴？」

「燕朋師那不叫輕敵，叫自信。」

沒人再說燕朋師的不是。

對南越郡的老將狄開，眾人的意見也很一致。第一年老，未必還能承受得起海上顛簸，第二勇猛有餘、謀略不足，難任大將。

對賴冰文的爭議比較多，雖然事隔十幾年，皇帝身邊的這些年輕人當初都沒有親眼得見，但是勳貴侍從之間從來不缺傳言，賴冰文剛一回京，多年前的那些傳言又都沉渣泛起。

原來這位賴大人年輕時品行有點問題，勾結有夫之婦，本來這種事情也不算罕見，但是公開鬧起來就不多見了，賴冰文無奈之下才棄文從武、遠赴它鄉，與從前的朋友幾乎斷絕了聯繫。

至於被勾引者是誰，這就是一個看人緣的問題了，誰家人緣差，誰家的妻子就要遭殃，至於年紀、相貌合不合適，都不重要。

對賴冰文的治軍才能，大家也莫衷一是，有人認為他能守衛孤鎮數月，雖然不如晉城那麼危險，但也足見其能力。其他人則以為這是運氣，海盜不願硬攻，很快又趕上大將軍崔宏包圍臨淄，所謂的孤鎮，其實也沒有那麼「孤」。

韓孺子只是聽，極少開口。他是皇帝，一旦對某人表現出明顯的傾向，爭論也就結束了，他現在需要盡可能得到越多信息，因此要小心地保持中立。

崔騰比較急躁，站起來說：「選將之事，說難也難，說易也易，讓他們三個各帶一支軍隊出海，誰的戰功大，誰就是大將。」

事情要是真這麼簡單就好了，韓孺子未置可否，發現眾人提不出更新的觀點，宣布散會，沒人知道皇帝看中了哪一位將軍，但是都覺得燕朋師的希望最大。

東海王磨磨蹭蹭，故意等到最後，見廳裡人不多，上前小聲道：「雲夢澤派來刺客，只是加強防禦還不夠，不知陛下有何安排，譚家願獻微薄之力。」

「譚家人回京了？」

「沒有沒有，全都老老實實地待在東海國呢，可譚家在江湖上交遊廣闊，寫封信、開個口，總能得到一些幫助。」

「好啊，但是沒有聖旨。」

「陛下一句話就夠了。」東海王笑呵呵地退下，心裡清楚，自己只能私下調查，得不到朝廷的協助，皇帝仍然不信任譚家，不可能給予全權。

太監們開始收拾大廳，趙若素又讓開幾步。

皇帝向廳外走去，結束商議之後，他通常去後書房閱覽奏章，再有餘暇，就看看書。

太監向趙若素招手，趙若素急忙跟上。

到了書房，韓孺子坐穩，沒問趙若素這些天的去向，也沒問他是怎麼回來的，直接道：「對那三位將軍，你怎麼看？」

趙若素趨步向前，拱手道：「燕朋師身為東海國相燕康之子，要什麼有什麼，他又是步兵都尉，怎麼會指揮孤船出海？此事只怕有詐，要麼軍功有假，要麼立功者另有其人。」

韓孺子點點頭，「你能查出真相嗎？」

趙若素想了想，「如果我能再看一遍東海國近半年的奏章，或許能查出點東西來。」

這正是韓孺子所需要的人。

第三百八十三章 微臣與草民

晉城被圍期間，趙若素決定輔佐皇帝，這是一個艱難的決定。他在中書省任職十幾年，深受南直勁器重，頂頭上司換了一位又一位，同僚也是有走有來，只有他們兩人如水中磐石、屹立不倒。

他已經被視為接任者，南直勁雖未明說，但意思非常明顯。

辭官的時候，趙若素對自己的老恩師說：「覆巢之下豈有完卵？大楚傾倒，你我也無立足之地，請允許我離開中書省專為陛下效命，我保證，對這裡的事情隻字不提。」

南直勁一輩子沒發過火，這時大怒，臉紅脖子粗，「隻字不提？你從我這裡學去了所有本事，一句『隻字不提』就能遮掩過去？就算不提，你還不是用這一套對付中書省、對付我？」

「南大人，該放下成見了，陛下與別的皇帝不同，值得輔佐。」

南直勁搖頭不止，「年少無知，我沒想到你也是這種人，哪個皇帝登基伊始不是勵精圖治？桓帝何嘗不是孜孜不倦日理萬機？結果如何，桓帝只堅持了兩年，當今聖上精力更充沛一些，或許能多堅持一段時間，然後呢？一旦打敗匈奴，解除了最大的隱患，他還能保持現在的勢頭嗎？不是跟多數皇帝一樣變得平庸，就是步武帝後塵，將殘暴當成精力。」

南直勁向來謹慎，從未對朝中之事妄發議論，這回真是氣極了，將心中的想法全倒了出來。

趙若素卻不會因此改變主意，「只要能消除大楚的內憂外患，陛下縱使事後變化，仍然值得。」

南直勁壓下心中的怒火，三十多歲的趙若素在他眼裡還是心智未熟的少年，需要諄諄教導，「覆巢之下，總有一兩枚完卵。你我聯手，必能保身護家，何必……」

趙若素向老恩師躬身行禮，「我意已決。」

過了將近半個月，他才回到倦侯府，這段時間的經歷，皇帝不問，他也不說。但心裡著實鬆了口氣，因為他的確不能說，那會連累太多人，與他輔佐皇帝的本意相違背。

韓孺子好奇，但也不想知道得太多，朝廷是一駕老舊的車輛，勉強還能負重前行，這就夠了，現在不是拆掉重造的時候。

趙若素說他能夠從東海國奏章中看出問題，韓孺子道：「朕知道中書省在擺放奏章時有些技巧，地方上也有門道？」

「大有門道。」這是趙若素最擅長的本事，隨口就能回答，「燕康在東海國為相已久，身邊當有老吏相助，所寫奏章必定滴水不漏。比如這次替太后尋親，其奏章可為典範，證人、證言、證物一一羅列，既顯得嚴謹，又表明工作辛苦，卻沒有自吹自擂的痕跡。尤為巧妙的是，奏章裡提到了平恩侯夫人，若是有功，平恩侯夫人只算是首倡者；若是無功，則平恩侯夫人欺上瞞下，東海國也受其害。」

韓孺子笑了一聲，他可看不出這麼多門道，當時只覺得東海國的奏章有些冗長，但是毫無破綻，以至於他必須立刻去見母親，通報這個好消息。

「燕朋師的奏章會有什麼把戲？」韓孺子問。

「陛下挑選水軍大將不是一天兩天的事，東海國有時間操作。如果燕朋師的戰功有假，需要大量的文書佐證，怕是有些困難。依微臣之見，若是冒領他人之功，為了掩蓋、或者為了事後推卸責任，東海國必定曾經在奏章中提起真正立功者的名字，就跟對待平恩侯夫人一樣，放在不起眼的地方，也提到了功勞，但是不會搶佔燕朋師的風頭，也不會受到朝廷的注意。」

韓孺子點點頭，覺得很有這個可能，但他看過的奏章太多，記不起東海國來的奏章有何特別，「明天朕就傳旨，讓中書省將奏章再拿過來——他們不會動手腳吧？」

趙若素搖頭，「中書省的原則是絕不違背聖旨，只要陛下的旨意十分明確，不會有人冒險動任何手腳，相反，一旦發現陛下意志堅決，中書省會全力配合。」

「嘿。」

別的大臣全力配合是為了立功、顯功，中書省卻是為了隱藏。他們不願受皇帝關注，卻又讓皇帝離不開，這是他們追求的最高境界。

韓孺子下令傳膳，要與趙若素共同進餐，然後秉燭夜談。

趙若素不敢承受這樣的殊榮，寧願出去吃飯。

兩刻鐘後，趙若素回到書房，皇帝這裡已收拾乾淨，書桌前擺了一張椅子，趙若素謝恩後，搭邊坐下。

韓孺子道：「燕朋師這個人很能說，聽其言，倒是頗有些想法。他說剿滅海盜與鏟除陸匪的思路不盡相同，陸匪有營有寨，營寨一失，糧草積儲盡落官軍手中，盜匪皆成亡命之徒，只要圍攻得當，可以做到一網打盡；海盜也有營有寨，但只做落腳之用，最重要的是船，大一些的舟船可在海上飄蕩數月甚至一年無需靠岸，實在不行，也可以前往遠海島嶼停留，所謂『人走廟隨』，因此極難剿滅。」

趙若素想了一會，「微臣對軍事瞭解不多，聽上去倒是很有道理。」

「他還說，海盜有一處軟肋。海上浩浩蕩蕩，除了漁船與偶爾的商船，並無太多可劫之物，所以海盜常要上岸，陸地才是海盜的養家根本。趙若素，如果是你，你會怎麼對付海盜？」

「微臣不是很瞭解……」

「沒關係，站在普通人或者中書舍人的角度去想。」

「嗯……沿海多設軍鎮，阻止海盜登岸？」

韓孺子笑道：「一直以來，大楚的確是這麼做的，可是有一個問題，軍鎮分布過於稀疏，起不到阻止作用。海盜舟船眾多，有大有小，能從各處上岸，若想完全封堵，非得沿海遍布軍鎮不可，可是所需人力、物力太多，即使是武帝最盛之時，也做不到。」

「燕朋師想到了辦法？」

韓孺子點頭，「他說關於海盜的傳言很多，都說那是一群不怕死的凶神惡煞，可是依他所見所聞，海盜並無特別之處，同樣貪生怕死。他們登岸劫掠，是為了活著享受，不是為了死後陪葬，因此總是盡量避開官軍，專劫不設防的村莊與小城。燕朋師建議，建立三支以上的水軍，每軍得大船三十到五十艘，中小船若干，駐紮在離岸數十里的島上。」

「這樣的水軍，怕是攔不住海盜登岸吧？」

「攔不住，也不用攔，放他們登岸，陸上的城鎮鄉村盡量抵抗，抵抗不了，就只好認命。各地得到消息，盡快通知海上的水軍就近部署，堵截海盜的回路。但凡海盜登岸，必有大船往來接應，將大船擊毀，海盜即成陸匪，而且連營寨都沒有，該怎麼剿滅就怎麼剿滅。幾次之後，海盜發現無利可圖，風險又太大，自然遠遁，不敢再靠近海岸。」

「微臣不敢妄下斷言，但燕朋師所言確有道理。」

韓孺子嘆息一聲，「這樣一個人，會冒領軍功嗎？」

趙若素回道：「請陛下回憶一下，燕朋師說話時，是順著陛下有問必答，還是一有機會就大談特談，全不顧及他人疑問呢？」

韓孺子認真想了一會，再嘆息一聲，「朕秉持中立，極少開口，燕朋師大談特談，別人插不進話。這麼說，是別人寫好平海盜策，他記下來而已？」

「只能猜測，即使微臣從東海國的奏章中看出破綻，也算不得明確的證據。」

「無妨，你負責猜測就好。」韓孺子另有辦法，太監景耀正在東海國，如果他真像楊奉、劉介二人所說的那麼擅長收集情報，應該能找出在燕朋師背後立功的人是誰。

燕朋師的話題暫告結束，韓孺子留下趙若素不只是為了評價一位將軍，「中書省經常揣摩朕的心意，看上去頗為成功，說說朕的不足吧。」

趙若素躬身道：「微臣……」

「趙若素，你已辭去中書舍人之職，尚未獲任為府丞，所以你現在不是『微臣』，而是『草民』。」韓孺子聽出趙若素似有難言之處，因此先讓他解除一層束縛。

趙若素微微一愣，隨後道：「草民以為，陛下將朝廷抓得太緊了。」

韓孺子訝然，「朕將勤政殿留給了宰相，對大臣的建議極少駁回，你卻覺得朕抓得太緊？」

「陛下虛設勤政殿，另立倦侯府，事實上已經將宰相與朝廷逼到了角落。」

韓孺子看重趙若素，卻不覺得自己做錯，笑道：「依你之見，朕該怎麼做？」

「皇權在上不在下，陛下親自操辦剿匪之事，成，則陛下無功可領；敗，則陛下威名受損。陛下理應高居群臣之上，大臣各領一面，陛下總領全局、宰相為輔。」

韓孺子沒出聲，他其實有點失望。趙若素的建議過於死板，與讀書人和大臣並無二致，表面上抬高了皇帝，其實是一種架空，高高在上的權力，相當於沒有具體的權力。

趙若素安身立命的本事就是察言觀色，一旦變成「草民」之後，卻一點也不懂臉色，又道：「陛下身邊還有一大隱患，若不早做梳理，必成大患。」

「哦？」韓孺子又有點感興趣了。

趙若素上前一步，拱手道：「草民以為，陛下身邊近臣太多，如東海王、崔騰之輩，並無顯官要職，卻常居陛下左右。寵臣也太多，且多是閹宦，其心陰暗，今日為陛下賣命奔走，他日必求回報，陛下只怕……」

「夠了。」韓孺子怒道，自己一直覺得身邊可信之人太少，趙若素竟然說太多！

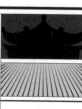

第三百八十四章 藥膳

趙若素由中書舍人變成了倦侯府的小小府丞，這是一個極其卑微的官職，尤其是在倦侯府，大小事務都有專人負責，一名普通的宿衛士兵也比府丞更有用處，地位當然也更高些。

趙若素無事可做，每天獨自在小屋裡呆坐，一連好幾天沒有再得到皇帝召見。

韓孺子心中的怒氣早就消了，取而代之的是一種警惕。他選用趙若素是希望得到指點，能夠更順利的與大臣打交道，誰知幾句話之後，趙若素就開始為大臣辯護，說什麼皇帝將朝廷抓得太緊。

以抬高為名，行架空之實，韓孺子對這種行為特別反感，不僅因為他是皇帝，還因為那段不堪回首的傀儡生涯。

而且朝中大臣的表現也不允許皇帝放手，他們大都還停留在武帝時期，對大楚的確忠誠，但是明哲保身，少出頭甚至不出頭，給皇帝一種不受挑戰的錯覺，可這樣一群人，無法應對大楚的重重危機。

在晉城投河自盡的蕭聲曾給予韓孺子很大的觸動，但他現在最需要的不是這種人。

這天下午，皇帝在倦侯府的後花園裡召見了臨淄都尉賴冰文。

賴冰文雖是文官出身，身形卻極為雄偉，與樊撞山有得比，只是看起來腳步虛浮，沒有武將的沉穩。

君臣二人在亭子裡飲茶，茶畢，韓孺子說：「東海船塢正在造船，預計三年之後可有大成。在此期間，海盜或有可能偷襲，朝廷暫時難派大軍駐守，若由賴將軍鎮守船塢，需兵多少？有何應對之策？」

賴冰文起身，心裡明白，自己已與大將無緣，恭敬地回道：「五千足矣，若能及時得到後方援助，三千也可。守城之要不在人多，而在器械，若器械充足、運用得當，堅守數月不成問題。」

韓孺子也曾被困城中，對守城頗感興趣，與賴冰文聊了許多。召見結束時，他心裡已經做出決定，此人可為船塢守將。

以賴冰文的身份，能得到皇帝的單獨召見已屬殊榮，可他還不甘心，將要告辭的時候，忍不住說道：「末將早年失德，陛下想必有所耳聞。」

「嗯。」韓孺子真想問賴冰文當年勾引的是誰，可他是皇帝，有些好奇只能藏在心裡，不能表露出來。

賴冰文似有不平之色，很快平靜下來，「以德選將，則天下無將可用。」

韓孺子道：「你覺得是因為早年的無德之行，自己才不能成為平海盜大將？」

賴冰文點了點頭，他參與過好幾次倦侯府的聚眾商議，對皇帝不像第一次拜見時那麼敬畏，已經敢於表達真實想法。

「平海盜的事情先不說，匈奴才是真正的大患，朕欲派大臣出使匈奴，賴將軍可願一往？」

賴冰文雖然不明白話題怎麼會轉到匈奴這邊，還是躬身回道：「末將願往。」

「此去不是幾個月，而是三年、五年，甚至更久，朕需要一人留在大單于身邊，時刻關注那邊的變化，你能做到嗎？」

賴冰文一呆，再回答時已顯得勉強，「只要陛下覺得有必要，末將……」

這樣的回答與拒絕無異，韓孺子大笑，「賴將軍果真是戀家之人，倒也無妨。只是平海盜並非一時之戰，海盜驟合驟散，連個大頭目都沒有。在朕的計畫中，三年造船可成，五年不讓海盜近岸，要到十年之後，才能令海盜絕跡。在此期間，水軍需長年泛舟海上，普通將士尚可輪換，大將卻難登岸，請賴將軍細思。」

賴冰文臉上一紅，跪下磕頭，訕訕離去。

對另一位將軍狄開，就比較簡單了。皇帝召見勉勵了幾句，送他出府，此人可為輔將，做不了獨當一面的大將，他自己也清楚，能得皇帝賞識，已經非常滿足，沒有更多的要求。

只剩下一個燕朋師，韓孺子遲遲沒有做出決定，他已派人給東海國的景耀送信，讓他暗中調查軍功的真相，在此之前，他仍給予禮遇。

崔騰特別推崇這位年輕的將軍，一有機會就說他的好話，韓孺子往往笑而不答。

這天傍晚，韓孺子進膳時發現一件怪事，滿桌子一股藥味，許多菜餚裡明顯摻有藥材，他叫來侯府總管老太監何逸，問道：「這是什麼？」

「回稟陛下，這是專為陛下準備的藥膳。」何逸的日子本來過得挺滋潤，自從皇帝常住府中後，他很長時間沒敢碰酒了，神情有點恍惚。

「朕又沒病，為何要吃藥膳？誰的旨意？」

何逸一愣，「呃……是宮裡……是皇后派人特意做的，我以為陛下早就知道。」

說到皇后，韓孺子的神情緩和許多，可是仍然納悶，「將廚師叫來，朕要問個清楚。」

廚師來了，不是一位，而是兩位，十分惶恐，一進來就跪在地上，看到其中一人的服飾，韓孺子一愣，「你是太醫吧？朕既無病，也未宣召，你來做什麼？」

太醫不敢抬頭，顫聲道：「是、是皇后命微臣來此監督製作藥膳，微臣不知……微臣不知……」

「藥膳是治什麼病的？」近日天氣轉冷，韓孺子以為這是預防風寒的藥膳，可是看菜餚中的藥材頗有幾樣古怪不可辨認的東西，心中越發困惑。

太醫也很困惑，因為他以為皇帝早已知情，抬頭瞥了一眼，沒等看清楚就低下頭。

「回答朕的問題。」韓孺子嚴厲起來，趙若素、賴冰文這樣的人在皇帝面前放肆一下也就算了，小小一名太醫可沒有保持沉默的資格。

太醫磕頭，小聲回道：「此藥專治無子之症，陛下、皇后以及眾嬪妃皆服此藥……」

韓孺子又好氣又好笑，便拿筷子挑起盤中一物，看了一會，原本想問這是什麼東西，想想又算了，揮手道：「退下吧。」

這頓晚膳韓孺子吃得小心翼翼，只揀認識的菜餚吃了一些。

當晚侍寢的正好是淑妃鄧芸，十幾位嬪妃當中，只有她在皇帝面前什麼都敢說，「藥膳的味道真差，聽說男女有別，陛下的藥膳不知味道如何？」

「一樣差，皇后怎麼會突然想出這樣的主意？」

「陛下別冤枉皇后，其實這是我的主意。好幾個月了，眾姐妹一個也沒懷孕，於是我向太后建議，該請太醫看看，太后覺得不必著急，所以我就建議配幾副藥膳吧，我在晉城的時候聽說過幾個方子，很管用……」

「這是妳開的方子？」

鄧芸笑道：「當然不是，是太醫開的，太后可信不著我。」

「所以這是妳的建議、太后的決定，但是讓皇后傳旨？」

「這種事只能由皇后傳旨。」

慈寧太后與皇后都以為對方通知了皇帝，總管何逸也沒細問，結果發生了偏差。

皇帝尚無子嗣，這已成為許多人的一塊心病，韓孺子卻不著急，而且不喜歡來自皇宮的干涉，也不留宿了，重新穿好衣裳，對淑妃說：「既然是妳的主意，明天就由妳轉告太后與皇后，說朕不喜歡藥膳，從今以後，未得朕的旨意，不准隨意換膳。」

「可是陛下……」

韓孺子轉身出屋，守在外間的太監很意外，沒敢多問，立刻跟上，送皇帝前往書房。

不理解皇帝的人不只是朝中大臣，還有宮裡的許多人。他們似乎還沒有明白大難即將臨頭，若不能及時做出反應，大楚將亡，到時朝廷與皇宮首當其衝。

書房裡有點冷，太監們忙著去取炭盆，韓孺子坐在書桌後面，很想找孟娥談談，可孟娥不在。最近關於刺客的傳聞比較多，她要與其他侍衛一道輪值，除非必要，不能再隨意守在皇帝身邊。

韓孺子看了一會書，命人將總管太監何逸叫來。

何逸已經躺下，聽到傳召，立刻爬起來，穿了一件外衣就來了。

何逸已經很老，當初追隨皇帝一道出宮，有從龍之功。他的要求卻從來不高，有吃有喝、有穿有住足矣，唯一的嗜好是喝酒，喝多了迷糊、不喝更迷糊。

韓孺子猶豫多日，還是決定將事情挑明，對身邊之人，他的確不能太放縱了，「何逸。」

「老奴在。」

「南直勁給了你什麼好處？」

何逸一驚，撲通跪下，「陛下……陛下……」

「朕不怪罪於你，也不會追究南直勁，只想瞭解真相。」韓孺子平淡地說，南直勁此前向中書省傳遞消息，明顯是在府內得到了幫助，事情查起來倒也簡單，衛兵十分盡責，記下了每一位探訪過南直勁的人，蔡興海那邊則記錄了每一位進出府者，兩相對照，立刻就找出了老太監何逸。

「我……老奴什麼也沒……就是一頓酒，南直勁不知從哪聽說老奴愛酒，聲稱有位朋友要送他兩壇收藏多年的好酒，那位朋友馬上就要離京，他沒法去取，所以求我幫忙，許諾分我一壇。他、他將那壇酒說得天花亂墜，老奴沒忍住，就去了一趟，順便幫他……傳遞了一張紙條……」

韓孺子輕嘆一聲，中書舍人果然最瞭解皇帝，連皇帝身邊的人都要打聽得清清楚楚。

何逸老糊塗，降罪於他也是無用，韓孺子道：「何逸，你年紀大了，別管別的事了，去後花園看管雞鴨，每日有酒有肉，保你盡興。」

何逸砰砰磕頭，被兩名太監扶出書房。

韓孺子枯坐一會，又派人去傳趙若素。

趙若素還沒睡，很快就來了，恭敬地行禮，既不顯親近、也不露驚慌。

「別再提朕身邊人的事情。」韓孺子得立下規矩，「起碼三年之內不要提。」

「是，陛下。」

「朕問你，吳家是怎麼回事？」

皇帝傳旨削奪吳氏兄弟的侯位，結果官府竟然派人將吳家包圍，不准隨意進出，韓孺子已經透過金純忠讓差人撤去，可他不明白自己的聖旨怎麼會變成這個樣子。

最初這個主意是趙若素提出來的，他有義務解釋。

趙若素已經聽說過這件事，上前道：「因為朝廷有兩位皇帝。」

一旦拋去中書舍人的身份，趙若素可是越來越不會說話了。

第三百八十五章 兩個皇帝

韓孺子歷經千辛萬苦才成為真正的皇帝，對某些事情不免有些敏感，聽到朝中有「兩位皇帝」，臉色沉下來，「此言何意？」

趙若素拱手，「一位是坐在這裡的陛下，一位是眾人心目中的皇帝。」

原來是一次文字遊戲，韓孺子笑了笑，突然有點懷念那個謹言慎行的中書舍人。但這是他請出來的「神」，只能忍耐，「你的意思是說，眾人心目中的皇帝，與朕並不一致？」

「完全不同。」

韓孺子沒有馬上追問，坐在那裡想了一會，心中再無惱怒，反而認真思考了趙若素的話，良久之後，指著角落裡的凳子，「坐。」

趙若素雙手搬來凳子，搭邊坐下。

「你將『兩位皇帝』都說說吧。」實話雖然刺耳，卻是韓孺子最需要聽到的勸諫。

趙若素起身拱手，然後坐下，「坐在微臣面前的陛下，聰明英武、深謀遠慮，敢為人先、敢迎強敵、敢為人所不能為，正是大楚最為需要的皇帝。」

韓孺子苦笑道：「你把第一位『皇帝』說得這麼好，看來『第二位皇帝』一定很差。」

趙若素咳了兩聲，正色道：「眾人眼中的皇帝卻是另一副樣子，連殺同宗子弟、血洗京城，以無數條人命奪回帝位……」

韓孺子剛想辯解說，那個偽皇帝和冠軍侯都不是自己殺死的，不過話到嘴邊又咽了回去。那是眾人眼中的皇帝，他控制不了。那兩人的確死了，而且死在奪位之戰期間，朝廷又從來沒有過調查與解釋，怪不了外人胡亂猜疑。

他安靜地繼續聽下去。

「第二位皇帝已有殘暴之名，滿朝文武乃至天下百姓，盡皆畏懼。」

「嘿，這算好事還是壞事？」

「有好有壞。陛下此前不聽大臣勸阻，執意脫離大軍，帶領少數人馬北上，以至被困晉城。雖然最終得脫，在眾人看來，這位皇帝不免還是太年輕、太急躁，甘冒無謂之險、沒有長遠規畫。」

皇帝廢寢忘食地設計除四患之計，卻被看成沒有長遠規畫。韓孺子仍然沒有解釋，他所做的事情大都在倦侯府內進行，外人的確看不到，對朝中大臣來說，皇帝很可能只是在倦侯府裡聚集一批親近之人閒聊，順便揀選大將。

「嗯，還有嗎？」

「還有，要等三年之後才能說。」

韓孺子大笑，一見面他就下令，不准趙若素再提皇帝身邊人的事情，至少要等三年。毫無疑問，眾人眼中的皇帝寵幸近臣，已有昏君徵兆。

「朕明白你的意思，皇帝一人能力有限，必須透過群臣，才能讓萬民『看』到朕，君臣若是離心離德，眾人眼中的皇帝就會走樣，對不對？」

趙若素再次起身拱手，「陛下睿智，一點就透。」

這可不是「一點就透」，韓孺子輕嘆一聲，「該由群臣靠近皇帝，還是該由皇帝理解群臣？」

趙若素又要起身，皇帝示意他坐在凳子上回答即可。

「比如牧羊放牛，前方即是沼澤陷阱，是該由牛羊做出決定，還是放牧者？」

這既是吹捧，也是指責，韓孺子竟然無言以對，過了一會才說：「如果放牧者對這群牛羊不是很滿意，打算另換一批呢？」

「陛下擁有天下最大的一群牛羊，再無放牧者可與陛下交換，因此不可換，只可以新代舊。」

「怎麼個以新代舊法？」

「辦法就在朝廷的規矩中，科舉可以招攬天下俊傑，有升遷貶黜，可憑此選賢任能、逐退平庸之輩。」

「科舉三年一次，升遷貶黜也有定規，少則一年，多則三五年，朕有些等不得。」

「陛下針對四大患選將定策時，態度不急不躁，即使只是剿匪，也需以年計時，何以到了朝廷，卻如此心急呢？」

皇帝不語，趙若素繼續道：「陛下重返帝位時未得大臣支持，因此耿耿於懷？」

韓孺子看向趙若素，在這個人面前幾乎不可能隱藏心事，他不僅猜得準、而且口無忌憚，什麼都敢說。

韓孺子開始覺得自己請來的不是「神」，而是「妖魔」，雖然是大有用處的妖魔。

「朕耿耿於懷，是因為群臣眼睜睜看著大楚陷於癱瘓。他們不支持我，也沒支持任何人，看樣子，就算帝位上擺一尊木偶，他們也會照拜不誤，或許這就是他們的目的，木偶倒是很符合你們所期望的皇帝：高高在上，不參與爭執，讓朝廷自行運轉。」

趙若素還是站了起來，拱手之後坐下，「敢於參與帝位之爭的朝廷不是沒有過，全都記在史書裡，陛下常看，可覺得喜歡？」

韓孺子當然不會喜歡，那樣的朝廷最後都會變成權臣當道，甚至迫使皇帝禪位，「這麼說來，難道皇帝注定是孤家寡人嗎？」

「並無『注定』之說，一切決定終歸要由皇帝做出，後世評介本朝，先看皇帝，再看群臣，方能運轉萬民，能運轉萬民，方能運轉天下。大楚為富饒之地，人豐物茂，能執此利器者，無往而不勝。陛下能運轉群有天下為伴，何來的『孤家寡人』？」

趙若素沒能真正理解「孤家寡人」的意思，韓孺子笑了笑，也不打算解釋，那是他對祖父武帝的記憶，留在自己心中就夠了。

「朕若重整朝廷，你預計多久能初見成效？」

「明春即是大考之年，陛下若能抓住機會，大考之後就能攪動朝廷，此後步步為營，三年可有小成、十年方有大成。」

「比朕的滅匈奴之計還要長遠。」在韓孺子的計畫中，三五年之內，雲夢澤、東海群盜即已剿滅，如果能夠連年豐收，大楚實力也能恢復一部分，可以考慮向匈奴開戰了。

「唯其長遠，可得穩定，不會影響到陛下的除患之計。」

「朝中大臣不會反對？」

「陛下按規矩改變朝廷，有人反對，自然有人支持。只要不是太急，小小波折無礙陛下大計。」

「嗯，讓朕好好想想。」

趙若素勸皇帝不急，他自己更不急，識趣地告退，請皇帝盡早休息。

韓孺子睡不著，趙若素的話雖然生硬，但是的確說中了一些關鍵，皇帝的形象並不是他怎麼做外人就怎麼看。事實上，外人看不到皇帝，只能猜測，而這一猜，就會惹出諸多事端。

趙若素根本沒有提起吳家，韓孺子卻已明白。在京兆尹眼裡，奪爵即是皇帝要報復吳家的訊號，所以派人包圍吳家，寧可做過頭，也不能讓「殘暴」的皇帝心生不滿。

回想勤政殿裡的宰相等人，他們的確有點害怕皇帝，只是掩飾得很好。韓孺子在倦侯府裡感受不到這一點，圍在他身邊的都是親近之臣，沒有具體官職，用不著負責，因此敢說話，也敢亂說話。在這種氛圍中，韓孺子還以為自己威嚴不足。

韓孺子讓太監點起燈籠，前頭帶路，又回臥房休息。

淑妃鄧芸還沒睡，躺在床上，吃驚地看著去而復返的皇帝，「陛下……」

韓孺子脫衣上床，太監熄燈退下，屋子裡一片漆黑。

兩人並肩而臥，鄧芸伸手觸碰皇帝的手臂，沒有遭到拒絕，但也沒有進一步的表示。

「討好皇帝是一件很辛苦的事情吧？」韓孺子問。

鄧芸的手掌略顯僵硬，平時最敢說話的她，這時卻有些含糊，「陛下……何出此言？尋常女子尚且以夫為尊，宮中的嬪妃當然……當然要盡心盡力侍奉陛下。」

「不敢直言的妳，與尋常女子無異。」

鄧芸靠近皇帝，「陛下想聽實話？那我就說實話，討好陛下當然很辛苦，可陛下不常在身邊，更辛苦的是討好宮裡的每一個人。我真希望自己生為男子，能夠馳騁四方、指點江山，不用像現在這樣，步步小心。」

「你們鄧家很想東山再起？」

「鄧家在武帝時平步青雲，可是沒等站穩腳跟，大將軍就英年早逝，沒留下子嗣。剩下我們這些族人，甚至不能留在京城，只能遠遷代國，我們當然希望能夠東山再起。陛下，讓我給你生第一個兒子吧。」

趙若素說能以朝廷規矩治理朝廷，韓孺子很自然想到宮中也有規矩，結果實踐起來卻不那麼容易。他想自己選中的第一個目標是錯的，應該由易入難，可淑妃恰好在倦侯府，他沒有別的選擇。

「那不是朕能決定的事情，妳想討好朕，也不用非得生兒子。」

「陛下休以虛辭應對，從古至今都是母憑子貴，沒有子息，再受寵的妃子，也免不了色衰愛弛的一天。」

韓孺子心裡嘆了口氣，看來他非得有一個兒子，才能平息宮中的混亂。

外面突然響起敲門聲，這種時候打擾皇帝，實在不應該，鄧芸支起身子，怒道：「這是誰啊，如此大膽？」

韓孺子坐起來，「不管是誰，必有急事。」

他披上一件外衣，下床走到外間，太監已經點起蠟燭，正站在門口，猶豫著要不要開門。看到皇帝，心安不少，問道：「外面何人，深夜打擾陛下休息？」

「末將蔡興海，有急事求見陛下。」

韓孺子點頭，太監開門。

蔡興海掌管宿衛，是極少數能夠直接來見皇帝的人，平時很注意禮節的他，這時卻顧不上行禮，略一躬身，向屋內的皇帝小聲說：「東海王抓住一名刺客，據其招供，已有刺客藏於陛下身邊。」

第三百八十六章 隱而不退

京城不只官多，豪傑也多，但是要論到消息靈通，老江湖們卻都推舉一位不太起眼的人物排在首位。

這人是個和尚，是個小有名氣的瘋僧。

光頂常年在京城內外各處寺廟中借住，來去自由。想攆，他賴著不走，想請，他未必肯去。常常在陌生人面前口出狂言，嚇人一跳，其實是藉著瘋僧的形象四處打探並傳遞消息，在江湖中頗有地位。

東海王曾經間接與光頂打過交道，借助瘋僧將當年的倦侯騙出京城。光頂曾一度召集江湖人物準備發起一次叛亂，最後關頭他卻選擇放棄，從此退隱城內一座小廟裡，也不瘋了，每日正常參禪打坐，對江湖事務不聞不問。

可江湖還記得他。

東海王要在皇帝面前立一功，夜裡睡覺前對王妃譚氏說：「這是個機會，真能做成的話，沒準能讓譚家人重回京城，給你的兄弟們寫封信，讓他們推薦幾個靠得住的京城豪傑，幫忙抓刺客。」

「你這是讓譚家人背叛天下豪傑。」譚氏冷冷地說。

東海王笑道：「從妳當王妃之日起，譚家就已『背叛』了，現在還猶豫什麼？譚家不想再跟陛下對抗了吧？那就踏踏實實地跟我一塊討好皇帝，千萬別夾在中間，豪傑覺得譚家諂媚，皇帝卻認為你們家心懷不軌，兩邊都不得益。」

譚氏其實並不反對丈夫的計畫，想了一會，「用不著寫信向譚家求助，京城到東海國千里迢迢，一來一往不知要多久，我給你推薦一個人，肯定能幫到你。」

「妳一個婦道人家，怎麼會與外面的豪傑有聯繫？」東海王立刻警惕起來。

譚氏掐住丈夫的癢肉，聽他吃吃地笑，仍然冷冷地說：「我就算與天下豪傑人人都有聯繫，也是我的事，你管不著。」

「我不管，我不管。」東海王討饒，他還是非常相信王妃的忠貞的，而且覺得除了自己大概沒人能受得了譚氏的強橫。

譚氏推薦的就是瘋僧光頂，「他現在退出江湖了，所以你得親自去請。哀求也好，利誘也罷，總之要爭得他的幫助。」

「一個退出江湖的人，能有多大用處？」

「嘿，江湖不像朝堂，人走茶涼，光頂雖然不問江湖事，可京城欠他人情的豪傑不少，他的一句話，比你找十位豪傑還好用。光頂欠譚家人情，他這人很講交情，你以譚家的名義去，他肯定會幫忙。」

「好吧，我去見他。」東海王打個哈欠要睡。

譚氏推了丈夫一下，「等會，你給我分析一下宮裡的情況：皇后現在毫無反抗，雖然我早料到會是如此，可她放棄得也太徹底了一些，跟打入冷宮沒什麼區別，崔家也變得老實了，崔宏頂著太傅和大將軍的名號，卻幾乎是賦閒在家。其他嬪妃只爭一件事，看誰能先給皇帝生個兒子，可是爭得也不激烈，輪流去倦侯府侍寢，全看運氣如何。慈寧太后也比我預料得要安靜，除了與幾位大臣偶有書信來往，別的事情都不管。」

「妳覺得後宮太安靜了？」

「對啊，兩位太后都不喜歡崔家，難道不應該鬥得死去活來嗎？」

王妃也有向自己討教的時候，東海王有點得意，「這還不簡單，一切的關鍵都在皇帝的第一個兒子身上。」

「嗯？」

「崔家需要皇后生個嫡子以鞏固地位，如果是嫡長子當然更好。第一位生兒子的嬪妃必然會被封為貴妃，立刻高人一等。至於慈寧太后，她仍然覺得陛下的位置不夠穩當，所以不敢太放肆，也盼著皇帝能盡快生個兒子、多生幾個兒子。所以妳看著吧，皇帝長子誕生時，既是大喜之日，也是開鬥之時。」

「嗯。」譚氏覺得丈夫說得很有道理，又推推他，「咱們是不是也應該快點生個兒子？」

東海王一下子不睏了，轉身道：「咱們可以嘗試，但是絕——對——不——能在皇帝之前生兒子。」

東海王自知地位不穩，稍有變化就會引起包括皇帝在內許多人的懷疑。

「哼。」譚氏背對丈夫。

東海王笑呵呵地說：「咱們可以先生個女兒啊。」

次日上午，東海王帶著譚氏的一封親筆信去見瘋僧光頂。

小廟藏身於南城的陋巷裡，雖有一名譚家的奴僕帶路，仍然繞了幾圈才找到入口。

廟裡就一間正殿，供著一尊彌勒像，布滿了灰塵。原先的廟主不知所蹤，光頂一個人住在裡面，隔幾天出去乞食一次，平時就在佛像前靜坐，白日不關門、夜裡不點燈。寒風蕭瑟，他卻仍穿夏日的單衣，從來不換。

東海王讓僕人等在外面，自己走進去，站在門口，正好擋住陽光，於是往旁邊讓了讓，總算能看清光頂的模樣，於是笑道：「禪師別來無恙？」

光頂雖然不那麼瘋癲了，行為還殘留幾分怪異，只睜一目，斜睨來者，「我不是禪師，你也不是東海王。」

「呵呵，是啊，你退隱廟中，我也退隱了，退隱到朝堂，意思都是一樣的。」

「你來找我，說明咱們的意思不一樣。」

「這麼會打機鋒，還說自己不是禪師？」東海王取出王妃的信，遞給光頂。

光頂仍然不睜另一目，也不起身，伸手接過，沒有打開，而是放在鼻孔處嗅了兩下，「王妃可還好？」

東海王臉色微紅，「你這個瘋和尚，根本沒有改過自新嘛。」

光頂隨手撕掉手中的信，「整個京城，自以為憑一封信就能讓我幫忙的人，只有王妃。她生長在譚家，如同東海王生長在帝王之家，從小自以為是，以為江湖規矩都是譚家定的，偏偏是名女子，與外人接觸得少，越發自以為是，根本不懂什麼叫退出江湖。」

東海王看著滿地碎屑，聽著光頂的話，不知是該發怒還是該慶幸，猶豫片刻，蹲在光頂面前，想了一下，乾脆席地而坐，與光頂面對面。可是不等他開口，和尚已經閉上唯一睜開的眼睛，顯出逐客之意。

東海王卻不在意，笑道：「和尚打坐的時候心裡唸經嗎？唸的什麼經？」

光頂睜開另一隻眼睛，「你又來了。」

「是啊，我剛剛上天跟彌勒佛爺談了一會，他說我今天必得貴人相助。」

光頂哼了一聲，東海王指著瘋僧點了幾下，「露餡了，和尚，修行之人寵辱不驚，你可沒做到。」

光頂終於兩眼齊睜，「好吧，被你抓到了，說吧，找我幹嘛？但你別指望我會幫你，我現在就是一個普通和尚，修行不成，朋友也都疏遠了。」

「別害怕，我現在老實著呢，最支持陛下的人，我敢說自己能排第一位，不會讓你幫忙做壞事。」東海王頓了一下，「可雲夢澤還不死心，據說又派來刺客。」

「江湖人成不了大事，咱們兩人對此都有體會，所謂刺客頂多挑逗幾名侍衛，不等見到皇帝就會逃之夭夭，一旦被官府通緝，從此名滿江湖。」

「和尚還真是看透了江湖。」

光頂冷笑一聲，「江湖人只要名不要實，直到現在還有人以為是我在湖邊放過皇帝，讓他得以重掌天下，一幫人有事沒事跑來找我，之前想利用我的名頭號召京城好漢做點事情，後來又勸我向皇帝邀功，真他娘的……阿彌陀佛。」

光頂沒忍住，冒出一句髒話，急忙雙手合十，嘀嘀咕咕唸了一會佛經，然後道：「跟這幫人根本解釋不清楚，我實在受不了，這才退隱江湖。」

「你幹嘛不離開京城？」

「去哪？跑得越遠，別人越以為我在躲著皇帝，保不齊會有一幫人替皇帝找我，所以我乾脆留在京城，讓大家明白皇帝根本不記得我這個人，這一個月來總算安靜了些，結果你又來了。」

「我來了，可我跟那些人不一樣。」

「嗯，別人以為我跟皇帝有交情，你是以為我跟江湖還有交情。回去對王妃說，既然嫁人了，就好好當賢妻良母，別以為自己是豪傑，就算譚家還在京城，也勸不動我。」

「嘿嘿，我可不敢對她說這些。」

光頂打量東海王兩眼，點了點頭，「也對。你走吧，反正我幫不了你，皇帝也不需要我的幫助，欒半雄是在垂死掙扎，派來多少刺客都沒用。與其找我，不如給官府下道聖旨，我敢保證，雲夢澤若有十名刺客，官府幾天之內能抓來一百名。」

東海王笑著起身，拍拍身上的塵土，「你這麼厭惡虛名，不如將化虛為實，刺客能否威脅到皇帝是一回事，咱們能否抓到刺客是另一回事。」東海王指著光頂，「你能抓到刺客。」又指向自己，「我能告訴皇帝人是你抓到的，替你揚名。」

「滾，滾遠一點！」光頂突然發起火來，也不管對方是什麼人。

東海王毫不惱怒，轉身向殿外走去，邊走邊說：「你知道在哪能找到我，機會可不多，刺客若是真被官府抓到，也就沒有你我什麼事了。」

東海王走後，光頂繼續打坐，心卻再也安靜不下來，突然站起身，將旁邊的木缽一腳踢翻，嘴裡接連咒罵了幾句，大步走出破舊的小廟。

當天入夜不久，光頂敲響東海王府的便門，僕人開門，看了和尚兩眼，像是早就料到他會來，什麼也沒問，請進府內。

「跟我走，給你一個刺客。」光頂見到東海王後只說這一句，轉身便走。

若是從前的東海王，斷不會跟隨瘋僧，至少也要問個明白，現在的他卻快步跟上，問道：「刺客是什麼人？雲夢澤的強盜？」

「不是強盜，說來你可能不信，是你東海國的一名小官。」

東海王大吃一驚。

第三百八十七章 抓活口

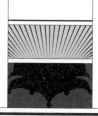

瘋僧光頂的人脈仍在，出去打聽了一圈，意外地一無所獲。

雲夢澤也是江湖的一部分，而且是重要的一部分，光頂本人就與澤中許多知名強盜有過往來，與大頭目欒半雄的交情還不錯。自從得知雲夢澤群盜投靠匈奴人之後，這份交情已經中斷。所以他知道雲夢澤若是派來刺客，應該會與京城的哪些豪傑聯絡。

結果他猜錯了，那些曾與雲夢澤關係密切的豪傑已經很久沒再接觸過雲夢澤的客人，他們當中大多數人與光頂一樣，憎惡通敵行為，與澤盜斷絕關係。

光頂自有辦法查驗這些豪傑話中的真假，決定相信他們，然後換了一個思路。

刺客總得先進京，京城雖大、人口也多，但是一個外地人，想要悄無聲息地住在這裡也是不可能的，總得過關卡、尋住處，不是受到官府的注意，就是要借助江湖同道的掩藏。

豪傑這邊沒有消息，就只能從官府那裡打聽了。

江湖與朝堂並非界線分明，有潔身自好的大俠，也有本身就是官吏的豪強，對光頂來說，這兩類人並無區別，他都認識不少。

一番打聽之後，還是一無所獲，關於刺客進京的消息已在城內散開，身為官吏的豪強們再守江湖道義，也不會參與刺殺皇帝，若真有消息早就上報了。

光頂只好再次改變思路，這回是廣撒網，捨棄那些知名的豪傑，專找城內的雞鳴狗盜之徒。這種人很多，名聲也都不佳，光頂之前卻都一視同仁，他一放話出去，許多人自動登門提供消息。

絕大部分都是無用的消息，起碼暫時無用，這幫傢伙口中盡是稀奇古怪的祕聞，假多真少，光頂一聽就能分辨出來。

直到入夜之後，一位沒啥名氣的小偷，趁著沒人趸進廟內，差點被門檻絆倒，顯然技藝不佳，可他卻帶來了光頂感興趣的消息。

「快到年底了，進京的官比較多，隨身攜帶的錢財也比較多，我就想去借點，劫富濟貧嘛，像我這樣的窮人也得過年……」

小偷比較囉嗦，光頂一聽就明白了，此人劫富未成，還是窮人一個，於是道：「猴五爺家裡臨時缺一名護院，我可以推薦你去頂一陣子，只要你手老實點，拿到的工錢足夠過年了。」

「哈，猴五爺家裡，我有天大的膽子也不敢動歪心事啊。大恩不言謝，瘋老爺，日後我若有發達之時，絕不……」小偷意味深長地點點頭，轉身要走。

光頂咳了兩聲，小偷這才想起自己來此的原因，「東城的榮寶客棧住著不少小官，大官都去投奔親友，留下他們住在破店裡……」

小偷依然囉嗦，最後總算說清楚了，他雖然沒偷到財物，卻偷聽到一段交談，那是從東海國來的一名小吏，某夜，在與一名客人喝酒時，說了一句莫名其妙的話，「連皇帝身邊都有咱們的人，你還擔心什麼？」

客人比較謹慎，立刻噓了一聲，兩人之後只剩閒聊。

「東海國……東海王就在皇帝身邊，小官這麼說也沒錯啊。」光頂道。

小偷搖頭，「我一直沒等到機會下手，等那名客人出門，我發現他穿得倒是挺講究，心想不如偷……從他那裡借點錢，於是就跟著他走了一路，他在街上又與另一人見面，行禮用的是江湖手段，我一看，既然是同道，就打消了借錢的念頭。」

小偷其實是不敢下手，光頂想了想，「你確定那是東海國的官吏？」

「榮寶客棧裡不同地方、不同級別的官各有住處，我會認錯嗎？瘋老爺，你說我這個消息值多少錢？」

「如果是假的，一文不值。」

「真的，絕對是真的，我拿性命擔保，本來我沒覺得有什麼，可是一聽說瘋老爺傳話要打聽最近進京的怪人，我立刻想到了這位小官，他跟江湖人一塊喝酒就挺古怪，還說了那樣一句話，究竟是什麼意思？」

光頂起身，拍拍小偷的肩膀，「多想想家裡的老婆孩子，少管閒事，明天下午你去猴五爺家，就說我介紹的。你的消息就值這個，不滿意也行，我就當沒聽見，你也別去五爺家裡添亂。」

「我就隨便一問，瘋老爺真是我的救命恩人，我們全家都感謝您，我要是有老婆孩子，他們也一定會感謝您的……」

光頂攆走了小偷，決定認真對待這條消息，又出門打聽了一圈，然後直接前往王府，對東海王說：「說來你可能不信，是你東海國的一名小官。」

東海王驚得眉毛都豎起來了，「和尚，這大晚上的，你可別亂說話。」

光頂不覺得自己是在亂說話，仍然大步向門口走去，一邊說道：「這人叫馬識丁，國相府中的一名書吏。一年前才獲錄用，半個月前跟隨步兵都尉燕朋師進京，燕朋師住在朋友家裡，馬識丁住在東城的榮寶客棧裡。這位馬識丁是官吏，也是江湖人，真名馬穆，時常在關東行走，給人算卦，因為不準，所以人稱『失蹄老馬』，今年四十三歲……」

「夠了，我相信你，他還在客棧裡？」

「在。」光頂突然止步，「你叫上幾個人，就咱們兩個可不行，老馬不只會算卦，也有武藝傍身，真發起瘋來，一般人近不得身。」

「好，多帶幾個人……我府裡沒有可用之人，去別的地方找。」東海王很謹慎，絕不願自己的行為事後受到懷疑，不肯動用王府裡的人，而是去倦侯府隔壁的宿衛營找幫手，離家之前，換上一身普通衣服。

他沒敢向蔡興海借人，直接找幾位平時關係不錯、今晚又正好休息的宿衛士兵幫忙。

馬大原名驢小兒，自從被當時的倦侯賜名，他就堅持叫馬大，一開始大家都不習慣，仍叫他原名，等到倦侯真成了皇帝，馬大這個名字終於被接受。

馬大為人粗魯，當不了皇帝近侍，只能在外圍值守。東海王進進出出時，對他比較客氣，他就以為自己與東海王是朋友，聽說需要幫忙，二話不說披上衣服就走，甚至沒問要去做什麼。

一共四名士兵，加上光頂、東海王和兩名隨從，總共八個人。

「夠了吧？」東海王問。

「夠了，馬穆的功夫頂多用來防身。」

倦侯府也在東城，離榮寶客棧不算太遠，眾人騎馬很快趕到，光頂說出房間位置，自己卻不上去，東海王也想留下，和尚說：「東海王，這可是你國裡的官吏。」

東海王一咬牙，讓一名隨從保護好自己，另一名隨從陪著和尚，然後跟著馬大等四名宿衛士兵上樓。

店裡有掌櫃與夥計，看到四名士兵，都不敢上前詢問，任他們上樓行事。

東海王找準房間，示意一名隨從去敲門，其他人都站在牆邊，東海王守在最後。

「誰啊？」屋內有人不耐煩地說。

隨從道：「燕都尉派我送信。」

過了一會，房門打開，一名瘦小的四十歲男子披著衣裳站在門裡，疑惑地打量隨從，「閣下是崔府的人？」

隨從嗯了一聲，不知該說什麼了，馬大突然躥到門口，抬起一腳，狠狠踹在男子肚子上，「你也敢姓馬！」

馬穆毫無防備，大叫一聲，踉蹌後退。

馬大等四名士兵衝進屋內。

馬穆的確有點本事，挨了一腳卻沒有摔倒，幾步之後站穩腳跟，心中一驚，但還是不相信自己已經暴露，對方又都是士兵裝扮，他不敢回手，大聲道：「誰定的規矩，還不許別人姓馬了？天下姓馬的人多得是。」

「老子定的規矩，別人姓馬沒事，就你不行！」馬大只聽說一個名字，對為什麼要抓人全然不知，也不多問。其他三人的脾氣也都跟他差不多，二話不說，上去亂打一通，只是沒有拔刀。

馬穆讓了三拳兩腳，發現情況不對，只得施展本事還手。

屋子裡乒乒乓乓，桌椅傾倒、杯壺粉碎，打得頗為熱鬧，東海王在門外探頭探腦，不敢進去，卻要指揮，「抓活的！抓活的！」

客棧裡住著不少官吏，聽到打鬥聲都出來觀看，發現東海王衣著華麗，不像是普通人，沒敢過來勸架。隨從向眾人抱拳道：「東海國私事，各位大人請回房休息，這邊很快就結束。」

客人們退回房間，客棧的人根本沒有出現，房間裡的打鬥卻持續了很久才終於結束。

「好了。」馬大氣喘吁吁地說。

東海王探頭看了一眼，四名宿衛士兵已經將馬穆死死壓住，人人臉上都有青腫，這位瘦小的算卦先生，還真有幾分本事。

東海王進屋，繞到馬穆面前，彎下腰看了一眼，笑呵呵地說：「馬先生沒事的時候沒給自己算一卦？大概是算了，但是不準，要不然怎麼會被稱為『失蹄老馬』？」

馬穆一驚，知道事情已經敗露，身上壓著四個人，他動彈不得，連說話都困難，「你是誰？」

「我是東海王，是你頂頭上司的主人，咱們別廢話，告訴我，『皇帝身邊的人』是誰？」

馬穆掙扎了兩下，動彈不得，「哈，已經晚了，大楚氣數已盡，狗皇帝必死，你們根本防不住。」

這還真是一名刺客，東海王直起身，「把他捆起來帶給陛下。」

馬大等人捆綁馬穆，東海王先下樓，店門口只剩下隨從一人，瘋僧光頂不見了。

「和尚人呢？」

隨從一臉困惑，「他走了，讓我轉告一聲，『既已化虛為實，我也該躲起來了。』」

東海王明白這句話的意思，深感遺憾，才找到一名刺客，今後用得到光頂的地方還多著呢。

第三百八十八章 身邊的刑吏

稍一審問，東海王便覺得必須立刻將馬穆送交給皇帝，短短的幾句口供裡包含著太多信息，東海國、燕家、崔家等等都受到牽連，他可不想受到誘導口供的懷疑。

刺客先是被帶去見蔡興海，蔡興海也是大吃一驚，稍一詢問，也覺得應該馬上通報給皇帝，於是深夜進府敲門。

韓孺子穿好衣裳，在一群侍衛與士兵的護送下到達前廳。為了安全起見，刺客沒有被帶來，而是被關押在隔壁的宿衛營裡，東海王在此等候，將前因後果說了一遍，並將功勞都歸於瘋僧光頂。

韓孺子對東海王的效率感到吃驚，更對光頂願意提供幫助感到意外，與江湖人接觸多了，對瘋僧的不辭而別倒覺得很正常。

聽完東海王的話，韓孺子想了一會，問道：「那個馬穆是說『連皇帝身邊都有咱們的人』，還是說『皇帝身邊將有咱們的人』？」

這句話是小偷告訴光頂，光頂再轉告東海王的，刺客馬穆並未直接招供，東海王一愣，一字之差，意義可就大不相同，「這個……我再問問。」

「向光頂傳遞消息的小偷是誰？能找來嗎？」

「這個……光頂沒說。」東海王額上開始出汗了，他還以為皇帝會立刻調查刺客與燕家、崔家的關係，沒想到皇帝更關心消息的來源和是否準確。

審訊是一項技巧，刑吏通常比一般官吏更專業，韓孺子身邊就缺這樣一個人。官府原有的刑吏都還沒有取得他的信任，刑部的一位主事張鏡曾經隨駕出巡，在晉城戰歿，皇帝更加無人可用。

「把刺客帶來。」韓孺子想要親自審訊。

東海王、蔡興海同時勸諫，理由各不相同，蔡興海以為那畢竟是刺客，萬一拚死掙扎，可能會驚擾陛下，東海王則認為天子有所不為，親自審訊一名普通小吏和江湖術士，說出去不好聽。

廳裡有不少侍衛和太監，韓孺子正考慮該讓誰代替自己去審問刺客，甚至想到了京兆尹司法參軍連丹臣，正猶豫未決，金純忠從人群中擠過來，「陛下，讓我去審問犯人吧。」

韓孺子更猶豫了，金純忠雖是匈奴人，但是出生在大楚，自幼生長在歸義侯府內，完全是一位勳貴子弟，應該沒學過為吏之術。

「現在是深夜，不好找人，如果我不合適，明天再換人也來得及。」金純忠補充道。

金純忠為人沉穩，做不到的事情不會輕易自薦，韓孺子想到這裡，說：「也好，你和東海王再去審問。」

一塊走出倦侯府時，東海王向金純忠拱手笑道：「想不到金兄還懂這種事情。」

「勉為其難。」金純忠也笑道。

到了隔壁府門前，東海王再次拱手，「還沒恭喜金兄。」

「恭喜什麼？」金純忠詫異地問。

「傳言金貴妃在塞外有喜，極可能為陛下誕生長子，有了這個兒子，金貴妃便能夠回京，金兄也能平步青雲了。」

金純忠更加迷茫，「哪來的傳言？我妹妹在塞外從來不跟大楚這邊聯繫，與陛下都沒有書信往來，而且……到底是哪來的傳言？」

東海王一臉尷尬，「那就是大家亂說的，金兄莫怪。」

東海王支吾過去，直到進府後，金純忠才明白過來，東海王這是故意套自己的話，心中感到好笑。

倦侯府內，蔡興海加強了守衛，無關人等包括太監與宿衛士兵，都不能隨意進入後宅接近皇帝，即使這樣，他仍不安心，那句「皇帝身邊有咱們的人」讓他深感不安，但是他有官職在身，不能隨便逾越規矩，於是找來侍衛頭目王赫，一塊去見皇帝。

「刺客全部落網之前，陛下是否想過回宮暫住一陣？」蔡興海先開口。

「宮裡人多事雜，未必比倦侯府更安全。」韓孺子沒那麼緊張。

「那陛下最近是否可以……少見一些人？」蔡興海又提出建議。

「你擔心刺客混在裡面？」

「不是沒有這個可能。」

「這個馬穆本是江湖術士，一年前混入國相府中為吏……」韓孺子心中一動，一年前他還不是皇帝，馬穆化名為吏是為了什麼？嘴上繼續道：「正說明朝廷官吏之可信，雲夢澤收買不成，只能派人混入。」

蔡興海無話可說，看向王赫，王赫上前道：「官吏可信，官吏身邊的人卻未必，希望陛下給我們一點時間，將進府者的身邊人調查一遍，如無問題，陛下再見不遲，我們也減輕一點負擔。」

蔡興海連連點頭。

韓孺子想了一會，「好吧，先給你們三天時間，朕給你們一個名單，先調查經常進府的幾個人，其他人慢慢再說。」

韓孺子先將經常進府、甚至就住在府內的幾名勳貴子弟與讀書人的名字寫下，交給蔡興海。

蔡興海與王赫告退，到了外面，蔡興海看了一眼名單，說：「先從誰開始？」

王赫道：「先從你我二人開始。」

蔡興海一愣，隨後明白過來，笑道：「好，你調查我，我調查你，然後是咱們的手下，接下來是東海王和崔騰，再接著是這些人。」他晃晃手中的紙。

「尤其是我手下的人，請蔡將軍仔細調查。」王赫叮囑道。

這回蔡興海沒有再覺得意外，他知道王赫所謂的「手下人」是指誰，王赫身為侍衛頭目，不好親自調查，因此要借助外人。

「希望咱們的判斷都是錯的。」蔡興海道，拱手告辭。

審問不會太快，韓孺子回到臥房，淑妃鄧芸已經入睡，發出輕微的鼾聲，她倒是什麼都不在乎，只想生個兒子，為鄧家東山再起奠定基礎。

韓孺子躺下，不是特別在意刺客，還在想趙若素的那番話：用朝廷的規矩改造朝廷，雖然費時費力，卻最為穩當。道理他明白，卻還不清楚具體該如何著手，想到自己曾向孟娥誇下海口說已經掌握帝王之術，他不禁有點臉紅。

次日上午，韓孺子在勤政殿給宰相等人佈置任務，要求他們盡快制定一套針對匈奴的整體戰略。與匈奴相比，雲夢澤和東海群盜只是小患，迄今為止，皇帝只是派出大將守衛邊疆，希望等大楚恢復一定實力之後，能與匈奴人一戰，還沒有更細緻的計畫，甚至尚未開始商議此事。

皇帝將如此重要的任務交給大臣，宰相申明志等人都吃了一驚，同時也感到欣慰，這畢竟意味著信任。依照慣例，朝廷解決問題的第一步不是探討問題本身，而是先找出最適合探討此問題的人選。大將軍崔宏回京之後一直在家休養，這時候順理成章被請回勤政殿參與議事，接下來是一整套程序，發佈聖旨、收集奏疏、排序擇優等等文書工作，夠整個朝廷忙上幾個月。

韓孺子同時邀請一位議政大臣前往倦侯府，這樣一來，皇帝有什麼決定可以馬上傳到勤政殿，而不是第二天再議。

這更是一項殊榮，宰相申明志不敢獨攬，建議由議政大臣輪流前往倦侯府，每人十天，宰相本人去不了，他提出的第一人是吏部尚書馮舉。

事情就這麼定了，皇帝向大臣做出一點妥協，就像是第一次拿到新刀劍的人，韓孺子要揮舞兩下，試試重量，然後再練套路，最後才能得心應手、持刃殺敵。

中午回到倦侯府，書桌上已經擺放著金純忠的審問卷宗。

韓孺子邊吃飯邊看，頗覺意外。金純忠提問嚴謹、記錄詳實，頗有老吏風範，他有這種本事，之前竟然一直沒有顯露出來。

馬穆初時很強硬，卷宗雖然省略了，韓孺子還是能看出來，這位算卦先生說了不少罵人的話，但是經過一番拷打後，他還是招了。

他不知道欒半雄派來多少刺客，與他接頭的只有一人，偽裝成商客，混在討債的隊伍中，化名「雲雄」，真名不知。

他的確說過「皇帝身邊有咱們的人」這句話，但他是從雲夢澤聖軍師那裡聽來的，當時說出來純粹是為了安撫對方，至於是「已有」還是「將有」，他也不知道。

關於馬穆一年前為吏的疑問，金純忠也問到了，原來雲夢澤最初的目標不是皇帝，而是東海國。馬穆的任務是在必要的時候協助刺殺國相燕康一家，可叛亂失敗得太快，東海國也不是平亂主力，所以他就留下來，一直沒有暴露，甚至得到燕家父子的信賴。

他嘴裡的「崔家」的確是太傅崔宏家，但那只是因為燕朋師借住崔府，別無含義。

金純忠用不同問法反覆審訊，以確認馬穆不是臨時撒謊，證言中涉及到不少人，除了商人雲雄要盡快抓捕外，其他人金純忠不敢做主，在卷宗最後，請示哪些人可以叫來參證。

韓孺子非常滿意，倒不是雲夢澤刺客終於露出馬腳，而是找到金純忠這樣一位可用之人。

崔家人與此關聯不大，韓孺子將崔宏父子的姓名圈去，剩下的人隨金純忠召問，燕朋師雖然也是高官，但馬穆畢竟是他帶來的，必須說明情況。

韓孺子本想立刻讓金純忠放手去查，想想又按下卷宗，他得先封金純忠一個正式職務，才能派他去查案，這也是朝廷的規矩，身為皇帝他應該遵守。

吏部尚書馮舉當天下午來到倦侯府，卻沒見到幾個人，蔡興海和王赫正在調查各人及其隨從的背景，大多數人都未獲准進府。

這天傍晚，蔡興海送上來第一份報告，排在最前面的人正是侍衛孟娥。

報告盡量簡潔，不做判斷，孟娥的出身、行為都被一條條羅列出來，大部分對皇帝來說都不是祕密，在最後，蔡興海以粗筆寫下一行字：十月初七、十月十一，孟娥兩次在傍晚離府，次早方回，不知去向。

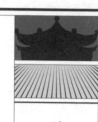

第三百八十九章　替換之道

趙若素是個比楊奉還嚴厲的教師，同樣直言敢諫，只要皇帝還沒憤怒到要殺人的地步，他什麼都敢說。

「陛下不應該允許東海王私下抓人。」一見到皇帝，他就說出這麼一句話。

「那是刺客，東海王需要便宜行事。」韓孺子辯解道。

「問題就在這裡，東海王知道自己可以便宜行事，京兆尹知道嗎？」

韓孺子不語。

趙若素繼續道：「東海王與宿衛士兵闖進客棧抓人，按大楚律法，此事理應層層上報，直達京兆尹府。京兆尹眼下有兩種選擇：一是猜到抓人乃是陛下的聖旨，於是隱而不報，就此將案子壓住；二是秉公執法，派人登門，要求陛下解釋清楚。陛下更希望看到哪一種？」

「京兆尹府會讓陛下親自解釋？」

趙若素搖頭，「京兆尹府的官吏只要進入倦侯府的大門，哪怕只是一名普通的宿衛士兵向他解釋，在外人看來，也是陛下在做解釋。」

韓孺子露出微笑，「外人眼中的皇帝總是與真正的皇帝不同。」

趙若素拱手，「正是，陛下若不重視『外人眼中的皇帝』，兩者的差別就會越來越大，當陛下覺得有些事情無法理解的時候，問題往往就出在這裡。」

「嗯，朕不喜歡有司找上門來，這一整天都沒人來，應該不會來了吧？」

「大概如此，可是不來的話，後果更嚴重。」

「怎麼說？」韓孺子客氣地問，趙若素的話雖然不合時宜，卻的確能給他不少啟發。

「關鍵就在那個『猜』字，京兆尹府不知陛下的真實心意，又沒見到聖旨，只能猜測，既然有東海王和宿衛士兵親自動手，那就應該是執行陛下的旨意。這次官府猜對了，可陛下要讓官府一直猜下去嗎？以後若是猜不對呢？」

「你說得對，朕未能見微知著，是朕的錯誤。」韓孺子端正神色，不再以隨意的態度對待趙若素，如果各處衙門都習慣了猜測，那東海王和宿衛營的權力可就大了，「若按朝廷的規矩，朕又想便宜行事，及時抓捕刺客，應該怎麼做？」

趙若素躬身行禮，「在京城抓捕犯人，應歸京兆尹府負責，陛下可向京兆尹府派駐使者，使者可以便宜行事，只需事後及時通報京兆尹府即可，如此一來，規矩、律法皆得遵守。使者為臨時派駐，事成即撤，對官府的影響也不大。」

「使者既然駐在京兆尹府，也要用他們的公差抓人吧？只怕會洩密。」韓孺子很清楚，許多官吏，尤其是那些小吏，與豪傑關係親密，甚至本人就是豪傑，為了江湖道義，有可能不忠於朝廷。

「會有這種可能，請陛下權衡利弊，另外，使者也可以動用宿衛營，只是不要太多、太頻繁，而且身邊無論如何要留京兆尹府的一名官員。」

「派駐使者……只稱使者太簡單了些，應該起個名字。」韓孺子心中已有人選。

「督捕盜賊古有繡衣使者，陛下可借用之，只是繡衣使者通常由朝廷重臣擔任，陛下如果想讓身邊近臣擔任，或許可以降一個級別，執法者尚黑色，可稱之為『玄衣使者』。」

韓孺子覺得不錯，「散騎常侍金純忠可擔任此職。」

趙若素拱手後退，他只負責糾正皇帝的行為，絕不干涉皇帝用人。

韓孺子又問道：「朕有意更新朝廷，從明春的大考開始著手固然穩妥，可是太慢了些，在此之前，朕能做些什麼？當然，要按朝廷的規矩。」

規矩對皇帝是有好處的，皇帝不守規矩，底下的官員也就有了不守規矩的藉口與手段，當多數大臣不守規矩，皇帝也就分不出才能與平庸、忠誠與奸邪了。

「宰相為百官之首，往下是左右御史、六部尚書、大理寺卿，除宰相外，其他九人的品級未必最高，卻掌握著最實在的權力，更新朝廷難、替換大臣稍微容易些，陛下想替換哪位？」趙若素頓了頓，「或者哪些？」

韓孺子長長地嗯了一聲，「現在就能換人嗎？」

「現在可以著手。宰相位高權重，不可輕易動搖，通常由左、右御史當中的一人接替，陛下遲遲沒有任命新的御史，想必是沒有合適人選。」

韓孺子點點頭，左察御史蕭聲為國殉難，右巡御史申明志接任宰相，御史之職空缺，皇帝一直沒有補上。

「御史負監察之責，為官經驗必須十分豐富，通常要在三部以上擔任過尚書，現今吏部尚書馮舉、禮部尚書元九鼎、兵部尚書蔣巨英符合此項要求，陛下可選者不出此三人。」

「朕不能越級提拔大臣嗎？如果朕記得沒錯，武帝好像經常這麼做。」

趙若素搖搖頭，說道：「陛下的確是記錯了，那是眾人心目中的武帝，陛下受眾人影響，也以為武帝能夠隨心所欲。」

「難道不是？」

「武帝深諳治臣之道，從不在任命大臣時一意孤行，為了讓殷無害接替宰相之位，武帝曾在半年之內接連罷免三位宰相，直到輪至殷無害為止，過程快了些，但是沒有破壞規矩。」

韓孺子決定要重看一遍尚未定稿的武帝紀。

「朕有些好奇，武帝到底看中了殷宰相什麼？」韓孺子清楚記得殷無害，那是個老邁而圓滑的大臣，從不擔負責任，遇事總是躲得最遠，與武帝雷厲風行的做派截然相反。

趙若素回道：「殷無害熟知朝廷規矩，與武帝一剛一柔，配合無間。」

以強硬聞名的武帝，確實需要一位柔和的宰相加以調劑，韓孺子想了一會，「由國子監祭酒升任宰相差著幾級？需要多久？」

韓孺子心中已有未來的宰相人選，那就是瞿子晰，因為在晉城立功，瞿子晰已經升任為國子監祭酒。按理說，皇帝絕不該向外人透露宰相人選，但他現在很信任趙若素，知道他不會對外亂說。

趙若素尋思片刻，「國子監祭酒可先升任侍郎，戶部掌管天下戶口錢糧，事務最為繁雜，陛下若有意考驗此人，就先讓他去戶部歷練一段時間，熟悉大楚整體情況，然後可調去刑部或者工部，負責幾起具體的案子或工程，再後就可以當尚書了，禮部、兵部皆可，接著可以調此人再回舊部，看他如何應對從前的下屬，最後是當吏部尚書，在這個位置上可考察此人選賢任能的眼力，到此，離宰相之位已經不遠，最不濟也擔得起左右御史之職。」

「這麼複雜！」韓孺子吃了一驚。

「陛下常在軍中，只知行軍征戰之難，不知守成治國之艱，尤其需要一位稱職的宰相。」

韓孺子勉強點頭，他已經很努力地想要信任趙若素，可還是時不時覺得這個傢伙似乎在為大臣說話，「一圈輪下來，怎麼也要三五年吧？」

「至少五年。」

「嘿，想換宰相還真是一件麻煩事。」

「當初武帝任命這些官員的時候，要的就是這些『麻煩』，如此一來，新帝登基可保數年穩定，三五年後，新帝信任的大臣也能輪換上來，順利交接。」

韓孺子大笑，突然明白問題出在哪了，武帝選任這批大臣時，看到的未來皇帝是桓帝，所以要留一批老成持重、但又比較容易對付的大臣。如果桓帝在位時間足夠長久，也會留下類似的一套班子給繼位者。可是意外發生，桓帝早逝、繼位者是毫無準備的韓孺子，趕上大楚內憂外患不斷，最關鍵的是，這位皇帝沒當過太子、沒有提前培養自己的大臣，導致新舊朝廷無法平穩更換。

韓孺子召見趙若素時，沒想到會聊這麼多、這麼深，眼見蠟燭越來越短，他說：「今晚先到這吧。」

「陛下早點安歇，微臣隨傳隨到。」成為府丞的趙若素，又是「微臣」而不是「草民」了。

趙若素退到門口，皇帝叫住他，「先帝在位日淺，可是也該有幾位信任的大臣吧，都有誰？」

趙若素卻不願直接說出人名，「微臣已將朝廷大臣的輪換順序說得很清楚，陛下調看先帝登基以來的官員任免名單，自然就都明白了。」

韓孺子經常從楊奉那裡領取題目，因此並不覺得趙若素無禮，「好。」

趙若素退下，韓孺子琢磨著這件事不用做得太正式，明日下午詢問進府的吏部尚書馮舉即可。

武帝留下來的是一批守成大臣，在位時間已經過長，即使暫時不能用自己欣賞的人代替，韓孺子也希望盡量做些變動，或許父親培養的大臣當中就有人才。

今晚他不打算回臥房休息，想找一本武帝紀看看，手邊卻沒有，隨口叫了一聲：「孟娥。」

孟娥經常借皇帝的書看，武帝紀不在書桌上，應該就在她房裡。

沒有回應，韓孺子這才想起，孟娥現在不能隨便到皇帝身邊，他叫來外面的太監，「傳王赫。」

王赫很快到來，韓孺子只有一條命令：「傳孟娥。」

王赫露出明顯的猶豫，「陛下給了我們三天時間，請允許我們調查……」

「不必了。」韓孺子加重語氣，「朕明白你的難處，也明白規矩的重要，可如果處處都是規矩，要朕又有何用呢？」

這話說得稍有些重了，王赫一驚，再不敢多話，立刻應是，躬身後退。

韓孺子這句話其實是想說給不在場的趙若素聽，身為皇帝，他可以遵守規矩，可大楚的敵人呢？尤其是極不可信的匈奴人呢？他們會給大楚朝廷逐步調整的時間嗎？

趙若素的確指明了一條道路，但韓孺子要自己決定是步行，還是快馬加鞭。

第三百九十章 留下

孟娥習慣性地站在角落，韓孺子問：「書在妳那裡？」

孟娥沒問是什麼書，想了一會，「嗯，現在要嗎？」

「明天吧。」韓孺子又沒興趣看書了，以趙若素的嚴謹斷不會記錯，更不會在皇帝面前編造如此容易被拆穿的故事，「有兩天晚上妳出府了？」

孟娥又想了一會，「是。原來是因為這個，他們為什麼不直接問我？」

「因為他們不像我這麼相信妳吧。」

孟娥沉默的時間稍長一些，「我去找我哥哥。」

「他也來京城了？」

「我是這麼猜的。」

「找到了？」

「沒有。」

「如果找到呢？」

「勸他離開。」

「如果他不肯呢？」

「我還沒想那麼遠。」
「明年朝廷就將進攻雲夢澤，最遲三年之後，就要向東海群盜開戰，一點都不遠。」
孟娥沉默不語，拒絕再回答下去。
韓孺子輕嘆一聲，「妳已經沒法再當侍衛了。」
孟娥點點頭，「我明白。」
「給妳兩個選擇，一是留在我身邊，未經允許，不准隨意離開；或是去雲夢澤給楊奉當手下，立功之後再回來。」
還有一個選擇韓孺子沒說，那就是永遠離開。
「讓我想想。」孟娥平淡地說。
韓孺子點點頭，知道她不會很快做出決定，於是道：「今晚妳留下，休息吧。」
明天的事情不少，韓孺子很快入睡，可是睡得並不踏實，不知過去多久，突然清醒，卻沒有睜開雙眼，他能察覺到有人就站在榻邊。
他正常呼吸，十分確信有一隻手就擋在鼻孔下方，慢慢地，那隻手移動到他的臉下，極輕極輕地撫過，像是夏日裡莫名捲起的一陣風，沒有來由、沒有去向，驟然而起、轉瞬即逝。
他生出一股衝動，想要張嘴咬住這隻手。
手卻縮了回去，人也離開了。
韓孺子沒動，也沒開口，有那麼一刻，他覺得自己不是皇帝，只是韓孺子，很想問一問孟娥，明不明白那句「留在身邊」是什麼意思？他不只是想讓她繼續當貼身侍衛。
慢慢地，他又睡著了，剛才那一幕變成了夢境的一部分，第二天起床，仍記得每一個感覺，卻已分不清是真是幻。

在勤政殿，韓孺子向宰相等人表示要向京兆尹府派駐玄衣使者，專門追捕混入京城的雲夢澤刺客。事關皇帝的安全，大臣們當然沒有意見，但是顯露出一點驚訝，對皇帝越來越向朝廷靠近感到意外，同時也很高興。

韓孺子還讓宰相申明志向京兆尹府發函，責問為何衙門沒有查明榮寶客棧抓人的情況並逐級上報。趙若素說得沒錯，不能讓地方官吏以為皇帝身邊的人碰不得，此風一開，最終受損的還是皇帝本人。

王家人離京城越來越近，申明志已經派官員前去迎接，無需皇帝操心。

回到倦侯府，金純忠已經接到玄衣使者的任命，前來謝恩，同時也要通報這兩天來的情況，「馬穆沒有更多口供，他這次進京是要待命行事，目前還沒有接到雲夢澤的指示。與他接頭的『雲雄』仍未找到，曾有不少商人見過他，但他五六天前消失了，沒跟任何人打招呼，我猜他很可能是找到了更安全的藏身之地。」

成為玄衣使者之後，金純忠將能動用整個京兆尹府的力量追查刺客行蹤，韓孺子相信他不會辜負自己的期望，問道：「你什麼時候學習的審訊之法？」

「我小時候曾拜刑部的一位老吏為師，那時只為好玩，沒想到日後真能用得上。」

有一件事韓孺子必須提前問個明白：「此事之後，你願為吏嗎？」

吏員通常專司一職，極少會有變動，因此升遷之途很快就會到頂。一般是司主事，如蒙聖恩可能做到侍郎，品級更高的官員，需要進士出身，更需要有在各司輪流為官的經驗，吏員很難符合條件。

因此勳貴子弟都不願當吏，寧可領閒職。

曾有一位勳貴子弟拒絕了皇帝的好意，所以韓孺子要先問一聲。

金純忠沒那麼挑剔，「只要是為陛下效力，微臣無憾。」

韓孺子笑了笑，讓金純忠退下，對他來說，當太子和當皇帝要同時進行。雖然晚了一些，他也得培養自己的大臣，對任何一位想要有所成就的皇帝來說，這都是重中之重。

吏部尚書馮舉來了，旁聽皇帝的「小議事會」，今天來的人仍然不多，討論的也還是剿匪平盜事宜，馮舉謹慎地少發言，只在皇帝點到名字時，才說幾句模稜兩可的話，在這裡他是外人，需要更多觀察。

但這天下午皇帝特別重視他，幾次向他請教，「大楚在武帝時征戰頗多，相隔還不到十年，能打仗的武將都哪去了？怎麼兵部推薦來推薦去總是這些人？」

馮舉越發謹慎，回道：「臣不曉兵事，兵部蔣尚書應該瞭解得更多一些，要傳他來嗎？」

「不必，只是閒聊而已。馮大人，這裡不是勤政殿，不要太拘謹，在這裡說的話沒人記錄，也不會變成聖旨。」韓孺子笑道。

「是是，臣初來乍到，還沒跟上大家的思路。」馮舉也笑著回道，看樣子沒打算放鬆。

東海王事前得到過皇帝的提示，這時笑道：「吏部不是管著天下所有的官嗎？將軍也是官，馮尚書多少應該瞭解一些吧？」

馮舉沒想到自己會這麼受重視，正色道：「吏部管的主要是文官，武將由兵部任命，在吏部備案而已，要說瞭解，我肯定瞭解一些，但是不出陛下所知的範圍。」

「那也行啊，陛下說了，咱們只是閒聊而已，馮大人瞭解什麼就說點什麼唄。」東海王順著說下去。

皇帝看上去也很感興趣，馮舉沒辦法，只得道：「還是兵部蔣大人更瞭解情況……臣勉為其難吧。據臣所知，武帝時名將的確很多，有一些不幸早逝，如鄧遼鄧大將軍，有一些年紀過大，正常致仕返鄉，還有一些……呃……還有一些……」

馮舉吐吐吞吞，東海王笑道：「馮大人欺負陛下和我們這些人年輕不經事，非得讓我們去查從前的公文？」

馮舉尷尬地乾笑一聲，「武帝晚年除掉一些將軍，先帝……也除掉一些。」

「武帝就算了，先帝為什麼也要這樣做？」東海王有點吃驚，早些年他一直在準備繼位，可是沒住在宮裡，對父親桓帝的事蹟不甚瞭然。

「這個……先帝在時，大楚還沒有這麼多的憂患，尤其是匈奴人，看上去一時半會不會惹事，先帝大概是以為武將容易生事，所以將一些人下獄，又將不少人勸退回鄉。但這只是臣一家之言，還是要由兵部來說。」

桓帝無論如何也想不到，大楚突然間就變得搖搖欲墜，他卻沒有留下能幫助兒子守住江山的武將。

「馮大人是武帝時擔任吏部尚書吧？」韓孺子親自發問。

「武帝三十八年。」馮舉稍稍鬆了口氣，畢竟，在朝廷裡，替別的大臣回答問題永遠都是一件難事，充滿了陷阱。

「六部尚書當中，還有誰是武帝時任職的？」

馮舉稍微想了一下，「都是武帝時任職的。」

韓孺子略感意外，按趙若素所說，新帝登基頭幾年，應該著手安排新宰相，第一步就是將這個人送到戶部當侍郎，難道桓帝整整四年都沒將自己的人提升為尚書？耐心也太好了些。

「呵，時間都夠久的。」東海王插口道。

馮舉臉色微變，以為話中別有深意，東海王急忙笑道：「越久越好，朝廷穩定，大楚也能穩定。我明白先帝的用意，肯定是覺得武帝已經安排好一切，後世兒孫坐享其成就行。」

馮舉更顯尷尬，「倒也不是，先帝曾經更換過兩位尚書，後來大概是覺得不妥，又換回原人。」

「哪兩位？」東海王假裝沒看到馮舉的狼狽。

「應該是兵部與工部吧，我記得不太清楚，容我回去查一查……」

「用不著，倒是那些先帝在位時賦閒在家的武將，應該整理出一份名單，或許還有可用之人。」韓孺子不想逼問得太緊。

「先帝之命，不好違背吧？」馮舉小心提醒道。

「時移勢易，值此用人之際，先帝若在，也會重新啟用舊將。馮大人，幫朕記著這件事，明天上午與蔣兵部商議。」

「是，陛下。」

議事結束，馮舉告辭，當晚派人通報兵部尚書蔣巨英，讓他早有準備，陛下還是對武將更感興趣。

韓孺子沒讓東海王繼續問下去，是因為他有了別的主意。馮舉走後，他對東海王說：「翰林院正在編纂武帝與桓帝紀，前者已有初稿，後者也該差不多了，去借一份副本出來，或者抄幾頁，各部尚書任免一看便知。」

「沒問題，可陛下得給我一份聖旨，起碼是手諭，要不然又得有人因我受責了。」

東海王抓捕刺客立了一功，事後沒有將此事上報的京兆尹卻受到責問，他現在也不敢隨意行事了。

韓孺子笑著寫了一份手諭，讓一名太監跟隨東海王一塊去借桓帝紀初稿。

崔騰找了種種藉口多留一會，等東海王等人都走了，他上前道：「陛下，我得多說一句，刺客雖然是燕朋師帶進京的，雖然燕朋師住在我家，可是崔家與刺客一點關係也沒有。」

「朕若不相信崔家，也不會讓你進府。」韓孺子平淡地說。

崔騰嘿笑幾聲，「是是，陛下沒理由不信任崔家。可陛下也不能太輕信，比如東海王，他怎麼那麼巧就能抓到刺客？偏偏提供消息的瘋和尚說消失就消失了，連個證人都沒有。」

「如果你有證據，朕願意一聽，如果只是猜測，最好謹言，別讓朕在這種事情上分心。」

崔騰臉一紅，訥訥地嘀咕了幾句，已經說出告辭的話，突然又問道：「陛下不打算再用燕朋師了？」

「你怎麼說出這樣的話？」

「陛下若是滿意燕朋師，幹嘛還要再找先帝勸退的老將呢？」

「去，少管閒事！」韓孺子斥道，崔騰訕訕地退下。

吃罷晚膳，韓孺子來到書房，孟娥早已等在這裡，換下侍衛的男裝，穿上普通宮女的衣裳，說：「我願意留在陛下身邊。」停頓片刻，補充道：「只做宮女，有朝一日我要離開的時候，也請陛下莫要阻撓。」

「嗯。」

第三百九十一章 利慾熏心

宗正府是個聽上去很有權勢，實際上卻無所作為的衙門，長官宗正卿位居從一品，只比宰相低半級，地位卻是一個在天一個在地。真正的宗室至親基本上都會封王，不可能再去宗正府任職，也不會接受宗正府的管理，普通的宗室子弟也各尋靠山，只是表面上尊重宗正府而已。

這裡更像是一座孤寂的藏書閣，保存著龐大的宗室譜籍和冊封文書，極少會被用到，不過仍得萬分小心的看守，以備不時之需。

宗正府也是一塊靶子，有好事，那是皇恩浩蕩；有壞事，那是宗正府秉公執法、或者歪曲了皇帝的本意。前者得罪宗室子弟，後者得罪包括皇帝在內的所有人。

韓稠上任幾個月，無比懷念洛陽的生活，雖然河南尹的品級比宗正卿要低，卻是實實在在的地方大員，說是一郡的土皇帝也不為過，尤其是洛陽，一城所聚的財富就比六七個普通郡還要多，躺在金山銀山上治理河南郡，何等的愜意自在？

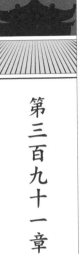

「人情冷暖啊。」韓稠的臉瘦了一圈，皮膚有些鬆弛，四肢更顯纖細，肚子卻還是那麼大，他向廳裡的幾名客人發出感慨，「韓某自問，在洛陽之時從未虧待過南來北往的任何一位商人，拿大家當朋友，推心置腹，有求必應……唉，一朝辭官，立刻門前冷落。諸位，我到底做錯了什麼，讓大家如此嫌棄？」

「韓大人，我們這不是來了嗎？不僅來了，還要與大人商量大計呢。」一名客人諂笑道，他們五人算是商

人的領袖，今天特意來拜訪韓稠。

「也就你們還記得韓某，咱們算是至交了吧？」

「就是至交，生死之交，韓大人暫離洛陽，咱們這也算是貧賤之交了，哈哈。」

「洛陽怎麼樣？」韓稠正色問道，好像整座城都是自己的家，被迫離開，心懸難忘。

「新換了一位大人，據說是暫時的，朝廷可能還會再換。唉，怎麼說呢，不太會做事，更不會做人，耽誤大家不少生意。韓大人，別說人情冷暖，其實大家都盼著您回洛陽，比兒女盼望父母還熱切哩，只是對這邊的門路不熟，不敢輕易登門，所以才委託我們兄弟幾個過來探探路。」

韓稠神情大悅，笑罵道：「你們這些忘恩負義的兔崽子，無事不登門，登門必有事，說吧，什麼事？你們忘恩負義，韓某卻看重往日的情義，不跟你們一般見識。」

幾名客人與韓稠很熟，揀他愛聽的話盡力奉承，真正有說服力的是一張紙，上面用蠅頭小楷寫滿了一項項的禮物，就算是泥佛也能被打動，何況一個活著的洛陽侯？

最後說到了問題上。

「為了遣返河南郡的流民，我們當時可是花了不少錢，還有其他地方的商人，也都響應朝廷號召，出錢出力。本約好秋後收帳，如今期限早過，上千商人齊聚京城，可是該怎麼要這筆債呢？」

「你們就沒想過放棄這筆債？」韓稠淡淡地說，受冷落這麼久，怎麼也得懲罰一下這些商人。

「那可是一大筆錢啊！不要的話損失慘重，以後連生意都沒法做了。」幾人明白韓大人的意思，苦著臉哀求不已。

韓稠聽夠了，將手一揮，「行了，看在往日的交情上，給你們出個主意，你們也真是愚笨，擺在眼前的路有好幾條，一條也沒看到？」

幾人大喜，諂媚之詞如潮水一般從嘴裡湧出，韓稠笑納，又有幾分洛陽時的感覺，等對方想不出新詞後，他說：「慈寧太后的娘家人七天後到京，這件事你們知道吧？」

「聽說過。」

「如今外戚比宗室值錢。」韓稠的話中不能不帶酸意，「迎親的排場超過了諸侯入京，嘿，也不知這是哪的規矩。總之朝廷要重賞王家，戶部出一部分，少府出另一部分。」

幾人同時點頭，少府就是他們此次進京要債的目標。

見幾人還沒醒悟，韓稠皺起眉頭，大聲道：「少府有錢重賞外戚，沒錢還債嗎？王家人進京當天就是你們要債的良辰吉日，宮裡若是還顧及臉面，就不會拒絕還錢。」

五位商人領袖大喜，連連點頭，但心裡還是不踏實，一人笑道：「韓大人剛才明明說眼前有幾條路的，這才一條，還有什麼路，一塊說出來吧。」

「一條還不夠？」韓稠斥道，佯裝不滿。

「多條路總是好的。」一人道。

「這就跟美女一樣，誰會嫌少呢？韓大人，洛陽又來了幾位天香國色，我們買來了，今晚就能送進府裡。」

另一人更瞭解洛陽侯的品行。

韓稠果然露出笑容，突然一把抓住說話者，「不是你們已經嘗過的次等貨色吧？」

那人苦笑道：「哪敢啊，一是怕韓大人不滿意，二也是怕自家的母老虎，所娶非人，我可沒有韓大人的這份福氣。」

韓稠鬆開手，繼續道：「傳言說皇帝手裡有一份名單，許多商人的名字都在上面，誰敢去向少府要債，就會被抓起來裁以重罪，到時候別說是錢，連命都得搭進去。」

五人齊刷刷地在腿上拍了一下，不約而同地說：「我們怕的就是這個啊！」

傳言洶洶，誰也不知道那份名單上都有哪些名字，更不知道皇帝掌握了多少證據，但是做賊心虛，沒人敢去嘗試，就連那些正常借貸的商人，也被嚇得人心惶惶，進京之後一直在觀望。

「其實這事倒也簡單，據我所知——」韓稠特意強調這四個字，但是不說從哪得知，目光掃過五人，「皇帝沒想賴掉所有欠帳，咱們洛陽的商人是少府重點防範的目標。」

五人離椅，一塊跪在地上，「我們都是洛陽商人，跟韓大人一塊水裡來火裡去……」

他們之所以來找韓稠，不只是因為相熟，更因為韓稠也有一大筆錢透過商人貸給了流民，肯定也想收回，起碼不想遭受太大的損失。

但這話不能明說，商人們只好哀求，心裡其實明鏡似的，韓稠肯定比他們還急。

韓稠也隻字不提自家陷在裡面的錢，咳了一聲，說：「關於那份名單的傳言，其實對你們有好處。」

「此話怎講？」

「皇帝想賴一部分債、還一部分債，可這個傳言把所有人都給嚇住了，前去少府領錢的商人迄今寥寥無幾，對吧？」

幾人點頭。

「你們聯合洛陽的商人，去把其他商人的欠條都買過來，給他們五成的錢也就夠了，我相信，沒幾個人能拒絕。」

五人面露茫然，「就算只花一半的錢，這可又是一大筆啊。」

韓稠搖頭，伸出右手，「這是皇帝想賴的債務。」伸出左手，「這是皇帝準備還的債務。」然後十指交叉握在一起，「皇帝要麼全賴掉，要麼全償還，他若是全賴掉，你們就可以給皇帝揚名了。」

五人目瞪口呆，半天沒敢回應，韓稠笑道：「你們啊，人笨不說，膽子還小，偏偏又貪財。有什麼可怕的？法不責眾，皇帝正在剿匪，派往雲夢澤的官員都以安撫為主，所謂『只抓首惡不及其餘』，從這就能看出皇帝的手段。他若真想收拾天下的商人，早在洛陽就會動手，斷不會拖到現在。皇帝在嚇唬你們，只要你們團結一致，皇帝就得讓步，他現在最怕看到的就是有人鬧事，所以你們必須做出不顧一切的架勢，唯有如此才能要回自己的錢，否則的話，各回各家，賣房賣地去吧。」

五人互相看了幾眼，向韓稠磕頭，「我們都聽韓大人的。」

「在外面可別提我的名字，我畢竟是官，是宗室重臣，皇帝若是知道我參與其中，我完蛋，你們也都跟著抄家滅族，明白嗎？」韓稠厲聲道。

「明白明白。」五人連聲道。

韓稠讓五人起身，又給他們出了許多主意，總之要爭取天時、地利、人和，趁著太后娘家人進京、一片歡騰的時候，集合起來一塊去少府要債，給皇帝一個措手不及，同時還要造勢，當天要讓滿城皆知，逼少府立刻解決問題。

利慾熏心，五名商人初時還有些膽怯，被韓稠一番鼓勵與勸說，膽子全都大起來，決定公開向皇帝要債。

他們相信韓稠，畢竟韓稠也有一大筆錢陷在「皇債」裡，不至於欺騙他們。

五人滿意地告辭，鬥志昂揚，接下來他們要遊說相熟的其他商人，用低價收買欠條的方式將其他商人排擠出去。

韓稠一個人在客廳裡喝茶，突然冷哼一聲。

一名僕人悄悄進來，卻沒有做僕人該做的事情，而是走到大人面前，問道：「他們可靠吧？」

「可靠？商人都不可靠，但是為了錢，他們比誰都可靠，你放心就是。我這裡很安全，但你也不要亂走。還有，你的人什麼時候到？」

僕人露出微笑，「大人莫急，他們或許已經到了，跟我一樣，躲得好好的。」

韓稠冷冷地盯著對方，「說得好聽，你們失敗不只一次了，這還什麼都沒做呢，就有一個人落網。」

「可我們也成功了不只一次，至於被抓之人，小魚而已，無礙大局。」

韓稠笑了一聲，「富貴險中求，這回我可是冒了最大的風險。雲雄，你的真名叫什麼？」

「雲雄」笑而不答。

第三百九十二章 鋪路

桓帝在位時間不長，事蹟也不多，帝紀編纂應該比武帝朝容易得多，負責此事的翰林院卻遲遲沒有展開，理由是武帝的材料浩如煙海，幾乎動用了全部人力，只能等一段時間才能開始新工作。

東海王明白其中的真實原因，對皇帝說：「陛下登基之後，一直沒有表露出對先帝確切的態度，翰林院拿不準思路，所以想盡辦法拖延，估計沒有十年八年，武帝紀是沒法定稿了。」

翰林院也不敢什麼都不做，他們收集到許多有用的材料，派一位老學士慢慢整理，東海王與太監花了整整兩天時間，抄了一份完整的三品以上官員任免表，從武帝末年到桓帝末年，非常清楚。

前後變化並不大，與韓孺子不同，桓帝是武帝選中的最後一位太子，登基之後必須秉承父志，不能輕易更改武帝的命令。但桓帝還是按自己的心意任命、提拔了幾位官員，他們之前大都在東宮任職，輔佐太子多年，功不可沒，並且深得信任。

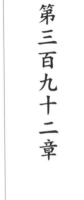

東海王向皇帝指出這幾人，「這也是慣例，太子少傅有機會當宰相，太子洗馬至少是六部尚書之一……東宮官屬基本上就是一個儲備朝廷，頭幾年還好，一旦時間久了，老皇帝又已衰老，這幫人免不了會變得張狂一些，自以為很快就能平步青雲，結果卻惹來眾怒。唉，多少太子最後毀在周圍的官員身上啊。」

韓孺子看到一個熟悉的名字，「卓如鶴原來是東宮官員。」

東海王也看到了，「卓如鶴是駙馬，想必深得武帝信任，派去教導先帝的。瞧，先帝也挺重視他，登基第

一個月就讓他去戶部當侍郎，第二年調去工部當侍郎，才半年就當上了尚書，咦，他一直是工部尚書，什麼時候變成弘農郡守了？不僅外派，還貶職了。」

韓孺子說：「是朕將他外派出去的。」

東海王一愣，隨後明白過來，是慈順太后將卓如鶴等東宮舊臣逐出京城的，那時皇帝還是傀儡，根本不知道自己做過什麼。

「原來她是用這招討好武帝時的大臣。」東海王平淡地說，越是在皇帝面前，他越要掩藏復仇之心，補充一句，「大概也是有點害怕先帝身邊的人。」

早有傳言桓帝之死與慈順太后有關，卓如鶴這批東宮出身的官員，當然不受太后喜歡。

卓如鶴就是桓帝選中的未來宰相？韓孺子有點意外，還有一點小小的失望，他對卓如鶴的印象很好，也願意重用此人，卻看不出他有宰相之才。

韓孺子收起表單，問道：「如果你當皇帝，會選誰當宰相？」

東海王臉色一變，「陛下，我可……」

韓孺子笑道：「別緊張，朕問的是從前，不是現在。」

東海王臉色稍緩，笑得還是有些僵硬，回道：「當時只想著當皇帝以後的威風凜凜，沒想過太具體的問題……應該是羅煥章吧，他是我的老師，愛管人、也擅長管人，當時崔府裡的人都挺怕他，連舅舅崔宏也對他客氣三分。」

「他不是不想當官嗎？」

「嘿，羅煥章是讀書人，卻有動貴世家的傲氣，他是不願當小官。母親對我說過，像羅師這種人，起步就得是三品官，三五年就得官至極品，否則留不住他。」

韓孺子對羅煥章印象深刻，「這麼驕傲的人，居然相信望氣者的鬼話，真是令人難以置信。」

東海王笑得更加尷尬，當初被望氣者蠱惑的人不只是羅煥章，東海王與整個崔家都信之不疑，以為帝位唾手可得。

「他還在獄裡吧？」

「應該是，陛下不會要將他放出來吧？」

韓孺子想了一會，搖搖頭，「監獄挺適合他。」

羅煥章驕傲得有些瘋狂，不宜為官，更當不了宰相。

兩人又聊了一會，東海王告退，由此猜出皇帝的心事，預見卓如鶴前途無量，可他不能親自去討好大臣。譚家人遠在東海國，又都沒有官職，一時指望不上，只能望洋興嘆。

到家時天已經黑了，沒想到家裡還有客人。

平恩侯夫人提前幾天從東海國回來，特來看望表弟，送來不少禮物，正與王妃譚氏相談甚歡，看到東海王進屋，立刻起身熱情地迎上來。

東海王吃了一驚，瞥了一眼譚氏，臉上堆出笑容，「大姐什麼時候回來的？」

兩人彼此客套，譚氏一旁笑道：「這麼晚了，無論如何也要留下吃頓飯，要不然人家還以為我這個王妃不懂禮貌呢。你們姐弟倆聊著，我去安排廚房。」

平恩侯夫人客氣了幾句，沒有告辭的意思。

譚氏帶著丫鬟離開，平恩侯夫人笑得更歡，「好兄弟，你可真是未卜先知的活神仙哪。」

「擔不起，我不過看在親戚的份上多說幾句，事情都是妳一個人做的，與我無關。」東海王不敢領功。

平恩侯夫人笑得比盛開的花還要燦爛，「要不說好兄弟聰明呢，你一句話頂我們這種人十年苦熬啊。」

東海王收起笑容，含糊問道：「東海國那邊怎麼樣？」

「我見過王家人，相處不錯，他們很感激我，明天我會進宮面見慈寧太后，替王家人說幾句話，免得親人初次相見時尷尬。」

「就這些?」東海王當時出的主意可不是討好王家人，而是查找上官太后的罪證。

平恩侯夫人也收起笑容，「太監景耀在東海國，他正在為陛下打探信息呢，可是孤立無援，外人不瞭解底細，不知道陛下是不是真原諒了他，所以不願提供幫助，我幫了他一把，讓他能夠順利執行任務。」

「嗯。」東海王不關心景耀，只關心上官太后的罪證。

「結果還真讓景耀給找到了。」

「找到什麼?」

「一名侍衛。」

「侍衛?」

「嗯，宮裡的侍衛，一直被關在東海國的監獄裡，景耀將他帶回京城，此刻也在路上。」

「侍衛怎麼會……哦，是孟徹帶走的。」東海王恍然大悟，孟徹當初逃離京城的時候，帶走了十幾名侍衛，這必然是其中一位，「東海國一直沒發現?還是有意隱瞞?」

「他們沒發現，這人是燕朋師從海上抓來的俘虜，自稱是海盜，同夥也沒洩露他的身份。景耀獲准巡監之後，一眼就認出了那人的身份，藉口說要帶十名海盜回京，將那名侍衛領了出來。」

「然後呢?」東海王追問道。

「然後……我就不知道了，景耀感謝我的幫助，才肯透露這麼一點信息，更多的事情他不敢說，但是我猜這名侍衛肯定能供出孟徹，還能連及那位。」平恩侯夫人不敢說出「慈順太后」四字。

東海王勉強笑道：「恭喜啊，妳這一去，結識了王家人、還助景耀發現重要犯人，必能同時討得慈寧太后與皇帝的歡心。」

平恩侯夫人咧嘴而笑，她也覺得這趟去得很成功，「我現在就擔心一件事。」

「哦？」東海王已經不感興趣，只想敷衍一下。

「我是立了功，可我畢竟是婦道人家，陛下與慈寧太后頂多感謝我，不可能給我封賞……要是有辦法能將這些感謝移到援兒身上就好了。」

平恩侯夫人的兒子苗援正在雲夢澤剿匪，是一名小小的參將。

「等苗援在雲夢澤立功，自然加官晉爵，用不著妳操心。」

「剿個匪能立多大功勞？總共才派去幾千士兵，我兒連主將都不是，功勞分配下來，到他手裡剩不下多少。」平恩侯夫人略帶怨氣，覺得兒子屈才了。

東海王心中一動，「大姐說得也是，立功這種事，既要看自己的本事，更要看上司的本事，上司功高，下屬分到的自然也多一些。」

「誰說不是？可我瞧主將邵克儉不像是能立大功的人，陛下也沒怎麼看重他，所以沒給太多士兵。楊奉怎麼樣？他也在雲夢澤，大家都說他是陛下最信任的太監，是雲夢澤剿匪真正的大將。」

東海王想了一會，搖搖頭，「我瞭解楊奉，那不是個好對付的人，妳讓苗援討好他，他轉頭就會事無巨細地轉告給陛下，適得其反。」

平恩侯夫人臉色一暗，「那怎麼辦？就讓我兒在軍中白受苦？」

「還有一個人，最後立下的功勞肯定比將軍要高，但又不是那麼難以結交。」

「哪位大人？好兄弟是不是從陛下那裡聽說什麼了？快告訴我。」平恩侯夫人雙眼一亮。

東海王心裡鄙視她，臉上卻掛著微笑，「陛下什麼也沒說，我只是一猜。」

「好兄弟總是猜得很準，活神仙嘛。」平恩侯夫人想不出更多的吹捧詞彙了。

「陛下被困晉城時，許多大臣表現突出，日後的前途都不小，其中一位現在雲夢澤為官，剿匪事成之後，他必然大獲封賞，前途比別人都要更廣一些。」

平恩侯夫人苦思片刻，「卓駙馬？」

東海王笑道：「晚飯該準備好了，大姐隨便吃點吧，算是為妳接風洗塵，等苗援回來，我們再聚。」

「那是那是，援兒可是你的外甥，應該多親近。」平恩侯夫人還在琢磨卓如鶴為什麼會更有前途。

夜裡上床後，東海王受到一番「酷刑」，一邊向譚氏求饒，一邊將前因後果全說一遍，只是不提復仇之事，最後道：「我現在不能直接出面，你們譚家遠在天邊，也不好拋頭露面，只能先借助平恩侯夫人鋪路……」

「我瞧她可不是知恩圖報之人。」

「無妨，她只要能惹事就行，到時候陛下自會需要我的幫助。」東海王希望惹出的事情越大越好。

第三百九十三章　背後的將軍

京城的天氣一日比一日寒冷，皇帝總是臨時決定留宿書房還是臥室，於是太監們在兩間房裡都備好了炭盆，保持溫暖如春。

書房裡，孟娥研好墨，退後一步，她現在是宮女，再不能悄無聲息地站在角落。韓孺子拿起筆，沾墨之後卻遲遲沒有寫字，半晌後，他將筆放下，扭頭問道：「義士島也有江湖恩怨嗎？」

韓孺子原打算給楊奉回信，卻不知該寫些什麼。

楊奉正在雲夢澤選舉江湖盟主，如火如荼，參與的人真不少，連京城的許多豪傑也都動心，紛紛前去露個臉，即使當不上盟主，也要出一把力，聯絡一下交情。

「當然有，海上的門派比雲夢澤還多，半年一小戰、三年一大戰，肯定是免不了的。」

韓孺子突然笑了，說道：「真是怪事，我為什麼總忘記妳就是海上的人呢？我到處尋找平海盜大將，其實妳最合適。」

孟娥低頭看了一眼身上的宮裝，「我當不了大將，不要說大楚，前朝也沒有過女將軍吧？」

韓孺子只是開個玩笑，但他之前的確忽略了孟娥的價值，於是先將寫信之事放下，問道：「海上的『門派』大致有多少？」

所謂的門派都是一夥夥海盜，韓孺子順著孟娥的話說，沒有點明。

「嗯……據說有七十二島主、三十六洞主，總共一百〇八家。」

韓孺子指向桌上的一疊公文，「沿海將領送來的公文也是這麼說的，還說以七島三洞為尊，實力與地位高於其他各家，裡面就有義士島，但最強的一家是……是座仙山。」

「蓬萊島。」孟娥冷笑一聲，「都是胡說八道，各家門派互相打來打去，每隔幾個月，總有幾家被滅掉，同時又會興起那麼幾夥，彼此吞滅、強大之後自立為王更是常有的事。海上門派多的時候上百家，少的時候二三十家，根本沒有固定的一百〇八家，義士島地位高，最重要的原因就是存在得比較久。不過大家聚會的時候，總是準備一百〇八張椅子，反正大小頭目多得是，臨時坐上去湊數就行。」

「那蓬萊島是真是假？」

「有真有假。說真，總有人聲稱自己到過蓬萊島，甚至還有人聲稱自己奉蓬萊島之命統領海上所有門派，不服從者就將如何如何。但要說假，那些自稱者非死即逃，卻從來沒見蓬蓬島上的船隊出來報仇。」

韓孺子大笑。

「奇怪的是，即使這樣，許多人仍然堅信有一個強大的蓬萊島躲在遠海，時機不到不肯現身，我們義士島曾經派人出去尋找過，迄今還沒有一個人活著回來，不知是死在了海上，還是被蓬萊島留下了。」

韓孺子笑著搖頭，突然收起笑容，「跟望氣者淳于梟有點像，人人都說見過他，從他那裡學到了詭辯遊說之術，還有人自稱就是他，可是抓到之後卻都不是。」

楊奉頑固地相信淳于梟真的存在，韓孺子感到難以理解。

他嘆了口氣，又問道：「假若妳是大將，會如何剿滅海上各派？」

「我會通風報信，讓他們能逃則逃、能藏則藏，不要與官兵對抗。」

韓孺子一愣，隨後又笑了，想起自己為什麼一直沒向孟娥諮詢東海的情況了，她是義士島陳齊後人，沒有效忠大楚之意。

外面有人敲門，孟娥去開門，來者是名太監，沒有進屋，躬身將一封信函交給孟娥。

信是景耀寫來的，他正在回京的路上，提前派人將信送至京城，內容極其簡單，只有一個名字：黃普公。

一般人看不懂此信的含義，韓孺子立刻就明白了，雖然這是他第一次見到這個名字。「燕朋師果然冒領他人之功。」韓孺子放下信，雖在意料之中，卻感到失望，「真是奇怪，這位黃普公為何不肯上書說明真相呢？」

更多細節要等景耀回來才能知道，韓孺子又嘆息一聲，對孟娥說：「對皇帝來說，最難的就是選人。天下之大，皇帝能見到的人寥寥無幾，就在這些人當中，又有諸多虛假，好不容易看中兩三人，他們卻未必願意為朝廷效力。」

孟娥跟著思考，沒有回答。

韓孺子又問道：「有人千方百計想要加官晉爵，有人卻棄官爵如敝屣，我真有些糊塗了，為什麼有人不願為朝廷做事？」

一百個人會有一百個回答，孟娥的回答未必最準確，卻最直接，「因為有人也想當皇帝。如果這是亂世，他們都是陛下的敵人，可惜大楚沒亂到那個地步，他們沒有機會爭奪天下，寧願退隱，也不願屈居人下。」

「『普天之下莫非王土，率土之濱莫非王臣』，終究只是一個夢想。」

外面又有人敲門，聲音比較輕，似乎有點猶豫，拿不準自己的行為是否得體。

「金純忠，讓他進來。」韓孺子一聽就知是他。

果然，金純忠輕手輕腳地走進來，他是歸義侯之子，但是在勳貴圈裡從小就受欺負，沒有那麼高的傲氣。從匈奴回來之後，更加謹慎小心，比許多太監還要在意自己的一言一行。

雖然不是正式召見，金純忠仍然跪下磕頭，得到許可之後才起身。

韓孺子面對他時也總是保持著皇帝的威嚴，不因他是近臣而隨意，端正坐姿，點點頭，表示他可以說了。

「微臣這些天查到一些線索，那個叫『雲雄』的人肯定沒有離開京城，很可能藏在某座貴人府裡，而且是京兆尹府進不去的地方。」

京兆尹主管京城，相當於郡守，對於品級再高的朝廷高官，他也無能為力。

「繼續查，不管包庇者是誰，都要查出來。」

「是，陛下。」金純忠繼續道：「許多線索顯示，混跡於商人之中的刺客不只雲雄一位，京兆尹府的司法參軍連丹臣已經鎖定七人，但是沒有打草驚蛇，要等更多刺客的同夥露面之後，再一網打盡。」

韓孺子點頭表示贊同，東海王雖然立了一功，但是抓人抓得太早了些，那個叫馬穆的刺客所知甚少，沒能提供多少有用的信息，金純忠和連丹臣不會再犯類似的錯誤。

金純忠欲言又止，最後還是說道：「微臣在調查過程中，還發現一些其他事情。」

「說。」

「據傳朝廷將要頒旨，將少府的債務一刀切，只還三到五成，聚在京城的商人近日受此蠱惑，紛紛將自己手中的欠條低價賣給他人。」

韓孺子略一尋思，在桌上拍了一下，「嘿，果然是無商不奸，肯定是洛陽商人所為，他們聽說朕手裡有他們的把柄，所以要來一招魚龍混雜，將所有欠條都握在少數人手裡，到時候朕若是不還，失信於天下；若是還，沒法再分清濁。」

金純忠不語，他只負責提供線索，不給皇帝出別的主意。

韓孺子想了一會，「還有什麼？」

「微臣還查到一條傳言，但是不太可信。」

「但說無妨。」

「據說雲夢澤請來一位江湖上少有的高手，能入千軍之中刺殺大將，百步之內從未失手。雲夢澤將希望寄託在此人身上，所做的一切都是要將此人送到陛下的『百步之內』。」

韓孺子忍不住笑了，「世上若是真有這樣的高手，可以直接當皇帝了，何必只是威脅皇帝？」

「武功肯定是誇大了，但是也請陛下小心，近期不要輕易召見陌生人。」

韓孺子不置可否地嗯了一聲，他沒法做出保證，各地送來的將領他還沒有見完，舅氏一家很快就將到達京城……這都是他必須見一面的陌生人。

金純忠準備告退，韓孺子正好看見書桌上景耀送來的那封信，於是叫住金純忠，「等一下，黃普公這個名字你聽說過嗎？」

金純忠抬頭，臉上露出明顯的驚訝之色，點頭道：「聽說過，這人是燕朋師身邊的一名隨從，曾經與他一塊來過倦侯府，陛下怎麼會知道他？」

刺客馬穆畢竟是燕朋師帶進京城的，金純忠受封玄衣使者之後，最先調查的就是燕朋師身邊所有的人，連馬夫、廚子都不放過，其中自然也包括這位黃普公。

「他是什麼樣的人？」韓孺子沒透露信的來源。

金純忠想了一會，「四十二歲，東海國人士，出身漁民。十七歲時賣身為僕，幾經輾轉，三十歲時進入燕府，服侍主人至今，為人老實，不像是有什麼問題。陛下要我再調查一下嗎？」

「不用，他應該與刺客無關。」

金純忠退下，韓孺子感到困惑，向孟娥道：「一名普通的僕人，能幫助主人指揮海戰？」

「履歷可以造假。」

「金純忠被騙了？他問話的手段很純熟，不至於偏聽一面之辭，必有佐證。」

「被騙的或許不是金純忠，而是燕家，為了掩蓋冒領軍功之事，燕家需要一個不被懷疑的說辭。」

「嘿，燕家。」韓孺子原本對燕朋師的印象很好，一度抱有極高的期望，現在發現諸多問題之後，也就更加的失望。

刺客、商人討債、舅氏王家……諸多瑣事匯集在一起，韓孺子沒法專心尋找大將，拿起景耀的信，扔在附近的炭盆裡，看著它燃成灰燼。

「先對付商人，這件事不能再拖下去了。」

第三百九十四章　皇帝借錢

少府掌管皇帝的私人財富，自從入秋以來，一直如臨大敵。外地商人越聚越多，雖然真敢上門要債者寥寥無幾，但也不肯離開，各種傳言此起彼伏，初冬以後，沒有減少，反而越來越多。

少府保持冷冰冰的高傲姿態，一言不發，好像不屑於為這點小錢出聲，其實心虛得很，各地流民的欠條全都匯集於此，府內官吏仔細算過幾遍，得出的結論全都一樣：少府還不起，就算戶部拿出朝廷的歲入，也要不吃不喝五六年才能還清。

借債給流民的商人，尤其是那些洛陽商人極其奸詐，經過巧妙掩飾，表面上一二分利，算下來能高達五分甚至十分，他們最初的用意就是要讓流民還不起，從而佔人、佔田、佔宅，被皇帝攔截後，他們只想要錢。

喬萬夫從小小的敖倉令進入少府，擔任的只是副職，但他是皇帝親自指定的官員，對還債負有最直接的責任。他也心虛，已經好幾天茶飯不思，看門小吏一進大堂，他就心驚肉跳，以為是要債的商人到了。

這天，他得到皇帝的召見，早早到達倦侯府，等了整整一天，傍晚時分才獲准面聖。

韓孺子忙碌了一天，不知道喬萬夫已經等了一天，見面之後說：「喬大人到了多久？」

「不久，一會而已。」喬萬夫連午飯都沒吃上，一是沒有他的食物，二是實在沒胃口。

「少府那邊情況怎麼樣？」韓孺子再不客氣，直奔主題。

喬萬夫行禮，「微臣得到消息，三天之後，大概就是太后家人到京之日，商人會齊聚少府討債。」

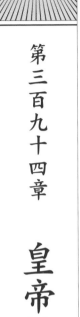

「嗯，少府有何應對之策？」

「微臣以為需要殺雞駭猴，還需要先下手為強，應該在討債者上門之前，先抓起幾個人，問一個強取豪奪之罪。那些欠條當中漏洞頗多，陛下手中又有其他證據，足夠了。微臣這裡有一份名單，正好五人，他們是洛陽商人的頭目，上躥下跳、惹是生非，數他們最甚，收購欠條，並定在太后喜迎家人之日討債，全都是他們的主意。」

皇帝手中的證據全都來自醜王，藏在倦侯府，一直留著當「殺手鐧」使用。如果再早幾天，韓孺子很可能會同意喬萬夫的建議，這原本就是他的想法，可是受到趙若素的影響，他改變了主意。

真實的皇帝在為民除害，眾人心目中的皇帝卻很可能是賴帳不還，反而栽贓陷害。畢竟那些欠條中的惡劣條款隱藏頗深，流民大都不識字，畫押的時候根本不知道這相當於一張賣身契，因此對借錢給他們的商人沒有多少恨意，有些人反而很感激。

韓孺子向喬萬夫解釋道：「這是朕的失誤，應該一早就向流民解釋這些欠條的險惡之處，讓天下人看清洛陽商人的奸詐，再抓人也就順理成章。現在麻煩的是，將這五人下獄，天下人不會認為他們有罪，只會以為朕在耍無賴手段。」

喬萬夫沒想這麼多，「可是……少府的確還不起這些債，而且大部分債也不應該還，或者只還本金，這樣一來，債務至少能減少三成、甚至五成，少府還是還不起，但壓力會小許多。」

韓孺子想了一會，探身問道：「你調查過沒有，這些商人為何如此大膽？」

喬萬夫躬身道：「打聽過，全是那五名商人頭目從中教唆使壞。」

「那這五人又為何如此大膽？」

喬萬夫一愣，「因為……因為背後有靠山？」

韓孺子點頭，拿起桌上的一疊紙晃了一下，「朕有這五人的詳細資料，真巧，在那些行賄洛陽官員的證據當中，關於這五人的內容也最多。」

喬萬夫一下子感覺到頭腦清醒了許多，「沒錯，這五人一擲千金，幾乎收買過洛陽所有官員，就是在京城，據微臣所知，也有不少人收過他們的禮物。」他搖搖頭，「難道有大臣在背後支持這些商人？」

雖然各路信息當中還沒有找出明確的支持者，但韓孺子肯定一定有，那些商人的行動過於一致，絕不是幾個人就能商量出來的。

喬萬夫上前一步，問道：「陛下要先抓幾名大臣嗎？」

韓孺子笑著搖頭，「時機未到，現在抓人，仍然脫不了賴帳的嫌疑，還會令朝中驚恐，得不償失。」

「陛下的意思是……」喬萬夫又感到困惑。

「流民能借錢，皇帝能借錢嗎？」

喬萬夫沒聽懂這句話的意思，「呃，據微臣所知，武帝曾因軍費不足，向各地商人收取過重稅，但那不算借，幾年之後就取消了。不過，微臣斗膽進言，重稅不可輕行，當時或可增加歲入，過後卻會大幅減少，原因無它，重稅毀商，一些商人固然可惡，但是沒有這些人，天下轉輸將會停頓，大楚東西南北之間的往來更少，齊國之患更多。」

越是自給自足之地，越容易生出叛逆之意，喬萬夫在敖倉為官時，對此感受深刻，曾向皇帝說起，現在再次提醒。

徵收重稅乃是不得已而為之的最後一招，韓孺子當然不會隨便使用，微笑道：「你誤解了，朕的意思是單純借錢，比如說朕現在就向你借十兩銀子。」

喬萬夫一臉茫然，皇帝真在桌後伸出手，「喬大人身上有十兩銀子嗎？」

「十兩……有。」喬萬夫摸索了一會，掏出幾塊碎銀子，臉一紅，「陛下恕罪，微臣出門倉促，只帶了這六七兩。」

「足夠了，請喬大人借朕六七兩銀子。」

書房裡沒有外人，喬萬夫只得自己上前，雙手將銀子送到桌上，然後向對面推了一下，仍然覺得銀子太少，臉更紅了。

韓孺子伸手將銀子摟過來，看了一眼，將它們放在一張紙上，連紙一塊推了回去，「銀子還給你，這就算朕借過錢了，對吧？」

喬萬夫完全摸不著頭腦，小心翼翼地將銀子收回，在皇帝的示意下，將那張紙也拿在手中，退後幾步，猶豫道：「算吧。」

「喬大人手頭困窘，朕只能借來這幾兩，可是有人手頭寬綽，應該能多借一點。」

喬萬夫看向皇帝，若有所悟。

韓孺子是從晁鯨那裡獲得啟發的，貪官貪的是商人的錢，為什麼不讓他們代還皇帝的債呢？「朕原說要殺雞駭猴，可是朕弄錯了一點，商人的頭目不是商人，而是貪官，打擊貪官比打擊商人更有效果。」

喬萬夫低頭看向手中的紙，那上面工工整整地寫著十幾個名字，全是洛陽與京城的官員，宗正卿韓稠排在第一位。

「朕眼下騰不出手收拾貪官，但是向貪官借點錢總可以吧？」

喬萬夫驚道：「可這些人不會承認自己是貪官，陛下借錢，他們肯定會給，但是不會拿出太多。」

「商人行賄的證據，也是官員受賄的證據，喬大人待會帶走幾份副本，足夠讓他們承認自己是貪官了。」

喬萬夫突然醒悟過來，「陛下是讓微臣去借錢？」

韓孺子笑道：「朕親自借錢會留下口實，所以要假手他人，喬大人可願代勞？」

「當然。」替皇帝借錢，有功無過，喬萬夫沒有拒絕的理由，但他還是擔心數字，「這些人雖是貪官，可就算他們傾家蕩產也還不起全部債務吧。」

韓孺子收起笑容，「喬大人不用直接拿錢，將少府的欠條分下去就行，商人強取豪奪，大部分錢財流入貪官手中，貪官再為強取豪奪提供保護，歸根結底，這些債務是商人與貪官之間的事情，讓他們自己算帳吧。有誰不願意，少府出面，還有人不願意，朕出面。」

喬萬夫捧著那份名單，仔細想了一會，雙膝跪下，「陛下放心，此事可成。」

喬萬夫走的時候，兩名太監抬了一只箱子送出府，喬萬夫的隨從接下，覺得真是沉重。

到家之後，喬萬夫立刻開箱驗視，雖然都是副本，但是抄寫得非常清晰，與原本幾無二致。

喬萬夫看了整整一個晚上，信心倍增，天亮之後肚子餓得咕咕叫，連喝了三大碗粥才感滿足。

時間不多，喬萬夫先去少府點卯，處理了一些事務，派自己的僕人去給兩位大人送拜帖，一個約在中午相見，一個約在傍晚會面，告誡僕人必須取得約定，實在不行，可以暗示一下要談的事情非常重要。

喬萬夫第一個見的人就是韓稠。

敖倉歸屬河南郡，從前喬萬夫只是韓稠手下的一名小官，平時連見面的機會都很少有，如今他在宗正卿面前仍是小官，地位卻不一樣。誰都知道他受皇帝賞識，今後前途無量，僕人不用任何暗示，韓稠馬上同意午時相見，地點就在宗正府。

喬萬夫什麼都沒帶，且將隨從留在少府，孤身赴會，心中一片輕鬆。

韓稠尚未猜出喬萬夫的來意，熱情相迎，執賓主之禮，十分客氣。

喬萬夫也很客氣，與韓稠一塊回憶洛陽往事，感慨人生起伏，讚頌皇帝恩德……足足半個時辰之後，喬萬夫才說明來意。

「韓宗正此刻危在旦夕，可有自救之道？」

韓稠一愣，隨後臉色一沉，「喬大人何出此言？」

「有商人即將上書，指證韓宗正在洛陽之時貪賄無數。」

韓稠又是一愣，隨後大笑。別的事情尚且難說，商人的指控他可是一點也不怕，皇帝想用這招嚇唬他，那是看走了眼。

喬萬夫微笑以對，好像只是開了一個小玩笑。

要是連這件事都做不好，喬萬夫便是愧對了皇帝的重用。

第三百九十五章 暗中求助

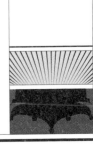

皇帝太年輕，喬萬夫從前只是一名看管官倉的小吏，在韓稠眼裡，這樣的兩個人實在不配做自己的對手。沒錯，他曾經一時大意，在洛陽被打個措手不及，離開老巢，淪落到京城當一名閒官，正因為如此，接下來的戰鬥他要全力以赴。

韓稠大笑，好像兩位相知多年的老友在開粗魯而善意的玩笑，突然他停下來，有點不好意思地說：「抱歉，喬大人，你是說真的？」

喬萬夫嚴肅地點點頭。

韓稠又笑了，這回是微笑，隨後嘆息一聲，「洛陽位居天下至中，都說那是一塊肥地，可也是一塊險地，洛陽的官不好當啊。喬大人說有洛陽商人要指控本官貪賄，老實說，我一點都不意外，當初我在洛陽得罪了多少人，現在就有多少人要置我於死地。」

韓稠收起臉上最後一點笑容，同樣嚴肅地說：「謝謝喬大人的提前告知，但我沒什麼可擔心的，當今聖上英明睿智，亙古少有，絕不會被幾名奸商所誤。任何時候、任何地點，我都願意與指控者對質，絕無二話。」

這回輪到喬萬夫露出笑容了，「所謂邪不壓正，韓宗正一片赤膽忠心，那些洛陽商人也是被貪欲迷了心竅，竟然敢對韓宗正下手。下官因為在少府任職，偶然聽說此事，特意來給韓宗正提個醒，此事還沒有鬧到陛下面前，韓宗正瞭解就好，希望您不要……」

韓稠探身過來，想在喬萬夫肩上拍一下，卻差著一點距離，喬萬夫識趣地前傾，將肩膀送到韓稠手下。

「此前同在河南郡為官，如今又同在京城為陛下效力，你我二人可謂至交，我明白，此間交談絕不會傳入第三者耳中，喬大人提前告知消息，足見交情，我領情了，絕不會忘記。」

兩人又談了一會，喬萬夫告辭，韓稠送到門口，看著遠去的背景，目光中漸露鄙夷。

喬萬夫表面上輸了一著，卻不是一無所得，韓稠的自信只能說明一件事，躲在背後操縱商人討債的人就是他。他不怕商人告狀，因為他與商人的利益關係從未破裂，反而更加牢固，一聽喬萬夫的話就知道是謊言。

喬萬夫還約了一個人，傍晚時分，他如約而至，對方也早就在等候他的到訪。

申明志如願成為宰相，卻一直不夠自信，總覺得這樣的安排是皇帝的權宜之計，一有機會和人選，自己就會被找藉口換掉，因此一聽說皇帝從外面帶回來的官員約見自己，立刻表示同意，也不管兩人之間的地位差距有多大。

相府的僕人將喬萬夫帶到後書房，既是表示親切，又表明了這不是一次正式會見，更不會留下吃飯。

在皇帝提供的名單上看到申明志的名字，一開始喬萬夫非常意外，在他的印象裡，申明志的風評一直不錯，擔任右巡御史期間，負責監察京外官員，他比較嚴厲，也很少聽說他有循私枉法之事。

右巡御史有機會繼任宰相，位置比較微妙，進一步即是百官之首，退一步可能就有牢獄之災，申明志完全有理由謹慎行事。

可是看完皇帝給的那些證據之後，喬萬夫只能感慨自己還是不太瞭解官場。

申明志擔任右巡御史期間，本人的確不收賄賂，但是為了當上宰相，他需要一些大臣的支持，這些大臣看重的不只是能力，還有實際的報答。

申明志沒錢，只能向外人求助，願意向右巡御史提供幫助的人早就排成了長隊，申明志很謹慎地只挑選了一位，就是當時的河南尹韓稠。
韓稠當然願意幫忙，但他不會自己出這筆錢，只能從商人手裡搜刮，並派心腹之人與右巡御史單線聯繫。這位心腹牢記主人的要求，守口如瓶，對商人和官員尤其敬而遠之，可是到了醜王面前，就沒那麼警惕了，幾杯灑下肚中，該說不該說的全抖露出來。
喬萬夫明白申明志的難處，他當時正與左察御史蕭聲競爭相位，蕭家乃巨富，出手大方，申明志寸土必爭，只能接受外人幫助，他沒為自己撈取賄賂，已經算是清官。
申明志沒有起身迎客，只讓僕人給座，兩人客套了一會，少府雖然掌管皇帝的私人財富，畢竟是朝廷的一部分，所屬官員皆是外臣而非內臣，宰相自然也要關心一下還債問題。
「為了安置太后的親人，少府花費不少吧？還有餘力償還流民債務嗎？」
「安置太后親人，戶部出的大頭，少府花費不算太多，至於還債，確有難處，原以為那些商人能夠體諒朝廷的難處，看現在的架勢，他們是不會退卻的。」
「嘿，無商不奸，就算銀子前面擺著鍘刀，他們也敢衝上去。」申明志與商人沒有直接交往，跟多數文臣一樣，對這類人充滿鄙視，「少府需要什麼幫助，儘管開口就是，陛下將債務攬到自己身上，是為天下百姓著想，朝廷怎能坐視不管？」
喬萬夫起身，拱手道：「下官確有一事相求。」
「坐，請說。」
喬萬夫沒坐，「據傳言，眾多商人很可能在王家人到京之日齊聚少府討債，陛下日理萬機，無暇顧及此事，下官希望能夠私下處置此事，起碼推遲一些時日，不要讓陛下和慈寧太后難堪。」
「理應如此。何必私下處置？只要陛下開口，朝廷一紙令下，抓幾名奸商，其他人自然聞風而逃。唉，時局不比從前，若是在武帝時……」

武帝時沒有商人敢來要債，但是武帝開口時也借不到錢，朝廷只能下令徵收重稅。

喬萬夫笑了一下，「關鍵就是不想讓陛下為此分心，如果能夠不用陛下開口就解決此事，豈不最佳？」

申明志也是老狐狸，聽到這裡已經明白。皇帝想要名利雙收，所以自己不出面，希望大臣們代為解決難題，於是也笑道：「那是當然，一切太平最好不過，只是要讓喬大人費心了。喬大人到訪本府，想必是有所求，儘管開口就是，本官自當鼎力相助。」

喬萬夫長揖到底，「相爺這句話就已經幫了大忙。」

申明志微笑道：「先別忙，你也說了，此事最好不必打擾到陛下，也就是說朝廷不能公開干預，本官還真不知道能幫上什麼忙。」

「此次進京討債的商人行為一致，明顯有人組織，如果能勸退幾位頭目，起碼能夠暫時緩解危機。」

申明志沉吟道：「非是本官推脫，以宰相之名，本官或許可以威嚇住一些人，單論交情，本官可是一位商人也不認識。」

「無妨，朝中有一人與商人關係最為密切，他一句話頂得上朝廷的幾道命令，只是下官與此人不熟，因此要請相爺幫忙。」

「哦，朝中還有這樣的人？是哪位？」

「宗正卿韓稠。」

申明志臉色一沉，旋即恢復正常，沉吟片刻，回道：「韓宗正是宗室重臣，此前一直在洛陽為官，與商人熟一些倒有可能，可本官與他交往不多，私底下說不上話。」

喬萬夫露出失望之色，「如此說來傳言都是騙人的。」

「什麼傳言？」申明志立刻提起警覺。

「都說相爺與韓宗正私交甚好，到了不分彼此的地步，又說兩位大人互下聘禮，只待公子、小姐長成之後成親。」

「胡說八道，本官的子女皆已成親，何來互下聘禮之說？」

喬萬夫躬身致歉，「下官一時糊塗，聽信無稽傳言，相爺恕罪。」

「人言可畏，本官倒還受得了，只是幫不上喬大人，慚愧。」

喬萬夫長嘆一聲，「此路既然不通，我也沒有別的辦法了，只好上報給陛下，自陳無能，少府還不起這筆債務，又勸不走這些商人，唯一的辦法就是來一通徹查，連商帶官一鍋端，如此一來，天下人也不能說陛下此舉純是為了賴帳。」

喬萬夫再次行禮，「到時就需要朝廷出面了，請相爺早做準備。」

「嗯，喬大人不用著急，本官與韓宗正殊少來往，可朝中總有人與他相熟，或許可以幫上忙。」

「大批商人很可能在後天前往少府討債，下官怕是來不及再找他人幫忙。」

「喬大人打算什麼時候去見陛下？」

「明天晚上怎麼也得去了，要不然後天陛下會措手不及，那下官的罪過可就大了。」

「這樣吧，本官幫你問問，如果能找到與韓宗正相熟的大臣，韓宗正又確實能對那些商人說得上話，喬大人就用不著拿這件事煩擾陛下了。」

喬萬夫掀起衣襟，跪下磕頭，「相爺這是救了下官一命，大恩大德，此生難忘。」

申明志扶起喬萬夫，又談了一會，命僕人送客，在書房中獨坐半晌，找來心腹管家，讓他立刻持自己的手書，連夜去見韓稠。

回家路上的喬萬夫思緒萬千，許多話不能明說，希望申明志能夠正確理解自己的意思，只要宰相能夠順利安撫討債之事，皇帝不會為難他。

朝中重臣根本沒有真正的清官，申明志絕非貪賄最嚴重的官員，甚至可以說是輕微的。

韓稠還沒休息，拿到宰相的手書之後看了一遍，也陷入沉思，皇帝和喬萬夫比他預料得要難對付，居然連申明志這條線都給挖了出來。

他叫來府中暗藏的客人雲雄，將申明志的信扔過去，「宰相不會再保我了，後天即是魚死網破之日，你再不給我一點信心，我也不打算保你了。」

雲雄拱手笑道：「大人不必心急，您想要信心，今晚就有，請大人靜候佳音。」

第三百九十六章　大將軍遇刺

太后的娘家人進京，在大多數人眼裡是一件值得羨慕的喜事，對禮部來說卻是數不盡的麻煩，需要他們一件件加以解決。

禮部尚書元九鼎親自護送王家人趕赴京城，一路上想好了對策，先送給皇帝和太后過目，沒有問題後再交由禮部下屬各司執行，總算令事情得以一切順利。

其中一個重要問題是如何見面，王家人暫無任何官爵，又趕上刺客的傳言沸沸揚揚，讓一大群陌生人進宮著實不妥，而且宮裡有兩位太后，禮節上也有麻煩，若在宮外相見，皇帝與太后又顯得過於屈尊，思來想去，元九鼎提出一個完美的解決辦法。

王家人獲賜諸多田宅，其中的主宅位於東城，離皇宮和倦侯府都不遠，元九鼎建議，別的東西可以提前賞賜，這座宅子則暫時留歸少府。如此一來，皇帝與太后降臨此宅就還是在自家，王家人則是登門拜訪，等到見面結束，皇帝與太后回宮之後，再將此宅賜給王家，一切圓滿。

禮部的難題解決了，宿衛營的麻煩才剛剛開始，作為保護皇帝安全的直接負責人，蔡興海和王赫一點都不敢大意，輪流前往太后省親的宅子裡檢查，恨不得掘地三尺；至於僕役，全都從宮裡臨時調用，等王家人入住之後，新僕人才能進來。就算如此，兩人仍不安心，沒事的時候總有一個人過來逛逛，確保所有細節都在安排範圍之內。

後天就是省親之日，這天夜裡，侍衛頭目王赫又來府中檢查，看到白天剛剛佈置好的諸多帷幔與擺設，不禁暗自嘆息。皇家的排場太大，對刺客來說，到處都是良好的藏身之所。

王赫只能挨處檢查，明天一早他要向中司監劉介提出建議，每一處擺設都安排專人看守，以免意外發生。

查到半夜，王赫稍稍滿意，帶著一隊侍衛與士兵回倦侯府，心中暗自慨嘆，若不是前兩年皇宮裡接連發生意外，他也用不著如此辛苦。想當初，武帝臨朝的時候，不要說皇宮，整個京城都是固若金湯，豪傑俯首、群小逃竄，沒有任何人敢惹是生非，更不用說刺殺皇帝。

這才幾年工夫，連皇宮都變得千瘡百孔。

他忍不住思考這究竟是為什麼，騎馬拐入一條小巷裡時，他突然醒悟，覺得自己想明白了。

武帝是強勢的皇帝，高居在上，身邊人從近到遠、從裡到外、從皇宮到朝廷……所有臣子都是武帝一手安排的，因此眾人有一個共同目標，能夠有默契地配合，不出一點破綻。

武帝駕崩，這個共同目標失去了，彼此間的配合也沒了，在武帝手下兢兢業業的眾多臣子疲憊已久，終於懈怠下來，而新皇帝自己的圈子一直沒建立起來，不知不覺間就顯出了種種漏洞。

王赫覺得這個解釋很好，尋思著要不要找機會將自己的想法透露給當今皇帝，正猶豫不決，前方突然傳來一陣叫喊聲。

王赫極為警覺，思緒的餘韻還在心中盤旋，他的手已經握住刀柄，口中下令：「列隊！」

數十名手下立刻止步，分工協作，各防一面，王赫保證不了整個皇宮配合無間，起碼在他的眼皮底下，所有人都要各司其職、有令必行，一點不得馬虎。

一名侍衛驅馬前去查看情況。

人聲越來越近，王赫清楚聽到「抓刺客」三字，大吃一驚，正要加速行進，前驅侍衛回來了，來到王赫馬前，說：「大將軍府出現刺客。」

聽說與倦侯府無關，王赫稍稍放心，可還是很吃驚，如今的大將軍府就是崔府，離倦侯府也不算遠，刺客在那裡現身，對皇帝仍是一個威脅。

王赫正要派人去和大將軍府的人接洽，幫著一塊抓捕刺客，前方士兵突然喝道：「什麼人？」

這不是兩軍陣前，將軍可以從容地排兵布陣，這是一次狹路相逢，誰也來不及下達命令，王赫能做的事情就是拔刀，他在晉城受過傷，還沒有完全恢復，幾名侍衛緊緊護在他身邊。

來者十餘人，全部黑衣蒙面，也不搭話，上來舉刀就砍，看樣子是偶然遇見侍衛，不像是策畫好的埋伏。

侍衛一方佔據人數優勢，沒多久，對面又來一群人，有人隔著戰場大聲喊道：「是宮裡的侍衛嗎？」

王赫大聲回道：「劍戟營副都尉王赫在此，閣下何人？」

從晉城回來，王赫也升官了，對面的說話者一邊指揮手下加入戰鬥，一邊回道：「我們是大將軍府裡的衛兵，千萬別讓這些刺客跑了。」

兩人說話間，戰鬥已經接近尾聲，刺客人少勢弱，終究不是對手，都已被逼到牆角負隅頑抗。

刺客當中有人大喝道：「沒殺死狗皇帝，殺死大將軍也夠本了，兄弟們，還怕什麼，衝啊！」

刺客們發起反攻，跟瘋了一樣往刀槍上撞，完全是同歸於盡的打法。

圍捕一方無法後退，只能步步逼近，頃刻間就有數名刺客被殺。

「留活口！」王赫大聲道。

大將軍府的人也喊「刀下留人」。

片刻之後，戰鬥結束，七名刺客被殺，五人被俘，全都傷痕累累，揮不動刀方才倒下。

王赫下馬，走到俘虜面前，有人揭去了他們的面罩，又有人提來燈籠，照亮了五張惡狠狠的面孔。

「要殺便殺……呸。」一名刺客吐出一口血水，全落在自己胸前。

王赫扭頭問大將軍府裡的人，「崔太傅……」

話未說完，又有人趕到，憤怒的聲音先從外面傳來，「刺客呢？要是抓不到，你們拿命來抵！」

崔騰怒氣沖沖地擠進來，他經常見到王赫，平時都很客氣，這時卻連點頭都省了，目光掃過，落在幾名刺客身上，怒聲罵了一句，拔刀就要砍。

王赫等人急忙上前攔住，「二公子別急，留幾個活口，也好查清真相。」

「還查什麼？」崔騰發起怒來六親不認，更是沒有理智，舉著刀仍往前衝，「肯定是雲夢澤派來的，沒機會刺殺皇帝，就對我父親下手！讓我把他們全剁碎！」

一名刺客大笑道，「今天是崔宏，明天就是狗皇帝，一個都跑不了，大楚將亡，雲夢將興，你們只是多活幾天罷了……」

崔騰更怒，竟然甩脫了周圍的一群人，上去一刀砍下去，口出狂言的刺客再也開不了口。

王赫急忙示意自己的手下將剩下的俘虜帶走，然後上前向崔騰問道：「大將軍沒事吧？」

崔騰怒目而視，好像王赫是刺客的幫凶，「沒事？怎麼會沒事？我父親身受重傷，他若是……他若是有個萬一，我要親自去踏平雲夢澤！還有你們……」

崔騰總算還剩一絲理智，目光轉向崔府的人，「你們這幫廢物，竟然讓一群刺客來去自如，養你們幹嘛？不如多養幾條狗……」

崔騰痛罵，崔府沒一個人敢回應，王赫也覺得尷尬，向崔騰點點頭，帶著自己人離開。剩下的四名俘虜他要帶回宿衛營，等他和蔡興海審問過後，再交給京兆尹府，由金純忠繼續審問。

夜色正深，發生在大將軍府的刺殺仍然驚動了不少人，剛剛入睡不久的皇帝又被叫醒了。

韓孺子很意外，刺客的目標明明是自己，為何突然改為崔宏？雖說崔宏是大將軍，但是接受皇后的建議，最近一段時間賦閒在家，並不負責雲夢澤剿匪。

他不能親自去見俘虜，只能下令盡快審問明白，同時派人去大將軍府慰問，等得到確切消息之後，再去宮裡通知皇后。

韓孺子沒法再睡了，守在書房裡等候消息。

大將軍府那邊最先傳來消息，崔宏在一名小妾的房中遇刺，小妾不幸被殺，崔宏卻幸運地留下一條命，胸口中了一刀，傷勢不輕，已經說不出話，數名太醫正在療傷，結果如何要等一兩天才知道。

至於十多名刺客是怎麼進入守衛森嚴的大將軍府的，還沒有說法。

崔騰親自來見皇帝，他快氣瘋了，在家裡差點就要砍殺護衛，在皇帝面前他總算稍稍冷靜下來。先是謝恩，隨後講述事情經過，說著說著痛哭流涕，「我父親一心一意為陛下守護江山，在齊國平亂時殺死不少雲夢澤強盜，他們這是來報仇了，陛下，讓我去雲夢澤吧，我發誓必將所有強盜連根鏟除，一個不留！」

韓孺子平時對崔騰從不客氣，今天卻要把他當小孩子一樣溫言安慰，總之不能派一個哭哭啼啼的將軍去剿匪，「家裡發生這麼大的事情，你怎麼能走？受傷的大將軍怎麼辦？還有皇后，朕已經派人去宮裡送消息了，她此刻必然心焦如焚，你若是再出點事，她怎麼辦？」

崔騰擦去眼淚，鄭重地說：「陛下說得對，我不走了，留在京城。可陛下一定要將那個欒半雄抓活口，我要親眼看著他被碎屍萬段。」

崔騰告辭，韓孺子再次傳旨，給大將軍府增派宿衛士兵，確保那裡的守衛與倦侯府不相上下。金純忠就住在倦侯府裡，隨叫隨到。他已經見過俘虜，並且與連丹臣聯繫過，「藏在商人當中的七人沒有參與這次刺殺，刺客嘴硬，暫時不肯招供，但是看他們的樣子，應該是用別的辦法混入京城的。」

天剛亮，王赫來見皇帝，透露一條重要消息：「大將軍府剛才來人，說昨晚的刺客很可能是十三人，八人被殺、四人被俘，還有一人中途消失，果真如此的話，此人身手不凡，大概就是雲夢澤所謂的高手。」

韓孺子已經考慮很久，不再猶豫，「明日省親之後，全城大搜。」

他終歸得採取一次武帝的手段。

第三百九十七章　高手

大將軍崔宏遇刺的消息很快就將轟動京城，宗正卿韓稠屬於第一批獲悉者。當時天已經很晚，他卻沒睡，坐在書房裡獨自喝悶酒，幾杯下肚就已醉得暈暈乎乎，似乎又回到了洛陽，眼前盡是諂媚的人群，每個人的臉上都洋溢著笑容，費盡心機討好他。

就算是留在京城當宰相他也不幹。

與那些一心只想留在京城的勳貴子弟不同，韓稠喜歡洛陽，那裡是他的根，如今他卻被連根拔起，如果不能及時栽回去，他擔心自己在這裡忍受不了多久。

韓稠抓起酒杯，本想一飲而盡，結果喝下小半杯就覺得淡然無味，改變主意想要不喝，手、嘴的配合卻不夠協調，一下子嗆到，急忙放下酒杯，連咳數聲，喉嚨裡的一股氣怎麼也順不過來，臉憋得通紅，想叫僕人相助，根本叫不出聲。

韓稠雙手撐著桌子，低頭劇咳，突然後背重重地挨了一下拍打，一口氣終於通暢，他又能自由呼吸了。

韓稠大口喘息，嘴角流涎，抬頭看去，幫忙的竟然是一名陌生人。

陌生人黑衣蒙面，只露出一雙眼睛，身上看不到兵器，左手拎著一只包裹。

韓稠並未顯出意外，找出巾帕擦擦嘴角，緩和一下心神，開口道：「壯士一個人來的？」

陌生人點頭。

「事成否？」韓稠盡力擺出莊嚴的樣子，以掩飾剛才的狼狽。

陌生人將包裹放在桌上，解開結扣，露出裡面方方正正的木匣。

韓稠終於一驚，盯著木匣看了一會，又抬頭瞧了一眼陌生人，伸手想要掀開蓋子，突然心生膽怯，找了找，在桌上拿起一根筷子，慢慢伸過去，迅速一挑，馬上收手，身子向後一仰，好像捅開了馬蜂窩。

木匣裡的東西露了出來，韓稠又是一驚，酒醒了大半，待看清楚之後，他卻一愣，隨後是大怒，騰地站起身，「這不是……這根本不是……這是誰？」

木匣裡是一顆女人頭。

陌生人探頭過去看了一眼，第一次開口，聲音在黑布後面有點沉悶，但足夠清晰。「就是她。」

韓稠憤怒地拍了一下桌子，「不是他！雲雄說得清清楚楚……」他壓低聲音，「要殺的人是大將軍崔宏，這是、這分明是一個女人！」

陌生人仍不認錯，「這是大將軍身邊的女人，我能帶來她的人頭，就表明我也能帶來大將軍的人頭，我在大將軍胸前刺了一刀，他要是幸運的話，應該不會死。」

韓稠目瞪口呆，過了一會氣急敗壞地說：「雲雄呢？叫他來，我跟他說話。」

「你有什麼話非要對我的僕人說？」

韓稠又是一愣，「你……究竟是誰？」

陌生人想了一會，伸手解開頭罩，摘下來握在手裡，露出一張極其年輕的面孔，看樣子也就二十歲左右，臉型微圓，嘴角帶笑，絲毫沒有殺手的凌厲，「我叫欒凱，雲夢澤神將欒半雄是我義父。」

韓稠盯著刺客欒凱，突然一驚，「你露出真面目幹嘛？」

欒凱微微一笑，「你不是想知道我是誰嗎？」他走到桌前，拎起木匣裡的頭顱，隨後又放了回去，「這只是一試身手，天下沒有我取不到的人頭，包括你。」

韓稠嚇得癱坐在椅子上。

欒凱打量了幾眼，「你的脖子比較短粗，肥肉多，不適合用刀，要用一尺以內的短刃，越鋒利越好，刺進去，繞一圈，成了。」

欒凱邊說邊做動作，韓稠面無人色，「你想殺我？」

「殺你？」欒凱笑了，回道：「我為什麼要殺你？咱們無怨無仇，義父給我的名單上沒有你的名字。你叫韓稠，對吧？」

韓稠茫然地點點頭。

「那你沒事。」

韓稠發了一會呆，指著桌上的木匣，「這個女人在名單上？」

「我連她叫什麼都不知道，義父對我說，先不要殺掉崔宏，先殺他身邊最近的人，給他一個警告。」

韓稠心驚肉跳，可是又覺得古怪，「『身邊最近的人』不是指崔宏的親人，比如他的兒子嗎？」

欒凱眉頭微皺，「這個女人就躺在崔宏身邊，離他最近。」

「這個『近』或許是指『親近』。」

欒凱尋思片刻，突然抬手往桌上一拍，也沒見他太用力，厚重的檀木桌角卻硬生生掉下去一塊，「難道我殺錯人了？」

韓稠嚇得心跳都要停止了，急忙道：「不不，是我理解錯了，你殺得沒錯。離得最近，只有這樣才能給崔宏一個教訓。」

欒凱又笑了，燦爛得像個孩子，還帶著三分傻氣，「你差點把我繞進去了，義父總說讀書人最壞，你就是讀書人吧？」

韓稠用力搖頭，「我最討厭看書，你瞧，這裡是書房，可是沒有幾本書，而且我都沒翻過。」

欒凱點點頭，拿起桌上的半杯殘酒，看向韓稠，那意思是詢問自己能不能喝。

韓稠擺擺手，表示隨意，然後指著酒壺，「還有。」

欒凱卻只肯喝這半杯，仰脖一口進去，滿意至極地發出一聲長長的「啊」，「臨行之前義父說過，一杯酒也不能喝，所以，我只喝半杯。你的酒不錯。」

「這是江南的貢酒，你要多少都有。」

欒凱笑著搖頭，「不行，義父不讓。」話是這麼說，目光卻死死盯著酒壺，好一會才戀戀不捨地挪開，「可以了吧？」

「什麼可以了？」

「我把大將軍身邊人的頭顱給你送來了，你應該對我有信心了吧？」

「有有。」韓稠連連點頭。

欒凱輕嘆一聲，好像感到疲憊，自言自語道：「今晚去皇宮，明後兩天對付狗皇帝，安排得挺緊，也不知還有沒有時間逛逛京城。」

韓稠大驚，「去皇宮？你去皇宮幹嘛？」

欒凱指著木匣，「還是這種事唄。」

「你要殺誰？」

「還不知道呢，我先去睡一覺，等我醒了，義父的僕人會通知我要殺誰。我走了。」欒凱又看了一眼韓稠的脖子，轉身向門口走去，突然轉身，一步躥到桌前。

韓稠何止心臟停跳，連全身血液都涼了幾分。

但欒凱的目標不是他的脖子，伸手抓起桌上的酒壺，轉身就跑，開門、躥出、關門，全部動作都在一瞬間完成，眨眼工夫人去無蹤，好像從未出現過，只有木匣仍擺在桌上。

良久，韓稠終於清醒過來，酒勁早已過去，他卻彎腰哇哇大吐，好不容易止住，抬頭看了一眼木匣，又吐了起來，連吐三次，終於止住。起身向外跑去，幾步之後又回來，盯著木匣看了一會，一咬牙，蓋上蓋子，抱在懷中大步出門。

欒凱是個瘋子，但雲雄是個正常人，不過他既沒說刺殺目標是崔宏的「身邊人」，也沒說過皇宮裡還有別的目標。

雲雄獨居一院，離書房不是很遠，僕人不准進入，韓稠用腳踢院門，裡面很快有人打開，看來雲雄也沒睡，舉著半截蠟燭，有些意外地說：「韓大人。」

韓稠將木匣塞到雲雄另一隻手裡，進院關門，向屋裡走去，一言不發。

雲雄騰不出手，跟在韓稠後面，進屋之後放好蠟燭，這才打開匣子，看到了裡面的人頭，沒有害怕，只是意外，「這是誰？」

「問我？我來問你，一個叫欒凱的傢伙突然出現在我面前，說這是崔宏的『身邊人』，說他是欒半雄的義子，說你是他的僕人，還說今晚要去皇宮再殺一人，這都……是怎麼回事？」韓稠強忍著沒說出髒話。

雲雄笑了笑，「傻孩子，他應該先來找我，我再去見大人，就不會有這麼多誤解了。」

「他就是一個瘋子！」

「一個武功高強的瘋子，能夠闖軍營、入深宮取人首級，這樣的瘋子，世上能有幾個？」

韓稠沉默片刻，然後道：「雲夢澤到底是什麼計畫？再瞞下去，我退出，你們自己玩去吧，我保密就是。」

見過欒凱之後，韓稠的信心沒有增強，反而更弱了。

「崔宏曾與雲夢澤有過合作，可是在齊國平亂的時候，他卻絲毫不念舊情，因此要給他一點教訓，但是暫時不能殺他，活著的大將軍才能吸引宿衛軍分兵保護。然後是皇宮，殺一人或者傷一人，總之要讓宿衛軍分身乏術。」

「皇帝不會直接回宮裡嗎？這樣一來宿衛軍就不用分開了。」

「不，皇帝絕不會回宮裡，第一，他不太相信宿衛軍，第二，他覺得自己才是真正的目標，不想連累宮裡的人。」雲雄信心十足，似乎十分瞭解皇帝。

「然後呢？再讓欒凱去刺駕？」

雲雄笑著搖頭，「皇帝身邊守衛森嚴，連欒凱也沒辦法輕鬆潛入，他是在給別人創造機會。」

韓稠等他繼續說下去，雲雄卻閉口不言。

「皇帝身邊真有你們的人？」

「反正我們不是來送死的，皇帝想剿滅雲夢澤，我們就來個釜底抽薪。韓大人不如多想想由誰來繼位吧，希望下一位皇帝能老實些。」

「嘿，你有你的祕密，我也有我的祕密，繼位的事情早就安排好了，反正不是你們手裡的英王，他現在就算活著回京，也沒資格稱帝了。」

「無所謂，雲夢澤願意一直留著英王。」

韓稠從雲雄這裡得到的信心還要更多一些，「你是欒凱的僕人？」

「哈哈，在欒凱眼裡，除了欒半雄，雲夢澤的所有人都是僕人。」

「雲雄肯定不是你真的名字，你打算什麼時候告訴我真名？」

雲雄稍一尋思，「好吧，現在也沒有必要再隱瞞了，在下是雲夢澤軍師，人家都叫我『聖軍師』。」

第三百九十八章　限期抓捕

宰相申明志等一班官員跪在地上，懇請皇帝回宮居住。

大將軍崔宏遇刺，位置就在離倦侯府幾條街以外的地方，大臣不能對此視而不見。

韓孺子讓太監們將大臣一一扶起，心裡卻忍不住納悶，這些人當中到底有誰真正關心自己的死活。

「如果一次刺殺就將朕逼回皇宮，如果朕在京城都不得安全，朕這個皇帝還有什麼意義呢？諸卿與其請朕回宮躲避，不如盡快將刺客繩之以法，以安朕心。」

幾位議政大臣面帶慚色，尤其是宰相申明志，討債之事是皇帝自願攬過去的，不讓別人插手，宰相可以置身事外，但京城的安全卻在他的職責範圍之內，而且是一項重要職責，刺客滿城亂躥，他得負責。

「請陛下給臣一點時間，三天，最多三天，臣必將所有刺客一網打盡。」申明志誇下海口。

「否則怎樣？」皇帝仍不肯放過宰相。

申明志抬頭看了一眼皇帝，沉聲道：「只要有一名刺客漏網，臣願交出相印，以讓賢臣。」

勤政殿裡的其他幾位大臣將頭垂得更低，一聲不吭。

「天下動蕩、京城混亂，閣下身為宰相，乃朕之股肱，自當盡心盡力以塞責，何出讓賢之話？讓天下以為大楚君臣在鬥氣嗎？」

申明志更加羞慚，磕頭道：「臣不敢，臣只需三天時間。」

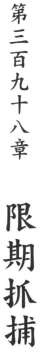

韓孺子輕嘆一聲，「明日太后省親，不能因為一次刺殺而改期，申相還是先保證明天的安全吧，至於抓捕刺客，朕也不給期限，申相盡力就好。」

這樣一來，沒有大臣再敢勸留皇帝，韓孺子仍回倦侯府。

金純忠求見，給皇帝帶來消息，說道：「申宰相向京兆尹府和巡城司下令，要求三日之內必須肅清城內全部的刺客。」

雖然皇帝沒有給出期限，申明志卻真著急了，他從皇帝的話中聽出濃濃的不信任，議政還沒結束，他就透過殿中官吏向京兆尹府和巡城司下達了命令，這不是正式命令，只是宰相本人的意願，下面的官員卻不敢有半點違背。

就在韓孺子回倦侯府的路上，京城內外各處官府已經行動起來，開始抓人。

京兆尹府佔據先機，司法參軍連丹臣已經盯上七個目標，京兆尹得到的期限是三天，給手下的期限則縮短到了兩天，連丹臣沒法再等，天黑之前，他就要將這七人抓捕歸案。

金純忠就是來問皇帝應該不應該這樣做，他最初的計畫是按兵不動，等這七人與更多同夥接頭之後，再一網打盡。

「宰相既然下令，官府該怎麼做就怎麼做，你不要干預，但是要盯住城中動向，若有異常，立刻告知。」

「是，陛下。」金純忠明白皇帝的意思，宰相可以行使權力，但不能超出界線，皇帝仍無法完全信任大臣，「一名刺客招供了。」

「他怎麼說？」

「據稱雲夢澤此行派來四五十人，早在幾個月前就開始分批進入京城，最多三人同行，進城之後彼此也不聯絡，全由一名中間人傳遞信息。昨晚的刺殺，十二人負責望風，行刺者只有一人，就是逃走的那一位。他們匯合之前就已蒙住面孔，但那名刺客招供說，欒半雄手下能做到隻身行刺的人不多，昨晚那位很可能是其義子，名叫欒凱。據說欒凱武功很高，是欒半雄傾心培養的殺手，在雲夢澤群盜當中初露頭角，本來是要代表欒半雄參加盟主比武的，結果卻暗中來到京城，他來得應該比較晚。」

韓孺子點頭，與京城前幾次混亂不同，起碼他不再一頭霧水，只要有值得信任的臣子，大楚官府仍能發揮出極其強大的力量，可惜他信任的人還是太少，對宰相掌控的朝廷，他仍需觀望。

金純忠繼續道：「他們在城中的頭目是一位名叫『聖軍師』的人。」

韓孺子冷笑一聲，「聖軍師，又是望氣者，楊奉在雲夢澤找的就是此人，想不到他竟然來到京城，這個人比較特殊，你如果有他的下落，立即抓捕，不用等朕的旨意，盡量抓活的。」

「是，陛下。」金純忠猶豫了一下，還是開口道：「的確有一點線索，微臣從少府喬大人那裡得到提醒，宗正卿韓稠極可能就是討債商人背後的組織者，雲夢澤又有多名刺客藏身於商人之間，便於在城內傳遞消息，加上其他一些蛛絲馬跡，微臣斗膽猜測，那個叫『雲雄』的人就是所謂的聖軍師，庇護他的人則是韓稠。」

「洛陽侯還真是喜歡洛陽，怨氣不小啊。只要確認聖軍師在韓稠那裡，你儘管抓人，不用管是宗正府還是宰相府。」

玄衣使者的權限畢竟太小，韓孺子傳召蔡興海，給兩人下了一道旨意，准許他們在今明兩日便宜行事，宰相以下，都要配合，不得阻攔。

這是一份限時的特權，只有兩天。

金純忠和蔡興海剛走，東海王和崔騰來了。

東海王前兩天還自薦要用譚家的人脈追查刺客，立了一功之後，他卻沒有繼續追查，眼看事情越鬧越大，他反而甘願置身事外。

崔騰不一樣，父親遇刺徹底將他激怒，大半天過去了，怒火也沒有減弱，反而越來越旺，「陛下，不能再等了，京城就這麼大，堵住城門，刺客還能飛出去不成？」

「京兆尹府和巡城司已經開始抓人了，你不要著急。」韓孺子勸道，也不忘提醒一句，「沒有朕的旨意，你不可亂來，就在崔府或者朕這裡老實待著，朕自會給崔家一個公道。」

「嗯，我聽陛下的。」崔騰仍然氣憤難平，「皇后派人送信了，她很著急，說是等太后省親結束，後天會回家探望父親，但是還需要陛下的恩准，不知道陛下接到奏章沒有？」

皇后也是「臣」，出宮需要皇帝的准許。

韓孺子桌上擺著一疊奏章，擺在最上面的就是皇后奏章，韓孺子看了一遍，提筆寫下批覆，允許皇后出宮，想了一想，又添上幾行字，表示自己要與皇后一同去崔府看望大將軍。

他將奏章連同批覆遞給崔騰，「交給外面的太監，讓他們馬上送回宮中，也好早做準備。」

「陛下要親臨崔府！」崔騰大喜，胸中怒氣終於消散不少，捧著奏章往外跑，「我這就回家準備！」

東海王站在旁邊微笑，韓孺子問道：「朕不過是與皇后看望一下大將軍，崔騰幹嘛這麼高興？」

「陛下看過不少史書，難道都沒注意到嗎？皇帝親臨某家，乃是此家極大的榮耀，此前武帝、先帝都曾去過崔府，如今則是陛下，崔家一如既往地受到寵幸，怎能不欣喜若狂？大將軍聽到這個消息，只怕傷勢也會好轉幾分。」

批覆已經寫下，韓孺子不能再改，「大將軍重傷，朕應該去看望一下。」

「當然，雖無明文規定，但是按慣例，正一品的大臣若是臥床，皇帝理應派內侍前往探視，如果得的是無法治癒的重病，皇帝親臨床榻之前也是應該的，不是必須，但是應該。聽說大將軍的傷勢的確很重，剛剛能睜眼，還不能說話，陛下應該去看看。」

東海王的話裡隱藏著一點幸災樂禍和嫉妒，韓孺子只當沒聽懂。

「陛下後日親臨崔府，今日才下旨意，劉介和蔡興海等人可有得忙了。」

「這種事通常要提前多久準備？」

「至少十天，一個月最好，甚至有提前半年、一年就開始準備接駕的。不過崔家有錢，不只一次接駕，經驗豐富，肯定不用這麼久，兩天應該夠了。」

韓孺子嘆息道：「皇宮、倦侯府，朕已經不記得有多久沒離開過這兩個地方了。」

「陛下的安危是天大的事，能離開皇宮常住倦侯府，已經算是破例。」

韓孺子微微一笑，說道：「先將刺客和探望大將軍的事放下，朕問你，如果想要提拔一位官員，按『慣例』該怎麼做？」

「要提升幾個品級？」

「很高就是了。」韓孺子不肯說得太清楚。

「那就是破格了，被提升的官位有空缺嗎？」

「有。」

「宰相等大臣一直沒有推薦此人？」

「沒有。」

「嗯，這個人最近立過功嗎？」

「立過，但不是很大的功勞，無法跟那些將士相提並論。」

東海王笑道：「陛下太實誠了，如果非要親冒矢石、浴血奮戰才叫大功，那文臣豈不是永遠沒機會了？功勞有兩種，一種是人人可見，首級、牛馬等等都是明證；一種是皇帝可見，這個人的舉動或者影響到大勢，或者顯露出極難得的忠誠，都算是大功。比如左察御史蕭聲，真論起來，他也沒做什麼，對匈奴人的傷害還不如普通的士兵，可他被俘不屈、投河自盡，足見其忠，陛下給他一個大功，沒有任何人會反對。」

「嗯。」韓孺子點頭，明白了其中的區別。

東海王告退的時候，心中比崔騰更加得意，皇帝仍然需要他的建議，最關鍵的是，他能透過建議猜出皇帝的心事，給未來鋪路。

卓如鶴從雲夢澤回來之後，必然平步青雲，這就是東海王的結論。

東海王猜錯了，韓孺子想的其實是另一個人。

整個京城都在抓捕刺客，皇帝所思所想卻是如何改造朝廷，他也要給未來鋪路。

第三百九十九章　破格提拔

箱子裡的東西很多，有禮單、有借據、有帳目、有交談紀錄，單獨看任何一份都會覺得難以置信，合在一起觀察，卻又不得不信。

國子監祭酒瞿子晰放下手中的紙張，他還沒有看完，但是已經沒必要了，長嘆一聲，「臣一直以為朝廷已然衰朽，卻沒料到會如此嚴重。」

醜王收集到的幾箱子證據一字排開，瞿子晰有些困惑地說：「行賄者都是洛陽那邊的商人？」

韓孺子點頭，「見微知著，洛陽如此，京城以及其他地方能好多少？」

京城雖然沒有韓稠這樣的「土皇帝」，但是世家眾多、權貴滿朝，連當朝宰相申明志都免不了受賄、行賄，何況其他人？事實上，洛陽的證據也揭開了京城貪賄的一角，官員們在京城都很清廉，住在朝廷分配的府宅裡，但是在家鄉卻早已佔有良田廣廈，一朝致仕返鄉，就是當地首屈一指的富家翁。

瞿子晰再次長嘆，韓孺子召見他卻不是為了一塊感慨。

瞿子晰曾在洛陽監管流民安置，名義上是醜王的頂頭上司，雖然沒查出多少漏洞，但是以他的位置，居然沒有一點受賄的證據，也算是奇事一件。

韓孺子路過洛陽的時候，特意詢問過王堅火對瞿子晰的印象，醜王評價道：「如草民等，常在泥潭中討生活，陛下想從潭中尋找一物、抓捕一人，草民足以勝任，但草民離不開那座泥潭，或早或晚，還要回到泥潭中。至如瞿先生，一生遠離泥潭、一塵不染，被迫進入也摸不清門道，無益於陛下。可陛下若想徹底鏟除這座泥潭，則非瞿先生莫屬。」

韓孺子牢牢記得這番話，他一開始並不急著鏟除泥潭，與趙若素談過之後，他更不急了，因此將瞿子晰留在國子監，與朝廷保持一定距離。

最近的一些事情讓他改變了主意。

韓稠越來越張狂，不僅暗中支持討債商人，還與雲夢澤的刺客不清不楚，他這麼大膽，必然得到了朝中某些大臣的支持，韓孺子不能對這樣的挑戰視而不見，覺得是時候請出瞿子晰了。

「如果由瞿先生擔任監察之官，會如何對付朝中亂象？」

左右兩位御史的職位空缺已有數月，職權重要的御史台一直由宰相申明志兼管。在此之前，御史通常在六部尚書中選任，品級雖未提高，實際地位卻高出一截，而且有機會競爭宰相之位。

瞿子晰眼下只是一名國子監祭酒，直接升任御史，屬於極其罕見的特例，瞿子晰卻沒有表現出多少驚訝，更沒有表現出應有的喜悅，他很清楚這不是獎賞，而是一次嚴峻的考驗。

思忖良久，他說：「陛下若求一時之良策妙計，臣現在想不出來，以後怕是也沒有，臣不管擔任何職，唯行正、言正、心正而已，不阿私、不附權、不結黨，再無其他。」

這不是韓孺子最為期望的回答，但是能做到這幾點，瞿子晰就已是古往今來難得的賢臣。

「好。」韓孺子勉勵了幾句，沒有給予具體的承諾，派太監送走了瞿子晰，然後召來趙若素。

韓孺子直接說道：「朕有意任命國子監瞿子晰為左察御史，專管京官；吏部尚書馮舉為右巡御史，掌管外埠。待卓如鶴回京之後接任吏部，你給朕擬一個方案，讓朝廷能夠順利接受這樣的安排，朕不想與大臣們發生衝突。」

韓孺子並未全盤接受趙若素的建議，但是仍需要他的經驗，以減少君臣之間的矛盾。

趙若素不是那種固執己見的人，發現皇帝心意已決，他不再進言，而是認真地考慮了一會，說：「馮尚書接任右巡御史，沒有問題，按資歷也該論到他了。卓郡守從前在六部輪職，外派數年，也該回來了。吏部乃六部之首，直接升任吏部尚書，雖然算是破格，但是只要雲夢澤剿匪順利，論功行賞，問題也不大。只有瞿祭酒比較麻煩。」

「所以朕需要你想個主意。御史之職至關重要，馮舉接任其一，算是朕的讓步，另一位御史只能是瞿先生。」韓孺子不給趙若素勸說的機會。

趙若素又想了一會，「陛下是要立刻任命嗎？」

「可以等一段時間，最多一個月。」

「一個月有點少，如果是三個月，事情會更順利一些。」

「先說說你的主意吧。」

「以瞿祭酒的資歷與官階，直升御史台，必然遭到大量反對。」

「朕被困晉城之時，瞿先生帶領眾弟子由洛陽奔赴險地，直入匈奴大營，不卑不亢，其功甚大，不可以破格嗎？」

「當然可以，不過論功行賞已經結束，陛下這時候單獨重賞一人，只怕難服眾心。微臣倒有一個主意，可以讓瞿祭酒不費吹灰之力再立一功，進入御史台也將順理成章。」

「嗯。」

「瞿祭酒現在國子監任職，而且是天下知名的大儒，陛下何不任命他為帝師？講學數月之後，陛下若有所得，自當獎賞師者，多重都不為過。」

韓孺子點頭，覺得這個主意非常不錯，「此前的皇帝有過這樣的做法？」

「這可以算得上是慣例，此前通常是太子之師獲重賞，陛下稍晚一些，但是無傷大雅。」

韓孺子笑了，「好，就這樣，卓如鶴先不著急，任命瞿先生為帝師、馮舉為右巡御史之事，要盡快著手，你替朕擬一份旨意，明後天不行，過兩天朕要在勤政殿上提出來。」

趙若素躬身行禮，口稱遵旨，卻沒有像平常一樣告退。

「你還有事？」韓孺子問。

「陛下讓微臣拿主意，微臣不敢有所保留，陛下若是覺得可行，乃微臣之幸，可微臣有一句話，不知當講不當講？」

趙若素在中書省為吏多年，深諳迂迴曲折之術，絕不在皇帝咄咄逼人的時候與之直接爭鋒，等皇帝滿意了，他才試探一下。

韓孺子笑道：「當講。」

趙若素先拱手後說話，「陛下常在軍中，微臣就以此為喻吧，不知陛下是要獨當一面的大將，還是指哪打哪的猛將？」

「朕要獨當一面的大將。」

「紙上談兵者可為大將否？」

韓孺子略一猶豫，回道：「不可，先要試之以千人，指揮得當，再授之萬人、十萬人，表現出色者，方可為大將。」

韓孺子已經明白趙若素的意思，不等他開口，繼續道：「事有萬一，總有些人不拘小節，若以千人試之，乏善可陳，非得多給兵將，才能顯出他的才華。這種人不多，但是會有。」

韓孺子想到的是鄧粹，但是沒有提他的名字，鄧粹的成功常有運氣成分，要看他在西域做得怎麼樣，才能做出最後評判。

趙若素沉吟片刻，「陛下說得有道理，可微臣還是想多說一句，左察御史專管京官，陛下破格任命，只怕會引起諸多猜疑。微臣建議，不如將瞿祭酒與馮舉對調，瞿祭酒監察京外之官，既是鍛鍊也是考察，馮舉為左，至少可以穩定大臣之心。」

韓孺子未置可否，趙若素再不多言，躬身告退。

夜色漸深，韓孺子卻無睡意，帝王之術如在深水之下舞劍，負重增加了，速度卻大幅減慢，兩者實難兼得，僅僅是在朝中安插兩位重臣，就得以月計算。

想了一會，他也就釋然了，祖父武帝執政數十年，前期尚且要受外戚與大臣掣肘，直到晚年才能橫行無忌，何況他這個登基不久的年輕皇帝？

他不缺時間，缺的是可用之人，韓孺子更擔心另一件事：自己天天在倦侯府和皇宮之間奔波，還有沒有機會像從前一樣發掘人才？朝廷講究論資排輩，不知埋沒了多少人，或者要等多久才能讓人才顯露出來？

孟娥悄悄走進屋，收拾了一下桌面，站在皇帝身後。

韓孺子過了一會才注意到她，而且發現她比平時要警惕，「出什麼事了？」

「京兆尹府開始抓捕刺客，王副都尉命我從現在起貼身保護陛下，不離寸步。」

韓孺子這才想起城裡還藏著一群刺客，「雲夢澤竟然真的相信用刺客能改變大勢，也算是奇聞一件。」

「不相信刺客，他們還能相信什麼呢？真正強大的武器，都掌握在陛下和官府手中。」孟娥理解強盜的做法，她在義士島上的時候也相信許多東西能夠改變大勢，所以才會與哥哥一道服侍太后。

她現在不信了。

「嗯，大家都只相信自己的優勢，也對，相信別人的優勢對自己有什麼意義呢？」韓孺子的心事一刻也停不下來，說起刺客，他就琢磨刺客，「奇怪，雲夢澤為什麼不用毒藥？」

之前的刺殺，雲夢澤來的刺客都是用慢性毒藥，頗有效果，這回他們卻棄而不用，改為直接闖府行刺。

「而且為什麼要先刺殺大將軍崔宏？那不是打草驚蛇嗎？」韓孺子的疑惑越來越多。

「或許雲夢澤就是要打草驚蛇，第一個被抓的刺客不是說過，陛下身邊有他們的人嗎？陛下若是受到驚嚇，沒準會給這個人提供機會。」

韓孺子看向孟娥，這是他身邊最近的人之一，而且與刺客有著一些聯繫——孟娥的哥哥很有可能就藏在雲夢澤裡。

兩人突然同時一笑，韓孺子的笑比較正常，孟娥則只是嘴角一動。

外面有人敲門，孟娥去開門，王赫步履匆匆地進屋，神情嚴肅地說：「宮中發現刺客。」

韓孺子一驚，起身道：「有人受傷嗎？」

「只有兩名侍衛追捕刺客時受傷。」

「知道行刺目標是誰嗎？」

王赫稍一猶豫，回道：「皇后。」

韓孺子大吃一驚，同時還深感困惑，雲夢澤刺客的目標明明是自己，為何兩次刺殺都針對崔家人？

第四百章　為友報仇

誰也不知道刺客是怎麼混進皇宮的，他裝成一名太監，雙手捧著一只托盤，上面放著錦布覆蓋的盒子，腳步匆匆，像是有急事，一路小跑前往皇后居住的秋信宮。

若不是迷路，刺客真有可能到達目的地。

他在一個岔路口猶豫不決，令早已注意到他的一隊衛兵感到疑惑，於是上前詢問，刺客支支吾吾，突然怒喝一聲，扔掉托盤，亮出藏在下面的短刀，衝上去連刺兩人，轉身就逃。

衛兵早有警惕，反應也足夠敏捷，可還是一人挨了一刀，刺客沒有什麼特別的招式，就是速度太快，令人來不及躲避。

王赫來向皇帝通報此事的時候，整個皇宮還在搜捕刺客。

韓孺子大怒，如果皇宮連一名刺客都抓不到，剿滅雲夢澤群匪無異於一場笑話。

他要親自回宮督促抓捕，王赫跪下苦勸陛下謹慎，身為侍衛頭目，他不能向皇帝隱瞞消息，但也絕不能眼睜睜看著皇帝去冒險。

最後是孟娥勸住了皇帝，她說道：「刺客前往秋信宮可能只是虛張聲勢，目的就是為了引誘陛下回宮，陛下不可上當。」

韓孺子怒氣未消，「天亮之前，必須抓到刺客，不論死活。」

王赫出去傳旨，沒多久，宮裡更多使者趕到，太后與皇后都表示沒有危險，叮囑皇帝不可擅動。

又是一個不眠之夜，宮裡在追查刺客下落，城內也開始了大規模搜捕，為防止意外，所有使者只能進入倦侯府第一道門，向蔡興海、王赫和金純忠通報消息，然後由金純忠及時傳告皇帝。

雖然危險尚未靠近皇帝，但是身負護駕重責，這三人覺得再謹慎也不為過。

司法參軍連丹臣準備多日，一旦行動進展最快，抓到刺客之後當場審問，不管有沒有口供，先將與刺客熟知的商人抓起來。

抓捕人數迅速增加，遠遠超出最初的七人，四更過後，傳來的消息說，落網者已達百人。

皇宮裡也終於找出了刺客，還有一名與其勾結的宮門司馬以及士兵五人。

「刺客已被包圍，即將落網。」

「刺客的五名同夥被殺，只剩兩人還在負隅頑抗。」

「一名侍衛與兩名宿衛士兵殉職，多人負傷，那兩人……還在負隅頑抗。」

金純忠傳告給皇帝的消息由一開始的興奮與自信，很快變成困惑與不解，他不明白，刺客到底有多大本事，竟然能在數百人的包圍下堅持這麼久。

「宮門司馬已被活捉，只剩刺客一人……」

「還在負隅頑抗？」韓孺子問道。

金純忠尷尬地點點頭，雖然這不屬於他的職責，仍感到羞慚，「王副都尉已經趕回宮裡，親自督戰。」

韓孺子扭頭問孟娥，「這算是高手了吧？」

孟娥點頭，「如果他真在重圍之中堅持這麼久，還能殺人，的確是難得一見的高手。」

「比起你們兄妹二人如何？」

「換成我們二人，一刻鐘之內就會被殺。」

韓孺子突然生出惜才之心，可刺客就是刺客，而且已經在皇宮裡殺人，罪不容赦。他不能再說什麼，何況倦侯府與皇宮畢竟隔著一段距離，就算他傳令，大概也來不及傳過去。

「這或許就是欒半雄的義子，名叫欒凱的那個人吧？妳聽說過此人嗎？」韓孺子又問。

孟娥想了一會，「沒有，義士島與雲夢澤雖然早有來往，但我沒聽說過欒凱這個名字，他應該出師不久。」

金純忠又從外面匆匆跑來，「宮裡的刺客已經落網。」

「是死是活？」

「刺客和串通的宮門司馬應該都是被活捉。」

「帶到這裡來。」

金純忠愣了一下，沒有接話。

「立刻。」韓孺子補充道。

金純忠急忙應是，轉身出去，韓孺子又叫來太監，命他即刻回宮向太后與皇后問安。

天邊微亮，皇宮裡仍在追查刺客是否還有餘黨，兩名活口則被押送至倦侯府，皇帝不能親自審問犯人，但是韓孺子堅持旁聽，於是金純忠做了安排，在一間屋子裡審訊，皇帝則在隔壁的房間裡旁聽，牆壁打了幾個孔，聲音能夠清晰地傳過去。

金純忠瞭解皇帝的心事，先審的是宮門司馬，此人名叫孫聞名，四十多歲，進入宿衛軍已近十年，守衛宮門也有三年，他的背叛最令人意外。

孫聞名受了重傷，卻不肯服軟，「要殺便殺，我沒話說。」

金純忠沒有虛言恫嚇，平靜地詢問姓名、官職、家中還有何人，孫聞名一一作答，最後道：「家中本有老娘，三個月前病逝，妻子被我休了，女兒已經出嫁多年，再無其他親眷，皇帝若是非要株連，我也沒辦法。」

「朝廷虧待過你？」

孫聞名道：「你也不用拐彎抹角，不就是想知道我為什麼幫助刺客嗎？」

「嗯，閣下的選擇的確很令人費解。」

「嘿，你不過是皇帝身邊的奴才，今天之前甚至不知道我是誰，當然費解。」停頓一下，他問：「你認得趙蒙利嗎？」

「略有印象，也是宮裡的人？」

金純忠不認得趙蒙利，隔壁房間裡的皇帝卻記得，立刻派人去通知金純忠。

「原來是前南軍左將軍，我想起來了，那是一員有名的猛將。」

孫聞名看到有人對審訊者耳語，「誰告訴你的？有人在外面？是皇帝嗎？」

金純忠不回答，繼續問道：「你與趙蒙利是朋友？」

隔了一會，孫聞名抬高了聲音，「陛下，我與趙蒙利乃生死之交，同在南軍之時，他曾捨身救我，此恩不報，孫某羞為男兒！」

孫聞名從前也是南軍將士，與趙蒙利關係極好，後來一個調往宿衛軍，一個升任南軍左將軍，來往漸少，交情卻沒有因此淡薄，只是在外人看來，他們的關係不如從前密切。

在迎風寨，趙蒙利被當時的倦侯使計殺死。

「趙蒙利抗旨不遵，因此伏法，你要向陛下報仇？」金純忠問。

韓孺子殺趙蒙利的時候還不是皇帝，說趙蒙利「抗旨」並不正確，孫聞名並未反駁，高聲道：「君要臣死，臣不得不死，我不向陛下報仇，我向崔家報仇！」

趙蒙利曾是崔宏手下最忠誠的將軍，比親兄弟還受信任，可趙蒙利死後，崔宏卻沒有特別的表示，既沒有表露出仇恨，也沒有遺憾，甚至對趙蒙利的家人不聞不問，好像完全將這員猛將遺忘了。

趙蒙利因為遵守崔宏的命令，才會抗拒倦侯，崔宏的冷漠令趙蒙利的一些朋友極度憤慨，孫聞名即是其中之一，與其他人不同，除了憤慨之外，他還敢於行動。

他也不隱瞞，將事情全說了一遍，兩個月前他就見過「雲雄」，明白對方的用意之後，沒有立刻接受，也沒有告密。

雲雄趁熱打鐵，連續三次登門拜訪，察覺到孫聞名更恨大將軍崔宏，他因勢利導，調轉了刺殺目標，「只是殺掉崔宏還不夠，崔家的權勢根基有兩個，一是崔宏本人，二是皇后，殺一人留一人，崔家仍然強盛，非得兩根同時除掉，才能徹底毀掉崔家。」

孫聞名被說服了，他有五名親信，願意與他共死，也被拉攏進來。最初的計畫比較簡單，他們將刺客放進皇宮就行，剩下的事情由刺客負責。

刺客沒能進入秋信宮，在皇宮裡亂躥，孫聞名知道此事追查下來，自己早晚會暴露，一狠心，帶著五名親信，假裝追捕刺客，直奔秋信宮。

臨時計畫更無成功的可能，走出不遠就遭到攔截，他們拿不出任何人的旨意，乾脆動起手來，很快與刺客匯合，最終五死兩傷。

孫聞名並無悔恨，「孫某死而無憾，我就是要讓天下人知道，崔宏愧對趙將軍！」

趙蒙利是韓孺子奪位路上必須除掉的障礙，以當時的情況，總有一人會死，韓孺子沒什麼可後悔的，但他仍然敬佩孫聞名的為人，派太監通知金純忠，孫聞名無需再審，按律處置即可。

皇帝不可能赦免背叛的宮門司馬，但也不想讓他受太多苦頭。

金純忠讓人帶走孫聞名，換上刺客。

「我叫欒凱，是神將欒半雄的義子。」刺客也受了重傷，語氣卻極為輕鬆，毫無懼意，甚至有點好奇，「都怪我，地圖看了好幾遍，還是出錯了。誰能想到呢，地圖上看著挺小的，真走進去，皇宮竟然這麼大！比我家的寨子還大！嗯，崔宏是我砍傷的，他身邊的人是我殺的，我進宮是要殺皇后。就是這些，別的事情打死我也不說。你們可不講究，這麼多人打我一個，有本事單打獨鬥，我輸了，什麼都招；我贏了，你們放我走。」

「我去。」隔壁房間裡，孟娥小聲說。

「妳不是他的對手。」韓孺子脫口道，但這的確是孟娥說過的話。

「他受傷了，我能對付。」

韓孺子勉強點頭，「不要用兵器。」

孟娥點頭，前往審訊室，她說話聲音輕，韓孺子聽不清楚，只聽欒凱大笑，「一個宮女？哈哈，我只用一條手臂，咱們比個輸贏。」

等了一會，隔壁傳來打鬥的聲音，不是很響，也不頻繁，似乎打得有氣無力。

足足一刻鐘之後，孟娥回來，向皇帝點點頭，臉色微青，顯然花了極大的努力才擊敗受傷的刺客。

刺客再說話時，聲音小了許多，韓孺子仍然聽不清楚，沒多久，金純忠本人過來了，正色道：「刺客招出了韓稠，聖軍師也在韓府。」

「可以抓人了。」韓孺子道。

金純忠結束審問，帶人去往韓府。

聽說宮裡的刺客被抓後，韓稠立刻明白大事不妙，那個傻乎乎的刺客肯定保不住祕密，自己必須想其他辦法自救。

慶幸的是，他早給自己鋪好了一條路，現在可以用上了。

第四百零一章　獻禮

太后的家人三天前就已經到達京郊，在那裡由禮部教演禮儀，連什麼時候可以哭笑、應該哭笑以及什麼時候停止，都規定得詳詳細細。

王家人都是老實本分的鄉農，面對朝廷的要求自然沒有二話，努力學習這些繁文縟節，不敢稍有怠慢。刺客偏偏選在王家人進京的前一晚鬧事，實在讓禮部頭疼不已，尚書元九鼎提前一個時辰進城，與宰相商議對策。申明志前去拜見皇帝，皇帝又派人進宮詢問太后，兜了一圈，最後的決定是一切照常，不能因為刺客的騷擾就將好事推遲。

使者快馬加鞭前往城郊通知王家人。

韓孺子也得早做準備，先是下令京兆尹暫停大規模搜捕，午時之前，要將與刺客沒有直接往來的商人釋放，然後他進宮與慈寧太后、皇后匯合，準備一道前往未來的王家宅邸。

上官太后稱病，沒有參與這場盛事。

宮裡尚未恢復平靜。

一名宮門司馬竟然與刺客勾結，這對早已漏洞百出的皇宮守衛又是一次重大打擊，宿衛八營無不惶恐，不等皇帝傳旨，自己就動手調查，將有南軍背景的將士全抓起來，等候發落。中司監劉介也對宮人進行一次大梳理，互相擔保，從此以後不准任何人單獨在夜間行走。

見過母親與皇后之後，韓孺子抽空召見八營將領，總共八名都尉、十六名副都尉，一視同仁地加以褒獎，稱讚他們反應迅速，沒讓刺客靠近秋信宮，就連叛逆者孫聞名的上司也不例外。

眾將感激涕零，回去之後釋放了本部將士，但是仍要監視，不准他們回家。

韓孺子必須先穩定軍心，不能讓幾名刺客擾亂了京城，聖軍師是一名望氣者，由他策畫的刺殺，必須多加提防。

見過將領們之後，韓孺子又單獨去見了一次皇后，崔小君還沒有聽說孫聞名的招供，對父親和自己接連成為刺殺目標，感到驚愕不已。

韓孺子沒向她說出實情，只是安慰了一會，「刺客差不多都已落網，不會再出事了。太醫院那邊的消息說，大將軍已經能開口說話，應該沒有性命之憂，明天咱們一塊去崔府看望他。」

崔小君笑得很勉強，「崔家該遭此劫，陛下無需為此煩心。」

外面街道已經肅清，宿衛軍沿街排列，將百姓擋在外面，劉介進來通報，皇帝、太后、皇后可以出宮了。

路程很近，省親宅院已經裝飾一新，現在還屬於皇帝，很快就將歸屬新主人。

對於娘家人的到來，慈寧太后一開始表現得比較淡然，真到了這一天，她卻顯出幾分激動，召來平恩侯夫人隨侍身邊，問了王家的許多事情。

太監張有才正好先行一步從京郊趕回來，他一直陪著王家人，而且找到了當初叫太后為「小姐姐」的王翠蓮，將她一家子也都帶進京，他是皇帝身邊的親信太監，他不說原因，別人也不問。

張有才拜見過皇帝，立刻就被叫到慈寧太后身邊，他瞭解的細節比平恩侯夫人更多，娓娓道來，太后越聽越激動，親人還沒見到，眼淚已經盈眶，令站在另一邊的平恩侯夫人嫉羨不已。

離王家人進城還有一段時間，韓孺子沒有閒著，陪了母親一會後，前往一座跨院召見數名親信。

他得到一連串令人困惑的消息。

一個時辰前喬萬夫見過數名商人頭目，他們不是來討債，也不是延緩期限，而是交出了手裡全部的欠條，當作太后省親的禮物。

這可是一份大禮，換成武帝，要用最嚴厲的聖旨才能徵收得到，當今皇帝沒做什麼，只是派人稍稍恐嚇了一下，這群唯利是圖的商人居然就服軟了，將眾多欠條拱手送上。

喬萬夫大吃一驚，他可不敢就這麼接下，立刻求見皇帝，因為事情比較急迫，所以被排在第一位。

韓孺子也很吃驚，「他們有何要求？」

「沒有任何要求，要不是我攔著，他們當場就會將欠條全部燒毀。」喬萬夫將自己此前拜見韓稠與申明志的經過簡單說了一遍，「難道是這兩人將商人說服了？」

韓孺子仍然不解，將外面的金純忠叫進來。

金純忠也已經等了一會，他奉命去韓稠府中抓捕化名雲雄的聖軍師，結果空手而歸。

「韓稠天沒亮就出門了，僕人不知他去了哪裡，至於聖軍師，府裡的確有人見過他，但是昨晚就已離開。連丹臣已經佈置抓人，這兩人跑不了多遠，天黑之前必然落網。」金純忠對此十分肯定。

韓孺子讓金、喬二人共同調查商人改變態度的原因，在真相大白之前，不可接受商人的獻媚。

所有事情都太順利了，韓孺子反而更加警惕。

劍戟營副都尉王赫帶著一名侍衛進來，只有一個請求：「請陛下允許我們兩人留在身邊。」

「你還是擔心朕『身邊的那個人』？」

王赫點頭，「我又審問了一遍欒凱，此人說話雖然顛三倒四，而且知道得也不多，但是不會撒謊。我覺得他只是一個誘餌，真正的刺客尚未到來。」王赫停頓一下，「太后省親是件大喜事，可王家上下四十餘口，難保不會出問題。」

「東海國與相關部司徹底調查過這些人，都是土生土長的鄉農……好吧，你們兩人留下。」韓孺子改變主意，身邊多留兩名侍衛未嘗不可。

王赫躬身，與另一名侍衛站到了皇帝身後，向另一邊的孟娥瞥了一眼。

他真正防範的目標是這名宮女。

皇帝信任孟娥，王赫也只好信任她，可是孟娥與刺客欒凱比武的時候，王赫就在現場，親眼見識之後，他覺得不能再讓孟娥一個人留在皇帝身邊。

欒凱即使重傷，並且以一條手臂迎敵，仍是一等一的高手，王赫自覺不是其對手，可孟娥卻贏了，贏得勉強，但是顯出的功力超出了王赫的預料。

王赫於是調來營中武功最高、最受信任的侍衛，與他一塊留在皇帝身邊，防著孟娥。孟娥似乎沒有注意到那一瞥，現在的她只是一名普通宮女，外人看不出她身負絕技。

中司監劉介進來通報，王家人已經進城，很快就將進府。

這不算正式的朝見，而是一次家宴，規矩可以寬鬆一些，慈寧太后與皇帝共坐主位的軟榻，皇后坐在太后另一邊的凳子上，兩邊是諸多女官、太監，看上去人很多，稍顯擁擠，但是位置遠近絲毫不亂，不僅有禮部官員監督這一切，劉介等主管太監也注意眾人的一言一行，所有人都要與太后、皇帝的悲喜相一致。

讓韓孺子意外的是，他在廳裡竟然看到了宗正卿韓稠。

韓稠沒有逃跑，反而帶著宗正府的一群官員來到省親之宅。

金純忠與連丹臣都是謹慎之人，竟然漏掉最重要的一處地方，也是怪事一樁。

韓孺子小聲問身邊的張有才：「韓稠什麼時候到的？」

張有才剛回來不久，對這邊的事情不太瞭解，愣了一下，回答不出來。

慈寧太后聽到了皇帝的話，說：「韓稠一早就守在宮外，我讓他隨行跟來的，陛下當時沒看見他嗎？」

韓孺子越發意外，想了一會，用極低的聲音說：「母親……」

「我知道陛下想說什麼。」慈寧太后輕嘆一聲，「所有事情都等省親之後再說，韓稠雖非賢臣，但是對陛下絕無二心，我可以擔保。」

韓孺子想說韓稠窩藏聖軍師之事，最後還是留在心裡，「好的，母親。」

這是母親的省親之日，刺客已經破壞了氛圍，他不想再增是非。

王家人還沒到，一群人不能在大廳裡冷場，禮部早有安排，眾多宗室子弟與外戚之家都來賀喜，這時輪番奉召進來，說一些吉祥話。

崔家由崔騰代表，別人都嚴格按照禮部的要求說話，只有他非要顯得特殊一些，跪在地上祝賀後，起身向太后笑道：「還祝太后早抱皇孫，內外開花、枝繁葉茂。」

現場的禮官很不滿，但是不能說什麼，慈寧倒是露出微笑，對坐在旁邊的皇后說：「還是你們崔家人會說話，後宮之事，皇后仍需努力。」

皇后臉色微紅，低低應了聲是。

崔騰笑呵呵地退下，以為自己很得體。

宗正府兼管外戚，韓稠已經祝賀過一次，這時又上前來，也說了一通希望太后早抱皇孫的奉承話，禮官只好讓下一撥拜賀者稍待。

大廳門口，金純忠在探頭探腦，他地位不高，勉強算是外戚，只能隨大流進來拜賀，沒資格單獨進來。

韓孺子察覺到金純忠有話要說，向張有才使個眼色。

張有才有一段時間沒見過皇帝了，仍然懂得皇帝的心事，退後兩步，從眾人身後繞到門口，與金純忠一塊消失在門外，很快回來，不動聲色地遞給皇帝一張紙條。

韓稠退下，下一撥進來的是數名貴婦，老老實實地拜賀，沒有一字多餘，連頭都不敢抬。

韓孺子趁機掃了一眼紙條，那上面寫著：聖軍師落網，宗正卿派人送來。

背後還有字，韓孺子翻過來，認得那是喬萬夫的筆跡，內容也與韓稠有關，上頭寫道：眾商承認，獻禮為宗正卿授意。

韓孺子看向眉開眼笑的韓稠，完全糊塗了。

第四百零二章 後院失火

韓孺子一下子多了一位外公、三個舅舅、兩個姨母，諸多表兄妹，以及外甥、外甥女，和若干禮部認可的親戚。

這是一個大家族，因為是農戶，沒有深宅大院，兒女一成親就出去自立門戶，卻在一夜之間又聚為一大家，在官府的護送下趕來京城，當中有許多人是第一次離鄉，既惴惴不安，又興奮難言。

全家老小共是四十五口，不能一下子都湧進廳裡，禮部早有安排。先是太后的父親一個人進來，老漢年事已高、腿腳不便，因為過於激動，行走更加困難，由兩名太監攙扶著進來。

他的老花眼只能模模糊糊地看到一堆人影，知道太后與皇帝就在其中，心中一驚，緊接著兩腿一軟，剛邁過門檻就要跪下，兩名太監還以為這是老人家體衰的表現，硬是架起來，拖到指定位置，才鬆手讓他跪下。

「草民王、王感，叩見陛下，叩見太后！」老人家原來的名字只是一個數字，過於簡陋，當地特意找人重起了一個，他記得還不算太牢固，本人有些耳聾，嗓音比常人洪亮得多。

太后強自鎮定，「父親快快起身，都是自家人，不必拘禮。」

「不必拘禮」也是種禮節，待到老漢王感磕了一個頭，兩名太監才將他攙扶起來，另有人端來凳子，讓他坐下。

氣氛慢慢變得自然，太后已經瞭解王家的方方面面，可還是重問一遍，聽父親說出來，又有一番感動。

韓孺子也問了幾句身體好壞、旅途是否辛苦，然後就沒什麼事了，坐在母親身邊，時不時瞥一眼人群中的韓稠。

親人重逢，太后喜極而泣，周圍的人自然也要陪著落淚、感慨，韓稠的反應卻有點過分了，簡直是一把鼻涕一把淚，好像坐在那裡的老莊稼漢是他失散多年的父親。

禮官覺得差不多了，前趨幾步請求召見其他人，太后許可，從皇后手中接過絹帕，擦拭眼淚。

王家人分成數批進來，由王感一一介紹，磕頭之後，如果太后有話要問，就留下回話，問完了，男子退出，女眷與十歲以下的孩子可以留下。

廳裡變得擁擠，情緒高漲，一開始還在禮部的要求範圍之內，慢慢就超出了標準，哭聲一片，之前的演練與真實見面畢竟不是一回事，太后與親人固然悲喜交加，就連旁觀者也都湧出幾分真實感情。

幾個孩子不懂規矩，哭得聲音太大，被禮官悄悄地帶了出去，哭聲能與這幾個孩子相提並論者，就是宗正卿韓大人了，可禮官請不動他，也不敢真拖他出去，只能一個勁地小聲勸止。

終於，眾人的情緒稍稍穩定，令禮官能夠進行下個項目，中司監劉介上前，代表皇帝與太后，宣讀了一份長長的賞賜清單，只有宅子暫時不在其列，要等見面結束之後，與第二批賞賜一道送給王家。

進行到這裡，皇帝的職責告一段落，韓孺子起身，來到外公面前，握著老人家的手說了幾句，又引發一陣哭聲，他帶人離開，將大廳留給太后。

皇后不能離開，這一整天她都要陪在太后身邊，盡一名兒媳的職責。

走出大廳，呼吸到外面清冷的空氣，韓孺子感覺自在了許多，對這群多出來的親戚，他沒有多少感覺，與貴賤無關，而是他的心思根本不在這上面，只想盡快解脫。

但他還不能走，待會有一場真正的家宴，他至少要向太后和外公敬酒，於是他又到跨院裡，下達的第一道旨意就是命禮部尚書元九鼎去將宗正卿韓稠帶過來。

金純忠和喬萬夫又得到一些新消息。

「聖軍師招供了，除了欒凱，雲夢澤還派來一位高手，本想跟隨韓宗正一塊參加省親，趁機行刺，結果卻遭出賣，那名刺客已經被包圍，很快就能落網。」

「嗯。」事情如此順利，韓孺子卻沒法高興，「那人真是望氣者聖軍師？」

「初步判斷就是他，還需更多佐證，微臣馬上就去找。」

「不用著急。」韓孺子留下金純忠。

接著是喬萬夫上前，「那些商人在會所燒掉了欠條，聲稱是向太后獻禮，圍觀者甚眾，消息已經傳開。」

韓孺子點點頭，商人的行為於國於民有利，還真沒辦法強行阻止，可他們為何心甘情願放棄如此龐大的一筆債務，實在令人百思不得其解。

解惑者只能是韓稠。

元九鼎不負重托，總算將宗正卿韓稠帶來了，以韓大人的肥胖，這的確是一項「重托」。

一跨過門檻，韓稠就撲到皇帝腳前，一邊痛哭，一邊叫喊陛下。

韓孺子早有準備，收回雙腳，略一揮手，王赫與另一名侍衛上前，將宗正卿拖開幾步。

「罪臣韓稠，伏乞陛下寬恕。」韓稠仍趴在地上磕頭不止。

「你有何罪？」韓孺子問。

屋子不大，孟娥、兩名侍衛、兩名太監、金純忠、喬萬夫、元九鼎等人陪同皇帝，稍顯擁擠。其中，只有元九鼎對事情一無所知，他又是議政大臣之一，地位尷尬，不能走、也不能發表意見，只好低頭假裝糊塗。

「老臣罪在狂妄自大，未得陛下旨意就自行其是，雖僥倖抓得幾名刺客，難贖不告之罪。」

韓孺子和金純忠互視一眼，這可不是他們想聽到的罪名。

太監張有才從外面進來，他跟元九鼎一樣，不明白這裡發生了什麼事，茫然道：「陛下，太后說，今日家人團聚，陛下忙碌也就算了，宗室總得有一位德高望重者陪同，若無重要事情，請陛下快些放韓宗正回去。」

「轉告太后，朕用不了多久。」

張有才退下，去向慈寧太后覆命。

金純忠開口道：「請韓宗正將刺客之事詳細說一下。」

韓稠磕頭，「此事還需從頭說起，老臣剛到京城赴任之時，曾讓家中老妻進宮給兩位太后請安，太后當時說——請陛下恕罪，老臣才敢說。」

「無罪。」韓孺子冷冷地說，已經大致猜到韓稠要說什麼了。

「太后讓臣妻轉告老臣，陛下年輕，望群臣協力輔佐，又說老臣是宗室長老，要時刻想著陛下的安危。也是老臣一時糊塗，自以為得到了太后的懿旨，於是一直保持警惕。兩個月前，洛陽商人左連生進京，向老臣介紹了雲雄。」

聖軍師假裝商人雲雄，先是討好韓稠，慢慢露出真面目，原來他是雲夢澤派來的刺客頭目，韓稠大驚之餘，決定暫時不要打草驚蛇，於是敷衍應對，希望能引出刺客團夥。

可事與願違，刺客說動手就動手，大將軍崔宏和皇后接連成為目標，韓稠覺得不能再等，於是使計將聖軍師騙出，送交京兆尹府。又自知犯了大錯，不敢來見皇帝，守在宮門外，希望透過太后向皇帝請罪。

這便是他的說辭，韓孺子一個字也不相信，一時間卻又找不出明顯的破綻，於是看向金純忠。

金純忠向皇帝搖了下頭，表示現在還不行，必須審過聖軍師之後，兩相對照，才能指出韓稠的問題。

喬萬夫開口道：「城內的討債商人將手中欠條當眾燒毀，也是韓宗正所指使？」

韓稠抬起頭，面露驚訝，「喬大人應該知道啊，你前兩天找過我，希望我能幫忙。」

「我是拜訪過宗正大人，也請您幫忙，但您當時說洛陽商人與您有仇，您幫不上忙，更沒說……」

韓稠臉上淚痕未乾，卻不耽誤他露出笑容，「喬大人誤解了……」

話未說完，張有才又來了，不等他開口，韓稠笑道：「請張公轉告太后，陛下留老臣有事相商，老臣會盡快過去。」

張有才點點頭，看了一眼皇帝，再次退出

韓稠繼續道：「喬大人誤解了，你說有商人指控我，我當然說是有仇，可我也算為官一方，在洛陽有仇人自然也有熟人。等你走後，我仔細想了想，覺得義不容辭，於是找了一圈，竟然真找到幾位當初關係不錯的商人，請進府來，向他們曉以大義，請他們代為勸說其他商人。總算朋友盡心，他們成功了，可我自己也是今天才知道眾商感懷皇恩浩蕩，竟然要銷毀欠條以為太后省親的賀禮。不管怎樣，這算是一樁好事吧？」

喬萬夫啞口無言，看向皇帝。

「如此說來，韓宗正非旦無罪，反而有功。」韓孺子緩和語氣。

韓稠磕頭，「無旨行事，乃是重罪，老臣久在京外，性子散漫，行為不端，自知有罪，怎敢邀功？」

「平身。」韓孺子道。

韓稠又磕了一個頭才站起來。

「韓宗正先去太后那邊吧，你的事情以後再論。」韓孺子看到張有才又來了，不想再審下去。

「老臣遵旨，無論陛下定下何罪，老臣絕無二話。」韓稠恭恭敬敬地退出，真像是一位心懷坦蕩的大臣。

張有才站在門口，看著韓稠走遠，向皇帝道：「是因為送禮的事嗎？」

「送禮？」韓孺子一愣。

「是啊，自從過了洛陽，這一路上幾乎天天有人給舅家送禮，已經裝了好幾車，聽說城裡還有更多。」

「誰送的禮？」

「大都是商人，也有一些官員，名單在大皇舅手裡，陛下要看嗎？」

韓孺子終於醒悟，自家後院已然失火，他在京城準備整肅朝廷與眾商的同時，舅氏一家卻已經開了「受賄」的口子。

第四百零三章 長久之計

王家數十口人一路西行途中，收受了不少禮物。他們是一群鄉農，分不清楚哪些是私人贈送、哪些是朝廷賞賜，總之開開心心地收下就是，元九鼎、張有才等人雖然都看在眼裡，但誰也沒有特別在意，更沒想過要告知皇帝一聲。

類似的事情實在太普通、太尋常，太后的家人若是一路受到冷落，才是不可思議的怪事，而且那些送禮最大方的商人都很聰明，不會抬著大箱小箱直接送到王家人面前，而是到宿地拜訪，送些薄禮，然後悄悄遞上一張禮單，上面的禮物全數存在京城，靜候新主。

快到函谷關時，送禮的商人們才開始有意無意提到宗正卿韓稠，張有才一直陪在王家人身邊，聽到幾嘴，見皇帝對韓稠不滿，一下子想起此事。

外戚往往能夠獲得極大權勢，提前結交一下也算正常，可這些送禮的商人另有圖謀，卻不是元九鼎、張有才當時所能猜到的了。

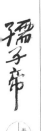

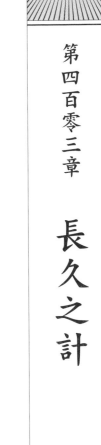

韓孺子怒極反笑，屋內眾人各有所長，卻都不是他現在所需要之人，於是道：「不管怎樣，眼前的問題解決了，元尚書，你去忙吧，迎親之功，朕會記在心上；喬萬夫，繼續盯著城內的商人，看看他們還有何舉動；金純忠，繼續細審聖軍師，再有消息，隨時來告知朕。」

幾人領命，陸續退下，張有才剛回來，還有點不太適應，等到人不多了，一臉困惑地問：「陛下，我是不是做錯什麼了？我應該將路上的見聞早點寫信告訴陛下的。」

韓孺子搖搖頭，「這件事與你無關，今天是太后省親之日，大家都應該高高興興的，你也去太后那邊吧，她可能需要你。」

「是，陛下。」張有才匆匆退出。

韓孺子又對王赫道：「看來不會再有刺客了，你們不用留在這裡，守好外面吧。」

王赫還想多留一會，韓孺子卻不給他爭辯的機會，揮手命他退下，王赫沒有辦法，帶著另一名侍衛退下。

屋子裡只剩皇帝與孟娥，兩人都不作聲，韓孺子當她不存在，默默地思考，孟娥也不做任何勸慰。

不知過去多久，張有才悄悄進來，輕聲道：「陛下，宴席已經開始，陛下現在要過去嗎？」

「好。」韓孺子起身，走出房間。

外面的太監、宮女、侍衛早已排列整齊，簇擁著皇帝前往大廳。

廳內充滿了團聚的喜慶，在家人一點一滴的提示下，慈寧太后想起許多往事，提及母親的病逝，不禁又一次潸然淚下，眾人在禮官的示意下，馬上改說些有意思的事情。

宗正卿韓稠也以「家人」身份參加了宴席，如魚得水，沒人說話的時候，他講笑話，有人開口，他刻意引導，總之要讓太后滿意。

皇帝的到來令氣氛稍冷，韓孺子親自捧杯，先祝賀母親，次為外公祝壽，最後遍祝所有親戚，捏了捏兩個小孩子的臉頰，誇他們可愛，將酒杯交給身邊的太監，向慈寧太后告辭。

韓孺子臨走時向皇后深深看了一眼，皇后微微一笑，表示一切都好，她很喜歡皇帝的這些親戚。

韓孺子回到倦侯府時已是傍晚，中書省今天沒有送來奏章，他也沒有催要，金純忠和喬萬夫都派人留下口信，沒有重要內容，最後一名刺客不肯束手就擒，已經被公差殺死。

雲夢澤的刺殺行動雷聲大雨點小，似乎就這麼結束了。

韓孺子沒吃東西，在書房裡坐了一會，派人傳召趙若素。
「朝廷的規矩與慣例呢？」韓孺子將韓稠的事情大致說了一遍，「對這種官員，朝廷可有應對之策？」
「必須拿到韓稠心懷叵測的證據。」
韓孺子笑道：「你還不明白嗎？韓稠早就想到這一點，所以他預做安排，幾個月來一直在暗中討好朕舅氏一家，臨近京城才慢慢顯露出來，對太后來說，一個如此盡心的大臣，怎麼會真與強盜勾結刺駕？朕若有萬一，韓稠的努力不就都打水漂了？可這正是韓稠的聰明之處，除了他自己，沒人能說清楚他的所作所為究竟是兩邊觀望，還是如他自己所說只為引蛇出洞。」
韓孺子拿不出證明韓稠有罪的直接證據，所以不想找母親做無意義的爭辯。
趙若素沉默片刻，說：「韓稠的『引蛇出洞』之計有沒有可能是真心的？勾結強盜刺駕這種事畢竟有些古怪，成與不成，韓稠似乎都得不到多少好處。」
韓孺子已經想了許久，這時又想了一會，搖頭道：「不，韓稠絕非『引蛇出洞』，如果刺客有成功的機會，他絕不會交出聖軍師。」
韓孺子的確拿不出證據，也用不著證據，他瞭解韓稠，知道這肯定不是一位忠誠的大臣，甚至對大楚也缺少忠誠，韓稠只忠於洛陽和自己的奢侈生活。
「果真如此的話，韓稠的計畫當中有一個漏洞。」趙若素說。
「嗯。」韓孺子召見趙若素，需要的正是這句話，到目前為止，他還沒看出漏洞。
「陛下是大楚天子，陛下不喜者，終難出頭，陛下憎恨者，早晚都會被除掉。」
韓孺子剛想說自己不是這種皇帝，想想又閉上嘴，起碼他有這個權力。
趙若素繼續道：「韓稠費盡心機討好的是慈寧太后與王家，終究不能取信於陛下，絕非長久之計，相信他自己對此也心知肚明，所以，他的長久之計是什麼？」

韓孺子恍然，他表面上不動聲色，心裡其實憤怒異常，自己被困在局中，影響了判斷，非得需要趙若素的提醒，才能看清真相，「你說得沒錯，韓稠還有奸計，必然會有……你可有應對之策？」

「韓稠用的不是朝廷正規手段，微臣能看出一點破綻，但是無力應對。」趙若素實話實說，他雖心思縝密，但論出奇制勝卻非他所長。

「在朕之前，也曾有皇帝被大臣這麼欺負嗎？」

趙若素一躬到地，起身道：「自太祖到武帝，幾乎每一朝都有大臣因為謀逆而被誅殺，微臣不僅看過史書，還讀過當時的眾多公文，實話實說，這些人謀逆的原因非常令人費解，手段更是漏洞百出。微臣不明所以，只能說他們『欺負』到皇帝頭上了。」

「可皇帝總是贏家。」

「必須是贏家。」

韓孺子笑了一聲，送走趙若素，叫來外面的太監，問道：「東海王還在嗎？」

「東海王已經回府了。」

韓孺子尋思片刻，「去召他來。」

太監領命退下，張有才和孟娥進來收拾房間，韓孺子道：「有才，你剛回來，去休息吧。」

「陛下，我在城外休息了三天，一點都不累。」張有才搶著幹所有的活，幾乎不給孟娥留一點。

「景耀呢？」韓孺子突然想起這名太監。

張有才放下手裡的抹布，「早就回京了，陛下沒見到他嗎？」

景耀早已不是當初的中司監，他現在的地位太低了，又趕上倦侯府加強守衛，他沒法像張有才一樣直接來見皇帝。

「你去把景耀找來。」韓孺子說。

「是，陛下。」張有才匆匆離開。

孟娥將剩下的活做完，連靠牆的椅榻都鋪好了被褥。

韓孺子一肚子想法，必須對外說出一點，於是開口道：「洛陽的王堅火有一番話，對我頗有啟發。」

「嗯。」

「他說自己是泥潭中的人，我若想在泥潭中找點什麼，他可以代勞，我若想徹底除掉泥潭，他做不到，我只能另選他人。」

孟娥的反應還跟從前一樣慢，想了一會後說道：「我明白他的意思，說得倒是沒錯。」

「我的確另選了一個人，這個人與泥潭幾乎沒有瓜葛，值得信任。但我犯了一個錯誤，只選大將、不用猛將，偶爾我還是需要泥潭中的人。」

這回孟娥聽不太懂了，「陛下是要召回王堅火？」

韓孺子搖搖頭，「泥潭不只一座，泥潭裡的人也不只有王堅火一個。」

「嗯。」孟娥更聽不懂了。

「妳前些天曾經夜出找你哥哥。」韓孺子突然改變話題。

「對。」

「京城這麼大，妳肯定會先選定目標再出去尋找吧？」

「嗯，南城有一家齊魯會所，我哥哥偶爾會露出海上的口音，藏在那裡比較不受注意，還有幾家勾欄，也是關東人常去的地方。」

「勾欄？」韓孺子吃了一驚。

「沒什麼好意外的，外人想要躲避官府藏在京城，只能去寺觀、商會、勾欄、賭場這些地方棲身。」

「聖軍師藏在了宗正卿家裡。」

「他是特例，不是每個人都能找到大臣幫忙，而且他最後也被出賣了。」

韓孺子還是覺得不可思議，孟娥居然去過勾欄這種地方，猶豫再三，沒有追問詳情。

景耀先到，雖是老宦，也壓抑不住被皇帝召見的興奮之情，韓孺子跟他聊了幾句，沒有問到具體事情。沒過多久，東海王也來了，他在家已經準備休息，一聽說皇帝召見，立刻披衣趕來，騎馬跑得有些急，走進書房時臉上還有一些紅暈。

對付韓稠不能只靠朝廷規矩，韓孺子需要與其同樣奸詐的人，也就是王堅火所謂「泥潭中的人」。

孟娥悄悄退出書房，韓孺子道：「盡你們二人所能，助朕對付一個人。」

第四百零四章　不合適的辦法

千里迢迢前往東海國調查真相並護送王家人來京的元九鼎，只獲得一份苦功，反而是一直留在京城，表面上毫無作為的韓稠，成功討得太后的歡心，甚至被視為家裡人，著實令整個朝廷大吃一驚。

聽說皇帝要對付的人就是他，東海王與景耀既意外又解氣，同時應聲接旨，互相看了一眼，一老一少彼此都沒有好印象，各自轉身。景耀站立不動低頭沉思，東海王向前緩緩邁步，思考良策。

東海王止步，先開口道：「韓稠在洛陽作惡多端，抓一批商人，嚴刑拷問，必然有人供出他來，順藤摸瓜，自然就能將韓稠拿下。」

韓孺子搖頭，「第一，洛陽商人剛剛焚毀流民欠條，滿城皆知，這個時候抓捕，會令天下人迷惑不解。第二，韓稠詭計多端，若察覺到不妙，必然對外宣揚說，自己多年所得不是送給了朕，就是送給了朕之舅家，如今一無所有，朕要卸磨殺驢。」

「看他胖成那個樣子，真瞧不出還是條老狐狸！」東海王莫名其妙地有點佩服韓稠。

他又開始踱步，幾步之後再次停下，「像韓稠這種高官，想要扳倒的確不容易，據我瞭解，通常要先將其調離京城，然後再想辦法收集證據。」

「這倒是一個辦法，但是韓稠的根基在洛陽，朕已經將他調離，而且他位為宗正卿，京外沒有位置能配得上他的官位了。」

東海王笑道：「再封官反而讓他生疑，陛下只需讓他做個欽差，臨時出去一趟即可，只是缺少一個合適的藉口……天下諸侯國十幾個，這時候要是誰家能惹出點事就好了。」

齊國之亂剛剛平定沒有多久，東海王就冒出這麼一句話，一出口他就反應過來，急忙搖頭擺手，「陛下，我不是這個意思，諸侯國不能、不該、不敢出大事，我的意思是說誰家裡出點事，婆媳不合、父子不睦、兄弟爭權、妻妾爭風吃醋這類的，這些事情都歸宗正府管轄。」

韓孺子笑了笑，「哪能這麼巧？」

東海王也笑了笑，一直沒說話的景耀這時開口道：「還真有可能這麼巧。」

「嗯？」

景耀先向皇帝行禮，「史書上記載得少，陛下可能因此不太瞭解，東海王剛才所說的那些事情，諸侯國經常發生，想找一件其實很容易。」

「史書上記載得少，那奏章呢？朕從來沒見過相關奏章，難道諸侯家裡出事，就沒有人上報朝廷？」

東海王搶先道：「這個我知道，諸侯家事只要不是鬧得太大，地方官員通常不會上報給朝廷，如果上報也是先交給宗正府，宗正府覺得有必要才轉呈宮裡，無需透過宰相府。這是武帝定下的規矩，據說他厭煩了諸侯家中的瑣事，而且不願宗室家醜外揚，因此規定不是大事無需送交給宮裡。」

「怎麼樣才算是大事？」韓孺子問。

東海王長長嗯了一聲，「死人吧？」

景耀補充道：「得是宗室譜籍上的子弟遇害、死亡三人以上，或是在當地鬧得滿城風雨，才值得上報。」

韓孺子難以置信，「這是武帝定下的規矩？」

東海王只是聽說，景耀卻是親歷者，點點頭，「類似的事情太多，每一件都查的話，諸侯盡滅……」

「嘿，沒你說得那麼嚴重，諸侯也不都是壞人。」東海王糾正道。

景耀笑道：「老奴口誤，請陛下見諒、東海王見諒，諸侯位尊，哪怕只處理一位，也會鬧得天下皆知，武帝主要是不願宣揚家醜。」

東海王扭頭撇下嘴。

宗室不僅衰頹，而且腐朽不堪，本應是大楚根基的宗室子弟，卻成為根基中的蛀蟲，連武帝都拿他們沒辦法，寧可視而不見。

韓孺子輕嘆一聲，韓稠一個人的問題還沒有解決，幾句閒話就引出更大的問題，「韓稠是宗正卿，諸侯有事也得透過他上報，估計他不會給自己惹麻煩，除非諸侯的事情就發生在朕的眼前……」

韓孺子看向東海王，在他眼前的確有一位諸侯。

東海王吃了一驚，「陛下，別開玩笑，我可是老實本分的諸侯，一點事也不惹，家裡就一位賢妻，沒有侍妾、沒有兒女，連僕人都比別的諸侯少得多。」

「別害怕，朕想的是韓稠。」

東海王鬆了口氣，為了防止皇帝再將念頭轉到自己身上，建議道：「明年春天有一場大祭，按規矩，諸侯都要進京參加，陛下想收拾誰都行。」

「不是諸侯，是韓稠。」韓孺子還沒有精力整肅宗室，「而且要盡快，韓稠明知會惹怒朕，還敢胡作非為，必然另有詭計，朕這回要先發制人。」

景耀道：「韓稠初來京城，其計很難面面俱到，老奴不才，或許有辦法查出個眉目。」

這正是韓孺子召見景耀的用意，「不可驚動他。」

「是，老奴明白。」

韓孺子還是對景耀不太放心，問道：「你打算怎麼調查？」

景耀稍一猶豫，倒不是他想保密，而是有些事情不適合對皇帝說，可當今皇帝不比尋常，他還是回道：

「韓稠好色，可能會不小心將一些話洩露給枕邊人。」

「景公能調查到韓稠的枕邊人？」韓孺子真有點驚訝了。

景耀只好繼續解釋道：「韓稠的枕邊人其實只是一些奴僕，連侍妾都算不上，一時得寵，過後就遭拋棄，有一些甚至被送給他人，心中不能沒有怨氣，只需找對人，稍加勸說，沒準能打聽出點消息。」

韓孺子點點頭，不再繼續追問。

東海王笑道：「景公很瞭解韓稠啊，你早知道會受陛下召見，所以提前做了功課，對不對？」

景耀正色道：「老奴哪能提前猜到陛下的想法？老奴只是在宮中待得久了，聽說了一點事情，韓稠一直掌管洛陽，名聲甚大，老奴聽到的傳言自然也多一些。」

「原來如此。」東海王平淡地說。

應付韓稠的計策還沒想出來，這兩人先明爭暗鬥上了。

又聊了一會，韓孺子讓兩人退下，各思對策，明日再議。

書房已經收拾好了，韓孺子今晚卻不想在這裡就寢，這一天他想的事情太多，需要好好休息一下，於是轉到臥房。

今晚侍寢的是佟青娥，她是因為立功才由宮女被封嬪妃，比皇帝大幾歲，卻沒有相應的鎮定，每次見到皇帝都是既緊張又害羞，還有一點恐懼。

韓孺子跟她沒什麼話說，躺在舒適的床上，心裡還是千頭萬緒，好一會才睡著。

次日一早，今冬的第一場雪不期而至，不大，在地面鋪了薄薄一層，凡是能與皇帝說上話的人，無不賀喜，以為瑞雪兆豐年，更會說話的人則聯想到昨天的太后省親，聲稱這是上天感應。

韓孺子要去勤政殿，出發得比較早，天才剛亮。他更喜歡騎馬，可蔡興海等人出於安全考慮，更希望皇帝乘轎，韓孺子沒有堅持己見。

韓孺子剛進轎子裡坐定，張有才過來說：「東海王守在門口，想見陛下。」

韓孺子嗯了一聲，張有才去將東海王叫來。

東海王一手掀開轎簾，探頭進來，向皇帝行禮，說道：「我想了一個晚上，覺得陛下想速戰速決，恐怕只有一個辦法。」

「說。」

東海王沉吟片刻，「算了，本來覺得不錯，仔細一想，不太合適，請陛下恕罪，容我再想一想。」

「別廢話，合不合適由朕定奪，你想到什麼，說出來就是。」

東海王笑了兩聲，隨後收起笑容，「我是看到景耀才想起來的，景公久在宮中，瞭解韓稠的不少事情，其實還有一個人，不僅瞭解韓稠，還極有可能與他有過直接往來，沒準掌握著什麼把柄，陛下若能……」

「別說了，你的辦法的確不合適，再去想。」

「是，陛下。今天真冷，可這場雪也真好，銀裝素裹，預示大楚之興。」東海王笑著放下轎簾。

韓孺子明白東海王說的是誰。

韓稠在洛陽為官，京城必須有靠山，可是像申明志等大臣，只是不說他壞話而已，不可能真的全力保他。韓稠的靠山得更大一些，他討好慈寧太后時手段純熟，顯然不是第一次做這種事，極可能之前也討好過另一位太后。

上官太后淡出韓孺子的視線已久，雖然按規矩他每隔五天至少要進宮一次給兩位太后請安，可他眼裡的太后只有母親一人，另一位與雕像無異。

東海王又將「雕像」拽回皇帝的眼前。

母親一直對上官太后保持謙卑態度，韓孺子卻不願向從前的敵人低頭，更不想向她求助。

勤政殿裡，申明志等人先是拜賀太后省親盛事，然後也讚美了今晨的瑞雪，韓孺子振作精神，提出御史的任命問題，他不說人選，讓宰相擬出名單，他知道，吏部尚書馮舉必在其中。

接著他又說自己年輕，學業未成，仍需要聖人的教導，因此得找一位合格的帝師。同樣，他也沒有提出人選，以瞿子晰的資歷與地位，也必在侯選名單之中。

正如趙若素所說，若按規矩來，許多事情都會非常簡單。君臣毫無爭議，唯一的缺點就是慢，明明是必然之事，議政大臣們卻不肯立刻說出來，而是要商議多次，擬出名單怎麼也要三五天。

韓孺子倒不著急，但是比往常提前離開，他要與皇后一塊去崔府看望受傷的大將軍崔宏。

副都尉王赫隨行，堅持要留在皇帝身邊，雖然刺客已經全部落網，他卻仍然無法安心，仍記掛著「皇帝身邊的人」，他不相信之前的俘虜只是在吹牛，總覺得還有餘黨隱藏。

第四百零五章　崔府接駕

如何接迎皇帝與皇后，著實令崔家頭疼。崔家接待過皇帝，雖然次數不多，但這種事哪怕只經歷過一次，那流程全家上下幾十年也不會忘記，問題是這次要擺出多大排場。

家主崔宏身負重傷，總不能顯得太過喜慶，可昨天太后剛剛大張旗鼓地省親，崔家不想顯得比一群鄉下人更寒酸。

就在一家人興奮地商量來商量去的時候，皇后從宮中傳信，要求一切從簡，不准特意準備任何奢華之物，給全家人澆了一盆涼水，這時崔宏也能說話了，看到皇后的信之後，他十分贊同，甚至要求將府中原有的一些東西也都收起來，奴僕大都遷到府外暫住，只留少數人待命。

禮部和宮裡的管事太監們對這樣的安排很滿意，因為這能減少自己這邊的許多麻煩。

崔宏下令，全家人只能服從，唯有兩人敢於公開表示不滿。

一個是崔母老君，「咱家也不是第一次接待皇帝了，不說越來越好吧，怎麼也不能比從前更差吧？皇后是我的親孫女，皇帝是我的孫女婿，跟一家人一樣，昨天是『一家人』團聚，今天也是『一家人』團聚，為什麼咱家就要一切從簡？瞧瞧這樣子，哪像是迎接皇帝，不知道的人還以為府裡出喪事呢。」

崔宏勉強能夠開口，躺在床上起不來，聽到母親這樣說話，哭笑不得，耐心解釋了一會，老君總算不再胡鬧，倒不是被說服了，而是心疼兒子的身體，不想讓他多開口。

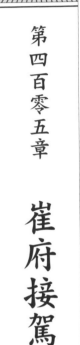

另一個不滿的人是崔騰，但他不敢在父親面前胡說八道，只能對母親和家中親戚抱怨，「父親為朝廷平亂殺敵，我跟著陛下出生入死，皇后在宮裡……這個從一而終，這些事情陛下心裡都清楚得很、感激得很，絕不會為難咱們家，父親和妹妹實在是謹慎過頭了。要我說，就該趁著王家人剛到京城立足未穩的時候，好好顯示一下咱們家的威風，我就不信，陛下對王家比對崔家更親近。」

母親勸不住他，眾多堂兄弟則是不敢勸他，崔騰越說越覺得有理，可是不敢違抗父命，只得嘆息一聲，回房休息。

崔家給他明媒正娶了一位妻子，出身名門世家，人長得也很美麗，崔騰卻不感興趣，天天留宿另一人的房裡，好像他們才是新婚夫妻。

張琴言口不能言，她的琴聲也無法打動崔騰，可她自有辦法令這個男人對自己眷戀不捨、有求必應，她單獨住在一座跨院裡，身邊的侍女都是她親自挑選或者買來的，共有十餘人，教她們撫琴、教她們討好崔騰。

崔騰迷戀這個女人到了瘋狂的地步，他在晉城為保護皇帝的確出生入死過，回京之後卻沒有受到重賞，仍領閒職，隨侍皇帝身邊，可他對此毫無怨言，因為皇帝已經給了他最貴重的賞賜。他甚至學會了讀懂張琴言的手語，自己也能比劃幾下，常常忘了對方能聽見自己說話。

皇帝到來的前一天晚上，崔騰沒用手勢，在臥房裡嘮叨了許久。

張琴言是名優秀的傾聽者，不管崔騰說得有多顛三倒四，她都聽得很認真，偶爾示意侍女斟茶倒水，為他解渴。

說著說著，崔騰的氣消去大半，笑道：「還是妳理解我、體諒我，不像別人，好像我抱怨一下就是對皇帝不忠不敬似的，我與陛下的關係有那麼脆弱嗎？陛下身邊那麼多人，也就我敢像朋友一樣說幾句真話，東海王那些人都是陛下的奴才，連臣子都算不上。」

崔騰的氣又有上升之勢，張琴言偎過來，指了指自己。

動作雖然簡單，崔騰卻立刻明白她的意思，驚訝地說：「妳想見皇帝？」

張琴言搖搖頭，又做出幾個手勢。

「妳想讓陛下來見妳？」崔騰再狂妄，再覺得自己與皇帝關係良好，這時也吃了一驚。

張琴言淺笑，有些話用手勢實在難以表達，她要來筆紙，寫了四個字：私宴為親。

崔騰恍然，「對啊，最能顯示崔家受陛下寵幸的事情不是御駕登門，而是陛下肯與我私下見面、喝酒，王家人再怎麼樣，也是在禮部的監督之下拜見皇帝，表面上熱鬧而已。可是……有點難啊，陛下明天的行程安排得很滿，想做點改變實在太難了，需要禮部和宮裡的同意。」

張琴言微微一笑，崔騰臉色微紅，好像吹牛被抓個現行，「反正我會將陛下帶來，別的事情妳不用管，拿出妳的看家本事討陛下歡喜就是。」

張琴言點頭，又向崔騰偎來，崔騰卻將她推開，警惕地說：「我說的看家本事是指撫琴，不是別的。」

張琴言目光一閃，隨即低垂，崔騰毫無抵抗地淪陷，「妳真正的看家本事只能留給我，就算陛下拿整個天下來換，我也不同意。」

次日一早，整個崔府就開始為接駕做最後的準備。肅清街道、敞開正門，宮裡的侍衛與太監進進出出，也在做最後的檢查。

龍鳳輦入院而停，除了崔宏，崔家人都跪在庭院中，十幾位族人從前天就住在府內，只為今天這一跪。

因為皇后駕臨，許多女眷也出來跪迎，平恩侯夫人最得意，她昨天參加了太后省親，今天又回娘家接駕，左右逢源，讓她覺得自己多年來的辛苦奔波都很值得。

張琴言不在其中，她還算不上崔家正式的女眷，沒資格露面。

規矩總得遵守，韓孺子與崔小君接受跪拜，中司監劉介傳旨平身，這時後院的崔府大管家跑來，表示大將軍要起床來接駕，皇帝先是讓崔騰回去勸阻，次是劉介，最後是張有才，連續三次傳達聖意，才讓大將軍躺在床上，崔宏則以「惶恐不安垂淚感恩」回報。

短短的一段路上，皇帝與大將軍酬答往來多次，混在人群中的史官奮筆疾書，一字不差地全記下來。

房間裡滿是香氣，用以驅散之前的藥味，孟娥以宮女的身份提前來檢查過，確認這裡沒有用毒跡象。

崔宏臉色蒼白，顯得更瘦，一看到皇帝和皇后，立刻就要掙扎起身，崔騰和張有才急忙將他按住，皇帝也請大將軍不要拘禮。

床前只擺放一張椅子，皇帝坐下，皇后崔小君站在旁邊，含淚看向父親，簡單慰問，暫時不能多說什麼。

皇帝探望大臣也有一套規矩，但是不歸禮官管轄，皇帝要自行領悟。

韓孺子沒詢問任何人，全憑史書上記載的一些片斷，弄清了自己該說什麼。

首先說到刺殺事件，刺客被抓、大將軍傷勢漸癒，皇帝既要斥責逆賊的膽大妄為，同時也要讚揚並感謝大將軍為國家立下的種種功勞，正是這些功勞導致他的遇刺。

崔宏自然要感謝皇恩，一時凝噎說不下去的時候，就由兒子崔騰代勞。

一旦開頭，接下來的交談就簡單多了，崔家有義務引導話題，於是說到傷勢、說到天氣、說到崔氏一族的現狀，皇帝又要賞賜，崔宏再度婉拒，一來二去，各退一步，崔家接受一些金銀布帛，轉送族內親友，自家只留一點，至於官爵絕不再要。

規矩還是有好處的，起碼身為皇帝的韓孺子不會覺得尷尬，幾乎要忘記了與崔宏曾經的敵對關係。

作為尊重，韓孺子還要問一件事：「大將軍病重，楚軍無將，或有萬一，誰人可代？」

崔宏這個大將軍不怎麼管事，他真正掌管的仍是南軍，一直沒有放棄南軍大司馬之職，聽到皇帝的詢問，一本正經地推薦了三個人，兩位老將加上一個柴悅。

韓孺子又說到雲夢澤和東海剿匪之戰，崔宏也都提出一些建議，認為皇帝迄今為止的安排全無瑕疵，不輸古今名將，唯有一點，需要小心賊人的垂死掙扎。
韓孺子心裡生出一股衝動，很想提起南軍，問問誰有資格接任大司馬，可他忍住了，皇后就站在身邊，實在沒必要破壞這裡精心營造出來的親切氣氛。
最後一次勸慰大將軍安心養傷之後，皇帝的職責算是盡過了，他起身離開，留下皇后與父親說話，那是真正的父女交談，不受宮裡、朝中的規矩束縛。
走出香氣濃郁的房間，韓孺子暗自鬆了口氣，有點納悶，自己已經不是傀儡了，為什麼還是有那種熟悉的感覺：皇帝就是一塊會走、會說話的牌位，哪天等這塊牌位變得安靜了，可以直接送到太廟裡擺放。
崔騰陪在皇帝身邊，引領一行人去廳裡休息，待會要在崔府進午膳，然後皇帝要再次探望大將軍，整個過程才算正式結束。
這已經是精簡的結果，皇帝、皇后若是在這裡過夜，來往的禮節將更加繁複。
皇帝身邊人不多，崔騰趁機上前道：「離開宴還有一會，陛下閒著也是無聊，要不要聽個曲什麼的？」
韓孺子搖頭，他對聽曲不感興趣，只是偶爾聽一聽張煮鶴彈琴。
「那也不用在這裡乾坐著啊，崔府雖小，也有幾處景致，陛下要不要看看？」
韓孺子來過幾次崔府，從來沒仔細逛過，其實也不感興趣，看崔騰一臉殷切，點頭應道：「好吧，現在是冬天，你家裡還有景致？」
「當然有，春夏秋冬四季景致不同，崔府倒是一季沒落。」崔騰很開心，以為這是討好皇帝的天賜良機。

第四百零六章 曲徑通幽

冬天的第一場雪剛剛下過，崔府裡卻留下一片春夏的璀璨。在一座花房裡，群芳爭艷、暖風拂面，原來四周擺滿了半燃的木炭，阻止寒氣進入。十幾名僕人日夜輪值，就為照顧這間屋子，向府內提供鮮花。

皇帝駕到，僕人大都被遷至府外，只留一人看管炭盆，提前被侍衛帶走，等皇帝在裡面繞了一圈，他才被放回來。

皇帝讚揚了幾句，崔騰越發得意，「皇家也有暖房，比我家這個大得多，不過以供應蔬菜為主，我家這座就是養幾株花，給家中女眷玩賞，倒也沒有大用，陛下的哪位妃子若是需要鮮花，我派人每天送一車進宮。」

韓孺子笑著搖頭，「不必麻煩了。皇家的暖房幾年前就停止，朕如今也吃不上新鮮蔬菜。」

供養暖房是一項極其奢侈的行為，當朝廷提倡節儉的時候，通常會是第一批取消的，過一段時間再恢復，大楚這幾年一直沒有恢復元氣，暖房自然也就一直處於被廢狀態。

崔騰眼睛一亮，「明天我就將這裡的花全鏟了，給陛下種菜。」

「千萬不要，如此大煞風景的事情，朕可不能做。」

「哦。」崔騰有點失望，但隨即又興奮起來，「陛下，咱們去後花園逛逛吧，我家裡有一座假山，在京城相當有名。」

崔騰就像是剛交到朋友的孩子，擔心友情不夠牢固，想方設法地討好、獻媚，恨不得將家中的好東西一股腦都展示出來，給新朋友一個深刻的印象。

皇帝若是這時開口，崔騰會毫不猶豫地將整座崔府獻出來。

韓孺子不喜奢靡之風，看到花房，他首先想到的是這要花費多少人力、財力，換算成銀兩，足夠多少中等人家生活。但他保持禮貌，客隨主便，想等事情過去一陣之後，好好跟崔騰談一談，或者透過皇后點醒崔家。

後花園的假山不大，高不過兩丈、寬不到一丈，細看時頗有崔嵬之勢，除此之外並無異處，擔不起「在京城相當有名」的說法。

韓孺子還是客氣地點點頭，崔騰卻露出狡黠的微笑，「陛下請隨我來，這裡看不到假山的妙處。」

隨行的侍衛與太監最討厭崔騰這種人，臨時起意，事前不打招呼，偏偏又說不得，只好緊張地跟隨在後，侍衛小心地四處查看，還不能太明顯，以免影響皇帝賞景的心情。

好在崔府剩下的人不多，花園裡更是空空蕩蕩，減少了護衛的難度。

崔騰引路，下行數級台階，拐彎來到一座亭子裡。亭子也沒有特異之處，但是準備了一壺酒、數樣蜜餞，那酒還是熱的，喝著正好，也不知送酒的人躲到哪去了。

侍衛們一陣緊張，查了半天，在附近的一座小屋子裡找到了藏身於此的兩名丫鬟和一名老僕。那屋子隱於一片枯木後面，十分隱蔽，裡面的三人看到侍衛開門，立刻跪下磕頭。

侍衛包圍了屋子，不准僕人出來，其他侍衛則繼續檢查，心中都很惱怒。

侍衛的情緒影響不到亭子裡，崔騰向皇帝敬酒，但他懂得規矩，自己先喝了一杯，並且請太監試喝了一杯，然後才為皇帝斟酒。

韓孺子喝了一口，讚揚幾句，崔騰熱情高漲，向假山指道：「陛下請看。」

亭子通常建在高處，便於觀看風景，這一座卻建在低處，坐下之後，正好看到假山的底部，韓孺子早覺得納悶，這時仔細看去，才明白其中的原因，也瞧見了崔騰所謂的妙處是什麼。

假山竟然不是牢牢地鑲嵌在地面上，而是整個放置在一根雙臂就能合圍的石柱上，山底離地約有兩三尺，非得是天氣晴朗之時，坐在亭子裡，或者趴伏在地上，才能看得清楚。

那座假山雖不高大，總有千斤之重，居然能穩穩地立住，確是一奇。而且空隙處一塵不染，顯然經常有人打掃，只是不知那名僕人鑽入山底時該有多難，又有多害怕。

韓孺子看了一會，忍不住嘖嘖讚嘆，崔騰等的就是這一刻，笑著解釋道：「其實也不難，建的時候是貼著地面的，建完之後將泥土去掉就行了，難就難在這麼多年屹立不倒，這叫『一柱擎山』。」

跟在皇帝身邊的張有才咂咂舌，忍不住說道：「多年不倒，難保今天不倒，這裡終究是險地，陛下最好不要久留。」

「張有才，你亂說什麼，再過百年、千年，這座假山也不會倒！你不懂，這只是看上去險，其實正中的那塊石頭與支撐的石柱是一體的，外面再包以重重山石，別的石頭都好找，就中間那一塊最難尋。」

張有才不想跟崔騰爭論，搖頭退下，心想萬一假山倒了，亭子能擋一下，自己縱身一撲，也能擋一下，可是好像沒什麼大用，亭子裡的人還是都得被壓成肉餅……他身體一顫，強迫自己不要再想下去。

韓孺子並不在意，也不想再走了，留在亭子裡喝酒、吃蜜餞，與崔騰閒聊。

崔騰準備的美味小吃不少，本應一輪輪端上來，供皇帝在午膳前開胃，結果酒都涼了，後續的美食卻一直沒到。他坐不住了，幾次向外張望，示意身邊的隨從去看看到底怎麼回事。

隨從一出亭子就被侍衛攔下，帶到一邊，王赫親自檢查並詢問，確認無誤之後，才允許他離開，隨後又詳加搜查那三名被關起來的僕人，總算允許他們出來，繼續向亭子裡遞送食物。

可時機已經過了，一座假山沒什麼看頭，讚嘆一番也就夠了，韓孺子起身準備在園子閒逛一會。

崔騰跟上，扭頭怒視剛過來的僕人一眼，示意他們退下，然後向皇帝笑道：「府內有一個人，特別想見陛下，不知陛下能否移步去看一眼。」

想見皇帝居然自己不來，張有才忍不住哼了一聲，韓孺子卻很隨和，「是你家裡的人？」

「是大哥崔勝的兒子，今年四歲，小傢伙很可愛，聽說陛下要來，一直嚷嚷著要見，可他太小，家裡人怕他不懂規矩，所以沒讓他出來接駕。可我向他許諾過，說一定要讓他見一眼陛下，所以……」崔騰一臉苦笑，「求陛下賞我一點臉面吧，從今以後，我在小傢伙面前就能樹立叔叔的權威了。」

韓孺子也笑了，「好吧，咱們就去見見這個小傢伙。」

崔勝死於兵亂，只留下一個兒子，是崔家長孫，韓孺子是真想看一看。

王赫立刻叫來崔騰的隨從，問明崔勝之子的住處，發現那在事前檢查過的區域之內，稍稍放心，仍然派人快步趕去，再查一遍。

崔勝之子年紀尚小，住在內宅。因為皇后回家，女眷大都前去陪同，內宅沒什麼人，皇帝也不用太拘謹。半路上，韓孺子聽到一陣若有若無的琴聲，於是駐足傾聽。崔騰也停下，平時不曉音律的他，這時卻通曉人心，嚴肅地揮手，示意周圍眾人不要出聲，讓皇帝專心聽琴。

「張琴言還在你府中？」韓孺子一聽就知是誰在撫琴。

崔騰正色道：「我對她從一而終。」

韓孺子笑著搖搖頭，邁步繼續前行，崔騰以下，其他人都躡手躡腳地走路，以免干擾琴音。

數名宮女一直跟在隊伍之中，孟娥即是其中之一，別人都跟著皇帝前行，她卻止步不動，等王赫來到身邊，她做了幾個簡單的手勢，表示自己要去檢查一下撫琴者。

王赫點頭，他對孟娥仍有幾分不信任，向另一名侍衛招手，命他與孟娥同行，又讓崔騰的隨從指路。

孟娥並不反對，帶著侍衛與隨從循聲尋人。

琴聲斷斷續續，侍衛分不清來自何方，崔騰的隨從也不知道這位「少奶奶」隱於何處，孟娥卻好像被一根有形的細線牽引，沒有片刻猶豫，離琴聲越來越近，在遇到障礙或是岔路時才停下一會，等崔騰的隨從指明通行路徑。

路徑曲折，三人沒走多遠，回頭卻已不見皇帝一行人的蹤影。

在一座小樓門前，孟娥止步，琴聲是從樓上傳來的。抬頭望去，樓窗敞開，琴聲非常清晰，少了一種靈韻，多了幾分悠揚。

孟娥示意侍衛與隨從等在外面，她一個人進樓，拾級而上，來到樓上，一路未遇阻攔。樓上的屋子裡也只有張琴言一個人，正在跪坐在軟席上專心撫琴，身上穿著華麗的毛皮外套以禦風寒。

孟娥一言不發地在屋子裡繞行一圈，沒有發現異常。

張琴言彷彿沒見到有人進來，仍然撫琴，片刻之後，一曲尚未完成，突然停下，抬頭看向客人。

兩人見過面，彼此存有敵意，自從張琴言被賜給崔騰後，她們之間再無來往，幾個月中這是第一次見面。

「如果妳在幫助崔騰討好皇帝，這是多此一舉，陛下信任崔騰與這些花招無關。如果妳有別的企圖，我勸妳還是早些死心，陛下不是那種昏君。」

孟娥以為張琴言仍有意誘惑皇帝。

張琴言搖搖頭，張嘴啊啊了幾聲。

張琴言仍然搖頭，又啊啊幾聲。

「韓稠將你們父女獻給皇帝，妳擔心自己沒完成任務會遭到報復嗎？放心吧，韓稠不敢招惹崔家。」

孟娥走到她面前，低頭仔細觀察，神情突然一變。

張琴言雙唇微微發紫，臉頰泛紅，竟像是中毒之症。

孟娥扭頭向窗外望去，皇帝此時應該正在看望小孩子，而小孩子身邊總得有人照顧。

第四百零七章 微笑的乳母

崔家的長孫名叫崔格，原有一位乳母，當崔府為接駕而暫時清退奴僕的時候，她也出府，順便去城外自己家中住幾天，餵養了別人的孩子好幾年，她要利用這點寶貴的時間好好照看自己的兒子。

「這個乳母又老又醜，我看著都惡心，不能讓她驚到陛下。」崔騰倒是一片好心，希望能讓皇帝在崔府的任何一處都能看到最好的一面。

四歲的孩子身邊終需有人照顧，崔騰從張琴言身邊選了一位侍女，「陛下不喜嬌艷女子，妳的相貌比較端莊，可以見駕，懂規矩嗎？」

侍女立刻跪下。

「會看孩子嗎？」

侍女立刻做出懷抱的動作，臉上露出和善的微笑，「少奶奶」不會說話，侍女們也就盡量少開口。

崔騰極為滿意，他以為這全是自己的主意，挑人也是隨便一指，直到事後仔細回想的時候，他才恍然明白過來，從邀請皇帝看望小侄子，一直到選用「端莊」侍女，都是張琴言灌輸給他的想法。

她的手段既溫柔又巧妙，當時的崔騰全無察覺。

「端莊侍女」名叫阿珍，是張琴言幾個月前親自買來的幾名丫鬟之一，三十餘歲，崔騰嫌她年紀大，又覺得她不知被倒過幾手，心中並不喜歡。張琴言表示自己身邊需要一位老成的侍女，崔騰覺得有道理，這才出錢買下來。

阿珍是南方人，說話有口音，這也是她不願意開口的原因之一，她知道男主人不喜歡自己，所以崔騰來的時候她不怎麼露面，只是看守內外門戶，倒也盡職盡責，沒犯過任何錯誤。

崔騰要給小侄子臨時選一位看護者時，受張琴言的點醒，立刻想到了她。

崔格是崔家長孫，年紀雖小，脾氣卻不小。舊乳母常常受他欺負，新乳母卻只用不到半個時辰就取得小傢伙的歡心，他拉著阿珍的手對崔騰說：「二叔，我要她以後一直陪我。」

崔騰倒也不在乎，他很喜歡這個小侄子，便笑道：「從前的那個呢？人家辛辛苦苦把你餵養大，說不要就不要了？」

「又老又醜，我才不要！」崔格一臉嫌棄地說。

崔騰大笑，摸著侄兒的頭頂，「好小子，是我崔家的種，等你長大，二叔帶你……不對，等你長大，二叔的宅子你一步也不准進。」

崔格眨巴雙眼，沒明白二叔的意思，「你藏著好吃的不給我，對不對？」

論美貌，阿珍絕非天姿國色，但是天生一張溫柔可親的面孔，不管看到什麼人，都先笑一下，在張琴言面前，她極少開口說話，但面對小孩時，話卻極多，低聲絮語，講故事、說笑話，逗得崔格合不攏嘴。

崔騰越發滿意，但是轉頭就將此事忘得乾乾淨淨，一心只想著如何在短短半天的時間，將崔家最好的東西展示給皇帝。

崔宏對這些事情一無所知，他在軍營裡待慣了，總以為在家裡也能令行禁止，既然說了要「一切從簡」，就不會發生意外。

本來崔騰也不太敢違逆父親的命令，可他有靠山，老君聽說孫子的計畫之後，大為讚賞，「還是我的孫子最聰明，既然不能講排場，咱們就在細節上精益求精，給陛下一個好印象，也讓外面的人知道，咱們崔家不是暴富之人，不跟新貴鬥富。乖孫，你儘管放手去做，事後你父若是生氣，讓他找我。還有我的重孫子，那可是咱們崔家唯一的根苗，你一定要好好安排見駕之事，為他鋪好前程。」

「咦，老君，這是瞧不起我嗎？等我努力，明年就讓老君膝前環繞十幾個重孫。」

崔騰的確做了精心安排，連侄兒在皇帝面前該說什麼都準備好了，四歲的崔格穿上戎裝——不是真正的鐵甲、皮甲，而是「畫甲」，極為逼真，穿在身上卻很輕。

崔格還背下一段關於如何剿匪的計畫，這是崔騰特意找人擬定的，自己都沒捨得在皇帝面前顯擺，精簡之後交給了侄兒，到時候他會刻意引導話題，讓皇帝大吃一驚。

整個計畫的最終目的是要在午膳之後，將皇帝再留半天，如果能勸說皇帝在崔府過夜，那就是功德圓滿。

崔騰提前跑到門口，大聲道：「陛下駕到，崔格還不快快出來接駕？」

將軍打扮的四歲孩子邁步出來，多少有些驚恐，不像在二叔面前表演得那麼自然，沒有按計畫直接撲到皇帝面前，而是停在門口，顯出幾分畏縮，但還是跪下，用稚嫩的聲音說：「小臣崔格，叩見陛下，小臣今日得仰天顏，此生無憾。」

一身戎裝，再加上大人似的話語，惹得皇帝和眾人哈哈大笑。

笑聲去除了崔格心中最後一點驚恐，自己也笑了，「陛下真年輕，比二叔還年輕，還比二叔英俊。」

眾人笑得更大聲，崔騰的臉卻紅了，這句話可不是他安排好的，一把將侄子拽起來，「胡說八道。」馬上又向皇帝笑道：「陛下的確比我年輕、英俊，可這小子……不該亂說話。」

「我也不想亂說話。」崔格更不怕了，「可是一看到陛下，我就覺得有什麼話都可以說出來。」

「童言無忌。」韓孺子笑道，「小傢伙，你穿戎裝，當的是什麼將軍？」

「步兵，陛下，小臣當的是步兵將軍。」

韓孺子有些意外，一般孩子都願做騎將，「哦，步兵有何好處？」

「進退自如、周旋如意，步兵妙用無窮，在庸將手中是一盤散沙，到了良將麾下，卻能所向無敵。」

這是崔騰事先找人寫好的詞，雖無過人之處，但是由崔格說出來，卻頗顯有趣。

皇帝進府之後第一次笑得這麼開心，崔騰心花怒放，「陛下進屋，咱們別在外面受凍。」

崔騰拉著侄兒讓到一邊，先讓太監張有才和一名侍衛進去。

阿珍跪在牆角處，身邊放著幾件玩具，張有才覺得沒問題，侍衛也沒看出異常。

王赫沒有進屋檢查，他知道屋子裡還有一名乳母，甚至知道「阿珍」這個名字，從未生出丁點懷疑，他防備的是外人，在院子裡兜了一圈，查看各處不起眼的角落，確保沒有隱藏著未經許可的奴僕。

韓孺子進屋，第一眼先看到一架子的書籍，根本沒注意到跪在地上的女子。

「你現在就看書了？」韓孺子問。

「略認得幾個字，還讀不懂書上的東西，但是家裡有老先生給我講裡面的故事。」崔格畢竟是孩子，剛見面時自稱「小臣」，說著說著就忘了。

「你最喜歡什麼故事？」

「太祖的故事。」崔格眼睛一亮，「太祖劍斬猛虎、太祖起兵誅暴君、太祖破陳齊、太祖滅莊趙……都是我最喜歡的故事。」

韓孺子大喜，他小時候最愛聽母親講述的故事也是太祖的豐功偉績。

從崔格在門口逗笑眾人開始，遠處樓上傳來的琴聲就被忽略，即使驟然停止，自然也不會受到關注。

屋外的王赫開始覺得自己想多了，守衛如此嚴密，又是大白天，除非是神仙，什麼刺客能直闖進來刺駕？相隔一重院落，崔宏正與皇后相談甚歡，父女二人多日未見，只以書信聯繫，為防洩密，信中不能什麼都寫。這次見面，終於能夠暢所欲言，崔宏甚至攆走了無關的親戚，只有母親老君不肯走，他只好容忍。

「物極必反，父親，崔家的權勢已經沒有增加的可能，此時再爭，免不了受人猜忌，望父親以退為上，處處謙讓，女兒在宮中好說話，崔家也得以長久。」

崔宏連連點頭，「為父心中何嘗不是這樣的想法？所以才會交出大部分兵權，對太后的王家，我也派人送去厚禮，以至親對待。我兒，妳若誕下太子，我連南軍都能交出去。」

崔小君臉色微紅，坐在一旁的老君不愛聽了，「瞧你們父女兩個在胡說些什麼？崔家哪裡對不起皇帝了，要如此小心翼翼？你們一個在戰場上捨身奮戰，為保住韓氏江山立下汗馬功勞，一個在皇帝最微賤時不離不棄、捨命相陪。還有崔騰，為陛下出生入死多少次。就連我這個老太婆，小君偷我的首飾換錢養部曲的時候，我說什麼了？不也默許了？」

崔小君臉色更紅，倦侯供養部曲的時候費用甚多，當時為了籌錢，她什麼招都用上了。

老君咄咄逼人，「怎麼著，崔家做了這麼多事，沒有功勞反而有錯了？待會見到皇帝，我倒要問一句，崔家究竟做錯什麼了。」

崔宏無奈苦笑，想要勸說母親，傷勢卻不允許他說太多的話，而且瞭解母親的為人，知道她嘴上雖厲害，但真到了皇帝面前，可不敢胡言亂語。

崔小君柔聲道：「崔家無錯，不過陛下返京不久，一心想要整肅朝綱，在陛下看來，這比恢復帝位更加重要，咱們家為陛下做過那麼多事，在這種關鍵時刻，不該再幫陛下一把嗎？這次的功勞，可比之前的任何一次都要大。」

這麼一說，老君才笑了，「我的孫女最聰明，多少年前我就說崔家要依靠她，果不其然，讓我說中了。行，只要你們父女知道深淺，我沒什麼可說的。唉，我也老了，沒別的指望，就是希望看到崔家根深葉茂，等我死了，見到老頭子也能挺直腰板，讓他無話可說。」

崔府外頭，幾條街外的一間屋子裡，身上帶著枷鎖的聖軍師仰頭喃喃自語：「是時候了，是時候了。」

崔家長孫房中，乳母阿珍慢慢站起身，臉上仍帶著和善的微笑。

仍然沒人注意到她，活潑的孩子就是她最好的掩護。

第四百零八章 刺客的希望

崔府畢竟不是尋常人家，即使是在平時，奴僕也不能攜帶刀劍以及說不清來源與用途的藥材。皇帝親臨之前，更是進行了徹底的搜查，先是自查一遍，隨後宮裡和朝廷各查了一遍，連根針都不准隨意放置。

刺客阿珍沒有兵器，也沒有毒藥。

她站起身，滿臉微笑，慈愛地看著自己剛剛看護不到三天的小孩子，順手拿起身邊的一柄木劍，那是一件玩具，長不過兩尺，輕飄飄的，看上去毫無殺傷力。

她邁步走向崔格，同時也在接近孩子身邊的皇帝，好像只是要將木劍遞過去，四歲的崔格正對著皇帝侃侃而談剿匪之策，確實需要這柄劍以顯身份。

韓孺子早就聽出這是崔格背熟的話，換成大人，這是一種令人討厭的造假行為，發生在小孩子身上，卻只是令人覺得好笑，還有一點驚奇。畢竟這套話挺複雜，崔騰也未必能記得一字不差，崔格卻能說得極有條理，好像真能理解其中的含義。

「……往常剿匪總是官進匪退，官兵一撤，群匪又回故地，何以為此？官兵剿匪每每大張旗鼓，生怕天下不知。兵者，詭道也，官兵剿匪時卻往往拘泥不化，提前宣揚，給了群匪準備的時間……」

韓孺子還真被說動了幾分，打算等事後問問崔騰，這篇剿匪策究竟是請誰準備的。

現在他不會說破，反而微笑點頭，表示讚賞，也不知為什麼，突然扭頭，看到了幾步以外的乳母。

皇帝第一個認出刺客，這不是十分清晰的念頭，而是一種直覺，沒有任何理由。他突然就覺得走到自己十步之內的這名女子，動作不自然，目光看向孩子，餘光似乎瞥向自己，這是極不禮貌的行為，不該發生在崔府的僕人身上。

第一個做出反應的卻不是皇帝。

更不是崔騰，他也看到了乳母，沒有在意，揮了下手，示意她現在不要走過來，阿珍卻跟沒看見一樣，繼續邁出下一步。

也不是張有才，他的目光只在皇帝身上，根本沒有察覺到乳母的異常。

第一個做出反應的人，是屋子裡唯一的侍衛。

這名侍衛的身手並非最強，他能跟在皇帝身邊有兩個原因，一是身世清白，自幼在宿衛軍中習武，長成之後入選為侍衛，屬於最值得信任的一批人；二是擅長拳腳功夫，不用攜帶兵器，站在皇帝身邊不那麼扎眼。

他認出刺客的時間比皇帝稍晚一點，卻有明確的理由：乳母握劍的姿勢、行走的步伐都表明她練過武功。

遺憾的是，侍衛並未立刻動手，而是猶豫了一下，以為這又是崔二公子搞的花樣。

就這麼一瞬，乳母又邁出一步，離皇帝夠近了。

侍衛飛身撲上，撲的不是刺客，而是皇帝。這是侍衛的職責，最危險的時候，他要以身護駕。

為了這次刺殺，雲夢澤犧牲了數十名好手，阿珍不想失敗、不能失敗、不敢失敗，她的臉上仍然掛著微笑，手上這一劍卻用上全力，木劍無鋒，只能以力量彌補。

侍衛胸膛中劍，沒有躲避，反而伸出雙手死死握住劍身，張嘴要大呼「救駕」，阿珍另一掌拍出，正中侍衛腦門，侍衛頭一歪，連退數步，倒在地上。木劍離開胸膛，鮮血汩汩流出。

崔騰、崔格叔侄完全呆住了，無法理解眼前發生的這一幕，溫柔可親的乳母怎麼突然變了一副模樣，竟然能以木劍殺人！

韓孺子沒正經學過武功，危急時刻，反應與普通人沒有多大區別，抬起右臂擋在身前，步步後退。

阿珍一劍刺來，韓孺子側身讓開，倒不是他的身手比侍衛更靈活，而是因為不用保護他人，無須迎上木劍。因為侍衛那一擋，他與刺客之間的距離稍遠了些。

阿珍邁步追趕，中間隔著崔格，她下意識地繞開，又向皇帝刺出一劍。

要不是木劍上還沾著血跡，看上去就像是在圍著孩子追逐戲耍。

屋子裡出奇地安靜，誰也不作聲，甚至不敢呼吸，彷彿落入水中，只能眼睜睜看著兩個人在繞圈。

這個時候最需要有人喊一聲「救駕」，將外面的侍衛叫進來，可是唯一能做到這一點的人卻已倒在地上，剩下的人，包括皇帝本人，都忘了自己還能叫喊。

「啊——」第一個叫喊的人是張有才，他曾經無數次幻想過，如果皇帝遇險，自己要如何捨身相救，真到了這一刻，他才發現身體完全不聽使喚，就像是被一層層厚被壓住，沒法翻身，連呼吸都感到困難。

但他終究擺脫了束縛，撲向刺客。

阿珍全神貫注，只需一步，她知道，只需一步，自己就能殺死皇帝，完成精心準備數月的任務。

她根本沒看撲來的人，隨手一掌拍出，太監倒飛出去，也倒下了。

可是她過於「貫注」了，圍著崔格繞圈，把孩子當成了無法逾越、無法推開的障礙，她照顧這個孩子沒多久，並無感情，只是因為第一刻沒有動手，此後就忘了還有其他選擇。

張有才這一撲沒能阻止刺客，但是多少有些效果，將屋子裡溺水般的沉靜打破了。

「刺、刺客！」崔騰聲嘶力竭地喊了一聲後，大吼一聲，也撲了上去，與張有才的選擇正好相反，不是撲向刺客，而是皇帝，要學侍衛以身護駕。

可他沒注意到小侄子，從崔格身邊掠過，帶倒了小孩，卻沒有撲到腳步靈活的皇帝，撲通摔在地上。坐倒在地上的崔格放聲大哭。

阿珍也終於醒悟過來，她根本沒必要繞圈，可以直接衝向皇帝。

韓孺子也明白過來，自己無路可逃，他跑不過刺客，只能硬接一招。

面對高手的一劍，韓孺子根本無從躲避，只覺得胸前一陣劇痛，卻沒有立刻倒下，隨手揮出一拳，擊向刺客的面頰。

阿珍還以一掌，在拳頭擊中自己之前，就將皇帝擊得步步後退。

這一掌沒能殺死皇帝，甚至沒將皇帝擊倒，阿珍突然想起，張琴言提醒過自己，皇帝很可能一直在修練義士島內功，再看一眼手中的木劍，這才發現劍頭已經破損，本來就鈍，這時幾乎成了平頭。

她扔掉沾血的木劍，就算赤手空拳，她也有把握殺死皇帝。

她一躍而起，將幾個月的潛伏、數十名好手的犧牲、雲夢澤群盜的未來都集中在這一躍上，落地一掌，就能將皇帝的頭骨拍裂。

她躍起來了，卻沒能自由自在。

被侄子絆倒、沒撲到皇帝的崔騰，在地上滾了一圈，正好看見眼前的雙腳，二話不說，立刻伸手抓住，借力坐起，將一條腿緊緊抱住，又喊一聲：「刺客！」

即使到了這種時候，阿珍臉上仍留著一絲笑意，可她已經不能再保持鎮定，時機稍縱即逝，外面侍衛眾多，再進來幾個人，她一個人絕不是對手，她已經貽誤了戰機，不能再拖下去。

不能拖時間，就只好拖人，阿珍奮力向前邁出一步，崔騰一個大男人，用盡全身力氣竟然拽不住她。

屋子不大，阿珍再邁一步，到了皇帝面前，她臉上最後一點笑意也消失了，她殺過人，也做好了所有準備，可刺殺皇帝還是比她預料得更困難一些，她不明白，皇帝也是人、也是血肉之軀，自己之前為何會感到緊張？為何會被一個小孩子所牽絆？

現在她不會再犯錯了，她看到的皇帝只是一名臉色蒼白的青年男子，不比普通人更高大、更強壯，與那些勤學苦練多年的武功高手更是無法相提並論。

她伸出雙臂，無視皇帝笨拙的阻攔，扼住了脖子，雙手用力。

阿珍腿上一痛，大概是被崔二咬住了，她不在意，繼續用力，看著那張蒼白面孔急劇變紅。緊接著腰側一痛，這是致命傷，阿珍覺得自己的力氣在迅速消失，可她不肯鬆手，咬牙堅持。

第三次疼痛來自脖頸，最為短暫，阿珍目光渙散，分不清自己是在用力，還是在鬆手，只能集中最後一點精神，死死盯著皇帝的眼睛，希望看到死亡的跡象，希望一切努力沒有白費，希望能對得起眾多江湖同道的囑託，希望……

孟娥從樓上越窗而出，落地之後疾步飛步，跑向皇帝等人所在，將等在門口的侍衛與隨從嚇了一跳，侍衛不明所以，大喊一聲「站住」，緊緊追上。

距離不是很遠，可孟娥不認得路，找了一會才看到成隊的太監、宮女與侍衛。

「刺客在陛下身邊！」孟娥大喊道。

王赫轉身看向孟娥，第一道反應是戒備，隨後拔出刀，以為這名宮女終於露出真面目，他是極少數可以帶刀的侍衛。

就在這時，屋裡傳出啊的一聲，緊接著是兩聲「刺客」的叫喊，分不清來自何人之口。

屋子裡的人覺得一切都緩慢得像是在水下游泳，對外面的人來說，這只是一瞬間的事，王赫第一個衝進屋子，孟娥緊隨其後，隨後是大群侍衛。

刺客被殺，皇帝也軟軟地倒下，孟娥搶先一步，將他抱住。

所有人的心都往下一沉，午時將近，他們卻覺得天黑了。

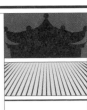

第四百零九章

拜求請

皇宮西北角的寺廟裡，慈寧太后面對純金佛像祈禱了一柱香的時間，隨後轉往東北角的道觀，向三清像乞求平安，絲毫不以奔波為苦。

拜過神佛，她仍然覺得不夠，又去往偏東南的太廟，要向韓氏列祖列宗尋求幫助。

這一趟下來，幾名抬轎的太監累得腰酸腿疼，卻不敢有半句怨言。

太廟平時不開放，沒有皇帝的聖旨、宗正府的陪同，尤其不能向女子開放，祭司官員恭迎太后，不能笑，但也不能苦著臉，神情稍顯狼狽，只得為難地說道：「微臣不知太后駕到，未做準備，殿內陰冷，恐怕對太后身體不利。」

慈寧太后從轎子裡走出來，抬頭望了一眼巍峨的太廟大殿，輕嘆一聲，「皇帝尚在，我就已經不能進入太廟，只怕這是最後一次看它，以後再沒有機會了。」

祭官嚇得面如土色，這麼大的罪名他可擔待不起，急忙跪下磕頭，恭請太后進殿，但是仍不開正門，只開偏門。

殿內果然陰冷，與外面的冷意不同，像是一件被冰水浸透的棉衣套在了身上，掙不脫、甩不掉，寒冷透肌刺骨。

慈寧太后從祭官手裡接過燃香，親自插進每一座牌位前的銅爐裡，然後跪拜默祝，最後跪在正中間的太祖牌位前。

祭官以及隨行的太監、宮女們識趣地退下。

慈寧太后一開始小聲嘀咕，慢慢地聲音大了起來，「臣妾王語，乃桓帝之妻、當今皇帝生母。皇帝不幸遇險，昏迷數日不醒，懇請太祖保佑皇帝平安，臣妾願以此身代替皇帝接受一切懲罰，生病折壽，皆無怨言，只求太祖垂憐，大楚不能沒有當今皇帝。」

慈寧太后恭恭敬敬地磕頭三次，再道：「我兒自幼喜歡太祖的故事，他是太祖的子孫，夜以繼日地操勞，只為保住韓氏江山，太祖若天上有靈，請您分辨忠奸，救拔我兒脫離苦厄。」

頓了一下，她接著說：「將災難降臨在亂臣賊子身上吧，就是他們害了皇帝，要將太祖一手打下來的江山拱手送人。」

慈寧太后再次壓低聲音，說出一連串的人名，列數這些人的「罪狀」。

足足半個時辰後，她才起身，慢慢後退，十幾步之後轉身，向外走去，突然止步，看向一邊的桓帝牌位，那是她的夫君、當今皇帝的父親，她之前也供香了，卻沒想過要向他求助。

「你有三個兒子。」慈寧太后冷冷地說，沒有跪拜，沒有祈請，「死了一個，還剩兩個，我知道你偏心，但你別想著讓三個兒子接連當皇帝，我兒若是醒不過來，你會失去全部的兒子，一個不剩。」

再回到陽光下，慈寧太后感到陣陣暖意，目光投向一名新到的太監。

太監搖搖頭，表示沒有變化，皇帝仍在昏迷中，慈寧太后沒說什麼，上轎，「慈順宮。」

拜過了神佛祖宗，她還要求一求活人。

慈順宮裡的上官太后不是神仙，也不是御醫，對救人一無所知。

她只懂救勢。

慈寧太后在慈順宮裡總是保持謙卑，即使被封為第二位太后，也未失禮數，除了極少數正式場合，從來不敢與往日的主母並列。

「我該怎麼做？我該怎麼做？」慈寧太后跪在地上，伏在上官太后膝上抽泣，仍是一名犯了錯的侍女。

屋子裡沒有外人，上官太后長長地嘆了口氣，「大楚的磨難尚未結束，妳什麼都做不了。」

慈寧太后抬起頭，「難道我就這麼眼睜睜看著皇帝昏迷不醒？他若是……我可怎麼活啊？」

「總能活下去。」上官太后有資格說這樣的話，因為她已經失去了自己的兒子。

慈寧太后垂頭繼續哭泣。

等了一會，上官太后說：「生死由天，誰也不能干涉。妳該怎麼做？如果是想救皇帝，妳什麼也做不了，只能等待奇蹟發生，如果妳想救自己，有些事情倒是可以做了。」

「救自己？」慈寧太后又抬起頭，止住哭泣。

上官太后的目光冷酷無情，「妳指望我把什麼話都說出來嗎？想做好人，就不要向我這種『惡人』求教。」

慈寧太后露出一絲驚訝，隨後擦乾眼淚，「我要救自己，還要為皇帝報仇。」

上官太后拍拍身邊的位置，慈寧太后慢慢站起，也坐在椅榻上。

「救自己和報仇是一回事，皇帝若有萬一，而妳無權無勢，拿什麼報仇？」

「我現在就可以……」

上官太后冷笑一聲，「妳以為大家的沉默就是服從嗎？不對，他們是在觀察，妳可以囚禁一些人，這不妨礙他們觀察，可是當妳想殺人報仇的時候，就會阻力重重，甚至公然違命。除非皇帝醒過來，否則妳的權力會越來越小。」

「我該怎麼做？」慈寧太后又問了一遍，意思卻已不同，之前是為皇帝詢問，現在是為自己。

上官太后望著前方，輕聲說道：「妳知道該怎麼做，其實辦法都是現成的，誰也想不出新東西，我不能，妳也不能。」

慈寧太后思忖片刻，「絕不能讓東海王繼位。」

「當然不能，大臣也不會同意。」

經過幾次反覆奪位，得罪東海王的大臣太多，沒人再敢支持他當皇帝。

「宗室子弟眾多，應該選誰？」

「問我沒用，得問大臣，這是一場心照不宣的交易，最終要選一個雙方都滿意的人，妳的兒子能當皇帝，表面上是我的選擇，其實得到了大臣們的默許，當時他們十分忌憚崔家，不願看到他們更加強大。」

慈寧太后思考得更久一些，「只要我是太后，妳就是太后，而且永遠位居我之上。」

上官太后面露微笑，「妳真幸運，還有仇可報。」

慈寧太后起身行禮，隨後慢慢向門口退去，最後說出一句，「如果不能救活我兒，我所做的一切，都是為了報仇。」

上官太后點點頭，已經不感興趣了。

庭院裡，慈寧太后仰頭望了一眼碧藍的天空，拜也拜了，求也求了，接下來她要做些實際的事情。

首先，她在廣華閣召見宰相申明志。

這不是講究禮儀的時候，申明志很快趕到，他也需要宮裡的合作。

「刺客還有餘黨嗎？」

「城裡肯定沒有了，目前已經抓捕到一千三百餘人。」

「嘿，之前也說沒有，結果……雲夢澤那邊呢？準備開戰了？」

申明志稍顯猶豫，「現在是冬天，不宜戰鬥，不過朝廷已經下令從各地調兵，只待開春，一舉殲滅群匪。」

春天對慈寧太后來說過於遙遠了，她希望現在就能看到仇人屍體遍地，可她要對大臣客氣一些，於是點頭，「婦道人家，不懂軍戰，剿匪之事就由朝廷負責，只希望不要放過任何一人。」

申明志稍鬆口氣，他這時最怕遇到不講理的太后，馬上回道：「太后請放心，楚軍已有萬全之策，必將雲夢澤群匪全殲。」

慈寧太后沉默片刻，「我請宰相來，不只為詢問剿匪之事。」

申明志低頭，不敢接話。

可有些話終究要挑明，慈寧太后說：「事到如今，也不必忌諱了，陛下若能甦醒，自然萬事大吉，若是……若是萬一不幸，大楚不可一日無君，申宰相可有看中的宗室子弟？」

申明志惶恐跪拜，「臣一心只盼陛下康復，未有它想。」

「嗯，現在可以想一想了，就算別人不想，你是宰相，也該提前有所準備。」

「全憑太后做主，臣無二話。」

慈寧太后微微一笑，與大臣打交道這種事，她還是不太擅長，「東海王是桓帝之子、皇帝之弟，可否？」

申明志不能再客氣了，跪在地上說：「有罪之臣，似乎不宜登位。」

慈寧太后點點頭，繼續問道：「英王乃武帝幼子，可否？」

「流落在外，已失眾心，不宜。」

「皇帝被圍晉城時，朝廷不是立過一位宗室子弟嗎？」

申明志搖頭，「那只是權宜之計，既未成真，不可反覆。」

慈寧太后連提三人，都被宰相否決，她沒有生氣，反而踏實不少，只要不是這三人繼位，她與大臣之間的障礙就少多了。

「申相終得提出一人。」

申明志思忖良久，「臣真的想不出合適人選，可是朝中有一人，論資歷，比臣更瞭解宗室，論親疏，比臣更近，或許能為太后分憂。」

「哪位？」

「宗正卿韓稠。」

慈寧太后沉默片刻，「有傳言說他與刺駕之事有關。」

「京城傳言洶洶，韓宗正並非唯一受到懷疑的人，可是並無實據，太后若以此判斷忠奸，只怕朝中多半大臣，包括臣本人，都不可用。」

慈寧太后長嘆一聲，「好吧，明天上午，請申相與韓宗正再來一趟廣華閣。」

「遵旨。」申明志起身，沒有立刻告退，趁機問道：「崔家怎麼辦？」

慈寧太后臉色一寒，「別人身上的傳言都沒有實據，崔家總有吧？繼續禁閉，不准放走一人，包括皇后，還有皇帝身邊那群無能之輩，只要是進入崔府的人，都不准放出來。」

「遵旨。」得到太后明確的回答，申明志放心了。

第四百一十章 真相與進宮

東海王臉色鐵青，在屋子裡來回踱步，「完了，全完了，一切都完了。」

譚氏坐在椅子上，目光追隨丈夫，冷冷地說：「那你還著什麼急，安靜等死不就好了？」

東海王止住腳步，長嘆一聲，「陛下此次遇刺太過蹊蹺，崔府和倦侯府整個被圍，任何人不准進出，陛下身邊的人幾乎都遭到囚禁，很快……很快就會輪到咱們了。」

「憑什麼？咱們跟刺駕之事毫無關係。」譚氏不是特別肯定，又加上一句，「確實沒有關係，對吧？」

東海王再次長嘆一聲，「瞧，連妳都不能完全相信我，何況宮裡的兩位太后？她們又要掌權了，哪怕只有掌控朝廷一天，她們做的第一件事也是要對我下手，這叫斬草除根。」

東海王打了個寒顫，發現譚氏還在盯著自己，惱怒地說：「沒有關係，當然沒有關係，我若是……」他及時壓低了聲音，「我若是參與此事，自然要備後手，怎麼會像現在這樣束手無策？」

譚氏點點頭，表示相信。

「跟你們譚家也沒關係吧？」東海王問道。

「自從向醜王求助以來，譚家的江湖地位一落千丈，遷到東海國之後更是門前冷落，不受欺負就不錯了，誰還來找我們商量這麼大的事？」

東海王也盯著譚氏，非要她直接回答。

「沒有，據我所知沒有，京城除我之外，也沒有別的譚家人了。」

「三天了，陛下還沒有醒來，若是真有萬一，妳願意陪我一塊死嗎？」

「不願意又能怎樣，這種事能由我做主嗎？」譚氏對東海王的要求嗤之以鼻，「仔細想想，這對你沒準是一次機會。」

「我說沒準。」

東海王愣了一下，隨後苦笑道：「我的王妃啊，妳想得太單純了，這哪是機會，分明是死路一條，陛下一出事，宮裡的第一道命令就是接走皇帝、封閉崔府，連皇后都不准回宮，擺明是要將崔家連根拔掉。不管崔家與我真實的關係如何，天下人都以為崔家是我的靠山，靠山倒了，誰還在乎我？」

「沒有『沒準』，這次準得狠，我都能感覺到刀刃在脖子上來回劃動的聲音。」東海王又打了一個寒顫。

譚氏比丈夫冷靜得多，想了一會，「那你得想辦法自救啊。」

東海王哭笑不得，「除非陛下醒過來，否則的話，人為刀俎我為魚肉，說什麼都沒用。」

「你可以把主使者找出來。」

「嗯？」東海王沒明白譚氏的意思。

「無論是想連根拔掉崔家，還是要除掉你，唯一的罪名都是刺駕，對不對？」

東海王點點頭。

「找出主使者，證明崔家是被牽連進去的受害者，你們頭上的罪名不就都沒有了嗎？」

「刺客當場被殺死，主使者是雲夢澤的強盜，事情很清楚，還有什麼可找的？關鍵是刺駕發生在崔府，刺客又在崔騰身邊隱藏了幾個月……」

「崔家沒那麼愚蠢吧，刺駕之後連點準備都沒有，全家人束手就擒。」

「對啊！可是外人不這麼看，尤其是宮裡的人，太后一直提防著崔家，現在讓她找到了現成的理由，她沒立刻下令將崔家滿門抄斬，已算是寬宏。還有我，她也在提防我，解決崔家之後就輪到我。」
譚氏搖頭，「別想崔家了，先說刺客……」
「刺客已經死了！」東海王怒聲道。
譚氏輕輕地嗯了一聲，東海王立刻轉怒為笑，「我是說刺客那邊真的沒什麼可查的，妳不會……妳不會知道些什麼吧？」
「我能知道什麼？我只是見過雲夢澤的人，奇人異士不少，但要說憑他們自己的本事就能在京城隱藏數十號人，還讓其中一人輾轉接近皇帝，我可不大相信。」
東海王心中一震，「我也見過雲夢澤的人，有一個人還給我當過護衛……妳說得沒錯，他們對京城人生地不熟，沒本事藏得那麼好，必須找人相助。」
東海王想了一會，轉身向門口走去，「我得去見個人。」
「見誰？」譚氏不允許丈夫自行其是。
東海王停下，轉身笑道：「跟隨陛下探望崔宏的人都被扣押在崔府，其他人則被留在倦侯府，可是有一個人，對刺駕之事瞭解得很多，卻不屬於陛下身邊的親信，也不在兩府之中，應該還保持自由身。我要去找司法參軍連丹臣。」
「你能出府？」
「能，不過會有宮裡的人跟隨我，沒關係，就讓他向宮裡報告吧，起碼讓太后知道我心胸坦蕩。」
話是這麼說，東海王出府的時候還是有些惴惴不安，提前想好一堆藉口。
剛走到前院，迎面跑來一名僕人，腳步匆忙，面帶驚慌，東海王心中一驚，緊接著全身一涼、雙腳一軟，差點坐倒在地上。
難道皇帝不行了？難道太后要動手了？自己這回還能逃過一劫嗎？

東海王心中冒出一連串的念頭。

「殿、殿下，有位大、大人求見。」

「哪位大人？」

「那個……那個……」僕人回答不出來。

東海王又怒又急，要不是抬不起腿，真想狠狠踢上一腳，「一個人，還是許多人？」

「一個人。」

東海王稍稍鬆了口氣，如果是宮裡來抓他，絕不會只派一個人。

「去請進來。」

僕人領命退下。

東海王向大門口望了一眼，宮裡的兩名太監也在看他，東海王沒敢對視，急忙轉身，進到前廳裡，想倒杯茶，發現自己的手臂抖個不停。

沒過多久，僕人將拜訪者帶進來，東海王大大地鬆了口氣，原來是國子監祭酒瞿子晰，同時心裡還有一點納悶，敢在這種時候登自家門，這個儒生膽子不小。

「瞿大人。」東海王笑著迎上來，示意僕人去端熱茶來。

「東海王殿下。」瞿子晰恭敬地還禮。

「哪陣風把瞿大人吹來了，快請坐。」

瞿子晰搖搖頭，「坐就不坐了，我只問幾句話，馬上就走。」

「好啊。」東海王茫然道。

瞿子晰盯著東海王，「刺駕之事與你無關。」

東海王一邊跺腳，一邊指天發誓，「若有半點關係，讓我現在就遭天打五雷轟。」

「據朝中傳言，慈寧太后明天要召見宗正卿韓稠和宰相申明志，共商立儲之事。」

東海王大驚，「慈寧太后？這、這怎麼可能？」

「這不重要，關鍵是不能讓韓宗正參與立儲。」

「對，不能，陛下一直不喜歡他，甚至……」東海王猶豫一下，決定還是透露一點祕密，揮手命令端茶進來的僕人退出去，隨後低聲道：「陛下早想將韓稠繩之以法，只是還沒來得及動手。而且韓稠與刺駕一事不清不楚，我真搞不懂太后是怎麼想的。」

「慈寧太后深居宮中，所見所聞都是韓稠的好處，當然不會懷疑他。」

「唉，也是陛下不常回宮，有些事情隱藏得太好。」

「所以得有人向慈寧太后說明真相，起碼讓她不要太信任韓稠。」

東海王兩手一攤，「我可沒辦法，瞿大人想必看到門口的太監了，那是宮裡的人，我連出自己大門都不自由，更不用說進宮勸說太后。」

「我知道你不能進宮，我想請東海王推薦一個人，既熟知內情，又能進宮面見慈寧太后。」

東海王撓頭，「京兆尹司法參軍連丹臣瞭解一些，但是進不了宮，其他人都被留在崔府和倦侯府，更沒辦法進宮。」

「陛下經常召見的勳貴子弟和儒生當中，就沒人瞭解內情？」

東海王想了一會後，搖搖頭，說道：「陛下召見這些人，商議的不是軍情就是治理天下的大事，與韓稠沒有直接關係。」

「再想想。」瞿子晰已經找過與皇帝較親近的讀書人，一無所得之後才來拜訪東海王。

東海王又想了一會，「瞿大人對韓稠也有看法？」

瞿子晰正色道：「現在不是彼此試探的時候，我在洛陽待過，而且陛下讓我看過一些東西，所以我知道絕不能讓韓稠掌權。」

東海王有點不太情願，可事到如今，由不得他再有所保留，「景耀，為了對付韓稠，他也曾得到陛下的召見，他好像不住在倦侯府，也沒跟著進崔府，或許還有行動的自由，能夠進宮說明真相。」

「前中司監景耀？」

「對，他被陛下釋放，做一些雜事。」

瞿子晰點頭，「還有嗎？」

「據我所知沒有了。」東海王湊近一些，「宮裡有消息嗎？」

「朝中事務我略知一二，宮裡的事情我一無所知。就這樣吧，告辭了。」

瞿子晰轉身要走，東海王叫住，「等等，連丹臣調查的是刺客，或許也有用，瞿大人可以去見一面，如果可能，最好讓連丹臣來找我一趟。」

「好吧。」瞿子晰匆匆離開，在王府大門口向兩名盯著他不放的太監大聲道：「在下國子監祭酒瞿子晰，心無私念，專與亂臣賊子作對，還有什麼想知道的？」

兩名太監嚇了一跳，同時搖頭。

瞿子晰大步走出門，雖然皇帝只是表露出一點意思，雖然尚未正式進入御史台，他仍然覺得自己有義務、有責任對付韓稠。

至於皇帝的生死，他不作考慮，自己的生死，更是無關緊要，無論如何他都要鬥到底。

廳裡的東海王深感慶幸，一個大麻煩就這麼轉到了別人手裡。

第四百一十一章　太監的算計

景耀膽戰心驚地等了三天，結果一直沒人上門抓他，仔細一想，他明白過來，自己被遺忘了。

一想到堂堂前中司監淪落到了這種地步，景耀由惶恐變得沮喪。

就在這時，他轉運了。

老儒生郭叢登門拜訪，他在宮裡教授經書時與景耀相識，說得上話，而且他現在無官無職，沒什麼可怕的，所以堅持由自己代替瞿子晰出面。

「東山再起、榮華富貴，全在此一舉，請景公深思。」郭叢畢竟為官多年，也瞭解景耀的為人，知道如何勸說，「韓稠若得勢，必立親信子弟為帝，宮中又是一輪替換，景公資深舊人，何以出頭？若能將真相帶給慈寧太后，乃立一大功，無論陛下清醒與否，景公前途皆無憂矣。」

景耀被說動了，找出家中的酒來，要與郭叢歃血為盟，「此事宜早不宜遲，一旦韓稠明日進宮，再難勸說慈寧太后回心轉意，我今晚想辦法進宮，無論如何也要稟明真相。宮中交給我，朝中卻要依靠大人。來，飲此一杯，以見誠意。」

兩個老頭子，實在沒多少鮮血可以揮霍，於是象徵性地伸出手指在酒杯裡蘸了一下，隨後一飲而盡。

景耀又道：「非是我不相信大人，茲事體大，由不得我不謹慎行事，不知朝中支持大人的還有哪位？」

郭叢想了一會，「國子監祭酒瞿子晰。」

景耀搖頭，「一腔熱血，可惜職位太低，據說韓稠已經獲得宰相的支持，宮中此刻正需要大臣的支持，我若扳倒韓稠，總得給慈寧太后另一個選擇，瞿先生不行。」

郭叢又想了一會，小官不行，就得大官，「吏部尚書馮舉、禮部尚書元九鼎，這兩位可否？」

景耀點頭，「一位是武帝指定的顧命大臣，一位是熟知禮儀的老臣，夠了。這兩位真的支持大人，不會等我推薦給宮中之後，他們卻一無所知吧？」

郭叢笑道：「景公放心，馮尚書即將入職御史台，有機會拜相，元尚書東海國歸國，一番辛苦，功勞卻歸韓宗正，此兩人皆有不滿之心，我早就與他們談過，只要慈寧太后宣召，他們就願出面。」

景耀徹底放心，送走郭叢，立刻著手行事。

他現在的身份是中常侍，按理可以進宮，那跟回家一樣，可現在是非常時期，「家」中已亂，連現任中司監都被扣押在崔府不得回宮，一名前中司監更沒資格了。

好在景耀的人脈還在，天黑之前，他終於輾轉聯繫上宮裡的人，到處打聽、勸說，向一些人許以厚利，結果只是得到一堆流言，其中幾條讓景耀感到吃驚，但是沒什麼用，他還是不能進宮，甚至找不到人向慈寧太后遞個話。

慈寧太后正處於疑神疑鬼、一觸即發的狀態，宮裡沒人敢去招惹她。

景耀有點急了，為宦多年，他非常清楚時機的重要性，只要韓稠明天進宮，自然有辦法將慈寧太后哄得團團轉，在那之後，別人再說什麼都很難改變太后的印象。

必須是今晚，必須搶在韓稠之前。

他又透過中間人勸說幾位妃子，她們的立場與慈寧太后一致，應該不受懷疑，起碼能向慈寧太后引薦景耀。他對淑妃、鄧芸，和另一位妃子佟青娥寄予厚望，可是等了足足一個時辰，二更已過，宮裡仍無消息傳出，反而有新客人登門。

一名陌生的太監敲響院門，景耀開門之後先是一喜，隨後一愣，看服飾，此人並非宮裡太監，而是來自王侯之家，「閣下是……」

「你是景耀？」

「是，閣下是哪一府的？」

「待會你就知道了，走吧，景公，我家主人請你去一趟。」

景耀更加吃驚，想要關門，已經來不及了，又有四名奴僕出現，撐開院門，架起景耀，塞進附近的一頂轎子裡，抬起就走。

景耀沒敢反抗，猜出了邀請者的身份。

在一間小小的屋子裡等到半夜，主人終於現身。

韓稠的精神與他的肚子一樣飽滿，臉上堆笑，一進屋就拱手道：「好久不見，景公別來無恙？」

兩人也算是老相識，韓稠在洛陽時，經常給京中權貴送禮，景耀是得到重點關照的人之一，關係頗為融洽，等到景耀失勢之後，這種關係也就結束了。

「一把老骨頭，苟延殘喘而已。」景耀笑道，他可不願意當面與韓稠對抗。

韓稠示意看守景耀的太監退下，上前幾步，親切地拍拍景耀的肩膀，「聽說陛下將最重要的任務交給景公，肩負如此重任，那可不是老骨頭，是硬骨頭。」

「韓宗正真愛開玩笑，我這身骨頭，扔給狗，狗都不吃。」

韓稠收起笑容，「景公，咱們交情不錯吧？」

「沒得說。」

「這麼多年來，我可沒虧待過景公。」

「那是當然。」

「既然如此，景公何以恩將仇報，要在背後算計我？是埋怨我沒在景公危難之時伸出援手嗎？可你知道，我當時在洛陽，鞭長莫及，初入京時，也是心有餘而力不足，待我得勢，怎會忘記從前的老朋友？」

景耀臉色尷尬，「韓宗正何出此言？我一個淪落宮外的老太監，怎麼能算計到朝中重臣？」

韓稠神情一冷，「郭叢那個老傢伙找你做什麼？你三番五次與宮裡的人聯繫，又為了什麼？景耀，別怪我說話直接，你現在就是一隻蒼蠅，捻死就捻死了，就算陛下醒來，也不會在意，何況他十有八九醒不過來了。景耀，你是聰明人，強弱之勢，你應該看得清清楚楚，我有太后和宰相的支持，郭叢有什麼？」

景耀思忖良久，黯然道：「吏、禮二部。」

韓稠馬上明白，大笑道：「原來是那兩個傢伙，皆是無能之輩，不足為懼，過兩天就讓他們守邊疆去。」

景耀肯鬆口，韓稠又恢復親切的模樣，走到門口，命僕人送來酒食，與景耀對面而坐，連飲數杯之後，他又問道：「景公還知道些什麼？」

「陛下曾經召見……」景耀住口，「韓宗正這是在邀請我站在你這邊嗎？」

韓稠點頭，「能得景公，如虎添翼。劉介這個人不識抬舉，又沒能保護好陛下，他的中司監算是當到頭了，宮裡馬上就會需要總管之人，還有誰比景公更合適？」

景耀舉起酒杯，「我雖獲赦，家產卻未歸還，如今是一貧如洗。」

「哈哈，些許小事，不勞景公操心，三日之內，我保景公『富比王侯』。」

「明天我要與韓宗正一塊去見慈寧太后，有什麼話我會直接說，不用別人轉達。」

韓稠馬上警惕起來，「景公想對太后說什麼？」

「我會說，陛下曾經召見我與東海王，讓我兩人出主意扳倒韓宗正。」

「果然是他。」韓稠恨恨地說，「景公還會說什麼？」

「我會說，東海王覺得採取正常手段費時費力，不如栽贓陷害，韓宗正畢竟收留過刺客，由此深挖，總能給韓宗正安一個罪名。」

韓稠哼了一聲，「崔府的刺駕呢？也是東海王安排的？」

景耀搖搖頭，「東海王沒這個膽量與本事，刺駕在他意料之外，但他已經炮製了許多對韓宗正不利的證據，想要藉機拋出來，我會提醒慈寧太后小心，不要上東海王的當。」

韓稠大笑，「就這些？景公還會說別的嗎？」

「還有一些瑣事，是我在東海國打聽到的，與另一位太后的身邊人有關，與韓宗正無關。」

韓稠猶豫片刻，沒有追問，「景公可以隨我進宮，請你再將要對慈寧太后說的話斟酌一下，不要讓人覺得這是編造的謊言。」

「我說的全是真話，可以當面與東海王對質。」

韓稠再次大笑，「慈寧太后會喜歡的，用不著我幫忙，景公就能在太后面前立一大功。」

「沒有韓宗正，我怎麼能見到太后？引薦之恩，不敢或忘。」

「我就欣賞景公這種人，今日太晚了，改日，你我一醉方休。」

景耀笑著飲下杯中之酒。

次日一早，景耀與韓稠一塊進宮，但他沒能立刻見到慈寧太后，韓稠仍未完全信任他，讓他等在廣華閣外，自己先與宰相申明志匯合，與慈寧太后商議過正事之後，才讓景耀進去。

景耀沒有選擇，只能老老實實地等在外面，看著熟悉的景致，偶爾還會看到熟悉的面孔，心中悲憤，暗暗發誓，無論用什麼手段，都要風風光光地重返宮中。

等了整整一個上午，連飯都沒吃上，終於有太監出來宣召景耀。

景耀趨步入閣，跟在太監身後來到樓上。

慈寧太后端坐在椅榻上，宰相申明志坐在太后右手的一張凳子上，韓稠沒有座位，挺肚而立，面帶戚容，還有幾名太監與宮女守在太后身邊。

景耀立刻上前幾步，跪地磕頭，向慈寧太后請安。

慈寧太后沒作聲，也沒允許景耀起身，她不太喜歡這名太監，若不是韓稠力薦，根本不會允許他進宮。

「景耀，把你知道的事情都對太后說說吧。」韓稠道。

「是。」景耀沒玩花樣，將昨晚對韓稠說過的話添枝加葉又講了一遍，供出了東海王、馮舉、元九鼎、郭叢等人。

慈寧太后沒什麼反應，不過申明志冷笑不已，一聽就明白，馮舉野心大了，不僅想進御史台，還覬覦宰相之位。

韓稠很滿意，景耀並未食言，自己再無後患，就算事後出現不利的證據，都可以歸為東海王的栽贓。

「景耀，還有別的事情嗎？」韓稠問道。

「還有一件事。」一直趴伏在地上的景耀這時抬起頭，第一次與慈寧太后對視，「宮裡一位妃子懷有身孕，一直沒敢透露，太后知否？」

慈寧太后神情驟變，一下子站起來，緊緊盯著景耀。

韓稠先是一愣，隨後大怒，他還是被算計了。

第四百一十二章

喜脈

皇帝是否留下皇子，對慈寧太后來說，形勢將是天差地別。沒有皇子，她必須盡快從宗室當中選立一位好控制的傀儡，這就意味著要與大臣妥協，以獲得支持；有了皇子，繼位者毫無爭議，她未來的地位將十分穩固，也就用不著過於急迫地討好大臣。

她明白這個道理，景耀也明白這個道理，韓稠更明白這個道理。

韓稠並不完全相信景耀，早就做好了準備，如果遭到指控，他自有辦法圓滿應對，令景耀的攻擊全部撲空，還可能落下一個誹謗大臣的罪名，可他怎麼也沒料到，景耀繞過他，在背後給予一擊。

如果不能參與立儲，憑什麼取信於太后？憑什麼建立功勳？韓稠向申明志使個眼色，他們兩人的處境是一樣的，宰相地位更高些，這種情況下應該由他開口提出質疑。

申明志一臉沉思之色，好像在考慮極其重大的問題，沒有看見韓稠的示意。

慈寧太后慢慢坐下，開口道：「懷孕的是誰？」

「暫且不知，老奴也是偶然得到消息，但是懷孕者必是嬪妃之一，太后詢問一下，或者請御醫挨個診視一番，自有答案。」

慈寧太后冷笑一聲，「真是奇怪了，懷孕是件大好事，此人何必隱瞞？消息又是怎麼傳到你耳中的？」

景耀磕頭，「老奴冒死陳言，太后若是不信，杖殺老奴便是，若有半分相信，還請速作安排，此妃既然隱瞞消息，必有原因，再等下去，只怕會有意外。」

慈寧太后看向韓稠，「你知道此事？」

韓稠尷尬不已，景耀是他帶進來的，不能說不知道，也不能說知道，只好回道：「景耀聲稱有要事稟告，我以為他是宮中老人，因此帶到太后駕前……」

慈寧太后揮了下手，「有勞兩位大人進宮議事，今日所議乃宮中秘事，請兩位大人切勿外傳。」她的目光轉向景耀，「景公既然回來，就不必急著離開，先在宮中住幾天吧。」

景耀磕頭謝恩，韓稠向申明志連使眼色，卻仍沒有得到回應，只得一塊告退，臨走時，還狠狠地看了景耀一眼。

出了皇宮，申明志上轎，韓稠隨即追上來，揮手攆走隨從等人，探頭進轎，笑呵呵地說：「宰相大人可把我害苦了。」

申明志一臉嚴肅，「韓宗正差點將咱們兩人都給害了，剛才在慈寧太后面前，你為何變顏變色？」

「事情明擺著……宰相大人，別說您對此一點也不擔心。」

「咱們兩人為何被召進宮？」

「慈寧太后要與咱們商議立儲之事，而且……」

申明志打斷他，「慈寧太后本人急於立儲，信任咱們二人，才會召你我進宮，咱們不過順承上意而已。如今慈寧太后心意轉變，順之者得寵，逆之者獲疑。我是宰相，不好說什麼，你是宗室重臣，宮裡遇到喜事，你不拜賀也就算了，竟然還面露難色，慈寧太后事後想起，對你還有幾分信任？信任一失，讒言趁虛而入，你拿什麼自保？」

韓稠臉色劇變，抬手在自己臉上輕輕打了一巴掌，「我真是一時糊塗，宰相大人說的是，我該如何補救？」

申明志咳了一聲，「你遠在洛陽的時候就能討好太后，到了京城還需要我的指教？韓宗正自己努力吧。」

申明志跺跺腳，韓稠只好退後，眼看著宰相離開，知道老滑頭這是要置身事外，讓自己一人戰鬥。

身份不同，想法自然也就不同，申明志還是右巡御史的時候，為了爭奪宰相之位，接連參與冒險計畫，如今卻只想一切穩妥。韓稠得勢，他願意提供一些幫助，形勢一旦不明，他就要退而旁觀。

韓稠站在寒風中，喃喃道：「未必真有人懷孕，就算懷上，也未必是皇子，我還有機會，還有機會……」

皇宮裡，慈寧太后也有同樣的疑惑，但她眼下最關心的是另一件事，「景公，此刻已無外人，什麼話都可以說，告訴我，是否真有妃子懷孕？」

「老奴不敢隱瞞，這只是宮中傳言，三分可信，可老奴以為，哪怕只有一分可能，也要及時告知太后。」

慈寧太后點點頭，「你做得沒錯，我會記得你的功勞。我該傳召御醫進宮嗎？」

「事不宜遲。」

慈寧太后讓隨侍的一名太監去傳喚御醫，景耀提醒道：「多來幾個人。」

「對，多來幾個。」慈寧太后打發走太監，發現自己有些激動，沉默片刻以穩定心神，說：「我還是不明白，懷孕者為何要隱瞞？難道受到了威脅？」

「找出此妃，自然一切明瞭。」景耀等了一會，又道：「容老奴冒死多說一句，無論懷孕的嬪妃為誰，她的安全是宮裡最重要的事。」

慈寧太后恍然大悟，連皇帝都能遭到刺殺，何況一名懷孕的妃子？笑道：「景公帶來的消息太令人意外，我竟然有些心慌意亂。嗯……待會御醫到來，有勞景公全程陪同，務必確保一切順利。」

這是一種信任，景耀實現了第一步計畫，磕頭謝恩，再不多言，更不提韓稠的事。他明白，自己受到的信任是有條件的，如果找不到懷孕的嬪妃，如果最後生下來的是公主而不是皇子，這份信任馬上就會流失，甚至會變成罪過。

景耀重返皇宮，雖然並未恢復舊職，但是已經邁出最為重要的一步，慈寧太后撥給他五名太監以供差遣。

除了皇后，十二名嬪妃都被集中在一間屋子裡，她們已經聽說傳言，跟太后一樣激動，也跟太后一樣迷惑，不明白這樣的大好之事，有什麼好隱瞞的？

景耀向眾嬪妃行禮，然後道：「老奴明白，有喜的娘娘自己也不能十分肯定，所以一直隱而不說，現在也不用說什麼，就讓御醫做個判斷吧。」

太醫院派來十名御醫，五人獲准入宮，景耀認得這些人，從中挑選三位，輪番給諸妃診脈，如果意見一致，皆大歡喜，如果不一致，再召其他御醫進來。

嬪妃們坐在錦帳後面，只露出手掌，除了景耀，沒人知道帳後的人是哪一位，御醫只能判斷是否懷孕。

判斷喜脈並不容易，三位御醫無不天下聞名，最後的意見卻不一致，一位什麼都沒檢查出來，另外兩位倒是診出喜脈，卻不在同一人身上。

「望聞問切，如果能讓臣等詢問幾句，會更有把握。」一位御醫提出要求。

猜測自己懷孕的嬪妃必有徵兆，說出來的確有助於判斷，景耀卻嚴辭拒絕，他召御醫進宮，就是為了要一個另外的證據，以免讓人懷疑他與某位嬪妃暗中傳遞消息，對宮裡的人來說，這是大忌諱。

另外兩名御醫被叫進來，各診出一次喜脈，也不在同一人身上，其中一位與之前某位同僚的判斷倒是一致，於是四名御醫判斷三位嬪妃有喜。

守在宮外的御醫又被傳進來三位，也都診出喜脈，其中一位嬪妃獲到的認可最多，達到三次，另有一位嬪妃得到兩次，還有兩人各得一次。

景耀覺得差不多了，派人送走御醫，接著讓眾嬪妃各回住處，他帶著全部資料去見慈寧太后，那上面都有御醫親筆簽名。

所有事情忙完，已近黃昏，景耀一天沒有吃飯，肚子餓得咕咕叫，他卻覺得精力充沛，得到慈寧太后許可之後，親自帶人去請被診出喜脈的四名位嬪妃來見太后，不是一塊來，而是分出先後。
頭兩位嬪妃都只獲得一次診斷，自己也難以相信會有好事降臨，但還是激動萬分，向太后報出下一次月事的預期時間，如果不來的話，馬上就會稟告。
第三位是淑妃鄧芸，得到兩次診斷，她比較自信，雙手摸著自己的肚子，「我這些天總做夢，夢到天上有東西掉下來，嚇我一跳，仔細回想，那東西很像是龍啊。我肯定懷上了，三天……最多十天之後就能確認。」
鄧芸興高采烈地離開，全忘了皇帝還在昏迷中，她應該表現出悲戚才對。
最後一位，也是獲得診斷最多的人，一進來就向太后跪下，身子微微發抖，別人都不知道自己是否懷孕，只有她在御醫診脈之前，就已經有了七八成把握。
慈寧太后微微嘆息，問道：「這麼大的事情，妳怎麼不說呢？」
佟青娥沒有其他嬪妃的喜悅與激動，「我、我還不能肯定。」
「過了多久？」
「大概二十天吧。」
慈寧太后露出久違的笑容，「傻孩子，逾期二十天沒來月事，妳還不能肯定？就算不能肯定，也該告訴宮裡管事的人，找御醫給妳看看啊。」
佟青娥仍感到緊張，「我、我不知道……」
「妳不用說了，我明白。」如果是別的妃子，慈寧太后會感到疑惑，一看到佟妃的名字，她當時就懂了，
「妳覺得不應該由妳生下第一位皇子，對不對？」
佟青娥磕頭，「太后明鑑。」
同為侍女出身，慈寧太后當然理解佟青娥的猶豫與恐懼，不由得心有戚戚焉，對佟妃的好感大為增加，
「從今天起，妳留在我身邊，放寬心，養好身體。別說宮裡，就算整個天下，也沒人敢動妳分毫。」

景耀受到的信任至此穩固，他側身走到慈寧太后身邊，小聲說了幾句，慈寧太后立刻點頭，改變主意，「景公說得對，妳先回自己的寢宮休息，別動了胎氣。」

佟青娥磕頭謝恩，慈寧太后讓身邊的女官去將佟妃扶起，由宮女送回住處。

景耀剛才對太后說的並非保胎之事，佟妃離開，慈寧太后說：「景公覺得會有人想暗害肚中的胎兒？」

「不可不防。」

「景公所言甚是，不可不防，還有陛下尚未脫險，更要小心提防。唉，如今可信之人實在太少了。」

景耀不語，他還沒到可以隨便說話的地步。

慈寧太后卻已經不再懷疑這名太監，盯著他看了一會，「待會你去見見皇帝。」

「是，太后。」

慈寧太后又猶豫了一會，「陛下已經醒了，還不能說話，可能會需要你。」

第四百一十三章　重掌宮權

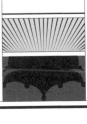

皇帝遇刺的第二天就醒了，但是極度虛弱。脖子被扼到的地方痕跡未消，吞咽困難，每天只能吃一點流食，說不出話來，人也有些痴相，目光中偶爾光芒一閃，大多數時候卻都黯淡無神。

一名御醫留下，不准出宮半步，兩名太監、兩名宮女服侍皇帝，受到太后的嚴令，絕不允許對任何人透露皇帝的病情。

御醫盡量說得委婉，但是意思很清楚，皇帝還沒有完全脫離危險，慈寧太后不能放心，仍要防備意外，於是她故意讓外界以為皇帝命不久矣。

景耀帶來的消息打亂了計畫，也取得了慈寧太后的信任。

她的根基還是太淺，娘家人剛到京城，無從依靠，對大臣她還不能控制自如，所以做不到完全相信。可她急需一名能用之人。

景耀被帶到慈寧宮，皇帝一直住在這裡，屋中滿是濃郁的藥味，御醫坐在椅子上打哈欠，一看到有人進來，立刻起身退到一邊。

慈寧太后走到床邊，看向自己的兒子，面露悲傷，馬上又努力擠出一絲微笑，「我的兒，你也要有兒子了，如果你能明白我的話，就做點表示。」

等了一會，床上傳來一陣呼嚕似的聲音，像是有痰卡在喉中。
慈寧太后又驚又喜，扭頭看向御醫，「陛下能聽懂我的話。」
御醫也吃了一驚，快步上前，先請太后退開，然後再次檢查，這捏捏、那按按，在兩隻手腕上輪流把脈，起身向太后道：「恭喜太后，陛下情況確有好轉，只是……」
「只是什麼？」
「只是脈象有些紊亂，微臣不明所以，難下定論。」
「但陛下會好起來？」
「呃……」御醫明白，自己這是在拿性命回答，遲遲不敢給出明確答案。
慈寧太后不滿，但是沒說什麼，揮手讓御醫退下，走到床邊，柔聲道：「陛下會康復的，還會兒孫滿堂，為大楚留下萬世基業。」
慈寧太后站在那裡，默默看著皇帝，似乎忘記屋子裡還有別人，良久方才轉身，示意景耀可以過來了。
景耀輕手輕腳地走到床邊，先跪下磕頭，然後才起來，稍稍側身，看向床上的皇帝。
皇帝的臉紅得不太正常，呼吸若有若無，雙眼睜開、不眨也不動，看上去有些怪異，御醫沒敢多說，景耀自然也不會亂開口，輕聲道：「老奴景耀，拜見陛下。」
慈寧太后道：「是陛下將你從卑賤之位解救出來，並且委以重任，景耀，你願意報答陛下嗎？」
景耀立刻跪下，先後向皇帝和太后磕頭，「老奴這條命是陛下的，只要能為陛下效力，老奴死而無憾。」
「好，就讓外面的人以為四名嬪妃懷孕好了，反正御醫鑑別不出來，誰也不能說這是假消息。景耀，當著陛下的面，你說自己能不能保護好這四人，尤其是佟妃？」
「景耀對天發誓，若不盡力，甘受千刀萬剮，若有意外，永淪地獄不得超生。」
太后點點頭，「在陛下康復之前，先不要透露陛下的病情，四名嬪妃懷孕的消息足夠穩定朝廷了。」

「太后所言極是。」景耀慢慢起身。

「你打算怎麼保護四名嬪妃和陛下？」

「多派護衛，晝夜巡查，飲食起居，嚴加監督。」

「你說的這些事情，中常侍做得到嗎？」

「老奴事事請示，憑太后懿旨傳令，無需他職。」

慈寧太后又點點頭，不愧是宮中老宦，說出的每一句話都符合主人的心意。

床上的皇帝又發出一陣呼嚕似的聲音，慈寧太后除了驚喜之外，還有一點困惑，「陛下似乎在對我說什麼，景耀，你能明白嗎？」

景耀再次看向皇帝，半晌之後搖搖頭，「老奴也不明白。」

慈寧太后長嘆一聲，說道：「或許我應該將陛下的身邊人招一兩個回來，張有才怎麼樣？他跟隨陛下最久，應該可信。」

「張有才沒問題，可這樣一來，不就等於向外宣告陛下病情有所好轉嗎？」

慈寧太后想了一會，「你去忙吧，需要懿旨，找我就是。」

「是，太后。」景耀出去，讓一名太監給自己準備食物，去四名嬪妃的住處外頭巡查一圈，回來吃飯，馬上擬定數道懿旨，賦予自己數項權力。他很謹慎，所有權力的範圍都很狹小，而且是臨時的，過期即廢。

慈寧太后疑心重重，景耀最不想做的事情就是引起她的懷疑。

剛才景耀其實有點明白皇帝的意思，皇帝在找一個人，雖然不知是誰，但是稍加引導，總能猜出來，景耀在太后面前卻假裝什麼都不懂，一是不想讓太后覺得他太聰明，二是不願這麼快就召人回來。

他要的是獨寵、是不可或缺。

太后的懿旨很快便送回來，由女官重新謄寫，改動很少，加蓋太后之印，起碼在宮中能夠通行無阻。

雖然並未恢復中司監之職，景耀又回到了權力之巔。次日天還沒亮，就有一批相熟的太監過來拜望，景耀通通不見，他就住在慈寧宮附近，絕不能顯出擁權自重的跡象，心裡罵這些人愚蠢，就算要討好，也不該如此明目張膽。

早起的第一件事是給慈寧太后請安，報告一下情況，又請了幾道懿旨，然後再去嬪妃住處巡查，定下死規矩：護衛一隊十一人，不准任何人單獨行事，就算是內急，也要有他人陪同，每隊護衛再配三名太監，互相監督；嬪妃身邊的宮女也是如此，一人出錯，全體株連；所有的茶飯，從材料進宮的那一刻起，每道程序都要有人把關。

對景耀來說，無所謂信與不信，所有人都得在監督之下才值得相信。

日上三竿，討好景耀的人就不再是宮中的奴婢，而是主人了。

三名可能懷孕的嬪妃都透過宮女給景耀送上禮物，不是很貴重，只是用來表示親密，其中兩人希望能再找御醫進宮確診一下，或者給外面的家人帶封信，淑妃鄧芸最直接，將景耀叫進來，說：「等我生下皇子，就是貴妃了，景公幫個忙吧，將這兩封信送出去，一封給我在西域的哥哥，一封給晉城的家人。」

景耀一律婉拒，聲稱自己沒有這個權力，一切事情都要由兩位太后做主。

真正懷孕的佟青娥卻沒什麼表示，她仍然感到緊張，覺得以自己的身份地位，不應該也不可能生下第一位皇子，總以為哪裡出錯了，或者自己懷的是女兒。

對佟妃，景耀細心勸慰，找來同是「苦命人」的太監與宮女陪伴，總而言之要讓佟青娥安心養胎。

期間有兩名太監過來找景耀，暗示宮外有人想見他，都被斥退，景耀知道誰想見他，韓稠一定急壞了，景耀卻不想這麼快就當面挑明一切，他要等待、要觀察，在形勢清晰之前，不做任何決定。

這天下午，景耀受到另一位太后的召見。

景耀對上官太后是又敬又恨，敬她最有太后威儀，恨她拿自己代罪，讓他由中司監直接貶職，遭受了無盡苦楚。

但他不能不去，請示慈寧太后並獲得許可後，景耀前往慈順宮，心裡有點好奇，上官太后早已不問內外事務，為何要見一名剛剛回宮的老太監？

上官太后賜坐，宮女獻茶，然後退下，景耀捧著茶杯側身而坐，目光低垂，不由自主地還是有點害怕這位已經放棄權勢的太后。

上官太后不願多費口舌，說了一聲「喝茶」，看著景耀抿了一口之後，問道：「上官家還有人活著嗎？」

景耀心中一驚，手裡的茶杯險些失手落地，「太后……」

上官太后微微一笑，「你去了一趟東海國，王家到京你卻沒什麼功勞，顯然不是去調查王家的真假，而是另有所圖，我猜是與上官家有關，對不對？」

景耀更驚，勉強笑道：「實不相瞞，老奴查的是燕家，陛下懷疑……」

上官太后搖搖頭，說道：「景耀，你覺得自己在慈寧面前的地位已經很穩固，可我一句話就能將你打回原形，你信嗎？」

景耀臉色都變了，想當初皇帝還是傀儡，慈寧太后也還是王美人的時候，景耀奉上官太后之命，暗中做過一些事情，一旦暴露，不死也得入獄。

算來算去，他還是鬥不過上官太后，只得回道：「老奴的確調查過太后家人，但是讓老奴這麼做的人不是慈寧太后，也不是陛下，而是平恩侯夫人。」

上官太后眉頭一皺，隨後笑道：「崔家的人，她想離間我與慈寧太后，你的調查結果呢？」

「太后有一位侄兒，名叫上官鼎。」

「嗯。」

「老奴在東海國找到上官鼎的一名貼身隨從，他說……他說上官家曾經接到太后的懿旨，讓他們幫助義士島，但是空口無憑，上官鼎不知下落，無從對證，所以老奴並未當真，從未對任何人提起此事。」

「也不是沒有可能，上官盛曾經掌管我的印章，他又熟悉我的筆跡，偽造一封信極為方便。」

「太后這麼一說，老奴心中豁然開朗。」景耀馬上道，心中並不覺得上官盛當初會有這種膽識。

上官太后不再說自家的事，「皇帝身邊有一名女侍衛，名叫孟娥，你認得吧？」

景耀點頭，「據說她殺死一名很可疑的女琴師，令刺駕一案更加撲朔迷離，如今也被扣押在崔府。」

「嗯，你想辦法將她弄回宮裡，要活的。」

景耀驚訝地抬頭看向太后，隱隱感到不安，害怕自己又會被捲進陰謀之中。

第四百一十四章　回宮

皇帝又發出一陣呼嚕聲，御醫上前診脈，心中其實早有判斷，可是當著慈寧太后的面，不得不做點什麼。

「陛下似有好轉，不過脈象依然紊亂，虛弱之中卻極少入睡，這不是好事。」

「是中毒嗎？」慈寧太后立刻問道。

御醫謹慎地搖搖頭，「微臣覺得不像，如果能叫來太醫院的同僚，大家參謀一下，或許能找出原因。」

慈寧太后尋思了一會，說道：「需要哪位御醫進宮，你列出名單來，他們跟你一樣，進來就不能出去，直到陛下好轉為止。」

御醫身子一顫，應聲是，退後斟酌該叫哪位御醫進宮與自己一塊受罪。

「我還是覺得陛下想要說些什麼。」慈寧太后凝視皇帝，半晌才轉身向站在一邊的景耀說：「慈順宮擔心遭到你的報復嗎？」

「太后明察。」景耀苦笑道。

「你怎麼回答的？」

「老奴說『慈寧太后奉慈順宮為長，這就是最大的保證，別說老奴這樣一名半廢太監，放眼整個宮裡，誰敢動慈順宮分毫？老奴在宮中為宦多年，升落起伏也不是一兩次了，每次遭貶，唯有退而思過，想著如何彌補錯漏、更好地為陛下與太后效忠，心中絕無半點恨意。』」

慈寧太后稱上官太后為「慈順宮」，景耀也用這種叫法。

慈寧太后微微一笑，「你倒是會說話。」頓了一下，「你今天挺忙吧？」

景耀早料到會有此一問，立刻將這一整天下來哪些人找過自己、所為何事說了一遍，不敢稍有遺漏，順便將有人請自己出宮商談一事也說出來。

慈寧太后果然很在意，「嘿，這麼快就有人拉攏景公了，是哪位大臣？」

「中間人不肯透露。」

「你經驗這麼豐富，肯定能猜出來。」

「嗯……老奴覺得是宗正卿大人。」

慈寧太后眉毛微動，「回想起來，景公說起嬪妃懷孕一事時，韓大人好像不太高興。你是他引進宮中的，他為什麼要幫你？又為什麼會對你說的話感到意外？」

景耀等這句話很久了，立刻跪下，「老奴不敢隱瞞，老奴想要進宮面見太后，卻不得其門，只好去向韓宗正求助。韓宗正收留過一名刺客，擔心自己會受到懷疑，也希望老奴能為他說幾句話。」

「關於東海王那番話是假的？」

「都是真的，老奴怎敢在太后面前說謊？陛下的確曾經召見東海王與老奴，讓我們暗中調查韓宗正，東海王也的確表達過栽贓比調查更便捷的意思。」

慈寧太后深思片刻，「關於韓稠，你們調查到什麼？」

「陛下召見我們兩人的第二天就在崔府遇刺，老奴尚未著手調查，至於東海王那邊的情況，老奴與他並無來往，不知詳細。」

景耀小心翼翼地引導，他手裡並沒有韓稠勾結刺客的直接證據，至於韓稠種種貪贓枉法的行為，引不起慈寧太后的興趣，所以他乾脆不提，只用隨口一句話引起慈寧太后的懷疑，剩下的事情順其自然就好。

慈寧太后並未表現出上鉤的跡象，平淡地嗯了一聲，說道：「很好，景公去忙吧，無論如何也要保住佟妃肚中的孩子。」

「是，太后。」景耀沒有立刻退下，有一件事他必須盡快解決。

「景公還有何事？」

「太后一直覺得陛下似乎有話要說，老奴思來想去，以為很有道理，可是老奴不常在陛下身邊，揣摩不透他的意思，不如將張有才召回宮中，或許能有辦法。」

「召回張有才會令人懷疑皇帝的病情，這是你的原話。」

景耀磕頭，「老奴想出一個主意，請太后斟酌，不要只召張有才一個人回府，以審訊的名義，多召幾個人回來，就不會引起懷疑了。」

慈寧太后默不作聲，景耀不敢顯得太急，等了一會，說：「老奴愚陋淺薄，前後反覆，請太后恕罪。」

慈寧太后又看了一眼床上的皇帝，終於下定決心，「你的主意不錯，總得弄清楚陛下想說什麼。可我對陛下身邊的人不大瞭解，你提幾個人來。」

「張有才肯定算一位。」

「嗯。」

「蔡興海和王赫皆是近臣，負責內外防衛，理應回宮受審。」

「嗯。」

「還有一位名叫孟娥的宮女，也在刺駕現場，而且殺死了刺客的一名同夥，也該受審。有這四人足矣。」

慈寧太后皺起眉頭，「孟娥？我聽說過這個名字，出身好像很複雜。」

「她是東海義士島人士，本姓陳，據稱是舊齊王的後人，與其兄長孟徹以東海國侍衛的身份進宮，先是服侍慈順宮，後來孟徹參加了齊國叛亂，孟娥一直留在陛下身邊，但是由侍衛轉為宮女。」

慈寧太后眉頭皺得更緊，「我記得孟娥。陛下怎麼會留這樣一個人在身邊？據說她在崔府殺死刺客同夥時也有問題，更像是殺人滅口，還用審問嗎？直接讓她伏法算了。」

景耀不敢為孟娥辯解，回道：「只召三人的話，顯得少些，那就加上一個崔騰，他常在陛下身邊，當時也在現場，最為可疑。」

慈寧太后搖頭，「崔家人要一塊審問，不能單召一人。陛下如此信任孟娥，或有原因，先將她召回來，你親自審問，將結果立刻呈送給我。」

「是，太后。」

景耀退出房間，心裡一陣發緊，同時也感到得意，自己真的回到宮裡了，不僅如此，還參與到最隱秘的陰謀當中。

他去四位嬪妃的寢宮巡視一圈，確認無事之後，才回自己的住處，一名太監正好送來太后的懿旨，他可以去崔府要人了。

天色已黑，景耀不敢耽擱，現在的他必須比二十歲的年青人還要精力充沛，容不得半點懈怠，立刻點齊十名太監、五十名衛兵，手持懿旨出宮，直奔崔府。

崔府被宿衛軍團團包圍，來者在一條街以外就要接受檢查，而且不能進府，管事的營將在燈下仔細看了幾遍懿旨，確認無誤才還給景耀，請他稍待，自己親去府裡提人。

寒風蕭瑟，周圍的士兵雖多，卻都保持安靜。

如今崔府已被分隔成一座座單獨的臨時「監獄」，裡面的人不能隨意走動，營將進去提人要花一段時間，景耀只能默默等候。

韓稠就是這時候趕來的，他的消息很靈通，景耀離宮不久，他也從家裡出發，正好趕上。

他沒穿官服，一身便裝，像是一名大腹便便的商人，眾多士兵明明看到他氣喘吁吁地跑來，卻沒有喝止，更沒有阻攔，只要不是進入崔府，他們可以通融。

景耀向前走出幾步，進入陰影，跟來的太監與衛兵全都識趣地留在原處。

「『士別三日當刮目相看』，這才隔了一天，我就得把眼珠子挖出來啦。」韓稠笑道。

「韓宗正言重了，我總算沒有辜負韓宗正的重托，希望韓宗正記得我的好處。」

韓稠嘿嘿乾笑數聲，呼出一股股白氣，「記得，我會一直記得。景公回宮之後一切都好吧？」

「遊子思歸，何況我這個在宮裡住了幾十年的老太監？」

「呵呵，景公現在可是慈寧太后面前的大紅人，出了不少主意吧？」

「奉命行事而已，不敢多說一字。」

「一個字也沒多說？」

景耀笑道：「韓宗正還不瞭解我的為人？沒有十足把握的事情絕不會說，更不會做，可是確定無疑的事情，我也絕不敢隱瞞，比如韓宗正這次拜訪，我就不能隱瞞，回宮之後必須通報給慈寧太后。」

韓稠回道：「那是當然，這麼多人看著呢，只要其他事情沒多說就好。我放心了，景公也請放心，我已經替你選好一處宅子，就在西城，離皇宮不遠，地方大，位置隱蔽，不久之後你就能入住了，偶爾出宮休息一下也是好的。」

景耀並不推辭，拱手笑道：「讓韓宗正破費了。」

「在交朋友這種事情上，韓某從來都是捨得下血本的。」

韓稠笑著告辭，景耀笑著目送。

宿衛營將帶出四個人，分別送進不同的馬車裡，景耀挨個檢查，確認是張有才、蔡興海、王赫、孟娥四人，四人表情各異，孟娥最鎮定，張有才最緊張，一見到景耀就詢問皇帝的情況。

景耀什麼也沒說，帶人回宮。

孟娥等人被關進不同房間，景耀只帶著張有才去向慈寧太后覆命。

張有才是極少數受到慈寧太后信任的人之一，被允許來到皇帝床前。

張有才先跪下磕頭，然後起身看向皇帝，心中驚懼交加，忍不住想哭，顫聲道：「陛下，是我，張有才。」

皇帝似乎認出了他，呼嚕了幾聲，張有才茫然不解。

慈寧太后本來就沒對張有才抱多大希望，這時輕嘆一聲，「張有才，你既然回來了，就留下服侍陛下吧。」

「是，太后，謝太后大恩大德。」張有才沒忍住，眼淚還是流了出來。

慈寧太后沒急著召張有才回宮，就是覺得這名小太監擔不起大事，倒不擔心他會害皇帝，點點頭，轉身離開，景耀緊隨其後。

出了皇帝的房間，來到正廳裡，慈寧太后入座，盯著景耀看了一會。

景耀被盯得心裡發毛，垂頭不語。

「有個叫聖軍師的人，景公聽說過嗎？」

景耀一愣，「聽說過，此人是刺客之一，在雲夢澤地位很高，曾化名雲雄，住在韓宗正家裡。」

「嗯，那就好，這位聖軍師在獄中招供，說他也認得景公，曾派人在東海國與景公接洽，你願與他當面對質嗎？」

景耀大驚，心裡明白，就在他離宮的這麼一小段時間裡，發生了某些事情，而且必定與韓稠有關。

第四百一十五章　不離

孟娥安靜地坐在黑暗之中，一動不動，直到房門聲響，才遲緩地移動目光，全無平時的敏捷。

有人提著燈籠進房，燈籠在前人在後頭，昏暗的燈光被寒冷包裹，照不亮那人的面孔，孟娥只能隱約看出是一名太監。

太監將燈籠放在地上，又將另一手中的食盒擺在桌子上，然後轉身靜靜地看著角落裡的孟娥，似乎要監督她將飯吃完。

「我不餓，你拿走吧。」孟娥說。

「不吃飯就沒有力氣，沒有力氣怎麼出海呢？」

「哥哥？」孟娥驚訝地說。

孟徹上前幾步，背對燈籠，孟娥仔細觀看，已能認出哥哥的輪廓，不由得更加驚訝，但是並未起身。

「我來救妳出去的，走吧，咱們回東海。」

孟娥盯著哥哥，緩慢但是堅定地搖搖頭。

「妳擔心東海不安全？咱們不回義士島，也不去扶餘國，泛舟海上，去更遠的地方避難，不再與大楚接觸就是了。」

「哥哥……」孟娥站起身，她知道哥哥有多麼熱心恢復陳齊，如今竟要放棄這一切，實在令她意想不到。

孟徹明白妹妹的意思，說道：「復國就是一場鬧劇，義士島自以為高人一等，可是在別人眼裡，咱們只是東海的一夥強盜，還不是最強大的那一夥。爭奪天下靠的不是武功，不是奇人異士，他們或許可以殺死皇帝，但是殺不死大楚。就算大楚現在倒掉，興起的也是天下群雄，根本沒有義士島的位置，也沒人承認咱們兄妹二人的身份。」

從齊國叛亂到四處亡命，孟徹感觸良多，從小在義士島上被培養出來的幻想一一破滅，如今他只在乎一個人——自己的親妹妹。

「我……不能走。」

「為什麼？妳留在這裡就是等死，太后——上官太后對我說了，慈寧太后不懂朝廷規矩，很容易受到大臣操控，誰也勸不了她，皇帝活不了多久，你們這些人在皇帝死之前就會被除掉。」孟徹頓了頓，又道：「妳什麼也做不了。」

「至少……至少我沒在皇帝最危險的時候轉身逃離。」

孟徹瞭解這個妹妹，知道她不會回心轉意了，可他還是要做最後的努力，「妳對我說過，妳回到皇帝身邊是要學習帝王之術，難道是騙我的嗎？」

在一個死皇帝身上是學不到任何東西的。

孟娥沉默，像她小時候一樣，遇到大人逼問但她又不願透露祕密時，就保持沉默，倔強得讓人惱火，孤獨得令人生憐。

孟徹真想直截了當地問妹妹是不是與皇帝發生了什麼，但他忍住了，這是他的妹妹，有些話不能由他詢問，他也不想知道。

於是兄妹二人都陷入沉默之中。

外面響起輕輕的敲門聲，這是催促，告訴孟徹不能停留得太久。

孟徹長嘆一聲，說道：「上官太后欠咱們的人情到此就還完了，從今以後咱們的生死與她無關，她絕不會出手搭救。」

「哥哥護衛太后多年，而我在中途離開，太后欠你人情，不欠我，我沒有指望過她的幫助。還能見你一面，真是太好了，哥哥，走吧，像你剛才說的，離開大楚，海上廣闊，總有落腳之處。別管我了，有些事情，自己是不能做主的，等我……等我重新掌握自己的時候，會去找你的，無論多遠。」

孟徹再次嘆息，覺得這會是一次永別，他轉身回到門口，提起燈籠，向前伸出，照亮妹妹的面孔，看了一會，說：「太后說，只有懷孕的佟妃或許還能在慈寧太后面前說幾句話。」

孟徹推門離去，孟娥隱約聽到外面有人小聲埋怨，大概是覺得孟徹待的時間太久，過於冒險。

孟娥當然不能跟哥哥走，她記掛著皇帝，同時也不想給哥哥增添危險。她一走就是重要逃犯，從京城到東海隔著千山萬水，一旦遭到官府的全力緝捕，兄妹二人一個也逃不掉。

她必須留下。

可她什麼也做不了，想了一會，走到桌前，在黑暗中吃了幾口飯菜，胃口全無，又放下筷子，回原來的位置上靜坐。

慈寧宮的一間屋子裡，張有才跪在皇帝床前，目不轉睛地不知盯了多久，只在蠟燭將要熄滅的時候，才起身去剪一下燭芯。

不遠處的御醫坐在椅子上睡著了，發出輕微的鼾聲。

皇帝的臉色比之前更紅，御醫卻束手無策，只說要慢慢調養，從外面又調來兩名御醫，也都是同樣的說法，三人輪流值守，不過做給慈寧太后看而已。

張有才也沒有辦法，只能守在床邊，希望能看到奇蹟發生，不知不覺間度過了整個晚上，渾然不覺外面天已放亮。

身後門響，御醫沒有被驚醒，張有才急忙轉身，磕頭道：「太后……」

慈寧太后一個人，沒帶宮女，睡在椅子上的御醫聽到聲音醒來，看到太后以後嚇得魂飛魄散，滾落在地，不停磕頭。

「出去。」慈寧太后冷冷地說。

御醫爬著出去，關上門。

慈寧太后走到床邊，換上憂慮的語氣，「陛下的臉似乎不大正常。」

「半個時辰之前還不像現在這麼紅。」

「你一直守在這裡？」

「是。」

「唉，皇帝身邊那麼多人，也就你還算可信。」

張有才又磕頭，「不止我一人，還有蔡……」

慈寧太后輕輕抬手，表示自己不想聽，凝視皇帝片刻，「在東海國的時候，你注意到過景耀的異常嗎？」

「景耀？」張有才十分驚訝，回道：「我在東海國的時候，只見過他兩三次，連話都沒說，沒注意到他有什麼異常。」

「你很討厭景耀吧？」

張有才臉色一紅，跪在地上說：「太后問起，我不敢不答，景耀當初還是中司監的時候，可不怎麼樣，對手下人……特別嚴厲，不只是我，宮裡許多人都不喜歡他。」

「尤其是你們這些『苦命人』。」

張有才越聽越心驚，又一次磕頭，慌張回道：「那只是大家隨口一說的名字，早就不存在了。」

「為什麼不存在？陛下與我也是『苦命人』，與你們同病相憐。而且你們是第一批支持陛下的人，甚至追隨他出宮，忠誠之心天地可鑑，我只嫌『苦命人』太少，從未想過要解散。」
張有才連磕數頭，有些激動地說：「太后，我們……我們對皇帝絕無二心。」
小太監說不出華麗的豪言壯語，慈寧太后卻更加滿意，點點頭，「佟妃也是『苦命人』當中的一員吧？」
「是啊，她能服侍皇帝，我們都替她高興，如今她又懷上龍種，更是天大之喜。」
慈寧太后露出微笑，「平身。」
張有才猶豫一會，扶著床沿起身，跪得太久，腿腳麻木，搖搖晃晃地站不穩當。
「如今宮中我只相信你，從現在起，你不用守在陛下身邊了，去保護佟妃，不要讓她出一點意外，宮裡宮外妖邪甚眾，你要小心提防。」
張有才又要跪下，被慈寧太后阻止，他疑惑地問：「景耀呢？」
「他就是我所說的妖邪之一，不必管他了。」
張有才腿一軟，差點整個人摔倒，並非同情景耀，而是覺得事情變化的太快。
慈寧太后繼續道：「你一個人勢單力薄，可以找人幫你，但是一定要可信。」
「蔡大哥。」張有才脫口而出，「蔡興海從前是宮裡的太監，也是『苦命人』的一員，曾經隻身仗劍保護陛下躲避追殺，完全值得信任。」
慈寧太后想了一會，「先不忙，等我查清楚再說。」
「是，太后。」
慈寧太后又看了一眼床上的皇帝，「去把三個御醫都叫來。」
「是。」腿上的酥麻還沒消失，張有才深一腳淺一腳地往外走，總算沒有摔倒，很快叫來了等在外面的三名御醫。
三人一字排開，全都瑟瑟發抖，治不好皇帝還在其次，如果讓慈寧太后覺得他們沒盡心，才是殺身之禍。

「陛下臉上越來越紅，這究竟是怎麼回事？你們是御醫，食國家俸祿，一個個都號稱能夠妙手回春，怎麼連病因都查不出來？」

三名御醫抖得更明顯了，一人壯膽回道：「稟告太后，我們……我們三人有個猜測，不知當講不當講？」

「難道還要我求你們嗎？」慈寧太后的確很生氣，她希望看到張有才這樣的忠僕，全心全意掛記皇帝，而不是坐在一邊酣然大睡，不將重病的皇帝放在心上。

御醫磕頭，顫聲道：「我們……猜測……陛下的症狀可能是……可能是內息混亂。」

「『內息混亂』是什麼？」慈寧太后聽不懂。

「我們斗膽推測，陛下……是不是練過內功？」

「陛下從小在我身邊，練過哪門子內功？」慈寧太后大怒，以為御醫是在胡說八道，突然想起什麼，問張有才：「陛下學過什麼內功嗎？」

張有才一臉茫然，「陛下倒是學過幾天拳腳刀劍，內功……」他也突然想起了什麼，「孟娥，一定是孟娥教陛下內功的！」

「又是她。」慈寧太后扭頭望向自己的兒子，許多疑惑突然解開，喃喃道：「陛下離開皇宮究竟是為了什麼？為了誰？」

過了一會，她說：「張有才，你去服侍佟妃吧，這裡不用你了。」

張有才躬身退下。

慈寧太后看著三名御醫，「既然知道是內息混亂，就按法醫治，再無效果，就換一批御醫，你們自己提頭回家吧。」

御醫們連連磕頭，誰也不敢說自己治不了內息的事。

慈寧太后打算見一見孟娥，覺得這是一名長久隱藏、突然顯露出來的敵人。

第四百一十六章 陛下能為我作證

兩名宮女走進來，一人走到桌邊，瞧了一眼只被吃了幾口的飯菜，轉身與同伴一塊看向角落裡的「犯人」。

宮裡的女侍衛不多，孟娥見過這兩人，但是叫不出姓名，慢慢站起身，平靜地迎視她們的目光。

一名宮女亮出手中的細繩，微笑道：「可以嗎？」

孟娥點點頭，既然選擇留下，她不會做無謂的反抗。

一名宮女站在原地，另一人走向孟娥，孟娥懂得規矩，轉身將雙手負在後面，繩索套在手腕上，一開始很輕柔，好像只想意思一下，突然收緊，兩三下繫好了繩結。

繩索不粗，是以牛皮條擰成，非常結實，就算是比孟娥更厲害的人也掙不脫。

孟娥轉身，走出房間，兩名宮女一前一後帶著她。

天已大亮，皇宮裡卻極為安靜，看不到其他人，拐了幾個彎，孟娥被帶進一座獨立的院子裡，她有點納悶，這不是審訊犯人的地方，而是一座閒置的住處，只有級別較高的太監或是女官才有資格居住。

正房擺著一張椅子，背對門口，這是孟娥的位置，她坐下，宮女又拿出一條長繩，連人帶椅攔腰捆了兩圈，收得很緊，最後又用力拽了兩下，確認無誤，才退到一邊。

門外傳來低語聲，像是某人在吩咐什麼，孟娥無法轉身，也不想看，默默坐在椅子上，等候自己的命運。

腳步聲響，來者似乎不少，但是繞到孟娥前方的只有兩人，一個是宗正卿韓稠，另一個是名太監，孟娥有點印象，但也叫不出名字。

兩人謙讓了一會，太監先落座，韓稠其次，兩人沒有立刻開始問話，斜著身子，交頭接耳一會，然後端正坐姿，太監先開口：「妳叫孟娥，陛下身邊的宮女？」

「嗯。」

「認得我嗎？」

「應該見過吧，不知姓名。」

「我是御馬監提督容化民。」

孟娥曾經與哥哥在御馬監向皇帝等人傳授武功，聽容化民一說，她有印象了，「想起來了，的確見過。」

「那就好，有幾件事我要詢問，妳願如實回答嗎？」

「願意。」

容化民沒有立刻開始審問，扭頭看向韓稠，用目光和點頭再次謙讓一會，繼續道：「妳來自東海義士島，原姓陳，對吧？」

「對。」

「真名叫什麼？」

「陳喑，喑啞難言的喑。」

這是一個怪名字，對一名女子來說尤顯古怪，容化民點了點頭，開始提出真正的問題，「妳在崔府曾受過審問嗎？」

孟娥搖頭。

「開口回答。」

「沒有。」

「妳在崔府殺死過一名叫做張琴言的女子，對不對？」

「張琴言是被毒殺的，與我無關。」

「她哪來的毒藥？」

「我不知道，我猜她將毒藥藏在了琴中，如果陛下聽到琴聲之後去見她，中毒的就是陛下，可陛下去見崔勝之子，張琴言就自己服下毒藥。」

「她為什麼要這樣做？」

「她知道自己逃不掉，服毒大概是為了免受皮肉之苦，也可能是不想連累他人。」

「那妳又為什麼去見張琴言呢？」

「她是江湖人，我不放心，於是過去查看。韓宗正應該比我更瞭解張琴言。」

韓稠面不改色，向容化民道：「正如我之前所說，雲夢澤對刺駕一事策畫已久，由外圍慢慢向目標靠攏，是他們的慣用手段，我願領失察之罪。」

「韓大人的事情不歸我管，我只負責……」容化民指了指對面的孟娥，繼續道：「所以妳早就懷疑在崔府會有刺客？」

孟娥想了一會，回道：「我是陛下身邊的宮女，也是侍衛，我懷疑一切地方都有刺客，連皇宮也不例外，不只是崔府。」

容化民輕笑一聲，慢條斯理地從袖中抽出一捲紙，展開之後念道：「我在臨淄城見過陳氏兄妹，陳暗表示願意回到皇帝身邊潛伏，必要的時候刺殺皇帝，製造一場大亂，配合東面的義舉。陳暗聲稱有辦法取得皇帝的信任，其兄陳默願作擔保，於是我們讓她出城。」

容化民晃晃手中的紙，「知道這段供狀來自何人嗎？」

「聖軍師。」

「他說的是實話嗎？」

「是。」

孟娥回答得如此痛快，容化民反而有點困惑，收起供狀，咳了一聲，「妳這是承認自己參與刺駕了？」

「我不承認，我對聖軍師說的話只是脫身之計，並非實話，陛下知道這些事情，他願意相信我。」

韓稠插口道：「取得陛下信任不正是妳的目的嗎？」

「我有無數次機會殺死皇帝，沒必要非得等到在崔府才下手。」

「或許這是雲夢澤的安排，妳只是奉命行事。」韓稠道。

「這是韓宗正的猜測，理應由韓宗正拿出證據。」

韓稠大笑，「好一個聰明的女子，妳明知陛下昏迷不醒，卻聲稱只有陛下能為妳作證。」

「你們讓我如實回答，我做到了，信不信由你們。」

韓稠轉向容化民，微笑道：「雲夢澤多是花言巧語之輩，此女殺死張琴言明顯是為了滅口，保護背後的某個人，問來問去沒有結果，非得用刑不可。」

容化民沉吟不語，他也是宮中老宦，雖然不相信孟娥的話，但也不敢輕易對皇帝身邊的人用刑，就怕事後遭受報復。

「太后說得很明白，刺駕幕後極可能有朝中大臣支持，崔府的兩名刺客都已被殺，聖軍師等人不知詳情，只剩此女是唯一的線索，咱們可不能辜負太后的重托。」

容化民點點頭，向孟娥道：「我最後問一次，妳可願招供事實？」

「我說的每一個字都是事實，陛下能為我作證。」

容中民等了一會，對韓稠說：「請韓宗正去別室休息一會。」

除非是在公堂之上，大臣通常不會參與刑訊，尤其是對女犯的刑訊，韓稠起身，與容化民又互相謙讓一會，一塊離開。他們邊走邊低聲交談，語氣親切，像是在討論下頓飯吃什麼、天氣好的時候去何處遊玩。

孟娥坐在椅子上不能動，也不想動，平靜地看著對面的兩張空椅子。

一名宮女繞過來，勸道：「還是招供吧，那些刑具連男子都受不了，妳早晚會說出一切，何必白受苦頭？」

「陛下還沒有醒嗎？」孟娥反問道。

宮女微微一愣，「妳問錯人了。」

孟娥點點頭，「用刑吧。」

宮女招手，另一名宮女走過來，手中拿著一副夾手指的刑具，很簡單，也很有效，十指連心，大部分人都過不了這關。

刑具很舊，不知在多少人手指上用過。宮女向孟娥展示了一會，又繞到她身後，解開捆在椅子上的繩索，讓孟娥站起，挪開椅子，將刑具套在手指上，動作有意放慢，讓犯人體會用刑之前的恐懼。身後上刑的人不只一個，孟娥沒有回頭，有人按她的肩，想讓她跪下，她拒絕，筆直站立。

對面的宮女說道：「只要一個名字，說出是誰在幫助雲夢澤的刺客，妳就不用受苦了。」

「只有陛下能為我作證。」孟娥還是重覆這句話。

宮女盯著她看了一會，向她身後點頭，將刑具慢慢收緊，手指上的疼痛逐漸強烈，過了一會又開始減弱。

孟娥感到奇怪，她沒受過刑，但也知道這點疼痛實在太弱了些，稱不上真正的拷問。

對面的宮女似乎接到了命令，揮揮手，刑具被解開，椅子挪回原處，孟娥坐下，繩索重新捆綁，而且多加了兩圈。

一切完成，宮女向外走去，身後腳步聲一片，所有人似乎都在離開，只留孟娥一個人。

她仍然不回頭。

片刻之後，又有人進來，繞到孟娥面前，居然是佟青娥和張有才。

佟青娥顯得有些緊張，好像不情願來，但又不得不來，張有才護在側前方，神情嚴肅得與年齡不符，「孟娥，妳真的沒有背叛陛下？」

「陛下能作證。」孟娥還是那句話。

「妳明知道……」

孟娥打斷張有才，「你見到陛下了？」

張有才猶豫著點點頭。

「他沒醒？」

「不算醒，陛下倒是睜眼了，但是好像看不到人，偶爾發出一點聲音……」

「臉很紅，脈象紊亂。」孟娥替他說下去。

張有才大吃一驚，「妳、妳怎麼知道？」

「不應該啊，陛下只是內息出錯，宮裡有內功高手，早應該治好陛下。」

張有才更加吃驚，「妳既然知道病因，怎麼不早說？」

「向誰說？」

張有才無言以對，在崔府的時候，他們都被單獨囚禁，彼此不能見面，更不用說向宮裡傳話。

「回宮之後妳應該說的。」佟青娥小聲道。

「我以為陛下已經好轉，只是假裝昏迷，而且我不信任那些人，你們兩個倒是可信。」

對面兩人互視一眼，張有才向外跑去，佟青娥一個人面對孟娥，又有點緊張，「其實我也相信妳，有多少個晚上，陛下寧願睡在書房，也不回臥室，只有妳陪在身邊，陛下真的非常非常信任妳。」

孟娥沒有接話，看著佟青娥的肚子，「恭喜。」
佟青娥微微一笑，「我也沒想到，還不知道是男是女。」
「無論男女陛下都會喜歡的。」
佟青娥神情稍暗，「希望如此吧，如果陛下醒來……」
「陛下肯定會醒的。」
「那我希望這是一個女孩。」佟青娥輕輕撫摸尚無孕相的小腹，「可以遠離一切紛爭。」
有一個疑問藏在佟青娥心中許久，趁著左右無人，她說了出來，「妳為什麼……不要一個名分呢？陛下會給妳的。」
孟娥沉默了一會，「妳誤解了，我永遠不會加入後宮，那不是我的目的。」
佟青娥愣住了。

第四百一十七章 風向

皇帝在崔府遇刺時，蔡興海負責當天的外圍警戒，與早已混入府內的刺客無關，即使如此，他仍然經受一番審問之後，才得到慈寧太后的信任，官復原職，第一件事就是從宿衛營中選擇五位侍衛送進慈寧宮。

這五人都練過內功，名義上是要保護太后，真正的任務卻是為皇帝療傷。

三位御醫總算暫時解脫，但是仍未得到赦免，被慈寧太后痛斥。

「陛下症狀出現多日，你們為何早不說明情況？」

三位御醫磕頭請罪，第一位御醫負的責任最大，只好由他來解釋，「我、我不是治療這種、這種內傷的行家，而且、而且真的想不到……陛下……會練過內功。」

慈寧太后也沒想到，但她仍將責任都歸到御醫頭上，「你不是號稱包治百病的神醫嗎？連這種事情都想不到？陛下若是無事，你們逃過一劫，若是診斷出錯，哪怕出一點問題，你們難逃死罪。」

御醫唯有磕頭，不敢辯解。

五位侍衛陸續趕到，每個人都要經過三次搜身，單獨拜見太后，聽說要給皇帝治內傷，全都大吃一驚。

看過之後，五人態度不一，或肯定，或謹慎、或猶豫，但是結論都差不多，與御醫的判斷吻合：皇帝的確是內息混亂。

太后終於相信。

三位御醫又被叫來，與五名侍衛聚在一起，商量一個最穩妥、最有效的療傷辦法。

午時過後不久，療傷開始，兩名侍衛將皇帝輕輕架起，一名侍衛推拿皇帝周身穴位，幫助他恢復內息運轉，還有兩名侍衛待命，輪流替換同伴。

治療內傷如同整理一團亂麻，最忌心急、心亂，只能一點一點進行，他們預計要一整天以後才見初效，至少三天才有明顯效果。

三位御醫開出養體之藥，配合療傷，他們還有一項重要職責，向慈寧太后解釋清楚療傷過程，讓她別急，尤其讓她不要亂懷疑。

「療傷期間，或有凶險之時，萬望太后莫要憂心，我們八人齊心協力……」

慈寧太后冷冷地說：「我只看最後結果。」

有這句話，御醫和侍衛們也就滿意了。

慈寧太后親自監督了一會，一名休息的侍衛小心翼翼地提醒道：「太后氣勢如虹，怕是不利於療傷。」

慈寧太后哼了一聲，即使不懂武功，她也知道這是胡說八道，有她在場，侍衛們太緊張倒是真的。

她派親信的兩名太監、一名宮女留下，自己離開，休息了一會，決定召見孟娥。

孟娥雙手被縛，由四名女侍衛帶進來，向慈寧太后跪拜之後，獲准起身。

看到真人，慈寧太后有點意外，還有點失望，原來這個孟娥並非絕世美女，論姿色只算普通，而且年紀明顯比皇帝大一些，雖然按規矩磕頭請安，臉上卻是一副孤傲神情，全然沒有宮人的謙卑謹慎。

皇帝居然會寵信這樣一名女子，慈寧太后實在想不出理由，將孟娥上下打量了幾遍，直接問道：「陛下臨幸過妳？」

普通女子被問到這種事，通常會臉紅，孟娥卻面不改色，搖搖頭：「沒有。」

「若是讓我查出妳並非處子之身……」

孟娥臉上終於顯出一絲羞怯，「甘受極刑。」

慈寧太后不會這麼做，只是越來越好奇，「是誰教皇帝內功？」

「我。」

「妳為什麼這樣做？」

孟娥沉默一會，「陛下第一次進宮稱帝時，一無所有，我希望他能有一技傍身。」

「內功能傍身？」

「就算不能自救，也不至於沒有還手之力。」

慈寧太后總算明白了一點原因，她能想像得到孺子在宮裡當傀儡期間是多麼的孤獨與恐懼，這名女子算是趁虛而入，那時候給予皇帝的一根針，現在也能價值千金。

她對孟娥的信任又多了幾分，揮揮手，示意宮女解開繩索。

孟娥揉揉手腕，沒有謝恩。

「沒有內功就不會內息混亂，妳的內功害了陛下。」慈寧太后覺得所有人都要對皇帝的狀況負責。

「雲夢澤刺客武功高強，陛下若沒練過內功，當時就會被殺死。」

慈寧太后心中哼了一聲，這名女子膽子不小，所謂的守規矩只是表面功夫。

「妳現在是以什麼身份留在陛下身邊？」

「普通宮女。」

慈寧太后問侍立一邊的女官，「宮冊裡有她的名字嗎？」

女官早已調查過孟娥，立刻回道：「孟娥從前歸屬劍乾營，幾個月前已被除名，遍查宮冊，並無其名。」

「陛下真是粗心，居然忘了給身邊宮女一個名份。」慈寧太后說。

孟娥覺得這不算問題，所以不做回答。

「既然你們都與刺客無關，究竟是誰在幫助刺客？」

「韓稠。」孟娥沒有景耀的隱諱。

「說他壞話的人不少，可是都拿不出證據，妳有證據？」

「如果需要證據，太后又何必將兩府的人都關押起來呢？」

慈寧太后大怒，她早已不是從前的小丫鬟，也不是躲躲藏藏的王美人，她是當今太后、皇帝的生母，這個連名字都不在宮冊上的女子，竟然敢質疑她的決定。

「刺殺皇帝對韓稠有什麼好處？這麼久以來，他一直在討我歡心，難道就是為了掩飾刺駕？」

孟娥搖搖頭，「韓稠一開始是真心討好太后，希望藉此討好皇帝，能夠一直留在洛陽。太后上當了，陛下卻沒有，而是暗中佈置，想要懲治韓稠。對雲夢澤的望氣者來說，韓稠心懷不滿，這是現成的『順勢而為』，於是找上門來，雙方一拍即合。」

慈寧太后心中越發惱怒，強行忍住，「可韓稠交出了那個叫聖軍師的望氣者。」

「那是因為聖軍師的行蹤已經暴露，韓稠必須這麼做，聖軍師自願犧牲，可即使在獄裡，他也在幫韓稠解脫嫌疑。」

「這些都是妳的猜測。」

「聖軍師是江湖人，我也是，我見過他，瞭解他的為人，而且，陛下會相信我。」

慈寧太后再難忍受，「帶下去。」

孟娥被押回原處，手上沒再捆綁繩索。

慈寧太后一點也不喜歡孟娥，可是生過氣後，她還是仔細思考了孟娥的話。

守在皇帝房中的太監每隔一段時間都要過來通報情況，黃昏時分他帶來好消息，皇帝的臉不那麼紅了，而且閉上眼睛，真正睡了一會，五名侍衛正在休息。

慈寧太后稍稍放心，也逐漸冷靜下來，開始反思這幾天的行為。要不是她的反應過於激烈，對各方逼迫得太緊，孟娥早就會給皇帝療傷，就連御醫也不至於有了猜測卻遲遲不敢說出來。

至於韓稠，慈寧太后還是很難接受他是奸臣的結論，韓稠肯定貪賄極多，否則的話也拿不出那麼多貴重禮物送給王家，可他既愚蠢又膽小，怎麼看都不像是敢於參與刺駕的人。

入夜之後，慈寧太后無法安心，派人傳召景耀。

景耀被關在宮中的監牢裡，很快就被押來，他這幾天過得大起大落，連他這種見慣風雨的人也覺得頭暈目眩，渾身無力，一進屋就癱坐在地上。

「對韓稠你知道什麼，全都說出來。」慈寧太后命令道。

景耀不明所以，但是不敢再有隱瞞，將自己查到的一些情況全盤托出，這些事情仍然無法證明韓稠與刺駕直接相關，但他做的每一件事，讓商人毀掉欠條、交出聖軍師等等，都在減少皇帝的警惕。

慈寧太后沉默無語，到了這種時候，她不得不承認，韓稠的確很可疑，別人都看在眼裡，只有她被迷惑。她不願當著太監的面承認錯誤，命人將景耀帶走，仍然關在獄中。叫來女官，擬了一份懿旨，明天上午宣召韓稠，她要當面問個清楚。

天色已晚，出宮不便，懿旨留在桌上，等明天一早再送出去。

對韓稠來說，這是一個無眠之夜，白天的時候，對孟娥的審訊無疾而終，他就預感到風向在變，於是動用宮裡的一切關係，打探慈寧太后的一舉一動。

五名侍衛、孟娥、景耀先後被召進慈寧宮，韓稠全都得到了消息，最讓他心驚肉跳的是，傳言說皇帝有可能會醒過來。他的一切計畫都建立在皇帝永遠不會再醒來的基礎上，一旦皇帝能夠開口說話，第一件事大概就是抓捕他。

韓禂左思右想，覺得不能就這樣坐以待斃，立刻出府，先去拜見宰相申明志，吃了閉門羹，宰相已經休息，不接見外人。

他又去找那些商人，商人倒是很願意見他，張嘴就問什麼時候能賠償損失，他們燒毀欠條可是有條件的，說起其他事情，全都支支吾吾。

韓禂找藉口離開會館，想要再打聽一下宮裡的動向，卻已找不到人傳話，那些人或是閉門不納，或是聲稱太晚沒有辦法進宮。

韓禂終於明白自己已經走投無路，他必須離開京城回洛陽，回到自家地盤，那裡有他的家人，遍布他的勢力，還有反戈一擊的機會。

第二天早晨，皇帝終於醒來，仍然虛弱，卻能開口說話，最先要找的人不是慈寧太后，不是奸臣韓禂，不是皇后，不是諸多親信。

「叫崔騰來。」

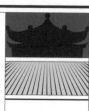

第四百一十八章　崔騰

皇帝在宮裡半昏迷期間，崔府裡有個人也像丟了魂一樣，全家人雖然無不悲傷驚恐，可是誰的悲傷也比不上他深切、誰的驚恐也不如他強烈。眨眼之間，崔騰失去了一切。先是皇帝在他面前遭到刺殺，沒等他回過味來，又得到消息說張琴言已死，跑到父親房中，只見妹妹崔小君泣不成聲，父親崔宏吐出一口老血，剛好幾分的傷勢變得更加嚴重……

這次刺殺毀了崔家，就連最支持崔宏的南軍也保持沉默，沒有派人探望大將軍的傷情，更沒有任何異動。

緊接著就是大批宿衛軍將崔府包圍，不准外出，府裡的人也不准隨意走動，與監禁無異，崔騰只能留在自己的房間裡，一會覺得天塌了，一會覺得還有希望。

時間一點一點過去，他終於認命，發現自己最懷念的還是張琴言，他正處於極度迷戀的階段，突然被強行斬斷，這份迷戀落入心中再難割捨。於是他喝酒，他哭泣，他吟詩，吟不出自己的詩，就吟別人的詩，自己吟不出，就讓僕人替他吟，只覺得每一首都在說他與張琴言的故事。

他的感傷沒能維持太久，崔府被圍的第三天，崔府真正的女主人，七十餘歲的老君不幸病故。老君年事已高，身體也不是太好，但是看她每日裡斥罵眾人的勁頭，大家都以為她能長命百歲，至少能活到八十。老君仗著一股不服輸的心氣掌管崔家，也因為這股心氣而極易動怒，刺駕一事對她打擊尤深。

皇帝親臨，本該是崔家又一次登上巔峰的象徵，結果一腳踩空，崔家跌入萬丈深淵。老君不服氣，因為這場刺殺根本不是崔家策畫的，完全是晴天霹靂，消息剛傳來的時候，她根本不信，直到親眼看到被殺死的刺客和昏迷不醒的皇帝，才肯接受事實。

但她不能接受這樣的結果。

崔騰懷念張琴言、崔小君記掛皇帝、崔宏想盡辦法打聽消息，只有老君不作不鬧，挨個召見崔騰身邊所有僕人，將重孫崔格留在身邊，一點一點詢問當天的情況。

崔府的主人不能隨意走動，僕人相對自由些，崔格受到驚嚇，在曾祖母的安撫下，慢慢好轉，終於能夠說出當時的詳細情形，雖然語言不夠通暢，意思還是很清晰的。

崔家被利用了，而且是被一夥強盜利用。

老君明白之後，怒氣攻心，整整咒罵了一天，罵強盜陰險無恥、罵女人是紅顏禍水、罵崔騰沒長眼睛、罵兒媳沒管好崔騰、罵兒子崔宏手腕不夠強硬、罵小君沒本事，生不出太子，也籠絡不住皇帝的心……

只罵活人不過癮，她開始罵死去多年的丈夫，罵陰曹地府，罵天上的神仙，最後的半個時辰，她甚至隱諱的罵起宮裡的太后與皇帝。身邊人早被罵跑，只有兩名丫鬟守在外面，突然發覺耳根清靜，還以為自己聾了，等了一會才提心吊膽地進屋，看到老君倒在地上，推也不動，再探鼻息，已經沒氣了。

崔家甚至不能發喪，好在東西幾年前就準備好了，將老君盛裝入殮，停柩廳中，等候宮裡的消息。

宮裡傳召崔騰，府中上下人等心裡全都懸起。如果召的是皇后，意味著皇帝很可能已經醒來，如今叫的人卻是崔騰，很可能是要繼續審問刺駕之事，絕非好兆頭。

崔騰只能丟掉詩集，與家人一一訣別，「禍是我闖的，我一人承擔，母親，請好好照顧父親，妹妹，請保重身體，只要還能活著回來，我一定給你打聽到陛下的情況。」

母親與妹妹只是哭，崔騰沒敢去見父親，跟著宮裡派來的太監離開。

想在宮裡打聽消息卻是痴心妄想，除了必要的指示，根本沒人敢跟崔騰交談，從前的熟人這時都全都神情冰冷，好像不認識他這個人。

崔騰被送到一間屋子，一等就是大半天，沒人送飯，桌上只有半壺涼茶，沒多久就被他轉移到床下的夜壺裡。等得越久，崔騰越害怕，這股恐懼甚至壓過了對張琴言的懷念，「我就說我是被騙的，張琴言是皇帝賜給我的，關我什麼事啊？對對，我被騙了，崔家被騙了，但首先是皇帝被騙了……」

崔騰一個人嘀嘀咕咕，傍晚時分，終於又有太監到來，一進屋先皺眉捂鼻，似乎聞到了什麼。

「是你們不讓我出門的，我能怎麼辦？憋不住啊。」崔騰辯解道。

太監搖搖頭，「跟我走吧。」

「去哪？」

太監不回答，轉身向外走去，在門口催道：「還等什麼？既然進宮了，就得守宮裡的規矩。」

崔騰差點想哭著求饒，隨即一狠心，昂首跟上，大聲道：「我不怕！」

崔騰此前只到過皇宮外圍，沒進過內宮，走來走去，很快就迷路了，分不清東南西北，只覺得越走看到的人越少，心中懼意漸升，甚至想要一逃了之，可前面兩名太監帶路，身後四名衛兵跟隨，他半步也不敢走偏。

終於來到一座大院子門前，上面的匾額寫著大字，不等他認清，身後的衛兵推了一下，崔騰踉踉蹌蹌地邁過門檻，進入院內。

在院子裡他又等了一個時辰。寒風拂面，凍得他牙齒打顫、鼻涕直流，一腔豪情消失得乾乾淨淨，這時若有人出來問話，讓他承認什麼他都會點頭，只求一件厚些的棉衣，最好是能進入一間有炭盆的暖屋。就算張琴言還活著，崔騰也願意用來交換溫暖。

一名太監走出來，向崔騰招手，示意他可以進屋了。

崔騰轉身，向四名一直站在後面的衛兵點點頭，佩服他們比自己抗凍。

屋子裡暖意洋洋，崔騰一抖，覺得從頭到腳彷彿正在融化。

一大群人冷冷地看著他，有太監和宮女，還有一些外人，崔騰對每個人都帶笑點頭，希望能討得眾人歡心，讓他在屋子裡多待一會。

太監指著裡間的房門，「進去。」

「是是，好好。」崔騰哆哆嗦嗦地往裡走。

裡間充斥著濃重的藥味，只有一名太監和兩名像是侍衛的人。

崔騰仍然笑著點頭，直到目光轉向床，立刻收起笑容，突然明白自己有多愚蠢，皇帝遇刺、生死不明，他怎麼能笑呢？應該痛不欲生才對。

沒等他醞釀出悲傷的神情，床上傳來一個虛弱的聲音，「崔騰？」

「是我，是、是陛下？」崔騰大吃一驚，隨後欣喜若狂，皇帝沒死，崔家有救了。

崔騰邁步想要撲過去，卻被一名侍衛伸手攔住，侍衛沒說話，但意思很清楚，崔騰只能留在門口，不准靠近床榻。

於是崔騰在原地跪下，「陛下，我是崔騰，我就是崔騰啊，日日夜夜、時時刻刻我都想著陛下，輾轉反側、寤寐……寤寐，我真是睡不著覺啊。」

床上沒有聲音，崔騰等了好一會，困惑地看向太監和侍衛，沒有得到回應，他只能跪在那裡繼續等待。

「崔騰？」床上再次傳來聲音。

崔騰一愣，茫然回道：「是我，陛下。」

太監上前，揮手示意崔騰起身，可以走近床榻。

崔騰慢慢站起，慢慢走到床邊，藉著昏暗的燭光，終於看到皇帝。

皇帝也在看他，但是目光渙散，好像並不認得他。

「陛下……我是崔騰。」

皇帝沒有反應，過了一會，閉上雙眼，像是睡著了。

沒人告訴崔騰這是怎麼回事、該怎麼做，他只好站在那看著皇帝，突然悲從中來，這回是真心為皇帝悲傷，與張琴言和家中的慘狀無關。

皇帝再次睜眼，說出的還是同一句話，「崔騰？」

崔騰點點頭，淚如泉湧，「陛下，我是崔騰，皇后還在家裡呢，她日思夜想，眼睛都快哭壞了，陛下快些好起來吧。」

皇帝還是沒有反應。

太監牽著崔騰的手腕，將他拉到一邊，小聲道：「陛下一整天都在說你的名字。」

崔騰認得太監，問道：「容公，我已經來了，陛下為何……」

容化民示意崔騰隨自己到外間說話。

四名衛兵也進屋了，崔騰又被帶到四人身前，他感到不妙。

容化民稍稍提高聲音，「御醫以為，陛下雖有好轉跡象，但是受驚過度，只怕心思有些糊塗了。」

「不可能。」崔騰斬釘截鐵地說，「陛下膽識過人，什麼場面沒見過？怎麼會『受驚過度』？」

容化民噓了一聲，然後道：「陛下記得你的名字，想必是對一事不解。」

「什麼事？」

「你為什麼會與刺客勾結？」

崔騰大驚，聲音一下子提高了，「我沒有！你誣陷！陛下絕不是這個意思！」

「這是唯一的解釋。」容化民冷冷地說，一揮手，兩名衛兵上前，按住崔騰的肩膀。

「這不是真的，我也是被騙者。」崔騰哭著說，沒有反抗。

外面還是那麼冷，崔騰卻已經感覺不到，既委屈又害怕，真覺得天塌了。

他沒有被送回原來的房間，而是來到一間牢房，這是囚禁宮人的地方，條件比外面真正的牢房要好得多，對現在的崔騰來說，卻無異於地獄。

他躺在床上一會哭，一會自言自語地辯解，一度想要自殺，可屋子裡連桌椅都沒有，死路不通。

迷迷糊糊地他還是睡著了，將薄被盡量裹緊些，夢裡全是從前的繁華。

被推醒的剎那，他嚇壞了，脫口而出：「別殺我。」

「陛下讓我給你捎句話。」

崔騰一下子坐起來，聽聲音是名女子，似熟非熟，「孟姑娘？」

「皇帝說，他需要你受點苦，忍耐一下，不會太久。」

崔騰呆若木雞。

第四百一十九章 推薦儲君

韓稠原本已經悄悄出城，一個消息又將他拽了回來。

皇帝醒了，但是並未恢復正常，反而變得痴痴呆呆，只會說「崔騰」兩個字。

韓稠一開始不信，直到消息接連傳來，他決定冒險回城，至於中間不在的這段時間，就對外聲稱自己得病了，剛剛好轉。

慈寧太后的懿旨已經在家放了一整天，韓稠仍不敢進宮。他派人進宮再次告病，表示只要能起床，明天一早就去拜見太后。接下來，他派人與更多的消息來源接觸，幾乎所有來源都言之鑿鑿，聲稱皇帝確實糊塗了。

最終讓韓稠完全安心的關鍵，是宰相申明志到訪。

昨晚早早就「臥床休息」的申明志，今日卻在天黑之後主動前來登門，韓稠明白，這是風向又變回來了。

兩人密談到半夜，申明志告辭的時候，韓稠送到大門外，親自掀開轎簾，請宰相上轎，謙卑諂媚，表明兩人合好如初，關係更進一步。

次日一早，宰相與宗正卿一前一後來到廣華閣，沒等太久，慈寧太后也到了。

即使已是半公開的消息，慈寧太后仍對皇帝的病情隻字不提，召見兩位大臣只是為了「預防萬一」，「兩位大人曾經推薦了三位儲君候選者，說是要回去再做詳查，如今可有結果？」

申明志秉承中立，對立儲之事極少發言，韓稠上前回話，帶著鼻音，彷彿病勢尚未消退，「臣已仔細查過，三人當中臨淄王曾被暫時立為皇儲，後被取消，據說其母對此似有怨言，酒後放言『朝廷大事怎能如此兒戲』，依臣淺見，臨淄王不宜再立。」

慈寧太后點點頭，大臣不會喜歡心懷怨恨的「準太后」，她更不喜歡。

「第二位淮南王，年齡、品性都合適，只是體弱多病，據聞入冬以來，淮南王已經兩次召請御醫，御醫說，每年冬天都是這樣，病倒也不重，就是無法根除。」

慈寧太后搖搖頭。

「第三位是代王。前代王在晉城不幸殉難，留下子孫若干，嫡長子早亡，因此傳位於嫡孫，獲封不久，人還在京城。今年四歲，身體無恙，剛開學蒙，先生對其稱讚有加。」

「韓宗正這是在推薦代王了？」

韓稠急忙躬身道：「一切要由太后定奪。」

慈寧太后長嘆一聲，「若是按我的意思，只要陛下還在，就不該選立什麼儲君，如今又有四名嬪妃同時有孕在身，以後總有皇子誕生，更不用急於立儲。」

「太后所言極是，臣也以為沒有著急的必要，所謂立儲乃是下下之策、不得已之策。」

「可我不能只為自己著想，還要為宗室、為朝廷、為大楚著想，真到了不得已的時候……」慈寧太后哽咽難言。

韓稠跪下磕頭，宰相申明志也站起身，垂手站立，氣氛一時凝重。

慈寧太后深吸一口氣，恢復平靜，問道：「代王外家如何？是鄧氏吧？」

申明志坐下，韓稠起身，回道：「鄧氏是前代王續娶之妃，今代王的母家姓張，代國小姓，只剩一姨，遠嫁他方。」

新皇帝的舅氏總是越弱越好，慈寧太后想了一會，「不管怎樣，鄧氏總是代國王太后，宮裡已有一位淑妃，再立其甥為儲君，似有不妥。」

韓稠道：「立儲不過是以防萬一，若是陛下康復，或是后妃有子，一切太平，若有萬一……陛下的后妃似乎皆不宜再留宮中。代王立儲後，乃要繼承韓氏正統，代國另立新王，淑妃與鄧氏皆歸代國，與正統無關。」

這樣的安排對慈寧太后最為有利，她卻沒有表露出欣喜，思忖片刻，問道：「於禮合否？」

「此乃祕事，太后未做定奪，臣不敢詢問禮部。」

「好。」慈寧太后仍不肯做出決定，但是看樣子比較滿意。

韓稠告退，申明志留下又說了一些事情，隨後告退。

皇宮裡，慈寧太后留在廣華閣，屏退所有侍者，獨自一人待了一會。

上官太后曾在這裡執政，組建「廣華群虎」，如今群虎已散，但是當時威名顯赫，令不少人談之色變。

慈寧太后坐在軟榻上，找不到喝令群臣的感覺，反而感到疲憊與緊張，放眼四望，找不到幾個可信之人，突然明白上官太后為何重用刑吏，而自己的兒子又為何將東海王、崔騰這樣的人留在身邊。

手中的權力越重，環繞周圍的謊言越多，可信之人越顯得彌足珍貴。

慈寧太后嘆息一聲，不得不承認，自己終究模仿不了另一位太后。她起身走出廣華閣，在太監、宮女的簇擁下返回慈寧宮，她全部的希望都在這裡。

五名侍衛高手還在幫助皇帝疏通內息，但是透過御醫提醒太后，他們只能恢復陛下的身體，對神智無能為力。趁五人休息的時候，慈寧太后遣退眾人，單獨留下。大家都理解一位母親的心情，悄悄退下，同時也都鬆了口氣，如果太后能夠接受皇帝的現狀，他們的苦頭也就快要結束了。

慈寧太后坐在床邊，盯著皇帝看了一會，說：「韓稠推薦的是代王，說了不少好話。」

皇帝渙散的目光集中在一起，向母親笑了笑，說話時仍然有氣無力，但是絕沒有半點糊塗的意思，「與鄧氏有關嗎？」

慈寧太后搖搖頭，「韓稠要將鄧氏排除在外。」

「這是一個好消息。」韓孺子真的不希望鄧氏參與到這種事情當中，他在意的不是淑妃鄧芸，而是遠在西域的鄧粹。

「接下來怎麼辦？陛下不能一直裝糊塗，等到人心一散，再想聚攏也難了。」

「申明志說什麼了？」

「這幾次召見，他極少開口，只是向我引薦了韓稠。」

「還要再等一兩天，既然要整肅朝綱，就不能一個一個來，最好連根拔起。」

「還有那些向韓稠傳遞消息的人，我真不明白，咱們母子虧待過誰嗎？以至於宮中連點祕密都沒有。」

「咱們沒虧待過誰，只是有人更捨得對他們下本錢。」

慈寧太后心力交瘁，可是為了兒子，她還得堅持下去，「我有一個辦法，韓稠推薦代王，但是在禮儀上可能有些問題，我明天召見禮部尚書元九鼎，他對韓稠似有不滿，很可能反對這項推薦，兩人爭執不下，宰相就該出面了。」

韓孺子沉默了一會，說道：「把吏部尚書馮舉也召來。希望申明志只是被韓稠蒙蔽，這麼快就更換宰相，並非好事。」

可韓孺子也不能留一個反對自己的宰相，韓稠確定無疑參與了刺駕，申明志是否參與、參與多深，還是個疑問，韓孺子清醒之後決定裝糊塗，全是為了他。

慈寧太后回自己房間，剛要叫女官進來擬一份懿旨，宣召申明志、韓稠、元九鼎、馮舉四名大臣明天進宮議事，宮女通報，御馬監提督容化民求見。

慈寧太后還在慈順宮服侍上官太后的時候，容化民對她就特別恭敬，每次見面，無論周圍有無他人在場，都會行以臣僕之禮，慈寧太后掌權之後，對他頗為依仗，當作自己身邊的親信。

容化民進屋，磕頭請安，一如既往的恭敬。

「來有何事？」若不是皇帝特意囑咐，慈寧太后早讓容化民幫忙收集信息，現在卻只能對他隱瞞真相。

容化民卻很自覺地為太后效勞，不用特意吩咐，「我聽說一件事，覺得太后應該要知道。」

「嗯。」

「按照太后吩咐，我派五名太監看護王家，他們都說王家上下感恩太后，謹慎小心，這些天來大門不出二門不邁，就怕被外人指點。」

慈寧太后點點頭，她很在意自家的名聲，不希望看到親人因富而驕。

「就有一件事，聽說王家要與朝中大臣結親。」

慈寧太后立刻警惕起來，「這麼大的事情我怎麼沒聽說？哪位大臣？」

「聽說是禮部元九鼎，他在護送王家人進京的時候，私下定親，尚未下聘，所以沒有告訴太后吧。」

「元九鼎？」慈寧太后面露怒容，「嘿，元家是要娶王家的女兒，還是要將女兒嫁過去？」

「還沒有最後確定，據說是元九鼎的一個侄兒，要娶大舅的女兒恩榮。」

王家人的原名都比較俗氣，來京路上重起了一遍，慈寧太后皺眉，「恩榮才十歲吧？」

「元家是想先定親，過幾年再成婚。」

慈寧太后越想越怒，「陛下讓元九鼎前往東海國，是讓他查清事實，不是讓他結交外戚，王家人老實不懂事也就算了，他是禮部尚書，怎麼能做出這種事？」

「或許元大人也是一番好意，恩榮姑娘雖然年幼……」

「閉嘴。」慈寧太后喝道，「你是收了好處還是怎麼著，盡為元家說好話？」

容化民慌忙跪下，「太后恕罪。」

慈寧太后揮揮手，將容化民屏退，心中更怒。怒的不只是元九鼎，還有容化民，原來向宮外洩露消息的人就在自己身邊。

上午剛提起代王立儲會有禮儀之爭，容化民就跑來告元九鼎一狀，只能證明一件事，容化民受到了韓稠的指使。要不是皇帝早有提醒，慈寧太后真會上當，將元九鼎踢到一邊。可這還是不能證明申明志參與其中，慈寧太后不想再去麻煩皇帝，想了一會，叫進女官，寫下懿旨，宣召宰相申明志和吏部尚書馮舉即刻進宮。

她要憑自己的本事查清真相。

第四百二十章 私交

王家人丁不少，大都是老實本分的鄉農，穿不慣華服，言語粗鄙，需要禮部一句句傳授，才能在拜見慈寧太后時不露餡，可是在隨後的家宴上，他們慢慢顯出真實本性。

慈寧太后並不反感，所謂粗鄙其實是純樸，那是家鄉話，她還略有印象，聽上去很親切。但她也明白，自家人當中找不出可用之人，只能好好培養下一代，若干年後，王家或許能夠飛黃騰達，成為世家。思來想去，她派人給長兄寫了一封信，指名讓一位讀過書的姐夫唸給他聽，並做解釋。

太監很快返回，帶來王家長兄的原話：「元大官兒確實說過定親之事，我想自己是個莊稼人，高攀不起，當時沒有同意，只說『孩子還小以後再議』，實不知此事會惹來麻煩。如今太后一說，我明白了，今後再不與大官兒、小官兒交往，太后賞賜了這麼多好東西，幾輩子也過得起了。只是家中太公傷懷，盼望再見太后。」

慈寧太后點頭，這番答對稱不上得體，但是比較合乎她的心意。

解決完家事，慈寧太后前往廣華閣，宰相申明志和吏部尚書馮舉已在那裡等候了一會。

「禮部元九鼎為何如此張狂？」

慈寧太后的質問讓兩位大臣都愣住了，互視一眼，申明志道：「恕臣等愚鈍，元大人做了什麼事，以至惹怒太后？」

「朝廷派元九鼎去東海國，乃是為了查明真相、護送我的家人進京，他卻私下求親，要與王家聯姻，難道他不懂得避嫌嗎？」

大臣與外戚聯姻並不罕見，但有一個不成文的規定，不能私下進行，別說各家的孩子，就算是父母也沒有權力指定終身，而是要上報宮裡，由皇帝和太后決定，頂多提出建議，希望與某家結親。元九鼎私下求親，犯了忌諱。

申明志眉頭微皺，沉吟不語，馮舉只好開口道：「此事確實？」

「王家人雖然都沒怎麼讀過書，但是為人老實，馮大人不會認為他們說謊吧？」

馮舉急忙躬身行禮，「臣不敢，如此說來，元大人的確做得不妥。」

慈寧太后臉上怒意未消，「按規矩，這種事該如何處置？」

申明志仍然低頭不語，自從當上宰相之後，他就開始模仿殷無害，裝糊塗、扮沉思，總之要努力置身事外，只是火候還差些，沉默得不那麼自然。

馮舉瞥了一眼宰相，回道：「可由宮中傳旨訓誡。」

「只是訓誡？」慈寧太后真的有點意外。

「按規矩如此，除非元大人曾以求親為藉口，向王家求官，若是這樣，可定一個交結外戚的罪名。」

那樣的話等於將王家也連累了，慈寧太后當然不會這麼做，想了又想，勉強道：「好吧，有勞兩位大人擬一份訓誡，要嚴厲些。」

訓誡很快寫好，主要是馮舉執筆，申明志旁觀而已。

訓誡不溫不火，一連串的質問，倒像是在向元九鼎求證事實，慈寧太后大怒，命令重寫，這回要求申明志執筆，馮舉提建議。

第二份的言辭足夠嚴厲了，元九鼎的行為不只違反禮儀，還有欺負王家與太后的嫌疑。

慈寧太后總算滿意了，「明天一早發出去，讓大家都看到，以儆效尤。馮大人，你先退下吧。」

馮舉告退，慈寧太后向申明志道：「吏部不是掌管天下官員的嗎？手段怎麼如此軟弱？」

申明志笑道：「吏部掌管官員考核以及升貶調任之事，大臣行為不端，該由御史台彈劾。」

慈寧太后嗯了一聲，「早說清楚不就好了？御史台還沒有任命左右御史吧？」

申明志端正神色，「陛下前些天曾經讓臣等推薦御史人選。」

「申大人推薦誰？」

「此事並非臣一人決定，勤政殿共同商議，而且有朝廷留下的慣例可供參考，要說最有資格接任御史的人，應該是吏部馮尚書。」

「又是他。」慈寧太后臉一沉，隨即恢復正常，「任命官員是朝廷事務，我不該多問，申大人不要見怪。」

「太后言重，陛下親政之前，按規矩太后完全可以指導朝政。」

「陛下很快就能親政。」慈寧太后強調，想了一會，問道：「馮大人是唯一人選嗎？」

「不是，還有兩位，如果要同時任命左右御史，還需要再推薦兩三位，以供陛下定奪。」

慈寧太后點點頭，「擬好名單之後，拿給我看。」

「是，太后。」

慈寧太后這明顯是干政，宰相申明志沒有提出反對，小心迎合，他從中看到的是另一件事：陛下可能真的無法清醒了，否則的話，太后不會這麼在意官員任免。

慈寧太后使了使眼色，屋內侍者大都離開，只留一名貼身侍女。

「申大人覺得韓稠這個人怎麼樣？」

申明志微微一驚，「韓宗正……太后聽說什麼了？」

「那倒沒有，只是……申大人乃當朝宰相，百官之首，不會偏袒某人吧？」

申明志立刻回道：「臣推薦韓宗正，只看其位，不看其人，立儲之事非得宗正卿參與，與韓稠無關，臣絕無偏袒之意。」

「我明白，所以我才要請申大人幫忙。」

「太后請說，輔佐太后乃臣分內之事。」

「韓稠推薦代王為皇儲，有點過於熱心，怕是幕後有交易，我希望宰相能查清此事，看看韓稠與代王究竟有無私下來往。」

「太后請放心，臣會盡心調查，三日之內必有結論。」

「有勞宰相了。皇家不幸，災事連連，我與慈順宮皆是婦道人家，難以邁出宮門，朝中大事小情，全望宰相操持。」

「皇恩浩蕩，此臣報恩之時，只盼陛下早日康復，則群臣歡欣鼓舞。」

宰相告辭，慈寧太后又命人叫來容化民。

容化民就在樓下守候，隨叫隨到。

慈寧太后厭惡這名太監的背叛與欺騙，表面上卻不動聲色，「給你一個任務，派人盯著宰相，如果宰相與韓宗正私下見面，立刻告訴我。」

「是，太后。」容化民也不多問。

慈寧太后回到寢宮時天已經黑了，看了一眼皇帝，向御醫囑咐幾句，回自己的臥房休息，她要早點揭穿申明志的真面目，好讓皇帝恢復正常。

張有才過來求見，他每天晚上都要來見慈寧太后，通報佟妃的情況，其實也沒什麼可說的，幾句話就能講完，不過今天他要多說幾句。

張有才跪在地上，「有一件事，就算太后要打死我，我也得說。」

慈寧太后一愣，「什麼事情這麼嚴重？」

張有才深吸一口氣，「太后多次召見韓稠，是要重用他嗎？」

慈寧太后臉色微沉，「太監不得干政，你不明白規矩？」

張有才磕頭，「我哪敢干政？可韓稠與刺駕之事牽連甚多……」

「這話我已經聽多了，你有證據？」

張有才搖搖頭，神情顯出急迫，他還不知道皇帝的真實情況，以為事態急迫，「就算韓稠與刺駕無關，可他是個貪官、大貪官，朝中大臣都不支持他。」

慈寧太后端詳張有才，「你怎麼知道朝中大臣不支持他？」

張有才膝行向前，從懷中掏出一捲紙，「我犯了大罪，請太后懲處。」

慈寧太后接過紙，打開了之後掃了一眼，大為吃驚，這是一份彈劾韓稠的奏章，言辭激烈，直指韓稠為「朝廷大蠹」，彈劾者是國子監祭酒瞿子晰，後面聯名者甚眾，多是國子監、翰林院的讀書人，還有御史台的一些人，官職都不高，六部尚書以及宰相都不在其中。

慈寧太后嘆息一聲，收起奏章，沒有細看，「你是好孩子，我不會懲處你，但是你要小心，別多管閒事，你的職責是服侍佟妃、保住皇子，朝中事務，我自有主意。」

張有才聽出了一線希望，磕頭謝恩，告退離去。

慈寧太后這幾天睡得都比較晚，因此容化民一來就得到了召見。

「我派出的人監視到半夜，宰相並未外出，韓宗正也沒有登門拜訪，我不敢保證兩位大人沒有私下交往，但是以目前的情形來說，他們的確是各司其職。」

慈寧太后點點頭，「辛苦你了。」

「能為太后效力，我一點也不辛苦。」

「你也該歇歇了。」

「太后尚未安歇，做奴僕的人怎敢懈怠？」容化民還沒聽出太后的話中之意。

「容提督，我可曾虧待過你？」

容化民大驚，抬起頭，「太后對我恩重如山，哪有虧待之說？」

「那就是別人對你更好了，告訴我，你與韓稠勾結多久了？」

容化民更加吃驚，「冤枉啊，太后，我與韓宗正……的確認識，但他是河南尹，又是宗室重臣，宮裡許多人都與他相熟……」

「嗯，那就列一個名單給我。」

容化民急忙辯解道：「只是認識而已，沒有其他來往。」

「容化民，念你服侍我時也算是盡心盡力，我才給你坦白的機會，你若是不願，也罷，劍戟營的人就在外面，你去向他們解釋吧。」

容化民來的時候看到了蔡興海，還以為慈寧宮要加強防衛，沒想到是為自己準備的，一下子癱倒在地上，「太后饒命……」

夜色正深，慈寧太后又來探望皇帝，將御醫和侍衛屏退，走到床前，說：「陛下可以起床了，你想怎麼收拾宰相都行。」

第四百二十一章 轎起轎落

五名商人首領昨天晚上送來一堆帳目，宗正卿韓稠對此大為惱火，一大清早就將五人叫來，自己站在門內，由僕人穿戴官衣服飾，讓客人站在寒風中。

「什麼意思？以為我不行了？」韓稠一臉嚴肅，全無平時的和藹可親。

一名商人小心回道：「韓大人誤解了，這不馬上就要過年了嘛，我們也是……」

「怎麼著，缺這點錢你們連年都過不了？你這身狐裘值一千兩吧？」

商人十分尷尬，「大人應該知道，做我們這行，金銀向來左手進右手出，只要不停進出，多少錢都不在乎，就怕錢停下。前些天給慈寧太后送的那份『禮』可不輕，我們買下上千人的欠條，大都是記帳，如今人家來向我們要錢，再來幾件狐裘我也還不起啊。」

另一名商人道：「一層壓一層，其他商人還欠更多人錢，都等著年前結帳，韓大人，您可憐可憐我們，賞個話也行啊。」

韓稠穿戴整齊，走出房門，稍稍緩和語氣，「經商嘛，目光放長遠些，別太在乎一時得失。你們覺得送給太后的『禮』重，可現在就是太后在掌權。我馬上就要進宮，面見太后商量大事，等我在京城站穩腳跟，能虧待你們嗎？別的我不多說，今天支持我的人，以後我讓他日進斗金，今天給我使絆的人，以後別再想在京城和洛陽立足！」

韓稠在五人面前來回走動，語氣漸漸嚴厲，句句擲地有聲，最後停在一人面前，「滴水之恩湧泉相報，一箭之仇萬箭奉還，這就是我的準則，咱們交往也有一段時間了，你應該瞭解我的為人吧？」

那人被盯得心裡發毛，身上穿著厚厚的裘衣，仍在瑟瑟發抖，臉上擠出笑容，「瞭解瞭解，我們都支持韓大人，義不容辭、義無反顧、義……義薄雲天。」

韓稠嘴裡罵出一句髒話，狠狠一巴掌搧過去，將那名商人摑倒，「你算什麼東西？也配跟我義薄雲天？」

其他四人嚇了一跳，同時小步後退，甚至不敢去扶同伴。

被打的商人驚駭莫名，坐在地上，捂著臉說：「大人，送帳單這事真不是我的主意，全是……」

「閉嘴！」韓稠上去又踢了一腳，「你當我是傻瓜？做決定的是別人，出主意的是你，我早看出你心懷鬼胎，乃是不忠之人。想趁火打劫是不是？去嚷嚷吧，去告狀吧，看看誰敢動我一根汗毛？老子讓你們賺了多少錢？這才等了幾天，你就受不了，我讓你哭窮，我讓你哭窮……」

韓稠一邊罵，一邊連踢帶踹，商人抱頭求饒，不敢躲避，更不敢反抗。

直到韓稠氣喘吁吁，兩旁的僕人才上來扶住大人，勸他不要動氣。

韓稠從僕人手裡接過絹帕，擦擦額上的汗，「不長眼睛的蠢貨，看我出了一趟京城，就以為我完蛋了。告訴你，我回來了！」

「大人恕罪，大人恕罪，我錯了，我無恥，我下賤，求您大人不記小人過……」挨打的商人不住求饒。

韓稠不理他，轉身走到另外四名商人面前，四人面如土色，在寒風中抖得更明顯了。

韓稠卻露出笑容，挨個在他們肩上拍了兩下，爽朗地說：「不好意思啊，讓你們看到我這個樣子，實在是他欺人太甚。我知道你們是被蒙蔽了，我不怪你們，回去跟你們的人說，再忍耐幾天，我可以保證，每一分付出都有收穫，時機一到，我讓你們天天過年。哈哈。」

四人跟著傻笑。

韓稠突然收起笑容，帶領僕從揚長而去，出了府門，他冷冷地向親信隨從說：「對付這幫小人，就得當機立斷、心狠手辣，管他是誰出的主意，看誰不順眼就收拾誰，保證剩下的人老老實實，還會互相猜疑。」

「大人手段高明，哪是我們這樣的人能想到的？」

韓稠得意洋洋地上轎，開始考慮今天該如何應對慈寧太后，元九鼎已經不成問題，馮舉也不再是威脅，但他上次的確犯了錯誤，忽略了太后的多疑，不該那麼明顯地支持代王，如今只好以退為進，改為力薦臨淄王。

皇帝被困晉城期間，群臣曾經要立臨淄王為皇儲，慈寧太后對此頗為不滿，絕對不會接受再度立其為儲，到時候再推出代王自然水到渠成。

韓稠胸有成竹，他原來只想留在洛陽，現在野心膨脹，有了更宏大的目標。

轎子突然停下，韓稠以為已經到了宮門外，從這裡開始他得步行，於是正襟危坐，等候親隨掀開轎簾，扶他下轎。

沒人過來，十餘名隨從好像全都不見了。

韓稠咳了兩聲，跺跺腳，仍然沒人替他掀簾，心中疑惑，只好自己掀開簾子。

轎前站著兩人，背對著他，身著鎧甲，卻不像是看守皇宮的宿衛軍。

韓稠放下轎簾，等了一會，再次掀開，希望剛才的一切都是幻象，這回能夠看到親隨正在轎前笑臉相迎。

還是冷冰冰的鎧甲，韓稠心一沉，嘴裡發出一聲呻吟。

一名士兵轉過身，手持長槍，低頭看著宗正卿大人。

「你們是……」

士兵微微一笑，「前方封路，大人稍待。」

「哦。」韓稠想藉機四處張望一下，士兵卻搶過轎簾，替他合上了。

韓稠呆呆地坐在轎中，分析是什麼人出行，能將宗正卿的轎子攔下，想不出眉目，又琢磨外面的兩名士兵來自哪支軍隊，突然醒悟，兩人的鎧甲以黑色為主，顯然是北軍將士。

韓稠全身發抖，誰都知道，北軍直屬皇帝，沒有皇帝的旨意，就算是慈寧太后也調動不得。

本應駐紮在城外的北軍士兵竟然出現皇宮門前，韓稠焉能不驚？坐在轎中瑟瑟發抖，可是沒得準話，心中終究不得安寧。他小心翼翼地又一次掀開轎簾，只見兩桿長槍在眼前交叉，他愣了一下，同樣小心翼翼地放下轎簾，一臉木然。

轎子又起來，顛顛地前行，按道理早該進入皇宮，轎子卻沒有停下，韓稠也不敢問，甚至不敢再掀開簾子，生怕看到更讓他心驚肉跳的場景。

簾子自己掀開，韓稠嚇得心跳差點停止，待到看清親隨臉孔，怒氣不打一處，壓低聲音問：「怎麼回事？」

親隨邊走邊說話，上氣不接下氣，「不知道啊，突然就被一群官兵攔住，剛剛又說要調轉方向。」

「去哪？」

「好像是往南走，大概要走皇宮正門，官兵帶路……」親隨的臉消失了，應該是被人拽開了。

廣華閣在北，正門在南，走南門進宮的話，通常不是去勤政殿，就是到同玄殿，這兩個地方的確是韓稠未來的目標，現在卻是他的險地。

轎子再次停下，這回有人替他掀開簾子，一名士兵笑呵呵地說：「到了，大人請下轎。」

韓稠盡量擺出威嚴的神情，等了一會才出轎，實在是身體發虛，需要不停地自勉，才有力氣起身。

果然是南門，外面停滿了轎子，正門未開，不少大臣正從便門進宮，人人臉上都帶著迷惑，顯然也是臨時被叫來的。

意外受召的大臣不只他一個，韓稠稍稍安心，心想這或許是慈寧太后想出的古怪主意，隨機應變即可。

可北軍將士進城還是不同尋常，韓稠走出幾步，回頭看了一眼，發現北軍士兵沒有跟上來，更放心了些，邁步走向便門，腳下還是發虛，心裡更是空落落的。

三十多名大臣清晨獲召，大都是三品以上的高官，有的從家中趕來，有的直接從官署到達，無不莫名其妙，一見面就互相打探消息。

「是陛下的聖旨，可陛下……難道……」

韓稠是慈寧太后的寵臣，自然被問，他嚴肅地搖頭，表示什麼都不知道，心裡默默祈禱，希望能聽到皇帝駕崩的消息。

宮裡的守衛士兵也變成了北軍，有軍官指引大臣前往同玄殿。

同玄殿是主殿，只有舉行正式朝會的時候才動用，三十幾名大臣走進去，仍顯得空蕩蕩的。

韓稠一眼看到了宰相申明志，顧不得避嫌，快步迎上去，剛要開口，申明志卻投來嚴厲且警惕的目光。

韓稠急忙止步，退回到自己的位置上，這種時候不能急躁，得有耐心。

群臣排列已畢，寶座上卻遲遲沒有人坐，大臣們交頭接耳，又議論起來。

韓稠悄悄觀察，禮部尚書元九鼎和吏部尚書馮舉也來了，與別人一樣迷惑，這讓他再度放心，覺得這次意外未必就是壞事。

一名太監走進來，高聲宣告：「陛下駕到。」

韓稠眼前一黑。

這四字一出，眾臣無不大吃一驚，可規矩還是得遵守，全都跪下接駕。

皇帝走來，腳步很輕、很慢，好像還不適應這裡的地面。

韓稠壯起全部膽量，抬頭看了一眼。

那的確是皇帝本人，臉色蒼白，腳下虛浮，可是目光炯炯，絕非神志不清。

韓稠終於支持不住，身子一歪，倒在地上，再想跪起來已不可能，只好趴在那裡發抖，喉嚨裡發出嗯嗯的怪聲。

申明志同樣驚恐不安，但還能保持鎮定，大不了犧牲韓稠，他還是宰相。

韓孺子走到階下，看了一眼上面的寶座，沒有走上去，轉身道：「眾卿平身。」

第四百二十二章 皇帝無私仇

韓孺子站在階前面對群臣，身體尚未完全恢復，微微搖晃，必須用力呼吸。腦子裡一陣陣發暈，但他仍然堅持站立，思維一點不亂。

大臣們陸續起身，對皇帝的到來實在太意外，不知該做怎樣的反應，申明志突然想起自己是宰相，別的時候可以置身事外，唯獨現在這種情況下，必須挺身而出，不可落於人後，急忙道：「陛下康復，實乃大喜，臣等恭賀陛下，陛下萬歲、萬萬歲。」

群臣終於反應過來，齊呼萬歲，又都跪下。至於韓稠，趴在地上一直沒站起來。

這回是張有才開口，請群臣起身。

韓稠還是站不起來，他想表現得跟眾人一樣，但實在是力不從心。

張有才道：「韓宗正，陛下賜你平身。」

「見到陛下安康，臣、臣激動萬分，站、站不起來。」

等了一會，有人一左一右將宗正卿大人扶起來，韓稠看了一眼，身體癱成一堆爛泥，扶他的人分明是兩名北軍士兵，雖然沒有攜帶兵器，但是神情嚴肅，鐵甲堅硬，像刑具一樣將他夾在中間。

其他大臣也都惴惴不安，同玄殿內出現普通士兵，這種事可一點也不普通。

韓孺子沒有力氣發怒，也不想發怒，開口道：「朕召諸卿前來，一是宣告朕已康復，從今日起親政，二是這些天積累的事務不少，不能繼續耽擱，今日務必解決。」

「第一件事是雲夢澤剿匪，不可再任群匪掙扎、反撲咬人，特任命東海國黃普公為左路將軍、邵克儉為右路將軍，共同剿匪靖民。」

兵部尚書蔣巨英立刻應命，心裡卻一片茫然，邵克儉是朝廷正式委派的剿匪將軍，前往雲夢澤已有一段時間，只是不知「黃普公」是哪支軍中的將領，好在有「東海國」三字，事後打聽即可，用不著向皇帝詢問。

「第二件事，刺駕與他人無關，大將軍府、倦侯府的圍禁立即解除，迎皇后回宮，玄衣使者金純忠與京兆尹府、刑部共審刺客同黨。」

這件事涉及刑部、皇宮、京兆尹府多個衙門，相關大臣與太監一一領命。

「第三件事，朕幼時讀書少，常以為憾，希望盡快彌補。國子監祭酒瞿子晰，天下名儒，貫通經典，可為帝師。」

吏部與禮部領命。

「第四件事，治天下先治官，吏治不暢，天下不正。御史台久失掌印之官，任命吏部尚書馮舉為左察御史，監察京官，兼領吏部，待有合適人選之後，再議。」

馮舉立刻跪下，磕頭謝恩，對他來說這是一次關鍵的調任，品級雖未提升，地位卻更高、前途也更光明。

宰相申明志垂頭不語，神情僵硬，任命將軍就算了，升貶三品以上高官歷來是宰相提出建議，皇帝據此決斷，可他還沒有上交奏章，皇帝就直接任命帝師與左察御史，分明是在架空宰相。

可他摸不清皇帝的底細，被北軍士兵架著的韓稠更讓他心神不寧，不敢當眾維護自己的權力。

韓孺子任命的官員不只這些，一個個說起，從京城到外地郡守、國相，多達十五人，吏部尚書馮舉剛剛獲任左察御史，自己的目標已然達成，對其他任命毫無異議，連稱「遵旨」，只怕答應得不夠熱忱。

接著是減稅減賦、停建土木，戶部、工部對此負責，還有審核冤獄、明春的大祭、河道疏通、驛站規畫等諸多事宜，同玄殿裡的大臣幾乎都有任務，連宗正卿韓稠也不例外，他要加緊準備大祭事宜，安排好陸續進京朝請的各地宗室子弟。

韓稠帶著哭腔領命，想要跪下謝恩，卻被兩名士兵牢牢架住，動不得分毫。

剛剛康復的皇帝一下子解決了按正常程序需要三五個月才能完成的事務，若在平時，總會有大臣站出來，聲明朝廷大事不可急躁、務求穩妥一類的話，今天卻只聞「遵旨」之聲，並無半句反對。

朝廷上，皇帝是一方，大臣是另一方，無論私交如何，面對皇帝的時候，群臣視宰相為首，宰相的一個眼神、一句暗示，立刻會得到相應大臣的配合，今天卻是宰相申明志沉默在先，其他大臣當然不做出頭鳥。

事實上，同玄殿上，宰相是唯一沒有領到具體旨意的大臣。

皇帝足足佈置了半個時辰，呼吸越顯粗重，顯然體力不支，於是宣布散朝，唯獨留下宰相。

大臣們魚貫而出，都找機會瞥一眼申明志，覺得他會是一個短命宰相。

申明志還沒有認輸，等同玄殿只剩他與皇帝，還有幾名太監時，他側身要跪下，卻被皇帝阻止。

「申相一直沉默，是對朕的安排有異議嗎？」

「臣不敢，臣只是略有不解。」

「請說。」

張有才上前，輕輕扶住皇帝。

「陛下所布諸事，皆經過沉思熟慮，臣並無異議，可其中一些事項，應該說是大部分事項，似乎該由宰相府轉達。陛下親頒旨意，當然沒有問題，臣只是心存疑惑，不知今後宰相府該做些什麼。」

韓孺子緩步走到宰相面前，腳步輕得像是在飄浮，「申大人覺得自己這個宰相當得如何？」

申明志後退一步，躬身道：「臣捫心自問，治吏理民皆不如前代諸賢相，唯有上承聖意、下撫眾臣，戰戰兢兢如履薄冰，在勤勉謹慎上或可塞責，能與前賢相比。」

「嗯，申相的確是夠謹慎的。」韓孺子點點頭，向張有才示意。

張有才從懷中取出一捲紙，遞給申明志。

申明志沒接，驚訝地問：「這是……」

張有才道：「這是御馬監提督容化民的供狀，說了宰相大人不少好話，尤其是大人如何謹慎的事。」

申明志臉色驟變，還是沒接那捲紙，向皇帝躬身道：「請陛下休聽讒言，容臣解釋……」

「朕明白，你是宰相，當然要關心朕的狀況，朕這些天一直昏迷，太后出於母子之情，不肯對外透露消息，申相急於穩定朝綱，迫不得已才向內臣打聽消息，是不是這樣？」

如果讓申明志來說，自然是另一套話，但意思與此差不多，他張嘴愣了一會，「陛下明察，臣忠心侍君、盡心報國，容提督雖然壞了規矩，但也是出於一片好心，並無不軌之意。」

張有才笑道：「雖然我識字不多，可也能看懂大概，容提督的說法與宰相可不太一樣，他說自己受某位大臣指使，故意接近宰相、討好宰相，表面上傳遞宮中的消息，實則是揣摩宰相的心意、打探宰相的消息。」

申明志臉色再次驟變，這回是尷尬與憤怒，伸手要接供狀，手指剛一觸到紙又縮了回來，他絕不能讓自己陷入具體事件的爭執當中，他的對手不是容化民，而是皇帝。一旦有爭執，自己必敗無疑，無數大臣已留下教訓，這種時候只能以退為進。

「臣行止無狀，有愧皇恩，甘願認罪伏法，任憑陛下處置。」話是這麼說，申明志卻沒有下跪，保持最後一點尊嚴以及反轉的可能。

韓孺子緩緩道：「朕不怪罪宰相。容化民身為內臣，出賣宮中祕事以交結外臣，才是罪不容赦。他的供狀牽連了一些大臣，真假虛實難以確認，申相可願替朕查清真相？」

申明志又一次愣住，更不明白皇帝的用意了，「陛下……」

「天下多事、朝廷疲敝，朕不願再起事端，此案能小則小，嚴懲首惡即可，不必株連。」

申明志臉色蒼白，幾十歲的老臣，站在年輕的皇帝面前，卻自覺像是不經事的孩子。

皇帝伸手搭在宰相的肩上，這隻手軟弱無力，輕如羽毛，申明志卻覺得有千斤壓身，不由自主地慢慢跪下，「陛下垂憐老臣，臣卻愧對於心……」

韓孺子收回手掌，「秉公執法，不偏不倚，申相或憑此案名留史冊。」

申明志抬頭看向皇帝，突然明白了一切，叩首道：「臣已年老，陳疾纏身，早已難當重任，如今陛下康復，臣請交出相印，乞命還鄉。」

「總得先查清此案。」韓孺子輕輕嘆息一聲，轉身向外走去，張有才等人緊隨左右。

申明志孤零零地跪在大殿裡，心裡清楚得很，他的宰相當到頭了，這還不算，如果想要全身而退，必須幫皇帝一個忙，毫無瑕疵地拿下韓稠。

「遵旨！陛下！」申明志對著皇帝的背影大聲喊道，聲音在空蕩蕩的殿內來回傳響。

殿外雖然寒冷，卻是陽光明媚，韓孺子深吸一口氣，倍覺振奮。

張有才卻不太滿意，小聲道：「便宜宰相了。」

「皇帝不報私仇。」韓孺子望向遠方，「因為皇帝沒有私仇。」

張有才沒聽懂，也沒追問，皇帝能說出這樣的話，表明是真的痊癒了。

半個時辰之後，皇后崔小君被迎回宮內，韓孺子對她說的第一句話是：「抱歉，這些天讓皇后受苦了。」

同一時間，韓稠回到宗正府，心神不寧地向下屬做了一些日常安排，一隊差人不請自入，將大小官吏推開，直奔宗正卿大人。帶隊者是景耀，無巧不巧，也說了一句話：「抱歉，要讓宗正卿大人受苦了。」

第四百二十三章　僕人與將軍

黃普公四十多歲，身材矮壯敦實，臉上印滿了滄桑，大概是在外面風吹日曬得久了，雙眼總是不自覺地眯起來，顯得很老實，也有幾分深藏不露，能看出後者的人很少。

他不愛說話，主人有吩咐，他嗯嗯以對，從不多問，卻總能準確理解主人的意圖。同府的僕人在一起閒聊，他不避讓、也不參與，似乎聽得很認真，但是極少開口。

這天上午，主人燕朋師難得地沒有出門，六七名隨從僕人無所事事，聚在一間小屋子裡烤火喝酒、閒談扯皮，黃普公也在其中，聽大家議論誰家權勢熏天、哪位公子花錢如流水、誰家的女兒美名遠揚、哪裡的姑娘溫柔多情……

他偶爾咧嘴笑一下，更多的時候只是喝酒，看上去喝得很慢，別人喝幾口他才端一次杯，但是每飲必盡，不留一滴。

一壺酒很快喝完，比大家預料得要快，有好事之徒忍不住計算了一下，發現竟然是黃普公喝得最多。

「老黃可以啊，我們在這磨嘴皮子，你一個人喝得痛快，拿我們的閒話當下酒菜了。」燕三爺是燕家自小養大的家僕，算是幾名僕人的頭目。

黃普公看了一眼空空的酒杯，嘿嘿笑了兩聲，似乎自己也不理解為什麼會喝掉這麼多酒。

「酒不能白喝、閒話不能白聽，老黃，你說怎麼辦吧？」

其他人跟著起哄，一塊逼問。

「三爺做主。」黃普公呆呆地說，更顯老實。

「讓我做主我就不客氣了，給爺幾個再去買罈好酒。」

「順便再帶幾樣小菜，乾嚼鹹菜越吃越渴。」另一名僕人插口道，他一開頭，其他人紛紛開口點菜。

等眾人說完，黃普公道：「我沒錢，誰能借我點？」

「屁話，大家都拿一樣的工錢，你沒錢，我們哪有餘錢借你？」燕三爺對地位低的僕人向來不會客氣。

「老黃，你沒家沒口的，把錢花哪去了？是不是在京城養女人了？」僕人們更要起鬨了。

黃普公是悶人，受到斥責和嘲笑，全無反應，站起身，笑道：「我去別處借錢。」

黃普公一出屋，燕三爺就從櫃子裡又拿出一壺酒，鄙夷地說：「他肯定又拿去賭了，別理他，咱們接著喝酒，讓他找人借錢去吧，看看有誰不開眼。」

炭是雜炭、酒是劣酒、菜是鹹菜，但是烤著火、喝著酒，由裡而外的暖和，誰都不想出屋，巴不得少個人分酒。

黃普公出了屋子，寒風一吹，不由得緊緊身上的薄衣，入冬的時候他領過一身棉衣，只穿了一天就交給當鋪，再也沒贖出來。

他揉揉鼻子，實在找不出可以借錢的人，來京城幾個月了，除了自家的僕人和幾條街以外的賭場，他不認識別的人，思來想去，他只能去一個地方。

燕朋師正在書房裡埋頭苦讀兵書，遇到欣賞之處提筆記下，或是做些註解、發通感慨，一名美貌的侍女為他研墨鋪紙、斟酒倒茶。

書房裡更加溫暖，黃普公算是親隨，不用通報，悄沒聲地踅進屋子，站在門口，等候主人發現自己。

燕朋師數了數寫滿黑字的白紙，已經達到五張，今天的任務算是圓滿完成，非常得意，用筆端在丫鬟臉上輕輕一劃，丫鬟嬌羞滿面，輕聲道：「公子，有人在呢。」

燕朋師看向黃普公，臉上的得意與親密之情迅速消失，冷淡地說：「有事？」

黃普公不好意思地囁嚅道：「那個……將軍……能不能……再支我一個月工錢？」

「你的工錢已經支到明年了，還想再要？」

黃普公低頭不語。

燕朋師比黃普公年輕得多，這時卻像是父輩教訓子侄一樣，嚴肅地說：「普公，你也老大不小了，不想著娶妻生子，天天就知道賭錢，這怎麼行？不要說你這樣的人，就算是貴家公子，也經不起你這樣過日子。」

「是是，將軍說得對。」黃普公的頭垂得更低了，可還是想借錢，「要不，我再為公子寫點什麼……」

他這句話說錯了，燕朋師將手中的筆擲過去，筆太輕，使不上勁，半路掉在地上，燕朋師更怒，左右瞧了瞧，抓起硯台狠狠地扔向黃普公。

黃普公側身避過，一臉茫然，「將軍息怒，我沒說什麼啊？」

「離開東海國的時候怎麼交待你的？」燕朋師壓低聲音，卻壓不住心中的怒火。

「我沒提那件事，真的，沒對任何人提起……」

「那你想給我寫什麼？嗯？怕別人不知道你的本事嗎？你的命是燕家救的，永遠歸燕家所有，讓你做什麼就做什麼，但是不准你主動提起，明白嗎？」

「明白了，將軍。」黃普公退出書房，外面還是那麼冷，他嘆了口氣，沒臉回去找其他僕人。慢慢向府外走去，心想去賭場或許能借出點錢來，畢竟自己這些日子裡扔進去不少銀子。

沒走多遠，身後有人叫他。

黃普公轉身，看到燕朋師身邊的丫鬟快步追上來。

「邀月姐有事？」

這名侍女還不到二十歲，是燕朋師進京之後採買的，起名「邀月」，府裡的僕人無論年紀大小，都叫她「邀月姐」。

邀月解下腰間的荷包，從裡面取出一小塊銀子，「這是公子給你的。」

黃普公茫然地接過來。

邀月想了想，又從荷包裡取出一塊，「這次公子開恩，再想讓公子給你錢可就難了，別再賭錢了，買件棉衣吧，天這麼冷，你總不能就這樣過一冬。」

黃普公不傻，知道邀月在撒謊，銀子與主人無關，而是邀月的私房錢，他自忖長相粗陋，沒有那份風流瀟灑，急忙將銀子遞還回去，搖頭道：「這是妳的錢，我不能要，別人……別人會說閒話的。」

邀月沒接，正色道：「閒話永遠不會少，我不在乎，也請你不要誤解，我沒有別的意思，只是覺得你不該做僕人、受這樣的氣，如能從軍效力，早晚必成大器。」

黃普公面露驚訝，他在為主人說寫軍策時，邀月的確有幾次在場，可一名買來的女子，以色侍人而已，竟然說出這樣一番話，實在令他意外。

「黃普公，你為什麼非要屈居此地呢？」

黃普公搖搖頭，不想談這件事，合起手掌，「以後我會還妳。」

邀月笑了笑，轉身跑開，她找藉口出來的，不能耽擱太久。

黃普公出府，踩著碎雪亂走，滿腹心事，不知不覺走出幾條街。猛一抬頭，竟然又到了賭場所在的巷子口，進去不遠就是暗藏的賭場，他原本是要來這裡借錢，如今有了錢，不知為何還是來了。

一想到骰子的清脆響聲、莊家的吆喝、成堆的銀子，黃普公怦然心動，如果能將這點銀子增加幾倍，既能請客、也能還錢，還能贖回當鋪裡的棉衣。

黃普公邁出一步，突然轉身跑開，躲避巷子裡的引誘。
沒過多久他又回來了，發現自己真傻，現在是大白天，賭場根本不會開張，哪來的引誘？
黃普公長出一口氣，沒去贖棉衣，而是去買了兩壺酒、幾樣小菜，都是滷肉、鹹菜一類的東西，包在油紙裡，酒壺約好明天送回來，全用細繩繫好，一手拎酒、一手提菜，原路返回。
守住了銀子，沒去賭博，黃普公一身輕鬆。
天氣雖冷，街上的行人卻不少，黃普公耳中突然聽到一句「皇帝醒了」，扭頭看去，只見一群人湧向一名男子，非要他解釋清楚。
黃普公笑著搖搖頭，與己無關，他不去湊熱鬧，只想回到府裡，坐在炭火周圍，喝酒吃肉、聽一群僕人扯淡，沒人注意的時候，他可以回憶一下往事，以助酒興。
前面不遠就是燕府，燕三爺等人跑出來，站在街上左瞧右望，一人伸手指向黃普公，大叫道：「在那！」幾人飛步跑來。
「怎麼了？將軍叫我？」整個燕府裡，只有黃普公稱燕朋師為「將軍」，別人都叫「公子」。
燕三爺的臉紅撲撲的，卻十分嚴肅，一把奪過兩壺酒、幾包菜，交給其他人，拉著黃普公的胳膊，「趕快跟我走。」
「去哪？」黃普公被迫轉身，朝反方向走去。
「別多問，公子下令，照做就是。」燕三爺更顯嚴肅，忍不住加上一句，「黃普公，你可惹大事了。」
黃普公越發不解，但是沒有追問，也沒有反抗，順從地跟著小跑，「小心點，酒是滿的。」
迎面馳來一隊騎士，皆是錦衣華服，燕三爺等人急忙讓在路邊，將黃普公擋在身後。
騎士們卻偏偏停在幾名僕人面前，當先一人道：「哪位是黃普公？」
燕三爺哪敢當面隱瞞，讓開一邊，「這位就是。」

那人笑道：「你們動作倒快，是要將他送到兵部嗎？」

燕三爺接到的命令是將黃普公藏起來，不敢說實話，只好點頭，「是是，閣下怎麼稱呼？」

「我叫晁鯨，倦侯府的人，奉命來接黃普公，他先不用去兵部了。」晁鯨頓了頓，「陛下召見他。」

燕三爺等人大吃一驚，他們只知道兵部在找人，可不知道皇帝也感興趣，黃普公更是一臉愕然。

「會騎馬吧？」晁鯨問，目光看向黃普公，對他略有印象。

黃普公點點頭。

晁鯨帶著空馬，招手讓人牽過來，「走吧，陛下不喜歡等人。」

黃普公上馬，扭頭看向同伴，燕三爺等人個個呆若木雞，他想要回酒菜，坐騎受到催促，邁步馳行。

倦侯府裡，黃普公沒有馬上得到皇帝召見，而是在一間屋子裡等候，晁鯨命人送來好酒好肉，「陛下今天醒了，倦侯府解圍，喜事真是一樁接一樁，陛下有點忙，可能會晚點來，你別急。」

「是，我不急，陛下找我有什麼事？我只是燕府的一名僕人。」

晁鯨端起酒杯，笑道：「你不只是僕人，還是會打仗的僕人。」

黃普公臉色微變。

晁鯨敬酒，「你從前是海盜，犯過死罪，可陛下不在乎，你就要當將軍了。」

第四百二十四章　將軍風度

宰相申明志會對韓稠「秉公執法」，給皇帝一個交待，事後還會以病重為由請辭，作為回報，皇帝將給予他致仕大臣該有的一切優厚待遇，甚至在史書中將他樹立為對抗奸臣的賢相。

慈寧太后對此不是特別理解，問道：「申明志勾結內臣，與韓稠是一丘之貉，陛下縱然不定其死罪，也用不著妥協吧？」

韓孺子正襟危坐，在母親面前，他不能太隨意，回道：「申明志身為宰相，維護的是朝廷利益，因此朕給他一次機會，讓他保住朝廷的規矩。皇帝無私仇，因其無私，方可動用公器。朝廷即為公器，朕委任宰相處置叛逆者，乃是對公器的信任，申明志會理解的。」

「他若是不理解，反而與韓稠勾結得更深呢？」慈寧太后冷冷地問，覺得兒子過於仁慈了。

「那樣的話，朕只好破壞規矩，將叛逆者連同朝廷一塊鏟除，公器難成，但是也可推倒重建，武帝就這麼做過。」韓孺子頓了頓，加上一句，「朕有北軍。」

一部分北軍進城，不僅守衛著皇宮，也監督著朝廷。申明志親眼所見，但凡還有一絲理智，也不會選擇再與皇帝作對。

慈寧太后放心了，卻仍然不忿，她憎恨一切威脅過皇帝安全的人，她沒再多說什麼，兒子畢竟長大了，是一位聰明的皇帝，用不著她事事指手劃腳，於是嘆了口氣，「陛下不會再隨意出宮了吧？」

「朕還有許多事情要在倦侯府處理。」韓孺子早想出宮，卻被母親堵在了寢宮裡。

「陛下既然想按朝廷規矩辦事，應該沒有什麼事情不能在宮中處理。」慈寧太后走近皇帝，看到兒子的臉色仍然蒼白，身體仍然虛弱，不由得心痛如絞，語氣卻保持嚴肅，「陛下還要再經歷幾次危險？陛下縱然不愛惜自己的身軀，就不顧及一下我這個老太婆的心情嗎？還有宮中后妃，好歹……好歹看到皇子出生啊。」

韓孺子無奈地笑了一下，他有辦法對付宰相，卻不能用同樣的辦法對付母親，「好吧，既然太后堅持，待朕完全康復之後再議出宮之事。」

慈寧太后希望皇帝一直住在宮裡，但是不想現在就提出，點點頭，「就算是當初的太祖，也不是一兩天就打下了大楚江山，望陛下戒急戒躁，專心休養。」

就這樣，韓孺子沒能及時出宮前往倦侯府見黃普公。

可他閒不下來，還是來到凌雲閣處理事務，召來趙若素，臨時任命他為特使，在凌雲閣、勤政殿、中書省之間奔走，傳遞消息、送交奏章。

外面的消息不停傳來，申明志準確理解了皇帝的意圖，又拿出當初擔任右巡御史時的風格，雷厲風行、立刻派人抓捕韓稠，並且請剛剛獲釋的景耀全程參與，好讓皇帝放心。

金純忠那邊也在抓人，以京兆尹府和刑部的名義蒐集韓稠參與刺駕的直接證據，重新審訊聖軍師等人。

皇帝康復的消息必須及時送達天下各地，以安撫眾心，韓孺子還要親自寫幾封信，分別送給雲夢澤的楊奉、塞外的柴悅、西域的鄧粹等人，這些人由皇帝親自選用，自然也比別人更在意皇帝的安危。

忙碌到將近天黑，事情才算告一段落，慈寧太后、皇后不停派人過來探視，委婉地催促皇帝早些休息。

韓孺子決定再見一個人。

黃普公已經從倦侯府來至宮中，等候多時。他接受了至少三次全身搜查，饒是如此，當他進入凌雲閣時，身邊還是跟著四名侍衛，而且規定他不准進入皇帝十步之內。

整個皇宮都不想再冒險。

為了保持距離，黃普公只能在門口跪拜皇帝。

韓孺子正在看景耀送來的情報，那上面有黃普公的履歷，比之前的說法要真實得多。

黃普公原名黃韌，出生於南越，早年間也是良民，習文習武皆有所成。

二十多歲的時候，為了給重病的母親買藥，他鋌而走險，與城中一群無賴少年結夥為盜。因為一次分贓不均，大打出手，黃普公連殺十餘人，帶著母親入海避難。

此案因為發生在城內，當年曾轟動一時。

海上生活艱辛，年輕力壯、能打能拚的黃普公能夠逍遙自在，年老體衰的黃母卻極為難熬。

黃普公是名孝子，為了讓母親過得舒服些，四處劫掠。不只劫商船、漁船，連別的海盜都不放過。他定下規矩，如果遇到普通百姓只劫財，甚至還會留下一些，讓被劫者靠岸之後不至於一無所有，如果撞見的是同行，則要劫財毀船，船上的人拋進海中，生死由天。

黃普公名聲大噪，有了自己的團夥，卻也引來大批仇家，雙方交戰頻繁，黃普公的指揮才能就是在此期間顯露出來的，迅速由弱變強，成為海上一霸。

黃普公稱霸十餘年，可是仇家太多，眾海盜打不過他，就與官府暗中聯手。

在一次追擊戰中，黃普公的船隊被引入埋伏圈，十餘艘船被上百艘官船與海盜船包圍。數量對比如此懸殊，黃普公仍然堅持了七天七夜，若干次突破重圍，沒多久又被包圍，最終船沉落水，為一夥海盜所俘。

當時官府一方的將領正是燕朋師的父親燕康，他威脅要向結盟的海盜開戰，從他們手中要回了黃普公，也救了他一命。

燕康欣賞黃普公的本事，將他帶回東海國，又從島上接來他的母親，極力招安。

為了母親的平安，黃普公接受了招安，但他是強盜頭目，朝廷通緝的重犯，外面又有大批海盜恨他入骨，沒法從軍。所以拋棄黃軔這個舊名，改叫黃普公，從此在燕府為奴，隱藏數年。直到官府銷案、海盜也將他遺忘後，才逐漸公開露面。

這時的他，已不是稱霸海上的大盜，只是燕府裡的一名僕人。但他不是普通的僕人，經常跟在燕康身邊，為他出謀劃策，甚至隨他一塊上戰場排兵布陣，每戰必勝。燕康一路積功升至東海國相，黃普公還是僕人，等老主半退，他又開始服侍小主燕朋師。

半年前，齊國平亂，大批逆賊退至海上，黃普公與燕朋師帶領一艘戰船出海追擊，立下大功。當然，功勞都歸主人，身為僕人的他只是多領幾個月的工錢。

景耀在東海國找到了幾名參戰的船上士兵，他們異口同聲地稱讚黃普公，對名義上的主將燕朋師則只是嗯嗯以對，一名士兵喝多之後透露了更多詳情，聲稱燕朋師其實是被迫登船，在船上嚇得半死，好幾次威脅要將黃普公處斬。

韓孺子放下手中的紙，打量門口的黃普公，「抬起頭來。」

黃普公抬頭，目光仍然低垂，不敢與皇帝直視。

已過不惑之年的黃普公沒剩下多少大將風度，怎麼看都像是一名老實本分的僕人，可是跪在皇帝面前，他不顫抖、也不顯驚慌，下跪、垂目只是執行規矩，表面的恭謹之下，藏著一股罕見的鎮定。

他就像是海下的一塊頑石。

「黃普公，你的母親還在嗎？」韓孺子問道。

黃普公抬眼看了一下皇帝，顯出幾分驚訝，馬上又垂下目光，「回稟陛下，草民的母親已在七年前亡故。」

「子欲養而親不待，可憐可嘆。」

黃普公只是磕頭，沒說什麼。

韓孺子又拿起桌上的紙，看著一行字，問道：「你年輕時也曾學文習武，為何不肯考取功名為國家效力，既能供養老母，也能光耀門庭，反而甘心為盜？」

皇帝竟然瞭解二十餘年前的事情，黃普公更加驚訝，「草民參加過文武舉，都沒考中。那時……那時的草民魯莽無知，急需用錢，人家雪中送炭，我就當他們是知己，覺得要以性命相報，於是入夥。」

「可你後來又將同夥都殺死了。」

「他們拉我入夥的時候是朋友，一塊作案的時候是同夥，事後分贓卻要論尊卑貴賤。而且也不是草民先動手，他們自己先打起來，邊打邊罵、將彼此的醜事全都抖出來，草民看得焦躁，覺得自己看錯了人……草民那時魯莽無知。」

年輕時的黃普公的確魯莽，一言不合拔刀相向，對他來說是極正常的行為。

韓孺子隱約看到一位江湖人的形象，又問道：「逃難至海上，你為何專與海盜作對？」

黃普公沉默片刻，「草民剛到海上的時候，曾經拜訪過幾位有名的大盜，他們看我帶著老母，又聽說我殺過同伴，不願納我入夥，我……草民那時魯莽無知。」

韓孺子因此更覺奇怪，「從何時起，你不再魯莽無知，反而甘心在燕府為奴呢？」

一直相當鎮定的黃普公終於顫抖了一下，「草民的母親這一生受盡苦難，最後幾年幾乎下不得床，臨終前說：『我的命都耗在你身上了，如果你覺得為娘還算盡職盡責，就別再折騰了。哪怕為奴，只要能平平安安過一生就好，你活得長久，為娘泉下有知也不難過。』」

黃普公潸然淚下，因為母親這一席話，他心甘情願在燕府為奴，將心中的豪情壯志全化為賭興。只是偶爾還會顯露出來，那時他會不顧一切地衝上戰船、衝向敵人。

韓孺子沉默多時，想起了自己的母親，突然覺得自己應該在宮裡多留一段時間。

「如果讓你剿滅雲夢澤群盜，需兵多少？」韓孺子斬斷私念，問到正事。

「群盜聲勢甚眾，其實各自為政，草民只需三千精兵，但是兵將要由草民挑選。」

「何時可以開戰？」

「沒有時間，到了就打，打完即退，伺機再戰。如是者三五次，群盜可破。」

黃普公挺身而答，已有五六分將軍之風。

第四百二十五章 佟妃緊張

崔家又逃過一劫，卻也遭受重創，刺殺畢竟發生在崔府，皇帝寬宏大量不予追究，崔家自己卻不能免責。崔宏一邊安排老君的喪事，一邊上書請罪，自願交出全部官印，大將軍、太傅、南軍大司馬等職位無一例外。

韓孺子退回請罪書，崔宏再度上書，甚至透過女兒向皇帝陳情。

短短幾天，崔小君深受打擊，越發相信「滿招損」的道理，因此真心希望父親能夠交出權力。

「父親傷勢頗重，一時半會難以痊癒，年紀也大了，只想在家裡頤養天年，陛下就收回他的官印吧。如今國家多事，南軍也該交給其他人了。」

韓孺子這些天與皇后住在一起，沒有召見其她嬪妃，「實話實說，我也想收回南軍，可如今朝中正在調查韓稠之案，群臣惶惶，不宜再有變動，大將軍若是真心想交出南軍，就讓他再等一等。」

刺駕事件發生後，南軍將領沒有為崔宏發聲，雙方的聯繫已不像從前那樣緊密，因此韓孺子並不急於收回大司馬之印，眼下他還沒有合適的人選可代替崔宏，莫不如留他以穩定局勢。

崔小君相信皇帝，沒有再催促，轉而說道：「惠妃懷孕，陛下有去探望過嗎？」

惠妃是佟青娥的稱號，她現在是宮中僅次於皇帝的重要人物，從太后以下，人人都圍著她轉。就連張有才，一天大部分時間也都待在佟妃身邊，一點小事也要轉告給皇帝和太后。

「去過。」韓孺子含糊應道，他去過一次，不過沒說幾句話就走了，「佟妃見到我就緊張，所以我想還是少去為好。」

崔小君輕輕一笑，「陛下本末倒置了，陛下不常去，惠妃心懷忐忑，才會感到緊張，陛下若能常去看看，讓惠妃知道陛下愛子心切，她自然不會再緊張。」

韓孺子微微皺起眉頭，「再對妳實話實說，我還沒有『愛子心切』的感覺。」

崔小君嚴肅地說：「陛下必須要有，那是陛下的第一個孩子，也是大楚未來的希望，陛下所作所為皆求穩妥，這個孩子出生之後，帶來的穩定可能超過陛下迄今為止所做的一切事情。」

「不一定就是男孩……好吧，我會常去看看。」韓孺子盯著皇后，輕嘆一聲，「如果孩子是妳的就好了。」

崔小君何嘗不希望如此，但她不嫉妒，「一切皆有定數，急不得，我若命中有子，早晚會有，若是……我能常見陛下，已經心滿意足。」

韓孺子次日忙了一天，傍晚時分，他聽從皇后的建議，臨時決定去探望佟青娥。

他對佟青娥的印象不差，甚至可以說是很好。可那是另一種感情，與對皇后全然不同，每次見面，他都會想起幾年前受到引誘的場景，立刻覺得自己小了幾歲，頗為尷尬。

偏偏是佟青娥第一個懷孕，韓孺子更覺尷尬，就像是在人前義正辭嚴拒絕了美食，人後偷吃的時候卻被逮個現形。

佟青娥也覺得尷尬，總認為自己不該這麼幸運，首先懷孕的人應該是別的嬪妃，比如淑妃鄧芸。

皇帝來的時候，鄧芸正在房裡與佟青娥聊天，她與另外兩名嬪妃最終證實都沒有懷孕，遺憾萬分，經常來陪佟青娥，用她的話說是「借借孕氣」。

慈寧太后對佟青娥以外的所有嬪妃都懷著戒心，鄧芸雖然能來，但是不准自帶禮品，尤其不能帶食物。屋子裡總有幾名太監和宮女盯著，她不在意，每次一來就摸摸佟青娥尚未鼓起的肚子，「小傢伙是不是有點孤獨啊？保佑我生一個弟弟吧。」

皇帝的到來，照樣讓佟青娥緊張，起身時動作太快，差點摔倒。別人沒來得及上前，鄧芸搶先扶住，按著她坐下，「這又不是正式場合，不用時時講究禮儀。」

韓孺子進屋，尷尬的感覺又來了，只好擺出威嚴的神態，說：「朕要去給太后請安，順路過來看看。」

佟青娥面紅耳赤，鄧芸大方地說：「皇宮是陛下的家，陛下可得經常『順路』。我剛才對惠妃說，只要不是正式場合，在陛下面前無需拘禮，可以吧？」

「當然。」韓孺子點點頭，四處看了看，服侍佟青娥的人都是從前的「苦命人」，他全見過，想說點什麼，話到嘴邊又覺得無趣，於是又點點頭。

鄧芸笑道：「陛下不好意思呢，張有才，陛下來了，你們不用再盯這麼緊了。」

張有才乾笑幾聲，他一直看著淑妃，幾乎沒挪開過目光，的確盯得太緊了些，便示意其他人跟自己一塊離開，但是沒有走遠，就守在門外，時不時探頭看一眼，隨叫隨到。

窗下擺著一張軟榻，兩妃坐在上面，鄧芸指指對面的椅子，「陛下請坐，陛下不是看一眼就走吧？」

韓孺子猶豫了一會，還是走過去坐下，與其說是這裡的主人，更像是一名訪客。

佟青娥也不知該說什麼，鄧芸笑道：「你們兩個都這麼悶，真不知道在床上……讓我找個話題吧，陛下，聽說你選了一名海盜當將軍，是真的嗎？」

說起這種事情，韓孺子就有話說了，「黃普公早就不是海盜了。」

他將黃普公的事蹟略述一遍，鄧芸頗覺有趣，連佟青娥也聽進去了，開口道：「他倒是一位孝子。」

鄧芸道：「孝子還是其次，看來此人真會打仗。那燕家怎麼辦？藏著這麼一位優秀的將軍，不該受罰嗎？」

「沒有燕家的隱藏，黃普公十多年前就會被處死，所以算是功過相抵吧。朕將燕朋師召入宿衛軍，讓他做一名副都尉，若是真有才華，日後總有用武之地。」

佟青娥無所謂地點頭，只要皇帝顯得正常，她也不那麼緊張了。

鄧芸卻真將皇帝的話當回事，想了一會，笑道：「陛下是在安撫遠在東海國的燕康。也對，像黃普公這種出身，多少年出不了一位，懲處燕家無法治後，反而惹得大臣們疑神疑鬼，不如給燕家一個舉薦之功。」

大多數嬪妃連朝中大臣的姓名都叫不全，鄧芸卻能隨口說出東海國相的名字，韓孺子有些意外。

鄧芸之前就表現得很聰明，但是許多話更像是哥哥鄧粹教給她的，如今鄧粹遠在西域，鄧芸只能依靠自己，更顯其真性情。

「黃普公已經去往雲夢澤，如果真能建功，朕還要派他去平定東海，到時他要榮歸東海國，與國相燕康協作剿匪，這才是一個麻煩。」

從前的僕人變成了將軍，舊主的臉面不會太好看。

鄧芸將皇帝的話當成一個問題，思考片刻，「不能將燕康召回京城委以高官嗎？」

「朕有這個想法，但是吏部說，大楚有些官員雖非世襲，卻因種種原因，總是由固定的世家擔任。燕家在東海國是大族，召燕康進京，繼任還得是燕家人，問題並未解決。」

「小小一個燕家，連陛下也動不得？」

「可以動，但是沒有必要，東海國地處偏遠，比京城還需要穩定，燕家並無大惡，除之無益，朝廷委派的官員也不會做得更好，反而更難控制。」

韓孺子早就發現了，離京城越遠、道路越不暢通的地區，官員越是穩固，總是由幾個家族把持。地方官通常三年一輪、至多六年，邊疆官員卻不用遵守這項規定，每到任期將滿，朝廷總會接到大量該地百姓的請願書，希望留下父母官，朝廷往往順水推舟。

身為皇帝，韓孺子不喜歡這種「慣例」，但是現在還騰不出手來解決，而且未來的兩三年內，他需要東海國保持穩定。

鄧芸又想了一會，笑道：「既然如此，陛下就應該讓燕朋師也去雲夢澤，他不是喜歡冒領軍功嗎？就讓他再『冒領』一次。剿匪之後，陛下同時獎賞黃普公和燕朋師，然後將他們兩人同時派往東海國。燕家的功勞與黃普公緊緊捆在一起，總不至於再搗亂吧？」

韓孺子沒回應，心裡卻覺得淑妃所言是個主意。

鄧芸又道：「等到東海平定，陛下有了轉圜餘地，可以效仿前代皇帝，將邊疆大族遷至內地，燕家也算在其中就好了。」

韓孺子笑了笑，還是沒說什麼，與妃子討論政事已然破壞規矩，他不能再說更多，隨口問道：「惠妃有什麼想法？」

佟青娥一愣，她寧願當一名聽眾，覺得很自在，讓她拿主意，實在太難了，「我、我覺得淑妃說得很對。」

韓孺子起身告辭，斟酌再三、自勉再三，邁步來到佟青娥面前。

佟青娥吃驚地站起身，鄧芸饒有趣味地看著。

韓孺子見過母親和皇后等人撫摸佟青娥的小腹，於是也模仿著輕輕觸碰了一下，生硬地說：「惠妃珍重，待生產後，朕與妳賀喜。」

佟青娥愣愣地說不出話，皇帝轉身離開，出門之後如釋重負，覺得這比處理國家大事還難，但是心裡的確生出一股奇怪的感覺，對那個連樣子都瞧不出來的小小生命，多了一份期待。

屋子裡，鄧芸扶著佟青娥坐下，微笑道：「陛下是個好皇帝，也會是個好父親，我無論如何都要為他生一位皇子。」

第四百二十六章 劃線的門道

事關刺駕，官府抓人從來不會手軟。據傳有數十名刺客混入京城，京兆尹府總共抓捕了上千人，陸續釋放一些，還剩五六百人，每到受審時，哭喊聲一片。

玄衣使者金純忠同情這些人，就快要過年了，他們卻不能回家。每天都有一批人在大牢外面排隊，有錢者賄賂一下獄卒，無錢者只能枯等，希望能碰到好心的差人，向牢裡的親人傳句話。

金純忠看在眼裡，如果是從前的他，會覺得這是陋習，必須加以糾正，先不說公差貪賄，萬一帶到牢中的話是給刺客同夥的暗語呢？可是看得越多，他越覺得應該保持沉默，多少該給無辜者一點希望。

進入臘月，隨著案情漸漸清晰，金純忠覺得自己不能再沉默了，他得做點什麼，卻不知該怎麼做，必須找明白人幫忙。

這天下午，趁著空閒，他在大牢附近的一家酒館裡宴請司法參軍連丹臣。

金純忠有充足的理由這麼做，他學過的刑訊之法畢竟是紙上談兵，整個審案過程中，老吏連丹臣對他幫助甚大，可以說是半個師父。

即使如此，刑吏之間單獨宴請還是比較罕見的，正常的做法是請一大群同僚，以某人為主客，金純忠卻只請連丹臣一人。

連丹臣為人謹慎，答應得有些勉強。

酒館是一座四合院，金純忠單獨要了一間房，酒菜擺上，兩人推杯換盞，漸漸熟絡起來，說了一些閒話。金純忠稱讚連丹臣經驗豐富、手段高明，連丹臣羨慕金純忠少年有為，又是外戚，今後前途無量。

金貴妃留居塞外在官場中是一項禁忌話題，連丹臣就算醉得不省人事，也不敢提及。

金純忠覺得差不多了，先敬一杯酒，問道：「有件事我一直不明白，還請連大人解惑。」

「不敢，只要是我知道的，絕無隱瞞，請說。」在皇帝親派的使者面前，連丹臣比較客氣。

「牢中的犯人大都被證明與刺客沒有直接關係，為何不能釋放？陛下不是降旨說過不可株連無辜嗎？」

新來的刑吏居然為這種事疑惑，連丹臣微微一笑，放下酒杯，想了想，反問道：「怎樣算是『無辜』？」

金純忠一愣，沒明白這句話的意思。

連丹臣舉例道：「就說這批犯人吧，說他們無辜，卻都與刺客有些聯繫；說他們有罪，但這些聯繫又都很勉強。比如有些人認識刺客，同住一院，曾經覺得刺客行為古怪，但是沒有報官，算不算無辜？還有人向刺客賣過米麵油肉，拿過刺客的錢，算不算無辜？」

「應該算吧。」金純忠不太肯定。

「可是賣給刺客的米麵當中藏著兵器，身為鄰居卻為刺客打探消息呢？」

「兵器是米麵鋪老闆放進去的？鄰居提供的消息與刺駕有關？」

連丹臣笑了笑，「犯人都說不是，可你能相信嗎？京兆尹大人相信嗎？刑部相信嗎？再往上能相信嗎？咱們看到的是活生生的犯人，往往從神情、從哭喊聲、從其親友的表現上判斷此人是否可信，可供狀上只有文字，沒有這些能夠取信於人的細節，大人們的感受跟咱們是不一樣的。」

金純忠一下子明白了許多事情，又敬一杯，「若非連大人指教，小子何時醒悟？」

連丹臣接受這杯酒，喝下之後感慨道：「刑吏之難，不在查案、不在審訊，而在劃線。或失之於寬容，漏掉奸人，無法應對上司；或失之於嚴厲，不免殃及無辜。至於此案，問題就在於遲遲不能劃線，所以牢裡的犯人不能釋放。」

「主犯皆已落網，為何還不能劃線？」

連丹臣在自己與金純忠之間來回指了兩下，「你我有劃線的手段，但是沒有劃線的權力，京兆尹大人在等刑部的命令，刑部在等宰相的說法，宰相……」

連丹臣又笑了笑，沒有繼續說下去，金純忠道：「宰相在揣摩陛下的心意。」

連丹臣點頭，「案子一旦涉及到朝中大臣，最為難辦。韓稠被抓，可他背後還有沒有大臣支持？有多少？都是誰？」

金純忠能夠越過層層官員直接晉見皇帝，沉吟片刻，說道：「據我所知，不過也只是猜測，陛下不想讓事情鬧大。」

連丹臣若有所思，抓起桌上的酒杯，喝了一口才發現裡面沒酒，金純忠馬上替他斟上，兩人為此客氣了一會，連丹臣放下杯子，「如此說來，問題出在宰相那裡，關鍵卻在韓稠身上。」

金純忠在意的是牢中無辜者，結果卻說到了宰相與韓稠，於是拱手道：「願聞其詳。」

連丹臣拿起酒杯一飲而盡，喝得有點多了，不免有些得意忘形，雖然不至於胡言亂語，但是有些話也敢說了，「皇帝想除掉一個人，是不是很簡單？」

「當然，皇帝一言九鼎，手握生殺予奪的大權，只需一句話，就能除掉任何人。」

「嘿，皇帝的簡單，正是朝廷的繁重。皇帝說殺掉張三，朝廷必須領命，可是不能直接就殺人，總得有個罪名，大楚律法裡可沒規定『皇帝說殺就殺』，朝廷就算這麼做了，皇帝也會不滿，以為朝廷讓自己擔上了『昏君』、『暴君』之名。」

連丹臣一把抓住金純忠的胳膊，「我當你是知己才說這些話，可沒有別的意思，更無影射之意。」

金純忠笑道：「連大人放心，我不是那種捕風捉影、構陷無辜之人。」

連丹臣點點頭，「眼下案子的麻煩就在這裡，陛下仁慈，不想讓事情鬧大，宰相當然遵旨，必定深挖韓稠，令罪名無懈可擊，可韓稠有罪嗎？」

「當然有罪！」金純忠覺得這是明擺著的事情，「韓稠貪賄無數、富比國庫，又與刺客勾結……」

連丹臣笑著打斷金純忠，「韓稠肯承認自己與刺客勾結嗎？」

金純忠沒審過韓稠，只能猜測，「想必不肯。」

「刺客承認了嗎？」

金純忠審過所有刺客，大多數時候連丹臣也在場，於是搖搖頭。

刺客的頭目是聖軍師，只有他和刺客欒凱與韓稠有過直接往來，欒凱說話顛三倒四、前後矛盾，不足採信，聖軍師則堅稱韓稠「出賣」自己，對在崔府發生的刺殺一無所知。

連丹臣道：「貪賄雖是重罪，可韓稠是宗室重臣，頂多被削籍為民、發配邊疆，遇到大赦，還可能恢復身份。勾結刺客才是不可寬赦的死罪，正因為如此，更要證據確鑿，出一點瑕疵，都會讓人懷疑陛下羅織罪名報復宗室。」

韓氏子孫遍布天下，與京城相隔千山萬水，傳言跋涉過去，早已面目全非。

連丹臣久為刑吏，將這些事情看得清清楚楚，「宰相要讓天下人心服口服，難啊，只要韓稠和聖軍師打死不承認，哪怕真相就擺在眼前，也不算數。反之，這兩人只要有一人鬆口，萬事大吉。是只誅首惡還是株連百人、千人、萬人，都容易得很。」

金純忠嘆息一聲，「可憐那些無辜百姓，居然被這兩人所連累。」

金純忠聽得越認真，連丹臣越興奮，意猶未盡，又喝一杯，說：「也不盡然。」

「還有別的原因？」

連丹臣笑而不語。

金純忠連敬三杯，他是勳貴子弟、皇帝外戚，在一名刑吏面前卻恭敬地執弟子禮，連丹臣三分欣賞、三分醉意、三分自傲，什麼話都肯說了。

「其實京兆尹大人知道牢中的人大都無辜，與刺客直接相關者寥寥無幾，可皇帝下達寬赦令之後，仍羈押數百人，因為這對大人、對整個衙門，包括你我在內，都有好處。」

金純忠立刻想到了那些接受犯人親屬賄賂的公差，「京兆尹大人在等錢？」

連丹臣笑著點頭，「案子查到現在，脈絡基本上已經清晰，刺客連同包庇者最多不超過百人，這些重犯誰也保不出去，再多的錢也沒辦法。可其他犯人卻是添頭，放了是顯示陛下仁慈，不放是辦案謹慎，劃線的權力在京兆尹大人手中。」

金純忠感慨萬千，「韓稠的罪行之一就是貪賄，結果查案者卻也利用這個機會貪賄。」

連丹臣大笑，「不一樣、不一樣，韓稠是山中老虎，專挑肉多的獵物；京兆尹大人算是狼，吃點鼠兔；至於咱們，揀點殘羹冷炙而已，還有更差的，只能啃骨頭了。」

金純忠笑了笑，沒有爭辯，心裡卻覺得這是一樣的行為。

連丹臣收起笑容，低聲道：「其實金大人是有機會成狼，甚至成虎的。」

金純忠一驚，以為連丹臣是在出言諷刺，細看老吏的神情才明白過來，那是羨慕與推崇，連丹臣以為金純忠請他喝酒，就是為了弄清楚門道，為自己撈取利益呢。

「成虎就算了，太扎眼。」金純忠順著說下去，「可我還沒明白，機會在哪呢？」

「金大人能夠直接面聖，這就是最大的機會，而且很安全。你也不用替誰求情招惹猜忌，只需多聽，什麼時候陛下又要大赦，你立刻告訴我，我去找幾位富裕犯人的親眷，跟他們說有辦法放人。接下來就簡單了，將犯人放入大赦名單裡，反正他們也沒什麼重罪，本來就該在名單裡。差事完成了，錢也拿到手了，最妙的是毫無風險。」

連丹臣不再說了，只是嘿嘿地笑，覺得今天的酒真是好，自斟自飲，連喝數杯。

金純忠也在笑，心想自己的確應該去見皇帝了。

第四百二十七章　一次交鋒

聖軍師四十來歲，身材瘦小，其貌不揚，骨頭卻挺硬，連番遭受酷刑，就是不肯招出韓稠，每次受審，回答都差不多，「皇帝殺個大臣還不簡單，何必找我幫忙？」

與其他犯人不同，他沒有被關在京兆尹府的監獄裡，而是享受特殊待遇住進了刑部大牢，幾乎每天都要接受不同部司的審問，他早已習以為常，今天沒人來拖他出牢，反而不習慣。

「嘿，獄頭，時候到了，老子今天還沒吃到『竹筍炒肉』呢！」

刑部大牢位於地下，房間不是很多，關押的卻都是重犯，聖軍師喊話後，深處傳來稀稀拉拉的掌聲，還有隱約的叫好聲。

聖軍師來了興致，坐在草席上，放聲高歌，晃動身上的鎖鏈當樂器，唱的是一首下流小曲，從獄卒往上一直到皇帝，家中女眷都逃不過他的編排。

兩名獄卒拎著棍棒走來，隔門怒喝，聖軍師卻唱得更起勁，他是朝廷要犯，受審時頻繁挨打，在牢裡卻沒人敢動，萬一出了狀況，獄卒們可承擔不起這個責任。

「拿抹布把他的嘴堵上。」一名獄卒說。

「給他加菜，抹布越髒越好。」另一名獄卒迎合，兩人轉身離開。

聖軍師大笑，「你們兩人的婆娘最髒，都送來吧，老子來者不拒！」說罷又唱起來。

過去很久，獄卒一直沒回來，空氣中瀰漫著霉味、臭味的刑部大牢，好像找不到一塊骯髒的抹布。

聖軍師嗓子沙啞，終於覺得無趣，躺在地上哼叫，肚子倒真是餓了，就算是腐臭的肉，他也能毫不猶豫地吞下去。

外面傳來腳步聲，接著是開門聲，聖軍師坐起來，伸伸腰、扭扭脖子，啞聲道：「以後能不能準時一點？耽誤老子休息，不知道我正在夢裡和玉皇大帝聊天嗎？」

牢門打開，進來兩人，並非獄卒，聖軍師認得其中一人是審過自己多次的金純忠，還有一人卻不認得，於是多打量幾眼。

那人提著燈籠，這時放在地上，問道：「就是他？」

金純忠道：「是他。」

「老子不是『他』，老子叫聖軍師。」

「相貌與傳言一致，脾氣不太像。」陌生人道。

「你是哪路神仙？還打聽過我的脾氣？」

那人沒有回答，側身向金純忠點點頭，金純忠退出，將牢門關上。

「牢房裡審問，有點新鮮。可你就一個人，不會是被關進來給我做伴的吧？老子對太監沒興趣。」

那人是名太監，緩步走到聖軍師面前，背對燈籠，居高臨下地俯視犯人，聖軍師掙扎著起身，昂然回視，個子雖然矮了一些，氣勢卻一點不輸。

「我叫楊奉。」

聖軍師重新打量了一番，突然大笑，「原來你就是楊奉，特意從雲夢澤回來的？哈哈，我還以為赫赫有名的楊狗是個多了不起的人物，原來只是一名普通的太監。」

「彼此彼此。」楊奉平淡地說。

「怎麼著？幾大法司用盡刑具都沒達成目的，你只憑一張嘴就想來說服我？」

「像咱們這種人，本事都在嘴上，不用嘴還用什麼？」

聖軍師稍稍愣了一下，收起臉上的狂傲神情，言辭卻沒變，「我跟你不是一種人，聖某頂天立地的大好男兒，你是朝廷鷹犬、皇帝走狗，咱們沒有共同之處。」

楊奉轉身，在狹小的牢房裡轉了半圈，既不反駁，也不生氣，「雲夢澤挨不過今年冬天。」

「這種話對皇帝說去，他肯定愛聽。」

「刺駕沒成功，欒半雄決定參加盟主大會，以為當上盟主後就能取得整個江湖的支持。」楊奉只按自己的思路說下去，對各種嘲諷全不在意，更不接話。

聖軍師臉色不變，微笑道：「臨走的時候我特意囑咐他絕不能參加盟主大會，看來他是沒經受住引誘，算了，我已經這樣了，還能有什麼辦法？」

「你現在的一切頑抗都是無意義的，何不招出真相？自己少受些苦頭，也給我們減少些麻煩。」

「連楊公都親自出面了，我還有什麼可抗拒的呢？想讓我招供，可以，只有一個條件。」

「請說。」

「讓皇帝親自來審我。」

「這不可能。」楊奉立刻否決。

聖軍師就像沒聽見一樣，繼續提條件，「不是我進宮見皇帝，而是皇帝來大牢見我，對皇帝說的時候一定要講清楚。」

「陛下親臨大牢並不能改變什麼，而且他不會來的，滿朝文武不會同意，我也不會，陛下有陛下的尊嚴，不會因為你而放棄。」

「只會為匈奴人放棄？呵呵，反正你能見到皇帝，告訴他這些話就是，他若是真皇帝，自己能做主。」

「我不明白，你是江湖人，不在乎雲夢澤和欒半雄的生死存亡，卻非要幫助一名貪官脫罪？」

「我沒幫任何人，尤其不想幫皇帝，他想殺死大臣，自己想辦法，不要拿我當藉口。」聖軍師又說出這套話，之前很有效，每每令審問者無言以對。

至此楊奉似乎也無話可說，沉默了一會，「刺駕一案拖得太久了，從明天開始，被俘的刺客會陸續被處斬，年前完成，你是最後一位，大概在臘月二十左右。」

「嘿，終於等到這天了，我在陰曹地府等皇帝，在那裡他說的不算，大家勢均力敵再鬥一場。」

「還有欒半雄，你們會先見面的。他正在與各地豪傑會面，要將盟主大會掌控在手中，可這些豪傑會勸說他投降，接受招安。無論他同意與否，只要表現出猶豫，就必死無疑。」

「我不在乎了。」聖軍師無所謂地說。

「那就好，因為你就是欒半雄心存猶豫的原因。」

聖軍師不作聲。

楊奉繼續道：「那些豪傑不會立刻勸降欒半雄，而是揭穿你的真面目：是聖軍師遊說雲夢澤參與齊國叛亂，並與匈奴人勾結，結果一敗塗地，雲夢澤因此聲名狼藉；是聖軍師策畫了一套複雜的刺駕計畫，結果還是一敗塗地，陛下活得好好的，雲夢澤卻損失了一批好手，尤其是欒凱與趙十娘，一個是欒半雄的義子，一個是她的姘頭，都死於你手。」

崔府中刺駕的阿珍真名趙十娘，武功雖高，在江湖中名聲卻不響亮，也只有楊奉能打聽出來。

聖軍師倒不意外，冷冷地看著他，「跟我說這些幹嘛？」

「順勢而為，望氣者講究這個，所以我向你說清眼下的大勢。」

「想學望氣之術，你還沒入門呢？」

「照葫蘆畫瓢，總有兩三分相似。」楊奉微笑道。

「嘿，你連半分都沒學到。」聖軍師一臉不屑，隨即恢復正常神色，想了想，說：「大勢其實是這樣的：欒半雄根本不在乎京城損失的這些人，聖軍師？不過是名說客而已，沒有過命的交情；趙十娘？眾多女人當中的一個而已，少一個更清靜；欒凱？一個傻小子而已，武功雖高、但是早晚會惹麻煩，死就死了，有什麼可惜的？欒半雄身邊又不是只有這兩名高手，他會假意參加盟主大會，等官府放鬆警惕的時候，先發制人，破壞朝廷軍隊的據點，然後伺機而動。或者留在原處待戰，或者退向東海，澤裡的好漢到了海上還是霸主。」

楊奉搖頭，「你說的頭頭是道，但是假話太多，我在雲夢澤打聽得清清楚楚，欒凱與趙十娘雖然不是欒半雄身邊僅有的高手，卻是最忠心的，否則也不會被派來刺駕，尤其是趙十娘，明知此行必死，仍然義無反顧，欒半雄身邊還剩下多少這樣的人？」

聖軍師大笑，「枉你追殺過這麼多江湖好漢，江湖規矩卻只知皮毛，不知底細：趙十娘的兒子在欒半雄身邊，她敢不從？欒凱這種人很容易培養，欒半雄殺人後留下幼兒，養大他們就是為了當死士，欒凱武功高些，也沒高到出類拔萃，欒半雄身邊還有多少這樣的人？不計其數。狗皇帝逃過一劫，還有更多刺殺等著他！」

「你想讓朝廷將關注重點從雲夢澤轉回京城？」楊奉冷冷一笑，「大楚攻守兼備，有實力兩線開戰，欒半雄堅持不了多久，進京的刺客無非是來送死。」

「雲夢澤有的是欒凱這樣的人，就怕你們殺不過來。」

楊奉盯著聖軍師看了一會，突然說道：「你不是淳于梟。」

聖軍師一愣。

楊奉轉身提起地上的燈籠，敲了敲牢門，等外面的人開門，補充道：「淳于梟不會像你這麼愚蠢。」

聖軍師又是一愣。

門開了，楊奉走出去。

金純忠關上門，有些困惑地問：「聖軍師說的話有幾分是真的？」

「這只是一次言語交鋒，幾分真假並不重要，他贏了，同時也輸了。」楊奉抬起燈籠，照亮金純忠身邊的另一個人。

刺客欒凱被牢牢捆在一塊長木板上，嘴裡塞著布條動彈不得，也說不出話，臉憋得通紅，眼中充滿仇恨，像是要吃人。

「關於他和趙十娘，聖軍師的話是真的。」楊奉說。

四名士兵走來，抬著欒凱向外走去，走出十幾步後，牢裡突然傳來聖軍師的怒吼：「楊奉，回來再戰！」

楊奉不想再戰，離開大牢，到了另一間屋子裡，讓士兵放下欒凱，沒有鬆綁，拽出他嘴裡的布條，一句話也不說。

欒凱嘔了幾下，氣憤異常地說：「韓稠府裡有一顆人頭，是他與聖軍師親手掩埋的，我看到了。」

楊奉點點頭，欒凱還沒消氣：「義父……欒半雄真殺了我的家人？而且不在乎我的死活？」

楊奉又點點頭，對欒凱，他連嘴皮子都不想動。

第四百二十八章 劍在手中

楊奉入宮，既是拜見皇帝，也是辭行，他此次返京原是為了確認聖軍師的身份，半路上聽說皇帝遇刺，數日後又聽說皇帝已經康復，心情也跟著大起大落了一次。

他的權力來自皇帝，沒有皇帝他將失去一切，因此必須親眼看到皇帝安然無恙。

楊奉看上去又瘦了一些，滿面風霜，他在雲夢澤可不是坐在屋子裡安排戰鬥。

楊奉算不得純粹的內臣，皇帝在凌雲閣見他，微笑道：「朕又涉險，讓楊公失望了。」

楊奉仔細打量了皇帝幾眼，放下心來，「陛下平安就好。」

「朕還是沒能完全掌握皇帝的權力。」韓孺子很高興見到楊奉，有些話他只能對這名太監說，「十步以外、千里之內，不知還有多少臣子與韓稠的想法一樣，只是暫時沒敢表露出來。」

韓孺子指了指桌上厚厚的一疊奏章，說道：「這是連日來各地諸侯和朝中大臣遞上來的，楊公能猜到他們都寫了什麼嗎？」

楊奉想了一下，「首先是恭賀陛下康復，其次是痛斥韓稠的狼子野心，最後……他們大概會說起穩妥的好處：祖宗如此安排自有其道理，後世子孫改動時必須慎之又慎。以此暗示陛下當初將韓稠從洛陽調至京城是錯誤的。」

「何止暗示？有些人直接寫了出來。」韓孺子搖搖頭。

韓稠是諸侯後代，其祖自願交出王號，當時的皇帝為了表彰這種行為，特許其子孫可以世襲河南尹，長駐洛陽，結果卻給自己的子孫留下了麻煩。

「可大楚不能再容忍韓稠這種大臣存在。」韓孺子看向那疊奏章，好像上書者就站在面前，他目露堅定，一次刺殺嚇不住他，「如果只是剿匪，動用數郡之力即可，韓稠影響不大，如果要對付匈奴人，需傾天下之力，朕不允許再有洛陽這樣的法外之地。」

楊奉沒作聲，韓孺子輕嘆一聲，「可朕現在還騰不出手來。」

「陛下有皇子之後會封王嗎？」楊奉問道。

韓孺子沉默良久，「會。」

「三五代之後，將有一位皇帝如陛下一樣，琢磨著如何廢除各地諸侯，陛下的子孫也在其中。」

只有楊奉敢說這樣的話，韓孺子並不在意，反而很欣賞，喃喃道：「一個人不能自私到以為別人不自私，連皇帝也不能例外。」

韓孺子一時想不出良策，看樣子楊奉也不能，於是笑道：「不說以後的事情，先說眼下的問題吧，朕又向雲夢澤派去一位新將軍，名叫黃普公。」

楊奉點頭，「我在路上遇到了，跟他聊了幾句，是位能做事的將軍，難得陛下能將他找出來。」

韓孺子將黃普公的事蹟大概說了一遍，「他的本事哪怕只有五分真實，擊破雲夢澤群匪也應該不在話下，接下來朕要派他去平定東海。可朕擔心一件事，燕康與黃普公原是主僕，以後一文一武協作剿匪，只怕會有隔閡。有人建議朕將燕康之子燕朋師也派去雲夢澤，如此一來，黃普公的功勞就是燕家的功勞，或許可以消除隔閡。可這種做法不太公平，朕一直猶豫未決，正好楊公來了，朕想聽聽你的意見。」

楊奉上前一步，回道：「打個比方，陛下得到一柄號稱削鐵如泥的寶劍，是深藏匣中，還是拿在手中與敵人對戰呢？」

「當然是拿在手中。」

「敵人選用何樣兵器迎戰，陛下決定不了，那可能也是一柄神兵利器，兩強相爭，必有一傷，陛下的寶劍縱然得勝，也可能受損。」

「如果對方是神兵利器，朕就更應該使用寶劍，這正是寶劍的用途。」韓孺子笑了笑，有時候他還是需要楊奉的指引，「朕明白了。」

楊奉後退一步，回至原位。

韓孺子繼續道：「作戰的是將軍，朕只需給他權力、兵將與糧草馬匹，至於其他事情，該由將軍自己解決，無需朕事必躬親。能不能解決彼此之間的關係，是黃普公與燕家的問題，朕秉持公正即可。」

明白這個道理，韓孺子一下子輕鬆許多，看向楊奉，說：「申明志對自己的問題解決得不好，朕已經決定允許他致仕還鄉，可是該由誰接任呢？」

「陛下想必已有人選。」

「朕屬意瞿子晰。」韓孺子停頓片刻，見楊奉沒有提出反對，接著說下去，「先讓他擔任帝師，期滿後入御史台，如果表現出色，可為宰相。」

略過六部的為官經驗，皇帝給瞿子晰安排的是一條快速通道。

這是趙若素的建議，楊奉點點頭，「陛下安排得很好，瞿子晰有宰相之才，可是與寶劍一樣，也要提前試一試鋒芒。」

「問題是在這之前呢？誰當宰相？如果瞿子晰被證明只是一介書生，空談強於實幹，申明志的繼任者很可能要在宰相的位置上多坐一陣子。」

「馮舉已被任命為左察御史，按慣例該由他繼任宰相。」

韓孺子沉吟不語，他提拔馮舉是為了順利通過自己的多項任命，對吏部尚書不是特別滿意。

「馮舉是三朝老臣，執掌吏部多年，再有御史台的經驗，堪任宰相。」楊奉並不避嫌，還是推薦馮舉。

「卓如鶴怎麼樣？楊公在雲夢澤經常見他嗎？據說他是先帝欣賞之人。」

卓如鶴原是桓帝當太子時的近臣，後進入六部為官，就等著步步高昇，直達宰相之位，結果桓帝早崩，他被調至外地，升遷之路中斷，韓孺子對他印象不錯，派他去安撫雲夢澤周邊數郡的民心。

楊奉想了一會，「卓大人劍在匣中，尚未試刃。」

「卓如鶴治理弘農郡頗有聲譽，在雲夢澤做得不好嗎？」

「做得很好，雲夢澤這幾個月來返鄉為民的強盜，比過去幾年加在一起都要多。卓大人不缺治民的經驗，但是缺治吏的經驗。宰相是百官之首，非得是深諳治吏之術者才可擔任。」

「嗯。」韓孺子明白楊奉的意思，不管怎樣，他對未來的安排有了更清晰的思路。

楊奉覺得差不多了，躬身道：「我明天就走，要向陛下請調一人，一塊帶去雲夢澤。」

「滿朝文武，隨你調用。」

「此人不是朝中官員，而是牢中關押的一名刺客，叫欒凱。」

「朕知道這個人，他曾經闖進皇宮，驚嚇到了皇后，該是死罪。」

「此人自願去刺殺欒半雄，以贖死罪。」

韓孺子大為驚訝，「怎麼會這樣？那些刺客不是一直都很嘴硬，對欒半雄很忠心嗎？」

楊奉將自己在牢中的經歷說了一遍，韓孺子先是笑著搖搖頭，然後正色道：「聖軍師為了與楊公爭鋒說出的那些話，幾分真？幾分假？欒凱的父母真是欒半雄所殺？」

「我不知道。」楊奉必須對皇帝實話實說，「我猜聖軍師沒本事現編一套純粹的謊話，應該是真多假少，但這不重要，欒凱相信，這就夠了。」

「楊公打算讓他再去刺殺欒半雄？」

楊奉搖頭，「欒凱這個人十分單純輕信，他若見到欒半雄，很可能又被勸說回去，我要將他留在在身邊。欒凱熟悉雲夢澤路徑，尤其是對欒半雄的老巢瞭若指掌，有他相助，黃普公等將軍事半功倍。」

「欒凱很危險，聖軍師也很狡猾，楊公小心。」

「我也不做匣中之劍，有自信能夠對付得了欒凱。」

「好吧，朕會傳旨，讓你帶走欒凱。」

楊奉謝恩，告辭準備要走，韓孺子叫住他，想了想，問道：「楊公還在追查淳于梟？」

楊奉點頭，微微瞇起眼睛，他做事向來胸有成竹，唯獨對淳于梟充滿困惑，「我總覺得他就隱藏在身邊，我在雲夢澤，他也在雲夢澤，我回京城，他也回京城……」

「等到天下太平，淳于梟將無處藏身。」韓孺子道。

楊奉躬身，「我希望在天下太平之前就將他繩之以法。」

韓孺子目送楊奉退下，對這名太監，他既覺得心有靈犀，又感到無法理解。

他從桌上找出一張尚未蓋印的旨意，撕成碎片。燕朋師不會去雲夢澤，將一直留在宿衛軍，直到顯出真本事的那一天。

楊奉離開不久，金純忠求見，在皇帝面前對楊奉的手段讚不絕口，「此前欒凱一直胡說八道，楊公一到，他全招了。連丹臣已經在韓府一張床下挖出人頭，尚未完全腐爛，崔府的人辨認過，確認就是被殺的侍妾。韓稠再不能說自己對刺殺一無所知了。」

事情總算解決一件，韓孺子卻沒有多少愉悅之情，見金純忠也不是特別興奮，略感疑惑，問道：「你還有事情要說？」

金純忠鄭重地點點頭，「本來這不是我的職責，可我覺得事關陛下的聲望、大楚的民心，陛下應該知道。」

金純忠將他從連丹臣那裡聽到的話說了一遍，尤其是京兆尹有意多抓犯人，用來求取賄賂之事，但是隱去連丹臣的名字，他只是一名刑吏，算不得朝中的「虎狼」。

韓孺子認真聽完，先是憤怒，隨後冷靜下來，「朕知道了。」

金純忠不敢多說，躬身告退。

一直以來，韓孺子對朝廷以安撫為主，以為剿匪事急，整肅朝綱事緩，可最近的許多事情卻在向他表明，後者或許才是最急迫的事情。

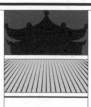

第四百二十九章 病因

崔騰受到的苦頭不多，受到的驚嚇卻不少，回家後一連幾天起不了床，大家都說是他孝子，父親傷重臥床，他也要感同身受。

崔騰身邊的僕人卻另有看法，覺得主人其實還在懷念張琴言，再加上過去一段時間裡連番受到驚嚇，使得整個人恍恍惚惚。

母親來看過他，除了嘆息什麼忙也幫不上，她現在是崔府真正的女主人了，卻反而比從前更不知所措，「過兩天要給老君發喪，御醫說你父親還是不能起床，你是長孫，老君又那麼喜歡你……」

「母親，我會好起來的。」崔騰還得反過來安慰母親，「實在不行，讓人把我架起來，總之我會給老君盡孝，不能讓外人笑話咱們崔家。」

兒子病怏怏的，崔母心疼不已，御醫說崔騰得的是心病，吃藥只是輔助，還得有人開導，崔母自己沒辦法，只好求助他人。

皇帝和皇后都派人來探望過，張有才是皇帝的親信之人，他的到來讓崔騰興奮了一小會，但也只是一小會，人一走，又變得有氣無力。

崔騰的諸多朋友全來過，或奉承，或逗笑，或豪爽，或促膝長談，效果都不明顯。

只有狐朋狗友談起京城新近成名的幾位美女時，崔騰眼睛一亮，一度坐了起來，心中躍躍欲試，想要下床穿衣，一塊去尋花問柳。可是只要一想到張琴言，所有雄心壯志瞬間化為烏有，他現在見不得琴、聽不得「張」、「言」二字，看見太監張有才，他忍不住流下兩滴淚，將張有才嚇了一跳。

新年將近，別人家一派歡欣氣象，崔府卻仍籠罩在愁雲慘霧之中。

最後是平恩侯夫人出了一個主意：「要說勸導人心這種事，名醫未必有用，自己家也是燈下黑，非得找一個聰明伶俐的人才說得通。」

她推薦的是東海王。

崔母寫信，平恩侯夫人親自去請了三次，東海王終於勉強同意。老君是東海王的外祖母，一直寵愛異常小時候的他，於是東海王以助喪的名義來到崔府。

崔騰躺在床上哼哼呀呀，像是呼吸不暢，又像是在唱小曲，只是走調嚴重，誰都聽不懂。

東海王也聽不懂，一進屋就向床上拱手道：「恭喜你啊，崔二。」

崔騰微微抬頭看了一眼來者，繼續哼哼叫，過了一會，見東海王不往下說，他有點急了，示意僕人扶自己起來，靠著旁邊疊好的被褥，問道：「崔家流年不利，一堆倒霉事，我又病成這樣，何喜之有？」

正在屋子裡東瞧西看的東海王走到床邊，笑道：「你病成這個樣子都沒死，豈不值得慶賀？」

崔騰怒目而視，掀開蓋在身上的被子，「東海王，你來討打是不是？誰請你來的？我連你們一塊收拾。」

東海王點點頭，「果不其然，我就猜你是裝病，讓我一下子就詐出真相。」

崔騰氣得幾乎要暈過去，推開僕人，真的下地站了起來，可他臥床太久，身子又虛，起得過猛，只覺得腦子一陣眩暈，再明白過來的時候，人已經重新躺下，面前還站著笑呵呵的東海王。

「你怎麼還在？」

東海王向僕人道：「出去，我們哥倆閒談一會。」

僕人不敢走，東海王道：「崔二，你敢不敢單獨跟我說話？」

「滾！」崔騰怒喝道，也不知是對說的，僕人自覺領受，匆匆走出去。

「來吧，你想說什麼？笑話我，還是挑釁？都說出來吧，我受得了。」崔騰挺脖說道，神情的確比平時好上不少。

東海王卻收起笑容，「我知道你為什麼臥床不起，還知道你這樣做很愚蠢。」

「你知道個屁！」崔騰忍不住冒出髒話，「就算知道又能怎樣？當兒子的還不能為父親……」

東海王嚴肅地搖頭，「我是你的表弟，咱們從小生活在一起，你起不了床，與舅舅無關。」

崔騰臉一紅，「我忘了你是在崔家長大的。沒錯，我是為一個女人起不了床，怎麼著？唉，人間至美，說沒了就沒了，我到現在也不明白，她怎麼狠得下心？跟著我要什麼有什麼，為何還要幫助刺客？」

崔騰撓撓頭，滿臉困惑。

東海王卻覺得這是一個簡單的問題，「她是江湖人，早年間必定欠了大人情，只能用命來還。」

「跟我說啊，幾條命我都出得起，只要她沒事。」

東海王再次搖頭。

「你不相信我？告訴你，除了自家人，還有陛下，別人的命我都不在乎。唉，為什麼沒人要你的命呢？拿你換張琴言，多好啊。」

東海王大笑，隨後還是搖頭，「不對，你臥床不起與張琴言只有一點關係。」

崔騰真的糊塗了，「你在胡說什麼，難道我還不如你瞭解自己？」

「當局者迷。」東海王不以為然地說，轉身走開，拿起桌上的小物件，看看又放下。

崔騰還在等著，惱火地說：「你什麼時候養成的這個毛病？有話別說半截啊。」

東海王回到床前，「我先問你一件事情，你如實回答，然後我再說你為何所迷。」

「對你，我可不保證說實話，不過你問吧。」

「陛下為什麼放過崔家？」

「因為崔家無罪。」崔騰馬上道。

「果然無罪？」

崔騰猶豫了一下，「你到底想說什麼？」

「這裡沒有外人，咱們私下說，陛下對舅舅執掌南軍一直存有戒心，這總沒錯吧？」

崔騰不作聲，也不做任何表情。要說戒心，他現在就十分提防東海王，連自己的虛弱都快忘了，在床上坐了好一會，竟然沒有躺下。

「藉著這個機會，陛下完全可以名正言順地收回兵權，陛下卻沒有這麼做，舅舅三次上書乞骸骨，陛下都給退了回來，這是真要挽留舅舅，並非尋常的敷衍。陛下為什麼突然改變了態度？」

「因為我妹妹，她是皇后，與陛下是患難夫妻。」

「你的話只對了一半，表妹與陛下一往情深，可是成親多年，宮中第一個懷孕的人卻不是皇后。」

「你究竟想說什麼？」崔騰又糊塗了。

東海王笑道：「笨蛋，我說的就是你啊，陛下放過崔家，不是為了安撫舅舅，也不只是皇后，最重要的原因是你。」

「我？」崔騰想了一會，「我可沒那麼大的面子。」

「你再想一想，陛下清醒之初，為什麼一直唸你的名字？」

「陛下後來跟我說了，他遇刺之時在想是誰教給我侄兒那套剿匪之計，昏迷的時候一直不忘，所以醒來就叫我的名字。我說是燕朋師，他從前住在我家，結果陛下卻選用了燕朋師的一名僕人，我也不明白為什麼。」

「原來如此，可是不管怎麼說，陛下還是第一個想到了你，不是別人，對不對？」

「這倒是事實，而且我入宮不久後，陛下還特意派孟娥告訴我真相，說陛下當時是在裝糊塗，免得我太害怕……咦？我為什麼要對你說這些？你小子還是那麼陰險，故意套我的話吧？」

「你小子還是那麼有眼無珠，當面不識好人心。我是來指點迷津的，告訴你一聲，你還是陛下的寵臣，整個崔家的存亡都寄託在你身上。」

崔騰愣了一會，慢慢地，一股熱氣從心底生起，逐漸漫延至整個身軀，「陛下……不怪我引來刺客？不怪我救駕遲緩？」

「陛下怪你，但是也原諒你。」

「真的？你和陛下談過？陛下說過什麼？」

「我又不是你這樣的寵臣，陛下當然不會對我說這些事情。」東海王指指自己的眼睛，「我比你看得透，一直如此，這點你總得承認吧？」

崔騰承認東海王比自己聰明，若有期待地問：「陛下真的原諒我了？」

「刺駕發生在崔府，刺客是你眼皮底下的人。換成任何一位皇帝，都會給崔家定下死罪，皇后也會被廢，將你街頭問斬，陛下卻破天荒地寬宏大量，這不是原諒是什麼？」

「對啊。」

「可你倒好，居然不領情，裝病躲著不見陛下，真是不知滿足。」

「我不是裝病，我是真病，真的，咳咳……」崔騰咳了兩聲，自己也覺得奇怪，平時若是說這麼多話，早就頭暈腦脹，今天卻是越說越興奮，沒有半點疲意。

「陛下初癒，正是最需要幫助的時候，當臣子的就算爬也得爬過去。你是寵臣，更應以身作則，只要還有一口氣就得去服侍陛下，你卻躺在床上不肯起來，算不算裝病？」

「寵臣」不是好字眼，東海王每次說到的時候，語氣中都帶著譏諷，崔騰卻一點也不在乎，甚至喜歡這個稱呼，喃喃道：「對對，我得去見陛下，立刻就去，陛下需要我……」

崔騰大聲呼喊外面的僕人，這就要穿衣、穿靴。

東海王不再多說，轉身離開，也不向舅舅告辭，徑回自家。剛進家門不久，平恩侯夫人就追過來，滿臉堆笑，「我就說我沒看錯人，好兄弟一走，崔騰跟瘋了一樣，能跑能跳，哪還有半點病樣？家裡人正看著他，讓他吃點東西，要不然他立刻就會跑去皇宮見陛下。好兄弟，你真是……妙手神醫啊。」

東海王笑納，他與崔騰常在皇帝面前爭寵，最瞭解崔騰的心事，過去聊了一會，一猜就中。

平恩侯夫人接著嘆了口氣，「可刺駕的影響還是太大了，慈寧太后更不信任崔家人，對我的好感也沒了，一直不允許我進宮。」

「我已經給妳出過主意。」東海王平淡地說。

「上官太后？都是謠言，沒有真憑實據。」

「這就要看妳的本事了。」東海王裝出不耐煩的樣子，「景耀是宮中老人，他若說什麼都沒掌握到，那必定是因為妳沒取得他的信任。」

平恩侯夫人點點頭，覺得東海王所言極是。

第四百三十章 奇怪的奏章

新春即將到來，韓孺子不急於重返倦侯府，留在宮中處理政務，府丞趙若素早來晚走，每次見到皇帝都要先稟報一下府裡的情況，以表示自己沒有忘記身份。

楊奉走了，帶著欒凱前往雲夢澤，韓孺子身邊需要一名顧問，今天尤其需要，他剛從勤政殿回來，坐在凌雲閣裡，翻閱到一份奇怪的奏章。

中書省擺列奏章的把戲已被拆穿，最近比較老實，所有奏章全按時間順序疊放，這份奏章位置偏上，說明來得比較早，但是在勤政殿裡，宰相等大臣並未提起，說明它不是很受重視，或是大臣們有意避嫌。

韓孺子一言不發，將桌上的奏章推過去，趙若素立刻走來，雙手捧起奏章，快速瀏覽一遍，抬頭與皇帝對視一眼，低頭又看一遍，這回讀得比較細緻，隨後放下奏章，退後幾步。

「十位諸侯為代王求情。」趙若素簡單地總結道。

韓孺子疑惑地問：「朕又沒有向代王問罪，他們求什麼情？緊張什麼？」

韓稠已被定下死罪，正月以後問斬，但他是宗室老人，按慣例，皇帝最後會取消當眾問斬，改為在牢中賜死。皇帝無意株連他人，可還是有許多人為此惴惴不安，代王一家比別人更覺恐懼。

韓稠此前著力推薦代王充當皇儲，宰相申明志調查得清清楚楚：代王的庶兄想要繼承王位，於是與韓稠勾結，希望讓嫡生的弟弟充當皇儲，一旦當上皇帝，代王之位就會由兄長繼承，韓稠看中代王一家容易控制，因此一拍即合。

代王庶兄已被削籍為民，送回代國，由地方監管，永世不得入京。皇帝對代王一家的處置到此為止，並未株連他人，對代王更是從未表達過不滿，在皇帝眼中，那只是一名幾歲的孩子，什麼都不懂，被奸人利用而已。

十位諸侯卻聯名為代王求情，令韓孺子哭笑不得，更是迷惑不解。

「陛下是否準備削奪諸侯之土以及權力？」趙若素問道。

韓孺子沉吟片刻，「朕只是有這個想法，尚無具體計畫……諸侯王怎麼會知道朕的想法？」

「陛下削減齊國，改為臨淄國與數縣，就是一個預兆。」

「齊國先後兩次叛亂，不該削減嗎？」

「應該，但諸侯王看到的是威脅。」

韓孺子並未開口，他的確是要「威脅」各地諸侯，齊王叛亂、代王無能、洛陽侯刺駕……宗室爛得比朝廷還要嚴重，必須來一次刮骨療傷。

趙若素繼續道：「接著陛下又收回洛陽，另行任命河南尹，各地諸侯不免更加緊張。他們對別的事情可能不在乎，唯獨削藩，哪怕只有一點跡象，他們也能嗅得出來。這份奏章表面上是為代王求情，其實是在試探陛下的心意：如果陛下沒有發怒，甚至公開宣布代王無罪，放他回代國，則諸侯安心；如果陛下大怒，他們自會請罪，反正也不是什麼大罪，然後他們會再想別的辦法保住自己的地位。」

「他們還有什麼辦法？像齊王一樣叛亂不成？」

趙若素拱手道：「叛亂是非常手段，微臣不敢預測，微臣只說正常手段。他們應該會從陛下身邊的人下手，陛下最信任誰、誰對陛下影響最大，他們就會想方設法將此人拉到自己這邊。」

「與韓稠的手段一樣。」韓孺子輕聲道。

韓稠很早之前就在討好慈寧太后，效果顯著，深居宮中的太后正需要外臣的幫助，很容易受到迷惑。

趙若素自然不會說出名字，又一拱手。

「關於削藩，可有慣例？」

「陛下不覺得太早了嗎？」

韓孺子搖頭，「大楚既然是韓氏的江山，宗室就當以身作則，宗室不正，朝廷何以正？天下何以正？你只說之前有沒有慣例吧。」

趙若素想了一會，「有，依微臣所知，共有三種慣例。」

韓孺子很滿意，「都說來聽聽。」

「一是諸侯王犯下重罪，依律削藩或是奪國。」

「嗯，對齊王已經用過，不能用在其他諸侯身上。」

「二是勸說諸侯自願削藩，先從最親者開始。」

「朕沒有……」韓孺子突然想起東海王，那是他弟弟，於親最近，隨後笑著搖頭，「這招朕也用不上。」

「三是推恩，允許諸侯將本國分給多名子孫，大國變小國，也是一種削奪。」

「這個慣例朕知道，大楚從烈帝時起就在用，延綿至今。諸侯國由六七個增加到二十幾個，可還是有個別諸侯不肯從命，比如齊國，一直是單傳，不肯推恩給更多子孫，朝廷也沒有辦法，眼睜睜看著叛亂發生。太慢，而且不受朝廷控制。就這些嗎？」

「削藩的慣例大致上就這些了。」

韓孺子想了一會，微笑道：「慣例以外呢？可有其他手段？」

趙若素又一次拱手，「削藩之外，陛下也可選擇削權。」

「如何削權？」

「諸侯世襲，諸侯之官卻由朝廷任免，朝廷若能控制這些官員，則諸侯無權，與郡縣無異。」

韓孺子皺眉，「諸侯之官說是由朝廷任免，其實也跟世襲差不多，像東海國的燕家，不就一直把持國政？」韓孺子又想了一會，「諸侯之官一直由朝廷派遣任命，為何多數諸侯仍能掌權，如齊王甚至能夠製造叛亂？」

「各國遠在京城之外，朝廷所派之官孤軍奮戰、難敵諸侯。或有爭執，因為涉及到宗室，皇帝通常會選擇息事寧人，長此以往，官吏也不願惹事，權力日小，諸侯權力日增。」

韓孺子不語，他對韓稠採取的手段就近似於息事寧人，半晌後，他說：「天高皇帝遠，就是這個意思吧？」

趙若素只是拱手，沒有回答。

韓孺子記得楊奉很早以前就說過，皇帝的權力只在十步以外、千里之內，十步以內，皇帝難敵一介匹夫，千里以外，皇權只是幾張聖旨而已，遵守與否、遵守到什麼程度，皇帝都看不到，至於更遠的地方，皇權遇到的只有敵意，而不是服從。

不管怎樣，趙若素的確提出了一個辦法，仍在慣例的範圍之內，在這之外，趙若素不能也不願提出建議。

趙若素告退，韓孺子獨自審閱奏章，心中仍在思考削藩之事。

先換宰相、次削諸侯、再正朝綱，這是韓孺子定下的順序，接下來才能富民強軍，與匈奴一戰，至於更遠一些的西方強敵，他還沒有詳細的想法。

鄧粹、張印從西域送回來一些消息，表明大單于沒有撒謊，西域以西的確發生了大規模戰亂，商人急劇減少，講述的傳言也都與大單于的說法一一對應，不過戰亂尚未波及到西域，那位「神鬼大單于」一直在向西、向南擴張，似乎沒有東進之意。

「一勞永逸、萬世基業……」韓孺子自言自語，心中開始懷疑究竟有沒有這種可能。

「陛下想一勞永逸，我有辦法。」一個聲音居然在回應皇帝。

韓孺子吃了一驚，他還以為屋子裡沒有外人，抬頭看去，崔騰不知什麼時候來了，正笑眯眯地看著他。

自從能起床之後，崔騰每天都來宮裡報到，不同於與眾多勳貴侍從，他有特權，可以不經通報直接進入凌雲閣。

「你有辦法？」韓孺子笑著問，將與崔騰的聊天當成一種休息。

「這還不簡單，找幾個信任的大臣，將朝政託付給他們，陛下就能一勞永逸、逍遙自在了。」

韓孺子大笑，崔騰的建議果然只能當玩笑聽。

「你有事情？」韓孺子交待過，雖然崔騰可以進入凌雲閣，但是得有事情，不能隨隨便便地想來就來。

崔騰點頭，「明天老君出喪，我替崔家感謝陛下的恩德。」

老君是皇后的祖母，皇帝自然要給予禮遇以及豐厚的贈禮，都是少府和禮部在安排，韓孺子認可而已，「嗯，可惜朕明日不能親去送葬。」

崔騰急忙擺手，「這樣就夠了。明天我去送葬、守廬，要七天才能回城，這回來見陛下也是告辭。請陛下保重，不要勞累身體，馬上就要過年了，尋常百姓尚且要休息幾天，陛下也該多與家人團聚。」

韓孺子驚訝地看著崔騰，「你又是從哪學來的這套話？」

崔騰臉一紅，「陛下，天地良心，這可真是我自己一個字一個字想出來的，沒讓別人代筆。」

韓孺子笑道：「朕相信你，朕會接受你的建議，你也多多休息，不可再縱情酒色。」

「是，陛下。」崔騰打量皇帝兩眼，「看陛下的臉色，好像還沒有完全康復。」

「不是什麼大問題。」韓孺子聊夠了，低頭繼續看奏章，這也是逐客的意思。

崔騰卻不識趣，上前一步，說：「我有一種感覺，陛下自從回京之後，精氣神都差了一些，陛下什麼時候再出去走走？天下這麼大，還有許多地方可以巡狩呢。」

韓孺子敷衍地嗯了一聲，他現在再想離京可不容易。

過了許久，韓孺子抬起頭，崔騰已經走了，屋子裡再無外人，韓孺子若有所思，「巡狩也是慣例……」

巡狩往往勞師動眾，耗費不少，韓孺子接受大臣的建議，早沒了巡狩的計畫，可今天與趙若素談過之後，他卻有了新的想法。

第四百三十一章　首次試探

既然皇權只在十步以外、千里之內，離皇帝越遠皇權越弱，那皇帝就不該只待在一個地方，而應該定期巡狩，將皇權帶到天下四方。

這就是韓孺子的想法，很簡單，實行起來卻很難，首先他得尋找支持者。

大臣不行，他們一聽說「巡狩」，首先想到的是浪費、遊玩與昏君；宮裡的人也不行，母親和皇后只會想到安全，第一次巡狩就被困晉城，這可不是一個能讓人放心的良好開端，何況皇帝剛剛遇刺，僥倖得脫，她們甚至不會同意皇帝出宮，更不用說離京。

韓孺子得一步步來，找的第一個勸說目標是孟娥。

孟娥在宮裡身份奇特，她是宮女，卻不入名籍；陪伴皇帝的時間比任何一位后妃都要多，卻從未與皇帝有過肌膚之親；她算是離皇帝最近的人，卻得不到其他人的信任，人人都懷疑她，人人都動不得她。

韓孺子這些天大都與皇后住在一起，不能再像從前那樣入睡之前與孟娥閒聊，這天下午，處理完一整天的事務，準備回寢宮用膳之前，孟娥過來收拾東西，韓孺子趁機開口。

「我想繼續巡狩。」

孟娥愣了一下，隨後繼續收拾桌上的筆紙，「去哪？」

「天下。」

「天下之大，陛下一輩子也走不完。」

「我就是要走一輩子。大家都覺得上次巡狩是次慘敗，我卻覺得成功。如果沒有巡狩，我可能永遠也發現不了韓稠在洛陽的所作所為，永遠也不明白為何朝廷越努力流民越多，永遠也看不到代王是多麼懦弱無能。」

孟娥匆匆收拾完畢，轉身看向皇帝，「可陛下在晉城遇險。」

「那是意外，不可能每次都發生。」

「沒有匈奴人，也會有別的意外，巡狩不比宮中，走得越遠、越久，意外越多。」

韓孺子突然反應過來，孟娥是在模仿他人提出反對的理由，於是端正神色，認真回道：「留在宮中，朕的意外少了，大楚的意外卻多了，只憑一份份定期送來的奏章，如何掌控天下？」

「皇帝不比普通人，皇帝如出意外，則天下動搖，得不償失。」

「天下動搖是因為天下不穩，朕巡狩四方，就是為了讓各地穩定，不因一人之生死而發生混亂，朕若在宮中發生意外，天下會動搖得更加嚴重。」

孟娥想了一會，「大楚國庫空虛、臣民疲敝，巡狩之行耗費巨大，只怕天下郡縣難以支撐。」

「朕之巡狩不為遊玩，一切從簡。帶不了萬人就帶八千，再不行就五千、三千、一千，以國庫和各地能夠輕鬆供養為限。」

「又繞回來了，陛下帶的人越少，意外也會越多，千名衛兵只怕擋不住雲夢澤這樣的強盜。」

韓孺子暫時沒想到合適的答案，向孟娥笑了笑，「謝謝。」

「我可沒有被說服，陛下想用這些話取得大臣和宮中的同意，只怕有些困難。」

「慢慢來，總得先過年，正月裡事務繁雜，最快也要等到三四月才可能再次巡狩。」

宮裡已經有了迎接新春的喜慶氣氛，這是多年來的第一次，最高興的人是慈寧太后，一力主張大操大辦，過一個熱熱鬧鬧的年。韓孺子當然不會阻止，母親似乎放棄了對權力的追逐，他已經很滿意了。

韓孺子第二個試著勸說的人是趙若素。

「明天起你休息吧，正月初十之前不用再進宮。」韓孺子先從這句話開始。

趙若素謝恩，他的確需要回家一趟了。自己官不大、俸祿不高，卻比朝中大員還要忙碌，家人都不理解。

「府中之人皆有賞賜，你領到了吧？」

「領到了，陛下的禮物過重了。」

韓孺子笑道：「不必謝朕，謝韓稠和那些商人，他們自毀欠條，給朕省下一大筆錢，才有餘力賞賜你們。」

「韓稠和商人只怕過不好年。」

韓稠當然過不好年，他已被定罪，只待正月過後處死。

「韓稠罪有應得，至於那些商人，喬萬夫正與幾名商人頭目溝通，給予他們一些特權，稍微彌補一下損失，眾商總算可以安心過個年了。」

這是喬萬夫的建議，商人唯利是圖，除了錢，對任何人都不忠誠。韓稠剛倒，他們就紛紛倒戈，為官府作證，揭露前河南尹的種種醜行。可商人畢竟有用，他們就像蓄水池，大楚若是再覺乾渴、急需一股清水的時候，只有商人能夠立刻供給。

在皇帝可以接受的範圍內，喬萬夫安撫了一下商人，並且給予遠景保證：等到雲夢澤和東海平定，他們會有更廣大的經商地域。

「陛下仁慈。」

趙若素看樣子是要告退，韓孺子道：「朕有一事要向你諮詢。」

「陛下請講，微臣知無不言。」

「史書中記載，上古帝王定期巡狩四方，每年大半時間都在路上，近代以來，巡狩為何越來越少呢？」

趙若素抬頭看了一眼皇帝，回道：「微臣只是小吏，略通史書，無非是記性好些，若論融會貫通、答疑解惑，微臣遠遠不如瞿祭酒。」

「嗯，以後朕自會問他，今天先問你，想到什麼說什麼吧。」

「微臣斗膽直言，陛下想要再次出京巡狩，需要先解決一個根本難題。」

想瞞趙若素太難了，皇帝一開口，他就明白了真實用意。

韓孺子笑了笑，隨後正色道：「什麼難題？」

「誰人可以留守京城？」

韓孺子沉默不語，趙若素的確說到了關鍵，京城畢竟是皇帝的家，家中不穩，皇帝怎麼可能安心地前往各方巡狩？

「朕會找一位適合的宰相。」

趙若素拱手，「不只是宰相，宮中還得留一位皇子。唯有如此，京城無憂，陛下才可巡狩，否則的話，只怕阻力重重。」

在這種事情上，趙若素可比孟娥厲害多了，也不與皇帝爭論，只是提出兩條最為重要的難題，韓孺子沒法給出圓滿的答案，只好笑道：「先不討論了，年後再議，趙大人回家過個好年。」

趙若素告退，韓孺子回到內宮，特意去看望佟青娥，她肚中的孩子如今更重要了。

淑妃鄧芸幾乎天天過來陪伴，今天也不例外，一看到皇帝，她便興奮地說道：「今天又有御醫預測說會是男孩了。」

「來過多少御醫了？」韓孺子問，向佟青娥微笑一下，兩人見面多了，佟青娥的確不再那麼緊張，也回以微笑。

「十一個。」鄧芸記得清清楚楚，「七人預測為男，三人預測為女，一個含糊其辭，等於什麼都沒說。」

韓孺子並不當真，那些御醫為了討好太后，什麼好聽說什麼。

聊了一會，韓孺子又去給兩位太后請安。

慈寧太后自有寢宮，但是每天早晚都要去慈順宮陪伴上官太后，也方便皇帝不用兩邊跑。

規矩就是規矩，韓孺子與上官太后都對見面不感興趣，甚至心存抗拒，卻不得不遵守。上官太后正在迅速變老，就連經常見面的韓孺子都能感覺到。

請安很快結束，慈寧太后告辭，出門之後請皇帝一塊去慈寧宮，她有話要說。

皇帝最近一直留在宮裡，而且時常去看望惠妃佟青娥，慈寧太后對此非常滿意，但是仍覺得不夠。

「惠妃腹中尚不知男女，陛下仍需努力啊，十多位嬪妃，不至於只有一個人能懷上。」慈寧太后毫不隱諱自己的想法。

韓孺子頗覺尷尬，「是，朕會努力。」

慈寧太后點點頭，「陛下也不要只對皇后一人努力。」

韓孺子更覺尷尬，「是，太后。」

「你身邊的那個孟娥……」

「她怎麼了？」

慈寧太后若有所思，「讓御醫看看她是不是懷上了。」

韓孺子愣了一下，隨後笑道：「太后想多了，她只是宮女，平白無故地怎麼會懷孕？」

慈寧太后輕嘆一聲，說道：「陛下就是侍女的孩子，陛下若能讓任何一名宮女懷孕，都是喜事，沒有什麼『只是宮女』。」

韓孺子馬上躬身回道：「是，朕明白。」

「陛下得將皇宮當成自己的家。」慈寧太后說了不少，大意是勸皇帝不要只戀皇后一人，懷孕的宮人越多越好。

韓孺子聽得頭大，靈機一動，正好趁機試探一下母親的口風，於是道：「不只是宮裡，還有金貴妃呢，她在塞外，或許朕可以去看看。」

慈寧太后反應倒快，立刻嚴厲地說：「陛下絕不可再次離京，晉城之困才過去多久，陛下這就忘了嗎？」

「沒忘。」韓孺子不想現在與母親爭執，趙若素說得對，等到有合適的宰相和至少一位皇子時，問題才會變得簡單些。

「陛下也說過，金貴妃不是真正的貴妃，若懷上孩子，現在都快生出來了，怎麼一聲不吭，連點消息都沒有？陛下若是真的關心，就派人看望一下，用不著自己去。金貴妃既然要當匈奴人，陛下無需記掛在心。」

母子二人又聊了一會，韓孺子告辭，走向寢宮的時候，越發堅定了繼續巡狩的決心。

皇宮充滿惡意的時候，他受到重重束縛，當皇宮改為釋放善意，他仍感到束手束腳，必須想辦法掙脫。

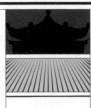

第四百三十二章 諸王之宴

函谷關接連發現企圖蒙混入關的雲夢澤刺客，當場格殺十餘人，活捉三人，全都送至京城。除此之外，天下太平，無論這一年過得好還是差，所有人都在準備迎接新的一年。

韓孺子並未改變年號，用的還是「功成」二字，明年比較特殊，正月裡將舉行十年一次的太廟大祭。太祖以降，歷代皇帝的牌位都能得到最高規格的祭祀，相應的太后、皇后，以及重要的諸侯王、公主等，也都有資格陪祭。

各地宗室子弟年前陸續到京，多達五百餘人，代表天下十幾萬韓氏後人，對許多人來說，這是他們第一次真正見到當今皇帝。

韓孺子登基時，一些王侯曾來京朝見，但那是正式場合，皇帝高高在上，眾人拜伏在下，誰也看不清誰。這次，趁著新年與大祭，韓孺子要認認親，宗室也要認認皇帝。

一連三天，皇帝在宮裡宴請同族，第一天請的是諸侯與宗室長老，第二天主要是列侯，第三天是宗室的年輕人，或文或武，總有一項突出之處，宗正府提前一個月擬定名單，確保萬無一失。

韓孺子發現自家的官真不少，至少三成以上的郡守，以及兩成左右的縣令都由韓氏子孫擔任。武將更多，但大都是閒職，每次選將，極少會被兵部列入推薦名單。

第一天宴會開始之前，韓孺子拿著名單對提前到來的東海王說：「朕一直覺得各地世襲的官員太多，現在才明白，最多的世襲者來自皇家啊。」

東海王笑道：「當初太祖辛辛苦苦打天下，為的不就是這個嗎？」

韓孺子打量了東海王幾眼。

東海王莫名其妙，低頭看看自己，官服一塵不染，沒有問題，突然明白過來，笑而不語。

「想到什麼就說。」韓孺子命令道。

「陛下是不是覺得諸侯都像我這樣就好了，老老實實地待在京城，能隨陛下出征，也能留守後方，但是絕不惹麻煩。」

韓孺子笑了一聲，東海王的「老老實實」只是最近的事，可他的確說中了皇帝的心事。

「先代皇帝分封諸侯、任命宗室子弟，是為了穩固大楚江山，現在看來，用處好像不大。」

「我能說實話嗎？」東海王笑著問。

「說。」

「嘿嘿，所謂的穩固江山只是表面上的說辭，真實的原因是人人皆有所親，皇帝也不例外。陛下很快就要有皇子，以後還會有更多，陛下不希望自己的子孫受苦，當然要分封，又不希望他們以後無故被廢，就只能保護好現在的這些王侯，讓以後的皇帝效仿，一代一代下來，自然就成了規矩，則陛下的子孫無憂矣。」

韓孺子不語，東海王笑道：「陛下可別多想，我不是為自己或是他人求情，只是實話實說。」

韓孺子點頭道：「你說得很對。」突然轉過念頭，「求情？你是指代王的事吧？」

前些天，十位諸侯王聯名為代王求情，韓孺子向趙若素諮詢過，知道這是諸侯的試探，他還一直沒有給出回覆，今天一聽到「求情」兩字，立刻想了起來。

東海王笑著點點頭。

「十王求情的時候，你怎麼沒有參加？」

「他們的確找過我，我說『陛下自有分寸，用不著咱們操心，代王只是小孩子，陛下不會與他一般見識』，可他們不聽，非要弄這一齣，真是可笑。」東海王將自己摘出去，也順便為代王說了一句好話。

韓孺子一聽就明白，「你現在就是在為代王求情。」

東海王正色道：「我這不叫『求情』，而是『實話』，我常在陛下身邊，瞭解陛下，知道陛下外嚴內寬。韓稠勾結刺客，陛下甚至不肯株連其家人與普通百姓，怎麼會想要報復一位還不能自己做主的小孩子呢？」

「你說得倒是沒錯。」韓孺子微笑道。

東海王嘿嘿地笑，隱約覺得皇帝似乎「別有用心」，他一時間猜不透。

諸王之宴設在同玄殿後面的一座大殿裡，客人近百，其中諸侯王二十一人，宗室長老十人，其他人則是諸侯王的世子嫡孫與保傅。

皇帝到的時候，眾人已經入席，共分為四排，左右各兩排，按地位與輩分排序，同輩人則按照與當今皇帝的親疏遠近分出尊卑。

一開始氣氛比較拘謹，好在宗正府禮官主持一切，諸侯王一一上前拜見並向皇帝祝酒，說的是萬壽無疆一類的客套話。

韓孺子保持天子的威嚴，點點頭，拿起酒杯意思一下就可以，不用真喝酒。事實上，擺在他面前的是一個空杯，裡面一滴酒也沒有，以免皇帝握不穩杯子一時失態，或是喝酒嗆到。

放眼望去，韓孺子暗自嘆息，二十一名諸侯，不是太老，就是太小，正值壯年者，唯有東海王等寥寥數人。聯名求情的十王年紀都比較大，最年輕的也在五十歲以上。

有韓稠的例子在先，眾人的表現全都中規中矩，沒有長跪不起、放聲大哭之類的出格舉止。

宴席本身很平淡，甚至不值得在史書上書寫一筆，只有一件事較為特別，史官不會記載，當時在場的眾人日後卻都印象深刻。

離皇帝最近的右手邊，空著一張桌子，那是留給英王的。

英王是武帝幼子，流落在外，迄今沒有找到，由於種種原因無法親來京城的諸侯還有幾位，只有英王享受虛席的待遇。

這是韓孺子特意安排的，以此表明自己記掛宗室，而且不會因為有過競爭就加以報復。

年幼的代王也來了，由一名宗室近親擔任保傅，拜見皇帝時說話結結巴巴，回到座位上卻不太老實，拿筷子撥拉幾樣菜餚，吃得很少，一個人玩得很專注，全不知自己的特殊。

在幾位老王的帶動下，氣氛慢慢活躍起來。家族聚會，交談內容總是離不開祖先，桓帝英年早逝、又是當今皇帝的父親，不好掌握分寸，於是大家暢談武帝。

武帝在位四十餘年，多次舉辦家宴，年輕時脾氣比較急，有一回喝多了，非要在大殿裡與一名諸侯王摔跤角力，史官絕不會記錄這一段，當時在場的諸侯卻記得清清楚楚，現在說起仍津津有味。

「後來呢，摔跤了嗎？」韓孺子也很感興趣。

提起這件往事的燕王回道：「諸侯怎敢與天子戲弄？那位諸侯假裝喝醉，起身之後搖搖晃晃，自己摔倒了，博武帝一笑，事情也就過去了。」

武帝故事聽得越多，韓孺子越羨慕這位祖父，武帝似乎沒有他這麼多煩惱，很輕鬆地掌握了權力，剩下的問題只是如何使用而已。

天時、地利、人和都集中在武帝一朝，韓孺子一樣也比不了。

酒過三巡，韓孺子挨個叫來年幼的諸侯以及老王的嫡孫，隨口問幾句，勉勵一番，贈送一些小禮物。

這是安排好的程序，每一步都很順利，只是到了代王的時候，發生了一點小意外。

代王已經拜見過皇帝，這是第二次來到皇帝面前，回過姓名、年紀，等待接禮物的時候，突然冒出一句：

「陛下這麼好，為什麼有人說陛下要殺我呢？」

殿內的氣氛立即降溫，多少炭盆也扭轉不過來，眾人瞬間安靜，諸侯低頭不語，宗正府禮官大驚失色，卻已來不及補救，陪同代王前來赴宴的保傅更是嚇得臉色驟變，在席上轉身跪下，被一口酒嗆到，咳嗽不停。

韓孺子也沒想到小孩子竟會說出這樣的話，不由得一愣，想問這話是誰說的，馬上又改了主意，笑道：「那是大人逗你玩的，你是不是曾經淘氣，或者晚上不肯睡覺？」

代王用力點點頭。

「所以大人用這樣的話嚇唬你，好讓你聽話。」

「原來是這樣。」代王笑了，「以後再有人嚇唬我，我就不怕了。」

「但是你得聽話，大人是為你好。」韓孺子稍顯嚴肅。

代王更用力地點頭，「我聽話，尤其要聽陛下的話。」

這樣一句再普通不過的奉承，由小孩子嘴裡說出來卻有奇效，韓孺子大笑，其他諸侯也隨之笑出聲來，氣氛一下子恢復如常，只有代王一臉疑惑，不明白大家在笑什麼。

韓孺子招手，讓代王來到身邊，起身攜著他的手，朗聲道：「代王父兄早亡，年幼失怙，朕甚憐惜，因此要為他在諸侯之中尋一位看護者，以王護王，朕心可安。」

將一位年幼的諸侯王交給另一位諸侯王看護，這種事情很少發生，皇帝事前沒有說過，殿內眾人都吃了一驚，但是沒人反對。幾位年老的諸侯甚至開口稱讚，同時小心翼翼地暗示自己太老，擔不起護王的重任。

韓孺子心中已有人選，目光掃過，落在東海王身上，微笑道：「東海王乃朕之親弟，常隨左右，最為親密，就由你來看護代王。」

東海王早猜到皇帝「別有用心」，一直低頭，沒敢應聲，結果還是被點到名。當著眾人的面不能反對，只好起身領命，最後以玩笑地語氣說：「我自己還沒兒子呢，讓我看護代王，只怕心有餘而力不足。」

「無妨，代王也不用住在你的府裡，你只需時時探望代王，略盡父兄之責即可。」

東海王只好笑著上前，從皇帝手中接過代王，領到自己的座位上，與他並肩跪坐。眾目睽睽，他必須表現得和藹可親，於是伸手在代王頭上輕輕摸了兩下。

「別碰壞我的珠子。」代王歪頭躲避。

東海王一點也不喜歡這個小孩子。

十王試探皇帝，皇帝也在試探十王，他已經對求情給出了回答，接下來要根據諸王的反應，弄清楚他們的底線在哪裡。

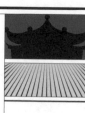

第四百三十三章　勞碌命

一連三天，皇帝宴請了數百名宗室子弟，他將代王託付給東海王，被視為善意之舉，因此宴會上的氣氛一天比一天熱烈，韓氏子孫終於對皇帝產生了親近感，覺得大楚江山又屬於韓家了。

最後一天的宴會結束後，韓孺子前去拜見太后，這次他喝了幾杯真酒，臉上紅撲撲的，笑容也比平時隨意，甚至與幾名不太熟悉的太監和宮女打招呼、詢問姓名，讓她們又驚又喜。

請安之後，慈寧太后將兒子帶到自己宮中，讓侍女準備醒酒茶，看著他喝下去，然後屏退宮人，對皇帝說：「飲酒需有節制，以免因此傷身。」

韓孺子並沒有大醉，只是比較開心而已，真想問一聲，母親讓他在喝酒上節制，卻要求他對宮中后妃「努力」，難道不擔心後者更「傷身」嗎？

可他忍住了，只是笑了笑，證明他的確保持了清醒，「母親放心，有劉介在身邊，他不會讓朕多飲酒。」

如今張有才專心服侍佟青娥，中司監劉介不放心其他太監，於是親自隨侍皇帝，他是嚴守規矩的人，絕不會放縱皇帝做事無度。

慈寧太后點點頭，「那就好。」

見太后仍不是特別高興，韓孺子明白怎麼回事，「母親，朕已傳旨，後日在凌雲閣宴請外公與幾位舅舅，母親是否要在宮內宴請舅家女眷？」

慈寧太后終於露出笑容，「陛下不要誤解，我並非覺得陛下偏心，陛下是韓氏子孫，當然要看重宗室，只是……只是……宗室此前沒看重過陛下，無論是咱們娘倆偏居一處，還是陛下登基之後的頭兩年，以至重奪帝位期間，他們可都沒露面。」

韓孺子輕聲道：「朕明白，可報復並不能用來治理天下。宗室直接掌握著大楚三分江山，雖未發聲，但是保持沉默也算一種支持，朕需要更多的支持。」

慈寧太后看著兒子，嘆息道：「陛下真是長大了，想得深遠，比我這個老太婆強多了，陛下知道自己在做什麼就好，但是一定要提防第二個韓稠。」

「朕會小心。」

韓孺子告辭，去看了一眼佟青娥，然後回寢宮休息。

看到皇帝略帶醉意的臉，皇后微微一笑，「陛下難道又發現了人才？」

韓孺子不由得大笑，還是皇后更瞭解他，「前兩日見的都是宗室貴戚，一派老氣沉沉，今日宴請的是宗室年輕子弟，或文或武，皆有所長，我與他們聊了一會，覺得其中幾人真是不錯，能作股肱之臣。」

崔小君不用宮女，親自幫皇帝更衣，笑道：「韓氏子孫這麼多，哪能沒有幾個可用之人？我只是納悶，既出身宗室，又有才華，怎麼之前沒有顯露出來？」

韓孺子坐在床邊，握著皇后的手，說：「的確是這樣，朝廷每每需要用人的時候，兵部、吏部極少推薦宗室子弟，我打聽過，原來他們是怕惹來麻煩。」

「皇帝姓韓，宗室子弟也姓韓，能有什麼麻煩？」

「就因為是同姓，爭得才厲害，而朝中大臣大都是外姓，不願參與其中，反正宗室子弟靠著世襲已經佔據了許多官職，用不著再推薦。於是就有這樣的狀況，宗室為官者多，但大都是承襲祖恩、尸位素餐，只求保住這份恩典，無心進取。那些真有才華與能力的子弟，卻上升無門。」

「選人真難啊。」崔小君感慨道。

「困難在此，樂趣也在此。」韓孺子心情頗佳，飛快地在皇后臉上吻了一下。

崔小君羞紅了臉，「老夫老妻了，陛下也不穩重。」

「老夫老妻？哈哈，咱們是老夫老妻了。」韓孺子更覺有趣。

除夕前兩天，皇帝與慈寧太后宴請外戚王家，韓孺子雖有心抬舉舅氏，但是有些規矩不能破壞，大殿只能用來宴請宗室子弟，外戚再尊貴，也只能以私宴的方式招待。

凌雲閣是皇帝平常處理政務的地方，在這裡宴請王家人，已算是很高的規格，慈寧太后很是滿意。她則在另一座無人居住的寢宮裡與王家女眷聚會，皇后與嬪妃參加，上官太后照例稱病，不去打擾別人的熱鬧。

因為是外戚家宴，皇帝特意要求宗正府與禮部官員不必在場，王家人都是鄉農，官太多，他們更不適應。

王家人進京已有一段時間，仍處於雲裡霧裡，王老丈經常半夜醒來，把幾個兒子叫進來，問道：「我夢見你們的妹妹當了太后、外孫做了皇帝，是不是真的啊？」

兒孫們輪流證實，讓他看新屋子、新床、新櫃，其實他們也不敢相信這從天而降的喜事，經常互相求證。當著皇帝與太后，這都是笑談了。

與宗室相比，王家人口不多，外公、三個舅舅、五個表兄弟、兩個年幼的外甥，再加上若干稍遠些的親戚，在凌雲閣裡倒也頗顯熱鬧。

宗室人多，有可能藏龍臥虎，王家的男子一目瞭然，老實本分者居多，沒有學文習武之人，韓孺子用不著挨個觀察揣摩，因此比較放鬆。他親自給外公祝酒，也喝了幾杯別人敬上的酒，聽大家講些鄉里小事，倒也頗有趣味。

氣氛融洽，直到一位姨丈喝得有點多了，現場又沒有禮官監督，他的膽子大起來，不顧他人阻攔，站起身，一手握著酒杯，一手拎著酒壺，搖搖晃晃地來到皇帝面前。

禮官不在，太監還在，劉介一個眼神，立刻有兩名太監將敬酒者攔在十步之外，這是規矩，除了王家外公，其他人都不能過此界線。

姨丈爭取了一會，沒能突破界線，只好留在原地，舉杯大聲道：「我來敬陛下一杯！」

韓孺子微笑著舉杯，放在嘴邊意思了一下。

劉介親自為皇帝斟酒，不過早在幾杯之前就只是做做樣子，什麼都沒倒出來，眾人離得遠，看不清楚，也不敢多看。

這位姨丈卻伸長脖子盯著皇帝，「陛下杯裡有酒嗎？可別糊弄我們。」

一名太監小聲提醒道：「不得放肆。」

「都是實在親戚……」姨丈大著舌頭說，但是沒有糾纏，將杯中酒一飲而盡，給自己又倒一杯，「陛下一杯，我三杯。」

三杯酒下肚，姨丈更醉了，兩名太監想將他推回去，他卻耍賴不動，更大聲地說：「陛下，我們進京好多天了，什麼時候讓我們當官啊？天天坐在屋子裡，閒得手腳發軟、心裡發慌。陛下，別以為我們只會拿鋤鎬，我們也可以替陛下看守江山……」

王家的幾個舅舅實在看不下去，一塊上前將他拽回去，他不服氣，王家外公一怒，讓兒孫們將他拖出去，然後親自來向皇帝致歉。

韓孺子起身相迎，笑道：「自家人，縱有失禮也無妨，外公安心。」

韓孺子迎來新一輪的奉承，在王家人眼裡，他是古往今來絕無僅有的仁慈皇帝，真不明白怎麼會有人想要刺駕呢？

宮裡的太監傳信，說慈寧太后那邊已經結束宴席，正在宮裡四處遊玩，於是韓孺子藉口不勝酒力退席，請外公等人不必拘禮、必要盡興，酒後可以去御花園裡逛一逛，冬日裡雖然風景不佳，也算來過一趟。

離天黑還有一段時間，韓孺子不用批奏章、不用去勤政殿、不用見太后，突然閒了下來。皇后等人都在陪太后，寢宮裡人也不多，他躺了一會，睡不著，坐起來又覺得無聊，自言自語道：「你真是勞碌命。」他喜歡勞碌，喜歡有事可做，更喜歡看到事情按照計畫步步推進。

韓孺子走出房間，發現劉介不在，中司監以為皇帝已經安歇，去忙別的事情了，臨近年底，宮裡的雜事也不少。

這是一次機會，也是一個預兆，韓孺子下定決心，對一名太監說：「去傳副都尉王赫，讓他帶一些侍衛在蓬萊門內騎馬候旨，你現在就去，跑著去，不准在路上停留半步，也不准對他人開口。」

太監用力點頭，轉身就跑。

屋子裡的太監、宮女有七八名，韓孺子只看向一人，「走。」

孟娥跟上來。

皇帝似乎要出行，卻不說去哪，宮人們驚慌失措，幾名太監也跟上來，宮女們發了一會呆，終於想起要去找慈寧太后。

韓孺子知道母親很快就會得知消息，因此腳步極快，除了孟娥，其他太監追得氣喘吁吁，幾乎跟不上。

蓬萊門內，王赫已經守在那裡，匆忙之中仍招來數十名侍衛、上百名宿衛士兵。

「開門。」韓孺子命令道。

「陛下要去哪？」王赫沒像平時那麼順從。

「出宮再說。」

「可是……可是儀駕不全，街道尚未肅清……」

「有你們就夠了，王赫，休得多問，遵旨行事。」

王赫不敢再說，只得下令開門，韓孺子已經騎上馬，回頭望去，一大群太監正在劉介的帶領下跑來，嘴裡大呼小叫，此時宮門才開到一半，他一拍馬，當先衝了出去，眾侍衛與衛兵急忙跟上，跑出一條街後，隊伍才變得整齊。

「陛下得指個方向。」王赫追上來，不得不問。

貴為皇帝，擁有大楚江山，韓孺子卻發現自己其實無處可去。

「府裡。」他說，這才只是開始，不用太冒進，他要一點一點探索天下。

第四百三十四章 狂妄的客人

皇帝在宮裡宴請舅氏一家，倦侯府裡也有一場「家宴」，晁鯨等十幾名來自漁村的少年聚在一起喝酒。他們不用講究規矩，胡吃海喝，回憶成筐的往事、許下成堆的豪言壯語，一個個都有指揮千軍萬馬的氣概，發誓將來要蕩平天下群賊、直撲塞外的匈奴人，唯獨對眼前的一片狼籍無動於衷，誰也不願意起身收拾一下。

他們知道兩天之後就是除夕，知道皇帝正在宮中宴請外戚，成熟穩重的大人都在宮裡輪值，整個倦侯府由他們做主，一點也不用擔心。

「等咱們活捉大單于，我要讓他跪下，對他說『大楚皇帝是你動得的嗎？你以為拍拍屁股走人就沒事了？老不死的，跟我回京城向皇帝磕頭認罪，再把蜻蜓還給我。』」

晁鯨喝多了，面紅耳赤，一手握杯、一手指著對面的同伴，唾星橫飛地怒斥，好像那就是大單于本人，兩邊的人一半在睡覺、一半大聲附和：「磕頭，快磕頭。」

同伴醉意更重，呆呆地看著晁鯨，「我、我沒搶過你的蜻蜓，是他，老七，記得嗎？小時候你在河邊抓的大蜻蜓就是被老七搶走的，找他要，別找我，我、我啥也沒做。」說著說著，莫名其妙地哭起來。

其他人根本沒注意到他在說話，尤其是晁鯨，仍在怒斥「大單于」。

韓孺子來到倦侯府，在自己的另一個家裡，看到的就是這樣的場景，他站在門口，身後跟著一排目瞪口呆的衛兵。

喝醉的少年們沉浸在自己的世界，只有一個人指著門口，傻笑著說道：「我看到皇帝了，呵呵呵，我看到皇帝了。」

韓孺子無奈地搖搖頭，背著皇帝，不知其他人是什麼模樣，大概比晁鯨這些人好不了多少。

他來到書房，這裡倒是一塵不染，收拾得整整齊齊，沒有安置炭盆，倒也不是太冷。從書籍的擺放方式上能看出趙若素的痕跡，分類極細，經、史、子、集各佔一塊，然後按時間排序，方便查找。

他還沒來得及做什麼，門被撞開，中司監劉介撲了進來，跪在地上，滿臉的驚駭，「陛下……」

韓孺子抬起手，示意劉介不要說話，然後做出傾聽的姿態。

劉介糊塗了，急忙閉嘴，也仔細聽，除了自己粗重的喘息，沒什麼特別的聲音，他更糊塗了。

「天下人都在準備過年，那種歡快的聲音隔著多遠都能聽到。」韓孺子輕聲說，微閉雙眼，似乎真的聽到了某種聲音。

「是啊，就要過年了，求陛下讓我們也過一個踏實年。陛下私自出宮，太后、皇后憂心忡忡，我們承擔不起這個責任啊。」

韓孺子微笑道：「劉公覺得朕是哪種皇帝？」

劉介一愣，沒敢接話。

「朕讀過一些史書，覺得皇帝各不相同。有宮裡的皇帝、城裡的皇帝和天下的皇帝，太祖是天下的皇帝，大楚江山是他打下來的，足跡遍及四方。太祖之後，皇帝的範圍可就越來越小了，烈帝、武帝算是城裡的皇帝，經常出宮甚至出城，偶爾去往遠方、不成慣例，其他祖先就都是宮裡的皇帝了。」

劉介張嘴結舌，過了一會才說道：「太祖奠定的基業，讓後世子孫不必那麼辛苦，列祖列宗能在宮裡、城裡治理天下，正說明規矩的好處，所謂的垂拱而治，大概就是這個意思吧。」

「太祖奠定的基業能傳多久？」

「千秋萬世，永不斷絕。」

「劉公也會說奉承話，從古至今，哪來的『千秋萬世』？」

「千秋萬世是天下人的希望，想必也是陛下的希望。」

韓孺子示意劉介起身，看著他站起來之後，說：「當然，朕也希望如此，所以朕不能坐在宮裡享受太祖留下的好處，坐吃山空。再多的家業也經不起人人『垂拱』，朕得為後世留下一點什麼。」

「那、那也不用出宮啊。」劉介覺得皇帝越來越難應對，自己有點力不從心。

韓孺子來倦侯府不是為了與太監爭論，說道：「去外面看看，朕進府的時候看到有人在附近探頭探腦，如果是客人，將他帶進來。」

劉介睜大雙眼，「刺駕之事才過去……」

「問清楚他的身份與來歷，沒有問題再帶進來，朕猜如果還有刺客的話，不會笨到大白天在府外窺視，而且朕此次出行無人知曉，刺客更料不到，此時見人，反而是最安全的。」

劉介想了又想，實在無言以對，只好遵旨退出。

韓孺子坐在書房裡看書，沒過多久，宮裡的人一撥撥趕到，蔡興海等人是要為倦侯府加強防衛，其他人則是奉太后、皇后之命，催皇帝回宮。

「不做完這裡的事、見過該見的人，朕是不會回去的。」韓孺子對第三撥使者說。

在這之後，在外面耽擱許久的劉介，終於帶進來一名客人。

韓孺子事前想不到會有客人守在外面，客人更料不到皇帝今天會來，而且還看到並召見自己，雙方都感到意外，客人的意外更多些。

那是一名將近三十歲的年青人，一身舊袍，看上去倒還整潔，只是在外面待得久了，凍得臉色發青、鼻頭發紅，進入屋內，仍控制不住身上的顫抖。

年青人跪下，不等說話，從外面跳進來一個人。

晁鯨終於聽說皇帝來了，嚇得酒醒七分，立刻跑來，太監們攔都攔不住，「陛下饒命啊，我們平時不喝酒的，快要過年了，這才……嗚嗚，讓陛下抓個現形。」

「朕許你們正月初十之前喝酒，退下吧。」韓孺子稍顯尷尬，接見一名陌生人是連日來最有趣的事情，他正要展示帝王威嚴，全被晁鯨給破壞了。

晁鯨愣了一會，這才發現書房裡還有外人，於是訕訕地退下，回到後廳，向驚慌失措的同伴們豪爽地說：「沒事了，我從陛下那裡要來旨意，初十之前可以喝酒，一醉方休！」

廳裡歡呼聲一片。

書房裡，韓孺子接著打量客人，劉介在內的四名太監陪伴左右，沒有侍衛跟進來，說明此人絕無問題。

「臣韓息叩見陛下，吾皇萬歲、萬萬歲。」客人自報家門，規矩又開始發揮作用。

此人的姓氏，加上劉介的鬆懈，韓孺子明白了，「你是宗室子弟？」

「是，臣乃安帝之後、安陽侯玄孫。」

安帝是大楚第三位皇帝，在位時間不長，到了韓孺子這一代，親情早已淡薄，可是一名宗室子弟穿得如此破舊，還是有點奇怪。

「你是特意來見朕的？」

「是，陛下，臣在侯府門外等候陛下已有至少三個月了。」

韓孺子更是驚訝，一個月前，他幾乎每天都來倦侯府，可沒見過這個人。但他馬上醒悟，當時來這裡屬於例行公事，宿衛軍早早肅清街道，韓息根本沒機會讓皇帝看到。

「你既是宗室子弟，為何不透過宗正府上書求見？」

韓息叩首回道：「安陽侯因罪削侯，至臣祖父時獲赦，但是並未恢復侯位。臣掛名虎賁營，無權無勢，曾向宗正府遞送請疏，想必他們沒有送到陛下面前。」

中司監劉介輕輕地咳了一聲，向皇帝輕輕搖頭，表示不滿。

韓孺子明白劉介的意思，韓息剛見到皇帝就數落宗正府的不是，舉止不端，怪不得在門外守了三個月都沒人替他通報一聲。

「現在你見到朕了，有何話說？」

韓息再次磕頭，「臣懇請陛下垂恩，恢復安陽侯的稱號。」

原來是求侯位，韓孺子頗感失望，仔細想想也是，此人年近三十仍一事無成，不像是出類拔萃的人才。

「朕前些天宴請文武有成的宗室子弟，你不在其中吧？」

「臣文不成、武不就，未入宗正府法眼。」

韓孺子更覺無趣，向劉介笑了笑，對韓息說：「恢復侯位朝廷自有規矩，你還是按正常程序申請吧，朕不能越級而為。」

換一個正常的人，這時候也該明白皇帝是在婉拒，韓息卻有幾分王家姨丈的勁頭，不分場合、不辨親疏，跪地不起，說：「宗正府是『權勢府』，臣無權無勢，請之不得，才來懇求陛下。」

劉介準備開口訓斥韓息，將他攆出去，然後藉機向皇帝進諫，希望皇帝不要再隨意見外人，應當相信朝廷各部司的選擇。

韓孺子卻沒讓劉介說話，非要自己與這位不識趣的宗室子弟講個清楚。

「你立過何功？」

「臣寸功未立。」

「有何過人之處？」

「臣除了膽子大些，再無過人之處。」

「相隔數代而恢復侯位，可有先例？」韓孺子這句話是問劉介。

劉介其實不太清楚，但是馬上回道：「沒有，至少得立功，而且是大功，才有可能封侯。」

韓孺子轉向韓息：「朕憑什麼恢復安陽侯？」

韓息又一次磕頭，隨後昂首道：「臣未立功，乃是因為朝廷不肯用臣；臣無過人之處，乃是因為身處庸碌之中，無由顯露。臣請陛下試用，必立不世之功。」

此人的確膽子夠大，而且狂妄。

劉介等人都皺起眉頭，韓孺子卻露出微笑，「先說說你能做什麼吧？」

「臣請出使極西之地，為陛下一探敵人究竟，萬死無悔。若能僥倖生還，懇請陛下封侯。」

韓孺子自己都沒想這麼遠，一位落魄的宗室子弟想到了。

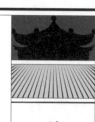

第四百三十五章 熱鬧的新年

一名宗室子弟主動申請出使西方，這是一件大事，韓孺子沒法立刻做出決定，讓韓息先回去，今後以散騎常侍的身份來侯府報到。

至於韓息的出現對皇帝來說是有所得，還是一場小小的鬧劇，韓孺子很難確定。

中司監劉介只希望皇帝盡快回宮，好給慈寧太后一個交待。

倦侯府裡終究無事可做，韓孺子只得起駕回宮，連馬都不能騎，一切儀仗都要按規矩來。

即使是皇帝，也要為不辭而行付出代價。

慈寧太后率領全體后妃，包括懷孕的佟青娥，一塊跪在泰安宮的庭院裡，聲淚俱下地質問皇帝為何如此輕賤自身，「陛下不在乎母親、不在乎后妃，難道連尚未降生的皇子也不在乎嗎？」

慈寧太后說得多些，皇后等人以勸慰為主，同時也要表現出同仇敵愾，誰也不敢在這時站在皇帝這邊。

韓孺子急忙上前，親自攙扶母親，母親不起，他也跪下，慈寧太后這才起身。到了屋子裡，仍不停數落，韓孺子只好保證今後再不會不辭而別，並將今天的行為全歸咎於喝酒。

慈寧太后漸漸平靜下來，淑妃鄧芸膽子大些，講了幾個笑話，氣氛才算恢復正常。

待眾人離開，慈寧太后收起笑容，看著皇帝，搖搖頭，嘆息一聲。

韓孺子恭謹地站在母親面前，還跟小時候一樣，那時母子二人相依為命，他最害怕的事情就是惹母親傷心，每當母親生氣或是落淚，他都不知所措。

「還記得嗎？五歲的時候你曾經偷跑過一次。」

韓孺子想了一會，搖搖頭，五歲該是記事的年紀，他卻沒有任何印象。

「那是一個下午，我在屋子裡打盹，丫鬟一眼照顧不到，你就跑出院子，那時咱們還住在王府，我真是嚇壞了，怕你被人看到、怕你不小心惹怒什麼人。我與丫鬟四處尋找，但是不能走得太遠，那一個時辰，是我一生中最恐懼的時刻。」

「朕年幼無知，讓太后操心。」

「你那時還是孩子，哪懂這些？一個時辰之後，你自己回來了，渾身泥巴，高高興興向我講述外面的花花草草，我本想嚴厲地懲罰你，卻下不得手，唉，大概是因為如此，你才記不得往事。」

韓孺子臉色微紅，向前一步，說：「母親，外面真有廣大的世界，只是坐在皇宮裡，朕永遠也無法成為真正的天下之主。」

「難道這世上只有你一個皇帝？歷朝歷代的皇帝是怎麼做的？」

「歷代皇帝大都在太子時期開拓眼界、培養親信大臣，而且少有大楚今日之危機，母親，就算宮裡也能感受到外面的變化吧？」

慈寧太后沉默不語，兒子終歸不是小孩子了，她越來越難以在言辭上爭得上風。

「大楚的官員也都希望朕留在皇宮裡，將天下交給他們治理。母親，就憑這一點，朕也得走出去，韓稠並非唯一的貪官，他們是大楚一切問題的根源。」

「陛下要走多遠？」慈寧太后問。

換成皇帝沉默了，他要走遍天下，不想現在就嚇到母親。

「朕要與大臣們商議之後再做決定。」韓孺子最後回道。

慈寧太后再次長嘆一聲，「好吧，我不為難陛下，讓外人以為我是那種不講理的太后。」

「母親！」韓孺子又驚又喜。

「但我有條件。」慈寧太后馬上道。

「母親請說。」

「至少五位皇子。」

韓孺子一愣，隨即明白過來，頗覺尷尬，「母親……」

「五位皇子，早立太子，朝廷安心，我也安心，到時候隨陛下瘋去吧。」

慈寧太后是認真的，韓孺子思忖片刻，「兩位皇子，視情況立不立太子。」

慈寧太后也一愣，兒子居然跟自己討價還價，既好氣又好笑，回道：「陛下有十幾名后妃，雖不算多，但也不少了。」

「或是生兒，或是生女，或是不生，都很難說。」

「好吧，三位皇子，不能再少了，養兒不易，三個我都嫌太少，至於立不立太子，到時候再說吧。」

慈寧太后也累了，叫來宮女，回自己的寢宮休息。她暫時獲得勝利，至少十個月內皇帝沒法隨意出宮，待到皇子陸續出生，皇帝或許就會擔起父親的職責，不再想著四處亂跑了。

韓孺子明白母親的用意，但他不能再惹怒母親，必須後退一步，而且皇子的確很重要，在趙若素提出的兩條難題裡，這是其中一條。

其次還得有一位守成可信的宰相。

佟青娥已經懷孕，是男是女尚不能肯定，三位皇子要什麼時候才能湊齊？韓孺子終於明白，為什麼皇帝的私事總是會變成公事、大事。

將十幾名后妃想了一遍，韓孺子還是去秋信宮見皇后。

崔小君正焦急地等待皇帝，此前與太后站在同一陣線並非權宜之計，她確實以為皇帝不該如此隨意。

「第一次沒事，可是等陛下養成時不時外出的習慣，別人就會知道，並從中尋找機會，那名刺客在崔府潛藏了幾個月，他們有耐心。」想起當時的事，崔小君不寒而慄。

韓孺子執住皇后的雙手，「我也有耐心，如果幾名刺客就能將我打敗，皇帝還有什麼意義呢？我現在最著急的事情，就是讓皇后盡快生個太子。」

前半句還很嚴肅，後半句突然變化，崔小君一時沒能適應，隨即臉紅，「陛下……今天這是怎麼了？做事沒點正經。」

「這是正經事，事關大楚江山穩泰的正經事。」韓孺子嚴肅地說。

崔小君臉更紅了，滿腹的埋怨再也沒法說出口。

韓孺子遵守諾言，沒再隨意出宮。

接下來兩天難得地放鬆一下，奏章、韓息、大臣、天下都可以等。他在宮裡舉辦真正的家宴，只有太后、皇后與嬪妃們能夠參加，上官太后仍然置身事外，遠離一切熱鬧。

除夕到了，皇家的習慣與普通人家沒什麼區別，只是排場更大一些、更隆重一些，光祭祖就用了一個時辰，大批官員趕到太廟，與皇帝一同參拜歷代祖先。

到了下午，大部分官員都可以回家了，連休三天，衙門裡只留少數人輪值。皇宮當然不能鬆懈，但是從城外調來一部分北軍與南軍，與宿衛八營共同輪值，以便讓將士們都能休息一下。

這是一個熱鬧的除夕，韓孺子盡可能將熱鬧引到母親那裡，眾人也明白皇帝的心意，輪番前往慈寧宮賀喜。到了正月初一，拜賀達到了高峰，宮人排成長隊，宮外的大臣、勳貴也都送來自家命婦，給太后拜年。

這是慈寧太后的新年，苦熬多年後，她終於等來此刻。即使如此，她仍未得意忘形，一大早就先去慈順宮拜賀，下午又帶領大批命婦再次前往拜賀。

皇家也要互贈禮物，全由少府承擔，喬萬夫送來細表，韓孺子看過之後嚇了一跳，僅僅除夕和正月頭三天，他要送出去的金銀布帛就足夠北軍一年的軍餉。

好在還能收回來一些禮物，算來算去，大概價值送出去的不到一半。

「怪不得大家都喜歡給皇帝送禮，原來是有利可圖。」韓孺子對禮單很滿意，未做調整。

「大家都以為皇帝富有天下，卻不知皇帝也有手緊的時候。」喬萬夫笑道，這個年他過得很開心，商人的欠條都已毀掉，少府省下一大筆錢，足以應付接下來一段時間的支出。

宮裡也要互贈禮物，皇帝送給宮人的主要是衣物與金銀；太監和宮女則湊份子，送一些特別的小東西；皇帝送給后妃的是珠寶首飾，后妃還贈的則是筆墨紙硯等物，只有淑妃鄧芸與眾不同，送給皇帝一口寶刀。

「燕趙之地多壯士，自然也多利器，這口刀可不普通，最早屬於前趙王莊垂，在他手中殺人無數，後來輾轉多人之手、染血更多，我們家在代國的時候搜尋到此刀，珍藏多年，今天獻給陛下。」

韓孺子不是很相信鄧芸的故事，但承認那真是一口好刀，入手沉甸甸的，刀刃上有幾個小缺口，但是依然鋒利，吹髮立斷。

慈寧太后不喜歡這件禮物，認為是兇器，立刻讓人帶走，妥善收藏。

韓孺子與皇后共同送給兩位太后一個小戲班，這是崔家早就採辦好的，培養了半年多，戲子都是十來歲的孩子，以為宮中解悶。

慈寧太后送給皇帝的是一身手縫長袍，送給皇后與崔家的則是金銀布帛，沒有特異之物。慈順太后的還禮都由女官負責，她本人什麼都不管。

一連幾天，宮裡宮外新年氣氛濃郁，大楚又有了幾分太平氣象，韓孺子與母親終於能夠感受到真正的宮中生活了。

初五起大祭，由太祖開始，每天一位皇帝的牌位巡行全城，最後再送回太廟。按慣例，勳貴世家以及各衙門的府前都要搭彩棚，爭奇鬥艷，吸引大批百姓圍觀，堪比正月十五的燈會。

韓孺子覺得自己沒做什麼，卻忙個不停，直到正月十六，終於閒下來，又能正常批閱奏章了。

奏章積累得不算太多，只有一份值得注意。

西域官員上報，從極西方來了一隊使節，自稱代表神鬼大單于，要來拜見大楚皇帝，官員按慣例護送至楚界，由楚地官員接管。

韓孺子大致算了一下，這隊使節兩天前就應該到京城了，他卻沒得到通報。

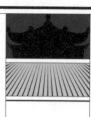

第四百三十六章 西方的通牒

極西方的使者的確到達了京城，卻因為不合規矩而被拒之城外。

按慣例，各方使者夏末到京，經過一兩月的「訓練」之後，才能在秋天集中朝見皇帝，送上貢物，然後領取賞賜，來年春天之前陸續離開。一切井然有序，既能彰顯大楚天威，又能令遠方的使者滿意而歸。

有資格向大楚進貢的國家全都記錄在案，如果有新舊朝交替的狀況，必須及時向大楚說明，才能繼承相應的資格。

神鬼大單于的使者幾乎違背了所有規矩，首先到來的時間不對，其次這是一個新國家，卻遲遲不肯說明本國的來歷。

按道理，西域那邊就不該將使者送進大楚地界，可他們不知為何公然違背規矩，大楚官員一時糊塗，沿途送來，等到禮部發現問題，使者已到城外。

禮部掌管外國使者的送往迎來，反應倒快，使者既然來了，不能攆走，就讓他們住在城外的驛館，然後責成西域官員補充相應材料，一切忙完，大概也就到夏天了，神鬼大單于的使者可以與其他國家的使者一塊受訓，等候秋天的晉見。

這是禮部的計畫，根本沒想過要與皇帝商量，因為這本就是他們日常的職責之一，連禮部尚書元九鼎都並未在意此事，直接交給下屬的某司解決。

西域送來的信函卻不是透過禮部上交，而是送到了兵部，因此皇帝才能見到此信。

韓孺子很想見一見使者，元九鼎堅決反對。

禮部尚書平時是個老好人，在勤政殿的職責就是附和其他大臣，對皇帝更是從無違逆之舉，唯獨說到禮儀，他絕不退讓。

「這個西方的所謂『神鬼』，從來沒人聽說過，是真是假也不知道，沒準是西方商人假冒的，在調查清楚之前，陛下不可接見，以免墜了天威。」

大楚皇帝向來慷慨，回贈外國使者的禮物都是他們需要的貴重之貨，回國之後轉賣，價值五倍、十倍以上，是筆暴利，因此曾有膽大的外國商人冒充使者前來進貢，實則是在經商。

禮部絕不能讓這種人見到皇帝。

勤政殿的大臣們都贊同禮部的作法，兵部因為不小心走漏了消息，非常內疚，尚書蔣巨英全力支持元九鼎的意見，「西域那邊大概也是有所懷疑，所以才向兵部遞文，可是語焉不詳，兵部也要調查清楚。」

就連已經決定正月之後請辭的宰相申明志，也覺得在事情明瞭之前，皇帝不宜接見一群奇怪的使者。

於是韓孺子下令，由禮部主導，盡快查明事實，三天之內給出結論，到時再議見或不見。

元九鼎覺得時間太少，「使者是從西域來的，理應向那邊詢問，信函往來，至少需要兩三個月。」

韓孺子耐著性子說：「也可以直接詢問使者。」

元九鼎愣了一會，似乎沒明白皇帝的意思，「他們……他們不會說實話的，西域有大楚的官員，他們的話更可信。」

「是不是實話聽了之後再做判斷，向西域的求證正常進行，三天之內有點消息總比沒有強。」

元九鼎還在猶豫，在他的印象裡，大楚皇帝實在沒必要如此在意外國使者，當今聖上顯得太急迫了。

宰相申明志道：「禮部可以先問一下使者，再向熟知西域事務的人求證，三天可能有點少，不如十天吧。」

朝廷的速度就是這樣，好處是極少出意外，壞處是面對突發事件時，常常錯失最佳時機。

韓孺子只能接受，他對朝廷的改造才剛剛著手，急不得。

這天下午，他在凌雲閣召見新任宗正卿，此人名叫韓踵，是位老臣，擔任過很長時間的宗正卿，桓帝時致仕，如今又被請出來重新掌管宗室。

「韓息這個人，老大人有印象嗎？」韓孺子私下派人仔細打聽過，韓踵風評極佳，而且輩分高，值得皇帝給予尊重。

韓踵七十餘歲，獲准在皇帝面前拄枴，坐在一張圓凳上，聽到「韓息」的名字，立刻笑了，「當然，他居然找到陛下了？」

「他在倦侯府外守了三個月，朕年前才看到他。」

「呵呵，三個月，不算多，想當初他為了見老臣我，在宗正府外可是足足等了一年。到了最後，許多人都打賭他究竟能等多久，老臣輸了一百兩銀子。」

韓孺子笑了笑，韓踵算是臨時救急，對權勢沒有追求，在皇帝面前反而放得開。

「韓息還是想要回安陽侯之位吧？」韓踵問道。

韓孺子點點頭。

「嗯，韓息為這件事奔波許多年了，可安陽侯當年是因為謀逆而被廢，屬於不赦之罪，朝廷當年免去其子孫的罪過，已屬寬宏大量，並無恢復侯位之理。韓息這個人……怎麼說呢？非常固執，認死理，老臣曾經對他說，只要他放棄爭取侯位，可以推薦他到外地為官，做個縣令什麼的，或者從軍、從參將做起，積功升遷，也有封侯的可能。可他不同意，非要先恢復安陽侯。我問他有什麼理由，他卻說不出來，只說自己願意付出任何代價。」

韓孺子只見過韓息一面，印象與宗正卿完全相同，那個人太過固執。

韓踵繼續道：「任何代價？這可不是宗室子弟、為人臣者該說的話，於是老臣將他驅逐出府，曾有一段時間一直關注他，希望他不要鋌而走險。後來發現他也就是嘴上說大話，真需要鋌而走險者的人，也看不上他。」

桓帝之後，大楚發生過幾次危機，韓孺子的確沒看到過韓息的身影。

以韓息的身份，只是一名不得志的宗室子弟，連身新袍都穿不起，自然沒人願意拉攏他。

「韓息願意為朕出使極西之地。」韓孺子說。

韓踵雙手握著拐杖，仰頭想了一會，他不是故意做出這個姿態，實在是因為腰背駝得嚴重，如果低頭，就只能對著屁股下面的凳子說話了。

「陛下真相信極西之地有一股強敵，對大楚虎視眈眈？」

「朕猶豫未定，因此很想弄清楚那邊的情形。」

韓踵又想了一會，「要說領軍作戰、治理地方，老臣絕不推薦韓息，至於出使遠方、深入險地，以韓息的固執勁，或許還真能成事。只有一件，陛下真的願意恢復安陽侯嗎？韓息認準的事情，是不會放棄的。」

「朕明白。」韓孺子送走了宗正卿，又叫來金純忠，讓他向匈奴那邊寫信，說明情況，並且詢問一下他們的反應。

除此之外，韓孺子做不了什麼，只能耐心等待。

新年算是過去了，韓孺子又拾起從前的事務。

並非整個天下都沉浸在節日氣氛中，雲楚澤開戰了，黃普公不是那種先謀後斷的將軍，到任的第三天就率領一支軍隊向一座賊寨進攻，無功而返，此後又分別向不同寨子發起兩次攻勢，都沒取得成果。

在敵我雙方眼中，皇帝選了一位不可靠的將軍。

可黃普公自有打法，三次試探雖未立功，他卻大致摸清了群盜的格局、作戰方式以及地形地勢。

除夕、初一兩天，他讓麾下將士休息，初二一早，突然下令出征，目標直指一座位處險要之地的賊寨，當眾發誓說，如果再無戰功，立刻割下自己的頭顱，讓別人帶回京城向皇帝請罪，如果立功，必然重賞眾將士，絕不虛度新年。

這一戰大獲全勝，賊寨完全沒料到會在這一天遭到進攻。

雲夢澤賊寨眾多，互相支援，黃普公算好了路徑與時間，接連伏擊三股援匪，皆大破之。

黃普公攻下的寨子極其重要，此寨一破，欒半雄所在的主塞暴露在楚軍面前，另一路楚軍大將邵克儉原打算用半年時間逐寨攻到此處，卻被黃普公搶了先。

聽聞前方消息，邵克儉等人大吃一驚，一開始根本不相信，再三確認之後，立刻派兵支援。

公文送到京城時，雲夢澤戰事正酣，楚軍正在攻克各座小寨，對主寨漸成包圍之勢。

楊奉策畫的盟主大會居然沒受影響，還在進行中，而且地點就定於雲夢澤主寨裡，欒半雄似乎真將盟主當回事，志在必得。

韓孺子很高興自己沒有選錯人，立刻傳旨重賞黃普公之軍，同時給楊奉發急信，讓他注意保護黃普公，欒半雄戰場上打不過，極可能又派刺客。

楊奉當然明白這個道理，早在皇帝提醒之前，就已派出高手專門保護軍中將領，尤其是黃普公。

卓如鶴那邊也有消息，趁著新年，他以朝廷的名義招安了大批強盜，發給銀兩，讓他們回家過年，初二歸隊，集中在一起疏濬河道、建立新城、開墾荒地，一切費用都由官府承擔。

活兒很辛苦，比不上當強盜自在，但是事成之後，人人都能分得田地，根據情況，免租一年到五年，從此成為良民，不用再提心吊膽。因此吸引不少人，等楚軍發動攻勢，接受招安的人更多了。

總之雲夢澤大勢已定，韓孺子一連數日忙於應對此事，督促朝廷各大部司給予配合，幾乎忘了神鬼大單于的使者。

可聖旨不會被遺忘，禮部領旨之後盡職盡責，十天之後送上來一份奏章，前半部分內容都在講述這批使者的不可信，後半部分才轉述使者的言語，並且逐條加以批駁。

看到最後，韓孺子既憤怒，又覺得可笑。

神鬼大單于是匈奴人的叫法，使者對主人的稱呼更複雜，譯成楚文，大概就是「天上諸神唯一真實的兒子」，他們自己指定了一個簡單的稱號——正天子。

西方的正天子向大楚的「偽天子」發出通牒，命他俯首稱臣，親往西方朝拜。

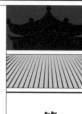

第四百三十七章 行西觀風使

禮部尚書元九鼎對這批西方使者沒有半點好印象，「化外狂徒，舉止粗鄙，言語無知，依臣之見，不必與他們一般見識，也不必留住驛館，套上枷鎖，派兵一路退回西域好了。」

勤政殿裡的大臣都認可元九鼎的建議，不殺使者並非害怕，而是覺得雙方地位差距太大，不值得動怒。

韓孺子只對一件事感到困惑，「大楚與此國相隔萬里，從無往來，按使者所言，他們的國王對大楚充滿恨意，這是為何？」

元九鼎回道：「據城中有些西域人說，西王祖先本是中原人，因戰敗投降匈奴人，又隨匈奴人西去，後世淪落為奴。西王崛起後，最恨匈奴，其次是中原，認為是中原朝廷無道，迫使其祖投降。大意如此。」

神鬼大單于的自稱過於狂傲，元九鼎不用，只稱「西王」。

「哪朝之事？」

「臣不知，西域人轉述之辭，不盡可信，即使是西王本人，大概也記不得朝代。所謂復仇，只是一時狂言。據傳，西王征途並不順利，因其殘忍無情，極西方各國的叛亂此起彼伏，用不了多久，西王就將潰敗，他連大楚的山水都看不到。」

事態若是朝這個方向發展，當然最好不過，韓孺子想了想，說：「不必上枷鎖，十天之後遣返使者，不予饋贈。大楚也派使者西去，或許能與他們同行，以為引導。」

眾臣吃了一驚，宰相申明志已有退意，因此不開口，新任左察御史馮舉上前道：「極西之地群王並爭，混亂不堪，楚使此去……」

韓孺子抬了下手，表示自己還有話要說：「極西之地原有不少依附之國，一時混亂，早晚都將結束，到時各國更替、名號變動，全憑他們自說自話可不行，楚使此行，乃要親眼所見，為朕帶回確切消息。」

群臣這才無話，尤其是元九鼎，如果極西各國結束混亂、恢復進貢，負責查清名實的職責歸禮部。

韓孺子並未推薦人選，而是遵照朝廷的做事規矩，讓禮部公開徵召勇敢之士，出使萬里之外的戰亂之地。應徵的人不多，誰都明白，此去凶多吉少，多半可能凍死於路上，縱然僥倖到了極西之地，那邊的戰亂未必結束，還是危險重重、寸步難行。

只有韓息明白這是皇帝給自己的機會，但他非要先問個清楚。

他現在是眾多散騎常侍中的一員，可以直接求見皇帝，獲准之後，前往凌雲閣見駕，這時距禮部徵召勇士已有四天。

韓息總算有了一身沒有補丁的新袍，進屋跪拜行禮都合規矩，看上去很正常，一開口就與眾不同，「微臣叩見拜見，請陛下手寫一份恢復安陽侯的保證，微臣即刻出發，一時也不耽擱。」

屋裡的太監與侍衛側目而視，韓孺子微笑道：「朕為何要寫這樣一份保證？」

韓息抬起頭，面露驚訝，說道：「陛下不是在徵召使節前往極西之地嗎？微臣願往，但是之前與陛下說得很清楚……」

韓孺子搖搖頭，拿起桌上的一張紙，說道：「你說自己願意出使極西之地，可是禮部送來的應召名單上沒有你的名字。」

「微臣先要保證，再去應召。」韓息以為這是理所應當的事情。

果然是個死心眼的人，韓孺子仍然搖頭，「應召者眾多，用不用你尚在兩可之間，朝廷為何要做出保證？」

名單上其實只有寥寥數人，看履歷，全都是小吏與平民，甚至還有獄中的有罪囚徒，都不夠資格擔任大楚使節。

韓息不知道，只覺得競爭者眾多，這是他沒料到的意外情況，一下子啞口無言。

韓孺子說道：「韓息，你若是相信朕、相信朝廷，就要先立功再問賞，世上沒有先論賞後做事的道理，你可明白？」

「微臣相信陛下，卻不怎麼相信朝廷，微臣只擔心一件事，此番出使不只傳信，還要觀看風俗、勘查地形，來回至少需要三年。三年之後，微臣不太相信的朝廷仍在，微臣相信的陛下卻未必還在，因此希望……」

幾名太監同時開口斥責，韓息也反應過來自己的話太過分了，竟然在詛咒皇帝，急忙磕頭謝罪。

韓孺子沒有在意，說：「做大事者不畏險阻，你想恢復祖上的侯位，就得甘冒奇險，若想踏踏實實，不如回家做夢去吧。」

韓息仍在磕頭，韓孺子揮手，表示他可以退下了，又補充一句：「如果你真能出使西方，在路上定要祈禱朕長命百歲。」

「陛下萬歲萬萬歲。」韓息告退，沒拿到任何保證，但是當天就去禮部報名。

極西方的使者共有百餘人，途中傷亡過半，到達大楚京城只剩三十多人。他們傳遞的信息極其狂妄，本人卻沒有那麼無禮，隨大楚安排，怎麼都行，也願意帶楚使一塊回國，只有一個要求，希望大楚接下「正天子」的信，並且給一封回信。

信中的內容與使者所言差不多，都是發出通牒，命令大楚皇帝即刻投降。

禮部收下信，但是只給一份回執，表示信已收到，至於皇帝的回信，那是斷然不能寫的，一個字都不行。

拿到回執，西方使者已經滿意，幾天之後，他們踏上回國之路，身邊多了一隊楚使。

為了給楚使安排身份，禮部煞費苦心，最後定名大楚行西觀風使，表明他們去往西方並無確切目的，只是觀望各地風俗，傳遞大楚天子的善意，至於見誰不見誰，都由正使韓息自己決定。

楚使共有五十人，除了宗室子弟韓息，隨行者不是走投無路的欠債者，就是希望藉此贖罪的囚徒，朝中大臣都對這支隊伍能走多遠表示懷疑。

韓息家人送行，在城外灑淚分別，沒指望再見到他回來。

西域也有回信，聲稱這批西方使者沒有走鄧粹等人駐守的崑崙山口，而是從北線進入西域，西域各國驚恐不安，害怕遭到神鬼大單于的報復，因此小心款待，一路送到楚界。

大楚駐西域的官員全程被蒙在鼓裡，最後一刻不得不承認現實。

韓孺子命令禮部、兵部繼續收集極西方的消息，西域雖然都是小國，但他們都對神鬼大單于感到驚恐，必有原因。

但西方的敵人畢竟還沒有打來，一封狂妄的信不會對大楚產生可見的傷害，韓孺子派出使節之後，又開始忙於眼前的事務。

二月中旬，另一名宗室子弟終於伏法，皇帝免去街頭問斬，賜給白綾一條，韓稠在獄中自經而亡。刑部送來的公文裡說韓稠臨死前跪地謝恩，懺悔種種罪行，隨後整衣而起，以絹蒙面，表示死後無顏面對列祖列宗。

金純忠也在現場，對皇帝講述的卻是另一種場景。

韓稠早知自己必死無疑，真到了這一刻，仍然嚇得魂不附體，一直在嚎啕大哭，向見到的每一個人發誓，只要肯放他逃走，願意分一半家產當作謝禮。

洛陽侯的家產早被充公，他全給忘了。

午時過後，行刑者到來，韓稠癱軟在地，屎尿齊流，根本站不起身，數名獄卒抬起，折騰了半個多時辰，總算將他的脖子套進了白綾。

韓稠最後幾句話不是謝恩與謝罪，而是吼了一句「做鬼也不放過你們」。

他的臉上的確蒙了一塊布，但不是他自己的意願，而是他胡說八道，刑部官員命人以布堵嘴，順便蒙面。

「韓稠至死不承認自己有罪，以為……」金純忠說不下去。

韓孺子嘿了一聲，「以為朕在刻意報復他？」

金純忠點點頭。

在韓稠看來，自己曾經全心全意地討好皇帝與太后，皇帝當時若是接受，就不會有自己後來的背叛與刺駕，所以一切錯誤都在皇帝身上。至於商人與百姓，從來不在他考慮的範圍之內，他一直視洛陽為自己獨有的地盤，如何搜刮都是他的權力。

韓孺子忍不住嘆息，單單收拾一個韓稠就如此費時耗力，整頓宗室不知要多久。

「匈奴回信了嗎？」韓孺子問。

金純忠道：「貴妃回信了，說她不知情。她將我的信轉送給大單于，要等一陣子才會回信。」

韓孺子很想問一問金垂朵的狀況，想了想，還是沒有開口。

二月底，雲夢澤傳來消息，群盜主寨已被攻克，欒半雄落網，正被押送進京。

雲夢澤、東海、匈奴、神鬼大單于，韓孺子心中的四大患去除了一個，不過波瀾不驚，心中並沒有策畫時的興奮。

這只是一個小小的開始，證明大楚朝廷餘威猶在，接下來的路更加難行。

楊奉送來一封信，盟主大會將如期舉行，沒有群盜參與，將會選出一位溫和的盟主，協調江湖關係，盡量遠離朝廷的明爭暗鬥。

在信中，楊奉表示淳于梟已經露出馬腳，很快就將落網，所以他要等一兩個月再回京。

韓孺子很好奇楊奉最終抓到的「淳于梟」會是誰。

楊奉在孜孜不倦地追尋目標，韓孺子也沒閒著，雖然還不能巡狩四方，但他要走出第一步——離開皇宮，並且藉機重整宗室。

第四百三十八章　子弟軍

初春，惠妃佟青娥孕相漸顯，第二位妃子也宣告懷孕，這讓皇帝遇刺之後身體有恙的種種傳言不攻自破，慈寧太后最為高興，對皇帝的約束也沒那麼嚴格了。

韓孺子也很高興，只是遺憾懷孕的人不是皇后，他已經盡自己所能，多半時間都與皇后同房，可懷孕者卻是一名他很少寵幸的嬪妃。這就像一場事先約定好的決戰，雙方將領精心地排兵布陣，最後決定勝負的卻是一場突如其來的暴風驟雨，勝者固然欣喜，只是不明所以。

但勝利者畢竟還是皇帝，韓孺子利用這次機會，以慶祝的名義，召集宗室子弟去郊外耕田。

耕田之餘，還要進行幾次狩獵演練。按規矩，狩獵要在秋後進行，春季萬物生長、百獸生息，不宜捕殺，因此只做演練，並不真的射獵。

來京參加大祭的年輕宗室子弟大都奉旨留下，各地又推薦更多子弟赴京，湊足八百之數，再加上同樣數量的官吏子弟，以及四百名京城的良家子弟，共是兩千人。

出城狩獵之前，先進行為期半個月的筆試、武試，分出甲乙丙丁四等，甲等文武俱優者可為將軍，乙等文優者為吏、武優者為參將，丙等為軍官，丁等為士兵。

所有任命都是臨時的，不入兵部、吏部名冊，狩獵結束官職收回，但是這支軍隊從行軍、紮營到狩獵，所有行動都由自己決定，與普通軍隊毫無二致。

人人都明白，這是皇帝的一次檢驗，能在此次狩獵中脫穎而出者，事後極可能獲得真正的官職，因此都很踴躍，力爭要給皇帝留下一個好印象。

與此同時，三年一次的會試也到了，天下舉人紛紛入京，傳言說今年考中進士者最為幸運，極可能得到皇帝的重用。

這一年才剛剛開始，就有人稱其為「大試之年」。

韓孺子希望不拘一格地選拔人才，遇到的阻力可不少。將要出城的前一天，宗正卿韓踵求見皇帝。按規矩，大臣應該上書言事，韓踵卻直接求見皇帝，因為他要談的是「家事」，不宜寫入奏章，為外人所見，更不適於被史官記錄。

這次交談只在君臣二人之間進行，旁聽者不過兩名太監。

韓踵坐在圓凳上，雙手握拐以保持身體平衡，腰背彎曲、脖子盡力挺直，每次看見他，韓孺子都會想起成精的老龜，但是這樣的聯想只能藏在心裡，絕不能表露出來。

韓踵是德高望重的宗室老臣，不是皇帝可以拿來隨意開玩笑的親信近臣。

「陛下創建了一支『子弟軍』，宗室興奮，許多人覺得八百人太少，向我求情，希望能再加一些名額呢。」

韓孺子知道韓踵還有話沒說，微笑道：「這不是什麼『子弟軍』，除了宗室的年輕人，也有官吏和百姓的後代，趁此大好春景，陪朕出城踏青而已。」

「呵呵，踏青好啊，想當年，武帝幾乎年年出城踏青，也是召集眾多宗室子弟，前呼後擁、旗幟飄揚，那樣的場面，經歷一次，一輩子都忘不掉。」

「老大人經歷過幾次？」

韓踵右手離開拐杖，豎起四根皮包骨的手指，「老臣有幸經歷四次。」

「老大人不虛此生。」

「還能活著看到大楚盛世再臨，才是老臣最大的幸事。」

韓孺子大笑道：「就憑老大人這句話，朕也要努力，盡快創一個盛世出來。」

韓踵奉承，韓孺子謙虛，兩人客套了一會，韓踵終於說到正事，說道：「陛下此次選將，似乎沒有考慮到出身貴賤。」

「這不是選將，只是一次遊戲，所有官職都是臨時任命，事後收回，沒有必要區分貴賤吧？何況都是宗室子弟，有貴無賤。」

韓踵堅定地搖搖頭，他活了七十多年，有些事情在他眼裡無比重要，「不然，宗室無貴賤，但是有親疏。這支『子弟軍』中還有八百名官吏子弟，據說陛下不問出身，連七品小吏的子孫都可入選，還有四百名普通人家的後代，這麼多人在一起，總有高低貴賤吧？」

「比如匈奴人攻到京城，或者朕面前有猛獸撲來，急需勇士挺身而出時，還要分貴賤嗎？」

「唉，老臣明白陛下的意思，可尊卑之別終歸得有，否則的話，保下來的大楚江山該歸誰所有呢？老臣斗膽說一句，真要事事論功，只怕韓氏未必能長有天下，所謂功高蓋主，陛下不得不防。論尊卑貴賤，先從宗室開始，然後才可推行至朝廷以至天下。」

說起固執，年老的韓踵不比年輕的韓息差多少，只是目標不一樣。

韓孺子笑道：「老大人過慮了，宗室子弟十幾萬，論家族之大，天下無出其右，難道還選不出幾名能保江山的人才？也請老大人對朕有幾分信心，朕不怕有人『蓋主』，只怕誰也不想建大功。」

韓踵慌忙起身行禮，隨後坐下，說：「陛下固然不怕，可陛下今日的一言一行都將為後世法則，萬一主弱臣強，再無尊卑貴賤的禮制，又該如何呢？老臣淺陋，只望陛下事前三思，事後無悔。」

韓孺子想了一會，「朕已明白，老大人且回，朕自有安排。」

韓踵起身，恭敬地行禮，「陛下英明聰睿，百世無一，大楚復興近在眼前，老臣昧死進言，請陛下不要只看一時得失，也要想著千秋萬代、後世子孫的福祉。」

韓孺子笑著點頭，實在不願與宗室長輩爭論。韓踵一走，他喃喃道：「千秋萬代，真有千秋萬代嗎？」武帝在世時，大楚實力達到巔峰，隨後急轉直下，不到十年，就已衰落得不成樣子，武帝的威風連一代都沒傳下來，何況千秋萬代？

這樣的想法韓孺子只能藏在心裡，沒法對任何人說。

狩獵隊伍的將官已經任命完畢，不可能再改，不過韓孺子還是做了一點妥協，任命五名諸侯王的嫡子或嫡孫擔任左右中前後護軍，這五人在之前的文武選中都沒有出色之處。

次日一早，皇帝拜別太后、皇后，在千名宿衛軍的護送下出城，與城外的一千北軍、一千南軍匯合，前往京北山區。那裡是皇家園苑，地方廣大、地勢多變，正適合練軍。

至於另一支兩千人的「子弟軍」，提前一天就已出發，安營扎寨，等候皇帝檢閱。

正事不能忘，韓孺子到達園苑的第一件事還是親自扶犁耕田，眾多大臣隨後撒種覆土，史官將時間、地點、官職等事項詳細記錄下來，歸檔收藏，以備後世編纂史書時採用。

耕田結束，大部分官員回城正常辦公，史官也走了，對皇帝接下來的「任性」之舉眼不見心不煩，當作沒發生過，不予記錄。

雖然只是一場演練，韓孺子總算又回到軍營中，一切按軍法便宜行事，不用講那麼多的禮儀。

次日一大早，他在東海王、崔騰等人的簇擁下，前往「子弟軍」營中檢閱，這兩人地位穩固，不想搶立功勞，因此寧願留在皇帝身邊，不願加入軍中，免去了文武選中技不如人的尷尬。

軍營佈置得井井有條，頗具老將風範，只是將士們的盔甲不太整齊，許多人自備甲衣，樣式上與普通將士沒有多大區別，材質卻貴重得多，非金即銀，陽光下奕奕閃光。

檢閱軍容之後，將士們演練各種陣型，隨後是比武，分馬上、步戰兩類，將持續整整兩天，然後才是「狩獵」。韓孺子很滿意，記下不少人的姓名，與東海王等人爭論誰的騎術更佳、箭術更好、槍法更強。

軍營裡基本上全是年輕人，最大的也不超過三十歲，十幾歲的少年佔多數，正是爭勝好強的時候，因此比武進行得非常熱鬧，場外發生了若干起私鬥，韓孺子不管，只看將領們的反應。

這天傍晚，皇帝宴請了數十位表現出色的將士，雖然喝酒不能盡興，可是一想到未來的美好前途，所有人都是耳紅心熱。

韓孺子上次出行的時候，曾經利用行軍考驗過一批勳貴子弟，這些人大都仍在，表現依然出色，更讓韓孺子感到滿意。

入夜後，韓孺子回宿衛軍營中休息，與宮室相比，帳篷雖然簡陋，卻更讓他覺得舒適。

兩天後的上午，雲夢澤匪首欒半雄被押來了。

這是韓孺子在城裡就傳下的旨意，欒半雄一到，立刻送到皇帝軍中，韓孺子想看看這位匪首的模樣。這樣的要求不太合乎規矩，刑部、兵部都表示反對，最後各方妥協，欒半雄的囚車不進城，在城外就由北軍和金純忠接管，直接送到皇帝面前，過後再按正常程序交給有關部司。

對此安排，韓孺子並不惱火，反而感到有趣，他有點摸清楚規矩與慣例的脈絡了，許多事情其實可以通融，但是不會形成新的規矩與慣例，自然也就不存在韓踵所擔心的效仿問題。

通融手段必須精巧，韓孺子正在學習，沒有老師，只能自己領會。

不少人想方設法擠到皇帝所在的大帳裡，希望先睹為快。

欒半雄可謂是聲名鵲起，一名強盜頭子，竟然能與大楚對抗，差一點成功刺殺皇帝，這種事情歷朝歷代可不多見。

將近午時，因車進入軍營，金純忠先進帳，向皇帝行禮，「匪首凶悍，口不擇言，帳中不宜留太多人。」

趕來看熱鬧的人都很失望，只有韓孺子明白，金純忠不會隨便做出建議，必然是有別的原因。

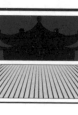

第四百三十九章 一本書

如同許多聲名顯赫的人物，傳言聽得多了，真正見面時不免覺得失望，韓孺子對欒半雄就有這樣的感覺。

在他的先入之見，欒半雄應該是一個十分高大的壯漢，坐著就和別人站著差不多一樣高，神情凶悍，令人不敢直視，即使被俘，也像是一頭掉入陷阱的猛獸，只要還有一絲力氣，就不肯屈服。

這樣的人才值得皇帝接見。

可是被帶到帳中的犯人卻讓韓孺子大失所望。

那是一名中年男子，身材不高不矮，肩膀倒是寬厚，年輕時估計很強壯，現在卻被一身贅肉所累，顯得浮腫，貌不驚人，倒還鎮定，進帳之後冷冷地打量皇帝。

欒半雄脖子、手、腳戴著枷鎖，被押送的衛兵推了一下，不肯跪下，兩名衛兵齊推，還是不跪。

韓孺子示意不必勉強，金純忠命令衛兵退下。

一共四名衛兵，退後兩步，仍然盯著犯人，帳中還有四名侍衛守在左右，另有兩名太監護在皇帝身邊，帳外還有更多士兵，一聲令下就能進帳救駕。

金純忠側身站在皇帝與犯人之間，正要開口審問，欒半雄自己先說話了，他說道：「你和我想像的不一樣，令人失望。」

韓孺子忍不住笑了一聲，這正是他的感受，「彼此彼此。朕在你的想像中是什麼樣子？」

欒平雄目光移動，四處看了一遍，同時說道：「聽說皇帝最愛冒險，膽子奇大，數次出生入死，我以為該是怎樣的一名奇男子。今日一見，不過是一名還沒長大的孩子，離開這些士兵，你什麼都不是。百聞不如一見，一見又不如百聞，江湖傳言多有不實之處。」

「閣下常在江湖，今天才發現這個問題嗎？」韓孺子並未動怒。

欒平雄扭了扭套在枷鎖中的脖子，好讓自己舒服一點，然後定睛看向皇帝，「本來你是打不過我的。」

「嗯。」韓孺子示意帳中其他人不要干涉，他倒要聽聽一名強盜頭子的看法。

「本來我們應該撤往海上，雲夢澤地勢險惡，官兵在裡面支撐不了多久，等官兵一撤，我們再回家重操舊業。雲夢澤屬於我們，只有我們能在那種地方活下去。都是因為楊奉，我才會上當，沒有及時撤離。」

前方的戰鬥情形由軍吏詳細記錄，送往兵部，再轉交至皇帝面前，文官卓如鶴也按規矩定時呈送公文，唯有楊奉那邊，只是偶爾寫來一封信，將進展說得清楚，其中細節卻從不多寫。

韓孺子微笑道：「鬥勇，閣下敗給朝廷軍隊；鬥智，閣下輸給了楊奉，還有什麼不服氣的？」

欒平雄長嘆一聲，「淳于梟真是沒用，還以為有它相助，鬥智時必不會輸給任何人，結果全是騙人。」

「淳于梟在你身邊？」韓孺子感到驚訝，雲夢澤眾寨皆破，淳于梟斷無逃亡之理，可是在兵部轉送的公文中，卻從來沒見過有關此人的記載，只有楊奉說過他即將拿獲淳于梟。

欒平雄點頭，「它不在我身邊，在我身上，被官兵拿走了。」

韓孺子莫名其妙，金純忠路上已經審問過一次，小聲提示道：「淳于梟是一本書。」

欒平雄大笑數聲，「當然是一本書，專記奇謀妙計，唉，我被此書所誤，讀書果然害人。」

「書呢？」韓孺子問。

「被楊公拿走了。」金純忠代為回答。

雖然相隔遙遠，韓孺子卻立刻明白了楊奉的用意，「有書就有寫書之人，楊公在找這個人。」

欒半雄冷笑，隨後大笑，「沒錯，有書就有寫書之人，這是最正常的想法，所以楊奉要循書找人，最後落入陷阱。我為書所害，可是也能用書害人！」

韓孺子一驚，隨後安下心，「小瞧楊公是你犯下的大錯，還要一錯再錯？他不會掉入任何人的陷阱，很快就會返京，親自審問你，朕會將你的命留到那個時候。」

欒半雄突然變得面目猙獰，說道：「老子不用你留命，狗皇帝，快殺了我吧，無論生死，我欒半雄都是好漢一條！」

這樣的欒半雄才有幾分符合想像，韓孺子不由得微微一笑，向帳中眾人點頭，「所謂大盜豪傑不過如此，一朝戰敗，求死不求生，自以為勇敢，卻不知求死難，求生更難。」隨後又向犯人道：「欒半雄，大楚怎麼得罪你了？你非要刺駕、造反，甚至與外族勾結？」

在兵部轉送的公文裡，有這方面的內容，但韓孺子想聽聽欒半雄親口所言。

欒半雄的神情慢慢恢復正常，這是他離皇帝最近的一次。可是受枷鎖束縛，身邊沒有兄弟與手下相助，這也是他離皇帝最遠的時刻，無法再靠近一步。

「報仇。」欒半雄傲然回道，頭顱揚起，「武帝殺了那麼多英雄豪傑，自以為是皇帝，就不會遭到反抗，我要證明他是錯的。雲夢澤一敗塗地，但我們畢竟樹立了一個榜樣，告訴天下人，皇帝根本不是什麼『天子』，只是一個普通人，甚至是一個孩子，誰都能殺死他。」

欒半雄舔了舔嘴唇，目露凶光，似乎要撲上去撕咬皇帝，衛兵與侍衛立刻人人握刀。

欒半雄沒有移動腳步，腳踝上也套著鎖鏈，邁不開大步。

「你逃過了一劫，狗皇帝，可是不會總這麼幸運，雲夢澤敗了，但今後還會有其他人效仿我們，總有一次，有人能斬下你的狗頭！」

欒半雄的說法與公文裡差不多，只是多了幾個「狗」字，執筆寫公文者想必是將它給刪去了。

「朕的頭顱就在這裡。」韓孺子平靜地說，「朕能保住頭顱靠的不只是運氣。帶下去吧。」

韓孺子覺得沒必要再問下去，兵部、刑部阻止皇帝見犯人或許才是更正確的做法。

士兵押著犯人出帳，欒半雄在外面突然又吼了一聲，「皇帝也是人，你逃不過去！」

金純忠留在帳內，說：「狂人一個，口無遮攔，陛下還要再審嗎？」

韓孺子搖搖頭，「盡快押進城吧。」

「是，陛下。」

韓孺子沉吟片刻，「關於淳于梟，你相信多少？」

金純忠仔細想了一會，「微臣對淳于梟瞭解不多，只聽說他是望氣者，似乎許多地方都有他的身影出沒，最後卻都證明並非本人。欒半雄聲稱淳于梟是本書，倒是很有可能，等楊公將書帶回，就知究竟了。」

「朕見過望氣者，他們的手段全在四個字上，順勢而為，欒半雄或許也是這四個字的受害者。你也回京吧，再去審問聖軍師。」

「是，陛下。」金純忠等了一會，問道：「要提醒楊公嗎？」

韓孺子搖搖頭，「欒半雄敢說出實情，意味著提醒已經來不及了，楊公絕不會輕易上鈎。」

韓孺子相信楊奉，追捕望氣者這麼久，楊奉比任何人都熟知他們的手段。

金純忠再不多言，突然又想起一件事，「匈奴那邊回信了，說是大楚要小心提防，神鬼大單于的大軍總是跟在使者身後，要不了多久就會殺到。」

金純忠自己都不太相信這種話，隔著西域與草原，任何一支軍隊都不可能從萬里以外突然殺到楚界。

「兵來將擋。」韓孺子也沒特別當真，最近從西域傳來的消息比較多，甚至有王公貴族和商人從極西之地逃亡過來，眾口一詞，都說神鬼大單于的確征服了極其廣大的領土，但是只要他和軍隊一離開，被征服之地往往隨即發生叛亂，他正忙於四處平亂，沒有餘力東征大楚。

金純忠退出帳篷，立即帶著欒半雄前往京城，明天就能將重犯交給刑部，剩下的事情就簡單了，匪首不會得到寬赦，將被當眾處斬，頭顱在城門上懸掛數日。

韓孺子意興闌珊，於是傳旨，「弟子軍」照常演練狩獵，皇帝次日再去檢視，狩獵將持續五天，皇帝不必每天都參加。

崔騰在門口探頭探腦，韓孺子喝道：「進來。」

崔騰一溜煙跑進來，笑道：「我看到欒半雄了，沒啥了不起嘛，還以為他有三頭六臂呢。半雄，嘿嘿，我瞧他連半個英雄也不夠。」

「有事就說。」韓孺子太瞭解崔騰了，看他的樣子就知道還有別的事情。

崔騰笑得更歡，突然又收起笑容，「陛下，我有密事上報。」

韓孺子等他說下去，結果崔騰卻閉口不言，韓孺子揮了下手，侍衛們退下，只剩兩名太監。

崔騰對兩名太監說：「嘴巴閉嚴了，消息若是洩漏，就找你們算帳。」

太監側目，崔騰又換上笑臉，「開玩笑，我知道兩位是陛下最信任的人，絕不會亂說。」然後上前一步，用低低的聲音對皇帝說：「弟子軍裡有外人。」

韓孺子一愣，「什麼外人？刺客？」

崔騰也一愣，似乎剛想到刺客的事，「對啊，沒準真會混進來刺客，那這件事就更重要了，陛下得立刻行動，我去多叫幾名侍衛……」

「先說『外人』是怎麼回事。」韓孺子命令道。

「對對。」一想到又要立一大功，崔騰有點語無倫次，「弟子軍裡有些人是冒充的。」

「冒充什麼？」

「有些應當參軍的人，嫌累嫌苦不想親來，就雇人代替，自以為能夠瞞天過海，卻騙不過我的眼睛。」

韓孺子大怒，如果崔騰所言為真，那就是欺君大罪。

他本來就不怎麼擔心楊奉，這時更將欒半雄的威脅拋在腦後，只想著如何收拾「弟子軍」。

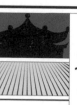

第四百四十章 冒名

楊可易是一名小吏的兒子，十六歲，能被召入「子弟軍」，全家人都為之高興，他自己更是興奮得幾天沒睡好覺，以為這是自己平步青雲的機會。

楊家雖非大富大貴，但楊可易是家中獨子，從小備受寵愛，沒怎麼刻苦學文習武，前期考核只落得最低的丁等，充為普通士兵。但他並不氣餒，他與家人的目標原本就不是要在文武選上嶄露頭角，而是希望藉機與權貴之家的公子結交，為以後鋪路。

在楊家人看來，自家的孩子如此可愛、如此聰明，交朋友應該是很簡單的事情，當然，他們也不是太笨，楊父為兒子購置全套盔甲，並準備了五百兩銀子，任其揮霍，「交朋友不能吝嗇，尤其是與權貴公子結交，一開始絕不能顯得小氣，讓人家瞧不起。」

花錢是楊可易最喜歡的事情，還沒進入軍營，他已經將五百兩銀子花掉一半，買的全是少年喜歡的玩物，父母一皺眉，他就說：「權貴公子都有這個，就我沒有，怎麼跟人家交往？」

待到真正進入軍營，楊可易發現一個嚴重的問題……跟他有同樣想法的人太多了，真正值得結交的權貴公子卻只是極少數人，僧多粥少，他根本擠不到前邊。

權貴公子們自有圈子，偶爾接納新人，選擇的也是那些在文武選中出類拔萃的少年，看重他們未來的地位，要不然就是挑幾個會玩樂、會調笑、會吹捧的幫閒，以助遊興。

像楊可易這種人不少，出身低下、才華平庸，打小嬌生慣養不會討好他人，想往上爬一點機會也沒有，彼此間卻又瞧不上眼，因此落得個孤孤單單，軍營中的生活又十分辛苦，半個多月下來，哀聲一片。

若不是想看到皇帝，他們早就甩手跑掉，等著父母出面解決問題。

當皇帝終於到來的時候，人人都想往前擠一步，軍官自然要維持秩序，士兵很不滿，因為這些軍官大都也是普通人家的孩子，其中一些甚至是平民之子，穿的是軍中發給的普通盔甲，只因為力氣大些，武選時得到丙等，就在他們的頭上顯威風。

楊可易嘀咕了一句，「臉都洗不淨的骯髒傢伙，也好意思見駕？」

他這一隊的什長聽到了抱怨，舉起手中鞭子喝令閉嘴。

就為了這麼點事，兩人差點在隊中打起來，其他士兵馬上拉開，阻止了一場鬥毆。

韓孺子那天在軍營中遠遠望見若干起打鬥，這是其中一起，絕非最為嚴重的事件。

事後，楊可易越想越氣，氣的不是什長，而是那些拉架的同隊士兵，覺得他們是在藉機羞辱自己。

連日來的辛苦訓練，以及頻頻受到權貴公子的忽視，激起的怒氣都在這一刻爆發了，楊可易不敢向權貴報復，也沒有機會走到人家面前。他向與自己地位差不多的同伴們發洩怒氣，回到帳中大叫大嚷，踢翻了一些人的行李。

這是皇帝宴請比武勇士的時候，事情不大，因此沒有驚動他。

皇帝離開之後，當天夜裡，睡夢中的楊可易被人揍了一頓。拳腳相加，顯然不是一個人，他被蒙在被子裡，毫無反抗之力，也看不到打他的人是誰。等毆打結束，楊可易驚懼交加，躲在被窩裡沒敢動，直到次日清晨才爬起來，看到同帳的士兵都在呼呼大睡。

楊可易受不了這股惡氣，將剩下的二百餘兩銀子全拿出來，賄賂一名貪財的相熟參將，非要狠狠報復一下同隊士兵。同隊士兵自然不會坐以待斃，也找熟人幫忙，事情就這樣越鬧越大，最後連幾位權貴公子也被牽扯進來，他們根本不認得楊可易是誰，只知道軍營裡有麻煩需要自己出面解決。

鬧了兩天，只發生幾次惡語相向，沒再發生任何打鬥，皇帝就在附近的軍營裡，隨時都可能過來檢視，誰都不想在這種時候發生意外，因此各方全力壓制，不准任何人報私仇。

楊可易連聲道歉都沒得著，銀子卻沒了，拿他銀子的參將拍拍他的肩膀，無所謂地說：「忍一忍，等回城之後我再替你出氣。」

楊可易忍不了，回城之後眾人各回各家，就算找人將同隊士兵打一頓，面子也找不回來，心中這股惡氣更是無從宣洩。思來想去，楊可易決定孤注一擲，向皇帝揭發一個大祕密，既能出氣、沒準還能因此得到賞識。

可他見不到皇帝，甚至沒資格見皇帝身邊的人，錢也花光了，他一狠心，將自家重金購置的鑲金甲低價轉賣，換來一套普通盔甲和一百兩銀子，盔甲自用，銀子送給崔家的一名子弟，只求他給崔騰帶一句話：「想立大功嗎？」

崔騰想立功，對帶話的堂弟說：「多大？」

堂弟崔服也是個愣頭青，張開雙臂，想比劃一下，很快又放下，「應該很大吧，要不然這小子也不會求到二哥這裡來。」

楊可易等了大半天才有機會來見崔騰，心有所求，許多規矩無師自通，立刻跪下，再不顯出孤傲的一面，「我要揭發，弟子軍裡有人是冒充的。」

崔服嚇了一跳，早知道楊可易是要說這件事，給再多的銀子他也不會同意帶話，上前踹了一腳，斥道：「胡說什麼，想死嗎？」

楊可易滿腦子都是復仇，早就將謹慎置之度外，大聲道：「這是事實，冒充者還不少，我聽說崔二公子是皇帝身邊最受信任的人，因此才來揭發。崔二公子若想息事寧人，當我沒來好了，全怪我想當然，真以為崔二公子事事為陛下著想。」

崔服又要抬腳，崔騰將他拉開，向楊可易道：「你說什麼？」

楊可易害怕了，傳言崔家二公子一怒之下是會殺人的，連皇帝都讓他三分，何況自己？「對不起，我、我胡說八道，二公子怎麼處置都行……」

「不不，你剛才說我是皇帝身邊最什麼的人？」

「最……受信任的人。」楊可易恍然大悟，原來自己搔到了崔騰的癢處，急忙補充道：「這不是我說的，大家都知道，要不然我也不會來見二公子。陛下身邊的親信不少，但其他人我連想都沒想過。」

「你沒想過東海王？」

楊可易其實想過，而且東海王才是他的第一選擇，但是求見無門，他又正好認識崔服，才改為從崔騰這裡入手，這時卻堅定地搖頭，「東海王算什麼？雖說是陛下的弟弟，可是曾經背叛過陛下，陛下將他留在身邊無非是方便監視。」

崔騰聞言大悅，扭頭對崔服道：「這麼大的事情，你怎麼沒對我說過？」

崔服小聲道：「此事牽扯到一些宗室子弟，咱們還是不要參與為好。」

崔騰皺眉，「誰說冒名者的事了？大家都說我是陛下身邊最受信任的人，你怎麼沒對我說過？」

崔服一愣，隨後諂笑道：「我還以為二哥知道……人人都這麼說，我都聽習慣了，真沒當成大事，所以一直沒說。」

崔騰心情更佳，對楊可易說：「你來找我就對了，這事別人不敢管，也就我敢捅開。陛下最厭惡不求上進的勳貴子弟——你既然享受了朝廷給予的好處，必要的時候總得為朝廷效力，對不對？像我，一直風裡來雨裡去，在戰場上為陛下擋過箭，什麼時候說過半個不字？」

楊可易拚命點頭，「對對，就是這個道理，他們雇人當兵，分明是在欺君。」

「行，你給我一份名單，我找機會交給陛下。」

楊可易早有準備，「在軍營裡不好寫字，但是我記下來不少，現在就可以說出來，或者當場寫也行。」

崔騰選擇當場寫。

楊可易的同隊士兵沒有權貴子弟，自然也沒有冒名者，但是他的仇恨早已擴展到整個子弟軍，認為官官相衛、就欺負自己一個人，於是將所知的冒名者一一寫下來，不太有把握的人就在後面畫個三角。

崔服走過來瞧了瞧，嚇了一跳，那上面有三十多個名字，姓韓的就佔了一半。

崔騰卻不在意，拿起名單看了一遍，笑道：「還好，咱們崔家人都不在上面。」

崔服咳了一聲。

崔騰臉上變色，「怎麼著，咱家也有？」

崔服勉強點了下頭。

崔騰突然大笑，罵了一句髒話，「我崔二這回要大義滅親，陛下非得誇我一句『大公無私』。來來，楊什麼，把崔家人的名字也寫下來。」

楊可易也有聰明的時候，立刻搖頭，「我就知道這些，都寫下來了。」

崔騰將名單遞給堂弟崔服，「你寫。」

崔服沒辦法，在名單末尾添上一個名字，故意寫得歪歪扭扭，以免讓人認出筆跡。

楊可易滿意地走了，等著子弟軍裡降下一場風暴，將自己痛恨的人通通滅除。

崔服後悔不已，看著楊可易離開，馬上對堂兄說：「這份名單絕不能交給陛下。」

「為什麼？咱家就一個人在上面，不算太丟人，瞧這些姓韓的，哈哈，有趣。」

崔服目瞪口呆，在他看來，這一點也不有趣，想了又想，說：「這可是得罪人的事，要不二哥先跟大將軍商量一下吧。」

崔服說錯話了，崔騰臉色一寒，「這麼點事我還不能做主了？父親的傷還沒好，打擾他幹嘛？滾，我必須讓陛下知道這件事，然後我們一塊揪出冒名者。自從出了刺客，崔家好久沒揚眉吐氣了，這回要全補回來。」

崔騰等了一個晚上才去見皇帝，韓孺子果然大怒，立刻就要展開調查。

可是已經晚了一步。

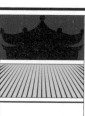

第四百四十一章 替兵

一怒之下，韓孺子拍案而起，差點就要親自前往「子弟軍」營中，立刻將冒名者全揪出來，帶回京城向其父母問罪。可他畢竟做了一段時間的皇帝，明白一個道理，許多事情由皇帝親自出面解決並不合適，反而會讓問題變得複雜。

他又坐下了。

在崔騰的預想中，皇帝興師問罪的時候，自己就是那個站在身邊保護皇帝的人，向群醜怒目而視，表明自己不僅是近臣，還是重臣、忠臣。

看到皇帝面露猶豫，崔騰大為失望，忍不住道：「陛下看到自家人最多，所以不忍心處置吧？」

「什麼？」韓孺子又看了一眼名單，那上面的韓姓子弟的確最多，搖頭笑道：「必須處置，但不是由朕親自動手，朕在想這種事情該歸哪個衙門管理，兵部？宗正府？大將軍府？或者直接交給宰相？」

崔騰眨眨眼睛，「還用這麼麻煩？陛下從前做事乾淨俐落，現在……陛下既然不信任朝廷，又何必依賴朝廷呢？陛下若是覺得不好親自動手，讓我去，我能當惡人，讓那些冒名者一個也逃不掉。」

韓孺子心中卻是一震，連崔騰都知道自己不信任朝廷，隨口就能說出來，長此以往，朝廷失勢，皇帝手中最為重要的利器將變為鈍器、鏽器。

「叫東海王來。」

「啊，幹嘛叫他來？這是我辛辛苦苦找到的線索，跟他沒半點關係。」崔騰除了失望，更感到不公。

崔騰犯起渾來，連皇帝也得安撫一下，韓孺子平淡地說：「你得學會用人，而不是天天爭鬥不休。」

韓孺子指指自己身邊，崔騰立刻笑著跑過來，太監後退兩步，給他讓出位置，雖然還是站著，但是崔騰覺得自己變得更重要了。

太監去傳東海王，很快便帶人回來。

東海王瞥了一眼崔騰，行禮時稍稍側身，以避開崔騰的方向。

韓孺子讓太監將名單轉交給東海王。

「這是……」東海王沒看懂。

崔騰得意地說：「『子弟軍』中有人冒名頂替，這就是名單，而且只是一小部分。」

「哦。」東海王笑了，將名單還給太監。

「你哦什麼？」崔騰一臉嚴肅，「好像你知道此事似的，既然知道，為何不早告訴陛下？」

東海王不理崔騰，向皇帝道：「如果我猜得沒錯，這是所謂的『替兵』。應該有，而且不少，我從前就有一個，崔騰也有。」

崔騰大怒，「什麼替兵？我連聽都沒聽說過！」

東海王仍不理他，只對皇帝說話，「按規矩，但凡宗室或是世家之子，到年齡之後，總得或文或武學一樣，由朝廷出錢、出教師。學文還好，學武太辛苦，許多人家心疼自己的兒子，於是就養一名『替兵』，與兒子年紀差不多，專門替兒子進軍營。」

崔騰又道：「那是你嬌生慣養，我可沒有，我們家從來沒用過『替兵』。」

東海王的目光終於轉向崔騰，問道：「從小到大，你進過幾次軍營。」

「不計其數。」

「不是進去玩樂，而是與將士們一塊操練，你有過幾次？」

崔騰一時語塞，在他的記憶裡，軍營似乎就是一個遊戲場所，喝酒、打鬧、女人……一樣都不少。

「所以你也有『替兵』，不過崔家權勢大，用不著養一個活生生的『替兵』，只需用筆一勾，就都解決了。不信你去看兵部的紀錄，崔騰名下，十幾年的行伍生涯肯定一項不缺。」

崔騰發了一會呆，「你不也一樣？」

東海王點頭，「我從小住在崔府，一切事情都由舅舅操辦，當然也有一個紙面上的『替兵』。唉，我倒更喜歡活生生的人，就像是自己的一個替身，挺有意思。」

崔騰急忙對皇帝說：「陛下，我不知道……那都是從前的事，現在的我可是實實在在站在陛下面前，一點虛假也沒有。」

韓孺子嗯了一聲，對這件事越發感興趣，向東海王道：「難道這『子弟軍』中也有紙上之兵？」

東海王想了一會，回道：「那倒未必，能有紙上『替兵』的都是大世族，陛下可能早就見過，陛下親自出現的場合，他們不敢不來，也不敢用替身。」他指向桌上的名單，「反而是那些陛下平時見不著的中小世家，敢用替兵。」

韓孺子冷笑一聲，趙若素留在城內，許多事情只好問東海王，「這種事情該歸哪個衙門管？」

「那要看陛下打算怎麼處置了。」

「說詳細些。」

「如果想殺雞駭猴、以儆效尤，就交給宗正府，只查辦宗室和外戚子弟。宗正府會嚴厲斥責這些人，讓他們的父兄上書請罪，到時寬宏到什麼程度，由陛下決定。」

「還寬宏？全發去充軍……」崔騰急忙閉嘴，臣子絕不能替皇帝做決定，而且自家就是外戚，說話還是小心些為妙。

東海王繼續道：「如果想對『子弟軍』來一次全面整肅，那就交給兵部。兵部肯定能查出所有『替兵』，一律屏退，命令真人歸伍，以軍法嚴懲，但是只罰本人，與其父兄無涉。」

「養『替兵』的就是父兄，怎能輕易放過？」崔騰忍不住又插了一句。

東海王接著道：「如果想牽連更廣，那就得禮部出面了，一旦涉及到違背禮儀，就是大事，有欺君罔上的嫌疑。一大批官員將因此入獄，就連兵部也要被查，那邊的官員起碼要負失察之責。」

「這還差不多。」崔騰點點頭。

東海王只看皇帝，「真要連根挖起，就得各部聯合、宰相親審，將整個朝廷徹底查一番。所以此事可大可小，一切全看陛下的選擇。」

崔騰期待地看著皇帝，希望事情鬧得越大越好，那樣的話他立下的功勞才足夠大，嘀咕道：「崔服肯定知道這些事，居然不告訴我，等我回去收拾他。」

東海王笑笑，崔服只算是崔家的窮親戚，哪懂這麼多門道？

韓孺子一直沒有表態，不過心裡已經明白東海王的用意，東海王故意將事態說得越來越嚴重，其實是勸皇帝大事化小，不必大動干戈。

「先將這些人……找來。」韓孺子斟酌一下用詞，沒說「抓來」。

崔騰分不清楚這些細緻的區別，立刻領命，說道：「是，陛下，我這就去抓人，如果發現還有其他『替兵』，全都抓來。」

韓孺子抬手攔住崔騰，對東海王說：「你去，不用旨意，傳告子弟軍將領，讓他們把人帶過來。」

東海王心領神會，知道陛下不想將事情鬧大，躬身道：「是，陛下。」

東海王一走，崔騰便急切地說：「陛下怎麼能讓他去抓人呢？東海王肯定會將『替兵』都放走。」

「別急。」韓孺子其實是不想打草驚蛇，起碼得弄清楚有多少大臣牽涉其中，然後再決定由哪個衙門處理此事。

崔騰不信任東海王，嘴裡一直小聲道：「我覺得要壞事……」

真讓他說準了，東海王很快回來，並未帶來「子弟軍」將領與「替兵」，而是蔡興海。

兩人神情都很嚴肅。

蔡興海道：「『子弟軍』營中突發疫癘，已有數十人染病，請陛下立刻起駕回城。」

崔騰指著東海王，正要開口，被皇帝看了一眼，硬生生閉嘴。

疫病肯定有詐，但這與東海王無關，時間太短，他來不及使詐。

「怎麼會發生疫癘？」韓孺子問。

「可能是水土不服，昨晚發作了。」蔡興海還不知道「替兵」的事，剛剛接到消息，遇到要出營的東海王，一塊來見皇帝，「畢竟那營裡的公子哥比較多。」

「嗯，朕知道了，幾十人染病不算太重，傳隨軍御醫前去醫治。行軍途中難免會有這種事情發生，就當是練兵好了。」

「可是陛下……」

「不必多說，朕不會因為這點小事就回京城。」

蔡興海只得退下，去找隨軍御醫，同時加強防守，不准「子弟軍」的人馬出營。

東海王道：「看來是消息洩露了，那邊已有準備。」

「東海王，你在說我嗎？」崔騰大聲問。

韓孺子道：「的確是洩露了，崔騰，說說你是怎麼得到消息的？」

崔騰無奈，將堂弟崔服和告密者楊可易都說了出來。

韓孺子與東海互視一眼，都明白這是怎麼回事：楊可易向崔騰告密，崔服又向「子弟軍」告密，不知是誰出的主意，竟然假裝疫癘。

「看來『子弟軍』中有聰明人。」韓孺子笑道。

「在陛下面前耍聰明，就是最大的愚蠢。」東海王道。

崔騰銜著東海王瞪眼，覺得東海王就是耍聰明的人。

「現在該怎麼辦？」韓孺子問。

「全由陛下定奪。」東海王明白皇帝已有主意，用不著自己多嘴。

韓孺子還是想了一會，「裝病只是權宜之計，朕留下不走，『子弟軍』早晚得來見朕，營裡的『聰明人』肯定是在拖延時間。東海王、崔騰，你二人率領五百軍士，等在官道上，從京城來的人，見一個抓一個。」

「遵旨，陛下。」東海王應道。

崔騰卻莫名其妙，「『替兵』都在軍營，抓京城來的人幹嘛？」

東海王替皇帝解釋道：「『替兵』都在軍營，原主卻在城裡，這邊消息洩漏，那邊自然要快馬加鞭趕來救場。此地到京城正好一日路程，馬快的話，需時更少一些，今天夜裡，咱們就有收穫。」

崔騰這才明白，重新興奮起來，摩拳擦掌，準備抓人。

第四百四十二章　皇帝之請

東海王和崔騰收穫頗豐，一個晚上加一個上午，共抓獲從京城匆匆趕來的三百餘人，除去奴僕，共是一百三十二人。他們都被帶到宿衛軍營中，一個個嚇得渾身發抖，甚至抱頭痛哭、呼爹喚娘。

這些人哭得越慘，崔騰越高興。東海王卻明白，崔騰給皇帝找了一個大麻煩。

韓孺子自己也明白，此事雖然可大可小，其實是左右為難。處罰太輕，便宜了這些養尊處優的權貴公子，令「替兵」之風更盛；處罰太重，卻又牽連太廣，對皇帝、對朝廷都是一種傷害。

「給他們一次機會，告訴那些從京城趕來的人，兩天之內消除『子弟軍』的疫癘，可算是戴罪立功。」

崔騰有點失望，「就這麼便宜他們了？」

東海王說：「說來說去，其實都是自家人。這幫公子不是宗室子弟，就是世家後代，全與皇家沾親，崔騰，你想讓陛下怎麼辦？大義滅親，對自家人下狠手嗎？」

崔騰不作聲了。

消除不存在的疫癘，當然算不上處罰，韓孺子繼續道：「也給『子弟軍』將領兩天時間，讓他們清除營中冒名者，兩天之後，朕要再次閱軍。」

皇帝的旨意被傳達下去，「子弟軍」營中亂成一團，假裝疫癘就是他們能想出的最好主意，皇帝稍一施壓，他們全沒了主意，只能等待城中父兄前來相助。

第一個來為他們求情的人是宗正卿韓踵，他有一個孫子在營中，雖無冒名，但是犯事者當中一半以上是宗室子弟，還有一些外戚，對此宗正府得負起責任。

被皇帝尊稱為「老大人」的韓踵連腰都挺不直，平時步行一里路都要休息三次，如今卻一路奔波，從城內趕往狩獵場，多名轎夫輪流抬轎，速度比不了奔馬，入夜之後才到達軍營。

韓踵來不及休息，在僕人攙扶下走進帳篷，改由太監扶持，剛要下跪拜見，皇帝從座位上站起，幾步迎上來，親自扶住老大人的一條胳膊，送到凳子上坐好。

「這裡不是京城，無需拘禮。」

韓踵實在沒力氣講究禮儀，只好坐下，喘了幾口氣，正要開口了，皇帝突然臉色一變，嚴肅地說：「老大人來得正好，朕正有一事不明，要請老大人解惑。」

「陛下……陛下請說。」韓踵只好將自己的話先咽回去。

「朕是無道昏君嗎？」

韓踵嚇了一跳，立刻要就站起來，卻被皇帝按住。

「陛下是古往今來少有的明君，何來『昏君』的說法？」

「朕非昏君，何以宗室以昏君待朕？是朕哪裡做得不對，令宗室不滿嗎？」

韓踵又嚇一跳，可還是站不起來，苦笑道：「陛下言重了，宗室乃陛下股肱，同姓至親，上上下下無不感念陛下的恩德，皆以為若非陛下力挽狂瀾，大楚江山危殆，宗室也將傾覆。」

韓孺子長嘆一聲，「力挽狂瀾非朕一己之力，也得有眾多宗室子弟坐鎮四方，維繫大楚穩定。」

韓踵點頭，正要順勢說出自己的話，皇帝話鋒一轉，又搶在前面。

「朕畢竟年輕，父兄早亡，每念及此，傷懷不已。老大人乃宗室長輩，朕一直視老大人為父、為祖，因此力請老大人出山，重掌宗室。」

皇帝的父祖都是皇帝，韓踵可承擔不起這樣的身份，急忙道：「老臣昏聵無能，未能教化宗室子弟，愧對陛下的信任。」

「一群頑劣少年胡鬧，老大人何錯之有？」

韓踵一愣，「少年胡鬧」是他的說辭，結果卻被皇帝先說出來。

「朕有一事相求，萬望老大人相助。」

韓踵又一愣，他受眾多世家相托，拚老命來求陛下開恩的，皇帝卻搶先求助，這讓他很是難堪，想站站不起來，想跪跪下不去，在凳子上如坐針氈，「陛下何出此言？君君臣臣，陛下一道旨意，老臣自當捨命盡職。」

韓孺子搖搖頭，「問題就在這裡，朕不想頒旨，以免傷了宗室同姓之情。老大人以為呢？」

韓踵急忙道：「對對，陛下說得對，陛下的意思是……」

「請老大人回城，替朕向宗室說一聲：大楚有難，全是朕之責任，朕自當迎難而上，可是獨木難支，有請同宗父老兄弟隨朕向前，莫拖後腿。」

韓踵激動萬分，「陛下……陛下言重了，宗室子弟只能衝在陛下前面，怎麼敢拖後腿，營中之事……」

「朕不想再提此事。」韓孺子擺了下手，「朕自己也還年輕，知道什麼叫『年少輕狂』，不會深加追究。朕只是懷著一顆赤子之心，不知該如何向宗室表露，因此請老大人相助，向宗室說個明白。」

韓踵正色道：「必須說個明白，再有在陛下面前使詐者，不用陛下開口，老臣先將他斃於杖下！」

韓踵雙手重重頓拐，咬牙切齒。

「有老大人的保證，朕就放心了。」韓孺子長出一口氣，「朕對這支『子弟軍』寄予厚望，如果能得到宗室的真心支持，此軍必能無往不勝。」

韓踵也是老狐狸了，卻沒聽懂皇帝的話外之意，滿口答應下來，「真心支持，宗室怎麼可能不支持陛下？」

「朕與宗室是自家人，不比尋常的君臣。」

「自家人，當然是自家人。」

韓踵告辭，立刻去了一趟「子弟軍」營中，先將冒名者痛斥一番，又將出主意裝病的人臭罵一通，最後道：「前面是火坑，陛下讓你們跳，你們也要毫不猶豫地跳下去，別說找人頂替，就算是面露難色，也別怪老夫心狠，先將你們推下去，再將你們的父兄一塊推下去。別指望會有人幫你們，在軍營裡全都給我老老實實的，明白嗎？」

原來只是言語責罰，眾人無不鬆了口氣，被宗正卿罵一通倒沒什麼，於是全都點頭應承下來。

韓踵又單獨留下各地諸侯的幾名子孫，特意囑咐一番，這才離營回京。

韓踵之後，又有多名大臣趕來，一是請罪，二是求情，韓孺子全都用同樣的方式對待，反而請他們相助，向各家說明皇帝的心意。

兩天之後，「疫癘」消除得乾乾淨淨，皇帝再次來營中檢閱。

這回「子弟軍」露出了真實面目。

軍中的主力還就是那些「替兵」，他們從小代替主人從軍，操練嫻熟。皇帝第一次檢閱時，他們排在最前面，身後是一些表現較好的士兵，那些實在拿不出手的勳貴子弟，乾脆讓他們躲在帳篷裡別出來，總共兩千人，少一兩百人誰也看不出來。

如今一切詭計都不能用了，可是短短兩天時間，誰也造不出一支訓練有素的軍隊。

隊伍歪斜、號令混亂，軍中將領越來越心虛，皇帝卻沒有表示不滿，反而點頭，向眾將說：「這才是大楚的真實狀況，之前的那些虛招，也就騙騙自己，真到了敵人面前，無異於送死。」

推遲數日的狩獵演練正式開始，皇帝全程參與，但是極少開口，全由「子弟軍」將領們自己做主。

除了五名護軍，眾將領大都是普通世家的子孫，排兵布陣都沒問題，只是膽子過小，對麾下的權貴子弟們不敢管得太嚴，在皇帝面前又不能放得太鬆，因此左右為難。

狩獵效果差強人意，各支軍隊總算到達了指定位置，錯過的時間不算太長，掉隊的士兵也不算太多，與精銳的南、北軍比不了，卻不比普通軍隊差太多。

第一次受這種苦頭的年輕將士們，全都盼著狩獵盡快結束，誰也沒想到，苦頭才剛剛開始。

韓孺子幾天前就召來了兵部官員，反覆查證「子弟軍」名冊，確保沒有人冒名頂替，如果再發現，就由兵部負責。

許多世家都養著「替兵」，其中一些這次沒來，韓孺子「請」各家交人，理由很簡單：「既然是『替兵』，那就大大方方地代替吧，國家正值用人之際，何不讓他們從軍？也算是各家對朕的幫助。」

「替兵」五百多人，全被編入北軍。

持續數日的狩獵演練終告結束，皇帝再次檢閱，賜予酒食慰勞將士。

對「子弟軍」兩千將士來說，苦難終告結束，不過很快他們就將發現自己正迎來真正的苦難。

韓孺子召見「子弟軍」十幾名主要將領和兵部官員，當眾口述聖旨：「養兵在於練，練兵在於行，行軍雖易，一練體力、二練配合、三練口令旗號，最為有效。『子弟軍』乃朕之親軍，諸家託付，朕重之再重，特令加練行軍，前往塞外碎鐵城，兵部擬旨，眾將傳令，一個時辰之後出發。」

所有人都大吃一驚，可皇帝沒想與任何人商量。他發出的是聖旨，一個時辰之後，從營裡出發的是一支哭泣之軍，好像即將奔赴有去無回的戰場。

韓孺子沒讓任何老將老兵跟隨，行軍路線、沿途供應、營寨安排、與地方溝通等等事宜，全由「子弟軍」將領自己擬定。

碎鐵城對世家來說是個不祥之地，曾有不少勳貴子弟死在那裡，如今又有一大批人要趕去。人人都感到不妙，可是這些天來他們一直受到父兄的叮囑與訓斥，對皇帝的旨意不敢有半點違逆，一邊哭、一邊還得騎馬疾馳，不敢掉隊。

韓孺子沒有立刻回城，就在原處等候。

在城裡要遵守朝廷的規矩，在城外，韓孺子要講講軍中的規矩，他想看看，還有誰敢來求情。

第四百四十三章 宰相之才

學文要苦讀多年、還要參加科舉，與天下舉子同場競爭，勝算太低。就算榜上有名，也只能從六七品的小官當起，還不如自家的爵位來得風光，因此選擇這條路的勳貴子弟不多。

學武也很辛苦，但是可以充數，只要跟對了將軍，立幾場軍功輕而易舉。當大楚實力強盛的時候，軍中立功的風險也不是很大，勳貴子弟大多剛過十歲就去軍中鍛鍊、玩玩鬧鬧，等著領功。

還有一些人，身為嫡子、嫡孫，從出生之日起就等著襲承祖蔭，對文武藝都不感興趣，能躲就躲，會讀寫、會騎馬，就算是大功告成。

韓孺子此前以倦侯身份從軍，以及第一次巡狩時，所見勳貴子弟都還有立功之心，只是生不逢時，趕上大楚實力衰弱、敵人卻突然強大起來，雖然不少人立功，但是死傷也很慘重，對許多世家來說，這是承擔不起的巨大損失。

「子弟軍」則挖出了那些了對立功不感興趣的公子哥，一併前往塞外的碎鐵城。身邊沒有僕人，身份只是普通士兵，事事都要親為，釘木樁、搭帳篷、餵馬、做飯等粗活也不例外。

他們期待父兄的搭救，卻不敢放慢速度，行軍路程已經上報給皇帝，沿途各地接待這支特殊的軍隊後，都要向兵部遞送公文說明詳細情況，兩相對照，就能知道行軍是否準時。

韓孺子留在原地，命令隨行的南、北軍在各條官道上設卡，但凡遇見奴僕模樣的行人，都要問明來歷，想去追隨主人者一律勸退。

城內的反應沒那麼快，第一天下午以及整個晚上，沒有人來向皇帝求情。

第二天也沒有。

事實上，大臣與世家沒法求情，當皇帝前幾天原諒冒名行為的時候，曾經向他們「推心置腹」，他們也都信誓旦旦地保證，絕不拖皇帝和朝廷的後腿，身為顯貴自當以身作則，甘心為皇帝赴湯蹈火。

話說得太滿，沒法再轉過來了。

皇帝已經準備好反擊的話，連一次行軍都無法堅持，憑什麼為皇帝赴湯蹈火？可惜這句話沒機會說出口。

第三天，隨駕出行的一千南軍與一千北軍出發，行程與「子弟軍」一樣，速度稍快些，將會在同一天到達碎鐵城。除了展示另一種軍容，也是在監督「子弟軍」。

這兩次行軍都很突然，對沿途各地也是個考驗，因此韓孺子選擇碎鐵城作為終點。京城、神雄關、碎鐵城一線常有軍隊來往，中間還有一座糧草豐富的滿倉城，各縣供應嫻熟，壓力最小。

一直沒人來求情，韓孺子反而有點小小的失望，第四天，在一千宿衛軍的護送下起駕回城，在城外，他終於迎來一位「對手」。

宰相申明志即將致仕，在交出相印之前，也想對皇帝「推心置腹」一次。

申明志半個月前就已兩次上書乞骸骨，皇帝全都退還，在批覆中勉勵了一番。

對於致仕，宰相與皇帝心照不宣，但是該有的程序不能省略，宰相至少要上書三次，甚至五次、七次以後，皇帝才能接受，整個過程通常要持續兩三個月。

趙若素向皇帝解釋了此舉的必要，「皇帝的一言一行，輾轉傳遍天下之後，都會被放大十倍、百倍，陛下如果立刻同意宰相致仕，無異於判他有罪，宰相要麼自殺以謝罪、要麼惶恐返鄉，不會有任何官員敢於接近，全家人都會受到連累。」

韓孺子不太欣賞這位宰相，但也沒到必欲除之而後快的地步，他希望申明志能夠正常致仕，回鄉頤養天年，所以要遵守規矩來回推讓。

申明志是明白人，這回出城迎接皇帝，也是他第三次稱病告老。

城門外早已搭好彩棚，皇帝將在這裡宴見群臣，喝一杯酒洗塵，然後再進城。規矩如此，做法卻可以通融，皇帝不必親自出面，讓太監代勞即可。

進城之前，韓孺子更願意騎馬，這時停駐在一座小山包上，身邊沒有隨從，山下布滿了重重守衛，申明志獨自騎馬上來，小心翼翼地控制韁繩。

韓孺子看到申明志要下馬行禮，擺下手，「不必拘禮，宰相請來。」

能與皇帝並駕交談，算是一種殊榮，申明志誠惶誠恐地過來，不讓自己的馬匹超過皇帝的馬頭，他坐慣了轎子，因此騎術一般，手腳有些緊張。

韓孺子望向數里外高聳的城牆，問道：「若論城牆之堅厚、河池之深廣，京城能稱得上天下第一吧？」

「當然，京城耗費數十年時間才完全建成，大楚三代天子的心血盡在於此。」

「假如宰相攻城，會用什麼手段？」

申明志嚇了一跳，差點從馬上滾下去，臉色驟變，「陛下……陛下何出此言？」

韓孺子笑道：「宰相休驚，所謂知彼知己者百戰不殆，想一想如何攻破京城，既是知敵，也是知己。」

申明志本來想說沒有敵人能攻到大楚京城，話到嘴邊又咽回去，改為說道：「攻城不如攻人。城高池深，破之不易，不如讓城裡的人自願自覺地打開城門。」

「宰相高見。」這正是韓孺子想聽到的答案。

申明志是個聰明人，明白那些勳貴子弟不可能提前調頭返回京城了，他們是皇帝正在修補的「漏洞」。

「陛下謬讚，老臣畢生習文，對攻城野戰之事懂得不多，不過老臣有一句話，請陛下留意。」

韓孺子看向申明志，「宰相請說。」

「築城尚需數十年之功，築人心只怕費時更久。」

「費時再久也得做，朕不求速成，算是始作俑者吧。」

申明志瞬時感到疲倦，這位年輕的皇帝竟然比武帝還難對付，微嘆一聲，說：「陛下疾馳在前，老臣卻已駑鈍，實在跟不上了，陛下……」

「這件事回城再說。」韓孺子不願當面與宰相討論致仕，寧願按規矩以奏章往來。

「是，陛下。」申明志猶豫再三，還是說出口，「老臣是否可以為陛下點評幾個人？」

宰相要點評的人當然是宰相的候選人，韓孺子點頭，「宰相請說。」

「馮舉身兼左察御史與吏部尚書，皆是治官之職，兩相重疊，權勢過大，不可持久。」

「嗯，這個狀況很快就會調整。」

「馮舉也是數朝老臣，武帝曾讚其有『宰相之才』，老臣也以為如此，可是馮舉為官太久，與老臣一樣，守成有餘，進取不足，只怕也追不上陛下的步伐。」

宰相與皇帝若不能同步，自然當不長久。

韓孺子沒有回應，對於未來的宰相人選，他仍在猶豫，這也是他為何不急於接受申明志致仕的原因之一。

申明志繼續道：「國子監祭酒、陛下之師瞿子晰，聲名卓著，天下讀書人皆以為他有『宰相之才』。」

從瞿子晰被任命為帝師那一刻起，有經驗的大臣就已明白皇帝早晚會重用此人。

「宰相以為呢？」韓孺子問。

申明志回道：「老臣以為，聲名過盛，反而是種拖累。瞿子晰能治吏、能化民、能禦敵，能對讀書人一視同仁嗎？他的弟子遍布天下，數年之後必將成勢。」

申明志只能說到這，再說就像是在進讒言了。

韓孺子嗯了一聲，未置可否。

申明志繼續道：「郡守卓如鶴乃桓帝太子時的輔佐之臣，曾在六部任職，也是有『宰相之才』的人，可是其人殊少變通，陛下可以信任他，卻很難指望他為陛下排憂解難。」

「卓如鶴在雲夢澤不是做得很好嗎？」韓孺子不太認可申明志這個評價。

申明志拽住韁繩，努力讓自己的馬匹後退兩步，「在雲夢澤是奉命行事，所作所為都已事先規畫，用卓如鶴正合適，宰相之職卻是制定計畫，而不是執行，非卓如鶴所長。」

韓孺子沉默不語，卓如鶴曾有機會統領塞外楚軍救駕，結果他卻只帶少數楚軍進關，為匈奴人所俘，忠君之心天地可鑑，但能力的確差了一些，缺少一點大局意識。

「還有嗎？」韓孺子問，申明志已經有一會沒說話了。

申明志搖搖頭，「陛下永遠也找不到合乎心意的宰相。」

有一瞬間韓孺子還以為申明志在出言譏諷，隨即醒悟，微笑道：「朕也永遠不是合乎心意的皇帝，宰相放心，朕只求一時之用，此三人皆可。」

申明志放心了，拱手告退，關於「子弟軍」則是一個字也沒說。回城後，他還要勸說那些心急的父母：還是老實一點，等兒子行軍回來吧。

韓孺子看著申明志下山，突然覺得這位宰相也不錯，然而馬上又收回這個念頭。申明志必須交出相印，與能力關係不大，而是因為他與韓稠不清不楚，在關鍵時刻沒有堅定地站在皇帝這邊。以後還會有更多關鍵時刻，韓孺子需要一位能夠支持自己的宰相。

韓孺子回到宮裡時已經入夜，仍去給母親請安，在這裡，他遇到了真正的說情者。他成功堵住了「子弟軍」城中父兄的嘴，卻沒能讓他們的母親也接受事實。

第四百四十四章 為人母者

一群命婦湧進宮裡，或明或暗地向慈寧太后求情，說來說去，只有一個人的話打動了她，「陛下今日將我們的兒子送往塞外，以後有了皇子怎麼辦？」

慈寧太后心中一動，對普通皇帝來說，這不是問題，皇子就該享受特殊待遇，可她瞭解自己的兒子，他不是普通皇帝，很可能為了彰顯公平，將自己的親兒子也送入險地。

慈寧太后送走這些命婦，尋思良久，直接向皇帝求情是沒用的，而且她能感覺到，自己對兒子的影響日漸微弱，這時開口只會適得其反。思前想後，慈寧太后找出一個辦法，立刻召見皇后、惠妃佟青娥與另一名懷孕的嬪妃。

人來了，慈寧太后詢問兩名孕婦的起居，提出不少建議，呵護備至，最後命人送走兩妃，單獨留下皇后崔小君。

「唉，懷孕的是這兩個人，若能產下皇子，獲益最大的卻是咱們兩人。」

「是，太后。」崔小君在婆婆面前總是惴惴不安，不敢多說話。

慈寧太后看著她，隱約瞧出幾分崔太妃的樣子，心中不喜，臉上卻不顯露，「我明白皇后的心事，咱們不如將話說破吧。」

「太后……」崔小君一驚。

那是很久以前的事情了，倦侯在爭奪帝位的時候，宮中大亂，所有人都面臨死亡威脅，唯一安全的地方就是上官太后的寢宮，皇后崔小君前去求助，卻被當時的王美人無情地攔在門外。這是橫亙在兩人中間的溝壑，令婆媳二人面和心不和，崔小君以為慈寧太后永遠也不會提起此事，她也沒打算說破。

「當時陛下正與東海王爭位，崔家是東海王後盾，我提防皇后，也是不得已的選擇。」

崔小君行禮，低聲道：「太后不說，我也明白，太后為陛下著想，我從未有過怨言。」

慈寧太后點頭，露出微笑，「咱們都是可憐之人，一心為陛下著想，對自己卻想得太少。唉，時移事易，如今天下總算太平，不管怎樣，陛下原諒了東海王與崔家，我又何必讓陛下為難呢？因此要對皇后說一聲『抱歉』，當時是我做得不對。」

崔小君立刻跪下，「太后萬不可說這兩字，太后明白我一心為陛下著想之意，我已感恩不盡，絕無他想。以當時宮裡、宮外的形勢，太后的選擇很正常，換成我也會這麼做。」

慈寧太后示意皇后起身，笑道：「今日說破此事，皇后又這麼通情達理，我心裡的一塊石頭可以落地了。」

崔小君也露出微笑，「是我的錯，讓太后憂心。」

婆媳二人閒聊了幾句，關係拉近許多，慈寧太后道：「我此前說懷孕的是那兩人，獲益最大的卻是咱們兩人，皇后明白其中的意思嗎？」

「明白。」崔小君頓了一下，「只要有皇子，太后與我將來都有依靠。」

「嗯，不管皇子是誰生的，都是皇后之子，要稱妳『母后』，也會由皇后撫養長大。」

崔小君抬眼看向慈寧太后，真的吃了一驚。

將嬪妃之子交給皇后撫養，的確有過不少先例，但不是必須，此舉通常意味著對皇后的極大信任，以及對皇子的極大期許。

「太后……」崔小君有點激動，這麼久沒有懷孕，她已經有點放棄希望，當然願意親自撫養一位皇子。

「唉，如果皇后能有一個……算了，不提此事。我會向陛下建議，將皇子送到秋信宮。」

慈寧太后擺擺手，說道：「又不是要將她們攆出宮去，每日去秋信宮待一會也就是了，就當是兩位母親照看一個孩子。」

「可是惠妃與……」

慈寧太后難得釋放善意，崔小君又的確盼望能有一個孩子，對這樣的安排當然不會反對。

又聊了一會，慈寧太后終於說到了正題，「陛下將一群勳貴之子送往碎鐵城，本意是好的，可是路途遙遠，塞外也不安全，難免不出意外。這種事若成慣例，等皇子長大該怎麼辦？也要參加行軍？」

崔小君同樣瞭解皇帝，知道這是很可能的事情，可她更明白，皇帝需要的是支持，而不是反對。

「讀萬卷書，不如行萬里路，勳貴如此，皇子……或許也該如此，久在深宮之中，並無好處。」

慈寧太后笑道：「如果皇子是妳生的孩子，皇后就不會這麼想了。」

崔小君只得改口，「太后說得是，我未受懷胎之苦，想得簡單了。」

「沒關係，等皇后親自撫養皇子，很快就能明白為人母者的心情。」慈寧太后停了一會，「皇后能勸說陛下收回成命嗎？」

崔小君無法拒絕，只能說：「我會盡力。」

這是一項艱難的任務，崔小君勉強接下，卻不知該如何向皇帝開口。

次日傍晚，皇帝回宮。

在外面待了幾天，韓孺子比較興奮，深夜不睡，向皇后講述過去幾天的事情，「我到現在也不是很明白，那些世家怎麼敢在我的眼皮底下動用『替兵』？是我這個皇帝還不夠嚴厲嗎？」

崔小君坐在床上，溫柔地看著絮叨不已的皇帝，笑道：「這與嚴厲與否無關，他們想不到陛下會明察秋毫，竟然關注這等小事。」

「小事？勳貴能夠承襲爵位，是因為他們的父祖為大楚立下過赫赫戰功，如今子孫連刀劍都碰不得，不肖至此，百年之後有何臉面去見先人？」

韓孺子走到床前，微笑道：「我也是糊塗了，跟妳說這些做什麼？城外風景秀麗，等過一陣子，咱們一塊出城吧。」

「我對山水風光不感興趣，更願意聽陛下講勳貴的事。」

崔家也是勳貴，韓孺子總是忘記了皇后與崔家的關係，「大將軍說什麼了？」

「陛下想多了，我父親傷勢初癒，身體還不太好，每天只能在府裡散散步，對外面的事情全不關心，才不會替別人求情。而且我父親掌軍多年，還不明白練兵的重要？」

崔宏的一子一孫都不在「子弟軍」中，的確沒必要關心。

韓孺子笑笑，「我總覺得那些勳貴不會這麼平靜，見誰都覺得像是在說情，我的確想得有點多了。」

崔小君拍拍身邊，讓皇帝坐下，正色道：「我的確要說情，但是與我父親無關。」

韓孺子十分驚訝，「妳也以為我做得不對？」

「陛下做得對，但是手段欠妥。」

如果說話的是別人，韓孺子早就先發制人，對皇后，他卻不會用這招，「何處欠妥，說來聽聽。」

「陛下讓『子弟軍』行軍，不只是為了練兵吧？」

「當然，那兩千人也算不上真正的兵，我只是要給勳貴世家一個教訓，讓他們明白，大楚有難時，人人都得出力，誰也不能躲在後面等著別人來救，尤其是他們這些人，肩負的責任理應更多一些才對。」

「大楚眼下有難嗎？」

在韓孺子看來，大楚的「難」可不少，但是都稱不上「眼下」，「妳是想說蕭聲？」

崔小君點點頭。

前左察御史蕭聲是那種典型的朝廷官員，更關心自己的升遷，而不是朝廷的利益與百姓的福祉，可就是他，被匈奴人俘虜之後，寧願投河自盡，也不肯向敵人屈服。

「蕭聲是忠臣，卻不是大楚最需要的臣子。」韓孺子握住皇后的一隻手，「大楚雖弱，但還沒到不可挽救的地步，用不著那麼多殉難的忠臣。」

崔小君輕嘆一聲，正如她事先所料，想說服皇帝改變主意是不可能的。

韓孺子盯著她，「皇后替誰求情？」

「沒有，我是真覺得行軍益處不大，但是聽陛下一說，又覺有理。早些安歇吧，明天還要早起上朝呢。」

韓孺子沒有追問，上床就寢，心裡卻一直在琢磨這件事。

第二天上午的朝會沒什麼大事，主要是給雲夢澤的楚軍論功行賞，黃普公等將領已經在班師回朝的路上，封賞不能滯後。

各部已經擬定一個方案，韓孺子覺得很好，當場通過。將近午時準備休息時，韓孺子主動提起了正在行軍途中的「子弟軍」，「元大人的一個侄兒也在『子弟軍』中吧？」

元九鼎急忙道：「是有一個，從小嬌生慣養，早該受點苦了。」

「他沒用『替兵』，起碼有吃苦之心。」

元九鼎鬆了口氣，「可他家裡也養了一名，我一直不知道……」

元九鼎雜七雜八地自責一通，韓孺子聽完沒說什麼，宣布散朝，下午他不來勤政殿，要在凌雲閣聽瞿子晰講經。

大臣並無求情之意，否則的話，皇帝一開頭，總會有人順勢接上，韓孺子排除了一種可能。

用過午膳，韓孺子在凌雲閣召見東海王。

東海王、崔騰等人就在閣外候旨，隨傳隨到，東海王單獨受到召見，惹來不少嫉妒的目光。

有些事情韓孺子只能找東海王幫忙。

「平恩侯夫人最近在忙什麼？」韓孺子問。

東海王心裡一顫，還以為有什麼事情敗露了，「不太清楚，陛下怎麼想起她了？」

韓孺子還是倦侯的時候見過平恩侯夫人，聽她說過，命婦也是朝中的一股勢力。

「你替朕打聽一下，平恩侯夫人最近是不是進宮了？如果不是她，就是別人，你也打聽一下。」

東海王有些尷尬，但是他與平恩侯夫人的聯繫並未洩露，讓他安心不少，「這個簡單，我讓王妃幫忙，一問便知。」

韓孺子從皇后的為難之色上猜出，昨晚的求情十有八九與母親有關。

他得想辦法解決母親與皇后之間的麻煩。

第四百四十五章「書能殺人」

自從見過楊奉之後，聖軍師變得萎靡，受審的時候一言不發，回到牢裡也不再哼唱下流的小曲，像是已經認命。

牢裡消息不通，雲夢澤被攻破多日後，他才從金純忠這裡聽說消息。

金純忠沒有提審，而是親自來牢裡，這樣一來，交談內容就不會記錄在案。

「欒半雄已被押至京城，很快你就能見到他，大概是在刑場上。」金純忠開門見山。

聖軍師發了一會愣，抬頭說道：「我想見皇帝。」

上次在楊奉面前他就提過這樣的要求，金純忠搖搖頭，「你沒有這個資格。」

「欒半雄呢？他有資格？」

金純忠沒有回答，「我想跟你談談淳于梟。」

「欒半雄什麼都招了？」

金純忠點點頭，他是來審問的，不願透露其他情況。

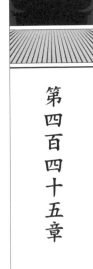

聖軍師思忖半晌，長嘆一聲，「為了一本書，死了多少人啊，望氣之術難道真是騙人的嗎？」

金純忠沒出聲，他預感到聖軍師終於要說實話了。

聖軍師傷痕累累的臉上露出一絲微笑，舔舔嘴唇，「好久沒沾酒了，下回帶點，望氣者全憑這張嘴討生活，你兩手空空而來，我沒法開口。」

「你是朝廷欽犯，我不能想來就來。」

「那是你的問題。」聖軍師一說起酒，口內生津，「既然帶酒，就再拿些肉來，燒雞和醬肘子最佳。」

「你起碼得先說點什麼。」

聖軍師躺在席子上，「不急，反正已經拖了這麼久。」

聖軍師骨頭硬，拷打對他無用，金純忠只好道：「我會盡快再來。」

「下次大方一點！」

一次正規的審問，官府至少要有三人在場，一人主審、一人行刑、一人記錄，很多時候相關的衙門還會派人來旁聽，人數不等，只有這樣，才能保證供狀真實可信。

金純忠單獨來見犯人，其實非常不合規矩，全仗著皇帝親信和玄衣使者的身份，才能讓守獄者睜一隻眼閉一隻眼。

往裡頭帶酒肉就有點過分了。

金純忠不想因為這點小事就拿皇帝壓人，他自己出錢買來豐富的酒餚，在獄中宴請獄官、獄卒，以示感謝，然後中途離開，拎著一壺酒，托著一盤燴肉，去見聖軍師。

守獄者們樂得送個順水人情。

聖軍師遠遠地就大叫道：「聞到了，聞到了，快拿來！」

聖軍師盤膝坐好，整理一下手腳的鐐銬，也不用杯子，拿起酒壺先灌一口，抓起半隻燒雞，狠狠咬下去。

風捲殘雲一般，聖軍師吃掉了酒肉，打個飽嗝，「還是不夠大方，你就這麼給皇帝做事？」

「皇帝的錢也是能省則省。」

聖軍師大笑，「你小子挺有意思，每次審問的時候，不像其他的官那麼狠。」

玄衣使者並非朝廷官職，只是一個臨時稱號，大多數時候金純忠只當旁聽者，自然用不著表現得太狠辣。

「喝也喝了，吃也吃了，你該說點什麼了。」

聖軍師收起笑容，「當然，我不會騙你的酒肉。讓我想想，應該從何說起……淳于梟是一本書。」

「嗯，欒半雄已經說過了。」

「他說過書的來歷嗎？」

「他從你手裡得到此書，別的沒說。」

「他也不知道，瞭解此書來歷的人寥寥無幾，我算是其中一個。」

書本無名，作者在書中自稱「淳于梟」，傳書過程中，望氣者稱其為《淳于子》、《淳于梟》。

此書最初在齊魯一帶流傳，看過的人極少，也未受重視，被視為奇談怪論。直至一名望氣者得到此書，深讀之後頗受啟發，學以致用，憑此出入諸侯之家。這名望氣者改名叫淳于梟，收了許多弟子，以傳授望氣之術為名，擇選優秀者授以書中內容，但是對書本身祕而不宣，只向極少數得意弟子出示。

「淳于梟」死後，他的弟子遍地開花，往往也自稱此名，有意製造混亂，這正是書中所授的手段之一。

林坤山等人屬於第三代、第四代弟子，只知其術，不知其書，真心相信淳于梟確有其人。聖軍師則是嫡傳弟子，一直珍藏此書，直到去見欒半雄的時候，為了取信於他，才交出書來，收欒半雄為徒。

「書中究竟寫了什麼？」金純忠問。

「朝廷抓到了欒半雄，沒拿到書嗎？」

書在楊奉手裡，他還沒有回來，金純忠仍不回答，「你寧願將書送給一名強盜，也不獻給朝廷？」

「哈哈，你還不明白嗎？我的金大人，那是一本專講造反的書，怎麼可能交給官府？」

金純忠一愣，想不到世上還有這種書，「就因為一本書，你們就要造反？」

聖軍師沉默了一會，反問道：「如果你拿到一柄號稱削鐵如泥的寶刀，要不要找塊鐵試一下？」

「造反和寶刀是兩回事。」

「兩回事嗎？當今皇帝掌權以來，尤其貪戀大權，幾乎要將所有事情都抓在自己手裡，為什麼？皇權就是寶刀，他覬覦已久，終於到手之後，自然要試刀，要到處劈砍，效果越好，越要找硬鐵再試。我們造反的理由，與此相似。」

聖軍師越說越無禮，金純忠哼了一聲，「不准你拿陛下做比較。」

「哈哈，好一個忠臣。算了，我懶得說服你。這回的酒肉一般，下回帶好的。」

「下回？」

「我累了，吃飽喝足之後得睡一覺，下回我跟你說說寫書者的事。」

聖軍師倒下就睡。

金純忠無法，收拾空壺、空盤離開。

兵部、刑部審問欒半雄時，金純忠需要在場，因此隔了一天才能再去見聖軍師。

自從見過皇帝之後，欒半雄就再也沒開過口，對所有指控不承認也不否認，一副生死由命的模樣。雲夢澤公開造反，也用不著太多口供，刑部只是走走過場，逼得不嚴。

聖軍師卻打開了話匣子，一見到金純忠就說：「你怎麼才來？我準備了一肚子話，只能對著牆壁說。」

聖軍師一邊吃喝，一邊講述。

「此書是誰寫的？什麼時候寫成的？淳于梟是真名還是假名？誰也不知道，我們幾位知情的望氣者動用諸多力量查找真相，最後得出兩種截然相反的結論。」

一種結論認為，《淳于子》這本書寫於大楚定鼎之初，因為裡面提到了大量的前朝弊端與楚、齊、趙三方爭霸的內容，後者更是論述「造反」的主要依據：韓符是亡命之徒、莊垂是一方大豪、陳倫是世家後代，三種人如何在眾多造反者當中脫穎而出，在書中佔據很大的篇幅。

另一種結論認為，此書成於近代，作者沒準還活著。他有意不提當代之事，正是為了掩人耳目，書中有一篇〈強弱〉，專門論述看上去最為強大的皇帝如何漏洞百出，沒提具體人物，看上去卻很像是在說武帝。

兩種結論誰也說不服對方，聖軍師是後一派。武帝駕崩之後，大楚急劇衰落，在他看來，正是〈強弱〉篇所預言到的情況。

「『強者求剛，剛則易折』，遇到平庸的皇帝，大楚會慢慢強大，然後慢慢衰落，遇到武帝這樣的皇帝，興盛得快，敗亡得也快。武帝一朝的臣子，個個明哲保身，都不愛管事，事實證明的確如此。」

金純忠冷笑一聲，「可你們還是失敗了，一敗塗地。」

「一敗塗地，望氣者已經所剩無幾，否則的話，就算死，我也不會向你說這些。」聖軍師長嘆一聲，又躺下了，還剩半壺酒沒喝。

金純忠收拾好東西，「欒半雄聲稱『書能殺人』，他在書中給楊公設下了陷阱。」

「改天再說吧，我現在沒心情。」

金純忠沒有強求，與皇帝一樣，他也不太相信楊奉會上當。

接下來幾天，金純忠很忙，幾乎天天留在刑部，旁聽一項項判決。

刺駕與造反都是不可赦的重罪，上百人因此被判死刑，首犯欒半雄十日後處斬，聖軍師等要犯也定在同一天陪斬，剩下的人則按正常程序秋後處決。

雲夢澤群盜即將煙消雲散，朝廷的關注重點已轉為如何治理那片沼澤，以免其再度成為盜匪的藏身之地。

皇帝從狩獵場回宮的第二天，金純忠才騰出空來，又帶著酒肉去見聖軍師。

聖軍師情緒不錯，鼓掌歡迎，鎖鏈嘩啦啦直響，開懷大吃大喝，甚至邀請金純忠加入。

金純忠婉拒，「我吃過了。」

「嗯，反正你好吃好喝的日子多得是。」這回聖軍師細嚼慢嚥，吃過之後，將杯盤推開，「有書就有寫書之人，直到現在，我也相信寫書者還活著。欒半雄大概就是要用這招誘騙楊奉去找寫書者。」

聖軍師伸了個懶腰，今天不打算長篇大論，「楊奉不會上當的，沒準他對這本書的瞭解比我還多。」

「什麼意思？」金純忠察覺到聖軍師話中有話。

「按照《淳于子》這本書記載的手段，我們遊說諸侯、大臣與強盜，幾乎步步成功，唯獨造反這一步失敗了。你可以說我們時運不濟，也可以說當今皇帝出人意料，如果不是他當皇帝，我們很可能就成功了。」

聖軍師緊緊抓住鎖鏈，臉上的神情仍不甘心，「望氣者時運不濟，和當今皇帝掌權，都與同一個人有關。」

「楊公？」金純忠既吃驚又覺得可笑，「你想說楊公就是《淳于子》的作者？」

「要不然很難解釋為何楊奉這麼瞭解望氣者，朝廷之中也只有他盯著我們不放，皇帝的登基也與他大有關係。我越來越相信，他才是真正的下棋者，我們與皇帝都是他的棋子。我就納悶，楊奉是在跟誰對弈呢？」

「謝謝你的酒肉，我可以安然赴死了，如果你有心，或許會替我們盯著楊奉。」

聖軍師倒下，再不開口。

金純忠茫然失措，不明白聖軍師是在說真話，還是在用望氣者「順勢而為」那一套，隨口編了一個故事，巧妙地引誘自己收拾楊奉？

或許這才是「書能殺人」的本意。

第四百四十六章　宰相人選

東海王隔了一天才去向皇帝報告情況，以顯示自己與平恩侯夫人不是太熟悉。

「進宮求情的人不少，平恩侯夫人也來了，但她說自己只是隨波逐流，主導者另有其人，是左察御史、吏部尚書馮舉的夫人，最後也是她的一句話起了作用——陛下今日勞動勳貴子弟，日後也得照此對待皇子吧？」

皇子尚未出生，受到的關注卻比父親過去十幾年得到的還要多。

韓孺子問道：「她們向誰求情？」

東海王以苦笑作為回答，有些事情他是不能說的。

韓孺子明白苦笑的含義，其實他已經猜到，只是需要確認一下。

左右無人，東海王上前小聲道：「陛下打算怎麼辦？」

「軍令如山，朕不可能讓『子弟軍』提前回京。」

「當然，可是數十位朝廷命婦來求情，宮中一點反應也沒有，顯得……太無情了吧？」

韓孺子十分為難，他不希望母親干政，但也不希望外人以為慈寧太后毫無權力，母親大半生都在受苦，理應享受眾星捧月。

「你有什麼主意？」韓孺子即使心裡有了決定，也要先問一下別人的想法，這是他從書中學到的帝王之術，已經養成習慣。

東海王卻要盡量揣摩皇帝的真實想法，「除了不能提前回京，陛下能做哪些讓步？」

「重賞？他們只是行軍，不是打仗，並無戰功。」

東海王笑道：「那些命婦在意的也不是戰功，而是自家子孫的身子骨能不能受得了，嗯……」

東海王瞥了一眼皇帝，放棄猜測，直接說道：「陛下或許可以允許『子弟軍』攜帶僕人，讓行軍途中稍微舒適一些。」

「攜帶僕人是將領的權力。」

「陛下若是一點讓步也不做，那就簡單了，發一道聖旨，要求各家勳貴與大臣管好自家女眷也就是了。」

韓孺子笑了笑，「讓朕想想。」

東海王適可而止，沒再多說什麼。

當天中午，韓孺子回寢宮與皇后一同進膳。

皇后這兩天顯得有些心神不寧，韓孺子吃完飯後，不經意地說：「皇后前晚提起『子弟軍』，朕一直在想，朕或許真做得有些過分。」

有太監、宮女在場，韓孺子稱「朕」，崔小君也要遵守規矩，起身退後，回道：「我只是隨口一提，陛下不必放在心上。」

「『子弟軍』父兄皆是朝廷棟梁，朕的確應該多考慮一下他們的感受。軍令如山，不可更改，而且『子弟軍』已經出發五天，想追回也來不及了。不過倒是可以允許各家派去僕人，許多子弟都還年輕，第一次行軍，需要有人照顧。」

崔小君面露喜色，目光中還有一點疑惑，「陛下仁慈，各家必定感恩戴德。」

「僕人最多兩名，兩千人的軍隊，回京的時候可不要變成幾萬人。」

崔小君笑道：「該有限額，陛下是不是需要有人上書陳情，然後再頒布旨意？」

「那樣最好。」

皇帝極少主動追加或改動旨意，那會顯得不夠穩重，在程序上，皇帝總是面對諸多意見時的裁決者。

朝廷的反應出乎意料地快速，當天下午就有幾分奏章送上來，宰相申明志特意將它們挑出來，派人送到凌雲閣。

皇帝的批覆很快也回來了，開恩允許各家向軍中派去僕人。

大批僕人其實就跟在「子弟軍」後面不遠，一直不敢進入軍營。

旨意到達兵部，連夜以急信發出，追趕正在途中的「子弟軍」。

事情至此告一段落，韓孺子卻對馮舉感到不滿，一個有可能成為宰相的大臣，其夫人竟然進宮向太后說三道四，馮舉若是知情，有放縱之嫌；若是不知情，則治家不嚴，無論哪種情況，他都不適合執宰朝綱。

韓孺子還想與母親開誠布公談一談，慈寧太后雖一如既往地愛自己的兒子，可她的一些做法卻在幫倒忙。

這兩件事都不急於進行，韓孺子被另一個消息牽住了。

金純忠見過聖軍師之後，發現自己騎虎難下：不將望氣者的話當真，日後若是真的發生什麼事，自己負不起責任；如果當真，又可能上鈎，成為望氣者的報復工具。

經過一番思考後，金純忠決定還是如實向皇帝彙報。

幾分求情奏章送來的時候，韓孺子正在聽金純忠講述他與聖軍師的見面經過，隨手寫下早已想好的批覆，交給太監。

金純忠已經說得差不多了，「經過就是這樣，微臣懷疑聖軍師是在撒謊，故意布下疑陣，目的是離間陛下與楊公。」

韓孺子目送太監拿著奏章離開，說：「望氣者從不撒謊。」

金純忠一愣，沒明白皇帝的意思，據他所知，望氣者全部的手段都與謊言有關。

「純粹的撒謊不叫『順勢而為』，望氣者總是改造真相。」

金純忠還是沒明白，他真正接觸過的望氣者只有聖軍師一人，對他們的手段耳聞得多，見識得少。

「比如那支前往碎鐵城的『子弟軍』，在望氣者嘴下，會有截然不同的種種說法。他可以對心懷不滿的大臣說，『皇帝忌憚世家，有意斬草除根，子弟軍此行凶多吉少。』」

金純忠有點明白了，「頂多一個月，『子弟軍』就能安全返京，到時候望氣者怎麼解釋？」

韓孺子微微瞇眼，想像自己就是望氣者，「初被望氣者蠱惑的人，通常既不會全信，也不會一點不信，而是患得患失。望氣者會更進一步，提出幾條防範措施。只要對方接受，望氣者就能立於不敗之地，『子弟軍』若安全返回，這是他預防之計的功勞；『子弟軍』若是發生意外，證明他開始的說法沒錯，是對方沒有全部接受，才導致如今的惡果。」

金純忠目瞪口呆，終於開竅，「對楊公也是如此，楊公在外，做事難免會有不合陛下心意的地方，陛下只需動念，就會越來越覺得望氣者所言極是。」

韓孺子點點頭，「不只如此，望氣者的手段多著呢，這只是一招。同樣是『子弟軍』，望氣者也可以對心慌意亂的大臣說，『這是一次機會，別人家求情，生怕孩子受苦，你家卻迎難而上，表明孩子吃得苦中苦，必能在陛下面前嶄露頭角。』」

金純忠搖頭，並非不贊同，而是感到佩服，既佩服望氣者，也佩服皇帝。

韓孺子笑了一下，他倒真希望能有人向大臣說出類似的話。

金純忠如釋重負，「這樣的話我就沒什麼可擔心的了，聖軍師的目的就是要引起懷疑，陛下堅持得住，我也沒問題。」

金純忠告退，再不想這件事。

凌雲閣裡，韓孺子嘆息一聲。金純忠的確夠忠誠，也很會辦事，但是不夠聰明，還是沒能理解「順勢而為」的全部意思。

無論望氣者如何順勢、借勢、度勢，「勢」總是真的。

韓孺子如此瞭解望氣者，全拜楊奉所賜，楊奉又是從哪裡學來的呢？楊奉自稱追查那個神祕組織已有多年，但是直到幾年前的齊王叛亂，他才與其他人一樣，關注到望氣者的身影，在此之前他更關注地方豪傑。

楊奉才是最神祕的人。

韓孺子一時衝動，很想召見聖軍師，馬上改變主意，見欒半雄就已是一個錯誤，見聖軍師並無益處。

不管怎樣，他仍然相信楊奉，這就夠了。

韓孺子排除雜念，接下來的幾天裡，他有極其重要的事情需要處理。

在他桌上，放著宰相申明志的第五份乞骸骨書。

「乞骸骨」是請求致仕的委婉說法，希望向皇帝討回自己的殘軀，返鄉等死，最後掩埋在故土之下。

申明志幾乎一天一份奏章，交印之心十分迫切。

如果申明志不是與韓稠有染，韓孺子很可能會真心挽留，畢竟他所屬意的宰相人選，資歷都還淺，需要一段時間過渡。

共有三人可繼任宰相，馮舉最合格，皇帝卻不欣賞，瞿子晰、卓如鶴才華足夠，但也各有缺陷。

申明志對待自己的時候常常出錯，看別人的眼光卻是很準。

瞿子晰弟子眾多，在讀書人當中威望極高，由他任相呼聲肯定高漲，這是好事，也是壞事，宰相不是教書先生，如何處理與弟子的關係，將是瞿子晰一個極大的考驗。

卓如鶴進士出身，為官多年，輔佐過太子、在六部任過職，郡守也做過幾年，難得的是瞭解民間疾苦，熟悉官場的種種手段，治官、理民都沒問題，遺憾的是缺少大將之風，面對突變會不知所措。

韓孺子拿過三張紙，分別寫下三人的姓名，端詳良久，心中反覆斟酌。

宰相要的就是穩重，何必非有大將之風？鄧粹倒是擅長隨機應變，可是任何一位皇帝都不會讓他當宰相。

韓孺子終於做出決定，卓如鶴就是下任宰相，瞿子晰正當壯年，可以等。

隨後他的目光落在「馮舉」兩個字上，這才是他即將面臨的挑戰，必須讓這位新任左察御史知難而退，才能穩住群臣。

「朕乃孤家寡人。」再想起這句話，韓孺子心中湧起的是鬥志，而不是孤獨與衰老。

桌上還有一張空白的紙，韓孺子看了一會，怎麼也無法擺脫一個念頭，於是提筆給楊奉寫信。

第四百四十七章　下一位宰相

任職未滿一年，申明志辭去相位，即使在經常更換宰相的武帝一朝，也算是「短命」，不免引起諸多猜議。

申明志先後五次遞交請辭書，每一份的內容都不相同，相同點是文采飛揚，堪稱楷模，意思也都差不多。首先是身患重病，已經無法支撐繁重的宰相職責，其次是自謙能力不足，面對大楚的內憂外患束手無策，愧對皇帝與朝廷的信任，然後筆鋒一轉，盛讚當今皇帝的英明神武、朝中大臣能者輩出云云。

皇帝在批覆中極力挽留，最終還是勉強同意。賜與大量金銀布帛，並加封太師，以獎賞宰相在大楚最為危急的一段時間裡立下的功勞。

隨後，皇帝親赴宰相府，與申明志密談了一個時辰，所有人都相信，新宰相會在這次談話中敲定。

申明志就此算是功成身退，擔任右巡御史期間，他以剛正不阿、敢於挑戰權貴聞名；身為宰相時奉行的卻是「無為而治」，短短半年多時間裡沒有太大的作為，返鄉之後，更是醉心於山水風光，寫過不少膾炙人口的閒情詩。

對皇帝來說，宰相請辭是新戰鬥的開始。

在宰相府裡，韓孺子與申明志其實沒談什麼，也沒有「密談」，至少有兩名太監在場。兩人閒聊了一會、互相奉承了一會，發些感慨與牢騷，實在無話可說的時候，太監講了一個小笑話，就這樣撐滿了一個時辰。

接下來的一個月，宰相之位空缺，皇帝對朝中大臣進行了一系列變動。

先是對雲夢澤歸來的將士論功行賞，卓如鶴雖是文臣，卻也立下大功，被召回京城，升為戶部尚書。原戶部尚書轉到禮部，禮部尚書元九鼎改為吏部尚書，馮舉不再兼任。

同為六部，吏部權力最大，也因此，吏部尚書的地位最高，元九鼎算是得到了提升。

同時，皇帝的講經老師瞿子晰被任命為禮部侍郎。

一同調整的三品以上官員共有十四人，數量之多令朝廷震動，引發不少傳言。

僅僅一個月後，皇帝再做調整，卓如鶴升為右巡御史，瞿子晰接任戶部尚書，至此，誰將是下一任宰相，在明眼人看來已經一目瞭然。

但是皇帝仍未任命新宰相，這段時間，韓孺子發動身邊所有人打探大臣的動向，如果反對過於激烈，他就得另想辦法，甚至延長等待時間。

東海王與崔騰出力最多。

「子弟軍」從碎鐵城安全返回，未損一人。許多人瘦了、黑了，但是身體更結實，令父母欣慰不已。平恩侯夫人趁機出入各家，為皇帝打探到不少情況。

平恩侯夫人最近比較得意，她的兒子苗援在雲夢澤立功，進入兵部任職，前途光明，因此從東海王這裡接到任務之後，欣然接受。

東海王沒說是為誰做事，平恩侯夫人心照不宣，相信自己打聽到的每一件事，最後都會傳到皇帝耳中。

這天下午，東海王奉召來凌雲閣見皇帝，進屋行禮之後站在一旁，等皇帝注意到自己。

天氣轉暖，凌雲閣打開窗戶，微風拂來，帶著花園中的陣陣幽香。

韓孺子放下手中的奏章，抬頭說：「聽說吏部官員對宰相任命頗有微辭？」

東海王上前兩步，「是啊，按慣例，升任宰相必走吏部尚書、左右御史這條路，如今陛下卻屬意於一位從未擔任過吏部尚書的人，吏部權勢受到影響，那些官員當然會有一些想法。」

如今的左右御史分別是馮舉和卓如鶴，表面上都有可能擔任宰相，可大家都明白皇帝更傾向於哪一位。

「其他衙門呢？」韓孺子問。

東海王想了想，「大臣眾多，想法各異，我也拿不準，但是有一件事我覺得陛下應該要知道。」

「說。」

「卓御史的夫人是陛下與我的姑姑，身體不太好，長年需要人蔘等珍貴藥材進補，往年要到處求人以高價購買，過去的半個月裡，卻接連收到三株完整的人蔘，每株都有六七兩重，一文不費。」

這是一件小事，甚至有行賄的嫌疑，韓孺子卻笑了，「這麼說也有大臣支持卓如鶴。」

「還不少，說句實話，我甚至有點意外，卓如鶴當年是被其他大臣排擠出京城的，如今卻是眾望所歸。」

「馮舉呢？」

「聽說馮夫人很不高興，在家中罵馮大人無能，丟掉了到手的宰相，以後沒臉見人。馮夫人還想進宮找門路，可是最後沒能成行，我猜是馮舉攔住了。」

東海王的消息大都來自於平恩侯夫人，所以都是「夫人如何」，而不是「大人如何」。

韓孺子嘿了一聲，馮舉沒能當上宰相，其中一個重要原因就是馮夫人曾經多管閒事，進宮為「子弟軍」求情，她不自知，竟然還想進宮。

「康自矯這個人你聽說過吧？」韓孺子問。

東海王茫然地點頭，「今年的新科榜眼吧？聽說頗有才華，本來能考中狀元，因為殿試時臨場發揮不好，被定為榜眼。」

「沒錯，就是他，他在策對中有兩個字筆劃不對，幾名試官都以為不能定為狀元。」

殿試由皇帝親自主持，閱卷卻是多人同時進行，皇帝也不好力排眾議。

「陛下怎麼突然說起他了？」

韓孺子拿起桌上的奏章，「康榜眼重寫了一份萬言策，裡面提到了宰相之選。」

東海王笑了一聲，「這個人……太急躁了，他現在應該連正式職務都還沒有吧？」

新科進士都要在吏部待職，至少要等一個月，甚至一兩年，康自矯尚未獲得任何任命。

韓孺子點點頭，「這不重要，他的話很有意思，說宰相乃是大楚之宰相，非勳貴之宰相，可本朝自和帝以來，宰相多是官宦、勳貴之後，即使有心為百姓做事，對百姓知之甚少，往往事與願違。」

東海王搖頭，「這話不對，理民自有百官，宰相總宰群臣，會治官即可。按這位榜眼的意思，是要從百姓之間選宰相了？這樣的人倒是瞭解民間疾苦，可是不瞭解朝廷的運作方式，折騰幾次，朝廷就毀了，朝廷一毀，天下必亂，到時候百姓又能得到什麼好處呢？」

韓孺子不願爭論這種問題，說：「朕在意的不是這個，而是想知道康自矯在為誰說話？」

東海王一拍腦門，「我真是糊塗了。」又想了一會，「我可以去打聽一下，不過很容易猜測，讀書人總是向著讀書人。」

三位宰相人選中，只有瞿子晰出身最為普通，家境雖不貧窮，但是祖上沒出過官宦，倒是頗為符合康自矯的期望。

「算了，這可能只是康自矯一家之言，不必太在意。」

「是，陛下。」東海王明白，皇帝不想將這件事查得太細。

韓孺子猶豫再三，還是問道：「馮舉、卓如鶴這兩位御史，你會選擇哪一位繼任宰相？」

皇帝的傾向已經非常明顯，東海王卻還是回道：「馮舉。」

「哦？原因呢？」韓孺子的確想聽聽與自己不同的想法。

「馮舉聽話。」東海王的回答非常簡單，隨後解釋道：「經過這麼多變故後，馮舉再不會以為宰相之位理應歸自己所有，此時必定惶恐不安，知道陛下對他不是特別滿意，所以他若當上宰相，將會戰戰兢兢，不敢違背聖意。」

韓孺子哈哈一笑，這的確是東海王能想出來的主意，「可大楚眼下還不需要一位戰戰兢兢的宰相，朕需要一位得力的宰輔之臣。」

「那我也會用馮舉。」

「這又為何？」

「馮舉是武帝留下的老臣，一路正常升遷，在吏部任職多年，對朝中大臣、各地官員十分瞭解，用來穩定朝綱最為合適不過。卓如鶴不同，他是先帝舊臣，先帝在位時間不長，因此卓如鶴的根基不夠深厚，他若當上宰相，必須先提拔故人，才能在朝中立穩腳跟。陛下允許他這樣做嗎？」

「你說的有些道理。」韓孺子沒再說什麼。

身為皇帝，他要傾聽多方意見，最終一個人做出決斷。

東海王告退，更加確信卓如鶴就是下任宰相。

韓孺子起身，走到窗口，呼吸外面的新鮮空氣，突然隱隱聽到一陣笑聲，很快消失，他想這大概是勳貴侍從們正在說笑。

韓孺子讓門外的太監傳召崔騰。

就因為崔騰的告密，「子弟軍」才吃了那麼多苦頭，他卻沒有因此受到嫉恨，起碼沒有表面上的嫉恨，反而受到更多的奉承與拉攏。

「大家沒意見，完全沒意見，陛下就算讓一條狗當宰相，也不會有人反對。」崔騰興高采烈地說。

韓孺子皺起眉頭，有時候也納悶，自己怎麼會相信這樣一個人，可崔騰的確夠忠誠，而且常常在無意間給皇帝一些啟發。

「馮舉和卓如鶴，你覺得誰更適合當宰相？」韓孺子拋出同樣的問題。

崔騰想的時間長，一會擰眉，一會撓頭，良久方道：「宰相權力這麼大，陛下自己當算了。」

韓孺子大笑，攆走了崔騰，又叫來趙若素。

「你與中書省還有往來嗎？」

趙若素搖頭，「再無往來。」

他算是中書省的叛徒，只能中斷從前的聯繫。

「但是你仍然瞭解中書省，站在中書省的立場，你覺得誰更適合當宰相？」、

趙若素思考的時間比崔騰還長，最後道：「陛下允許我去見幾個人嗎？」

趙若素為人謹慎，極少主動參與朝政，韓孺子不由得一愣，「見誰？」

「左察御史馮大人、右巡御史卓大人、戶部尚書瞿大人，以及前宰相申大人，見過之後，微臣才能給陛下一個回答。」

第四百四十八章　新宰相

瞿子晰等人都是朝中大臣，小小的倦侯府府丞可沒辦法想見就見。

韓孺子找藉口先後召見四人，趙若素站在一邊觀察，表面上是與兩名太監一同收拾公文。

第一位獲得召見的人是馮舉，他剛剛丟掉極具權勢的吏部尚書之職，繼任宰相的機會越來越渺茫，需要一點安撫。

宰相空缺的這段時間，馮舉代行職責，在勤政殿主持議政，韓孺子召見他，是要商量一下東海剿匪事宜。

馮舉與往常一樣恭謹有度，看上去毫無怨言。

雲夢澤剿匪尚未完成，韓孺子就已經在策畫東海之戰。雲夢澤進展順利，結束得比較早，朝中因此出現兩派意見，一派認為應該趁勝追擊，立刻開始在東海剿匪；另一派則堅持原有計畫，一定要等到戰船建造完備之後，再行剿匪。

大臣們已經為這件事爭論好幾天了，眾將領的想法也不一樣，將被任命為剿匪主將的黃普公，倒是無可無不可，「船少的時候出奇計，船多的時候用正招，都能打。」

於是韓孺子將馮舉叫到凌雲閣，想聽聽他個人的想法。

在勤政殿，馮舉代行宰相之職，是不能隨便說話的。

「兩派意見各有優劣：即時開戰，士氣最盛，但是意外也最多，能打海盜一個措手不及，卻沒辦法將海盜完全包圍，總有漏網之魚；兩年之後開戰，準備充分，很可能會將海盜一網打盡，一勞永逸。」

馮舉想了一會，「依臣之見，莫如兩計並用。先派一支水軍入海，一則擊退海盜，挫敵之銳氣，二則勘查海勢，為決戰準備，三則保護船塢，以免受到偷襲。對這支水軍，不求大勝、不問殲敵之數，全當是練兵，兩年之後併入大軍，則必勝無疑。」

這與韓孺子的想法幾乎一樣，他笑道：「馮大人高見，不必再議，就這麼定了吧，有勞馮大人通知兵部，照此制定剿匪之計。」

馮舉告退。

這次會面極其普通，韓孺子沒瞧出什麼特別之處，看向趙若素，這位小吏卻不開口，非要等到見過四人之後，再說結論。

第二位是新任右巡御史卓如鶴，雖然多數人都相信他就是下一任宰相，但是皇帝從未明說，作為當事人，卓如鶴多少有些期待與忐忑，面見皇帝時，他比馮舉更顯恭謹，回答問題時也更顯認真。

「邊疆國相與南方郡守常由世家把持，朕以為不妥，但是又不願驚動天下，卓大人可有主意？」

卓如鶴躬身行禮，思忖良久，「未可一概而論，南方卑濕，風土人情與中原截然不同，根據過往的經驗，每到更換官吏之時，土著必有一亂……」

「這是為何？地方官做得太好，土著思留，不願放人走嗎？」韓孺子問道，他沒去過南方，只憑公文，對那邊的瞭解不多。

卓如鶴回道：「倒也不全是，土著之人不識文字、不立字據，一切約定以口頭為主，往往邀集多人當眾立誓，事後執行也只認當時的立誓之人，一有官員調動，土著就以為是要背約。」

韓孺子沒想到會是這樣的原因，「為何不向南方多派文學之官，加以教化？」

卓如鶴道：「自太祖定鼎，大楚從未停止教化，在江南蔚然成風，那裡出的狀元數量已經超過北方。可是更往南的偏遠之地則效果甚微，土著鄙視文字、以為無用，甚至視之為陰險卑鄙之物，寧死不學。官員無法，只能順其自然。」

韓孺子輕嘆一聲，「邊疆國相呢？」

「武帝初期也曾頻繁調動國相，可是新國相難與諸侯相處，引發不少混亂，甚至有一位諸侯進京自殺，只為控告本國國相。武帝殺掉那名國相，從此再少調動，只求國相與諸侯能相安無事。」

「相安無事的結果就是齊王叛亂？」韓孺子說。

「恰恰是原齊王，為掩飾叛亂，常常主動更換國相。」

「如此說來，這些問題都沒辦法解決了？」

卓如鶴躬身行禮，「若想一勞永逸，難，一個一個逐漸解決，倒有不少辦法。」

「嗯，有勞卓大人寫一份對策，朕要細讀。」

「遵旨，陛下。」卓如鶴領命告退。

趙若素仍不開口，事實上，他的目光從來就沒有轉過來。

第三位是新任戶部尚書瞿子晰。

六部當中，戶部掌管天下人口稅賦，職責最為細緻，韓孺子讓瞿子晰去戶部，是想看看自己的這位老師能不能沉下心來。

「流民初定，入春以來，多地缺糧，頻頻向朝廷告急，瞿先生初掌戶部，可有應對之策？」

所有問題都是韓孺子自己想提出來的，趙若素沒有參與。

瞿子晰行禮時姿態大度瀟灑，頗具古風，回道：「賑災非戶部一家之責，陛下若想調糧，需在勤政殿上提出，令群臣共議，戶部提供各地數字以供參考，定策之後，再與各部司配合執行。」

韓孺子笑了笑，換一種提問方式，「朕不問戶部尚書，只問瞿先生，可有對策？」

瞿子晰想也不想地回道：「民不聊生，此為根基之患，只是各地調劑，已不足以賑災，望陛下減御膳、損奢華、放苑林、開軍倉，以剿海盜、滅匈奴之心救民於水火之中，或可成事。」

韓孺子又笑了笑，「前幾項皆可，開軍倉似乎不妥，大楚內憂未除、外患尚在，軍倉無糧，士氣不振，何以剿海盜、滅匈奴？」

「倉中無糧，來年即可補充，人心若失，何時才能再得？」

韓孺子大笑，「容朕考慮。」

最後一位是剛剛卸任宰相的申明志，現在的身份是太師，並不打算留在京城，全家人正在收拾東西準備回鄉，此次奉召進宮十分感動，這就相當於皇帝送行了，消息傳出後，申明志在家鄉的地位又會提高一大截。

韓孺子閒聊幾句，最後問道：「申太師以為何人可繼任宰相？」

申明志有點驚訝，他早就向皇帝點評過最有可能的三個人，沒想到又被問起，沉吟片刻，回道：「治官用馮、理民用卓、大事用瞿，唯陛下裁奪。」

申明志等於又將從前的回答說了一遍，韓孺子謝過之後，派人將老宰相送出去。

召見四人用了兩天時間，此期間趙若素未置一辭，申明志走後，他不能再沉默了。

「陛下可以用卓大人了。」趙若素的結論倒也簡單。

「原因呢？」

「陛下想用卓大人，君相互信，這是最重要的原因。」

韓孺子笑而不語，他從來沒公開過自己的想法，但是已經隱瞞不住。

趙若素繼續道：「中太師其實也給出了答案。」

「理民用卓。」韓孺子重覆申明志的話。

「正如瞿尚書所言，流民是根基之患，因此理民是當務之急，非用卓御史不可，眼下朝廷並無大事，瞿尚書可以等。」

「馮御史呢？」

「東海剿匪是陛下策畫已久的大計，群臣皆知，馮舉卻沒有獻上奇計，只是建議長短計並用，似有敷衍之意，其人對相位大概已是意興闌珊，用之可，不用亦可。」

韓孺子思忖片刻，「就是這樣吧。」

次日上午，韓孺子在勤政殿宣布了自己的決定。

右巡御史卓如鶴乃先帝舊臣，功勳顯著，為官有方，可為宰相。

議政大臣下跪接旨，隨後擬定正式詔書，只有卓如鶴本人還跪在皇帝面前，按慣例，他應該推辭一下。

韓孺子沒給他謙遜的機會，看了一眼走開的大臣，對寶座台階下的卓如鶴說：「君曾言『官府似乎有糧，又似乎沒糧』，君今日為相，朕只有一個要求，務必要讓官府有糧、萬民有糧。」

卓如鶴跪謝。

當天下午，韓孺子再次於凌雲閣召見卓如鶴，這回沒有外人在場，君臣之間不再互相試探，有話直說。

「軍事由朕親掌，理民全看宰相。大楚若要振興，根本之術在於利民，宰相之責乃重中之重。」

卓如鶴也不客氣，「臣自當殫精竭慮，不辱聖命。唯有一事，臣要先向陛下說清楚。」

「卓相請說。」

「宰相乃百官之首，為相者因此先治官再理民，陛下既然委信於臣，臣欲升貶一批官員，請陛下首肯。」

東海王曾經提醒過皇帝，恆帝在位時間短，他身邊的近臣都沒來得及掌權就被外放，卓如鶴即是其中之一，他若當上宰相，必定要提拔故人，以為助力。

卓如鶴能夠直白地說出來，韓孺子反而很高興，「三品以下官員，任君調整，三品以上，朕知情即可。」

卓如鶴再次謝恩，這才說起理民之術，果然頭頭是道。

韓孺子非常滿意，甚至覺得耽擱的這段時間實在沒必要，自己真是想多了，最後他問：「宮裡前日給姑母送去幾株人蔘，可還好用？」

卓如鶴微微一愣，「公主服過一點，身體好多了，已向太后謝恩，未敢煩擾陛下。」

「那就好，以後再缺，向宮裡要即可。」

東海王曾說有人給卓府送禮，韓孺子借此點醒卓如鶴，不要太貪心。

卓如鶴沒想到皇帝對自己調查得這麼細，身上出了一層冷汗。出宮之後，心緒不寧，掀開轎簾，向親信隨從小聲道：「去見中書舍人南直勁，問他什麼時候方便再見一面。」

第四百四十九章 新舊交替

中書舍人南直勁記得很清楚，申明志是自己送走的第八位宰相。這些人的表現各不相同，有人坦然、有人憤怒、有人委屈、有人迷惑……無論怎樣，他們都是浮萍，來來去去，不變的是水，奔流不息。

算來算去，這幾十年來，殷無害擔任宰相的時間最長，他很「幸運」的趕上了多事之秋，宮裡接二連三地換皇帝，每一任都沒來得及將他罷免，這是極不尋常之事。在武帝的臨終安排，殷無害頂多輔佐新帝三五年。

武帝從來沒公開過自己的真實意圖，但是南直勁能猜出來，這是他的本事，也是他的職責。

南直勁來宰相府是為了索取最後一批公文，自此以後，中書省與申明志再無公開的聯繫。

與臨終前看破世情的殷無害相比，申明志顯得有些憤憤不平，「唉，皇帝太年輕了，實在太年輕了。」

申明志坐在桌子後面，將一疊公文推過去，沒有外人、沒有官銜，他可以稍微抱怨幾句，「再這樣折騰下去，會出現又一個武帝，大楚……唉，皇帝太年輕了。」

南直勁一張一張地仔細查看公文，頭也不抬地說道：「所以申大人才要做出犧牲，您的所作所為對大楚意義深遠。」

申明志盯著這名老吏，早在擔任宰相之前，他就知道中書省的重要，卻沒想到最重要的一個人，竟是一名普通的中書舍人。

仔細想想，一切其實都有預兆，中書省規模不大，吏員不過五十餘人，中書令、中書監按規矩定期更換。

這麼多年來，底下的官吏也是有來有去，唯一沒變過的人似乎就是南直勁。

申明志剛當上宰相的時候，還沒有發現南直勁的重要，直到皇帝甦醒、韓稠下獄，申明志心驚膽戰的時候，南直勁突然登門，勸他主動交出相印，申明志才明白，原來朝中隱藏著一股勢力。

他被說服了，原因無他，只因南直勁瞭解皇帝，幾乎預測到了皇帝的一切行為，申明志想要保住名聲與性命，就只能與這位中書舍人合作。

「卓如鶴會做得比我更好？」申明志問。

南直勁繼續檢查公文，「只憑一點——陛下的欣賞與信任，卓宰相就能有所作為。」

申明志沉默不語，面對當今皇帝，他犯過太多錯誤，早已無法彌補。

公文沒錯，南直勁合上公文，抬眼看向對面的申明志，「我向申大人闡釋過，『馴服』皇帝有多麼困難。當今皇帝生於亂世、成於軍旅，雄心之大，比起武帝有過之而無不及，大楚的根基卻已今非昔比，承受不起君臣爭鬥。身為臣子，咱們的唯一選擇就是以退為進，順從陛下、幫助陛下，等他相信整個朝廷能夠為己所用，一切又會恢復正常。」

「除了一點，我不再是宰相。」申明志又嘆一聲。

南直勁沒有開口，他相信申明志自己能夠領會，抱起公文，小心地放入隨身帶來的箱子裡，打算告辭。

申明志伸手按在桌面上，身體前傾，小聲道：「南大人承諾過的事情……不會出紕漏吧？」

南直勁微皺眉頭，「我的命在申大人手裡，我向您說過的任何一句話傳到陛下耳中，都會惹來殺身之禍，我也有妻兒老小，不會拿這種事冒險。」

「我今年六十有三，南大人高壽？」

「比大人小兩歲。」

「我怕自己等不起，到時人死債消，南大人承諾過的事情都無意義。」

與殷無害相比，申明志就像是個貪圖小利的市井之徒，南直勁將箱子放在桌上，雙手按在上面，微笑道：「子孫相繼，債怎麼會消呢？申大人自管安心回鄉，三年之後的大試，以申家公子的才華，必能高中三甲，如果我看不到，也會有其他人照看。」

「誰？」申明志最關心這件事。

「申大人應該明白我的難處。」

申明志等了一會，確定南直勁的確不會透露消息之後，道：「我的要求並不高，借一點勢，將我的兒子順利送入朝廷。剩下的事情不麻煩別人，讓他自己努力就好。」

南直勁捧起箱子，「申公子才華洋溢，否則的話，我也不敢打這個包票。」

中書舍人告辭，申明志獨坐一會，決定還是接受現實，爭取讓兒子實現自己的宰相之夢。

南直勁離開宰相府，將箱子交給差人，一塊步行回中書省，前後左右沒有衛兵跟隨，在外人看來，這就是一名再普通不過的老吏。

中書省衙門門口，南直勁遠遠望見一名熟人，讓差人先回衙門，自己轉而走進一條小巷裡。

卓如鶴的親信隨從立刻跟了過來，向南直勁拱手笑道：「終於等到大人了，我家大人有請，南大人這就隨我去吧？」

卓如鶴新任宰相，隨從的地位水漲船高，對一名小小的中書舍人自然不必特別客氣，拱手時比較隨意。

南直勁笑道：「請回去告訴宰相大人，明天下午，我自會將省中公文送去。」

隨從冷下臉來，「那是公事，我家大人相請是私事。」

「一樣的，一樣的，宰相大人會明白的。」南直勁仍然微笑，說罷拱手告辭，先走了。

隨從發了一會愣，只好回去覆命，拐彎抹角地貶損南直勁，結果驚訝地發現宰相大人根本不吃這套，反而點頭道：「南大人說得對，是我太急躁了。」

次日上午，卓如鶴第一次以宰相身份主持勤政殿議政，一切正常，從皇帝到其他大臣，誰也沒給新宰相出難題。

下午，卓如鶴回宰相府處理政務，反躬自省，發現宰相也不是那麼難做，這得益於皇帝的信任，更得益於同僚的配合。

南直勁按時到達，送來整整三大箱公文。分門別類，按輕重緩急排序，卓如鶴當場查看，遇有疑問就向南直勁請教。

時間飛快，一箱公文還沒看完，天已經黑了。卓如鶴新官上升，熱情正高，命令府中官吏先回家，留幾名差人從外面買來酒食，草草吃了一頓晚餐，挑燈夜讀，務必要盡快熟悉宰相的職責。

南直勁留下來，陪宰相吃飯，繼續充當顧問，毫無怨言。

二更之後，大堂上只剩兩人，卓如鶴加快速度，總算將公文大致瀏覽一遍，不由得感慨道：「從前當郡守的時候，總覺得地方的事情重要，朝廷卻每每加以拖延，如今才明白，宰相天天審閱這麼多公文，重要的事情太多，反而哪件都不重要了。」

南直勁回道：「也不是天天這麼多，最近一個月宰相空缺，積累得比較多。」

桌上還有剩下的冷酒，卓如鶴喝了半口，說：「陛下送給我幾株人蔘。」

「嗯。」

「自從傳出我要當宰相的消息之後，登門送禮的人每天都有，我回絕了大部分，但是留下了幾株品相不錯的人蔘，給公主療養身體。」

「嗯。」

卓如鶴是駙馬，習慣稱自已的夫人為「公主」。

「我在想，陛下消息如此靈通，連這種小事都知道了，會不會……」

南直勁笑道：「原來宰相大人是在擔心這件事，宰相大人多慮了，陛下有時會透過身邊近臣瞭解一些事情，但還沒到一網打盡的地步，與武帝比不了，就算與上官太后相比，也差了一截。」

「陛下不知道咱們之間的聯繫？」

南直勁正色道：「以陛下的脾氣，他若看出一點端倪，也絕不會讓卓大人繼任宰相。況且，大人身為宰相，我是中書舍人，有聯繫很正常，並無不妥。」

卓如鶴神情略顯黯淡，「我還是感到愧疚，覺得自己好像在背著陛下做事。」

皇帝是孩子，宰相也不過是稍大一些的孩子，南直勁耐心地說：「我只問一句話，宰相大人支持陛下的所有作為嗎？」

卓如鶴沉默了一會，「陛下年輕氣盛，欲憑一己之力撐起整個大楚，只怕力有未逮。」

「所以這種時候對陛下說，治理天下有多難，陛下絕對聽不進去，咱們只能暗中幫忙，別讓陛下捅出太大的簍子。」

卓如鶴又沉默了一會，「暗中幫忙」與「暗中動手腳」之間的區別實在很難分得清楚。

南直勁又道：「就像我之前對宰相大人所言，討好陛下一人容易，還是討好整個朝廷容易？只討好陛下一人，很可能要與整個朝廷作對，使得諸事不順；討好了整個朝廷，宰相大展拳腳，討好陛下易如反掌。」

卓如鶴不太喜歡「討好」這個詞，但是沒說什麼。他還在雲夢澤的時候，就有人找上門來，暗示他有機會拜相，願意提供幫助。一開始他不相信，但是隨著跡象越來越明顯，他相信了，回到京城之後，與南直勁取得聯繫。

「陛下信任宰相大人，這是大人的機會，也是朝廷和大楚的機會，咱們要好好利用。我負責揣摩皇帝的心事，宰相大人負責建功立業，相得益彰。」

「我能建功立業，南大人能得到什麼？」

南直勁微微一笑，他在中書舍人這個位置上熬了幾十年，有機會升遷也不走，當然所得甚多。

他從袖子裡抽出一捲紙，「朝廷支持宰相大人，也請宰相大人支持朝廷。這裡有幾個人，也該升官了，他們將對宰相大人助益甚大。」

卓如鶴接過紙，打開之後看到上面有十幾個名字。為官多年，他當然瞭解這些人的背景與靠山，其中至少三人是左察御史馮舉的門生。

馮舉放棄爭奪相位，理應得到一點回報，卓如鶴收起紙，覺得問題不大，說道：「陛下心事難測，南大人有把握吧？」

「我曾經錯過嗎？」南直勁反問道，拱手告辭，半夜才到家，一點也不覺得疲倦。

第四百五十章 酒後一句話

對韓孺子來說，宰相之事總算告一段落，可以將精力轉到其他事務上。

黃普公已經接到兵部的公文，即將前往東海擔任樓船將軍，對於海盜出身的他來說，這不只是一步登天，可稱得上是翻天覆地。

韓孺子還是擔心黃普公與舊主燕家的關係，因此用一種特別的方式為他送行。

京城以南有一座幼軍營，專門用來訓練年輕士兵，許多權貴子弟都曾在此受訓，或者說他們的「名字」與「替兵」曾出現在這裡，當今皇帝卻不那麼好糊弄，所有人必須實到。

韓孺子讓兵部選了十幾位能力突出的將領，專門前往幼軍營任職一個月，其中就有黃普公和燕朋師。

燕朋師在兵部擔任文吏，到了幼軍營仍負責文書往來，他自己也才熟悉不久，與其說是教授年輕士兵，不如說是一塊學習。

這天傍晚，一天的辛苦訓練結束，燕朋師不用親自上陣，但是也要在太陽下陪同眾將領。熬了一天，只覺得腰酸腿疼，回到營房裡再也不想動彈，僕人取來營中提供的晚餐，他瞥了一眼感覺毫無胃口，於是讓僕人端來溫熱的水泡腳。

燕朋師半躺在椅子上，迷迷糊糊睡著了。夢裡參加宴席，酒菜擺了幾桌子，他想過去大吃一頓，卻被其他客人擋住，他奮力向前擠，總是差著兩三步，眼看著別人大塊朵頤，他只能乾流口水。

燕朋師又饞又怒，不顧一切地向前撲去，一腳踩空，跌向萬丈深淵。

燕朋師猛地清醒，只覺得腳下潮濕，正泡在水裡，不由得大吃一驚，以為自己真掉在深淵裡，突然聽到笑聲，這才想起自己正在泡腳，用手擦去嘴角的口水，真的聞到一股濃烈的酒香。

「原來是你在逗我。」燕朋師半怒半笑地說，抬起雙腳，抓起手巾抹去上面的水，懸在半空中抖了幾下，「什麼時候到的？」

崔騰與燕朋師認識得比較晚，交情卻很好。燕朋師剛到京城的時候，曾在崔府住過一陣子，與崔二公子一塊喝酒尋樂，過了一段舒服日子。

崔騰手裡拎著一壺酒，身邊的桌子上還擺著幾樣菜餚，笑道：「這不剛到嗎，幾天不見，你怎麼苦成這樣？臉曬黑了，人也憔悴了，一杯酒就逗出這麼多口水，夠半盆了。」

燕朋師又擦擦嘴角，然後穿上靴子，起身走過去，衝著崔騰肩上打了一拳，奪過酒壺，深深地一嗅，陶醉地說：「快到頭了，再過三天，我就能回城！去他娘的，以後打死我也不出城了，早知道這樣，我還不如留在東海國。」

兩人坐下，也不用僕人侍候，飲酒閒聊，談些風月場中的新鮮事。出城不到一個月，燕朋師覺得自己錯過太多事情，遺憾不已。

酒過三巡，燕朋師問道：「對了，你怎麼來這裡？不會是……不會是陛下要來閱軍吧？」

營中盛傳，皇帝將會親來檢閱練兵成果，以皇帝一貫的做派，這是很可能的事情，滿營將士因此練得極為辛苦、認真，就怕再惹怒皇帝，又被派出去行軍，上回去碎鐵城，這回沒準要去更遠的地方。

「這可難說，陛下最近比較忙，若是閒下來，肯定會來，就怕陛下沒這工夫。」

「不來也好。」燕朋師小聲忙，突然反應過來，他與崔騰是酒肉朋友，遠遠沒到無話不說的地步，急忙改口，「我的意思是說陛下太忙的話……」

崔騰倒不在意，笑道：「怎麼，怕我告密嗎？」

燕朋師嘿嘿笑了兩聲，崔騰的確有過「告密」的經歷，「我沒用『替兵』，在營裡盡職盡責，有什麼可怕的？快說實話，你到底來幹嘛？」

「沒啥大事，給陛下跑個腿。樓船將軍黃普公遞交了一份平東海策，陛下單獨寫了一份批覆，不想透過兵部轉交，所以讓我送來。」

崔騰說得隨意，其實很得意。

燕朋師的語氣忍不住變酸，「原來你是來見黃將軍的，陛下又賞他什麼了？」

「沒什麼，大概是要追封黃將軍之母為三品夫人，回東海國後，黃普公能風風光光地重修母親墳墓了。」

燕朋師重重地放下酒杯，突然又拿起，送到嘴邊，將裡面的酒一飲而盡，隨後自斟一杯，再也掩飾不住滿臉的沮喪與嫉妒。

「黃普公是你燕家的人，他受賞你不高興嗎？」

「高興個……」燕朋師忍住髒話，「唉，我姓燕，他姓黃。人家平步青雲，關我什麼事？」

「畢竟主僕一場，他就算今後當上大將軍，也抹不去在燕家為奴十年的經歷，怎麼著，他現在就開始狂妄，不認舊主了？」

「那倒沒有，他對我還是挺客氣的，有時候營裡誰惹事了，我去求情肯定管用。」

「那你嘆什麼氣？」

燕朋師指著自己的臉，「面子，二哥，面子啊。」

燕朋師離開東海國進京的時候，春風得意，以為剿匪大將之職非己莫屬，等他風風光光返回東海國，燕家的地位從此穩如泰山。

整個東海國都在等他，結果回去的卻是一位「黃將軍」。

「我現在無顏再見國中父老，只能困在京城。」燕朋師喝得有些多了，說到傷心處，竟然哭了起來，「老爹用了黃普公十年都沒人察覺，到我就這麼倒霉。黃普公的命是我家保住的，這麼多年供吃供住，用他一下有錯嗎？二哥，你說有錯嗎？」

「當然沒錯，朝廷不也是用俸祿養人，然後用人嗎？」

燕朋師指著崔騰，手指抖個不停，「說得太對了，知己，知我者崔二也，來，滿飲此杯。」

兩人都喝得醉醺醺，軍營中不准隨意飲酒，可這兩人不在乎，只管盡興。

燕朋師一把抓住崔騰的手腕，「告訴我實話，陛下到底是怎麼想的？讓一個海盜去剿滅海盜？為什麼不讓我當樓船將軍？我能看住黃普公，讓他像狗一樣凶猛，還保證忠誠，比直接用他不好多了？」

崔騰的酒品不太好，站起身，揪著燕朋師的衣服，將他也拽起來，大著舌頭說：「不准說陛下壞話，永遠也不准，明白嗎？」

燕朋師也糊塗了，不記得剛才說過什麼，被崔騰氣勢所懾，忙回道：「不說，永遠不說，再也不說了。」

崔騰鬆手，將燕朋師推坐回座位上，自己原地轉了一圈，歪著頭，似乎在找什麼，最後自己也忘了，對燕朋師說：「我當你是朋友，你當我是什麼？」

「朋友、至交、兄長、老師、上司……我、我把心掏出來給你看。」燕朋師做出掏心的姿勢，其實他比崔騰年長好幾歲，卻一直以弟自居。

「心就算了，血淋淋的，沒啥好看。我要送你一句話，你能聽嗎？」

「聽，二哥的話對我就跟聖旨一樣，你說想要什麼？回城之後我親自送過去。」

崔騰一愣，「我是要『送』你一句話，不是『要』，不過你真的什麼都肯給啊？你來京之後買的那個侍讀丫鬟挺不錯，看到她，連我都想拿起書讀兩頁了。」

「她是二哥的了，一個丫鬟而已，二哥喜歡就好。」

「哈哈，開玩笑，我崔二雖然喜愛美色，但是有底線，『朋友妻不可戲』，那是你的枕邊人，我怎麼能要？哈哈，我就是喜歡你的爽快，來，再乾一杯。」

兩人推杯換盞，僕人不停進出，換上剛熱好的酒。

崔騰一拍腦門，「我剛才要做什麼來著？」

燕朋師撓頭，「二哥好像要送我什麼。」

「對了，送你一句話，你別打岔，一會我又忘了。」

「嗯，我不打岔，二哥說吧。」

崔騰放下酒杯，抬起右手停在半空中，張著嘴等了好一會，扭頭對僕人說：「你出去，不准偷聽。」

僕人連忙笑著退下。

燕朋師咳了兩聲，端正坐姿，使勁瞪眼，好讓自己清醒一點，記住崔騰要說的話。

「識時務者為俊傑。」崔騰終於說出來了，怕燕朋師沒聽懂，重覆道：「識時務者為俊傑，你明白吧？」

燕朋師點點頭，沒想到崔騰醞釀半天，就說出這麼一句話，仔細一想，又覺得這就是崔騰的風格，於是道：「明白，我全明白，忍一時風平浪靜，我不能以剿匪大將的身份回東海國，就要爭取以後當更大的官，衣錦還鄉。」

崔騰一巴掌搧在燕朋師臉上，「你還是沒懂。」

燕朋師捂著臉，苦笑道：「二哥，好好說話，別動手啊。」

崔騰一喝多就犯渾，這時露出本性，抓住燕朋師的衣領，又搧了一巴掌，「你怎麼不懂呢？」

崔騰沒太用力，即使這樣燕朋師也受不了，卻不敢還手，只能推搡、躲避，「二哥鬆手，有話好說……」

「你怎麼不懂呢？」崔騰反覆說這句話，配合這句話，不是搧巴掌就是敲腦殼。

燕朋師雙手用力一推，終於擺脫崔騰，起身後退幾步，說道：「別打了，我明白了，二哥不就是想讓我討好黃普公嗎？」

崔騰追上去又要打，「誰說……咦，你真的明白了？」

燕朋師酒醒了大半，「二哥直說就是了，幹嘛來這一齣？行，你說要討好誰，我就討好誰，沒有二話。」

「怎麼討好？」崔騰非要問個明白。

燕朋師怕崔騰再動手，一狠心，說：「黃普公曾經想為丫鬟邀月贖身，我沒同意，既然二哥開口，沒啥說的，我把邀月送給他，總行了吧？」

崔騰大笑，覺得自己又立了一功。

燕朋師卻恨得牙直癢癢。

第四百五十一章 親人

燕家的幾名僕人將侍讀丫鬟邀月送到黃普公家中，也不多說什麼，催邀月下轎，管家帶來已經寫好的賣身契以及中間人，請黃普公按手印，拱手道：「從今天起，邀月就是黃將軍的人了。」

黃普公莫名其妙，不等他詢問，燕家眾僕已經抬著空轎離開。他們都認識黃普公，而且很熟，從前常在一起喝酒聊天，現在卻都像陌生人一樣，臉色冷冰冰的，像是來還賭債，心不甘、情不願，卻又不敢再賭。

邀月也莫名其妙，她在家中老實待著，自忖一言一行沒有出格、出錯的地方，主人回來之後，卻是一臉陰沉，打量她幾眼，咬牙吐出幾個字：「如妳所願。」

邀月連東西都沒收拾，就被塞進轎子，又換了一位主人。

她早就習慣被賣來賣去了，倒不是特別在意，只是看到黃普公之後有些尷尬，當初她贈送幾兩銀子的時候，可從來沒想到會有這一天。

黃普公剛從雲夢澤回來時，曾去拜訪過舊主，一是感謝燕家一直以來的保護與幫助，二是希望為邀月贖身，結果遭到斷然拒絕，所以他不明白燕朋師為何突然改變主意。

兩人站在庭院裡，邀月尷尬，黃普公更尷尬。

黃普公住在朝廷賜予的宅第裡，他當了十年僕人，還不習慣被人侍候，而且很快就要出征，所以宅第雖大，家裡的奴僕卻極少，只有十人，還都是朝廷連同宅第一併賜予的。

「邀月姑娘……」黃普公想請她進屋休息，轉念覺得不妥，拿起手中的賣身契，撕成碎片，「妳不用再當丫鬟了，妳還有家人嗎？」

邀月搖搖頭，但凡有家人依仗，她這些年來也不至於漂泊不定。

黃普公是員大將，不管面對多少敵人，都敢打、會打，計謀百出、從無失算，面對一名柔弱女子，卻有點不知所措。但他是豪傑，辦事俐落爽快，想了一想，說：「妳就住在這裡吧，當成自己的家，東西隨妳用，僕人隨妳使喚，等我回來，再給妳找地方。」

「是，我等將軍回來。」邀月細聲道。

黃普公覺得邀月可能有誤解，但是對方沒有挑明，他也不好多說什麼。叫來所有僕人，讓他們好好服侍邀月姑娘，隨後收拾衣物、盔甲，提前搬到軍營裡居住。

次日一早，皇帝親自出城相送，祭過蚩尤旗後，黃普公率軍一千出發，在東海國已有一支數千人的水軍，黃普公得到的兵力不多，戰船更是只有二十餘艘，但他的任務比較簡單，不求大勝、不求殲敵，只需保持對海盜的攻勢即可。

黃普公也沒做出任何明確的承諾，他在平東海策中寫了許多海戰之術，但是特意強調，海戰變數比陸戰更多，極難事先預料，只能臨陣隨機應變。

君臣二人沒機會單獨交談，黃普公不會多嘴多舌，韓孺子對燕朋師贈人之事一無所知，他甚至沒聽說過「邀月」這個名字。

前些天他派崔騰去幼軍營送信，只說順便觀察一下黃普公與舊主的關係，可沒說過要讓崔騰多管閒事。

崔騰從幼軍營回來之後，極為肯定地表示：「沒問題，燕朋師人很聰明，也懂得規矩，沒有半句怨言，黃將軍更沒問題。」

韓孺子相信了，畢竟這只是臣子之間的一點小事，身為皇帝他沒法直接參與，也沒必要過分干涉。楊奉之前說過，處理人際關係本身就是能力之一，皇帝以後如果想重用黃普公，就得讓他自己過這一關。

韓孺子最近心情比較好，雲夢澤戰事提前結束，任命宰相比他預料得順利，東海之戰進行得有條不紊，北方的匈奴一直沒有大動作，兩位懷孕的嬪妃身體健康……一切都在朝好的方向發展。

如今他只剩幾件小事需要處理。

一個是楊奉，他滯留雲夢澤已有兩個多月，仍未找到「淳于梟」的下落。依照聖軍師的供詞，楊奉顯然相信寫書者還活著，但是在他給皇帝的信裡，卻寫得語焉不詳，只說離目標越來越近，太祖寶劍與英王都能找回來，為防洩密，不宜細說云云。

韓孺子有一種感覺，楊奉似乎不想回京，於是韓孺子將晁鯨派往雲夢澤，希望能弄清楚原因。

另一個是自己的母親。

慈寧太后最近倒沒怎麼干涉朝政，但是隨著兩名嬪妃的肚子越來越大，她越來越關心皇帝的後宮，每次見面都要催促皇帝多多寵幸妃子，「萬一兩個都是女兒呢？陛下還得努力啊，這不是陛下一個人的私事，而是關係到天下安寧的大事。」

這讓韓孺子每次都覺得尷尬，但是能夠接受，所以不打算挑明。

主動挑明的人是慈寧太后。

黃普公出征的當天傍晚，韓孺子照例去給兩位太后請安，慈寧太后將兒子叫到自己的寢宮裡。

「陛下最近不怎麼忙了吧？」

「還好，的確比前一陣子輕鬆許多。」韓孺子恭敬回道。

「陛下眼光不錯，卓如鶴是位合格的宰相。」

「是先帝的眼光好，朕不過坐享其成。」韓孺子觀察了幾天，的確對卓如鶴很滿意，終於可以放手讓宰相主持朝政，自己則專心思考一些更久遠的事情，比如匈奴人，比如極西方那股突然興起的勢力。

自從來過一隊使者之後，西方再無消息傳來，大楚使者韓息送回來幾份公文，現在還沒出西域地界。

慈寧太后微微一笑，兒子比從前更會說話了，這讓她很高興，「真有那種敗家子，送到手中的好處都能拱手讓人，陛下能『坐享其成』也算本事。」

「太后過獎。」

母子二人過於客氣，慈寧太后話鋒一轉，「不客氣」地說：「陛下最近三天都在秋信宮過夜吧？」

母親又要老調重談，韓孺子無法，只得回道：「是。」

慈寧太后嘆息一聲，這回卻沒有直接要求皇帝「努力」，「陛下還記得小時候的事情嗎？」

「記得一些，不知太后指哪件？」

「那時候咱們母子與外面的接觸少，我向陛下講解各種親戚稱呼，陛下非常愛聽，自己捏了許多小泥人，把他們當成哥哥、姐姐、叔叔、舅舅，與他們一塊玩耍。」

韓孺子笑道：「是嗎？這些事情朕可不記得了。」

「有一個小泥人，陛下最喜歡，天天拿在手裡，叫他『老舅爺』，說他有一天會帶你出去玩。我一直納悶，我從來沒教過你這個稱呼，你從哪學來的？」提起往事，慈寧太后滿臉笑容。

韓孺子呆呆地想了一會，腦子裡出現了一些模糊不清的畫面，「我有點印象了？那些泥人呢？」

「有一回下雨，你忘了拿回屋子裡，泥人都被澆成了泥漿，你哭了幾天，然後就把它們給忘了。」

「我記得自己對著滿手泥巴哭泣，卻忘了是為什麼。」韓孺子的回憶多了一些，笑道：「那時候的生活真是孤寂。」

「是啊，所以陛下有了孩子之後，絕不能讓他再過那種生活。」

韓孺子沉默了一會，「母親不必多說，朕明白，朕……會努力。」

兒子答應得很勉強，慈寧太后知道這只是敷衍，今天她卻要一個明確的承諾，「今天我不說後宮的事，陛下說三年之後再選秀，可以；陛下喜愛皇后，不願與其她嬪妃同房過多，也可以。這種事情急不得，陛下也是大人了，知道輕重，用不著我來多說。」

韓孺子有些意外，「謝謝太后的理解。」

「但是陛下的親戚不只姓韓，陛下還記得嗎？」

母親極少提起舅氏一家，韓孺子不由得一愣，「太后有話明說就好，外公家裡缺什麼東西嗎？」

「別的都不缺，只缺一個官。」

韓孺子笑道：「太后自己說過，舅氏一家皆是鄉農，做不得官，讓孩子多讀書，等十年以後光耀門楣。」

慈寧太后點頭，「我的確說過這樣的話，可我改變主意了，因為我發現，朝廷的官也不都是那麼難做，別人家做得，王家也做得。陛下不用給王家掌權的大官，虛銜總可以吧？」

韓孺子不在乎幾個虛銜，他對母親的一句話感到不解，「太后怎麼發現朝廷之官不難做的？」

慈寧太后沉默了一會，「事情明擺著，宰相最近調整了不少官員。朝廷幾大世家皆得好處，唯有王家還是土財主，不見得陛下的舅舅們是鄉農，世家子弟就都出類拔萃吧？」

韓孺子笑道：「宰相對官員的調整，事前得到了朕的許可，是朕一時疏忽，忘了舅舅一家，太后請安心，三日之內，必有喜訊。」

慈寧太后嘆了口氣，「我原先還以為自己不會太在意家人，可是見面之後，還是覺得家人最親，也最可信。真到了危急時刻，唯有自家人能夠依靠，希望陛下能夠理解我的一片苦心，不要以為我是單純地求官。」

「太后是朕的母親，太后的要求就是朕的要求，沒有『求官』之說。」

韓孺子告退，同時對兩件事感到疑惑。

一是卓如鶴調整官員時傾向於世家，自己為什麼沒早注意到？他在母親面前說謊了，卓如鶴的確說過要任命一批官員，韓孺子還以為是要提拔同為桓帝近臣的一批人，聽母親提醒，才注意到似乎並不全然如此。

二是母親為何會突然說出「危急時刻家人可信」這種話，舅舅一家都很老實，手中無權無勢，有什麼可依靠的？

韓孺子不只是慈寧太后的兒子，更是皇帝，他要查明真相，而不是直接詢問。

第四百五十二章　順利之年

王家人還沉浸在一步登天的眩暈狀態之中，眼中所見盡是新鮮事物，每天連做夢都不踏實，有心炫耀卻找不到目標，王家老漢時常感慨：「這要是在村裡，還不得讓他們的眼珠子掉下來？嘖嘖，京城人多，可惜沒咱們認識的。」

查清楚這家人的所作所為，對景耀來說輕而易舉，不用他花錢、也不用他以權勢相誘，只需以宮中太監的身份去上幾趟，帶著一雙耳朵就夠了，王家上下什麼都願意說，甚至到了口無遮攔的地步。

景耀每次登門拜訪，一位姨丈都要拉著他的衣袖，一本正經地說：「告訴陛下，有事開口，我們雖然沒別的本事，但是忠心。滿朝文武不少，都是坐轎子的，只有我們肯出力氣抬轎子。一定要告訴陛下，你不說，改天我與陛下一塊喝酒的時候自己說，到時候你的面子上可不好看。」

景耀笑著應承，向皇帝報告情況時，對王家此類小事幾句帶過，沒有細說。

景耀注意到一件事，王家的男人粗魯而純樸，毛病不少卻沒有心機，與他人交往主要以炫耀為主，的確有不少官員上門巴結，但都是表面交情，沒有深入來往。王家的女人大都比較老實，除了為家產分配吵過幾次架，再沒有別的矛盾，只有一個例外。

這名女子姓王，嚴格來說卻不屬於王家人。

她叫王翠蓮，其家在村裡與王家相鄰，沾親帶故，一家數口也被帶進京城，與王家住在一起，原因是慈寧太后心中僅有的兒時記憶裡，有她的影子。

小時候她稱慈寧太后「小姐姐」，經常在一起玩耍，事隔數十年，她仍覺得自己有義務繼續追隨太后。

景耀查到，王翠蓮經常受到邀請，拜訪達官貴人的女眷，傳授女紅——她自己稱之為「針線活」。一塊穿針引線的時候女眷們說了些什麼，景耀不知道，也不打算去查，他只知道一件事，女紅對權貴之家沒有那麼大的吸引力，各家女眷對王翠蓮熱情得不正常。

他的調查到此為止，景耀明白，再查下去，惹上麻煩的可能會是自己。

韓孺子也覺得夠了，從權貴女眷到王翠蓮，再到慈寧太后的這條線非常清晰，沒必要再去追查細節。已經有大臣聞風而動，為王家人請官，理由還是同一套：幼吾幼以及人之幼，老吾老以及人之老，皇帝親近家人，有助於培養仁慈之心，最終惠及天下。

韓孺子佩服這些人引經據典為其所用的本事，卻厭惡他們的諂媚。

他與宰相商量了一下，封三個舅舅為宿衛將軍。說是將軍，其實是虛銜，沒有衙門、沒有官印，但是有品級、有公差，出門可以乘坐高規格的轎子或是馬車，足夠威風。

慈寧太后也較為滿意了，沒再多說什麼。

對宰相卓如鶴的調查更為簡單，皇帝這裡的奏章只要不是密封，趙若素都看過，而且留有印象，想了一想，說：「宰相近日共調整官員三十幾位，多是升遷，貶黜者少，至於說到這些人的背景，微臣所知甚少，不如直接問宰相。」

韓孺子的確要問問卓如鶴，在此之前，他先問了東海王。

東海王一直關注著朝廷動向，對權貴家族之間錯綜複雜的關係，他最瞭解，旁觀各家的起起伏伏，但是若非皇帝問起，他一句話也不會多說。

「宰相本人就是世家子孫，祖上出過不少大官，否則的話，他也不會成為駙馬。」東海王笑道，不想顯得什麼都知道，請求回去調查一下，第三天才在凌雲閣裡對皇帝說：「據我所知，沒什麼特別的。馮舉的幾個門生獲得提拔，但都在合理範圍內，宰相想必是要安撫一下從前的對手，其他人就比較簡單了，還是柴、樓、崔、花四家，花家衰落了，其他三家都還強盛，宰相理應給予好處。」

「你從前說過，宰相會優先提拔先帝近臣。」

東海王笑道：「自己想得好處，就要先給別人一點好處，這樣一來，到自己的時候就不會受到太多反對，為官之道，大抵如此，宰相倒是很守規矩。」

韓孺子也笑了，因為他自己也用這招，而且經常用。這麼一想，心中釋然許多。

東海王又道：「我得向陛下多說一句，所謂背景這種東西都是人云亦云，門生、舊部、聯姻、同姓、同鄉、同榜進士等等，都可以算入背景，許多官員與四大家皆有關係，很難說誰就是誰家的人，花家出事，也沒見哪個『花家人』跳出來為他們說話。」

朝廷的規矩重重疊疊，身在其中的人習以為常，從小獨處的韓孺子卻覺得新鮮，「四大家？有意思，朕從前沒聽說過。」

東海王詫異地睜大眼睛，馬上笑道：「也難怪，陛下心懷天下，不太注意這些事情，別人也不好說。朝中不只有四家，還有六門八姓，總共十八戶權貴，不過要我說的話，這不過是民間傳言罷了，其中不少人家是拿來湊數的，早就衰落多年了。」

韓孺子本想細問這十八戶權貴都有誰，轉念又放棄了，身為皇帝沒必要瞭解太多細枝末節。

最終韓孺子沒有找宰相卓如鶴談話，但是從此之後，對奏章不再隨筆批覆「閱」，又恢復細看的習慣。

接下來一段時間，卓如鶴對官員的調整告一段落，開始正式輔佐皇帝治理天下。

首要問題還是流民。

大部分流民去年都得到了安置，當年秋天有了收成，卻只夠糊口，極少積蓄，仍需官府救濟。

問題是官府庫中也沒有多少餘糧。這回是真沒糧，卓如鶴仔細調查過，連年災禍，天下郡國一半以上糧庫告急，剩下的地方也只夠本地調劑，沒有餘力幫助外地。

「唯有四大兵倉存糧尚足，臣以為或可調用。」開兵倉本是瞿子晰最早提出的建議，如今卓如鶴也有同樣的想法，「今年春夏以來風調雨順，入秋之後很可能迎來豐收，只需等候幾個月，兵倉之糧就得以恢復，兩三年間即可貯滿。」

韓孺子猶豫不決，兵倉之糧至關重要，一旦空虛，皇帝就像是手中沒了兵器。關鍵是對面的敵人還沒有走遠，仍在虎視眈眈。

東海之戰規模不大，對楚軍影響甚微，塞外的匈奴人才是大患，柴悅率軍十萬駐守在馬邑城，一旦再開戰事，糧草供應絕不能中斷。

匈奴人最近比較安穩，但是有消息稱，入春後大批匈奴人南下，離邊塞不遠；還有消息說，從西方逃來的匈奴人越來越多。草原民族一直逐水草而居，如今只敢東來，不敢西去，牛羊無處放牧，早晚必成大禍。

「先開一座吧。」韓孺子只能先做到這一步。

卓如鶴選擇的是敖倉，此城存糧最多，交通便利，往各地運糧比較方便。

放糧賑災只是治標，卓如鶴的治本之法是墾荒。他在雲夢澤用過此法，效果不錯，如今要在各地推廣，墾荒所需要的耕牛、鐵犁、種子等等，皆由官府借貸給貧民，免租一到五年，然後逐步償還。

卓如鶴預計，要到十年之後，墾荒方可大成，屆時天下充實可比武帝鼎盛之時。

計算下來，墾荒的費用極其龐大，遠遠超過供養一支二三十萬人的軍隊。

戶部尚書瞿子晰全力支持這項計畫，兵部尚書蔣巨英卻提出反對意見，「養兵需費一斗糧，用兵時則至少要費三斗。以兵力三十萬計，從太祖以來，大楚存糧從未少於三年之費，最多時超過十年，通常是五年。自齊亂以來，存糧漸少，已然不足三年，若是再不及時補充，就只能以今年之糧養今年之兵。萬一有事，兵無現糧，如何戰鬥？」

「軍無三年之糧，只怕『萬一有事』，民無一日之餐，卻是『必定有事』，孰重孰輕？孰急孰緩？」瞿子晰在勤政殿上與蔣巨英爭執不下。

民為本、兵為器，皇帝哪個也不能捨棄，韓孺子要求宰相再做計算，讓少府也參與進來，看看皇家能不能幫上忙。

喬萬夫已升任少府卿，對皇家財富瞭若指掌。

皇帝很富有，但是放到整個天下，仍是杯水車薪。

這年六月，盛夏之季的一件意外，解決了朝廷的大問題。

塞外傳來消息，大單于死了。

大單于年歲已大，無疾而終，韓孺子感到一點失落，他一直想著要報晉城之仇，結果敵人卻先他而去。

邊疆為此緊張了一段時間，按慣例，大單于一死，匈奴往往內亂，有時候混亂會波及到楚地。這回卻是個例，半個月之後，塞外又傳來消息，新的大單于已經產生，派出使節，願與大楚交好。

新任大單于沒什麼，新任大閼氏卻是楚人。

崔家的女兒崔昭，以平晉公主的身份嫁入匈奴，就是她的丈夫繼承了大單于之位。

匈奴人以平晉公主的名義寫了一封信，向大楚示好。

雖然匈奴人並不可信，但是楚軍的壓力的確小了許多，韓孺子決定冒一次險，開放三座兵倉以濟天下，只留一座滿倉不動。

這是大楚今年諸多的順利之一，不久之後，惠妃佟青娥臨產，宮中又有嬪妃懷孕。

在接二連三的喜訊之中也有一件噩耗。

被皇帝派往雲夢澤的晁鯨返京，帶回來的不是活人，而是一具冷冰冰的屍體。
楊奉在返京途中病逝。

第四百五十三章

油盡燈枯

楊奉從不在書信裡談及私事，韓孺子對他的身體狀況一無所知，晁鯨卻看到楊奉身形更加瘦削、臉色蠟黃，帶著明顯的病容。

晁鯨一個月前到達雲夢澤，在一座建成不久的軍寨裡找到了楊奉。

雲夢澤的夏季與京城截然不同，從早到晚籠罩在霧氣之中，遍地的沼澤與植物像競賽一樣向外噴射水汽，幾乎任何時候皮膚表面摸起來都是潮濕的，晁鯨從小在湖邊漁村長大，到了這裡也很難適應。

軍寨建在一座小山上，距離縣城三十餘里。不算太遠，但是道路崎嶇難行，入夏以來，植物瘋長，只要一天沒有馬蹄踐踏，地面上就會長出一片雜草，總想趁人不備，吞掉狹窄的小路，重新奪回失地。

還沒趕到寨子裡，晁鯨就已經暈頭轉向，頻頻回望，真怕身後的道路突然間消失無蹤，自己再也找不到回家的方向。更可怕的是蚊蟲撲面而來，以一種恣意無畏的態度挑釁外來者，宣告自己才是這片沼澤的擁有者。

「還好黃普公選在冬天開戰。」晁鯨難以想像大批軍隊如何在這樣的環境中作戰。

軍寨裡的士兵大都是本地人，一個個膚色黝黑、神情陰鬱，對「欽差」也不講禮貌，走過來瞧一眼，轉身各忙各的，不說話、不行禮，更不會送禮。

寨中的地面不比外面好多少，上午剛下了一場雨，地面泥濘得幾乎能將鞋子黏掉。

跟隨晁鯨而來的幾名隨從騎在馬上，東瞧西望，找不到可以下馬的乾淨地方。晁鯨倒不在乎，直接跳下來，踩著泥漿走向一座木屋，一名軍官指給他，那裡就是「楊太監」的住所。

迎面走來一名年輕人，個子不高卻很精悍，看打扮不是將士，倒像是一名誤入軍營的鄉下人。

「你是晁鯨？」

「你是杜穿雲？」

兩人指著對方，異口同聲地說出名字，同時一愣，又同時大笑。

杜穿雲知道晁鯨要來，晁鯨則是從張有才那裡聽說過杜穿雲的許多事情，一眼看到就認了出來。

兩人寒暄幾句，杜穿雲道：「你來了就好，我可以走了，這個鬼地方真不是人待的。」

「咦，為什麼要走？」晁鯨詫異地問。

「我又不是官府的人，幹嘛要留在這裡？大家早就走了，我看楊奉生病，照顧他幾天，他還不領情，天天攆我走。太監難侍候，病太監更難侍候，現在好了，人交給你，我走了，後會有期。」

晁鯨與杜穿雲一見如故，「多留一天也好，大家坐在一起喝幾杯酒。」

杜穿雲大步走開，擺擺手，大聲道：「改天吧，等我去京城再說。」

杜穿雲跳上一匹馬，向整個寨子喊道：「老子要走了，還有誰欠老子的賭債，痛快送來！實在沒錢，也別當縮頭烏龜，過來說一聲『老爺慢走』，我領你的人情，就算是還債了。」

從四面八方呼啦湧出一大片人，像野草一樣將杜穿雲圍起來，把京城來的客人嚇了一跳，想不到小小的寨子裡能塞下這麼多士兵。

「老爺慢走。」

「老爺常來。」

叫聲此起彼落，杜穿雲大為滿意，呼嘯一聲，拍馬衝出人群，離寨而去。

晁鯨站在木屋門口，目瞪口呆地看著這一幕，喃喃道：「回京我得向張有才認錯，這傢伙真是個人物啊。」

晁鯨敲敲門，裡面沒有回應，他直接推門走進去。

屋子的幾扇窗戶全都敞開，可是沒用，還是那麼悶熱。

楊奉坐在一張竹椅上，背對門口，向窗外望去。

這可不是久別重逢的樣子，不過他們兩人不算太熟，稱不上朋友，晁鯨從不在乎禮節，走過去，扭頭打量楊奉，笑道：「楊公，陛下派我來看望你。」

楊奉不是在神遊物外，就是在睜眼睡覺，坐在那裡一動不動，眼睛也不眨動，好一會才開口道：「還是那個皇帝嗎？」

「嘿，楊公，你這是怎麼說話呢？當然還是那個皇帝，沒變過。」

楊奉深吸一口氣，像是從夢中慢慢醒來，隨手抓起靠在腿上的一柄劍，遞給晁鯨，「把這個帶給陛下。」

晁鯨接到手中，迷茫地問：「這是什麼？」

「太祖寶劍。」

「哦。」晁鯨沒敢拔出來查看，但是立刻覺得手中的劍沉重不少，「楊公找回來啦，這可是大功一件。」

「嗯。」楊奉看上去完全沒將太祖寶劍當回事。

「太好了，我也沒什麼可說的，楊公跟我一塊回京吧，陛下一直惦記著你呢。」

「回去做什麼？」

「呃……楊公立下此功，想做什麼就做什麼，陛下肯定都會同意。」

「好。」

事情明明很順利，晁鯨卻總有一種錯覺，自己好像沒找對人，坐在這裡的根本不是楊奉，可這的確是中常侍楊奉，一名與眾不同的太監，哪怕此前只見過一面，晁鯨也不會認錯。

「那……什麼時候出發？」

「隨意。」

「從這裡去往京城路程可不短，楊公身體還能受得了吧？」

「能。」

「那就後天吧，楊公可以收拾一下。」

「好。」

晁鯨實在無話可說，只好退出房間，住進隔壁的屋子裡，一晚上沒睡著覺。次日起來，越發頭昏腦脹，後悔多等一天，早知楊奉這麼好說話，今天就該出發。

他又去見楊奉，結果發現楊奉什麼都沒收拾，仍然坐在那裡，手中捧著一本書。

「楊公看書吶。」晁鯨笑著說。

楊奉還跟昨天一樣，反應極其緩慢，等了一會合上書本，又等了一會開口道：「陛下一切都好吧？」

「很好。」

「現在再沒人反對陛下了吧？」

「當然，這麼多例子擺在眼前，雲夢澤就是一個，誰還敢反對皇帝啊。」晁鯨覺得楊奉說話怪裡怪氣的。

「嗯，陛下該有幾分自信了。」

「幾分？」晁鯨甚至覺得楊奉瘋了，「陛下是我見過最自信的皇帝。」

「你見過幾位皇帝？」

晁鯨語塞，「嘿嘿，我肯定沒有楊公見多識廣。明天能出發吧？」

「能。」

「楊公有什麼要準備的嗎？我讓人幫你收拾一下。」

楊奉搖搖頭。

晁鯨等了一會，見楊奉不作聲，轉身要走，楊奉突然又道：「英王還沒找著。」

「讓別人找吧。」

「英王流落在外，易為奸人所用，對陛下是個威脅。」

晁鯨撓撓頭，「現在不比從前了，就算英王自己想要造反，也不會有人支持他，如今天下太平，陛下已經坐穩了江山，誰也惹不出事，楊公儘管放一百個心。」

楊奉這回真不開口了。

軍寨裡的生活極其枯燥無聊，放眼望去，到處都是沼澤、植物與蚊蟲。晁鯨找來軍士賭了幾把，原以為能輕鬆贏錢，沒想到這幫傢伙一個比一個手順，晁鯨輸多贏少，賠了百十兩銀子，扔骰子不玩了，心裡更加佩服杜穿雲。

本以為能夠就這樣平安返京，當天晚上卻出了點事，一夥刺客潛進寨子裡，一頭放火，一頭刺殺，目標正是楊奉。

擊敗雲夢澤群匪的是楚軍，江湖人卻更恨楊奉。

楊奉用一場盟主大會拖住了欒半雄等人，使的是江湖手段，因此更遭嫉恨。

寨中將士平時散漫，一遇襲擊卻都反應迅速，分頭救火、救人。

晁鯨大驚，一開始以為刺客的目標是「欽差」，躲在屋子裡沒敢出去，等到外面態勢平穩，出門一問才知道這些人是來殺楊奉的。一共十餘人，都是亡命的強盜，要為欒半雄報仇，一半當場被殺、另一半被活捉，押到楊太監屋門口。

楊奉走出來，刺客們一看到他就破口大罵。

楊奉沒回嘴，根本就沒開口，輕輕揮了下手，比驅趕蚊子的動作還輕，將士們領會，手起刀落，將刺客全部誅殺。

晁鯨心驚膽戰，直到這時他才察覺到，寨中將士極其尊重楊奉，殺人的時候搶著動手，不願落於人後。

晁鯨沒法睡覺了，乾脆找人喝酒，他在白天輸了銀子，人緣大增，來的人不少，一邊喝酒，一邊聊天，晁鯨有意將話題引向楊奉。

將士們視楊太監為半妖半仙的人物，傳得神乎其神，據說楊奉經常半夜出寨、黎明返回，來去無蹤，誰也看不到，相隔一段時間，就會有消息傳來，某地的某某死於怪病。

晁鯨當然不相信楊奉會妖術，但是仍然極為驚訝。

次日一早，他不想再留，命人收拾好行李，敲門去請楊奉上路。

楊奉遵守承諾，上馬出寨，五百餘名將士排列兩邊，匍匐在地，恭送楊太監。四處鴉雀無聲，比對「欽差」恭敬多了。

在縣城裡，楊奉與京城帶出來的部下匯合，共有五十餘人，一同上路回京。

楊奉的身體狀況的確很差，不能走得太快，經常要停下休息，可無論是在馬背上還是在床上，他總捧著一本書，看得極其認真。

晁鯨不識字，對讀書不感興趣，因此從沒問過書的內容，只是覺得楊奉是個怪人，能得到皇帝的賞識，更是不可理解。

離京城還有三日路程，楊奉的病情突然加重，住進了驛站。

晁鯨立刻找來郎中，郎中開了幾副補藥，卻說不出所以然來。

這一停就是三天，楊奉慢慢好轉，他從不抱怨、也不喊疼，無論有多不舒服，都是默默忍受，即使面對郎中的反覆詢問，都只回以「還行」二字。

但他說自己又能上路了。

晁鯨只盼著能將楊奉平安送到京城，當然很高興，趕緊花錢雇來當地最好的轎子，最後一段路，要將楊公抬回去。

次日一早，晁鯨去請楊奉，敲門沒有回應，他早已習慣，徑直推門進去，只見楊奉躺在床上一動不動，伸手探去已經沒了鼻息。

枕邊放著那本書，晁鯨第一次對書感興趣，可是打開之後，發現書只剩封皮、封底和中間三頁，其餘部分不翼而飛。

他記得很清楚，楊奉在路上看的是一本厚書。

第四百五十四章　故事

封皮、封底是厚厚的深藍紙張，非常舊了，邊角翻捲，摸上去軟塌塌的。封皮上原本無字，輾轉流傳的過程中，有人自作聰明，在上面歪歪扭扭地寫下「淳于梟」三個大字，「梟」字缺了一點，字跡與裡面的正文完全不同。

侍衛與御醫整整調查了七天，確實找不出任何毒藥的痕跡，才在皇帝的催促下，將殘書上交。

在這七天裡，韓孺子悵然若失。

楊奉居然就這麼走了，比那些不願向朝廷效忠的江湖豪傑還要決絕。杜氏爺孫選擇重返江湖、廚子不要命選擇消失、魏王選擇發配邊疆，楊奉直接奔向死亡。

韓孺子沒去看遺體，身邊的人都不同意，他自己也覺得沒必要，楊奉給皇帝留下了話。不是透過屍體，而是用一本殘書轉達。

韓孺子今晚沒回寢宮，也沒有召見任何一位嬪妃，坐在凌雲閣裡，秉燭夜看。

原書的確很厚，至少有三百頁，如今只剩下三頁，去掉開頭、結尾兩段不連貫的字詞，其他內容記載了一個故事。

這個故事在正史、野史裡都沒有，作者也不給出處，以知情者的口吻寫下來。

主角是大楚太祖韓符，按聖軍師所說，這本書中大多內容都與楚、齊、趙三方爭霸有關，這個小故事也是如此。

故事直接稱太祖為「韓符」。

大意是韓符滅掉了陳齊、莊趙之後，坐擁天下，心中卻不得安定。莊氏已經全滅，陳氏卻有遺孤逃亡，以陳家在齊魯一帶的號召力，隨時都可能捲土重來。

韓符派出大批親信分赴各地，監督官府四處搜尋陳氏後人的下落，同時又將齊民大量外遷，充實北疆與南方郡縣。

一名親信找到了線索。

原來陳氏後人一直受到豪俠的保護，東躲西藏，最近的時候離京城只有不到一百里。

韓符大怒，他本人從前是一名三四流的豪俠，遭到官府追捕時，也曾得到過諸多豪俠的幫助。但他現在是皇帝了，天下唯一的皇帝，受不得豪俠的違法行徑，於是傳旨，限期一個月之內，必須交出陳氏後人，否則，所有曾經接待過陳氏後人的豪俠，都將被處以死刑、甚至株連三族。

到期之日，各地的七名豪俠不約而同前往本地衙門前自首，但他們不肯透露陳氏後人的下落，而是選擇了自殺，這七人一死，線索再次中斷。

事隔三天，一位陳氏後人突然出現在京城街頭，大聲宣告自己的身份之後，當眾自殺，以謝諸豪俠的庇護之恩。

天下民意洶洶，韓符也怕了，假惺惺地大赦，將與此有關的其他人釋放。從此之後，公開追捕轉為暗中調查，可是直到韓符病逝，也沒有找到其他陳氏後人。

這個故事究竟想說什麼？韓孺子看完之後感到困惑。

反覆看了三遍之後，他決定尋求他人的意見。

「孟娥，妳過來看看。」

自從住在皇宮裡之後，韓孺子白天忙於處理朝政，晚上極少單獨就寢。孟娥名義上仍是皇帝的貼身侍女，兩人見面的機會卻不多，但沒有因此產生疏離與陌生感，韓孺子隨口叫她的名字，她嗯了一聲，走過來，與往常一樣不冷不熱。

共有三頁紙，孟娥看得很快，放下紙，看著皇帝。

「妳覺得這個故事想說什麼？」

「我覺得這個故事是假的，在義士島的記載裡，陳氏後人是被一批忠臣保護，直接逃至海上，與豪俠沒有關係。」

「這是一本教人如何造反的書，所有故事應該都是例子，用來說明一個道理，無所謂真假。我在疑惑，這個故事的道理是什麼？」

孟娥又拿起紙，看最後半段，都是在讚美豪俠，沒說「道理」。

她想了一會，「首先，寫故事的人不喜歡大楚太祖。」

韓孺子嗯了一聲，這是很明顯的事實，他看了一眼桌上的太祖寶劍，自從寶劍物歸原主之後，他就一直帶在身邊。

孟娥又想了一會，又說道：「大概是說豪俠也能讓皇帝難堪、讓皇帝低頭吧，故事裡的太祖最後不是放過了其他人嗎？」

「楊奉為什麼偏偏留下這個故事？或者說殺死楊奉的人為什麼這樣做？」

「陛下仍然懷疑楊奉是被暗害的？」

「欒半雄說過，書能殺人。楊奉果然死了，書卻只剩下三頁，我不能不懷疑。」

「那這就是挑釁了，刺客想告訴皇帝，他會像陳氏後人一樣逃得無影無蹤，陛下永遠也抓不到他，最好的選擇是與太祖一樣，就此放棄。」

韓孺子點點頭，覺得有點道理，但不是他想要的道理。

孟娥的想法多了起來，「或許這個故事還想說，能否找到陳氏後人並不重要，太祖將大楚經營得好，天下太平，陳氏後人也無力回天。」

韓孺子笑了笑，「如果這是楊奉故布疑陣呢？」

孟娥沒聽明白。

韓孺子解釋道：「可能根本就沒有什麼刺客，楊奉自感病重，為了給我留下一個深刻印象，所以親手製造了遭暗害的假象。」

「楊奉是個騙子？」

「沒有那麼簡單，楊奉肯定是想對我說什麼，內容都在這個故事裡。」

「他不能讓晁鯨直接轉述給陛下嗎？」

韓孺子搖搖頭，「他是要我牢牢記住這個故事。」

孟娥更糊塗了，「楊公真沒有必要這樣做。」

韓孺子沉默了一會，如果這就是楊奉的目的，他的確成功了，韓孺子已經沒辦法將故事從心裡去除。

「妳去休息吧，我待會也要睡了。」

孟娥退下，沒有去休息，仍然站在角落，默默地看著皇帝。

韓孺子當她已經走了，盯著殘書看了許久，突然站起身，拿起太祖寶劍，拔劍出鞘。劍還是寒光四射，流落到強盜手中的時候，似乎沒有被使用過。

「這是一柄好劍，但是沒什麼用處。」韓孺子忘了孟娥已經「不在」，又對她說話。

孟娥卻記得，一聲不吭。

「戰場上拚的是弓弩長槍，就算偶有近戰，砍刀也比劍更好用。江湖人喜愛用劍，太祖或許一直還當自己是豪俠。」

韓孺子對著燭光仔細看劍，順手將劍鞘放在桌子上。

劍是好劍，正因為太好，反而捨不得使用，韓孺子輕嘆一聲，打算收劍回鞘，一低頭，看到劍鞘出口處多了一塊小紙片。

韓孺子一驚。

紙片比指蓋還小，一面被塗黑，翻過來另一面還有字，一個「手」字。

太祖寶劍同樣接受過檢查，但是從晁鯨開始，所有人都十分尊敬這柄劍，每次拔劍出鞘，無不小心翼翼，一直沒有帶出裡面的碎紙片。

韓孺子放下劍，拿起劍鞘倒放，輕輕磕了兩下，鞘內又掉出幾塊紙片。

一共四塊，背面都被塗黑，正面寫著一個字，分別是「手」、「請」、「梟」、「收」。

韓孺子簡單地排列一下，變成「請收手梟」四字。

「嘿，淳于梟讓朕收手，不要再追查他的下落。」韓孺子冷笑道，接下來更迷惑了。

據晁鯨所說，他一個月前到達軍寨的當天，就從楊奉手裡拿到了太祖寶劍，自此之後劍不離身，楊奉也從來沒有再要回去。如此推測，紙片就不是楊奉死亡當晚放進去的，那時他起床都很困難，不可能做別的事情。

「你又在給我出難題，這回連題目都不肯告訴我了。」韓孺子喃喃自語，想當初，楊奉經常給皇帝出題，每一道都需要思考數日甚至一個月。

韓孺子上床躺下。

孟娥走到桌前，將寶劍收回鞘中，看了一眼四塊紙片，重新排列一下，變成「梟請收手」，隨後打亂，伸手捏熄蠟燭，摸黑走出房間。

凌雲閣夠大，她睡在隔壁的房間。

韓孺子沒法忘掉楊奉，查出真相突然變得比天下大事更加重要。

次日下午，韓孺子召來金純忠，「你親自跑一趟，查明楊奉之死有沒有可疑之處。」

金純忠領命，這是一項耗時的艱巨任務，他得重走楊奉的回京之路，詢問每一位在最後一個月裡與楊奉接觸過的人。

韓孺子仍覺得不夠，又叫來太監景耀。

「景公可曾調查過楊奉的來歷？」

景耀曾經查過孟徹、孟娥的來歷，得到的消息都很準。

「調查過，但是很快就被慈順太后叫停。」

「可有線索？」

「有一些，都不連貫，說明不了什麼。」

「繼續調查。」

景耀吃驚地看向皇帝。

「楊奉沒有問題，朕只是想知道……他的家人在哪，楊奉說過他有一個兒子。」

「是，陛下。事隔遙遠，這可能需要一點時間。」

「朕不著急，但你要認真調查。」

「是，陛下。」景耀退下，很高興接到這項任務，他也對楊奉深感興趣，一直就想查個清楚，現在終於有了機會。

韓孺子仍覺得不夠，楊奉給皇帝出了一道題，韓孺子就要以皇帝的身份加以思考、解決。

楊奉死了，曾經讀過那本書的聖軍師、欒半雄也都被處決，可是還有一個人活著，他雖然沒讀過此書，但是多少能明白其中的意義。

望氣者林坤山曾戴罪立功，前往雲夢澤幫助楊奉，或許他能解讀那個故事，從而破解楊奉留下的題目。

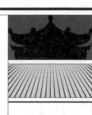

第四百五十五章 江湖人楊奉

對大楚來說，楊奉之死是件不起眼的小事，不要說是正史，就連事無巨細都要記載下來的本朝實錄，對此也隻字未提。

在史官的筆下，楊奉只有留守皇宮的一小段經歷值得記載，他的名字出現在時任宰相申明志等一眾大臣後面，稱他們在皇帝被圍晉城期間曾經另立皇儲，幾句帶過，不置評價。

即使是那些認得楊奉的人，對他的死也只是發幾句感慨，不是特別在意，畢竟楊奉不年輕了，四處奔波，身體垮掉是早晚的事情。

有些人甚至對他的死感到高興。

只有皇帝一人真心哀悼這位亦師亦友，卻沒有師友名分的太監。

韓孺子永遠都記得第一次見到楊奉時的場景，周圍的寒意與太監的裝扮、神情融為一體，成為楊奉的一部分。在他死後，這種寒意越發強烈，雖值盛夏，韓孺子仍感到後背時不時發冷。

皇帝難得地請了三天假，不上朝、不批奏章、不見任何外臣，名義上是要等自己的第一個孩子出生，事實上他卻獨自前往太祖衣冠室送還寶劍，待了整整一天。連午膳都取消了，除了孩子出生，不允許用別的消息打擾他。

看著一幅幅壁畫和破舊的衣物，韓孺子突然冒出一個想法：或許那個故事想說，皇帝並不能真正擁有天下，在大楚的正史裡，太祖英明神武、千古少有，但是在民間，不同的人卻有不同的看法。

趙若素曾經說過，有真正的皇帝和眾人眼裡的皇帝，形象迥異。

韓孺子想得頭疼，仍然沒有定論。他只確定一點，楊奉死後，自己更加接近「孤家寡人」，在所有人當中，只有楊奉能以平等的身份與他開誠布公地討論「皇帝」。

韓孺子還有許多事情沒問，宰相的任免、朝廷的調整、未來的規畫、後宮的安排等等，他一直盼望著能得到楊奉的指點，或者像嚴厲的教書先生那樣，給幾句評價。

「朕乃孤家寡人，朕乃孤家寡人……」韓孺子反覆念叨這句話，慢慢地，楊奉所帶來的寒意一點一點消失，他堅強起來，還感到一絲驕傲，自己是皇帝，而且努力在做一個皇帝。

傍晚，韓孺子離開衣冠室，惠妃佟青娥那邊傳來難產的消息。

佟青娥從下午就開始感到陣痛，十幾名產婆、女御醫忙裡忙外，數十名宮女守在外面，哪怕只是遞一下抹布，也算是與有榮焉，沾了一點喜氣。

可是嬰兒遲遲不肯出生，眾人開始感到恐慌，個個謹小慎微，連呼吸都要小心控制，生怕受到遷怒。

一個時辰後，慈寧太后親自「督戰」，也沒讓情況好轉。佟青娥全身汗津津的，累得喊不出聲來，還要擠出微笑，安慰急迫的婆婆：「太后勿憂，我還能……受得了。」

男人不能靠近產房，太監也不能，張有才等人在寢宮外頭急得團團轉，又不敢用這種事打擾皇帝，只能默默祈禱。也不知是誰，連佛像、神像都請來了，在大門外擺了一排，焚香祈禱。

慈寧太后出門看見，並未發怒，反而下令將神佛請進寢宮，又傳來幾名尼姑、女道士，正正經經地做了兩場法事。

韓孺子只聽說佟青娥生產不順，他不能去看望，只好等在泰安宮裡獨自用膳，皇后以及所有嬪妃都去給惠妃「助陣」。自從韓孺子擺脫傀儡地位之後，這是僅有的一次，他不是宮裡最受關注的人。

夜色漸深，韓孺子感到無聊，在得到更多信息之前，楊奉就是一個無從猜測的謎，花再多心思也沒用。

佟青娥那邊還是沒有消息，韓孺子沒法入睡，乾脆前往凌雲閣，召來蔡興海，「林坤山帶來了嗎？」

「帶來了，在宮門候命，陛下……真要見他嗎？」

「為何不能見？」

蔡興海不知道該怎麼說，想了想，「他畢竟與造反者是一夥，雖然戴罪立功，也不能掉以輕心。」

韓孺子笑道：「遠離危險人物，並不能讓朕就此安枕無憂，蔡都尉忘了咱們一塊持刀夜行皇宮的經歷了？」

蔡興海也笑了，「今非昔比……陛下現在就要見他嗎？」

「如果宮裡還沒有消息，就將他帶到這裡。」

皇宮比較大，宮門離凌雲閣有段距離，蔡興海先去帶人，與後宮保持聯繫，聽說惠妃仍未生產，便將林坤山送進凌雲閣。

今非昔比的不只是皇帝與蔡興海，還有林坤山。他不再是出入侯門的望氣者，只是一名受到招安的江湖術士，過著半軟禁的生活。還能再見到皇帝，對他來說是一件天大喜事，什麼尊嚴也顧不上了，在宮門等了整整一天，期間接受了五次檢查，反覆脫衣、穿衣，他都沒有半點反對。

「草民林坤山叩見陛下，吾皇萬歲、萬萬歲！」林坤山砰砰磕頭，連皇帝身邊的太監都覺得過分了。

韓孺子望著十步以外的林坤山，忍不住又想到了那三頁紙所記載的故事，說到底，皇帝的權力源自於他人的「看法」，林坤山換了一個「看法」，就由無所不能的望氣者，變成了搖尾乞憐的小人物。

那些寧願前往官府自殺也要保護陳氏後人的豪傑，將自己擺在了與皇帝平等的地位上。那只是一個不知真假的故事，韓孺子提醒自己，開口道：「林坤山，你在雲夢澤一直陪在楊公身邊吧？」

林坤山匍匐在地，回道：「雲夢澤群匪剿滅之前，草民經常陪在楊公身邊；賊破之後，草民與其他人奉命留在城裡，楊公前往軍寨，身邊通常只有杜穿雲、欒凱兩人，欒凱後來也回縣城，據草民所知，杜穿雲陪伴楊公時間最長。」

林坤山回答得很小心，不管皇帝接下來問什麼，他都可以說知情或者不知情。

韓孺子卻不知道自己該問什麼，他本來是想詢問林坤山對那個故事的看法，見到其人之後，卻放棄了這個想法。

「給朕說說盟主大會吧，最後誰成為盟主了？」

「河南柳高成。」

「這是個什麼人物？」韓孺子問，楚軍與官府只管剿匪，不問江湖事務，楊奉向來能簡則簡，說得也不詳細，韓孺子第一次聽到「柳高成」這個名字。

「河東大豪，人皆稱之為『大俠』。」

「與洛陽醜王相比如何？」

「醜王名滿天下，柳高成只在河東一地名氣大些，不可同日而語。」

「既然如此，他怎麼會成為盟主？盟主大會又不是在河東舉辦的。」

「江湖中本有四股強大的勢，分別是京城、洛陽、齊魯與雲夢澤，後兩地最近勢微，洛陽醜王不參加大會，只剩京城群豪勢力最大，像梁信猴、瘋僧光頂等人，呼聲都很高，但是也遭到不少人反對，以為……」

「以為他們是朝廷爪牙？」

「都是江湖人胡亂說的。」

「嗯，接著說。」

「河東因此突顯出來，不喜歡京城豪傑的人，都改而支持河東群豪，河東江湖人共推柳高成，就這樣，他最後成為江湖盟主。」

「楊公做什麼了？」

「他……什麼都沒做，不過他放出話來，說……自己既然參加大會，就是江湖人，遵守江湖規矩，待盟主選出來之後，第一個服從命令，即使違背朝廷旨意也在所不惜。」

韓孺子沉默。

林坤山誤解了這股沉默，急忙補充道：「楊公隨機應變，這麼說話只是為了取信於江湖人，並非本意。」

韓孺子覺得那就是楊奉的本意，「楊公什麼時候生病的？」

「幾個月了吧，楊公或許早就知道自己命不久矣，所以才會發出那樣的誓言，他一死，就不用在江湖和朝廷之間左右為難了。」

「關於楊公，你還知道些什麼？在你看來比較特別的一些事情。」

林坤山忍不住抬頭瞥了一眼皇帝，馬上又低下頭，嗯了幾聲，「倒沒什麼，就有一件事，楊公一直在追查淳于梟的下落，終於找到一點線索之後，他卻停止追查，一連幾個月毫無作為。說是生病吧，他卻不肯回縣城，也不肯請郎中；說是設圈套吧，沒聽說他抓到特別人物，所有刺客都是抓到就殺，從來不審問。」

韓孺子點點頭，在他得到的信中，楊奉一直聲稱自己在努力追查，而且離目標越來越近。

韓孺子看了一眼桌上的殘書，揮揮手，太監們上前，示意林坤山退下。

林坤山膝行後退，時不時還要磕個頭。

韓孺子坐了一會，收起殘書，準備回寢宮，正好看到侍衛頭目王赫，招手叫來，說：「欒凱你還記得吧？」

「記得，那名刺客，現在被關在監獄裡。」王赫回道。

「他不是在雲夢澤戴罪立功了嗎？據說攻破欒半雄大寨時，他的功勞最大。」
「刑部以為死罪可免，活罪難逃，這樣的人太危險，所以關在牢裡，以免生事。」
欒凱不是大人物，對他的處置不用通報給皇帝。
「你抽空去見見這個人。」
「是，陛下。」
杜穿雲和欒凱陪伴楊奉最久，杜穿雲不知下落，或許欒凱知道些什麼，但那畢竟是一名刺客，需要提前做些預防。
韓孺子回到寢宮，坐立不安，突然發現，自己在意的事情已經從楊奉轉到那個未出世的孩子身上。
那畢竟是他的第一個孩子。
後半夜，張有才匆匆跑進來，被門檻絆了一下，一個踉蹌，就勢跪倒，「生了！陛下，生了！」

第四百五十六章　皇子

大楚當今皇帝的第一個孩子出生得頗不順利，不僅將自己的母親折磨得死去活來，也令整座皇宮裡的人心慌意亂，當嬰兒終於降生，疲憊不堪的佟青娥暈了過去，慈寧太后、皇后等人喜極而泣，御醫、產婆如釋重負，太監、宮女跪地慶賀，道姑、尼姑加緊念經，感謝神佛保護……

只有淑妃鄧芸說出一句令人略微掃興的話，「嚇死我了，我再也不想生孩子了。」

張有才跪在皇帝面前，激動萬分，「生了，陛下，生了，是位、是位皇子。」

韓孺子心中一塊石頭落地，他終於有了自己的兒子，臉上卻不動聲色，嗯了一聲，說：「去問問，朕什麼時候能去探望惠妃母子？」

「現在就能去。」

時值後半夜，寢宮門前卻擠滿了人，違背了一連串的規矩，中司監劉介在人群中穿梭，小聲訓斥，命令人群散開，可大家都是走出幾步之後又折回，他也沒辦法，只能默認。

皇帝駕臨，人群立刻分開，讓到兩邊跪下，韓孺子走到門口，劉介迎上來，小聲說了兩句，皇帝點頭，劉介轉過身，以一種不太情願的嚴肅語氣大聲說：「陛下說了，諸位值守有功，每人賞十兩銀子。」

十兩銀子不多，可這是皇帝賞賜意義非凡，眾太監、宮女齊呼萬歲，都覺得沒白等這一天半夜。

其實這是劉介的主意，營造喜慶氣氛，接下來他以記錄姓名為由，帶著大多數人離開，只有幾個還守在外面，都是佟青娥在宮中的好友。
寢宮裡的人聽到了外面的呼聲，慈寧太后親手抱著嬰兒，帶領眾嬪妃迎出來。
慈寧太后可以說是最高興的人之一，但是也跟兒子一樣，顯露得不太明顯，只是面帶微笑，懷裡抱著嬰兒，腳步輕柔，生怕有一點顛簸，幾名太監與宮女環繞左右以備不測。
禮節還是得遵守，眾人拜見皇帝，韓孺子加快腳步，走到母親面前，低頭看向剛剛降生的嬰兒。
那是一個皺巴巴的小傢伙，閉眼熟睡，對自己帶來的種種麻煩全然不知。
「跟陛下小時候一模一樣。」慈寧太后聲音微顫，難以壓抑心中的激動。
韓孺子笑了笑，心情漸漸平復，不知該說些什麼。
「要抱抱嗎？」慈寧太后問。
韓孺子抬起雙臂，怎麼擺姿勢都覺得不對勁，最後道：「算了，讓他好好睡吧，惠妃怎麼樣？」
「沒事，昏過去一會，已經醒了，御醫說過幾天就能復原。」
韓孺子看了一眼皇后，崔小君站在太后身後，臉上猶帶淚痕，神情最為激動。
慈寧太后轉過身，「這也是皇后的兒子，妳要盡心將他撫養長大。」
慈寧太后早就許下諾言，但崔小君還是感到一驚，看向皇帝，得到首肯之後，小心地接過嬰兒，「應該問一下惠妃。」
「她沒什麼不願意的，能受到皇后的庇護，是他們母子二人的福分，就看妳願不願意。」
「願意，當然願意。」崔小君馬上道，眼淚差點又流出來。
嬰兒啊啊了幾聲，似乎要哭，一邊的產婆走來，笑道：「該讓小皇子吃奶了。」
佟青娥剛剛生產，還沒有奶水，乳母早就找好了，一共三人，一人主餵，另外兩人備用。
皇子被抱走，韓孺子進屋探望惠妃，安慰幾句，慈寧太后連使眼色，韓孺子明白母親的用意，當眾宣布冊封惠妃為貴妃。

貴妃的地位僅次於皇后，通常只有一人，偶爾也有兩人，金垂朵的貴妃之位有封無冊，名籍不在宗正府，未得正式承認。

佟青娥實在起不了床，只能由貼身侍女代為下跪謝恩。

論功行賞，佟青娥配得上這樣的殊榮，這位皇子對大楚至關重要，意味著一度風雨飄搖的帝位，終於恢復穩定，不僅當今皇帝的位置再不可撼動，整個朝廷也因此解除了一項大憂。

次日一早，百官齊往同玄殿朝賀，韓孺子能從大臣們的臉上看到同樣的如釋重負。第一位皇子並非命中注定的太子，但是他的降生仍然極大地穩定了人心，比皇帝勤懇執政還要有效。

韓孺子稍感無奈，甚至有點嫉妒自己的兒子，更多的是高興，彷彿突然間還清了積欠多年的債務，終得一身輕鬆。

需要他操心的事情仍然不少，但是大楚總算又回到正軌。

除了楊奉之死，這一年對韓孺子來說諸事順遂，幾個月後，第二位嬪妃生下一位公主，最讓他高興的是，皇后終於懷孕了。

韓孺子本已打算推動巡狩之事，聽到這個消息之後，推遲了計畫，無論如何他要陪伴皇后生下孩子。

因此整整一年，皇帝也很穩重，安心待在宮裡，偶爾去一趟倦侯府。慈寧太后對此非常滿意，皇后懷孕之後，她將皇子帶到自己的寢宮親自看護。

皇后懷孕的消息對崔家影響甚大，崔宏的傷勢一直沒有完全康復，這時再度上書，請求交出大將軍和南軍大司馬之職，只保留太傅的虛銜。這回韓孺子接受了，與宰相致仕一樣，也要經過三番五次的謙讓，初冬季節，崔宏致仕，將南軍歸還皇帝。

崔宏的地位堪比宰相，又是皇后的父親，韓孺子給予的賞賜數倍於申明志，同時封崔騰為侯，並正式立崔家嫡孫崔格為世子，以後襲承崔宏的侯位。

一門兩侯，崔家的權力減弱，威勢卻更盛。

韓孺子對宰相的監督也減少了，卓如鶴縱有私心，也在可接受的範圍內，身為宰相，他的能力沒有問題，值得皇帝託付朝廷。

在這一年裡，北方的匈奴也很平靜。入冬後他們開始向西遷移，據說是要收復失地，對大楚的威脅減弱許多，柴悅等將軍因此能夠返京，接受朝廷的再度封賞。

東海之戰進行得也極為順利，在雲夢澤，黃普公只是小試身手，海上才是他大展拳腳的地盤，二三十條船、四五千將士，被他用得如神兵天將，逢戰必勝，眾海盜根本不敢靠岸，不是遠遁他方就是選擇投降。

照此推算，不等東海國將全部戰船造完，東海戰事就能結束。

韓孺子遲遲沒有任命南軍大司馬，打算將這個位置留給立功之後的黃普公。

一切都那麼順利，韓孺子反而覺得不太適應，常常在夢中驚醒，從頭到尾地思考，確定真的沒有危險之後，才能安然入睡。

只有一件事還會偶爾打亂他的心情。

金純忠花了將近兩個月時間調查楊奉之死，找到不少線索。

楊奉返京途中，一直受到跟蹤，其中幾撥人與雲夢澤群盜關係密切。金純忠抓到幾個人，卻沒法確認這些人與楊奉之死有無關係。至於《淳于梟》這本書其餘的部分，再也沒人見過。金純忠去得晚了，驛站已經住過別的客人，現場毫無價值。

景耀負責追查楊奉的家人，進展更慢，他找到了楊奉年輕時的鄰居，對楊家早年間的生活瞭若指掌，可是從離家到在東海國入王府為宦的十幾年時間，楊奉的經歷整個消失了，沒人瞭解他、甚至沒人見過他。

景耀不死心，仍在執著地調查下去，向皇帝請示，他要親自出馬，前往各地追尋楊奉的蛛絲馬跡。

侍衛頭目王赫在觀察了整整三個月之後，終於將欒凱送到皇帝面前。

韓孺子幾乎將他給忘了，當初的熱情早已消失，出於好奇才在凌雲閣召見這位武功高強的「刺客」。

欒凱天生是飛檐走壁的好手，一旦跪在地上，立刻顯得笨拙而僵硬，猶猶豫豫的，總像是要跳起來。他不像別人那麼馴服，磕頭之後便大膽地打量皇帝，受到太監訓斥後才垂下目光。

對楊奉，欒凱只有一句話可說：「他早說過陛下會用我，讓我耐心等待，還真讓我等到了？陛下，我能當什麼官啊？」

「你當不了官，先跟著王都尉當侍衛吧。」韓孺子莫名地對欒凱存有好感，與他聊了一會，好感更多。

可欒凱這裡沒有楊奉的線索，在他的印象裡，楊奉是個愛看書的怪人，而且膽子奇大，明明知道許多江湖人要行刺自己，卻從不躲避，反而經常親臨險境，更兼心狠手辣，出手從不留情，頗合欒凱的脾氣。

欒凱走後，王赫提醒皇帝，這種人招安容易，反叛也容易。不能成為近侍，只可外派使用。

韓孺子讓王赫安排，心裡卻覺得，楊奉相信的人，大概不會錯。

楊奉到底在出什麼題目？韓孺子還是不能拋掉這個念頭，但是想得越來越少。那本只剩三頁正文的殘書，被他收藏起來當作紀念。

將近年底，外出數月的景耀突然返京，事前沒有寫信，立刻求見皇帝，可他並非受寵之臣，等了好幾天才得到通報。

韓孺子馬上召見景耀，好奇心又被激起。

景耀的年紀比楊奉大得多，奔波多日卻不顯疲憊。向皇帝行禮之後，開始講述自己這段時期去過哪裡、見過哪些人，都是些瑣碎小事。

韓孺子聽了一會，不得要領，屏退身邊的太監，說：「景公有話直說吧。」

景耀等的就是這一刻，再度跪下，膝行幾步，「老奴尚未找到楊公的家人，老奴查來查去，所有線索都指向同一人，老奴卻不能查下去。」

「何人令景公如此忌憚？」

景耀磕頭，吐出兩個字，「上官。」

第四百五十七章　半封信

楊奉一直得到上官太后的信任，即使在他追隨皇帝出宮期間，這份信任也沒有減弱，這本是極其罕見的事情，卻幾乎被所有人所忽略。

一個是身世清白的太后，一個是神祕莫測的太監，的確很難聯繫在一起。

韓孺子也沒想到，他清楚記得，自己剛剛進宮的時候，楊奉明顯處於孤立無援的處境，思帝駕崩對楊奉打擊甚大，於是孤注一擲試著培養新皇帝。

楊奉受上官太后信任，卻沒到寵信的地步，至少表面上遠遠無法與其他太監相比。可是當時最受寵的幾名太監不是被殺就是被囚禁，下場都不好。

韓孺子沒有忘記，當初景耀是楊奉在宮裡最大的敵人之一，兩人分別迎入不同皇子，明爭暗鬥不斷。

景耀自己也知道，為了向皇帝說出「上官」兩字，他多做了幾個月的調查，奔波多地、動用一切力量，不放過任何一個可能的線索。終於，皇天不負苦心人，讓他找到了至關重要的證人、證物。

義士島公開揚言反楚復齊，楊奉卻將孟氏兄妹介紹給上官太后，他認識島上的人就很奇怪，將這樣的人送進王府與皇宮，更是令人驚異。

景耀決定從此深挖，上官太后與孟娥尚在宮中，無法詢問；孟徹下落不明，一直沒找到。於是景耀親赴東海國，從外圍尋找知情者。

這是大海撈針的找法，景耀接觸了大量的王府舊人以及投降的海盜，都是些很普通的百姓，或者曾在王府裡做過事，或者走投無路時當過海盜，如今又回鄉當良民。認識楊奉的人不少，瞭解他的人卻一個也沒有。至於大量江湖傳言，景耀不用調查就知道是假的。

景耀盡量說得簡略，在見過諸多人之後，他找到了一位有用的證人。

此人是名書商，在東海國有一家店。因為書的品質好，種類豐富，在當地小有名氣，他說，這一切都拜楊奉所賜。

從前他是一名普通的書商，東摘西抄，印一些粗製濫造的書籍，賣給不識貨的客人。

某天，一名客人上門，拿出一本前朝野史，嚴肅地聲稱書印錯了，書商當然不承認，以為既然是野史，當然會有一些無據可查的內容，客人也不發怒，翻開書，一頁一頁地翻動，指出前後矛盾之處，不用對前朝往事瞭解太多，只憑書中記載，就能判斷對錯。

書商越聽越驚，只是一本閒書，提供些茶餘飯後的談資而已，這名客人居然真的一字一字地讀完，看出諸多錯訛。尤其是客人談吐不凡，不像是普通人，書商害怕了，改口道歉，拿出店中藏書，請客人隨意挑選，都不收錢。

客人挑了一會，指出所有的書都沒價值，雖然沒再多說什麼，但是目光冷酷，充滿鄙夷，書商一輩子都忘不了。

事後書商打聽到此人名叫楊奉，是王府裡的一名太監。

書商從此勵精圖治，四處收購好書、真書，每得一本，必先送到楊奉那裡請他評判，隨書贈送一些小禮物，都不貴重，略表心意而已。

楊奉一開始將書原樣送還，可書商堅持不懈，楊奉開始做些評判，寫在紙上、夾在書中，指點書商去何處、向何人購買何種版本的書籍。書商漸漸開悟，收購的書籍越來越佳，有了一點小小的名聲，店鋪經營至今，快要讓兒子繼承了。

楊奉進京之後，聯繫中斷，兩人再沒有見過面。

書商對楊奉不吝溢美之辭，為了說明自己真的認識楊奉，他捧出一只箱子，裡面裝滿了紙條，全是楊奉親筆所寫。

景耀大致看了一下，紙條裡沒有線索，本打算放棄對書商的詢問，可是多日來毫無所獲，讓他極其謹慎，捨不得太早改變方向。

他有自己的手段，透過當地官府的公差，給書商一點小小的壓力，然後買了幾十套書，再給書商一點甜頭，恩威並施，書商透露了更多記憶。

「我不知道老爺想問什麼，不過我這裡有一點東西，老爺或許會感興趣。」

書商拿出另一張紙條，沒放在箱子裡，上面的內容也與書籍無關。

那是半封沒有寫完的信，不知什麼原因，楊奉將它作廢，無意中塞進了書裡，一道送給了書商，他自己大概從不知道此事。

景耀帶回了半封信，韓孺子一看就認出這的確是楊奉的筆跡。

信是寫給妻子的，卻像對待孩子一樣，叮囑她每餐不要吃太多，不要與鄰居爭吵，更不准動拳。

韓孺子難以想像楊奉怎麼會有這樣一位妻子，若非瞭解楊奉為人，他會以為這是開玩笑。信裡沒提到孩子，但是有一句「前途莫測，若有萬一，可向顯妃求助」，信寫到這裡就沒了。

景耀沒有多做解釋，「顯妃」就是當時的東海王王妃、現在的慈順太后。

楊奉既然讓妻子向顯妃求助，表明上官太后很可能瞭解楊奉的家事。

「還有什麼？」韓孺子問，這的確是一條線索，卻很難推進，景耀沒有權力向上官太后詢問，皇帝有權力，卻寧願不使用。

景耀沉默片刻，「老奴不敢說。」

「無論你說什麼，朕都赦你無罪，可以說了吧？」

景耀磕頭，「老奴接下來所言，句句屬實，但是都沒有證據，唯陛下裁奪。」

「嗯。」

景耀再度磕頭，而且是連磕數頭，「先帝是被……是被毒死的。」

「哪位先帝？」

一般來說，先帝是指韓孺子的父親桓帝，但是事情嚴重，他得問個明白。

「桓帝。」

輪到韓孺子沉默了，他早就聽說過傳言，都稱桓帝是被上官太后所害，但是誰也拿不出實據，「既然沒有證據，多說無益。」

對韓孺子來說，查清真相並無好處，反而令皇室尷尬。

景耀連連磕頭，他隱忍至今，一旦開始，就不能退卻，「可毒藥很可能還在宮中，陛下不得不防。」

「這與楊奉有什麼關係？」韓孺子之前的命令只是讓景耀查找楊奉的家人。

「上官太后出身名門大戶，進入王府後與外界幾無聯繫，從哪弄來毒藥？她為何那麼信任楊奉？楊奉又為何讓妻子在必要時向上官太后求助？一切皆有聯繫，陛下，上官太后生性多疑善妒，看著陛下一日好於一日、子孫眾多，她能忍多久？陛下縱然時時防備，還有慈寧太后、皇后以及皇子與公主呢，他們都住在宮裡……」

「別說了。」韓孺子嚴厲地打斷，這不是他想聽到的事情。

景耀磕頭不止。

「退下，這些話不要再對任何人說起。」

「是，陛下。」景耀跪地後退，在門口起身，說：「刀劍並無傷人之意，只怕落入奸徒手中。」刀劍是楊奉，奸徒是上官太后，景耀只能說到這，退出房間，輕輕關門，轉身下樓。

樓下有幾名勳貴侍從坐著聊天，看到景耀出現，沒人打招呼，這名老太監早已失勢，用不著討好。景耀一落千丈，獲得赦免之後，也無法恢復從前的地位，他將自己的悲慘境遇全都歸罪於上官太后。

東海王也在，比別人多看了景耀一眼，露出一絲詢問之意。

一開始是平恩侯夫人聯絡景耀，景耀虛與委蛇，對這個女人不是很當真，直到東海王親自出面，景耀才確信自己找到了盟友。前往東海國、將尋找楊奉家人一事與控告上官太后聯繫起來，這都是東海王的主意。

景耀微微點頭，匆匆離去。

他不需要聽到皇帝說什麼，只需將一個念頭送給皇帝就夠了。

當了多年的太監，景耀明白一個道理，天下沒有人比皇帝更多疑。

他早想揭發上官太后，但是一直覺得時機不對，所以他要盡心盡力地執行任務，只為了讓皇帝對自己多一點信任。

樓上，韓孺子獨坐良久，他看穿了景耀的小小「詭計」，卻不能否認景耀所言皆是事實。

「請收手梟。」韓孺子想起這四個字，或許這不是留給皇帝看的，而是想讓另外的人收手。

韓孺子起身，走到門口，又走到窗前，推窗向外望去。

外面正在下雪，地面上鋪著厚厚一層，整座皇宮銀裝素裹，四下裡沒有人跡。

韓孺子看了一會，關窗下樓，讓侍從們出宮，他今天要早點休息。

寢宮裡沒有嬪妃，等隨身的太監、宮女退下，只剩孟娥一個人的時候，他問：「妳與太后還見面吧？」

在宮裡，「太后」早已專指慈寧太后一人，這回韓孺子說的卻是另一個人。

孟娥一下子就明白了，「嗯，偶爾見面。」

「劍鞘裡的紙片，妳對她說過？」
「說過。」
韓孺子嘆了口氣，「為什麼？為什麼妳不早告訴我？」
「因為我不知道這意味著什麼。」
韓孺子竟然找不出話反駁，好一會之後他說：「妳能再去見她嗎？」
「能。」
「告訴她……」韓孺子停頓一下，「朕知道了。」
「就這些？」
「就這些。」
用膳之後，韓孺子早早上床休息，還是習慣性地做些呼吸吐納的功夫，一直不睡。房門微響，這是孟娥回來了，她現在進屋時會故意弄點聲響出來。
「太后說她不是淳于梟。」
「嗯。」
「太后還回說，既然陛下想知道真相，她就給陛下一個真相，但得要陛下親自前去，她絕不會透過任何人轉述。」

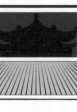

第四百五十八章 毒

「許多人都想讓我死，我能理解，畢竟我得罪過那麼多人。」上官太后斜靠在軟榻上，她已經不年輕了，臉上未施粉黛、略帶病容，卻有一股說不出的嫵媚。

韓孺子想起皇太妃說過的話，姐姐寧願將孩子交給妹妹撫養，也要保持容貌、身材，專心討好桓帝，有些東西大概學會了就永遠也忘不掉。

韓孺子微微側身，目光避開上官太后。

這是他的皇宮，卻不能光明正大地說來就來，除了每日定時的請安，他從未進過慈順宮，對許多人來說這就是規矩，一旦破壞，免不了需要一堆解釋。

上官太后「恰好」生病，第一天慈寧太后探望，第二天皇后等嬪妃看視，第三天，皇帝親自來了。在場的外人只有孟娥，她既是皇帝的貼身侍女，又是上官太后的舊人，不會受到懷疑。

「太后覺得有人在誣告妳？」

上官太后微微一笑，「我以為陛下會與我同病相憐。」

韓孺子一愣，隨後明白過來。上官太后是在說他的那段倦侯經歷，他沒得罪過什麼人，可是退位後還是有人要殺死他，或者是要斬草除根、或者是要討好新皇帝。

「我最大的罪過就是失去了權力。」上官太后繼續道，聲音有氣無力，最近她的身體的確不太好，「或者說是交出了權力。」

韓孺子忍不住輕輕地冷笑一聲，當時的上官太后可沒有太多選擇。

上官太后也是一笑，「陛下是來聽真相的？」

「當然。」

「那我先說第一個真相，沒有我的寬容，陛下早就化為朽骨，根本沒有機會再度稱帝。」曾有很長一段時間，上官太后的確擁有置倦侯於死地的權力，她甚至不用親自下手，只需做出一點暗示，就會有人代為出手。楊奉當時能保住倦侯，最根本的原因是他確信太后並無殺心。

「朕知道。」韓孺子沒有否認，等他再度稱帝，對上官太后也是網開一面。

「可你知道原因嗎？」

韓孺子沒有回答，他只知道上官太后的寬容必定與母親、楊奉有關，卻從來沒有問過詳情。

「楊奉為陛下說了一些好話，但那不是主因，是陛下的母親王美人……抱歉，慈寧太后對我說，『太后圖謀甚大，若是成功，我兒不是威脅；若是失敗，或許只有我兒能保護太后。』還真讓她說對了，當然，她還哀求我，那些話就不必說了。」

韓孺子拒絕將母親牽扯進來，問道：「太后當時的圖謀是什麼？」

上官太后稍稍調整姿勢，「將小皇帝養大，然後讓一位上官家的女人當皇后，接下來的事情，誰知道呢？反正上官家會一直掌握大權，至於大到什麼地步，只能到時候再說。可惜，我在第一步就失敗了，有人害死了小皇帝。」

韓孺子腦海中又出現了那個胖嘟嘟的小孩子，他不承認那是皇帝、大楚朝廷也不承認，在史官筆下，思帝之後就是當今皇帝。

「接連三位皇帝死於非命，這是大楚的霉運，也是我的霉運，但我沒法抱怨，這一切就是從我開始的。」

韓孺子扭頭看了一眼上官太后，沒有開口，他是來聽真相的，卻沒想到上官太后真的會承認。

「桓帝是被我毒死的。」上官太后的聲音仍然軟弱無力，卻多了一份冷酷與驕傲，顯然對自己做過的事情一點也不後悔，「桓帝想立崔氏為皇后、立東海王為太子，他的計畫是以此取信於崔宏，讓崔宏交出兵權。為此就要犧牲我們母子二人。」

桓帝的計畫正是韓孺子眼下所做的事情，僅有一點不同，他真心喜歡崔小君，並非為了一時之計。

「或許桓帝還會恢復太后的身份。」韓孺子對父親真的沒什麼感情，印象很模糊，他與祖父武帝只有一面之緣，印象卻更加深刻。

上官太后軟軟地笑了兩聲，「那是不可能的，等桓帝手握大權後，就會廣納美人，會有更多的兒子，崔氏的皇后之位尚且難保，桓帝怎麼會想起我們母子二人？所謂新人勝舊人，一朝冷落再無機會，我絕不能讓這種事情發生。」

屋子裡沒人說話，上官太后沉浸在回憶裡，韓孺子不知道該怎麼問，孟娥則是置身事外，一言不發。過了好一會，上官太后再度開口，「楊奉提供的毒藥，他本事很大，什麼都能弄到，皇太妃在王府裡用來對付懷孕女子的藥，也是他弄來的。當初讓他出宮，我很不放心，一直派人盯著他，只要他有一點出格之處，就不能再留。還好，他很識時務，無論多麼危急的時刻，都沒再碰過毒藥。」

「楊奉瞭解太后的計畫？」韓孺子問，心中有一點後悔，是他非要查出真相，結果令楊奉的形象發生極大的改變。

「我從來沒有明說過，可是若說他沒猜到，陛下相信嗎？」

以楊奉的聰明，當然一眼就能看懂太后的用意，他提供毒藥，大概是為了讓思帝登基。

「霉運就這麼開始了，我以為用毒這種事在我手裡開始，也能在我手裡結束，結果我錯了，下一個被毒死的人，就是我自己的兒子。皇太妃以為是我下的手，其實那是崔太妃的陰謀。桓帝病重的時候，崔太妃曾經進宮探望，肯定瞧出了什麼，她很聰明，用同樣的手段對付我。」
「據說崔太妃否認這一點。」
「還會是誰呢？」上官太后的語氣突然嚴厲起來，「她找到了用毒的行家，也收買了宮中不少人，萬事俱備，她會臨陣退卻？」
上官太后已經報仇，絕不會承認自己弄錯了。
韓孺子沒有反駁，但是心中仍然存疑，他只知道一個真相，父親桓帝的確死於上官太后之手。
「毒藥突然多了起來，一下子好像人人都會用、人人都可以用了。第三個受害者是小皇帝，殺死他的人希望天下大亂。」上官太后看向孟娥。
孟娥微微一愣，沒想到自己也會成為交談目標，「不是我。」頓了頓，「也不是我哥哥。」
「不是你們兄妹，卻與你們有關。義士島來人投奔孟徹，妳哥哥收留了他，就是這個人毒死了小皇帝，製造一場可以預期的大亂，妳哥哥當時也被蒙在鼓裡。」
孟娥無言以對，終於明白哥哥為什麼會突然離開京城前去參加叛亂，他當時已沒有別的選擇。孟徹從未對妹妹說過這些事情。
「天下的確大亂，獲益的卻不是義士島。」上官太后似乎覺得很有趣，臉上又露出笑容，「小皇帝顯出中毒跡象之後，我策劃了皇子爭位，那時我還不知道下毒者是誰，以為又是崔家的陰謀，於是用這種辦法將有希望的宗室子孫召回京城。老實說，我當時看好的人是冠軍侯，但那都是往事了，最終勝出的是陛下。義士島擊敗了我與小皇帝，卻沒能擊敗大楚，他們太相信邪門歪道，到了真刀真槍的時候，反而一敗塗地。」
「這些事情是我哥哥向太后說的？」孟娥問。
「嗯，他再次回京想要帶妳一塊離開的時候，向我道出全部真相。」
韓孺子一驚，他可不知道這件事，忍不住想知道孟娥到底隱瞞了多少祕密。

「我原諒了妳哥哥，因為沒什麼意義了。我已經報仇，失去了一切，殺死孟徹並不能挽回任何東西。」

「『請收手梟』是什麼意思？」韓孺子問，相比於那些真相，他還是更關心楊奉。

「陛下確信這四個字是楊奉留下來的嗎？」

韓孺子搖搖頭。

「表面看來，這四個字有兩種含義：『請收手梟』，梟字是落款，所以這是淳于梟對楊奉或者陛下的警告，讓你們不要再追查望氣者；如果是『梟請收手』，『梟』字是稱謂，則意味著淳于梟就在宮內，而且有機會看到紙片。」

「太后相信哪種？」

上官太后坐起身，聲音中的那種有氣無力消失了，「含義並不重要，關鍵是誰留下來的。如果是他人，楊奉就是被害死的，陛下要加倍小心；如果是楊奉，那就是故弄玄虛，陛下也要小心，楊奉布下的局，外人永遠也猜不透。」

韓孺子正是為此而來，已經過去半年了，死去的楊奉比活著的楊奉更讓他難以擺脫。

「楊奉有妻子，太后知道吧？」

「知道，或許我是唯一的知情者，楊奉將妻兒的情況告訴我，一是希望我能在必要時幫他們一把，二是用來取信於我，從他第一次向我提供那些該死的毒藥以來，我就防著他，直到他將最為隱密的事情告訴我。」

「他們在哪？」

「我向楊奉發過毒誓，絕不洩密。」

「朕並無惡意，只是想瞭解楊奉究竟是怎樣的人。」

「請陛下原諒，誓言就是誓言，即使我已一無所有，還是不能違背，起碼現在不能。請陛下再等一段時間吧，如果楊奉是自己策劃了死亡，以他的本性，一定留下了線索，但不會是他的家人，或許只是陛下還沒有留意到罷了。」

韓孺子想威脅幾句，想了想又改變主意，「這些就是太后所謂的真相？好像沒有什麼新鮮的內容。」

上官太后所說的事情，韓孺子即使不知底細，也能猜到大概。

「還沒說到真相呢。」上官太后變得嚴肅起來，「有人向陛下控告我吧？我能猜到是誰，甚至能猜到背後的人是誰。請陛下明白一件事：圍繞著陛下所發生的一切事情都不簡單，無一不是權力之爭。陛下覺得今年諸事順利嗎？那是錯覺，陛下正在失去最為重要的權力，這才是真相。」

上官太后要發起反擊，手段與景耀一樣，也是先取信於皇帝。

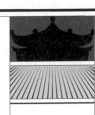

第四百五十九章 皇帝的寬容

「皇帝永遠是孤家寡人。」韓孺子雖然常常念叨這句話，卻是第一次向外人道出。

對面的孟娥輕輕地嗯了一聲，又點了下頭。

韓孺子微微一笑，知道孟娥並沒有完全明白，「楊奉曾經對我說過，信息太多，還不如一無所知。」

「這話有點怪，像是他說的。」

「可世上絕大多數人都苦於信息太少，只有極少數人，尤其是皇帝，才能體會到信息過多的害處。」韓孺子看了一眼疊在桌上的奏章，這是皇帝最主要的信息來源，也是大臣「矇騙」皇帝最主要的手段。

上官太后不參與政務久已，可她畢竟執掌過朝廷，與大臣明爭暗鬥過，有成功，也有失敗。韓孺子還蒙在鼓裡的時候，她已經看出，大臣們正在取得勝利。

若非自身受到威脅，上官太后更願意冷眼旁觀，昨天，她全說了出來：「陛下以為宰相是自己的親信，其實宰相是大臣的人。卓如鶴能夠順利當上宰相，只有一個原因，他取得了其他大臣的認可與支持。」

韓孺子又一次陷入重圍，這回敵人不是匈奴騎兵，而是自己人。

「太祖爭奪天下的時候，勇猛無畏，每每在千鈞一髮之際逃出生天，史書上說太祖有神靈保護，未卜先知，乃是天命皇帝。楊奉卻說太祖之所以勇猛，不過是因為一無所知，只能憑靈機一動行事，之所以成功，靠的是運氣。」

孟娥等了一會，說：「照我想來，也不全是運氣，換一個人處在太祖的危急情況下，可能早就驚慌失措，哪來的靈機一動？」

韓孺子笑道：「沒錯，絕不能慌。信息再多、再怎麼彼此矛盾，也要鎮定。最重要的是得做點什麼，寧可做錯，也不能不做。」

「皇帝不該無為而治嗎？」孟娥自己也不相信這種事，只是想提出來聽聽皇帝的想法，畢竟這是大楚歷代皇帝的祖訓。

「無為……當然要無為。」

外面有人敲門，太監張有才走進來，自從佟青娥生下皇子之後，他就回到皇帝身邊，「陛下，景耀來了。」

韓孺子端正神色，點點頭，表示可以帶進來。

景耀進屋叩見，察覺到角落還有外人，沒敢扭頭觀看。

「景公辛苦了。」韓孺子道。

「能為陛下效勞，再苦也值得。」景耀心中一喜。

「景公為朕做了許多事情，勞苦功高，理應獲賞。」

景耀磕頭，「老奴不求賞，只求陛下安康。」

景耀面朝下，看不到皇帝臉上一閃而過的微笑。

「宮裡有職位空缺，但是朕以為景公未必願意再回舊地。」

景耀立刻明白了皇帝的話中之意，劉介在中司監的位置上做得好好的，此時不可能換人，景耀回宮只能位居人下。

「老奴……確實不太願意，不過一切皆由陛下決定，老奴沒有挑剔之心。」

「嗯，很好，朕就需要你這樣的人。少府缺一位採訪使，景公可感興趣？」

景耀愣住了，少府採訪使不是大官，專門負責前往各地監督皇室產業，倒是個肥缺，油水多，但是遠離皇帝，意味著遠離權力。

「陛下……」景耀聲音發顫，以為自己遭到了驅逐。

韓孺子向前微微探身，正色道：「採訪使只是方便景公出京，朕另有職責給你。」

景耀大喜，皇帝坐擁天下，整個朝廷都為之服務，卻「另有職責」交給自己，那是極大的信任，也表明自己對上官太后的指控得到了認可，馬上磕頭謝恩，「老奴甘效犬馬之勞。」

「平身。」

景耀又磕了一個頭，起身看向皇帝。

韓孺子招手，讓景耀走近幾步，「第一件任務，請景公找到楊奉家人。」

「是，陛下，老奴一直沒有放棄尋找，可線索不多，如果上官……」

韓孺子搖搖頭，表示不想提起上官太后，「朕在想，楊奉肯定給妻子寫過信，而且不只一封，既然如此就得有送信之人，你找一找。」

「陛下高見。」景耀其實早就想到了，只是一直沒找到這個送信者。

「第二個任務，將英王找回來。」

景耀又要下跪，尋找楊奉家人只是皇帝的私事，尋找武帝幼子卻是正經的大事。

韓孺子抬手阻止景耀下跪，「宗室子弟怎可流落江湖，讓天下人笑話？景公請將此事放在心上，要人給人、要錢給錢，務必找回英王。」

「英王畢竟在外已久，萬一……」景耀盯著皇帝，尋求暗示，英王是死是活全看皇帝的一句話。

「別管萬一，你的任務就是將英王活著帶回來，明白嗎？」韓孺子稍顯嚴厲。

景耀明白了，「是，老奴馬上著手進行。」

「嗯，退下吧，明天你會接到旨意，當天就能去少府了。」
景耀退出房間，心中半憂半喜，本以為自己已將皇帝看透，這時又覺得之前的猜測全錯。
房間裡，韓孺子對孟娥說：「心懷鬼胎的景耀，做事更加努力，所以，就讓他一直懷著吧。」
孟娥微微睜大眼睛，很快點頭，表示醒悟。
上官太后猜出是景耀指控自己，反過來指控景耀利用皇帝報私仇，夾在中間的韓孺子，不想成為任何一方的工具。
韓孺子思考了一會，「可以宣東海王和崔騰了。」
孟娥走到門口，將皇帝的旨意傳給外面的太監，太監很快帶來了兩人。
東海王、崔騰與一群勳貴侍從守在凌雲閣樓下，隨傳隨到。
在皇帝面前，這兩人比景耀自在得多，東海王瞥了一眼孟娥，稍感意外，因為孟娥不常出現在凌雲閣，崔騰卻無所謂，笑著向皇帝行禮。
韓孺子看著東海王，沒有開口。
東海王笑道：「陛下忘了什麼？」
韓孺子說：「朕在想，你們兩人一個是諸侯、朕之親弟，一個是太傅之子、皇后的弟弟，充當近侍之臣實在不合適，你們想當什麼官？」
兩人異口同聲：「我不想當官，只願留在陛下身邊。」
「規矩就是規矩，以你們兩人的身份，不適合久為近侍之臣。東海王，你若不想當官，就只能回東海國了，崔騰，你也一樣，不當官就當一名閒散列侯，過你花天酒地的生活。」
兩人呆住了，崔騰先開口：「那……就只好當官了，真的任我選擇嗎？小官我可不當。」
東海王道：「我不想去東海國，只要能留在京城，隨陛下安排，官職無所謂大小。」

「我也無所謂。」崔騰急忙補充道。

「宿衛軍大司馬空缺已久，東海王可有興趣？」

宿衛軍大司馬比南、北軍大司馬的品級還要高一些，在武職中僅次於正一品的大將軍，論到實際權力可就差遠了，宿衛八營各有都尉、將軍，直接聽命於皇帝，大司馬只是虛設而已。

東海王並不意外，以他的身份與過往經歷，只能擔任位高權輕的虛職，於是跪下謝恩。

崔騰也跪下，嘴上說著不想當官，這時卻若有期待地看著皇帝。

「你去給東海王當副手，宿衛軍龍驤將軍。」

「啊？」崔騰大失所望，他可不願直接居於東海王之下，「我不在乎官大官小，求陛下給我換個地方吧。」

「朕給你的是聖旨，不是商量。」韓孺子對崔騰向來不客氣。

崔騰不敢再說什麼，謝恩時很勉強，「當了龍驤將軍，還能時常來見陛下嗎？」

「既是宿衛之官，當然可以。」

崔騰總算稍稍高興了一點。

兩人一塊退下，下樓時，崔騰小聲對東海王說：「別得意，你若是仗勢欺人、以上壓下，我可不會忍受。」

東海王苦笑道：「仗勢欺人？這話說的是你，不是我。你還不明白嗎？陛下這是讓你監視我啊。」

崔騰恍然，立刻不覺得委屈了，「那我得看緊點，你小子別想逃過我的眼睛。」

東海王笑著搖頭，心裡卻惴惴不安，以為皇帝看出了什麼。

房間裡，韓孺子又向孟娥解釋道：「崔騰盯著東海王，東海王盯著上官太后，或許能少些是非。」

「陛下不打算懲罰任何人？」孟娥越來越覺意外，上官太后所作所為乃是滅族之罪，東海王、景耀也有欺君之意，皇帝居然都給放過。

「等等再說。」韓孺子冷冷地道，上官太后已無族可滅，東海王、景耀的罪行說大不大、說小不小，真論起來也不能給予多重的懲罰。

皇帝得閉上一隻眼睛，同時，將另一隻眼睛睜得更大。

下一位奉召而來的人是趙若素，與往常一樣恭謹有加。

孟娥有點好奇，趙若素十有八九就是向大臣洩露皇帝想法的人，任何人對這種做法都會深惡痛絕，皇帝還能保持寬容嗎？

韓孺子將桌上的奏章推過去，「朕已批覆完畢，請你看一眼，沒有問題，就可以送還中書省了。」

這是趙若素日常的職責，他走到桌前，側身站立，快速翻了一遍，「沒有問題。」

「有勞。」韓孺子客氣地說。

趙若素捧著奏章告退。

孟娥驚訝地看向皇帝。

韓孺子道：「妳能站在水裡將水舀光嗎？」

孟娥搖搖頭。

「朕也不能，朕得離開水池，才能解決水池的問題。」

孟娥注意到，皇帝對她自稱「朕」了，「還有一個人陛下沒有處置。」

韓孺子當然記得這個人，「惠妃懷孕的時候，太后派張有才去服侍，如今是皇后懷孕，朕希望妳去服侍她、保護她。」

孟娥明白，自己仍受到皇帝的信任，但是從此她也會離皇帝越來越遠。

皇帝終究是孤家寡人。

（本卷結束）

New Black 016

孺子帝：卷六　皇權的博奕術

作者　冰臨神下

堡壘文化有限公司
總編輯　簡欣彥　　行銷企劃　黃怡婷
副總編輯　簡伯儒　　封面設計　Bianco Tsai
特約編輯　倪玼瑜　　內頁構成　李秀菊

讀書共和國出版集團
社長　郭重興
發行人　曾大福
業務平台總經理　李雪麗
業務平台副總經理　李復民
實體通路組暨直營網路書店組　林詩富、陳志峰、郭文弘、賴佩瑜、王文賓
海外暨博客來組　張鑫峰、林裴瑤、范光杰
特販組　陳綺瑩、郭文龍
印務部　江域平、黃禮賢、李孟儒
版權部　黃知涵

出版　堡壘文化有限公司
發行　遠足文化事業股份有限公司
地址　231新北市新店區民權路108-2號9樓
電話　02-22181417　傳真　02-22188057
Email　service@bookrep.com.tw
郵撥帳號　19504465遠足文化事業股份有限公司
客服專線　0800-221-029
網址　http://www.bookrep.com.tw
法律顧問　華洋法律事務所　蘇文生律師
印製　呈靖彩印有限公司
初版1刷　2022年12月
定價　新臺幣540元
ISBN　ISBN 978-626-7092-97-2　978-626-7092-958（Pdf）　978-626-7092-96-5（Epub）

國家圖書館出版品預行編目（CIP）資料

孺子帝．卷六，皇權的博奕術／冰臨神下著. -- 初版. -- 新北市：堡壘文化有限公司出版：遠足文化事業股份有限公司發行, 2022.12
面；　公分. -- (New black ; 16)
ISBN 978-626-7092-97-2（平裝）

857.7　　111017057